CW00460050

Luca Di Fulvio

La figlia della libertà

Pubblicato per

da Mondadori Libri S.p.A.

Titolo dell'edizione tedesca: *Als das Leben unsere Träume fand*

ISBN 978-88-17-14930-3

Prima edizione Rizzoli: 2019
Prima edizione BUR Narrativa: 2020
Terza edizione BUR Narrativa: agosto 2022

Seguici su:

www.rizzolilibri.it /RizzoliLibri @BUR_Rizzoli @rizzolilibri

La figlia della libertà

A mia moglie Elisa

E a tutti coloro che non si voltano dall'altra parte

Descendemos de los barcos.
DETTO ARGENTINO

Ogni nuova occasione comincia sempre
con la totale distruzione del passato.
JEAN-CHRISTOPHE GRANGÉ, *Lontano*

PRIMA PARTE

Tre viaggi

1912

1.

Alcamo, Sicilia

«Bottana.»

Rosetta Tricarico continuò a camminare per i vicoli polverosi di Alcamo senza voltarsi, a testa alta.

«Bottana svergognata» disse un'altra vecchia, vestita di nero da capo a piedi, con il viso incartapecorito dal sole feroce della Sicilia.

Rosetta tirò dritta, nel suo svolazzante abito rosso papavero, camminando a piedi nudi.

Un gruppo di uomini, seduti intorno a un tavolino sotto la tettoia di canne all'esterno dell'osteria, con le coppole calate sulla fronte, le camicie bianche sporche del grasso della pelle sui colletti, gilet neri dalle tasche consunte e le barbe ispide, la guardarono come una preda. Uno sputò per terra uno scaracchio scuro e vischioso di tabacco.

«Unne corri?» disse l'oste, asciugandosi le mani sul grembiule.

Gli uomini ridacchiarono.

Rosetta li superò.

«Mi dissero che stanotte i lupi scesero dalle montagne» fece uno, sorseggiando un bicchierino di passito.

Di nuovo gli uomini risero.

«Per fortuna al gregge mio non fecero niente» continuò l'uomo.

«Quelli sono lupi che cercano le bottane, mica i bravi cristiani» disse l'oste e tutti assentirono.

Rosetta si bloccò, di spalle, stringendo i pugni.

«Ci vuoi dire qualcosa?» fece uno, in tono provocatorio.

Rosetta rimase immobile, fremendo di rabbia. Poi riprese a camminare e raggiunse la chiesa di San Francesco d'Assisi.

Entrò come una furia nella canonica e si piazzò davanti a padre Cecè, il parroco.

«Come potete permettere una cosa del genere?» quasi urlò, paonazza per la rabbia. Nonostante avesse solo vent'anni trasmetteva la forza di una donna adulta. I capelli neri e lucidi come le piume di un corvo erano sciolti sulle spalle. Gli occhi saettavano come nere braci, incorniciati dalle folte sopracciglia. «Come può un uomo di Dio far finta di niente?»

«Di che parli?» chiese padre Cecè, a disagio.

«Lo sapete benissimo!»

«Calmati.»

«Stanotte mi ammazzarono dieci pecore!»

«Ah... quello... sì...» farfugliò il parroco. «Dissero che sono stati i lupi...»

«I lupi non scannano le pecore con i coltelli!»

«Ma figliola... come puoi dire...»

«I lupi se le mangiano le pecore!» continuò Rosetta. Negli occhi le si leggeva una furia mista a disperazione. «Se le mangiano! Non le lasciano lì sul campo.» Strinse i pugni finché le nocche le divennero bianche. «Ma voi lo sapete benissimo» aggiunse con una nota cupa che le faceva vibrare la voce. Poi scosse il capo. «Come potete voi? Come potete?»

Padre Cecè sospirò, sempre più a disagio. Si voltò, incapace di reggere lo sguardo di Rosetta, e vide la perpetua che origliava. «Vattene!» sbottò rabbiosamente. Andò alla porta e la chiuse. Poi raggiunse la parte opposta della stanza, prese due sedie e le sistemò una di fronte all'altra. Ne indicò una a Rosetta.

Rosetta lo raggiunse e lo fissò a lungo prima di sedersi. «Come fate a permetterlo?» ripeté.

«È tanto che non ti vedo in chiesa» disse il parroco.

Rosetta fece un sorriso sarcastico. «Perché? Se vengo in chiesa mi aiuterete?»

«Ti aiuterà Nostro Signore.»

«E come?»

«Parlando al tuo cuore e consigliandoti la cosa giusta da fare.»

Rosetta scattò in piedi. «Anche voi siete un servo del Barone» disse piena di disprezzo.

Il parroco fece un altro profondo sospiro, poi si sporse verso Rosetta e le prese la mano nella sua.

Rosetta si liberò della presa infastidita.

«Siediti» le disse padre Cecè, con un tono privo di aggressività.

Rosetta tornò a sedersi.

«È più di un anno che lotti, figliola. Da quando è morto tuo padre» iniziò stancamente il parroco. «È ora che tu ti arrenda.»

«Mai!»

«Guarda cosa sta succedendo» continuò padre Cecè. «Nessuno compra più i frutti della tua terra. Restano lì a marcire. Due mesi fa un incendio ti ha distrutto metà del raccolto.»

Rosetta abbassò il capo sull'avambraccio destro, dove aveva il segno di una violenta bruciatura.

«E più tempo dura questa lotta tra te e il Barone, più tu diventi testarda e strana.» Padre Cecè la indicò. «Guarda che vestito indossi.»

«Cosa c'è di strano?» disse orgogliosamente Rosetta. «Non sono vedova che mi devo vestire di nero. La gonna arriva alle caviglie e le tette sono coperte.»

«Senti come parli…» sospirò il parroco.

«Come una bottana» ghignò Rosetta. Poi fissò il sacerdote negli occhi. «Ma io non sono una bottana. E voi lo sapete.»

«Sì, lo so.»

«Sono bottana solo perché non abbasso la testa.»

«Tu non capisci.»

«Io capisco benissimo invece» scattò Rosetta, agitando un pugno nell'aria. «Il Barone ha centinaia di ettari ma si è incaponito che vuole pure i miei quattro perché ci scorre il torrente. E così tutta l'acqua sarà sua. Ma quella terra è mia. La mia famiglia ci si spacca la schiena da tre generazioni e io voglio solo poter fare lo stesso. La gente dovrebbe aiutarmi ma hanno tutti paura del Barone. Sono dei vigliacchi, ecco cosa sono.»

«No, tu non capisci, vedi?» fece padre Cecè. «Certo che la gente teme il Barone. Ma credi davvero che sia per questo che si accaniscono contro di te? Sbagli. Non hai capito niente. Per loro tu sei addirittura più pericolosa del Barone... e per certi versi non posso dargli torto. Tu sei una donna, Rosetta.»

«E allora?»

«Cosa succederebbe se altre donne si comportassero come te?» disse padre Cecè, infervorandosi. «È una cosa contro natura! Anche Dio la condanna!»

«Io valgo quanto un uomo.»

«È proprio questo che Dio condanna!» Il prete la afferrò per le spalle. «Una donna deve...»

«La conosco questa cantilena» lo interruppe irosamente Rosetta, scansandosi. «Una donna deve sposarsi, figliare e prendere botte dal marito senza ribellarsi, come una brava serva.»

«Come puoi ridurre il matrimonio santificato da Dio a questo?»

«Mio nonno picchiava sua moglie. A sangue» disse Rosetta, cupa, con le narici dilatate dalla rabbia. «E mio padre picchiava mia madre. Per tutta la vita l'ha rimproverata di avergli dato solo una figlia femmina. Quando era ubriaco la batteva con la cinghia. E poi batteva anche me e mi diceva che sarei diventata buona solo per scopare.» Serrò i pugni, mentre gli occhi le si inumidivano al ricordo, pieni di rabbia e dolore. «È questo il vostro matrimonio santificato da Dio? Be', statemi a sentire, io non permetterò a nessuno di picchiarmi come se fossi un animale!»

«Allora vendi.»

«No.»

«Sono preoccupato per te.»

«Preoccupatevi per la vostra anima quando darete l'assoluzione ai paesani che mi hanno scannato le pecore» fece Rosetta alzandosi in piedi. Fissò il prete. «Avete assolto anche mio padre, vero? Ve lo diceva che mi colpiva con la cinghia fino a scorticarmi? Che mi prendeva a pugni sul muso? Non vedevate i lividi sul volto mio e di mia madre? Le vedevate le labbra spaccate che nemmeno riuscivamo a recitare l'avemaria senza sanguinare? È morta di paura, di dolore e di tristezza.» Guardò il parroco con astio. «E voi lo assolvevate» sussurrò. «Tenetevi il vostro Dio, se è questo che vi consiglia.»

«Non bestemmiare! È anche il tuo Dio!»

«No!» urlò Rosetta. «Il mio Dio vuole la giustizia!» Raggiunse la porta. L'aprì di scatto e sorprese la perpetua china a origliare dal buco della serratura. La spintonò e uscì dalla canonica.

La perpetua si fece tre volte il segno della croce, come se avesse incontrato il demonio in persona, e poi mormorò: «Bottana».

La luce del sole quasi accecò Rosetta quando fu all'aperto.

Una piccola folla di curiosi si era raccolta davanti alla chiesa. La guardavano in silenzio, formando una specie di fronte compatto, che ostruiva il vicolo.

Rosetta ebbe la tentazione di scappare. Ma ogni via di fuga era bloccata. Con il cuore che batteva forte si avviò verso la massa di gente. Sentiva di respirare a fatica. La rabbia le martellava le tempie. Quando fu a meno di un passo dal primo paesano si fermò e lo fissò, a labbra strette. Un leggero refolo di vento le scompigliò i lunghi capelli neri.

Dopo un attimo l'uomo si fece da parte.

Rosetta avanzò piano. E a mano a mano anche gli altri si scansarono, pigramente, obbligandola a sfiorare i loro corpi minacciosi.

Quando li ebbe superati sentì che le gambe le si piegavano. Ma non accelerò e cercò di rimanere più dritta che poteva. Appena raggiunse il vicolo dove doveva svoltare per dirigersi al suo podere, le gambe non ubbidirono più alla mente e Rosetta si ritrovò a correre come se fosse inseguita da mille mostri.

Attraversò il campo dove giacevano riverse le pecore sgozzate, sforzandosi di non guardarle, entrò a precipizio nel casolare nel quale era nata, imbiancato a calce, e chiuse la porta con il catenaccio interno. Rimase con la schiena alla porta, ansimando, finché un conato di vomito la fece piegare in due. Cadde in ginocchio, con le mani sui mattoni cotti al sole del pavimento.

Tutti i paesani credevano che non avesse paura di niente. Ma l'anima di Rosetta, invece, era tormentata dalla paura. Fin da quando era solo una bambina. E ogni giorno, nessuno escluso, quegli incubi tornavano a perseguitarla.

Scoppiò a piangere, cercando inutilmente di resistere ai singhiozzi che la squassavano, e intanto ripeteva, come quando era piccola e il padre la picchiava a sangue: «Non fa male… Non fa male…».

2.

Soročincy, Governatorato di Poltava, Impero russo

A tredici anni – anche se si era cresciuti in uno *shtetl* nei dintorni di Soročincy talmente misero e dimenticato da Dio da non avere nemmeno diritto a un nome, anche se si era abituati ai continui *pogrom* di polizia e contadini che vedevano negli ebrei il male del mondo, anche se si riusciva a resistere a venti gradi sotto zero con addosso solo un paio di zoccoli di legno e un vestitino di panno tutto buchi, anche se si era capaci di sopravvivere tre giorni con solamente una schifosa rapa marcia nello stomaco – a tredici anni, comunque, nessuno avrebbe dovuto sapere cosa era veramente la vita. Né quanto crudele potesse davvero essere.

Ma la vita aveva deciso di non fare sconti a Raechel Bücherbaum.

Iniziò tutto una mattina così buia da sembrare una notte lattiginosa, con un basso tetto opprimente di nuvole spesse e impenetrabili.

Raechel, come ogni *shabbat*, accompagnò il padre fino alla stalla ormai priva di animali che la sua comunità aveva trasformato nel loro *šul*, la sinagoga. Si fermò sulla porta d'ingresso, dalla quale era stata spalata la prima neve di quell'anno, salutò il padre e stava per avviarsi verso la scala esterna che conduceva al fienile – trasformato nella galleria dalla quale le donne partecipavano alle preghiere, separate dagli uomini – quando vide un foglio giallastro affisso all'interno, nella zona maschile. Allungò il collo, cercando di sbirciare, curiosa come sempre, e mise un piede dentro.

«Ferma, Raechel» l'ammonì il padre, abituato alle trasgressioni della figlia.

«Cosa c'è scritto?» gli chiese lei, fissando il foglio.

«Vai via» disse il padre, agitando una mano in aria, come faceva per scacciare le galline.

«Voglio solo sapere cosa c'è scritto» insisté Raechel.

«Se è una faccenda che riguarda la comunità ce la leggerà il rabbi dopo il *siddur*» le rispose paziente il padre. Le sorrise bonariamente e le fece un cenno con il capo. La barba lunga, dalla punta ben curata, ondeggiò nell'aria fredda. Poi alzò un dito, in segno di ammonimento, e aggiunse: «Vai su e fammi il favore di non cantare come al solito più forte degli altri».

Raechel, mentre il padre scompariva all'interno del *šul*, sbuffò e fece per salire la scala che conduceva alla zona riservata alle donne quando vide Elias, una ragazzino magro e brufoloso della sua età, che sopraggiungeva. Si fermò e lo aspettò.

«Buongiorno, Elias» gli disse con un sorriso esagerato.

«Buongiorno, Raechel» borbottò il ragazzino e tirò dritto.

«Aspetta» fece lei. «Devi farmi un favore.»

«Cosa?» chiese sospettoso Elias.

«Vedi quel foglio affisso lì?» disse Raechel sempre sorridente. «Voglio sapere cosa c'è scritto.»

Elias si voltò verso il foglio. Poi guardò Raechel e scrollò le spalle. «Non so leggere» disse.

«Infatti» continuò Raechel. «Quello che devi fare è prenderlo e darmelo, così lo leggerò anche per te.»

Elias rimase immobile, senza sapersi decidere, mentre con un'unghia si stuzzicava un brufolo sulla guancia.

In quel momento arrivò Tamar, la ragazza più bella del villaggio, che rivolse un sorriso sprezzante a Raechel e le disse: «Ciao, porcospino». E poi cominciò a salire le scale.

Negli occhi di Elias comparve un'espressione maliziosa. «Se lei mi promettesse una certa cosa lo farei di corsa» rise scioccamente.

«E faresti male» ribatté subito Raechel. «Perché Tamar non si farebbe mai toccare le tette da te, come speri.»

Elias arrossì.

«E anche lei, comunque, non sa leggere. Perciò su, fallo per me.»

Elias guardò il petto di Raechel. Era piatta come una tavola. Aveva un viso con un naso lungo e appuntito all'insù. E dei capelli ridicoli che non si pettinava in ordinate trecce, come tutte le altre, ma lasciava liberi e ribelli, gonfi come un cespuglio selvatico. O un porcospino, come diceva Tamar. Ma era pur sempre una ragazza. «E se lo faccio che ci guadagno?» le chiese ridacchiando.

«Che non ti darò un pugno sul naso, piccolo maiale brufoloso» rispose Raechel.

Il sorriso ebete sulle labbra di Elias si spense all'istante.

«Avanti, sbrigati» disse Raechel.

Il ragazzino, impacciato, ciondolò sulle gambe. Poi, lentamente, si avviò verso il foglio e fece per staccarlo.

«Che combini, Elias?» disse un uomo, vedendolo.

«È colpa sua» fece subito Elias, accusando Raechel.

«Vigliacco!» esclamò lei piena di disprezzo.

«Che succede?» chiese il padre di Raechel, comparendo anche lui all'ingresso.

«Tua figlia voleva che Elias le desse il foglio e lui ubbidiva» spiegò l'uomo che poi diede uno scappellotto a Elias. «Sono gli uomini che dicono alle donne cosa fare, non il contrario, cretino.»

«Raechel, sei testarda come un mulo» fece il padre, scuotendo la testa. Sorrise bonariamente. «Vai di sopra.»

«Cammina, svergognata» le ordinò la seconda moglie del padre, una donna magra e avvizzita, sopraggiungendo e afferrandola rudemente per un braccio.

Raechel cercò di liberarsi dalla presa.

«Non ha fatto niente di male» la difese il padre, che stravedeva per quell'unica figlia che, dopo la morte della prima moglie, aveva cresciuto da solo.

«Non ho fatto niente di male» ripeté Raechel, con una smorfia impertinente sul viso.

«No, infatti. Ma solo perché ti hanno colto sul fatto» commentò acida la matrigna, continuando a strattonarla per il braccio.

«Cosa c'è scritto?» insisté Raechel.

«Vai di sopra» rise il padre.

Raechel si lasciò trascinare in galleria dalla matrigna, sbattendo più del dovuto gli zoccoli sui gradini. "Cammini come un maschio" pensò e poi contò fino a tre.

«Cammini come un maschio» disse puntualmente la matrigna e Raechel non trattenne un sorriso soddisfatto. Non c'era giorno che la seconda moglie di suo padre non le ripetesse quanto era bruttina e insignificante, quanto fosse poco femminile e sgraziata, come un ragazzo. E Raechel, per irritarla, invece di correggersi accentuava quei suoi atteggiamenti. E continuava a rifiutare di dare un ordine con dei nastri a quei suoi lunghi capelli gonfi come un cespuglio.

Arrivata in galleria guadagnò a spintoni la prima fila e si sporse per guardare il padre, il *khazn*, il cantore della comunità, che intonava con la sua voce tenorile le melodie del siddur, guidando con maestria le voci diseducate dei fedeli, in modo che cantassero correttamente le preghiere. Suo padre era il miglior cantore che avesse mai sentito, pensò fiera Raechel. Anche lei cantava bene. Però le donne non potevano diventare khazn. Le donne non potevano fare tutte le cose divertenti che facevano gli uomini. Ma la vera passione di Raechel era leggere e scrivere. Sapeva scrivere da destra a sinistra, con le morbide lettere della sua lingua. E sapeva scrivere anche da sinistra a destra, sia usando gli astrusi caratteri cirillici della Russia che quelli del mondo occidentale. Aveva letto tutto quello che poteva, anche se era una ragazzina e non avrebbe dovuto. Ma erano solo testi sacri. Il suo sogno era leggere un romanzo. Però quello era più che proibito. Nessuno, nel suo shtetl, aveva mai visto un romanzo. Leggerlo sarebbe stata una *shanda*, una vergogna. Raechel pensava che non era giusto. E che erano veramente troppe le regole ingiuste che costringevano una donna a non poter vivere liberamente, come un uomo.

«*Baruch atah Adonai Eloheinu, melekh ha'olam...*» si unì al coro.

«Canta più piano!» la rimproverò stizzita la matrigna.

Solitamente Raechel avrebbe alzato ulteriormente il volume della voce, ma la sua mente quella mattina era concentrata sul foglio affisso all'ingresso. Doveva essere di qualcuno al di fuori del loro shtetl perché le faccende interne alla comunità venivano regolate in assemblea, a voce, poiché solo il rabbi, suo figlio, il padre di Raechel e Raechel stessa sapevano leggere. Gli altri a malapena erano in grado di scrivere il loro nome. Per tutto il siddur non pensò ad altro che a quel misterioso foglio.

Quando finalmente il rabbi lo prese in mano e si schiarì la voce, accarezzandosi la lunga barba bianca, nel šul non volò più una mosca. Tutti stavano con il fiato sospeso. Il rabbi lesse con una lentezza esasperante, con la sua solita pomposità, come se stesse citando le parole sacre della Torah, mettendo a dura prova l'impaziente Raechel.

Ma alla fine della lettura la ragazzina si ritrovò a salterellare in galleria, incapace di tenere a freno l'eccitazione.

In tutta la piccola comunità c'erano solo cinque persone che avevano i requisiti specificati nel foglio. E lei era una di quelle.

Tornando verso casa, Raechel si appiccicò al padre, fissandolo in silenzio, in attesa che dicesse qualcosa. Ma l'unico suono era quello dei loro passi che scricchiolavano sulla neve ghiacciata.

Il padre, accigliato, ragionava su quanto aveva sentito. «No. Sei troppo piccola» disse infine, quando furono a casa.

«Ma padre!» protestò Raechel.

«Vai a raccogliere le uova» le ordinò lui.

«Perché non posso partire?» chiese Raechel, alterata.

«Perché sei troppo piccola» ripeté il padre.

La matrigna la prese per un braccio e la spintonò verso il pollaio. «Vai a raccogliere le uova, sciocca» le disse con quella sua espressione odiosa.

«Lasciami!» le urlò Raechel, divincolandosi. Poi scappò via. E tornò a casa solo al tramonto.

La matrigna l'accolse con uno sguardo di sfida. «Vattene a letto senza cena, svergognata» le disse.

«No» intervenne il padre. «Nessuno di noi può permettersi di saltare la cena, con quel poco che abbiamo.» Fissò la seconda moglie con uno sguardo severo. «E io sarei disposto a togliermi il pane di bocca per mia figlia.»

«Mi ha offeso» disse la donna.

«E infatti ti chiederà scusa» replicò lui, facendo un cenno secco alla figlia.

«Scusa...» sussurrò Raechel, senza guardare la matrigna.

«Pensi di cavartela così?» iniziò la donna.

«Basta!» Il padre batté la mano sul vecchio tavolo, con autorità.

La moglie si azzittì, serrando le labbra per la rabbia.

Allora il padre fece segno a Raechel di avvicinarsi e la invitò a sederglisi accanto. Tagliò del pane raffermo e ci mise dentro mezza rapa rossa. Poi intinse il pane in una tazza di brodo, fatto con una vecchia gallina che avevano finito di spolpare da più di una settimana. «Mangia e poi parleremo.»

«Non ti devi giustificare con una ragazzina capricciosa» protestò la matrigna. «Deve ubbidirti senza discutere. Sei tu che comandi in questa casa.»

Lo sguardo che il marito le rivolse era pieno di severità. «Hai ragione, sono io che comando. E vale anche per te» le rispose in tono glaciale. «Ti ho detto di farla finita.» La fissò ancora in silenzio, finché la donna ebbe abbassato lo sguardo. Allora aggiunse, con la stessa autoritaria freddezza: «Lasciaci. Io e mia figlia dobbiamo parlare». Quando furono soli, ripeté a Raechel: «Mangia».

Raechel divorò il pane con la rapa, ansiosa di ascoltare quello che il padre aveva da dirle.

«Sappiamo chi sono le persone che hanno lasciato quel messaggio?» le chiese per prima cosa il padre.

«Ma...»

«Sì o no?»

«No.»

«Bene, cominciamo da qui» riprese lui. «Il primo dovere di un buon genitore è essere prudente.»

Raechel si morse la lingua per stare zitta. Quel foglio aveva generato un mondo di immaginazioni avventurose, che l'avevano portata lontano dallo squallido shtetl nel quale si sentiva soffocare.

«E il secondo dovere di un buon padre, non meno importante, è fare il bene della propria figlia.» Gli occhi gli si riempirono per un attimo di malinconia. «Anche a costo di separarsi da lei.»

Raechel sentì un brivido di eccitazione. Cosa significava quest'ultima affermazione? Che il padre aveva cambiato idea ed era disposto a lasciarla andare?

«Se tu avessi tre o anche solo due anni di più, avrei considerato la faccenda» proseguì lui. «Ma sei ancora una bambina.»

«Ho tredici anni!» protestò Raechel. «Il foglio diceva tutte le ragazze fra i tredici e i diciassette anni!»

Il padre la guardò con amore. «È tutto il giorno che mi domando se è solo per puro egoismo che mi sto opponendo all'idea di separarmi da te, che sei la mia più grande gioia.»

Raechel abbassò lo sguardo, arrossendo. Non aveva considerato come un problema l'ipotesi di separarsi dal padre. Semplicemente non ci aveva pensato. E questo la fece sentire in colpa.

Il padre la conosceva troppo bene per non sapere cosa stava pensando. «Non c'è nulla di male» le disse in tono affettuoso. «So che mi ami.» Le accarezzò i lunghi capelli scuri, spettinati e incolti che suscitavano tanta ilarità e disapprovazione nel villaggio. Sorrise. A lui non importava, invece. «Quando si è giovani non si possono fare troppi ragionamenti tutti insieme. È una prerogativa degli adulti quella di girare intorno alla montagna per decidere da che parte scalarla.» Fece un profondo sospiro e si chinò in avanti, avvicinandosi di più alla figlia. «Sai bene che il tuo nome significa "agnello innocente" nella nostra lingua.»

«Sì» rispose Raechel, sbuffando.

«E il pastore deve vegliare sul suo gregge. Ma in particolar modo sugli agnelli, anche a costo di rinchiuderli in un recinto affinché non rischino di finire in un crepaccio a causa della loro irruenza» proseguì lui.

Raechel scalciò la gamba del tavolo, impaziente.

Il padre la attirò a sé con delicatezza e l'abbracciò stretta.

Raechel appoggiò la testa alla sua spalla. Non c'era nessuno come suo padre che la facesse sentire amata e al caldo. «La mamma era buona?» chiese dopo poco.

«Vuoi sapere se lei ti avrebbe fatto partire?»

«No... è solo che non me la ricordo. Ero troppo piccola quando è morta.»

«Sì, era buona» disse il padre, con una profonda malinconia nella voce.

«E sapeva leggere anche lei?»

«No... Era come tutte le altre donne del villaggio» rispose lui. Poi sorrise, fiero. «Ma io le insegnai a leggere di nascosto.»

«Perché?»

«Perché non tutte le regole sono giuste.»

Raechel lo guardò. Quell'uomo era speciale. Nessuno della comunità era come lui. «E... lei?» domandò allora, riferendosi alla matrigna. «Perché l'hai sposata?»

Il padre sospirò, a testa bassa. «Perché tu stavi diventando una donna e immaginavo che ci fossero argomenti che non avrei saputo affrontare. E poi... forse perché mi sentivo solo... come uomo, intendo.»

«Lei mi odia» fece Raechel in tono duro.

«È solo gelosa.»

«Mi odia» ripeté lei.

«Non sono mai stato capace di darle la centesima parte di quello che do a te. E cerca di punirmi attraverso te.» Il padre guardò la figlia con amore. «Non accetta che una seconda moglie non possa essere importante come una figlia. Ma non preoccuparti. Io ci sarò sempre e non ti succederà niente.» Poi le sorrise e le accarezzò una guancia. «Ascoltami. Il foglio dice che una associazione di nome Sociedad Israelita de Socorros Mutuos Varsovia recluta ragazze per strapparle alla nostra miserabile realtà e procurare loro rispettabili matrimoni e buoni impieghi come domestiche presso le case degli ebrei ricchi di Buenos Aires, in Argentina.» Guardò la figlia con un nuovo velo di malinconia negli occhi. «Dall'altra parte del mondo.»

«Ma io ti scriverò! E ti manderò tutti i soldi che guadagnerò così mi potrai raggiungere!» esclamò Raechel.

Il padre scosse la testa. «Non sarei lì a proteggerti» disse alzandosi. «E tu sei ancora troppo piccola per poterti prendere cura di te stessa.» Le accarezzò di nuovo il capo, teneramente. «Fine della discussione. Ora vai a letto.»

L'indomani Raechel vide le altre quattro ragazze del villaggio fra i tredici e i diciassette anni chiacchierare animatamente. Dall'eccitazione che leggeva nei loro sguardi capì che sarebbero partite.

«Tu non vieni, porcospino?» la schernì Tamar.

«No, non mi va» rispose Raechel e se ne andò in fretta, prima di far vedere alle quattro che i suoi occhi neri come la pece, dal taglio allungato, si stavano riempiendo di lacrime di frustrazione. Sentì le loro risate che la accompagnavano per un pezzo della stradina fangosa dello shtetl. Si nascose dietro una baracca e cominciò a prendere a calci un ceppo di legno fino a quando le si incrinò uno zoccolo. Poi mostrò i pugni a un ragazzino che la guardava incuriosito e quello si diede alla fuga. Infine andò sul limitare del bosco e si mise a spezzare rami secchi finché, esausta, si sedette sul ceppo di un albero. L'indomani Tamar e le altre sarebbero partite per Buenos Aires, ovunque si trovasse, e avrebbero vissuto una splendida avventura, piovuta dal cielo come la manna nel deserto, come un vero miracolo.

«E io invece sarò qui a mangiare rape e cipolle» borbottò, piena di invidia, «e a pulire le uova dalla merda di gallina.» Allora si tirò su in piedi, alzò gli occhi al cielo e disse, seria: «*Adonai*, non so se hai scritto tu questa regola o i sacerdoti. Ma come ha detto mio padre, non tutte le regole sono giuste. E allora, anche se sarà peccato, io prometto di lottare per avere la stessa libertà dei maschi». Puntò un dito verso il cielo che stava fissando e lo agitò, quasi minacciosamente, anche se era solo una ragazzina. «E non sto scherzando» aggiunse. «Lo prometto solennemente!»

In quel momento sentì un trambusto e un vocio. Si voltò verso lo shtetl e vide una cinquantina di uomini, tra contadini e soldati dello zar, che attaccavano la sua comunità.

Senza riflettere si buttò verso la mischia, con una specie di presentimento che le si agitava in petto. Correndo, lo zoccolo che poco prima aveva incrinato a calci finì di rompersi. Ma Raechel continuò a correre, senza rallentare, con il piede nudo che affondava nella neve.

Quando arrivò al villaggio sentì i contadini e i soldati urlare le solite accuse, che gli ebrei avvelenavano l'acqua, che facevano stregonerie per mandare in malora i raccolti, che attiravano l'ira di Dio sulla Madre Russia, colpevole di ospitare gli uccisori del Cristo. Non c'era nulla di strano agli occhi di Raechel, perché quando un orrore si ripete con disarmante regolarità si continua ad averne paura ma si smette di provare meraviglia.

Alla fine dell'incursione, molti uomini e donne del villaggio erano a terra, con i volti tumefatti e sanguinanti, con le ossa rotte, con sfregi che li avrebbero deturpati per il resto della loro vita. Raechel notò per primo il rabbi. Era in ginocchio, con le mani al cielo. Raechel pensò che c'era qualcosa di strano in lui, anche se all'inizio non capì. E poi comprese. Non aveva più la sua lunga barba bianca. Gliel'avevano tagliata, insieme a una fetta di mento che sanguinava copiosamente. E il vecchio, con le mani alzate al cielo, chiedeva al Signore del popolo di Davide di perdonarlo, perché si presentava nudo al suo cospetto.

Solo allora Raechel vide suo padre steso per terra, immobile, poco distante dal rabbi. Gridò e si lanciò verso il genitore.

Il padre respirava a fatica e aveva un profondo, innaturale avvallamento al centro del petto. Raechel sapeva cosa significava. Succedeva di frequente nelle campagne. Non era strano essere colpiti dal calcio di un cavallo o di un toro. O finire calpestati. Ed era quello che doveva essere successo al padre. Raechel sapeva anche che da ferite del genere non ci si salvava. Il sangue non usciva fuori, rimaneva tutto dentro. C'era chi resisteva una settimana, chi aveva la fortuna di morire in pochi attimi.

«Padre» cominciò a piangere Raechel, vedendo quegli occhi di solito così vivi e che ora invece già cominciavano ad appannarsi.

Il padre mosse la bocca, cercando di parlare, ma gli uscì solo un piccolo grumo di sangue.

Raechel gli pulì il labbro inferiore.

Il padre, con le poche forze che gli rimanevano, le prese la mano e gliela fermò. E poi provò di nuovo a parlare. E di nuovo non ne uscì che un confuso gorgoglio.

«Non sforzarti, padre» disse Raechel.

Ma il padre non si rassegnò. Sapeva di avere poco tempo a disposizione e quello che le doveva dire era troppo importante. Le fece segno di abbassarsi.

Raechel accostò l'orecchio alla sua bocca.

«Pa... rti...» sussurrò l'uomo, con uno sforzo titanico.

Raechel si raddrizzò di scatto. Sul suo volto era dipinta un'espressione confusa e meravigliata.

Il padre annuì, per confermarle che aveva capito bene. E poi ripeté, con una voce che non aveva più la limpidezza del cantore della comunità: «Parti... fi... glia mi... a...». E rimase così, a bocca aperta, mentre la morte gli rubava l'ultimo fiato.

3.

Mondello – Palermo, Sicilia

«Rocco... Rocco...» scandì lentamente don Mimì Zappacosta, seduto su una poltrona di vimini sotto al portico della sua casa estiva a Mondello, in riva al mare, sorseggiando una limonata fresca. Arricciò le labbra e scosse il capo, costernato. «Rocco» riprese con voce calma e apparentemente bonaria, «ma è vero quello che mi dicono di te?»

Rocco Bonfiglio, un giovane di vent'anni, con i capelli biondi ereditati da chissà quale antenato normanno che aveva bivaccato a suo tempo in Sicilia, stava in piedi davanti a don Mimì, senza abbassare lo sguardo. Poco più dietro di lui c'erano i due uomini con le lupare a tracolla che lo avevano portato fin lì.

«Che vi dissero?» fece Rocco.

Don Mimì sospirò. «Da quanto tempo ti conosco, Rocco?» Bevve un sorso di limonata, poi appoggiò il bicchiere sul tavolino di vimini accanto alla poltrona. Si appuntò una semplice spilla d'oro al risvolto della giacca bianca di lino e si alzò. «Da quando nascesti ti conosco!» sorrise avvicinandosi a Rocco. Lo prese sottobraccio. «Andiamo a fare una passeggiata sulla spiaggia. Il dottore dice che camminare mi fa bene alle articolazioni.» Mentre si appoggiava a Rocco, gli stringeva l'avambraccio con la mano magra per fargli sentire quanto fosse ancora forte.

Scesero in silenzio i cinque gradini che davano sul giardino pieno di fichi d'india e di alte piante di bougainvillea con i loro fiori viola che sembravano di carta, lo attraversarono e uno degli uomini con la lupara si affrettò ad aprire il cancelletto che dava direttamente sulla spiaggia. Il sole era già alto in cielo e un leggero vento di maestrale increspava appena il mare. Piccole onde schiumavano pigramente sulla sabbia.

Rocco era teso. Non era mai un bene per nessuno essere convocato da don Mimì Zappacosta, capomandamento dei due quartieri palermitani di Brancaccio e Boccadifalco. E lui conosceva la ragione di quella visita.

Sua madre, prima di morire, l'anno precedente, gli aveva raccomandato di dire sempre di sì a ogni richiesta di don Mimì.

Come tutti. Come suo padre stesso.

Ma lui invece aveva deciso di dire di no. Voleva che la sua vita fosse un'altra e non quella alla quale era destinato.

Don Mimì, arrivato alla battigia, si fermò. Guardò il mare e la spiaggia deserta. «È un paradiso, vero?» disse, sempre stringendo l'avambraccio di Rocco. Si infilò una mano nella tasca della giacca, ne estrasse qualche pezzetto di pane e lo lanciò poco distante da sé. Subito un paio di gabbiani si precipitarono sul cibo, azzuffandosi fra loro. Don Mimì rise. «E ognuno se lo deve conquistare il proprio paradiso.» Lanciò altri due pezzi di pane. «Però, una mollichella alla volta, ognuno di noi può guadagnarsi il paradiso che si merita.» Indicò i gabbiani. «Guardali bene, Rocco. Ti sembra che schifano il mio pane?»

Rocco rimase in silenzio.

«Ti tagliarono la lingua?» scherzò don Mimì. Ma non c'era alcun divertimento nella sua voce.

«No.»

«A quale delle due domande rispondesti?»

«A tutte e due» fece Rocco.

«Non ti tagliarono la lingua e i gabbiani non schifano il mio pane, giusto?»

«Sì.»

«Sì» annuì pensieroso don Mimì, riprendendo a camminare. «Allora, Rocco, è vero quello che mi dicono di te?»

«Che vi dissero?» ripeté Rocco, pur sapendo a cosa si riferiva.

Don Mimì sospirò. «Minchia, faresti girare i cugghioni a un santo» rise. Si fermò, lasciò il braccio di Rocco e lo guardò dritto negli occhi. Poi gli diede un buffetto sulla guancia. «Mi dicono che tu, al contrario di quei gabbiani, schifi il mio pane.»

Rocco si voltò. I due guardaspalla li seguivano da vicino.

«Schifi il mio pane, Rocco?» La voce di don Mimì ora non aveva più nulla di bonario.

«Di che vi lamentate, don Mimì?» rispose Rocco.

«Nardu Impellizzeri, il mio caporegime di Boccadifalco,

mi disse che rifiutasti di diventare un uomo d'onore» fece don Mimì, con una voce dura.

«Don Mimì...» iniziò Rocco, facendosi coraggio. Sul suo viso si leggeva la tensione mentre lo sguardo gli cadeva sulla spilla d'oro fissata al risvolto della giacca del padrino. «Io...»

«Tu cosa?»

«Io non voglio fare parte di Cosa Nostra» disse Rocco tutto d'un fiato. «Senza offesa.»

«Senza offesa?» alzò la voce don Mimì. Gli diede uno schiaffo.

Rocco si irrigidì, stringendo i pugni.

I due uomini fecero un passo in avanti, pronti a intervenire.

Don Mimì li fermò con un gesto secco della mano. «Tu fai già parte della famiglia, esattamente come tuo padre» disse.

«Mio padre morì ammazzato quando avevo tredici anni» rispose Rocco. Ancora lo sognava, certe notti. Lo vedeva sul selciato della chiesa di San Giovanni dei Lebbrosi, con gli occhi strabuzzati. E il petto squarciato da una fucilata destinata a don Mimì.

«Morì con onore salvandomi la vita» disse don Mimì. «E da quel giorno la famiglia si prese cura di te. È vero o no? Ti feci mai mancare niente?»

«Mi sono spaccato la schiena nella vostra vigna» fece Rocco. «Vi ho ripagato col mio sudore.»

«Hai mangiato il mio pane» insisté don Mimì, battendogli un dito sul petto. «Potevo buttarti per strada. Invece per rispetto a tuo padre ti ho tenuto con me.»

«I vostri capiregime mi hanno fatto picchiare dei poveri braccianti che non volevano lasciare la loro terra» disse Rocco, con le vene del collo che si gonfiavano per lo sdegno. «L'inverno scorso uno dei picciriddi è morto di stenti. Li avete rovinati.»

«Si rovinarono da soli!» replicò duro don Mimì. «Io gli avevo fatto un'offerta generosa. Gliela compravo, la terra.

Ma loro no... contadini stupidi e ignoranti, andarono appresso a quegli strunzi dei fasci socialisti. L'ammazzarono essi chiddu picciriddu.»

«No! L'ammazzai io!» urlò Rocco. «È sulla mia coscienza!»

«Non dire fesserie!» fece don Mimì, irritato. «Se non eri tu c'era qualcun altro pronto a fare quel lavoretto.»

«Ma c'ero io» disse cupo Rocco. «E per questo non farò mai parte della vostra famiglia né di nessun'altra.» Sfidò con lo sguardo il capomandamento e aggiunse: «Io non sono come mio padre».

«No, non lo sei» fece pieno di amarezza don Mimì. Poi, dopo averlo fissato in silenzio, gli diede le spalle, prese degli altri pezzi di pane e li lanciò ai gabbiani. Li guardò mangiare. «La vita è una faccenda complicata, Rocco» sospirò, senza voltarsi. «Assai più complicata di quello che riesce a vedere un giovane come te.» Fece un paio di passi allontanandosi, pensieroso, poi tornò indietro, fissandolo. «E cosa vorresti fare?»

«Il meccanico a Palermo» rispose Rocco.

«Sei bravo con le macchine, è vero. Me lo disse Firmino, che ti imparò tutto quello che sapeva» fece don Mimì.

«E iddu pure morì ammazzato» disse piano Rocco.

«Tutti muoiono, chi prima e chi poi. E in Sicilia il piombo è una malattia come un'altra» fece don Mimì, senza scomporsi, come se si trattasse di un'inezia. «Un soldato lo sa. A volte si ammazza e a volte si viene ammazzati. La vita è una guerra.»

«Non è la guerra mia.»

«Un soldato fa la guerra del generale. Non decide lui.»

«E io invece voglio decidere.» Rocco si pentì subito di quella frase. Ma ormai l'aveva detta.

Don Mimì indicò Rocco ai due guardaspalla. «Lo sentite che fesserie va dicienno?» Colpì Rocco con un manrovescio.

«Non lo fate più, don Mimì» ringhiò Rocco, perdendo il controllo, con gli occhi scuri e profondi che sembravano bruciare.

Don Mimì lo colpì ancora.

Rocco strinse i pugni ma non reagì.

«Tu ti credi che puoi andare a Palermo e trovare lavoro, così, impunemente?» La voce di don Mimì era incredibilmente calma. «Che figura ci faccio io? Eh? Me lo vuoi dire?» Gli si avvicinò e gli sussurrò: «Quant'è vero Iddio, non ti darà lavoro nessuno».

Rocco resse lo sguardo, con le guance arrossate dagli schiaffi e dalla rabbia.

«Che figura ci faccio io se non diventi un uomo d'onore della mia famiglia?» riprese don Mimì. «Penseranno che sono debole. E qualcuno finirà per credere che davvero si può dire di no a don Mimì Zappacosta e farla franca. E ti pare che io me lo posso permettere?» Gli mise una mano sulla spalla, come un buon padre. «Mi dai un dolore, Rocco. Un grande dolore dopo tutto quello che feci per te e per tua madre, pace all'anima sua.» Gli prese il viso tra le mani. «Pe' mia sei come nu figghiu, picciottu. Ma cosa dovrei fare adesso? Un altro, al posto tuo, sarebbe già morto, lo capisci? Se sei ancora vivo lo devi solo a tuo padre.»

Rocco, per la prima volta da quando era iniziato quel dialogo, perse la sua sicurezza. Sentì che la paura gli stringeva lo stomaco. Conosceva i metodi di Cosa Nostra, era cresciuto a stretto contatto con quella gente. E piano piano si era abituato ai loro sistemi come chi abita vicino a un immondezzaio non sente più l'odore del marciume nell'aria. Non aveva mai ucciso nessuno, non aveva mai partecipato a estorsioni, non aveva mai appiccato un incendio al negozio di qualche commerciante che provava a opporsi al pizzo. Era sempre stato ai margini. L'anno prima però era diventato un "avvicinato", come si diceva da quelle parti. Non l'aveva scelto. Era stato deciso così e basta. Una notte l'avevano fatto ubriacare e poi l'avevano portato con loro a picchiare la famiglia di braccianti. Era stata la sua iniziazione. Il primo passo per l'affiliazione. Rocco ricordava tutto confusamente. Ma due settimane più tardi, quando aveva incontrato quella famiglia di straccioni per le strade di Boccadifalco e loro, riconoscendolo, si erano fatti piccoli e l'avevano salutato con timore, Rocco si era sentito sporco. E vigliacco. E poi, durante l'inverno, qualcuno dei soldati di don Mimì, ridendo, aveva raccontato che il più piccolo della famiglia era morto di fame. Da quel giorno Rocco non era più stato lo stesso. E aveva giurato che non avrebbe più fatto male a nessuno.

«Cosa devo fare con te, Rocco?» continuò don Mimì, con quella voce pacata che faceva più paura di un urlo. «Me ne devo tornare alla mia limonata, darti l'ultimo saluto, chiedere perdono all'anima di tuo padre e lasciarti a loro?» disse indicando i due guardaspalla, che avevano messo mano ai coltelli a serramanico.

Rocco sentì che il cuore gli accelerava in petto. Tutto il coraggio che aveva avuto il giorno prima con Nardu Impellizzeri, il caporegime di Boccadifalco, sembrava svanito.

«Aiutami, Rocco» riprese don Mimì, con un sorriso triste sul volto duro. «Non mi mettere con le spalle al muro. Un uomo con le spalle al muro non ha alternative. Non mi far prendere questa decisione disgraziata.»

«Cosa volete da me?» chiese Rocco, cercando di controllare la voce.

«Io voglio solo trovarti un lavoro da meccanico a Palermo.» Don Mimì gli diede un buffetto sulla guancia. «Che c'è di male in questo? Eh? Dimmelo.»

Rocco lo guardò, sentendosi sempre più debole. O si arrendeva o moriva. Le regole della mafia erano quelle.

«Entra nella famiglia. Fammi orgoglioso... Giura» disse don Mimì in tono bonario. «Non fare l'eroe morto.»

Rocco abbassò il capo a terra, per la prima volta. Vinto. Era troppo giovane per morire.

«Così mi piaci, picciottu» rise don Mimì. Gli appoggiò una mano sulla spalla e lo spinse in giù. «Inginocchiati.»

Le gambe di Rocco si piegarono e affondarono nella sabbia.

Don Mimì si sfilò la spilla d'oro che si era appuntato al risvolto della giacca e prese la mano destra di Rocco. Gli afferrò saldamente l'indice e lo punse senza esitazione, a fondo. Lasciò che la goccia di sangue si gonfiasse, poi ci appoggiò sopra una immaginetta sacra. «Prendila tra le mani» disse allora a Rocco.

Rocco non capì di quale santo si trattasse perché il suo sangue aveva imbrattato il volto dell'immagine.

Don Mimì avvicinò un acciarino al santino e gli diede fuoco. «Ripeti: giuro di essere fedele a Cosa Nostra.»

«Giuro… di essere fedele… a Cosa Nostra…» disse a fatica Rocco, mentre l'immagine cominciava a bruciare, arricciandosi.

«Se dovessi tradire…»

«Se dovessi tradire…»

«… le mie carni devono bruciare come brucia questa immagine…»

«… le mie carni devono bruciare come brucia questa immagine» ripeté Rocco mentre il fuoco gli lambiva i polpastrelli.

«Bravo, picciottu» disse allora don Mimì. «Ora sei un uomo d'onore.»

Rocco aprì le dita e un refolo di vento fece svolazzare l'immagine incenerita, come una farfalla nera.

«Da questo momento non sei più il benvenuto a casa mia.» La voce di don Mimì si fece improvvisamente dura. «Ubbidirai a un mio caporegime e gli verserai la decima parte del tuo guadagno di meccanico. La tua vita adesso è della famiglia, ricordatelo.» Poi, scortato dai due guardaspalla, senza aggiungere altro, tornò verso la villa.

Rocco rimase immobile, a testa bassa, fissando i granelli di sabbia. Poi, lentamente, voltò lo sguardo verso il mare.

"Sono vivo" pensò. Ma senza sollievo.

Perché dentro era come se fosse morto.

4.

Alcamo, Sicilia

Rosetta si alzò dal letto con un peso sul cuore.

Non poteva più rimandare.

Uscì e andò al casotto degli attrezzi. Prese una vanga e si incamminò verso il campo dove aveva lasciato le pecore sgozzate. L'odore della decomposizione e del sangue stagnava nell'aria torrida. Nugoli di mosche si accanivano sui velli tinti di rosso. Le pupille opache delle povere bestie riflettevano la luce impietosa del sole come specchi.

Rosetta si annodò la gonna in vita, scoprendo le gambe, e si slacciò i primi tre bottoni del vestito, fino alla piega dei seni. Poi alzò la zappa e colpì la terra dura e secca.

Le ci volle quasi un'ora per la prima buca. Allora, con il sudore che le appiccicava i capelli alla fronte e le faceva bruciare gli occhi, afferrò una pecora per le zampe posteriori e la trascinò fino alla fossa. La buttò dentro, cercando di guardare il meno possibile. Poi trascinò anche la seconda pecora. Il corpo irrigidito dell'animale cadde con le zampe verso l'alto. Rosetta fu costretta a calarsi nella buca e rivoltare la pecora. Si accorse che i corvi le avevano beccato gli occhi, svuotando le orbite e lasciando delle gocce scure, come lacrime di cera. L'odore, col caldo, era nauseante. Uscì dalla buca e la ricoprì di terra. Poi cominciò a scavarne un'altra, qualche metro più in là. La fece più profonda e larga della prima e ci trascinò dentro tre pecore. Quando ebbe ricoperto anche questa fossa si fermò, ansimando. Il sole era già alto in cielo. I nugoli di mosche continuavano a ronzarle intorno. Il vestito, zuppo di sudore, si era fatto rosso scuro. Le mani e le spalle le facevano male. Si lasciò cadere in terra, spossata.

«I fimmine non sono forti come a noi maschi» disse una voce.

Rosetta si voltò, colta di sorpresa.

Cinque giovani del paese la osservavano seduti sulla staccionata del recinto.

Rosetta scattò in piedi e sentì crescerle dentro quella familiare paura degli uomini che non la abbandonava mai. «Andatevene!» urlò. «Questa è terra mia!»

I giovani la guardarono senza muoversi, con un sorriso di scherno dipinto sul volto. «Sennò che ci facesse?» lo provocò uno.

«Andate via o chiamo le guardie!»

«Di quali guardie parli?» fece uno dei giovani. «Di mio padre?»

«O di mio cugino?» chiese un altro ragazzo, con i capelli rossi.

I giovani la fissarono.

«Che belle cosce tieni» disse infine uno.

Solo in quel momento Rosetta si rese conto di essere mezza nuda. Si sentì morire di vergogna. Si sciolse la gonna e si riabbottonò in fretta il vestito.

I giovani risero.

Rosetta, furibonda, puntò il dito verso il ragazzo dai capelli rossi. «Mo' ti senti forte con loro, eh, Saro?» gli disse con le narici dilatate. «Te lo scordasti quando mi sbavavi dietro e chiagnevi? Eh? Ce lo dicisti ai compari tuoi?»

Saro arrossì violentemente. Sputò nella sua direzione. «A una bottana come a tia non la volesse manco se me la mettessero nel piatto.»

«Andate via» disse ancora Rosetta.

«Rumpiti 'u culo!» fece Saro e incrociò le braccia in petto.

Anche gli altri lo imitarono.

«A noi ci piace guardarti» fece un altro.

Rosetta fremette, impotente. Sentì le lacrime che spingevano per uscire. Tutti i paesani credevano che non avesse paura di niente, ma non era vero. Aveva avuto paura di suo padre. E a volte, da quando era morto, aveva paura a stare da sola nel casolare, perché chiunque avrebbe potuto sfondare la porta con un calcio. Ma su una cosa i paesani avevano ragione: lei era forte dentro. E testarda come un mulo. Diede le spalle ai giovani e cominciò a scavare un'altra buca. Sfogò tutta la rabbia sulla terra, vangando insensibile al caldo e alla fatica.

«Tu sei più dura di una pietra» si ripeteva piano.

Quando ebbe seppellito le ultime cinque pecore era senza fiato, con le mani piagate dalla vanga e il vestito che gocciava sudore. Il cuore le batteva forte in petto e sentiva le gambe molli. Allora, per la prima volta, si voltò verso la staccionata, con uno sguardo di sfida.

Ma i giovani non c'erano più. Non li aveva sentiti andare via. Invece di esserne sollevata, però, avvertì una sensazione di allarme. Tese le orecchie. Niente. Si sentiva solo il ronzare delle mosche e il frinire delle cicale, che si rosolavano al sole.

«Sono preoccupato per te» aveva detto padre Cecè.

Rosetta decise di non lavarsi al torrente. Non voleva spogliarsi. Tornò verso il casolare, continuando a guardarsi intorno. Si chiuse la porta alle spalle con il catenaccio. E allora, ancora una volta, si sentì vulnerabile.

Mangiò un avanzo di *pane cunzato* e bevve mezzo bicchiere di vino rosso. Poi andò alla finestra e guardò i campi. Non c'era nessuno. Distrutta dalla fatica si buttò sul letto e cadde in un sonno agitato. Quando si svegliò, due ore più tardi, aveva la bocca impastata del sapore dei pomodori secchi e dei capperi del pane cunzato. Aveva sete.

Fece scorrere il catenaccio e uscì all'aperto. Il sole, calando, cominciava a raggiungere la vetta del monte Bonifato e a dare tregua alla natura. Andò al pozzo, tirò su il secchio e bevve una lunga sorsata di acqua fresca con il mestolo di legno. Poi vi immerse le mani e si sciacquò la faccia. Si bagnò la nuca, a occhi chiusi. Si sentì subito meglio. E mentre si sbottonava il vestito, per rinfrescarsi il petto, pensò che non gliel'avrebbe data vinta. Perché la sua era una battaglia giusta. E a quel pensiero si sentì più fiduciosa.

Ma in quel momento qualcuno le infilò un cappuccio sulla testa, prendendola alle spalle. Poi delle mani la afferrarono per le braccia, immobilizzandola.

Rosetta gridò. Mentre cercava di divincolarsi sentì che il secchio ricadeva nel pozzo.

«Urla, bottana, urla. Tanto 'un ti sentisse manco un cane» le sussurrò una voce, artefatta per non essere riconosciuta.

Rosetta fu presa dal panico. Ogni volta che respirava la stoffa del cappuccio le si infilava in bocca e nel naso. «Chi siete?» gridò.

«Nun siamo nessuno» fece la voce.

Poi Rosetta fu scaraventata per terra. Una mano le afferrò il vestito, dove aveva cominciato a slacciarlo, e lo strappò, denudando il seno. Rosetta urlò ancora e cercò di difendersi. Protese una mano davanti a sé, provando a respingere l'aggressore. Sentì sotto i polpastrelli il collo dell'uomo e ci piantò con ferocia le unghie. L'uomo gemette e la colpì con un pugno. Poi altre mani le immobilizzarono le braccia, larghe, come un Cristo sulla croce. Qualcuno le alzò la gonna.

«No!» strillò Rosetta. Cercò di scalciare.

Un corpo pesante le si buttò sopra, aprendole le gambe.

Rosetta sentì qualcuno che sputava. Poi una mano bagnata di saliva la inumidì in mezzo alle cosce. «No!» gridò ancora, disperata, perché adesso sapeva cosa sarebbe successo. «No!»

Un attimo dopo sentì una spinta feroce nel ventre. E poi, con uno strappo, una fitta dolorosa. E un calore che la lasciò senza fiato e le riempì gli occhi di lacrime.

Il corpo sopra di lei cominciò a muoversi freneticamente.

Rosetta aveva gli occhi sbarrati nel buio, dentro al cappuccio. E la bocca spalancata. E le orecchie che le si riempivano dell'ansimare bestiale dell'uomo che la schiacciava e possedeva.

Poi quel corpo si contrasse, con un ultimo affondo dentro di lei.

Rosetta sentì una specie di grugnito e un liquido vischioso e tiepido che la invadeva.

Il corpo si sfilò. «La bottana era vergine» ridacchiò una voce.

Rosetta pensò che fosse finito. Invece qualcun altro le si stese sopra e riprese a fare quello che aveva fatto il primo.

«Non fa male... non fa male...» cominciò a mormorare Rosetta.

«No che non fa male» rise qualcuno. «Ti piace, eh, bottana?»

Anche quello dopo un po' grugnì, si irrigidì e la riempì del liquido vischioso.

Poi fu la volta del terzo.

Infine la prima voce che le aveva parlato disse: «Nun ti levare il cappuccio sennò ti scanno».

Rosetta rimase immobile mentre sentiva lo scalpiccio dei loro passi che si allontanavano di corsa. E rimase lì, pietrificata, incapace di muoversi, di pensare, di ascoltare il terribile dolore nel quale l'avevano precipitata. Incapace di misurare l'umiliazione, rimase immobile finché cominciò a essere scossa da violenti brividi di freddo. Un freddo che veniva da dentro, da dove l'avevano violata.

Allora, con mani tremanti, si sfilò il cappuccio. La luce del tramonto, quando riuscì a tirarsi in piedi, rese ancora più rosso il sangue che le colava lungo le cosce.

Rosetta aveva gli occhi sbarrati e la bocca aperta, muta. Guardò verso il casolare. E poi verso il campo dove aveva seppellito le pecore. E poi più in là, dove la terra era nera per l'incendio di due mesi prima, con le sagome contorte degli ulivi carbonizzati.

Aprì di più la bocca, come se volesse chiedere aiuto, ma non le uscì nemmeno un fiato. Non si sentiva respirare. Non sentiva battere il cuore in petto. Era come morta. Non sentiva nemmeno le cicale.

Sentì solo, in lontananza, la campana della chiesa di San Francesco d'Assisi.

Allora, come un automa, cominciò a camminare lungo il sentiero pietroso, quasi senza accorgersi di farlo. A passi lenti e insicuri. Come in sogno. Come se non fosse più lei.

Quando attraversò Alcamo non sentì gli occhi dei paesani su di sé. Né si accorse che le si accodavano. Seguiva solo l'eco ormai estinto di quella campana, che era l'unica cosa che aveva sentito.

Arrivò alla chiesa di San Francesco d'Assisi, salì i due scalini e aprì la porta.

«*Gloria Patri et Filio et Spiritui Sancto*» stava dicendo padre Cecè, conducendo il rosario serale.

Rosetta fece un passo nella chiesa.

«*Sicut erat in principio et nunc et semper et in sæcula sæculorum*» risposero in coro le comari.

Rosetta, malferma sulle gambe, si appoggiò a una panca, che scricchiolò.

Le donne e padre Cecè si voltarono. Ammutolirono.

Rosetta aveva un'espressione spaventosa dipinta in viso. Il vestito strappato sul petto lasciava intravedere il seno. La gonna lacerata da un lungo squarcio mostrava il sangue che le imbrattava le cosce. Gli occhi erano pieni di un dolore che illuminava penosamente la penombra della chiesa.

Dietro di lei, come in un corteo funebre, si scorgevano i paesani che l'avevano seguita.

Allora Rosetta, scarmigliata e scandalosa come una Maddalena, allargò appena le braccia, con il palmo delle mani all'insù, come consegnandosi alla comunità, e nel silenzio generale, con la voce roca, disse: «Avete vinto».

«Amen» mormorò una donna e poi si fece il segno della croce.

5.

Soročincy, Governatorato di Poltava, Impero russo

Il padre di Raechel fu seppellito nel cimitero dello shtetl. Il vecchio rabbi, con il mento avvolto da fasce che si tingevano di rosso, a testa bassa per la vergogna di quella menomazione, iniziò a cantare il *kaddish* con una voce così flebile che bisognava tendere l'orecchio per sentirlo.

Raechel aveva gli occhi gonfi di pianto e quando la sua voce si unì a quella debole del rabbi, sovrastandola, risuonò così pura, così alta e piena di dolore che nessuno, anche se una donna non poteva condurre la preghiera dei morti, si azzardò a interromperla o rimproverarla.

Quando ebbero terminato di cantare il kaddish, il rabbi, nel commosso silenzio generale, concluse: «*Shemà Israèl, Adonài Elohénu, Adonài Echàd*».

Ascolta, Israele, il Signore è nostro Dio, il Signore è Uno.

Allora Raechel si inginocchiò accanto alla fossa e con delicatezza posò sopra la terra smossa, come prescritto dal rituale, una pietra, *evèn*, che nella loro antica lingua conteneva entrambe le radici delle parole padre e figlio, unite insieme. E lì, attimo dopo attimo, le parve che tutta la sua forza la stesse abbandonando, insieme al padre. Infilando le mani nella terra della tomba si sentì pervadere dallo stesso gelo che avvolgeva il corpo del genitore. Il suo futuro, all'improvviso, le sembrò una montagna insormontabile. E in quell'incertezza, in quello smarrimento, si ritrovò a essere semplicemente una ragazzina di tredici anni, incapace di fronteggiare la vita.

Non passò nemmeno un'ora che quattro carrozze coperte, trainate ciascuna da quattro cavalli, arrivarono allo shtetl. Dalla prima scesero tre uomini con dei lunghi caftani neri, di lana calda, con il collo di pelliccia. Si avviarono a passi risoluti verso il rabbi.

«*Shalom Aleichem*» salutarono rispettosamente.

«*Aleichem Shalom*» rispose il rabbi, a testa bassa.

Raechel guardò gli uomini e le carrozze con timore. Ciò che più aveva desiderato fino al giorno prima e che aveva immaginato come una straordinaria occasione, ora le incuteva una paura che non riusciva a controllare. «Parti, figlia mia» le aveva detto il padre morendo. Ma Raechel pensava di non averne più il coraggio. Non aveva più la forza di partire e non aveva la forza per restare. L'unica cosa che desiderava in quel momento era scomparire e non provare più quel dolore lancinante e quell'incolmabile vuoto dentro. Sentì il respiro che le si affannava in petto, mentre cercava di pensare e di decidersi.

I tre uomini scesi dalle carrozze, guardandosi in giro, notarono subito i segni e le ferite dell'incursione del giorno prima sui volti e sui corpi dell'intera comunità che gli si era radunata intorno. Scossero il capo, poi il più alto dei tre, un uomo pingue e con le gote arrossate, fece un segno. Immediatamente comparvero altri due uomini, anche loro avvolti da lunghi caftani, che depositarono un barile alto quattro piedi davanti al rabbi.

«È carne macellata secondo il nostro rituale e salata» disse l'uomo pingue. «Accettala per la tua gente.»

«*Barùch Shem Kevòd Malchutò Leolàm Vaèd*» fece il rabbi e dalla comunità si levò un mormorio grato.

«Sì, sant'uomo. Benedetto il Nome della Gloria del Suo Regno per sempre e in eterno» disse l'uomo pingue. «Io mi chiamo Amos Fein. Avete letto il messaggio che vi abbiamo mandato?»

«Sì, l'abbiamo letto» rispose il rabbi.

«Bene» disse Amos. «E cosa avete deciso?»

«Vi prenderete cura delle nostre figlie?»

Amos si voltò di nuovo verso i due uomini che avevano portato il barile di carne salata e gli fece un altro cenno.

I due uomini aprirono le ante posteriori delle carrozze e ne fecero discendere una ventina di ragazze, sorridenti e festose.

«Guardale, adesso sono le nostre figlie» disse in tono pacato Amos. «La Sociedad Israelita de Socorros Mutuos Varsovia vuole dare loro la possibilità di non morire di stenti e persecuzioni. Ma se non credi a me, chiedi a loro.»

Il rabbi valutò le ragazze che erano scese dalle carrozze. Poi, dopo aver intercettato i segni di assenso dei rispettivi genitori, disse: «Ci sono quattro nostre amate figlie che verranno con voi».

«Cinque» si fece avanti Raechel, con un tremito nella voce.

Amos la guardò. Sul suo viso comparve un'espressione delusa. Era una ragazzina per nulla femminile. Il viso era bruttino, con zigomi sporgenti, un naso appuntito, labbra sottili e dei ridicoli capelli da selvaggia. E anche il corpo, magro, quasi legnoso, senza la minima traccia di seno, la faceva assomigliare di più a un maschio.

«No, rabbi» intervenne la matrigna. Poi, rivolta a Raechel disse, in tono acido e duro: «Tuo padre non voleva che partissi. Onora la sua memoria rispettando le sue ultime volontà».

«Mio padre, morendo, mi ha detto di partire» protestò debolmente Raechel. «Sono state quelle le sue ultime parole.»

«Bugiarda» disse piena di disprezzo la matrigna.

Raechel la guardò senza energia. Fino al giorno prima le si sarebbe opposta strenuamente. Ora, però, non ne aveva la forza.

«Be', permettimi, rabbi» si intromise Amos, che aveva ancora dipinta in volto la delusione per l'aspetto di Raechel, «non voglio creare tensioni. Se deve restare... che resti.»

«Dateci un attimo per chiarire la questione» fece il rabbino. «Seguitemi» ordinò in tono autoritario a Raechel e alla matrigna dirigendosi verso il šul. Si fermò davanti all'ingresso e le guardò severamente. «Come stanno le cose?» domandò infine a Raechel.

«Come vi ho detto» rispose Raechel, sentendo il cuore che le batteva all'impazzata, come se fosse stata sull'orlo di un precipizio.

«Non è vero» fece subito la matrigna. «Il mio amato

marito non voleva che partisse, rabbi. Le disse che era troppo piccola, che non era in grado di prendersi cura di se stessa.»

Raechel pensò che il padre aveva ragione. La sua presunzione non le aveva fatto capire quanto fosse fragile senza di lui.

«È così?» chiese il rabbino a Raechel.

Raechel, spaventata da quello che stava dicendo, rispose con un filo di voce: «Sì ma poi, morendo… mi ha detto di partire». Al ricordo, la voce le si incrinò per il dolore e gli occhi le si appannarono di lacrime. «Eravamo a un passo da voi…»

«Ma io non l'ho sentito» disse il rabbino.

«Ha sussurrato…» provò a dire Raechel.

«Tu l'hai sentito?» chiese il rabbino alla matrigna.

«No» rispose quella.

Raechel fissò la matrigna con disprezzo. «Come potevi sentirlo? Eri scappata. L'avevi lasciato a morire da solo.»

La matrigna arrossì e non disse nulla, anche se fremeva di rabbia.

Il rabbino guardò le due donne accigliato. «È la parola di una contro l'altra. Deciderò in base alla Legge.» Alzò la mano, per un riflesso automatico, come per lisciarsi la lunga barba. Il gesto si spezzò a mezz'aria. Sospirò. «Ho sempre disapprovato il modo in cui tuo padre ti ha cresciuto. E gliel'ho sempre detto» esordì. «Lui però mi rispondeva che avevi un'intelligenza superiore agli altri e che mortificarla era un peccato contro l'Eterno.»

Raechel si sentì stringere il cuore al pensiero di quanto il padre l'avesse amata e difesa. Solo ora si rendeva conto che tutte le libertà che le aveva concesso, e che a lei erano sempre sembrate poche, a lui invece erano dovute costare battaglie quotidiane nel villaggio. Lei non era niente senza di lui. Perché lui era la sua forza.

«E guarda cosa ha prodotto la sua educazione» riprese in tono severo il rabbino. «Superbia!» esclamò.

Sul volto della matrigna comparve un sorriso soddisfatto.

«Non hai la maggiore età» pronunciò la sua sentenza il rabbino. «E io stabilisco che la moglie di tuo padre diventi tua madre.»

«No...» si ribellò debolmente Raechel. «Lei vuole solo...»

«E se ritiene che per te sia meglio non partire così sia» proseguì il rabbino, imperturbabile. «E tu sarai il suo bastone. Amen.»

«No...» ripeté Raechel. «A lei non importa di me. Vuole solo una schiava!»

«Donna» disse allora il rabbino, rivolto alla matrigna, senza curarsi delle parole di Raechel, «porta via tua figlia. Chiudila in casa, se necessario.» Guardò Raechel. «Non mi sarei mai augurato che tuo padre morisse» dichiarò in tono grave. «Ma poiché è successo, trarremo vantaggio da questa disgrazia e ti riporteremo sulla retta via che lui non ha saputo indicarti.»

«Come potete parlare così di mio padre?» disse Raechel indignata e ferita, alzando la testa con fierezza. «Era migliore di tutti voi messi insieme. Ipocriti!»

«È il demonio in persona che parla con la tua bocca» fece il rabbino. «Portala via, donna!»

La matrigna afferrò Raechel per un braccio, stringendoglielo con violenza e strattonandola.

E lei non oppose resistenza. «Come fate a parlare così di mio padre...» ripeté soltanto.

Poi, mentre la matrigna la spingeva in casa e si chiudeva dietro la porta con la spranga di legno, Raechel sentì le ragazze vociare allegre e i loro genitori che le benedicevano. Sentì gli sportelli che venivano aperti e richiusi, le fruste che schioccavano, i cavalli che nitrivano e le ruote che cominciavano a far scricchiolare il velo di ghiaccio steso come una glassa sulle strade dello shtetl. Andò all'unica finestrella della casa e guardò le carrozze nere che procedevano lente, al passo.

«Preparami da mangiare» gracchiò alle sue spalle la matrigna.

Raechel si voltò.

Sul volto dell'odiosa donna campeggiava un malevolo sorriso di trionfo. «D'ora in avanti la musica cambia. Rassegnati.»

Raechel tornò a voltarsi verso la finestrella, vide le carrozze ormai lontane e avvertì tutto il peso della sua vita futura. Si sentì persa. Un nuovo panico le serrò la gola. Non avrebbe avuto più nulla, neanche quel poco che aveva prima. Ma non provò rabbia. Solo una sottile disperazione che si tingeva di nero, come se si stesse immergendo in una impenetrabile oscurità senza ritorno. Ciò che la attendeva era una prigione a vita. Una piccola morte.

«Sbrigati» disse la matrigna.

Raechel, come un automa, ingobbita, si avviò al focolare. "Vi sto tradendo, padre" pensò. E poi, schiacciata dal peso della sua stessa debolezza, mentre una lacrima le cadeva nella pentola del brodo, si disse: "E sto tradendo me".

Dopo un attimo bussarono alla porta.

«Consegnami tutti i libri» ordinò il rabbi alla matrigna, quando aprì. «Li conserverò nel tempio. In questa casa non ci saranno più donne che leggono.»

«È tutto quello che mi rimane di mio padre... Vi prego... no...» fece Raechel, con gli occhi arrossati.

Né la matrigna né il rabbi si degnarono di risponderle. La matrigna raccolse i libri in due alte pile.

Raechel guardava senza trovare la forza di opporsi.

«Aiutami a portarli» disse il rabbi alla matrigna. «Non ce la faccio da solo.»

La matrigna si voltò verso Raechel. «Ma lei...»

«Dove vuoi che vada?» la interruppe il rabbi. «Chiudi la porta da fuori.»

Il rabbi e la matrigna presero i libri e uscirono.

Raechel sentì la porta che veniva chiusa. E di nuovo, con più nitidezza ancora, misurò tutto il peso della sua futura prigionia. «Dove vuoi che vada?» aveva detto il rabbi, quasi con disprezzo. Perché sapeva di averla vinta. Di averla schiacciata. Si avvicinò alla finestrella. Le carrozze non si vedevano più. Ma lei sapeva dov'erano. Stavano percorrendo la strada che girava attorno alla collina che dominava il villaggio, compiendo un tragitto a semicerchio. Era una via più lunga rispetto alla linea dritta ideale verso ovest, ma in questo modo i carri, trainati da bestie spesso deboli o vecchie, non dovevano affrontare la salita. Raechel ricordò quante volte, quando era più piccola e voleva raggiungere il padre che andava nei campi, aveva tagliato per la collina. Le sue gambe veloci le permettevano di incontrare il padre prima ancora che avesse completato il semicerchio descritto dalla strada. Ed era abbastanza esile per uscire dalla finestrella, che non era niente più che una feritoia.

Il pensiero le attraversò all'improvviso la mente. Sentì il sangue che tornava a scorrerle nelle vene, strappandola alla nebbia nella quale era precipitata. Suo padre, a dispetto del rassegnato stile di vita della comunità, le aveva insegnato che ogni essere umano era figlio delle proprie scelte e che tutti avevano il dovere di determinare il proprio destino. Fissò la finestrella, con il cuore che le diceva di fuggire. Alla fine andò al suo giaciglio e prese l'unico libro scampato al rabbi e alla matrigna. Era un libro speciale, dalla copertina consunta, che la sera prima si era portata a letto per sentire il padre ancora vicino. Se lo strinse al petto. Tornò alla finestrella e la guardò spaventata. Quello che stava per fare era una pazzia. Ma non aveva alternative. Se fosse rimasta sarebbe morta.

Aprì la finestrella. Lanciò il libro all'esterno, avvolto in uno straccio della cucina. Poi prese uno sgabello e ci si issò sopra. Infilò la testa nel pertugio ma capì che in quel modo le spalle non sarebbero passate. Allora tornò indietro e fece passare prima le braccia, distese in avanti. Poi fece seguire la testa e le spalle, che passarono a fatica. Buttò fuori tutta l'aria dei polmoni e si spinse in avanti, cercando di aggrapparsi con le mani alla cortina di tronchi d'abete all'esterno della casa. Ma arrivata al bacino si rese conto di non avere la forza necessaria. In preda al panico rimase lì, metà fuori e metà dentro, quando vide passare il brufoloso Elias.

Il ragazzino, notandola subito, fece un'espressione meravigliata e allarmata. Poi guardò verso il centro del villaggio.

«Se fai la spia ti ammazzo» lo minacciò istintivamente Raechel.

Elias mosse un passo verso la strada principale.

«Elias, ti prego» lo supplicò Raechel, con le lacrime agli occhi.

Il ragazzino si fermò.

«Ti prego... non mi tradire...» ripeté Raechel. «Aiutami...»

Elias si avvicinò lentamente. «Che vuoi fare?» chiese, ormai a un passo dalle braccia di Raechel. «Te ne vuoi andare anche tu?»

«Aiutami...»

«Ve ne andate tutti» disse Elias con un tono triste.

«Aiutami...»

«Se te ne vai anche tu rimarrò solo...»

«Ti prego...»

Elias, dopo un attimo di incertezza, la afferrò per le braccia e cominciò a tirare, sbuffando e scivolando.

Raechel sentì i fianchi che si graffiavano, ma alla fine riuscì a passare e cadde nel fango. Si rialzò e afferrò il libro di preghiere del padre. «Grazie, sei un amico» disse a Elias.

Sul volto del bambino comparve un timido sorriso. «Davvero?»

«Sì, mi hai salvato la vita» disse Raechel e poi lo baciò sulla bocca, prima di darsi alla fuga.

Elias si portò le dita alle labbra, come per toccare il primo bacio della sua vita.

Ma Raechel non lo vide. Non si voltò perché non aveva tempo da perdere. Si lanciò verso la collina e la scalò più velocemente che poté. Giunta in cima si fermò senza fiato.

Guardò il cimitero. La tomba del padre, da quella distanza, era solo un indistinto mucchietto di terra smossa, una insignificante macchia scura nella distesa bianca della prima neve, così normale per quei luoghi dove il mese di settembre era già inverno. Si voltò nella direzione opposta. Le carrozze erano lontane. Aveva aspettato troppo. Si lanciò all'inseguimento, correndo a perdifiato in discesa. Quando arrivò sulla strada le carrozze non si vedevano più.

"Non ce la farò mai" pensò e rallentò, un passo dopo l'altro, fino a fermarsi, abbandonandosi allo sconforto. "Non ce la farò mai" si ripeté. Si accucciò in terra, pronta a cedere alle lacrime.

Ma poi, nel silenzio di quella terra gelida e desolata, qualcosa che le veniva dal cuore si fece sentire. «Sì che puoi farcela, figlia mia adorata» disse all'improvviso, dando voce al padre.

«Non mi hai lasciata» sussurrò, emozionata.

«Non ti lascerò mai, figlia mia» continuò, immaginando che il padre le fosse accanto.

Allora, accecata dalle lacrime e con il fiato spezzato dai singhiozzi, si alzò in piedi.

«Smettila di piangere» le disse il padre.

Ma Raechel non smise. Non sapeva quante lacrime aveva già versato. Era un pozzo senza fondo.

«Smettila di piangere!» le ordinò il padre, quasi urlando. «Non voglio più vederti piangere!» E poi, quando l'eco di quelle parole si fu perso nel mondo gelato che la circondava, Raechel sentì il padre dire: «Vivi la tua vita. Fino in fondo».

Raechel si asciugò il viso, annuendo, e poi prese a correre. E ogni volta che credeva di non riuscire ad andare avanti si diceva, con la voce del padre: «Corri, figlia mia, corri. Ce la farai».

Però, nonostante tutto, più si allontanava, più sentiva crescere l'ansia dentro di sé. Più si allontanava e meno possibilità aveva di tornare indietro, si diceva. E questo pensiero a momenti le dava ulteriore forza per accelerare il passo e a momenti, invece, le fasciava i piedi di piombo, rendendoli pesanti e lenti. Ma tra accelerazioni e frenate, comunque, resistette alla tentazione di invertire la rotta e continuò a seguire la strada che la strappava definitivamente alla sua vita passata. Andò ancora avanti per ore, spaventata da tutto. Da quello che aveva lasciato, da quello che cercava, da quello che forse non avrebbe trovato.

Un paio di volte sentì arrivare un carro di contadini.

«Nasconditi» le disse il padre.

E Raechel subito si buttò nei campi e si accucciò nei fossi, a contatto con la terra gelida e bagnata.

Quando vide che il sole cominciava a tramontare disse: «Ho paura, padre».

«Ci sono io a proteggerti» le rispose lui. «Non ti arrendere.»

«Verrà il buio...»

«Rischiarerò la tua strada.»

«I lupi usciranno a caccia...»

«Ti renderò invisibile ai tuoi nemici.»

«Non mi lasciate, padre...»

«Non ti lascerò mai, figlia mia adorata.»

E così, con il buio che avanzava minaccioso, Raechel continuò a camminare, rabbrividendo a ogni rumore e a ogni fruscio.

«Ditemelo ancora» sussurrava ogni volta che si sentiva sopraffare dalla paura.

E il padre, con una voce calda e rassicurante, le ripeteva: «Non ti lascerò mai, figlia mia adorata».

Ma a un certo punto Raechel cedette alla stanchezza, più ancora che allo sconforto. Era congelata e affamata. Non aveva più forza nelle gambe. Non sentiva più i piedi. Non riusciva a piegare le dita delle mani. Le orecchie e il naso sembravano di cristallo. La vista le si annebbiava. Tutt'intorno le sagome degli alberi ondeggiavano minacciose, illuminate da una luna anemica, mentre i suoi passi si fermavano sul bordo della striscia appena visibile della strada.

«Mi spiace, padre» disse cadendo in terra.

«Alzati» fece il padre.
«Solo un attimo...» rispose Raechel, con un filo di voce. «Solo un attimo...» ripeté, socchiudendo gli occhi, abbandonandosi a un sonno che era l'anticamera della morte.
«Figlia» la chiamò il padre, con una voce lontana. «Figlia...»
Ma Raechel non lo sentiva più.
Così come non sentiva più né il freddo né la fatica. Così come non aveva più né desideri né paure.
Avvertì una pace confortante avvolgerla tra le sue spire. Poi ogni pensiero si spense.

6.

Boccadifalco – Palermo, Sicilia

Per due giorni Rocco lavorò alla vigna di don Mimì come un somaro. Mentre zappava sentiva ancora addosso, come una colla appiccicosa, la sensazione di morte interiore che aveva provato sulla spiaggia di Mondello. Aveva la testa vuota. Era come se gli si fosse addormentata, rifiutandosi di formulare pensieri. Era come se il cuore avesse smesso di battere, per non ascoltare il suono della sconfitta. Della resa. Aveva avuto la presunzione di riuscire a non sprofondare in quel mare di fango. Invece, lentamente ma inesorabilmente, era stato risucchiato in un destino che era stato scritto dalla vita scellerata del padre e che gli negava la possibilità di scriverselo da solo. Era dannato. Non era una persona libera, era l'ombra di suo padre. Il fantasma di se stesso. Aveva perso e non aveva la forza di ribellarsi.
Quei due giorni scivolarono via come nebbia, una serie sfocata di ore senza senso, senza acuti, senza emozioni.
Poi il terzo giorno Nardu Impellizzeri, il caporegime di

don Mimì, bussò alla porta del casolare. «Abbassasti la cresta, galletto?» gli disse, con un sorriso di scherno.

Rocco annuì stancamente.

«Don Mimì ti manda a dire di presentarti alle officine Balistreri a nome suo» fece allora Nardu. «Sasà Balistreri è un amico. Ti pigliasse a lavorare da iddu come garzone.»

«Garzone?»

«Minchia, che volevi fare, il capo meccanico?» fece Nardu.

«E unne sono chiste officine?»

«Alla Cala, nel mandamento di Castellammare.»

«E quando ci devo andare?»

«Mo' ci devi andare. Che aspetti, che ti vengono a prendere con la carrozza?»

Rocco abbassò la testa, annuì e si allontanò.

Attraversò il quartiere periferico di *Vuccheifaiccu*, come lo chiamavano gli abitanti, che era sorto al confine di quel che restava della Riserva reale borbonica. Passò davanti alle vecchie macellerie, alle taverne e alle povere abitazioni dei lavoratori della Riserva. Poi, raggiunto il centro della città, si infilò nel Borgo Vecchio e imboccò il Càssaro, la più antica via di Palermo, che tutti si rifiutavano di chiamare corso Vittorio Emanuele. Proseguì dritto, tra i palazzi monumentali, finché avvertì l'odore acre del pesce. Allora svoltò a sinistra in un vicolo e si ritrovò alla Vucciria, il mercato storico. Camminò tra le bancarelle, sordo alle *abbanniàte*, i richiami dei venditori. E poi, dopo pochi minuti, la città finì di fronte al mare. Era alla Cala, il primo porto di Palermo.

«Unne sono le officine Balistreri?» chiese a un vecchio pescatore intento a rattoppare una rete.

Il vecchio allungò una mano alla sua destra, senza parlare.

«Grazie» disse Rocco allontanandosi, diretto a quello che a prima vista gli era sembrato un magazzino per il ricovero delle barche, con tre grosse arcate che davano direttamente nelle acque torbide del porto.

«Cerco Sasà Balistreri» disse a un uomo corpulento, seduto su una cassa, all'esterno, che fumava un sigaro fissando le barche che ondeggiavano pigramente.

«E chi lo cerca?» fece l'uomo, senza voltarsi.

«Mi manda a presentarmi don Mimì Zappacosta» rispose Rocco.

L'uomo lo guardò. «E così tu sei il figlio di Carmine Bonfiglio» disse. Lo squadrò per un po' e poi aggiunse: «Non gli somigli».

«No. Presi da mia madre.»

«Quello che conta è il sangue» fece l'uomo. Poi agguantò la mano di Rocco e gli controllò il polpastrello dell'indice. «Ti punse una zanzara?»

Rocco non rispose.

L'uomo rise. «Sasà Balistreri ce l'hai davanti, picciottu» fece poi, battendosi una mano sulla pancia prominente.

«Che devo fare?» chiese Rocco.

«Minchia, sei di poche parole, eh?»

Rocco lo guardò in silenzio.

«Meglio parlare poco che troppo» fece Balistreri alzandosi a fatica. «Ce lo dico sempre a me mugghieri, però idda oltre a essere di lingua lunga è pure dura d'orecchi.» Ridacchiò da solo, stancamente, di quella battuta logora che aveva già fatto chissà quante volte. Entrò nell'officina e si diresse verso un gabbiotto di legno e vetri. Si sedette dietro una scrivania ingombra di attrezzi da meccanico. «Chiudi la porta» disse a Rocco. Poi gli puntò contro un dito sporco di grasso. «Non avevo bisogno di te» cominciò. «Ma se don Mimì chiama, io rispondo presente. Sempre e comunque.»

Dicevano tutti le stesse cose, pensò Rocco. Sembravano un disco rotto. Cambiavano le facce ma le parole erano sempre quelle. E forse un giorno le avrebbe dette anche lui.

«Don Mimì disse che sei bravo con i motori» riprese Balistreri.

«E allora fatemi fare il meccanico, non il garzone» disse Rocco.

«Infatti tu farai il meccanico» sorrise ambiguamente Balistreri. «Ma la notte.»

«Non capisco.»

«E allora te lo spiego» fece Balistreri con una nota compiaciuta nella voce. «Quante macchine e camion credi che ci siano a Palermo? Cento? Duecento forse.» Si sporse verso Rocco. «E allora come campa un uomo onesto come me?» Lo guardò sorridendo. «Mi capisti?»

«No» fece Rocco.

«I motori si devono rompere, picciottu! Ragiona.» Balistreri si batté un dito sulla tempia. «Tu la notte questi benedetti motori li rompi... e così noi li aggiustiamo.»

«Io voglio aggiustare i motori, non romperli» protestò Rocco.

Balistreri si sporse verso di lui, minaccioso. «Tu farai chiddu che ti dico io. Perché io sugno il caporegime di Castellammare.» Lo fissò in silenzio, con il dito sporco che vibrava in aria. «Don Mimì mi assicurò che ti istruì a dovere» riprese con voce minacciosa. «E io non vorrei proprio andare da un grande capomandamento come iddu a lamentarmi. Ci capimmo?»

Rocco abbassò lo sguardo senza parlare.

«Ci capimmo?» ripeté Balistreri a voce più alta.

Rocco annuì.

«Molto bene.» Balistreri si appoggiò allo schienale della sedia. «Tuo padre all'età tua aveva già fatto grandi cose» disse scuotendo il capo. «Forse non hai preso solo i capelli da tua madre.»

Rocco non reagì.

«Stasera attacchi» riprese Balistreri. «Esci con Minicuzzu, che ti impara il mestiere e ti protegge il culo.» Si accese il sigaro che si era spento e poi, senza più guardare Rocco, gli disse: «Mo' portami un caffè ristretto».

Rocco uscì dal gabbiotto e si guardò in giro. C'erano quattro persone nell'officina. Tre erano sporche di grasso e si davano da fare attorno al motore di un peschereccio montato su un argano. Il quarto se ne stava in disparte, con i vestiti puliti e le mani candide. Era piccolo e nervoso. Aveva i capelli impomatati.

«Salutiamo» disse a Rocco.

«Salutiamo» rispose Rocco. «Dove lo prendo il caffè per il signor Balistreri?»

«Alla caffetteria» fece l'uomo.

I tre meccanici ridacchiarono.

«E dov'è la caffetteria?» domandò Rocco.

«Dove deve stare» rispose l'uomo.

«Grazie» borbottò Rocco voltandosi e dirigendosi verso l'uscita dell'officina.

I tre meccanici risero ancora. «Minicuzzu» disse uno, divertito, «il comico dovevi fare!»

«Picciottu» chiamò Minicuzzu.

Rocco si fermò.

«Non sai stare agli scherzi?» sorrise Minicuzzu.

Rocco lo guardò senza ricambiare il sorriso.

«Lo sapete di chi è figlio il picciottu?» disse Minicuzzu ai meccanici. «Di Carmine Bonfiglio.»

«Chiddu Carmine Bonfiglio?» fece uno degli uomini, spalancando gli occhi.

«Proprio chiddu» annuì Minicuzzu.

I tre meccanici raggiunsero Rocco. Si pulirono le mani sulle tute e gliele tesero, salutandolo con rispetto. «È un onore» dissero. «Tuo padre era un grand'uomo.»

«La caffetteria degli Aranci è qui a destra, venti passi. Non pagare, segna» disse allora Minicuzzu. «E già che ci sei portami un caffè pure a me. Ma sbrigati perché a mia il caffè piace caldo.»

Per tutta la giornata Rocco non fece altro che andare e venire dalla caffetteria degli Aranci. Ogni volta che si avvicinava al motore del peschereccio lo facevano allontanare. L'unica cosa che gli permisero fu di riordinare gli utensili e pulirli dal grasso con vecchi giornali e un solvente più sporco ancora degli attrezzi.

Verso le cinque del pomeriggio, mentre gli altri si preparavano a chiudere l'officina, Minicuzzu lo prese da parte e gli disse: «Vatti a riposare, stanotte devi essere bello sveglio. Passo a prenderti alle undici. Il lavoretto è vicino a casa tua».

Rocco non dormì né mangiò. Rimase tutto il tempo a fissare il vuoto, in quello stato di vinta sospensione. Solo come sempre. Solo dentro. Una solitudine così ingombrante che nessuna delle tante ragazze che aveva avuto era mai riuscita ad alleviare. Una solitudine che non gli aveva mai permesso di unire il suo destino a quello di un'altra donna. Perché il suo destino non gli apparteneva.

Alle undici in punto sentì un calesse che si fermava davanti al casolare. Vide Minicuzzu insieme a un ragazzino che non doveva avere nemmeno dodici anni.

«Andiamo a piedi» fece Minicuzzu, avviandosi.

Rocco notò che si era cambiato d'abiti. Indossava una maglia e dei pantaloni neri.

Il ragazzino aveva delle braghette corte che gli lasciavano scoperte due gambe magre e graffiate. Era a piedi nudi. Prese una borsa di cuoio dal retro del calesse e se la mise a tracolla, barcollando sotto il peso.

«Dalla a me» gli disse Rocco.

«No» fece il ragazzino, orgogliosamente, scansandosi.

«La borsa la porta Totò» intervenne Minicuzzu. «Perché se non ce la fa non serve a una minchia e allora se ne può rimanere a casa. È vero o no, Totò?»

«Ce la faccio» disse Totò, con la voce contratta per lo sforzo.

«Perché viene anche un ragazzino?» chiese Rocco.

«Perché lo sto crescendo» rispose Minicuzzu.

«È tuo figlio?»

«Magari sì. Chi può saperlo?» rise Minicuzzu. «Diccelo che lavoro fa tua madre, Totò.»

«La bottana» rispose Totò, arrossendo.

Minicuzzu rise ancora. «Ma lui diventerà un bravo picciottu, è vero, Totò?»

«Voi ditemi chi devo scannare e io lo scanno» rispose Totò, con una intonazione patetica.

Non aveva ancora cambiato voce, pensò Rocco. Era poco più di un bambino. Ripeteva come un pappagallo delle frasi da spaccone. Non sapeva nemmeno di che parlava. Ma a forza di ripetere quelle frasi avrebbe finito per crederci. Prima o poi Minicuzzu gli avrebbe messo in mano un serramanico o una lupara. E Totò sarebbe diventato un animale, come tutti gli uomini d'onore. Gli avrebbero fatto la stessa cosa che avevano fatto a lui. Lo avrebbero piegato, con le buone o con le cattive.

«Zitti che siamo arrivati» disse Minicuzzu abbassando la voce.

«Questo è il podere di Vicenzu Calò» fece Rocco.

«Muto.»

«Ma è il podere di Vicenzu Calò» ripeté Rocco.

Minicuzzu si voltò mostrando il pugno a Rocco. «No, chisto è un posto dove ci sta un autocarro che va riparato. Non me ne fotte una minchia di chi è.»

«Il Fiat 15 di Vicenzu non è rotto. Glielo misi a posto io» disse Rocco.

Minicuzzu fece scattare il coltello a serramanico e lo puntò alle costole di Rocco. «E si vede che lo mettesti a posto male. Ha bisogno di un'officina specializzata» gli ringhiò in faccia. «Mo' cammina o quant'è vero Iddio ti lascio qua in terra» aggiunse premendo più forte la punta del coltello.

Rocco abbassò ancora una volta il capo e riprese a camminare.

Quando arrivarono all'autocarro Minicuzzu gli sussurrò: «Che ti serve?». Fece segno al ragazzino. «Totò, portaci la borsa.»

«Minicuzzu, vi prego, Vicenzu ha due famiglie da mantenere» disse Rocco. «Ha impegnato tutti i risparmi che teneva per comprare a un'asta questo autocarro militare. Era vecchio del 1909 e mezzo distrutto. L'ha messo a posto con amore e io gli ho aggiustato il motore...»

«E allora?» fece Minicuzzu.
«Non rovinatelo.»
«Vuoi vedere quanto cazzo me ne frega?» Minicuzzu spintonò Rocco e poi affondò la lama del serramanico nello pneumatico posteriore. La ruota si afflosciò con un sibilo. «Così ci aggiustiamo anche chista all'officina.»
«No... vi prego...» mormorò Rocco.
Minicuzzu rise.
In un attimo Rocco rivide i volti dei braccianti che lui stesso, seppur ubriaco, aveva picchiato. Rivide lo sguardo spaventato che gli avevano rivolto quando si erano incontrati nella borgata, sapendo che era un uomo d'onore, che poteva fare quello che voleva della loro vita, un tagliagole che avrebbe potuto infierire ancora di più dopo avergli sfilato da sotto il culo, impunemente, la terra che gli dava da mangiare. Rivide il bambinetto che quell'inverno era morto di fame accompagnato dai pianti dei suoi genitori e dalla risata dell'uomo di don Mimì. E in quell'attimo immaginò anche la vita di Vicenzu Calò che veniva rovinata. Ma soprattutto rivide se stesso tre giorni prima sulla spiaggia di Mondello, in ginocchio, vinto e spaventato, con un santino insanguinato che gli bruciava tra le dita mentre giurava di diventare un uomo d'onore. Un uomo di merda. Che affamava e uccideva ridendo. Il torpore di quei giorni svanì improvvisamente, con violenza, accecandolo, come se qualcuno gli avesse puntato una torcia negli occhi.
«No!» gridò.
E mentre Minicuzzu, con un sorriso di scherno, affondava il serramanico anche nella ruota anteriore del carro, qualcosa gli scattò nella testa. Qualcosa che non era in grado di controllare. Saltò alla gola di Minicuzzu e gli fece sbattere con violenza la testa al finestrino, che scoppiò con un fragore di vetri nella notte.
«Chi è?» Si sentì una voce dall'interno del casolare.
Minicuzzu vibrò una coltellata che ferì Rocco a un braccio.
Rocco saltò all'indietro, attutendo il colpo. Era cresciuto

per strada ed era molto più forte di Minicuzzu. E non voleva più essere un fantasma. A ogni costo. Gli sferrò un calcio tra le gambe e poi lo colpì con un pugno.

«Lascialo, strunzu!» urlò Totò, lanciandoglisi contro.

«Chi è?» ripeté la voce. Poi la porta del casolare si aprì e alla luce di una lampada a gas comparve un uomo con una doppietta da caccia in mano. «Ladri!» gridò e puntò il fucile.

«Via!» disse Minicuzzu, rialzandosi da terra.

Totò, sotto il peso della borsa, aveva già cominciato a correre, per quel che poteva.

Il primo sparo echeggiò nella notte.

Minicuzzu raggiunse Totò, lo afferrò per il torace e, scappando, si fece scudo col corpo del ragazzino.

Rocco correva dietro di loro, tenendosi basso.

Il secondo sparo della doppietta produsse un lampo e poi si sentì un gemito.

Minicuzzu lasciò cadere a terra Totò e continuò a fuggire.

«Vi ammazzo!» gridò l'uomo del casolare, mentre ricaricava la doppietta.

Quando Rocco raggiunse il ragazzino, Totò gemeva in terra. Lo superò con un balzo, con il cuore che batteva forte, pensando solo a mettersi in salvo, fuori dal raggio di tiro della doppietta. Ma dopo pochi passi si fermò. Totò continuava a gemere, con quella sua vocetta da bambino. Non poteva lasciarlo lì. Tornò indietro e se lo caricò in spalla, liberandosi della pesante borsa degli attrezzi. Prima che echeggiasse il terzo sparo scomparvero nella notte.

Quando raggiunse il suo casolare, Minicuzzu era già montato a cassetta e stava per frustare il cavallo. Rocco depositò Totò a terra e, ancora in preda alla rabbia che l'aveva svegliato dal torpore, afferrò Minicuzzu per il bavero, tirandolo giù nella polvere. «Vigliacco!» gli urlò, colpendolo con un pugno. Gli si gettò sopra e riprese a picchiare, come impazzito. «Io ti ammazzo!» urlò, con gli occhi iniettati di una furia che non riusciva a controllare.

«Lascialo, fetuso!» gridò Totò.

Rocco si fermò, tornando alla realtà. Il cuore gli scoppiava in petto, il respiro gli bruciava i polmoni.

Totò, più in là, piangeva.

Rocco lo raggiunse. Vide che aveva la coscia destra ferita da una raffica di pallettoni.

«Mi fa male...» gemeva Totò. «Mi fa male...»

«Vigliacco!» ripeté Rocco a Minicuzzu, che si era alzato con la faccia sporca di sangue. «Prima ti sei fatto scudo e poi lo lasciavi lì!»

«Tu sei un morto che cammina» ringhiò Minicuzzu, salendo a fatica a cassetta. «Totò, muoviti!» urlò al ragazzino.

«Unne vai?» fece Rocco a Totò, che sempre piangendo si trascinava verso il calessino. «Chiddu ti faceva ammazzare!»

«No, nun è vero!» gridò tra le lacrime Totò.

«Totò...» disse Rocco prendendolo per un braccio, nel tentativo di fermarlo.

«Lasciami!» gridò Totò.

«Ti faceva ammazzare!» gli urlò Rocco.

«No! Iddu mi vuole bene!»

Rocco lo lasciò. Era senza parole. Guardò Totò che si trascinava fino al calessino, con il sangue che gli colorava la gamba.

Minicuzzu afferrò il ragazzino e lo issò a cassetta. Poi diede di frusta al cavallo. «Unn'è la borsa?» gli chiese allontanandosi.

«Me la fece cadere iddu...»

Minicuzzu gli mollò un ceffone. «Il responsabile della borsa sei tu!» Poi si voltò verso Rocco e, perdendosi nel mandamento di Boccadifalco, dove nessuno, l'indomani, avrebbe detto di aver sentito o visto qualcosa, gli urlò: «Sei un morto che cammina!».

Rocco si sentiva svuotato. Quello che aveva fatto Totò era la storia della sua gente. Non era possibile vincere. Non era possibile per nessuno. Era una follia. Una maledizione. Sentì una rabbia feroce e dolorosa che gli bruciava nel petto. E una sensazione sgradevole per la furia cieca con cui si era gettato su Minicuzzu. Se la voce di Totò non lo avesse fermato, facendolo tornare alla realtà, lo avrebbe ammazzato, pensò turbato. Fece per rientrare in casa ma si fermò. Si voltò. Nella notte stellata vedeva il muro sbrecciato del piccolo cimitero di Boccadifalco.

Ci si avviò, a passi pesanti. Come se qualcosa lo chiamasse.

Raggiunse il muretto e lo scavalcò.

Tutt'intorno a lui c'erano solo piccole e malandate croci, a parte una lapide in marmo bianco che in un cimitero normale sarebbe passata inosservata ma che lì, invece, risaltava come un mausoleo. La lapide era stata pagata da don Mimì Zappacosta.

Rocco ci si fermò davanti.

Al centro spiccava la foto di un uomo con dei baffetti sottili, ormai sbiadita dal sole, sotto la quale, anche se non era capace di leggere, sapeva che c'era scritto: "Carmine Bonfiglio, morto con onore". E poi le date della sua breve vita: "12 Aprile 1871 - 23 Settembre 1905".

Appena sotto, un'altra foto, più nuova, ritraeva una donna con dei capelli chiari, raccolti a crocchia, anche lei vissuta troppo poco, e la scritta: "Domenica Chinnici in Bonfiglio – 3 Gennaio 1876 - 9 Dicembre 1911".

Rocco guardò le erbacce che crescevano intorno alla lapide senza strapparle. Non era lì né per fare pulizia né per pregare.

«Provai a fare come volevate, madre» iniziò con una nota amara nella voce. «Gli dissi di sì ancora una volta a don Mimì.» Abbassò il capo. «Ma solo perché sono un vigliacco.» Le sue labbra carnose si arricciarono in un sorriso mesto. Poi tornò a guardare la foto della madre. «Mo' però tappatevi le orecchie, perché devo dire delle cose che non vi piaceranno» fece con un tono dolce che lasciava trasparire quanto avesse amato la donna che l'aveva messo al mondo. Allora, con grande lentezza, alzò lo sguardo verso la foto dell'uomo. «Padre, lo sacciu che vi vergognate di me...» cominciò, con la voce roca. Inspirò profondamente perché quello che stava per dire gli pesava come una pietra sul cuore. Però era giunto il momento di liberarsi da quel peso. «Ma anche io mi vergogno di voi.» La voce gli si ruppe in gola. Quelle parole gli risuonarono nelle orecchie con la violenza di un tuono. «Si racconta che avete scannato più cristiani che capretti.» Deglutì a fatica. La bocca gli si era seccata. La rabbia e il dolore gli si rimescolavano dentro. «E mi vergogno della nostra gente che... che mi rispetta solo perché sono il figlio...» si inceppò, stringendo i pugni, «il figlio... di un assassino.» Respirò a fondo, cercando di contenere quell'ultima emozione che premeva per uscire. Strinse i denti fino a farli scricchiolare. E poi, quando sentì che le lacrime gli avvelenavano gli occhi, gridò: «Io vi odio, padre! E prometto qui, sulla vostra tomba, che non sarò mai un mafioso!». Allora cadde in ginocchio, schiacciato dall'enormità di quello che non si era mai confessato. Portò una mano alla ferita della coltellata al braccio, ci infilò le dita e poi, con rabbia, imbrattò la foto del padre. «Volevate il mio sangue?» disse. «Eccolo. È tutto vostro.» Poi appoggiò le mani sulla terra dove erano sepolti i suoi genitori e rimase in silenzio, devastato da quel terremoto di emozioni, così a lungo che anche l'eco delle sue parole si perse. Quando il silenzio dentro di sé fu totale, a testa bassa, con le lacrime che ormai sgorgavano copiose, rigandogli le guance, si passò la mano sporca sui pantaloni. Dopo la portò di nuovo sulla foto del padre, ma questa volta senza rabbia, solo con dolore, come una specie di carezza, e la mondò del sangue. E sussurrò: «Quando ero piccolo credevo che foste un eroe». Si bloccò, deglutì a fatica perché quello che stava per dire era una terribile verità. «Io vi amavo con tutto il cuore, padre» mormorò con un immenso dolore nella voce.

Quando rientrò a casa non aveva più un pensiero nella testa. Si buttò vestito sul letto.

Rimase immobile, con gli occhi sbarrati nel buio, in attesa, fino a quando cominciò ad albeggiare. E rimase immobile anche quando la campana della chiesetta suonò il mezzogiorno insieme alle cicale. Ed era ancora lì quando le cicale, nel tardo pomeriggio, smisero di frinire.

Allora sentì un calesse fermarsi davanti casa.

"Arrivano" pensò, con una specie di sollievo per la fine che si avvicinava.

Dopo un attimo la porta fu spalancata con un calcio e due uomini con le lupare spianate fecero irruzione nel casolare. Lo raggiunsero a letto.

Rocco li fissò senza parlare. Quasi senza emozioni.

Uno dei due, all'improvviso, ruotò l'arma e lo colpì con il calcio di legno alla tempia.

Rocco sentì un rumore di ossa e un gran bruciore.

Poi, mentre tutto diventava nero, pensò che nessuno gli aveva mai scattato una foto da mettere sulla lapide, accanto a quelle di suo padre e di sua madre.

7.

Governatorato di Poltava, Impero russo, Polonia

Raechel si trovava in una piccola radura, ricoperta da un prato verde punteggiato da una miriade di papaveri che scintillavano rossi al sole. Si sentì pervadere da una pace dolce, simile alla felicità. I raggi che splendevano nel cielo terso le davano una piacevole sensazione di tepore. Era a piedi nudi ma non aveva freddo e il contatto con l'erba grassa e morbida era piacevole. Sorrise.

Ma poi si accorse che i papaveri non crescevano dappertutto. Formavano una specie di linea ondeggiante, flessuosa, che portava verso il bosco. E le parve una nota stonata in quel paradiso, anche se non ne capiva la ragione.

Mosse un passo verso il fiume di fiori rossi, che le indicavano una strada da seguire, mentre la pace interiore di un attimo prima cominciava a scricchiolare, cedendo a una sensazione di allarme. Ma non si fermò. Raggiunse il primo papavero e lo accarezzò. Appena la sfiorò, la corolla sembrò sciogliersi, macchiandole le dita di un liquido rosso e vischioso. Cercò di pulirsi la mano sul vestito. Ma il liquido non le si scollava dai polpastrelli.

In preda a una crescente inquietudine proseguì. E vide che quelli che aveva creduto papaveri erano invece macchie dello stesso liquido rosso e vischioso che le imbrattava le dita. Stava calpestando delle tracce di sangue, pensò mentre il respiro le si affannava in petto. Quando guardò in basso vide che aveva le gambe e il vestito che grondavano sangue.

Ma non trovò la forza per voltarsi e scappare. Qualcosa la spingeva a seguire quella scia rossa. Qualcosa la attirava, come un potente richiamo silenzioso. Con una sensazione di morte che le attanagliava la gola alzò lo sguardo verso il bosco, dove terminava la strada insanguinata.

E lì vide il padre, abbracciato al tronco di un albero per reggersi in piedi.

«Padre!» esclamò Raechel accelerando il passo.

Il padre aveva il viso imbrattato di sangue. Aprì la bocca ma non parlò.

Quando lo raggiunse, Raechel capì che piangeva lacrime di sangue. «Padre...» sussurrò con il cuore spezzato.

Il padre si voltò e si inoltrò nel bosco barcollando.

Raechel lo seguì, sentendosi sempre più debole, passo dopo passo. Addentrandosi nel bosco la sensazione di tepore svanì. Gli aghi dei larici e degli abeti le pungevano dolorosamente i piedi. Poi cominciò a sentire dei brividi di freddo e si rese conto di camminare sulla neve.

«Padre... aspettatemi...» disse.

Ma il padre non si voltò e proseguì, vacillando e lasciando dietro di sé una scia di macchie rosse che tingevano la neve come prima avevano tinto il prato.

Raechel gli arrancò dietro, affondando nella neve, perdendo in continuazione l'equilibrio e appoggiandosi ai tronchi degli alberi, ferendosi le mani con i rami secchi.

Poi il padre uscì dal bosco e si fermò al centro di una strada. Le indicò qualcosa in terra, sul ciglio del sentiero, che a prima vista sembrava un mucchio di stracci.

Appena Raechel guardò meglio, balzò all'indietro, spaventata e sopraffatta dall'angoscia.

In terra, raggomitolata, c'era lei stessa.

Il suo volto era contratto da una smorfia di sofferenza. La pelle del viso era così pallida da confondersi con la neve. I capelli e le sopracciglia erano incrostati di ghiaccio. Le mani, strette a pugno, erano livide. Dalle narici uscivano sottili fili di condensa, ma sempre più deboli mentre cessava piano piano di respirare.

Raechel guardò il padre.

E quello le rimandò uno sguardo pieno di dolore, senza smettere di piangere sangue. «Svegliala, figlia mia...» le disse, tornando a fissare la Raechel rannicchiata in terra. «Svegliala...»

Raechel ebbe la tentazione di scappare e di tornare nella radura tiepida, in cerca di quella pace che aveva assaporato, ma poi, lentamente, si inginocchiò accanto a se stessa e accarezzò il volto congelato. Poi le si stese sopra, cercando di scaldarla con il proprio calore. E all'improvviso fu investita da un'ondata di gelo dolorosa, che le si infilò dentro con la violenza di una pugnalata.

Si svegliò di soprassalto, gridando. Le labbra congelate si spaccarono. Spalancò gli occhi, sentendo scricchiolare le ciglia incollate fra loro dal ghiaccio. Un fiotto di aria gelida le riempì i polmoni. Il corpo era scosso da brividi irrefrenabili.

Si guardò intorno. Aveva sognato.

Era ancora sulla strada bianca dove si era fermata stremata. Era notte. In cielo brillavano stelle ghiacciate.

Era sola.

Ma sapeva cosa doveva fare.

Con uno sforzo immenso, ancora scossa da brividi così violenti che le facevano perdere l'equilibrio, si mise in piedi. Strinse al petto il libro del padre. Mosse un passo. Non sentiva i piedi. Ma non si fermò e fece un secondo passo. E poi un altro e un altro ancora, finché si ritrovò a camminare.

«Mi hai salvato, padre» disse allora. E poi, mentre la commozione le pigiava dentro, aggiunse: «No, non piangerò».

Avanzò nella notte nera, guidata dalla pallida striscia della strada. Camminò senza avere coscienza del tempo, con i muscoli contratti, senza altro pensiero che andare avanti.

Dopo una buona mezz'ora di nuovo sentì che il suo corpo voleva cedere al gelo e alla stanchezza.

«Non ce la faccio più» disse, stremata.

E non trovò nemmeno la forza di dare voce al padre.

Le dita delle mani erano congelate attorno al libro. I piedi erano due insensibili pezzi di legno che non le appartenevano più.

Un attimo prima di arrendersi vide tremolare una luce nel buio.

«Un fuoco...» sussurrò.

E quella lontana e incostante luminescenza le diede la forza di dar fondo alle ultime energie. Le sembrò di correre, anche se invece avanzava lentamente, arrancando. Quando giunse a una ventina di metri le gambe cedettero, quasi di schianto. Cadde in ginocchio. Provò a rialzarsi. Cadde di nuovo. E di nuovo si rialzò. Allungò una gamba. Poi si trascinò dietro l'altra.

«Aiuto...» chiamò in direzione del fuoco, mentre la vista le si appannava e il gelo la vinceva, a pochi passi dalla salvezza. Cadde cercando di aggrapparsi a un albero. E ruppe un ramo secco.

«Chi è là?» fece allora la voce di un uomo.

«Sono... qui...» rispose Raechel. Ma nessuno la sentì. E

pensò che sarebbe stata un'assurdità morire a un passo dalla salvezza.

«Chi è là?» ripeté la voce dal campo.

«Aiuto...» fece Raechel, con tutto il fiato che aveva in gola.

Udì dei passi nella neve e vide avanzare una figura indistinta, che reggeva una lampada. Un attimo dopo due mani forti la sollevarono da terra.

Raechel si sentiva come un sacco inanimato mentre l'uomo la portava al campo. Non riuscì a provare sollievo. Non c'era più nulla nella sua testa. Solo immagini sfocate e neanche un pensiero.

«Chi è?» sentì chiedere a una voce.

«Non lo so» rispose l'uomo che l'aveva trascinata fin lì.

Raechel fu adagiata vicino al fuoco. E il tepore la fece quasi svenire.

«È il porcospino!» esclamò una voce di donna.

«Chi?» chiese un uomo.

«Raechel Bücherbaum, la ragazza del nostro villaggio che voleva venire con noi» disse la voce di donna.

«Tamar...» sussurrò Raechel e aggiunse: «Grazie... padre... non ce l'avrei mai fatta... senza di voi...».

«Che ha detto?» fece un uomo.

«Il porcospino parla al padre» rispose Tamar, con la sua voce antipatica. «Ma il padre è morto.»

"No, è qui con me" pensò Raechel. E poi svenne.

La notte fu un gorgo nero e nient'altro.

Quando si svegliò, avvolta in due pesanti coperte, all'interno di una carrozza, la prima cosa che provò fu dolore. Le mani e i piedi erano gonfi e pulsavano violentemente, dandole fitte acute.

«Bevi» le disse una ragazza, porgendole una tazza di brodo.

Raechel bevve e avvertì un dolore straziante alle labbra spaccate dal gelo. Ma il brodo la scaldò dentro.

«Hai dei geloni terribili. Rischi di perdere le dita» le disse un'altra ragazza. «Ti devi pisciare sui piedi e sulle mani.»

Raechel annuì. Era un vecchio rimedio.

La porta della carrozza si aprì. Amos, il capo della spedizione, fissò Raechel con la stessa espressione delusa con cui l'aveva guardata al villaggio, senza entrare. «Che ci fai qui?» le chiese.

«Vengo con voi...» rispose Raechel, debolmente.

«Sei scappata» fece Amos.

«No, signore...» balbettò Raechel. «Alla fine... mi hanno dato... il permesso...»

Amos la guardò. «Non so che farmene di te» le disse con un tono duro e distante, squadrandola.

Le ragazze nella carrozza facevano vagare lo sguardo da Raechel ad Amos, seguendo la scena.

Amos sentiva i loro occhi su di sé.

«Farò qualsiasi cosa mi chiederete. Lavorerò giorno e notte senza mai lamentarmi. Vi prego, signore» lo implorò Raechel.

Amos guardò di nuovo le ragazze. Non era ancora arrivato il momento di far vedere loro chi era veramente. Non poteva scacciare quel piccolo sgorbio, come avrebbe voluto. Era necessario tenerla, per la pace del viaggio. «E va bene, puoi rimanere» disse infine, con una nota di profondo malumore nella voce. Poi, notando il libro che aveva in mano, le chiese: «Che ci fai con quello?».

«Era di mio padre» sorrise Raechel, stringendoselo più forte al petto. «Mi ha insegnato a leggere su questo libro.»

«Sai leggere?» domandò meravigliato Amos.

«Sì, signore.»

Amos scosse la testa, ancora più contrariato. «Non mi piacciono le donne che sanno leggere» borbottò. «È una cosa da maschi.» Le puntò contro un dito e con un'espressione minacciosa le disse: «Se mi accorgo che insegni a leggere a qualcuna delle altre ti lascio per strada, come un cane».

Raechel provò una sensazione di disagio guardando quell'uomo negli occhi. Di pericolo, forse. Ma durò solo un attimo. «Sì, signore» disse.

Amos la fissò ancora. Poi, andandosene, annunciò: «Si parte».

Mentre lo sportello veniva richiuso, Raechel sentì un tuffo al cuore. Con la testa piena di pensieri che non riusciva a mettere in ordine, guardò le altre fortunate ragazze che, come lei, avevano vinto un biglietto per la nuova Terra Promessa. "Ci sono anch'io!" pensò con un moto d'orgoglio, conscia di aver fatto più di ciascuna di loro. Perché lei, il suo futuro, se lo era conquistato.

«Mentirei se ti dicessi che sentivo la tua mancanza, porcospino» Tamar le disse, in tono di scherno, quando la carrozza si mise in viaggio con uno scossone.

Raechel le restituì lo sguardo. Non c'era nulla che potesse ferirla, in quel momento. Aveva vinto. «E io mentirei a te se ti dicessi che mi mancavano tanto le tue offese, Tamar» le rispose. Poi le sorrise e disse: «Ma adesso ci sono anch'io. Fattene una ragione».

Quella sera, quando si fermarono per la notte, Raechel non riuscì a scendere dalla carrozza per il dolore ai piedi e fece fatica a tenere in mano il cucchiaio della zuppa che una delle ragazze le aveva portato. La seconda sera andò meglio. La terza sera riuscì a sedersi accanto alle altre, riunite intorno a un grande falò.

L'atmosfera era gioiosa. Ognuna delle ragazze fantasticava ad alta voce sul proprio futuro.

Raechel le osservava e vedeva se stessa riflessa nei loro sguardi. Era l'inizio di una nuova vita. Nuovi, inaspettati sogni che non si erano mai permesse di sognare. Sogni mai nati a causa della brutalità senza speranza della loro miserabile esistenza nello shtetl. Ma ora invece quell'occasione che l'Eccelso aveva voluto regalargli faceva germogliare quei sogni come in una serra, come se fossero stati semi piantati anni prima nel cuore di ciascuna di loro.

Nel corso dei giorni successivi, lentamente, Raechel riacquistò le forze, anche grazie a pasti sostanziosi e regolari che non aveva mai fatto in vita sua prima d'allora. I geloni, piano piano, regredirono e il dolore alle dita che le toglieva il sonno si attenuò.

Una notte in cui, più ancora che nelle altre, si sentì pervadere da una straordinaria sensazione di ottimismo, ripensò a quello strano sogno del padre che la guidava dalla se stessa che si stava lasciando morire. Ricordava bene la pace che l'aveva avvolta quando si era arresa. Se ne stava andando. Ma il padre l'aveva ripresa e l'aveva fatta vivere. Le aveva dato la forza di lottare. Si commosse al pensiero di quanto fosse stata amata. "L'ho fatto anche per te, padre" pensò, stringendosi il libro di preghiere al petto. "Tu hai dedicato la tua vita a me. Ti sei sacrificato per me. E ora io ti renderò orgoglioso." E per la prima volta da quando era scappata dallo shtetl, pianse lacrime di gioia.

Dopo una settimana Amos annunciò che erano in Polonia. E quella sera sette nuove ragazze si aggregarono al gruppo.

Raechel, osservandole, vide nei loro sguardi sia la paura che l'eccitazione. Ma in breve l'atmosfera gioiosa che le circondava fece dimenticare ogni timore alle nuove.

Quella sera Amos e gli altri uomini della Sociedad Israelita de Socorros Mutuos Varsovia, seduti attorno ai fuochi del bivacco, raccontarono alle ultime arrivate cose che le altre sapevano a memoria ma che non si stancavano mai di ascoltare. Raccontarono di un mondo affascinante dove non faceva mai freddo, dove la carne era così tanta che anche i più poveri potevano mangiarne ogni giorno, descrivendo case grandi come palazzi, con pavimenti ricoperti di tappeti così morbidi che sembrava di camminare sulle nuvole. E non mancavano mai di promettere matrimoni da favola con giovani bellissimi e facoltosi.

Raechel si rendeva conto che Amos e i suoi uomini trattavano le ragazze con grande rispetto e cortesia, però non riusciva a farseli piacere. Amos, in particolare. Era come se percepisse un tono falso nei suoi racconti e nei suoi sorrisi.

Ma in generale, come ogni ragazza, non faceva altro che sognare la sua nuova vita e, bisbigliando, quando era certa che nessuno potesse sentirla, continuava il suo immaginario dialogo col padre, stringendo il libro di preghiere che manteneva vivo il contatto con lui. Gli raccontava ogni sua idea, ogni fantasticheria, e se ne stava un po' in disparte dal resto del gruppo.

Una sera, dopo che gli uomini si erano ritirati nella loro carrozza, una delle ragazze nuove le chiese: «E tu che farai quando arriveremo a Buenos Aires?».

Raechel ci aveva pensato. Tutte le volte che andava nel paese vicino al villaggio, accompagnando il padre a vendere i loro prodotti, non guardava i negozi di stoffe come tutte le altre ragazze ma un negozietto piccolo e polveroso. Una libreria. Dove c'erano i romanzi che le era proibito leggere. «Appena avrò messo da parte abbastanza soldi, aprirò una libreria!» rispose con entusiasmo.

«Una... libreria?» dissero in coro molte ragazze, stupite.

«Sì» sorrise Raechel come una bambina di fronte al più bel regalo del mondo. «E non venderò un libro se non l'ho letto prima io. Voglio leggere tutti i romanzi del mondo.» E poi rise felice.

«Che sogno idiota» commentò subito Tamar, acida.

Raechel la guardò. I bei capelli di Tamar erano sempre agghindati di nastri. Era stupida e insopportabile, pensò. Anche quando erano al villaggio non mancava mai di dirle una cattiveria. «Sarebbe meglio se comprassi una merceria piena di nastri e merletti di tutti i colori?» le chiese con un'intonazione velenosa.

Tamar, che non aveva colto il sarcasmo, fece un'espressione soddisfatta. «Ecco, questo è un bel sogno!»

«Sì, un sogno veramente nobile» rise Raechel.

Sul volto di Tamar comparve l'ombra del dubbio. «Mi stai prendendo in giro?» chiese. «Non aprirai mai una merceria, vero?»

«No, non credo» le rispose Raechel, sorridendo.

«Tu pensi di essere migliore di me?» disse Tamar, indispettita.

«Ma no» rispose Raechel, resistendo alla tentazione di litigare.

«Invece sì.»

«Siamo solo... diverse» disse Raechel, scrollando le spalle.

«Cioè?» la incalzò Tamar.

Raechel non voleva che la conversazione prendesse quella piega. Ma la stupidità e l'aggressività di Tamar la irritavano veramente troppo. «Tu sei bella e io no. Ti va bene chiudere così la faccenda?» le disse, con un tono di condiscendenza.

Tamar arrossì per la rabbia. «Su questo non ci sono dubbi, porcospino» replicò acida. «Io sposerò un uomo ricchissimo e farò la bella vita. E tu invece pulirai pavimenti a quattro zampe finché avrai le ginocchia così gonfie che non potrai più piegarle.»

Raechel sentì il sangue che le andava alla testa. «Ti fa sentire bene essere sempre così stronza?» le disse con un tono tagliente.

Molte ragazze scoppiarono a ridere. Tamar non stava simpatica a nessuna di loro.

«Che ridete, galline?» fece Tamar, stizzita. Si alzò furibonda e si allontanò.

Per un attimo ci fu silenzio. Poi una delle ragazze disse a Raechel: «Parli come un maschio».

«Però è vero che Tamar è... stronza» rise un'altra, provando una gioia infantile nel pronunciare la parolaccia.

Di nuovo le ragazze risero.

Poi una fece: «Io farò la sarta e cucirò dei vestiti bellissimi».

E subito un'altra: «Io vorrei avere tanti bambini».

Raechel, mentre le ragazze riprendevano a sognare, guardò nella direzione di Tamar, che entrava nella carrozza sbattendo la porta. E sentì un profondo malumore che le si agitava in petto. "Stronza" pensò rabbiosamente. "Non dirò più a nessuno i miei progetti così nessuno mi potrà prendere in giro."

Intanto una delle nuove ragazze le si era seduta accanto e le toccò un braccio.

Raechel si voltò, ancora accigliata. Sul viso della ragazza vide dipinta un'espressione buona. Irritante.

«Non è vero che sei brut...» iniziò la ragazza, in tono indulgente. «Cioè... che non sei carina...»

Raechel le scansò la mano sgarbatamente. «Io so benissimo come sono» le disse con durezza e poi se ne andò anche lei. Ma arrivata davanti alla carrozza si fermò. Non aveva la minima voglia di ritrovarsi da sola con Tamar. Così ciondolò intorno alle carrozze, aspettando che anche le altre ragazze si decidessero ad andare a letto.

Quando fu nei pressi della carrozza degli uomini sentì delle risate. Incuriosita si avvicinò a una delle finestrelle, aperta, dalla quale usciva il fumo denso e aromatico dei sigari, e ascoltò.

«Altri tre villaggi e il carico è completo» sentì dire ad Amos.

«Ce ne sono alcune di gran pregio» fece uno.

«Sì» disse un altro. «Non sarà difficile piazzarle sul mercato.»

«Una in particolare» confermò Amos. «Avete visto che bellezza?»

Gli uomini assentirono entusiasti con dei versi che a Raechel parvero grugniti.

«Penso che per distrarmi dalla noia del viaggio mi dedicherò a educarla» rise Amos.

Anche gli altri uomini risero e fecero dei mugugni.

Raechel non capiva il senso di quelle parole ma a istinto non le piacevano. Sentì un brivido correrle lungo la schiena.

«Tutta merce di livello, comunque» disse uno.

«A parte una!» rise un altro.

Amos e gli uomini risero.

«Quella non la piazzi neanche a Rosario!»

Altre risate.

«Neanche nella pampa!»

Nuove risate.
Raechel continuava a non capire.
«Dovevi lasciarla morire assiderata, Amos» fece uno.
«Idiota» disse Amos. «Le altre si sarebbero insospettite.»
Raechel ebbe un sussulto. Parlavano di lei.
«Allora buttiamola a mare» rise uno.
Raechel si sentì prendere dal panico.
«Vedremo» disse Amos. «Non preoccupiamocene ora. Una serva in più al Chorizo fa sempre comodo.»
Raechel sentì la carrozza inclinarsi.
«Devo andare a pisciare» annunciò Amos.
Raechel scappò in punta di piedi, con il cuore stretto dalla paura. Arrivò alla sua carrozza e ci entrò in fretta. Raggiunse il giaciglio e si nascose sotto le coperte, tremando.
«Buttiamola a mare» avevano detto.
Raechel prese il libro del padre e ci si attaccò, come a un'ancora di salvezza. «Non voglio morire, padre» sussurrò.
«Che hai detto?» chiese Tamar, con la voce assonnata.
«Niente...»
«Allora stai zitta, porcospino.»
Raechel si rannicchiò con la testa sotto le coperte. Rimase in silenzio finché sentì il respiro di Tamar farsi regolare e pesante, e poi ripeté ancora più piano: «Non voglio morire, padre». E quando l'eco di quella terribile frase si fu spenta nella sua testa e la lasciò sola con la sua paura, dovette fare un enorme sforzo per ubbidire al padre e non piangere, come avrebbe fatto una qualsiasi ragazzina di tredici anni.

8.

Alcamo, Sicilia

Tre giorni dopo la violenza, Rosetta attraversava ancora una volta Alcamo.

In quei tre giorni si era rintanata in casa, come un animale ferito.

Si sentiva sporca. E fragile. E spaventata.

Perché l'avevano vinta e umiliata.

Perché aveva sempre avuto ragione ad avere paura degli uomini.

Perché si vergognava.

Solo la prima mattina era uscita e aveva raggiunto il campo devastato mesi prima dall'incendio doloso. Lì aveva bruciato il vestito rosso strappato e macchiato del suo sangue. Cenere con la cenere. Ma un semplice falò non poteva cancellare quello che le avevano fatto. Le fiamme non potevano nulla contro la sporcizia, il dolore, la paura e l'umiliazione che le si annidavano dentro come un cancro.

Quando era tornata a casa aveva aperto le ante di una grande credenza tarlata e ci si era rincantucciata dentro, per due interi giorni, come faceva quando era bambina e si nascondeva dal padre ubriaco. Aveva pensato al genitore che la batteva con la cinghia e le urlava: «Tu sei buona solo per scopare!». Lui era stato il primo a rubarle l'anima e a toglierle la forza. C'erano voluti anni prima che riuscisse a ritrovare la forza e a farsi ricrescere l'anima. E aveva dovuto fare tutto da sola perché non poteva contare su nessuno, a cominciare dalla madre, sempre troppo remissiva e concentrata sulle proprie disgrazie.

Ma un'altra volta ancora, le avevano rubato l'anima e le avevano tolto tutta la forza.

Adesso, mentre camminava per i vicoli di Alcamo, sotto un sole feroce che bruciava l'aria di un settembre ormai finito che aveva la violenza di luglio, i suoi passi avevano perso sicurezza. La sua andatura era lenta e faticosa. Non avanzava a testa alta, con il suo solito atteggiamento di sfida, ma a capo chino, con lo sguardo a terra. Indossava un vestito nero, l'unico che possedesse, come a lutto. I suoi piedi non erano più nudi ma mortificati da un paio di vecchie scarpe, con la suola consunta. Le gambe, sotto la gonna lunga, erano ulteriormente nascoste da spesse calze nere che le arrivavano appena sopra le ginocchia. I capelli, imprigionati in una crocchia stretta, da vecchia comare, non erano più liberi di concedersi alle carezze del vento, scandalosi come un vessillo di libertà. In mano reggeva un fagotto, fatto con un lenzuolo, che conteneva le sue povere cose: qualche decina di lire in un sacchettino di iuta e il documento che attestava chi era, anche se Rosetta, dentro di sé, non sapeva più chi fosse veramente.

I paesani la osservavano passare in silenzio, imbarazzati, come se un barlume di coscienza li avesse finalmente fatti sentire in colpa per quella vicenda che si era spinta troppo oltre. Gli sfaccendati che sedevano come sempre ai tavolini dell'osteria si alzarono in piedi e si levarono dal capo le coppole. Le comari si rimangiarono le offese con cui l'avevano sempre accompagnata.

Rosetta, con il sudore che le imperlava la fronte, con il sole che le cuoceva le spalle, continuò a camminare, strascicando i passi nel silenzio irreale, come il Cristo della Via Crucis che i paesani inscenavano ogni anno per il Venerdì Santo. E ciascuno dei presenti sapeva quale terribile croce si trascinava dietro Rosetta.

Arrivata davanti alla chiesa di San Francesco d'Assisi, Rosetta rallentò e alzò gli occhi.

Padre Cecè era sugli scalini. Aveva un'espressione addolorata in viso, ma nemmeno quella domenica, dal pulpito, si era scagliato contro gli autori della violenza perché perfino i ministri di Dio, in quella terra, avevano imparato a tacere.

«Ti sta aspettando?» le chiese, pur conoscendo la risposta.

Rosetta annuì appena.

Padre Cecè rimase in silenzio, poi, mentre Rosetta riprendeva la sua strada, disse: «Non doveva finire così».

«No» mormorò Rosetta a testa bassa.

Raggiunse il palazzo del Barone Rivalta di Neroli, in pietra gialla, dai balconi scolpiti con mostri e angeli in guerra tra loro, a simboleggiare l'eterna lotta tra il Bene e il Male. Si fermò al centro della piccola piazza, avvolta dal calore soffocante.

"In un attimo sarà tutto finito" si disse.

Avvertì dei passi dietro di lei e un rumore di zoccoli che facevano scricchiolare la sabbia della pietra tenera e chiara del selciato che si sfaldava. Si voltò.

Di fronte a lei c'era Saro, il ragazzo coi capelli rossi, uno dei cinque che la mattina della violenza si era seduto sulla staccionata deridendola mentre seppelliva le pecore sgozzate. Teneva per le briglie la sua asina nera, dal muso imbiancato dall'età.

Rosetta provò una immediata sensazione di paura. Era certa che fosse uno dei tre che l'avevano violentata.

Saro si levò la coppola, con un'espressione imbarazzata.

Rosetta guardò istintivamente il collo del ragazzo. Non vide i segni dei graffi che aveva inferto a uno dei suoi aggressori nel tentativo di difendersi. Ma poteva aver graffiato uno degli altri due, si disse. Non resse lo sguardo di Saro. Abbassò la testa, vergognandosi. Non l'avevano semplicemente violata. L'avevano sporcata del loro fango.

Si voltò per entrare nel palazzo del Barone.

«Non fummo noi» disse allora Saro, con un filo di voce. «Non fu nessuno di noi.»

Rosetta tornò a guardarlo. Sentì le lacrime che le salivano agli occhi, bruciando. «Che cambia?» fece con un'intonazione più amara che rabbiosa. «Dicisti che a una bottana come a mia non la vorresti neanche nel piatto.»

Saro arrossì. «Non era vero» rispose piano.

Rosetta fece una specie di sorriso, ma così remoto che sembrava venire da un altro mondo. «È troppo tardi» gli disse. «Adesso sono davvero una bottana.»

Il ragazzo aprì la bocca, continuando a rigirarsi la coppola in mano. Agitò una mano e poi disse: «Per mia no».

Rosetta scosse la testa. «È troppo tardi» ripeté, con la voce colma di malinconia. Poi gli diede le spalle e guardò verso il palazzo del Barone, stringendo gli occhi, abbagliata dal sole.

Un servo, sul portone, all'ombra, le fece segno di avvicinarsi.

Mentre lei si avviava, Saro e l'asina, per qualche passo, le camminarono accanto. Ma questo non la fece sentire meno sola.

Il servo la accolse con un sorriso ammiccante, quasi di scherno.

Tutti quanti sapevano, pensò Rosetta, umiliata. Poi entrò per la prima volta nella lussuosa residenza del signore di quelle terre. Mentre saliva per delle scale così larghe che ci sarebbe passata una carrozza, con gli scalini di marmo lucidati da tre secoli di suole di scarpe, per un attimo pensò che era strano che il servo avesse la giubba abbottonata fin sotto alla gola con quel caldo.

Fu introdotta in una stanza enorme e fresca, ombreggiata da pesanti tende damascate, con quadri antichi alle pareti e il soffitto decorato da stucchi e affreschi. Ma il suo cuore si era rattrappito nel dolore e quel giorno non c'era spazio per lo stupore.

Il Barone Rivalta di Neroli era seduto a una scrivania con il ripiano in marmo. Sbocconcellava pigramente della cioccolata di Modica, come era usanza dei nobili nei giorni di festa.

«Lasciaci soli» disse al servo. Aveva una voce acuta, quasi da castrato, un viso grasso e molle, dalla carnagione così chiara da sembrare alabastro, se non fosse stato per la ragnatela di capillari che gli imporporavano le guance e la punta carnosa del naso. I pochi capelli che gli rimanevano in capo dovevano essere stati biondi ma ora erano talmente radi e lanuginosi da farlo assomigliare a un enorme, ributtante pulcino appena uscito dall'uovo. Aveva quasi una cinquantina d'anni.

Rosetta non lo aveva mai visto così da vicino e provò una istintiva repulsione.

«Ti sei decisa, finalmente» disse il Barone appena il servo ebbe chiuso la porta.

Rosetta non rispose e rimase a testa bassa.

Il Barone la fissò con i suoi occhietti che sembravano affogare nel grasso del viso. «Ho saputo dell'incidente» disse malizioso.

«Non è stato un incidente» rispose lei. Ma debolmente.

Il Barone fece un sorrisetto, scoprendo dei denti piccoli, con le gengive rosa, anemiche. «No, non è stato un incidente. Te la sei cercata» infierì con cattiveria. «Era nella natura delle cose che prima o poi succedesse.» Accarezzò distrattamente con un polpastrello un pesante fermacarte in bronzo che ritraeva un cinghiale moribondo, con un dardo conficcato nel collo, azzannato ai fianchi da due cani da caccia. «Sei una contadina arrogante che usa la bocca per parlare come un uomo.»

Rosetta tenne la testa bassa. Non aveva solo perso. Il Barone voleva farle accettare che fosse giusto ciò che le avevano fatto. Ma non trovò in sé la forza di ribellarsi. In un attimo sarebbe finito tutto, pensò ancora. Avrebbe venduto il podere, avrebbe intascato i suoi soldi e avrebbe provato a ricominciare una nuova vita.

«Bene» disse dopo un lungo silenzio il Barone. «Hai deciso cosa farai dopo?»

«Cercherò un pezzo di terra che non vuole nessuno e lo coltiverò» rispose Rosetta.

«Non qui» fece il nobiluomo.

«No. Non qui.»

«Molto bene» annuì il Barone. Si alzò e andò a una cassaforte nera, con delle elaborate decorazioni dorate. Aprì il pesante sportello perfettamente oliato ed estrasse una scatola in radica di noce, intarsiata sul coperchio con lo stemma della sua famiglia. Tornò alla scrivania e la aprì. «È ora di fare i conti» disse. Prese delle banconote, le contò e le mise sul ripiano di marmo, di fronte a Rosetta. «Millecinquecento lire.»

Rosetta alzò la testa, con un'espressione sorpresa negli occhi. «Il podere ne vale almeno tremila» protestò.

«Hai trovato qualcuno che ti offre tremila lire?» le chiese il Barone, con un ghigno malevolo sulle labbra. «No?» La fissò in silenzio, compiaciuto, giocherellando con i bottoni dorati del gilet di seta arancione. «Neanche duemila?»

Rosetta non rispose.

«Non c'è nessuno che possa comprare il tuo podere a parte me» disse allora il Barone. «E perciò il prezzo lo faccio io.» Prese una banconota da cento lire dalla mazzetta che le aveva messo davanti e la ripose nella scatola. «Adesso il tuo podere vale millequattrocento lire. Sbrigati ad accettarle perché tra pochissimo la mia offerta scenderà a milletrecento.»

Rosetta si rese conto di essere con le spalle al muro. E di non saper più lottare. Allungò la mano e prese le banconote.

Il Barone rise. «Neanche grazie mi dici?»

«Grazie... eccellenza.»

Il Barone si alzò. Fece il giro della scrivania e, fissandola, le si avvicinò. «Le rivorresti indietro le cento lire che ti ho levato?» le chiese in tono mellifluo.

«Sì, eccellenza...» rispose Rosetta mentre arretrava di un passo. C'era qualcosa di pericoloso nella voce e negli occhi del Barone.

Il Barone la spinse contro il bordo della scrivania. «E allora te le devi guadagnare» sorrise. Poi allungò una mano e cominciò a slacciarle il primo bottone del vestito.

Rosetta si sentì morire e il gelo innaturale della sua vecchia paura la pietrificò.

Il Barone slacciò anche il secondo bottone.

«No...» mormorò con un filo di voce Rosetta. Ma non riusciva a reagire.

«Cento lire sono un sacco di soldi» fece il Barone, continuando a slacciarle il vestito. «Neanche le bottane di Palermo pigliano tanto.»

«No...» ripeté Rosetta, appoggiando una mano sul suo petto pingue, cercando di respingerlo.

Il Barone le infilò una mano sotto la gonna, rudemente, e salì lungo le cosce.

Rosetta sentì l'anello del nobiluomo che le graffiava la pelle e poi le dita grassocce che la raggiungevano in mezzo alle gambe. «No...» sussurrò senza fiato.

«Me lo dissero che avevi un cespuglio folto e tenero qui sotto» mugulò il Barone. La spinse più forte contro la scrivania, mentre si slacciava i pantaloni. Le afferrò la mano e se la portò al membro molliccio.

Rosetta cercò di ribellarsi ma era come se non avesse forza. «No...» ripeté, con le guance che si rigavano di lacrime.

Il Barone le sfregò la mano sul membro, che continuava a rimanere inerte. «Dici di no ma invece lo vuoi, è vero?» fece, ansimando. «Mi raccontarono che l'altra volta ti piacque.» Le prese la testa e provò a farla inginocchiare. «Adesso ti insegno io a che cosa serve la bocca delle donne.»

Rosetta cercò di liberare il capo ma il Barone glielo stringeva saldamente con entrambe le mani. Mentre le lacrime continuavano a bagnarle le guance, le parve di sentire la voce del padre che le diceva: "Sei buona solo a scopare". Si sentì attirata in un gorgo limaccioso che era peggio della morte. «No!» urlò. Poi, con la forza della disperazione, colpì il Barone con una ginocchiata in mezzo alle gambe.

Il Barone gemette di dolore, piegandosi in due, mentre gli compariva in volto un'espressione furiosa. «Bottana!» urlò e le si avventò contro. Le diede un violento manrovescio, ferendole lo zigomo con l'anello. «Come osi?» le alitò in faccia con la voce che si faceva sempre più acuta. La colpì con un pugno e poi le strinse le mani al collo. «Bottana!» le urlò ancora, spingendola con violenza contro la scrivania.

Rosetta sentiva il sangue che le faceva scoppiare la testa. Il panico la stava sopraffacendo. La vista le si stava appannando. Davanti agli occhi le scorrevano immagini incoerenti. Il nonno che picchiava la nonna. I violentatori che la penetravano. Il padre che alzava la cinghia. Annaspando sotto la spinta furibonda del Barone, si appoggiò al piano della scrivania, cercando di non cadere. La mano trovò il fermacarte col cinghiale morente.

«Bottana!» continuava a urlare il Barone, con il volto congestionato dalla rabbia.

Rosetta non sentì la voce acuta del Barone ma quella di suo padre, ubriaco, che le faceva sanguinare la schiena. Serrò la mano sul fermacarte. Tutto divenne buio. E nel buio vide luccicare la fibbia della cinghia che si abbatteva su di lei. «No!» urlò con la voce strozzata. Poi, mentre la sua antica paura si trasformava in furia, sollevò in aria il fermacarte e lo abbatté sulla testa del Barone. Del padre. Dei suoi violentatori. Una, due, tre volte. Finché quello mollò la presa e si accasciò con un tonfo in terra.

«Che succede?» chiese il servo, accorrendo allarmato dalle urla.

Una macchia densa di sangue gocciolava dalla testa del Barone e si spandeva sul marmo giallo. Il Barone non si muoveva.

Il servo si buttò su Rosetta.

Ma appena fu a tiro, Rosetta colpì anche lui con il fermacarte in piena fronte.

Il servo barcollò, con un'espressione bolsa negli occhi. Mentre cadeva a terra il colletto della giubba si aprì, mostrando una fasciatura, striata di sangue, sotto l'orecchio, proprio nel punto in cui Rosetta aveva graffiato uno dei suoi aggressori.

Rosetta lasciò cadere il fermacarte, a occhi spalancati. Nell'altra mano stringeva ancora le millequattrocento lire. Rimase immobile per un attimo, fissando le banconote stropicciate. Poi, raccolto il fagotto con le sue cose, scappò veloce.

Appena superata la porta incontrò un altro servo, ma dal suo sguardo distratto capì subito che non aveva sentito il trambusto della colluttazione. Ebbe la prontezza di girarsi verso la porta, inchinarsi e dire: «Baciamo le mani, signor Barone», cercando di mantenere più calma possibile la voce. Poi chiuse la porta e si avviò verso le scale a passi misurati, resistendo alla tentazione di mettersi a correre.

"Sono un'assassina!" pensò con orrore, angosciata, mentre scendeva gli scalini. "Madonna del Carmine, dammi il tuo perdono.... non posso vivere con questo peso sul cuore... perdonami, ti prego..."

Era quasi giunta alla base delle scale quando sentì dei passi pesanti, strascicati, accompagnati da gemiti.

«Mi accoppò!» urlò la voce stridula del Barone.

Rosetta alzò gli occhi.

Il Barone, con il viso imbrattato dalla copiosa emorragia, sorretto dal servo, anche lui insanguinato, era affacciato alla balaustra di granito del piano superiore. «Mi accoppò!» urlò ancora. «Pigghiatela! La vogghio scannare cu le mani mie!»

Una goccia di sangue vorticò nell'aria e atterrò sulle scale, ai piedi di Rosetta.

Rosetta saltò con un solo balzo gli ultimi scalini e, mentre le prime voci echeggiavano per il palazzo, guadagnò l'uscita.

Saro era ancora davanti al portone con la sua asina.

Sotto gli sguardi attoniti dei paesani, Rosetta attraversò la piazza, correndo con gli occhi sbarrati.

«Pigghiatela!» le urlò dietro il Barone, comparendo al balcone del primo piano, continuando a gocciolare sangue. «Trecento lire a chi me la riporta!»

"Sono perduta!" pensò terrorizzata Rosetta, con le lacrime agli occhi, mentre svoltava in un vicolo.

Sentì un trambusto di voci e zoccoli ma non si voltò. Si lanciò a capofitto verso Porta Palermo, la superò e si trovò fuori dal paese. Abbandonò la strada bianca e si infilò nella macchia, dove continuò a correre finché cadde a terra, spossata, con il vestito lacerato dai rovi e profondi graffi sulle braccia.

Rimase carponi, riprendendo fiato. Quando riuscì a respirare si tirò in ginocchio. Aveva un solo pensiero in testa. Cercò un raggio di sole tra le frasche e lasciò che la colpisse in pieno volto.

«Grazie, Madonna del Carmine» mormorò come prima cosa. «Grazie, Madonnina mia, grazie» ripeté mentre il cuore le si allargava per il sollievo. «Non ho ammazzato nessuno!» quasi urlò, con un sorriso che si faceva strada sulle labbra spaccate dai pugni del Barone. «Non sono un'assassina!»

Si fece il segno della croce, piangendo e sorridendo. Si accorse di avere ancora in mano le millequattrocento lire. Aprì il fagotto e ripose le banconote nel sacchetto di iuta, insieme alle sue poche monete.

Il sole continuava a scaldarle il viso. Il sollievo di non essere un'assassina le dava una meravigliosa sensazione di leggerezza, che le faceva dimenticare tutto il resto.

«Già che c'eri potevi prenderti le altre milleseicento che ti spettavano» mormorò, chiudendo il sacchetto.

E poi scoppiò a ridere. Inaspettatamente.

"Non c'è nulla da ridere" pensò.

Ma non riuscì a trattenersi. E di nuovo le gorgogliò in gola quella risata che era di gioia e di paura insieme.

E si rese conto che era da troppo tempo che non rideva.

«Tu sei proprio una grandissima minchiona» disse allora, e si abbandonò alle risate più assurde che avesse mai fatto.

9.

Boccadifalco – Palermo, Sicilia

Una secchiata d'acqua gelida lo fece rinvenire.

Rocco tossì. Sputò l'acqua che gli si era infilata in gola. All'inizio non sentì niente, poi la tempia dove era stato colpito cominciò a pulsare violentemente, diffondendo il dolore a tutta la testa.

«Mi mettesti in grave imbarazzo» disse la familiare vòce di don Mimì Zappacosta alle sue spalle.

Rocco era seduto su una sedia a casa sua, di fronte al tavolo dove mangiava. Sentì dei passi calmi, lenti, che risuonavano sul pavimento di mattoni cotti al sole.

Poi don Mimì apparve nella sua visuale e si andò a sedere all'altro capo del tavolo. «Mi mettesti in grave imbarazzo» ripeté. «Mi facisti perdere la faccia.»

Rocco sapeva cosa significavano quelle parole. Erano una sentenza.

«Sasà Balistreri venne a trovarmi» continuò don Mimì, con la voce che vibrava di rabbia, «e si lamentò che mandasti a puttane il lavoro che dovevi fare e quasi ammazzasti uno dei suoi soldati.»

La vista di Rocco era annebbiata. Il dolore alla tempia quasi gli tappava le orecchie, provocando un rumore simile a quello di una grancassa che gli suonasse nella testa.

«È vero?» chiese don Mimì, fissandolo.

Rocco non rispose subito.

Uno degli uomini che gli stavano alle spalle lo colpì con il calcio della lupara tra le scapole.

Rocco gemette.

«È vero?» ripeté don Mimì.

Rocco annuì. «È vero.»

Don Mimì sospirò e poi, come fosse soprappensiero, pulì il piano del tavolo da qualche briciola di pane, senza guardare Rocco. «Mi chiesero il permesso di ucciderti» disse infine, alzando lo sguardo, «perché mi rispettano.» Fece una pausa. «Loro.» Scosse il capo. «Ma gli risposi che me ne sarei occupato io, personalmente. Gli dissi che ti avrei fatto sparire. Per sempre.» Si azzittì e rimase a fissarlo.

Rocco ricordava bene il senso di sporcizia che gli si era appiccicato addosso quando si era arreso, pochi giorni prima, sulla spiaggia di Mondello. Ricordava bene quella sensazione di morte in vita che gli era rimasta in bocca, amara, come un veleno. «Avanti, allora!» scattò. «Non ho paura di morire!»

Don Mimì ridacchiò. «Non è vero» disse, sempre sorridendo. «Tutti hanno paura di morire.» Si sporse attraverso il tavolo e gli diede un buffetto sulla guancia. «E tu non sei diverso.»

Quanta gente aveva visto morire don Mimì, si chiese Rocco. Mentre cercava di reggere lo sguardo canzonatorio del capomandamento, si rese conto che per don Mimì la vita di un uomo non valeva più di quella di un cane randagio. Era una cosa da nulla per lui.

«Sbrigatevi!» quasi urlò, temendo che se quella commedia si fosse protratta troppo a lungo sarebbe scoppiato a piangere come un vigliacco e avrebbe implorato pietà. «Fate quello che dovete fare!»

Don Mimì non si scompose. Fece cenno a uno degli uomini di accendergli una sigaretta. Aspirò con calma e poi lasciò uscire pigramente il fumo, verso l'alto, guardando le spirali dense e grige. «Aspettiamo a Nardu Impellizzeri» disse alla fine senza scollare lo sguardo da Rocco mentre continuava a gustarsi la sigaretta senza filtro, pulendosi di tanto in tanto il labbro inferiore dalle pagliuzze di tabacco.

«È lui il mio boia?» chiese Rocco, cercando di avere un'aria strafottente.

Don Mimì scoppiò a ridere. «Sei davvero così duro?» Scosse il capo. «Ah, Rocco, Rocco... in un altro momento mi metteresti di buon umore.»

Rocco sentì che qualcosa gli si incrinava dentro, lentamente. Serrò le mascelle fino a farsi scricchiolare i denti.

Don Mimì se ne accorse e rise ancora.

Rocco avvampò di rabbia. «E se adesso vi saltassi addosso? I vostri uomini mi ammazzerebbero all'istante e vi rovinerei il gioco.»

Con la velocità di un fulmine uno degli uomini lo colpì con violenza alla nuca con la lupara.

Rocco sbatté la fronte contro il tavolo e per un secondo gli parve di svenire.

Don Mimì gli tamburellò piano la mano sulla testa, come avrebbe fatto con un monello. «Manco fai a tempo a pensarlo che iddi ti mazzìano» disse in tono divertito. «Ma hanno l'ordine di non ammazzarti. Perciò ci guadagni solo qualche altro livido.» Fece schioccare le dita. «Dateci un bicchiere d'acqua fresca» ordinò.

Uno degli uomini mise sul tavolo un bicchiere colmo d'acqua davanti a Rocco.

«Bevi» disse don Mimì, sempre con quel tono pacato che faceva più paura di una minaccia. «Porta pazienza. Nardu non tarderà. Prima doveva fare una commissione pe' mia.» E poi ridacchiò ancora.

Rocco bevve, strizzando gli occhi. La testa gli rimbombava. «Se siete un uomo...» disse con voce cupa, provocatoria, «fatelo voi con le vostre mani.»

«Tutto quello che succede nel mandamento è fatto con le mie mani» gli rispose don Mimì. Sorrise. «Solo che tu di mani ne tieni appena due... e io invece centinaia.»

Uno degli uomini rise.

Dopo un quarto d'ora la porta si aprì e Nardu Impellizzeri entrò nella casa.

«Facisti tutto?» gli domandò don Mimì.

«Come ordinaste» rispose Nardu, porgendogli una busta da lettere bianca.

Rocco guardò Nardu, il suo boia. Come lo avrebbe ucciso? Serramanico o lupara? Si sentì sopraffare da un brivido di paura.

«Molto bene» annuì don Mimì. Poi fece un cenno col capo. «Aspettatemi fuori.»

«Ma...» cominciò a protestare Nardu.

Don Mimì lo azzittì con un gesto secco. «Io e Rocco siamo vecchi amici. Lasciateci soli.»

Dopo un attimo di esitazione Nardu e i due uomini uscirono.

«Manteniamo la porta aperta» fece Nardu.

«Chiudi!»

La porta si chiuse.

Don Mimì giocherellò con la busta, fissando Rocco.

E Rocco lo guardava senza capire che cosa stava succedendo.

«Quel ciccione di Sasà Balistreri mi disse che l'hai conciato molto male il suo soldato» sorrise don Mimì. «Lui armato e tu a mani nude.»

Rocco lesse un'espressione di compiacimento sul volto di don Mimì. E la sua confusione mentale aumentò.

«Cosa pensavi mentre lo massacravi? Ci prendesti gusto?» gli chiese don Mimì. «Cosa ti fece fermare?»

«Il picciriddu...» mormorò Rocco.

«Il picciriddu» ripeté don Mimì. «Ma lo volevi ammazzare, vero?»

Rocco non rispose.

Don Mimì rise. «Tu sei figlio di chi sei figlio» disse poi serio. «Ce l'hai nel sangue, come tuo padre.»

«Non è vero.»

«È la tua natura, Rocco» fece allora don Mimì, con un tono umano. «Provi a resistere con la volontà, con la cocciutaggine, ma quando il sangue di tuo padre ti va alla testa... ecco che succede. Tutte le minchiate che pensavi prima vanno a farsi fottere e ti levi la maschera.» Si sporse attraverso il tavolo e gli toccò il petto, all'altezza del cuore, con la punta dell'indice. «Qui... tu sei un assassino.»

«No!»

Don Mimì rise. «Ognuno, finché è bambino, è libero di credere alle favole» riprese. «Ma quando cresci... lo sai che Babbo Natale non esiste.» Lo guardò con un'espressione bonaria. «È ora che cresci.»

Rocco abbassò lo sguardo. Era vero che avrebbe ammazzato Minicuzzu se il piccolo Totò non lo avesse fermato. E raccontarsi che lo stava facendo per il bene, per difendere un povero disgraziato o un bambino, non cambiava le cose. "Adesso siete orgoglioso di me, padre?" pensò con amarezza.

Don Mimì intanto aveva aperto la busta e ne aveva tirato fuori cinque banconote da cento lire e un foglietto giallo, stampato.

«Sai leggere?» gli chiese.

«No.»

Don Mimì spianò il biglietto sul tavolo, di fronte a Rocco. Puntò un dito su una riga. «Qua c'è scritto: Palermo-Buenos Aires, vedi?»

«Che vuol dire?» chiese Rocco sempre più confuso.

«E qui sotto lo sai che cosa c'è scritto?»

Rocco fece segno di no.

«Ripeti con me» disse allora don Mimì puntando un dito sulla prima di due parole. «Sola...»

«Sola...» gli fece eco Rocco, frastornato.

«... andata...»

«... andata...»

«Sola andata» scandì don Mimì.

Rocco lo guardò senza capire.

«Ripeti!» strillò don Mimì battendo la mano sul tavolo.

«Sola... andata...» disse Rocco mentre la porta si apriva e Nardu si affacciava all'interno.

«Fuori dalla minchia!» urlò don Mimì.

La porta si richiuse.

«Biglietto di sola andata da Palermo a Buenos Aires» fece don Mimì con voce grave. «E queste sono cinquecento lire. Quando arrivi a Buenos Aires presentati al molo sette, al porto di LaBoca, e chiedi di Tony Zappacosta. È mio nipote, figlio di mia sorella. Lo aiutai ad aprire un'attività di import-export. Ti darà lavoro.»

Rocco aggrottò le sopracciglia, con un'espressione di ebete stupore negli occhi. «Non mi ammazzate?»

«No.»

«E Sasà Balistreri?»

«Ci dissi che ti avrei fatto sparire per sempre» sorrise don

Mimì, con quella sua aria feroce, da lupo. «Per questo il biglietto è di sola andata.»

«Perché...?»

Don Mimì lo guardò serio. «Perché ho un debito di sangue con tuo padre» rispose. «E un uomo d'onore come a mia i debiti li salda fino all'ultimo centesimo.»

«Non mi ammazzate...» ripeté Rocco, inebetito, come se fosse una frase priva di senso.

«Una vita per una vita, Rocco» disse don Mimì. «Tuo padre mi salvò la vita. E io ora la salvo a te. E con questo il mio debito è estinto totalmente.» Si sporse verso di lui, fissandolo con uno sguardo penetrante. «Totalmente» ripeté. Si alzò in piedi. «Ricorda, Rocco. Solo andata. Perché da quando salirai su quella nave piroscafo tu non sei più nessuno pe' mia. Non esisti più. Sei come morto.» Gli prese il viso tra le mani e lo strinse forte. «E come i morti non puoi più tornare nel nostro mondo.» Lo baciò sulle labbra. «Sennò ti ammazzo per davvero. Con le mie mani.»

10.

Alcamo – Lago Poma – Monreale – Palermo, Sicilia

«Sei libera» fu la prima cosa che si disse Rosetta, mettendosi in cammino, senza una meta.

Adesso che aveva perso tutto si sentiva incredibilmente leggera e pervasa da una piacevole sensazione di meraviglia. Era tutto più semplice, ora. E quasi non riusciva a spiegarsi, a posteriori, perché si fosse incaponita in quella battaglia. In quell'anno aveva perso qualcosa di molto più prezioso della terra. Aveva perso la libertà, si ripeté. Aveva perso la sua natura gioiosa, che era sopravvissuta anche alle botte del padre. Aveva perso se stessa. Si ascoltò ridere, come se dovesse fare daccapo la conoscenza della Rosetta che aveva azzittito per tutto quel tempo. E anche quando non le venne più da ridere, si sforzò di farlo, come per impratichirsi in quella lingua che aveva dimenticato.

«Sono libera!» gridò, a braccia spalancate, piroettando su se stessa come se stesse ballando.

Si infilò nella macchia, decisa a tenersi lontana dalla strada. Ma passo dopo passo, mentre avanzava tra i rovi e la terra dura e secca di quell'isola avara, cominciò a perdere entusiasmo. Dove poteva andare? E se l'avessero trovata cosa le avrebbero fatto? Avrebbero posto fine a quella libertà che durava da così poco? Si fermò. Il sole, alto in cielo, impietoso, bruciava tutto quello su cui arrivava.

«Cosa credi di poter fare da sola, gran minchiona?» disse.

E di nuovo tutta la forza che aveva recuperato scomparve, come se il sole fosse stato capace di far evaporare anche quella. Fissò senza speranza l'orizzonte, tutt'intorno a sé. Non c'era un solo posto dove nascondersi. Non un solo posto dove avrebbe potuto ricominciare a vivere mettendo una pietra sul suo passato.

Si lasciò cadere in ginocchio. E nonostante il sole le parve di sprofondare in un buio senza fondo.

Non sapeva da quanto tempo era lì immobile quando sentì un rumore di zoccoli che calpestavano il terreno, non lontano da lei. «Madonna del Carmine...» sussurrò atterrita, infilandosi in un cespuglio di rovi. «Madonna del Carmine. Madonnina bedda... aiutami tu...» disse con le mani sul volto.

Gli zoccoli si fecero più vicini.

Rosetta trattenne il fiato.

«Lo sacciu che sei qua» disse una voce.

Rosetta si fece più piccola che poté.

«Lo sacciu che t'hai nascosta 'cca» disse ancora la voce.

Rosetta cercò di azzittire il cuore che le batteva all'impazzata.

«Sugno Saro...» continuò la voce. «Non ti volesse fare male... Vieni fuori...»

Rosetta non si mosse.

In lontananza si udirono altri cavalli. E degli ordini.

«Li senti? Sono i carabinieri e gli uomini del Barone» disse Saro, a bassa voce. «Ti cercano.»

Nessuna risposta.

«Se ti pigghiano i carabinieri finisci in galera» continuò Saro. «Ma se ti pigghiano gli uomini del Barone, iddu ti scanna.»

Rosetta era immobile, con le spine dei rovi conficcate nella pelle, incapace di decidersi, con gli occhi sbarrati per la paura.

Saro, dopo un po', dubitando che fosse lì, fece schioccare le labbra e l'asina cominciò a muoversi.

«Saro...» sussurrò Rosetta, disperata.

Ma lui non la sentì.

«Saro» chiamò Rosetta, più forte.

«Unne sei?» esclamò Saro, fermando l'asina.

«Lasciami andare... ti prego...» disse Rosetta, con la voce incrinata dal pianto.

Saro girò l'asina e si avvicinò al cespuglio di rovi dal quale proveniva la voce. Scese di sella. Si inginocchiò e spiò tra i rovi. Incontrò lo sguardo terrorizzato di Rosetta.

«Te li do io i soldi che ha promesso il Barone» fece Rosetta.

«Non li vogghio i soldi» le rispose Saro, scuotendo il capo.

«E che vuoi?» chiese Rosetta, senza muoversi.

Saro le tese una mano. «Ti vogghio aiutare.»

«Perché?»

Saro abbassò lo sguardo, arrossendo. «Perché sì» rispose a fatica. «Vieni» le disse poi e si sporse verso di lei.

«Non toccarmi!» fece Rosetta.

Saro ritirò la mano.

«Non mi toccare...» ripeté Rosetta. Poi, mentre Saro si faceva indietro, lentamente uscì dal nascondiglio.

I due giovani si guardarono in silenzio, inginocchiati l'uno di fronte all'altra. Non c'erano parole da dire.

«Dobbiamo andare» fece infine Saro.
«Dove?» chiese Rosetta, con un nuovo spavento nella voce.
«Via» rispose Saro, anche se non significava nulla.
«Via...» disse Rosetta, come un'eco che ripeteva senza capire.
Saro si voltò verso la strada, dalla quale provenivano le voci dei carabinieri e degli uomini del Barone. Si alzò e prese l'asina per le briglie. «Sali» disse dopo che fu montato in sella.
Appena allungò una mano per aiutarla, Rosetta balzò indietro, pronta a respingerlo. «Non mi toccare» disse ancora.
Saro non ritrasse la mano. «Sali» le ripeté. «Non c'è tempo.»
Rosetta, dopo un attimo di indecisione, gli afferrò la mano e si issò sul dorso dell'asina.
«Reggiti a me» disse Saro, mentre cominciavano a muoversi.
Rosetta, molto lentamente, gli mise le mani sui fianchi, vincendo la repulsione ad avere contatti con un uomo.
Saro fece schioccare le labbra e l'asina accelerò il passo, infilandosi ancora di più nella macchia.
Dopo una ventina di minuti le voci e i rumori dei cavalli non si sentivano più. I due non avevano detto una sola parola.
«Dove siamo?» chiese Rosetta, guardandosi in giro.
«È un posto dove vengo a cacciare i conigli. Di sicuro non ti cercheranno qui» rispose Saro. «Tra un po' arriviamo al lago Poma. Poi ci infiliamo nella valle sotto Romitello e andiamo dritti fino a Monreale. E da lì a Palermo.»
«Palermo?» chiese Rosetta. «E che faccio a Palermo?»
«Te ne devi andare lontano» disse Saro. «Ma lontano assai. Le mani del Barone sono troppo lunghe per dei poveracci come noi.»
«E Palermo è lontano abbastanza?» Rosetta era spaventata.

«No» le rispose gravemente Saro.
«E allora?» Rosetta si sentiva sempre più persa.
«Te lo ricordi a compare Ninuzzo?» le chiese Saro. «Te lo ricordi che partì quando eravamo picciriddi?»
Rosetta sentì che il fiato le si spezzava in gola. «Ma compare Ninuzzo...» fece con una voce flebile, colma di terrore, «iddu... partì per...» Si azzittì, incapace di continuare.
«Per le Americhe» concluse Saro.
«Le Americhe...» ripeté Rosetta.
«Sì, le Americhe.»
Di nuovo scese il silenzio.
Dopo un'ora erano arrivati al lago Poma. Ci girarono intorno e si infilarono tra due piccole formazioni montuose, sempre senza parlare. Passate altre due ore avvistarono la periferia di Monreale.
Saro fermò l'asina e la fece dissetare a un abbeveratoio. Poi diede dell'acqua anche a Rosetta.
Rosetta bevve e si sedette assorta sul bordo dell'abbeveratoio.
Saro prese dalla bisaccia delle carote vecchie e rinsecchite e le fece mangiare all'asina. Poi tagliò delle grosse fette di formaggio stagionato di capra e ne porse una a Rosetta che fece segno di no.
«Hai a mangiare» disse Saro.
Rosetta lo guardò.
Subito Saro abbassò lo sguardo, arrossendo. «Mangia» ripeté.
Rosetta prese il formaggio e lo sbocconcellò.
«Ascolta... quello che ti fecero fu una vigliaccata» disse allora Saro, a bassa voce ma scuotendo il capo con decisione.
«Non ne voglio parlare» fece Rosetta.
«Ma non fu nessuno dei paesani» continuò Saro.
«Lo sacciu» mormorò cupa Rosetta.
«Noialtri l'onore alle donne non lo leviamo.»

Rosetta alzò la testa, con rabbia. «Voialtri bruciate solo i campi e sgozzate le pecore, vero?» disse con impeto. E poi lo colpì con uno schiaffo, mettendoci tutta la frustrazione di quell'anno.

Saro restò in silenzio, con la guancia arrossata. «Non fui io.»

Rosetta cominciò a piangere, piano.

Saro allungò una mano per asciugarle le lacrime.

«Non mi toccare!» gridò lei, scattando in piedi. «Mi fate schifo...» disse con un tono amaro, pieno di dolore, dandogli le spalle. «Tutti quanti.»

Saro rimase a testa bassa, in silenzio.

Quando Rosetta si voltò vide che anche lui piangeva. Tornò a sedersi sul bordo dell'abbeveratoio e intinse una mano nell'acqua. «E unne sono queste Americhe?» chiese dopo un po', con la voce che si era fatta sottile per lo smarrimento nel quale era precipitata.

«Lontane» disse Saro, sempre a testa bassa, voltandosi solo un attimo per asciugarsi di nascosto le lacrime.

«Più lontane di Roma?»

Il ragazzo annuì.

«Ma quanto lontane sono?» chiese Rosetta, che si sentiva girare la testa, come in preda a una vertigine.

«Assai...»

«Assai» gli fece ancora eco Rosetta, misurando con terrore quella ignota, immensa distanza.

Prima di rimettersi in cammino Rosetta, mentre Saro le tendeva la mano per aiutarla a salire in groppa all'asina, lo guardò negli occhi. «Perché lo fai?» gli chiese.

Saro arrossì ancora violentemente. Girò il capo dall'altra parte e, come prima, rispose: «Perché sì».

Dopo altre due ore raggiunsero Palermo.

Saro guidò l'asina per le strade affollate del Borgo Vecchio fino a raggiungere il porto. Chiese indicazioni e si fermò davanti all'edificio anonimo e squadrato dell'Autorità Portuale.

«Qua si compra il biglietto per la nave piroscafo che va alle Americhe» disse a Rosetta.

Scesero dall'asina e rimasero immobili, uno di fronte all'altra, entrambi con gli sguardi a terra.

«Lo chiamano il Nuovo Mondo» disse Saro.

«Cosa?»

«Le Americhe. Ci si può rifare una vita, dicono.»

Rosetta si ricordò di compare Ninuzzo. L'anno prima di partire gli erano morti la moglie e il figlio, che all'epoca aveva sette anni, la stessa età di Rosetta. Un giorno compare Ninuzzo aveva caricato troppo il carro con le pietre che trasportava dalla sua cava, per fare un viaggio in meno. La moglie e il figlio lo avevano aiutato perché compare Ninuzzo si era rifiutato di aumentare la paga ai suoi due operai e quelli avevano lasciato il lavoro. Il carro si era rovesciato e le pietre avevano ucciso sul colpo la moglie e il figlio, spappolandogli il cranio. Da quel giorno compare Ninuzzo non era più stato lo stesso. Aveva lasciato andare in malora la cava e lo si vedeva girovagare per le campagne senza una meta, con la barba lunga. In paese avevano cominciato a chiamarlo *u' fuddu*. Il pazzo. Poi, quando aveva toccato il fondo, il Barone – sempre lui e sempre con perfetto tempismo – si era offerto di comprargli la cava. E lui gliel'aveva venduta. Per una miseria. Con i soldi del Barone *u' fuddu* aveva acquistato un biglietto per le Americhe ed era partito. Per non morire di dolore, dicevano in paese.

Rosetta guardò Saro. «Compare Ninuzzo andò alle Americhe perché era disperato» disse.

Saro annuì. «Sì.»

«Come a mia...»

Saro tornò ad abbassare lo sguardo.

«Forse non è così bello chisto Nuovo Mondo.» Rosetta scosse il capo. Si voltò verso l'edificio dell'Autorità portuale. Prese dal sacchetto di iuta la manciata di soldi del Barone.

«Nascondili» le disse Saro. «Mettili dove non li trova nessuno.» Poi tornò ad arrossire, cercando di fare un discorso che si era preparato e ripetuto durante tutta la loro fuga. «In paese dicevano che ti comportavi come un uomo...» iniziò faticosamente, «che credevi di avere i cugghioni e che questo era peccato... perché Dio fece le donne senza i cugghioni.» Scalciò un paio di pietruzze con il piede, imbarazzato. «Ma finché non sei in salvo...» le disse alzando gli occhi, «tieniteli stretti quei cugghioni.»

Rosetta lo guardò. Per un anno lui e tutti gli altri l'avevano chiamata bottana. Per un anno avevano reso la sua vita un inferno. E fino a quella mattina li aveva odiati. Ma ora tutto era cambiato. Adesso era una disperata. Ma anche libera. E poteva perdonare. «Grazie» gli disse.

Gli occhi di Saro si inumidirono di lacrime.

Rosetta cominciò a voltarsi.

«Come saprò se è andato tutto bene?» le chiese Saro, nel tentativo di prolungare quel loro ultimo dialogo.

Rosetta lo fissò in silenzio. Esattamente come compare Ninuzzo stava cercando di mettere un intero oceano tra lei e i suoi ricordi. Sperava di non portarsi appresso nulla della sua vita passata. E nessuno. «Ti scriverò» disse, scrollando le spalle.

Sul volto di Saro comparve un'espressione smarrita e infantile. «Ma io non sacciu leggere...»

Rosetta sorrise mestamente. Non c'era posto per nessuno di loro nel Nuovo Mondo. «E io non sacciu scrivere.»

«Rosetta...» mormorò Saro, con gli occhi ormai colmi di lacrime, cercando di trattenerla.

Rosetta allungò una mano e gli accarezzò una guancia. Seria. Senza sorridere. «È troppo tardi» gli ripeté, con una voce da donna adulta. Lo guardò ancora. Intensamente.

Infine gli diede le spalle, andandosene incontro al suo destino, da sola, senza più voltarsi.

11.

Europa Orientale – Amburgo – Mar del Nord – Oceano Atlantico

Da quando aveva ascoltato la conversazione degli uomini del convoglio, Raechel viveva nell'ansia e nella paura. Mai come quella sera aveva capito cosa intendeva il padre dicendole che era troppo piccola, il giorno in cui le aveva negato il permesso di partire, prima di essere ucciso. Cosa poteva fare una ragazzina di tredici anni come lei? Come poteva salvarsi?

"Ti sei data in pasto ai lupi" si diceva spaventata.

Ogni volta che si fermavano in un villaggio Raechel pensava di fuggire. Ma si fermavano solo lo stretto indispensabile per caricare nuove ragazze e poi ripartivano subito, per accamparsi lontano dai centri abitati, in mezzo al nulla. Dove sarebbe potuta andare? Non aveva la minima possibilità di farcela in quei paesi sconosciuti. E comunque, anche se ci fosse riuscita, cosa avrebbe potuto fare per sopravvivere? Perciò, di sosta in sosta, rimandava la sua fuga. E cercava di rendersi invisibile, sperando che si scordassero di lei. Evitava soprattutto Amos, che ormai temeva più di ogni altro, avendone intuito la vera natura, cinica e spietata.

D'altro canto gli uomini le rivolgevano raramente la parola, se non per ordinarle di lavare piatti e pentole. E Raechel ubbidiva a testa bassa, lucidando al meglio le stoviglie con la cenere, fino a spellarsi le dita, silenziosamente, senza nemmeno fiatare.

Prima del suo arrivo toccava a tutte le ragazze, a rotazione, ma da quando si era aggregata al gruppo quell'incombenza era diventata solo sua. "Il porcospino lavapiatti" l'aveva ribattezzata Tamar, con la sua solita malevolenza. Ma Raechel, non avendo la minima intenzione di attirare su di sé l'attenzione con discussioni, non replicava mai. Soprattutto non voleva entrare in conflitto con Tamar, che godeva delle attenzioni di Amos più di ogni altra.

Era lei la "bellezza" di cui aveva parlato Amos la sera in cui li aveva ascoltati? Di certo, pensava Raechel, non c'era da stupirsene: Tamar era di gran lunga la più bella delle ragazze della carovana. Nessuna delle altre aveva i suoi lineamenti regolari, quasi perfetti, i suoi lunghi capelli scintillanti, il suo corpo flessuoso pieno di curve ben armonizzate.

Poi una mattina Tamar confidò alle compagne che Amos aveva promesso di sposarla. Aveva guardato Raechel con un sorriso e le aveva detto, suscitando l'ilarità generale: «Non preoccuparti, porcospino lavapiatti. Tu non corri questo pericolo».

Ma Raechel ricordava bene il tono sprezzante che Amos aveva usato parlando di lei. Aveva detto che l'avrebbe "educata" per sopportare la noia del viaggio. Non aveva parlato di matrimonio. Raechel si domandò se avrebbe dovuto avvertirla.

Nei giorni che seguirono Tamar si sedette sempre più vicina ad Amos. Gli serviva la cena, gli sfiorava le mani, rideva buttando la testa all'indietro, in modo civettuolo, scoprendo il lungo, invitante collo dalla carnagione immacolata. E poi, una notte, non era tornata a dormire nella carrozza con le altre. L'indomani aveva una smorfia superba dipinta in viso. «Sono la sua donna» disse. E tutte le ragazze capirono cosa significava.

Da quel momento Tamar si sentì superiore alle altre e le obbligò a farle ogni tipo di servizi – come spazzolarle varie volte al giorno i capelli o andarle a prendere da bere, anche se non le sarebbe costato alcuno sforzo farlo da sola – minacciandole di riferire ad Amos che l'avevano contrariata. Amos, dal canto suo, non fece mai nulla per scoraggiare questi atteggiamenti. E l'impopolarità di Tamar crebbe a dismisura tra le ragazze.

Quando Tamar si trasferì stabilmente nella carrozza di Amos, Raechel prese la sua decisione. Le accennò i particolari della conversazione che aveva origliato e le consigliò di non fidarsi.

Tamar la guardò con la sua aria superba, scuotendo il capo. «È brutta l'invidia, porcospino» le disse con una smorfia di disprezzo che le increspava le labbra. Poi le batté un dito sul petto privo di seno, con una minaccia negli occhi. «Sai che se riferissi ad Amos quello che mi hai detto ti lascerebbe qui in mezzo alla neve?»

Raechel sentì un'ondata di paura serrarle la gola. «Ti prego...» la implorò.

«Non gli dirò niente, tranquilla» fece Tamar, scrollando le spalle. «Mi fai troppa pena, piccolo porcospino invidioso.»

Intanto, mentre risalivano verso il porto di Amburgo, in un'Europa stritolata dalla morsa del gelo, si fermarono in altri tre shtetl e presero con sé diciotto ragazze. Il numero finale ammontava a quarantatré.

Tra queste c'era una ragazzina di tredici anni, con un volto angelico, occhi verdi e capelli biondi che le si arricciavano in morbidi boccoli sulle spalle magre. Aveva gli occhi sempre spalancati sul mondo che attraversavano, nei quali si leggevano tutti i suoi sogni e tutta la sua ingenuità. Raechel provò un'immediata simpatia per quella ragazzina e un senso di naturale protezione, nonostante avessero la stessa età. Ma sembrava una bambina, pensò Raechel. O una bambola.

La prima sera, dopo cena, la ragazzina si mise a cantare. E la sua voce era talmente armoniosa e coinvolgente che tutte le ragazze la ascoltarono beate e commosse. Era come se quella voce celestiale portasse gioia e bellezza.

«Come ti chiami?» le chiese Raechel sedendole accanto.

«Kailah» rispose quella, con un sorriso limpido.

«Canti benissimo.»

Kailah si illuminò ancora di più. «Questi uomini sono molto buoni» disse. «I miei genitori non volevano che partissi ma loro gli hanno dato dei soldi e gli hanno detto che a Buenos Aires mi faranno fare la cantante.»

Raechel le sorrise ma dentro di sé non riuscì a provare lo

stesso ottimismo. Più passava il tempo più nutriva pensieri paurosi sul loro futuro. «Merce da piazzare sul mercato» le avevano definite.

No, era certa che non fossero buoni.

«Diventerò famosa!» rise entusiasta Kailah.

«Sì...» annuì Raechel.

Da quella sera Kailah allietò il campo con le sue canzoni, a cena e in viaggio. E nulla sembrava poter rompere l'incantesimo che creava con la sua voce.

Questa situazione durò fino ad Amburgo.

Ma già mentre salivano sulla passerella che le portava alla grande nave ancorata a un molo sull'Elba, in quello che veniva chiamato Porta del Mondo, Raechel osservò che i sorrisi degli uomini della Sociedad Israelita de Socorros Mutuos scomparivano dai loro volti per lasciare il posto a espressioni distaccate e fredde. Come se si fossero levati una maschera, pensò. E poi notò che i marinai a bordo della nave si scambiavano cenni divertiti con gli uomini in caftano, ammiccando verso le ragazze. Si sentì pervadere da una sensazione di profondo disagio e allarme.

Si guardò alle spalle e decise di provare a scappare, anche se era in una terra straniera dove si parlava una lingua che non conosceva. Mosse qualche passo allontanandosi dal gruppo ma subito Amos la afferrò per un braccio, stringendoglielo con forza, fino a farle male, e le disse, con un sorriso che metteva paura: «Dove vuoi andare, maschietta? Cammina, non farmi perdere la pazienza».

Raechel, a malincuore e terrorizzata, imboccò la passerella che portava alla nave. Guardando le altre ragazze si accorse che non avevano notato nulla. Sorridevano felici ed eccitate.

Tamar salì dando il braccio ad Amos, come una superba regina.

«Buona giornata, capitano» salutò Amos.

«Oh, ne sono sicuro, mio buon amico» rispose quello, un uomo rubizzo, con dei mustacchi ingialliti dal fumo. «E questa sarà solo la prima di tante ottime giornate» rise. Poi, guardando sfacciatamente Tamar, le disse: «Buona giornata a te, bellezza».

«Buongiorno a voi, capitano» fece Tamar, in tono gelido, inarcando un sopracciglio con un'espressione altera.

«Dammi del tu, bellezza» sghignazzò il capitano. «A bordo non badiamo alle formalità.» Allungò una mano e le palpò le natiche.

Tamar sobbalzò e mollò un ceffone al capitano.

L'attimo dopo Amos l'aveva colpita con un pugno allo zigomo. «Non ti permettere, troia» le disse con una voce dura. «Vai con le altre» aggiunse spintonandola malamente.

Un mormorio di allarme si diffuse nel gruppo delle ragazze. Ma era tardi, pensò Raechel, mentre la passerella veniva tirata a bordo.

E poi sentì il capitano che rideva e diceva ad Amos: «Non preoccuparti, amico mio. Mi piace domarle».

«Sappi che non è più vergine, però» fece Amos.

«Come ho appena detto a lei» continuò a ridere il capitano, «qui a bordo non badiamo a queste formalità...»

Le ragazze, come un gregge, quasi a spintoni, furono fatte entrare in un grande ambiente con le pareti di metallo imbullonato. Adesso nei loro occhi c'era un'espressione a metà tra l'incredulità, lo smarrimento e l'allarme. Per terra, nel locale a loro destinato, erano ammucchiati miseri giacigli, fatti di coperte sporche.

I marinai che si occupavano della sistemazione delle ragazze non lesinarono palpate né commenti volgari. Raechel vide che palpavano in special modo le grandi tette di una ragazza che si chiamava Abarim e ancora una volta pregò il Signore che non gliele facesse crescere.

Quando i marinai, sghignazzando, chiusero dall'esterno il portello del grande ambiente dove erano state ammucchiate, qualche ragazza scoppiò a piangere. Ma la maggior parte di loro aveva ancora un'espressione confusa dipinta in viso, una specie di ebete incredulità, pensò Raechel, per quel cambio di atteggiamento tanto repentino. Erano così sorprese che nessuna di loro riuscì a parlare fino a quando le pareti della nave cominciarono a vibrare.

«Stiamo partendo» disse una.

E allora si scatenò il panico. Molte corsero al portello, picchiando i pugni sul metallo. Altre si abbracciarono piangendo.

Solo Tamar rimase in disparte. Si toccava lo zigomo che andava gonfiandosi, con gli occhi sbarrati. Nessuna delle altre si curava di lei. Era come se non facesse parte del gregge.

Raechel, nonostante la detestasse sin dalla loro infanzia, le si avvicinò. «Ti fa tanto male?» le chiese.

«Sono la sua donna. Mi sono data a lui» disse Tamar, con una voce priva di intonazione e gli occhi persi nel vuoto. «Non è successo niente. Verrà a chiedermi scusa e mi sposerà.»

Raechel le rimase accanto, in silenzio, mentre la loro prigione di metallo si saturava delle grida terrorizzate e dei pianti disperati delle ragazze.

Kailah la raggiunse e le si sedette vicino. «Che succede?» le chiese con la voce incrinata dalla paura.

«Non lo so» rispose Raechel.

Kailah rimase in silenzio per un po' e poi le domandò: «Ma mi faranno fare la cantante, vero?».

Raechel non rispose. E si aggrappò al libro del padre.

Verso sera il portellone si aprì. Dei marinai armati di manganelli in mano, spinsero indietro le ragazze. Comparve Amos.

Tamar alzò lo sguardo verso di lui, speranzosa.

E Amos le puntò un dito contro. «Vieni, sbrigati» le ordinò.

«Te l'avevo detto, porcospino» fece Tamar a Raechel. Raggiunse di corsa Amos e fece per gettarglisi tra le braccia ma quello la respinse. La afferrò per un polso e la trascinò via.

I marinai misero in terra del cibo e dell'acqua. «Mangiate» dissero. «E pulite il vomito» aggiunsero indicando delle ramazze e dei secchi. Poi uscirono e chiusero di nuovo il portellone.

«Canta, Kailah» disse Raechel appena furono sole.

«Ho paura...» mormorò la ragazzina.

«Canta» le ripeté Raechel con dolcezza.

Kailah cominciò a intonare una canzone. Ma la sua voce tremava. Dopo poco si interruppe e abbracciò Raechel, in silenzio.

La notte fu più buia che mai per le ragazze. Nessuna riuscì a dormire. Molte si sentirono male. Alcune si raggomitolarono sui giacigli e Raechel le sentì pregare.

La mattina successiva il portellone si aprì. Amos, sempre scortato dai marinai con il manganello, buttò dentro Tamar.

Raechel vide che la bellezza di Tamar sembrava sciupata, come un lenzuolo spiegazzato. Oltre allo zigomo tumefatto aveva dei segni rossi sui polsi.

Amos fece un passo nel grande ambiente. «Se ancora non l'avete capito, sappiate che non farete le domestiche dove siamo diretti» esordì con un sorriso maligno, provocando l'ilarità dei marinai. «A Buenos Aires vi guadagnerete da vivere in un altro modo.» Le guardò con uno sguardo freddo, privo di ogni traccia di umanità. «E poiché si dà il caso che io non voglia sprecare il mio denaro per voi, comincerete a fare esperienza del nuovo lavoro qui sulla nave, pagando con i vostri servizi la traversata.»

Uno dei marinai si mise il manganello tra le gambe e lo agitò oscenamente, come se fosse un enorme, pericoloso fallo. Gli altri risero e si portarono le mani all'inguine, prima di uscire dietro Amos e richiudere il portellone.

Tamar si trascinò fino a un giaciglio in disparte, dando le spalle alle altre, che la guardavano ammutolite e inorridite.

«Che lavoro dobbiamo fare?» chiese una ragazzina che non aveva nemmeno quindici anni.

Nessuna delle compagne le rispose. Ma una scoppiò a piangere.

Il silenzio che seguì faceva più paura di qualsiasi strepito.

Raechel raggiunse Tamar e le si sedette accanto.

Tamar non si mosse.

Raechel allora le posò una mano sulla spalla, con delicatezza. «Mi spiace...» mormorò.

Tamar si voltò di scatto, con gli occhi iniettati di rabbia. «Levati, porcospino!» sibilò.

Raechel si alzò e si allontanò. Ma rimase a guardarla.

«Ben le sta. Si credeva migliore di noi» disse acida una ragazza.

«Stai zitta, idiota!» le urlò Raechel.

Tamar rimase immobile per tutto il giorno, come una morta con gli occhi aperti.

Kailah invece si strinse a Raechel, lasciando che le accarezzasse i lunghi capelli biondi.

Giunta sera, Amos tornò con altri marinai. «Scegliete» disse loro.

Gli uomini gironzolarono tra le ragazze come se fossero al mercato della carne. Uno degli uomini indicò Raechel ad Amos. «E con questa che cosa ci dovrei fare?»

Amos scrollò le spalle. «Buttala a mare, se vuoi.»

Raechel si rannicchiò in un angolo.

I marinai risero. Poi, a una a una, scelsero le ragazze, le afferrarono per i polsi e le trascinarono via.

Amos prese Tamar per un braccio e la costrinse ad alzarsi. «Il capitano non ha finito con te» le disse. E lei si lasciò spintonare fuori.

Tamar si muoveva come un burattino senza vita.

«Tu» fece uno dei marinai a Raechel. «Visto che non servi per fottere, pulisci il vomito. Questo posto è un cesso.»

Poi il portellone fu richiuso.

Ogni notte dieci ragazze venivano scelte. E ogni mattina tornavano con la vergogna stampata in viso. E con le tracce delle botte dei marinai che approfittavano di loro. Tamar, bella com'era, non saltò mai una notte, anche quando il capitano si fu stancato di lei.

«Che cosa fanno alle ragazze?» chiese Kailah a Raechel, con la voce spaventata, rincantucciandosi fra le sue braccia.

Raechel la guardò teneramente. Era così indifesa. Sembrava un piccolo angelo. «Non ribellarti se ti scelgono» le disse. «Altrimenti ti faranno più male.»

«Io non voglio essere scelta» piagnucolò Kailah.

«Prega il Signore che non accada. Lo farò anche io per te» disse Raechel. Le accarezzò i capelli. «Ma se succede… non ribellarti.»

Quella sera Kailah fu scelta.

L'indomani mattina, quando fu riportata indietro, sembrava un fiore calpestato. Corse tra le braccia di Raechel e pianse a lungo. E poi le disse: «Non mi sono ribellata».

«Sei stata molto coraggiosa» le sussurrò Raechel, con il cuore stretto in una morsa. L'attirò a sé e la cullò, anche se dopo quella notte non sarebbe mai più stata una bambina.

Kailah non cantò più e fu scelta per altre due sere. Ogni volta tornava nel locale dove erano rinchiuse con gli occhi più spenti.

Poi, la terza sera, quando uno dei marinai la indicò, ordinandole di seguirla, Kailah guardò Raechel con gli occhi pieni di dolore ma determinati. «Il Signore mi ha detto cosa fare» sussurrò. Le sorrise e la baciò sulla guancia. «Grazie» le disse. Poi si alzò e andò verso la porta cantando, con una voce che sembrava essere tornata quella di un tempo, limpida e commovente.

Raechel avvertì un brivido correrle lungo la schiena e, ubbidendo a un istinto che ancora non riusciva a decifrare, si alzò anche lei e la seguì per qualche passo.

Arrivata alla porta Kailah, con uno scatto agile, sfuggì al marinaio e scappò fuori.

«Fermatela!» urlò Raechel, spinta da un brutto presentimento.

Uno dei marinai rise. «Dove vuoi che vada?»

Raechel cercò di scansarlo. «Kailah!» gridò.

Il marinaio comprese la preoccupazione di Raechel. «Oh, merda!» esclamò gettandosi all'inseguimento di Kailah.

Raechel, approfittando della confusione, riuscì a superare la porta e lo seguì. Il vento gelido che spazzava l'oceano la colpì in piena faccia. «Kailah!» urlò di nuovo, correndo dietro al marinaio.

Quando raggiunsero la poppa della nave, Raechel, il marinaio e altri tre che li avevano seguiti si fermarono. Dopo un attimo sopraggiunse anche Amos.

Kailah era immobile, aggrappata alla ringhiera di poppa, con gli occhi sbarrati nella notte.

«Non fare stupidaggini, ragazzina» disse un marinaio e mosse un passo.

«Non avvicinatevi!» urlò Kailah.

«No, Kailah...» sussurrò Raechel.

«Avanti, nessuno ti farà del male» disse Amos.

«Non è vero!» gridò Kailah. Il vento le scompigliava i capelli e le alzava la gonna, scoprendo due gambette magre, da bambina.

«Kailah, no...» ripeté Raechel.

Poi Amos, con un'espressione dura in volto, si mosse verso Kailah. «Adesso ti faccio pentire di questa sciocchezza!»

E allora Kailah scavalcò la ringhiera.

Rimase un attimo in equilibrio e poi saltò nel vuoto nero della notte.

«No!» urlò Raechel correndo fino al parapetto.

Quando si aggrappò alla ringhiera, con le lacrime che già le rigavano le guance, vide Kailah librarsi in aria scompostamente, la gonna aperta come la corolla di un fiore e la sciarpa che volava via, come un petalo strappato dalla furia del vento. Alla fine del volo vide un piccolo spruzzo bianco che increspò il mare nero per un breve attimo. Senza rumore. E poi più niente mentre la nave continuava la sua rotta per Buenos Aires.

Raechel venne agguantata per un braccio e ricondotta a forza indietro.

«Be', pigliatene un'altra» disse Amos al marinaio che aveva scelto Kailah.

«No, magari domani» rispose il marinaio.

Quando il portellone fu richiuso, in un silenzio spettrale, ogni ragazza sapeva cosa era successo, senza bisogno di spiegazioni.

Raechel prese il suo libro di preghiere e cantò il kaddish. Poi si avviò verso il proprio giaciglio.

«Porcospino» la chiamò allora Tamar.

Raechel la guardò.

«Vieni qua» disse Tamar.

Raechel le si avvicinò e Tamar la accolse tra le sue braccia, come lei aveva fatto con Kailah, e le accarezzò in silenzio i capelli folti e ispidi. Poi, dopo un po', Raechel sentì le lacrime di Tamar bagnarle la faccia. Le si strinse più forte addosso, come Kailah aveva fatto con lei. «Non è giusto» mormorò.

Tamar non rispose ma continuò ad accarezzarla, dondolando appena il corpo, cullandola. «Dormi, porcospino» le disse.

Raechel chiuse gli occhi e mentre la stanchezza la vinceva, cullata dal movimento della nave che solcava l'oceano trasportando il suo terribile carico di dolore, ringraziò il Signore del Mondo per non averle dato la bellezza.

12.

Palermo – Mar Mediterraneo

La mattina dopo che Saro l'aveva lasciata a Palermo, Rosetta si era messa in fila davanti alla biglietteria dell'Autorità portuale.

Quando era arrivato il suo turno, il funzionario le aveva chiesto: «Dove vuoi andare?».

«Alle Americhe.»

Il funzionario aveva sospirato con sufficienza per l'ignoranza di quegli emigranti con i quali aveva a che fare, come se il semplice atto di vendere biglietti facesse di lui un veterano dei viaggi. «Sì, ma Nuovaiòc o Buenossaire?»

Rosetta si era stretta nelle spalle. «Che differenza ci sta?»

Il funzionario aveva fatto una smorfia e aveva risposto secondo l'unico criterio del suo ruolo: «Costano più o meno uguali».

«Ma sono le Americhe tutti e due?»

«Sì.»

«Quale nave parte prima?»

«Quella per Buenossaire. Domani.»

«Chidda allora.»

«Tieni fretta di andartene?» Il funzionario l'aveva guardata con curiosità.

Rosetta si era sentita gelare il sangue. Non doveva sembrare una donna in fuga e attirare sospetti. Aveva annaspato un attimo poi aveva risposto, cercando di sorridere: «Se aspetto troppo magari cambio idea e me ne resto qui».

«Allora fai bene» aveva annuito il funzionario. «E poi a Nuovaiòc fa friddu e invece Buenossaire è più calda.»

A Rosetta era sembrato che il funzionario ci avesse impiegato un secolo a compilare i moduli per la partenza, trascrivendo minuziosamente tutti i dati del suo documento nella lista dei passeggeri. Quando finalmente le aveva consegnato il biglietto, guardando le lettere e i numeri che non capiva, gli aveva chiesto: «Che ci sta scritto?».

«*Biglietto di sola andata Palermo-Buenos Aires. Terza classe. Imbarco il giorno 2 ottobre 1912 alle ore cinque pomeridiane.*»

«E a che ora arriva?» aveva chiesto Rosetta.

Il funzionario era scoppiato a ridere, divertito dall'ingenuità di quella domanda. «Quando vorrà il Signore» le aveva risposto, di buon umore. «Fai passare gli altri» aveva aggiunto, facendo segno al passeggero successivo di avvicinarsi.

Rosetta non sapeva dove andare e, avendo fame, si era infilata in una friggitoria, dove si era presa due arancini con i piselli e il ragù. Mentre usciva dal negozio aveva sentito il proprietario raccontare a un cliente che un suo amico, maresciallo dei carabinieri, gli aveva detto contrariato che tutta l'Arma era mobilitata alla ricerca di una donna che aveva spaccato la testa del Barone Rivalta di Neroli. Rosetta si era irrigidita e, fingendo di sbocconcellare gli arancini, si era attardata sulla porta, ascoltando.

«È un peccato che una brava donna che insegnò le buone maniere a un nobile debba finire in galera» aveva scherzato il proprietario.

«Sì. Ma la prenderanno di sicuro. Non hai scampo quando tocchi un nobile» aveva replicato il cliente. «La storia di Davide e Golia è una minchiata. Nella vita vera Davide se la prende sempre into u' culu.»

Rosetta si era allontanata spaventata mentre i due uomini ridevano divertiti.

Quella notte aveva dormito in una rimessa per barche, all'interno di un gozzo che puzzava di salmastro e pesce marcio, continuando a svegliarsi di soprassalto con la paura che le guardie la trovassero. Quando si era fatta l'alba aveva lasciato la rimessa prima che arrivassero i pescatori. Poi si era confusa tra la gente che affollava il mercato della Vucciria.

Ogni tanto prendeva in mano il biglietto per la traversata atlantica e lo guardava ripetendo mentalmente, come una cantilena: "*Biglietto di sola andata Palermo-Buenos Aires. Terza classe. Imbarco il giorno 2 ottobre 1912 alle ore cinque pomeridiane*". E poi diceva, a bassa voce: «Non mi leverete anche questo».

Rimase nascosta fino a quando sentì le campane delle chiese battere le quattro del pomeriggio. Allora si avviò al porto.

Quando si trovò di fronte al piroscafo ancorato in porto, le mancò il fiato. Era la cosa più imponente che avesse mai visto. Era grande come due palazzi messi in fila.

E sul molo, di fronte alla nave, era ammassata una folla di gente, come un enorme gregge. Quasi tutti erano vestiti di nero. Come lei.

Si fece largo tra le persone accampate e si fermò solo quando si ritrovò nel ventre della folla, quasi che quella massa compatta e scura potesse impedirle di scappare, come un recinto per il bestiame. E nasconderla alle guardie. Ma si sentiva a disagio. Erano tutti uomini. La guardavano. E qualcuno già le sorrideva, ammiccando.

«Salutiamo, splendore» le disse un tizio sui trent'anni.

Rosetta si spostò di qualche passo, senza rispondergli.

Ma l'uomo la seguì. E con lui altri due compari. «Non conosci l'educazione?» le chiese, mettendole una mano sulla spalla. «Tra persone perbene ci si saluta.»

Rosetta si scansò di scatto, turbata da quel contatto. «Non mi toccare» gli disse.

Il trentenne le si fece più sotto, sorridendo maliziosamente. «E dove, di preciso, non dovrei toccarti?»

I due che erano con lui sghignazzarono divertiti.

«Vafanculu» disse Rosetta, allontanandosi ancora.

«Minchia, che linguaccia» rise l'uomo, continuando a tampinarla.

«Che succede?» si intromise una guardia portuale, che girava tra la folla per bloccare sul nascere gli incidenti.

«La signorina mi sta molestando» rispose subito il trentenne, con un sorriso strafottente suscitando la reazione divertita dei due compari.

«Fatela finita voi tre, se volete partire» li avvertì la guardia. Poi prese Rosetta per un braccio e la guidò in una zona del molo dove c'erano poche altre donne con i rispettivi mariti. «Resta qua» le disse. «E se vuoi un consiglio, stai vicina alle donne anche in viaggio.»

Rosetta lo ringraziò con un cenno del capo. Ma mentre aspettava notò subito che le donne la guardavano con sospetto. E sapeva cosa stavano pensando. Una ragazza che partiva per l'America da sola non poteva certo essere una brava persona. «Bot-ta-na» scandì piano. Sembrava che in Sicilia, per descrivere una donna che non seguiva le regole, esistesse una sola parola.

Vide anche il trentenne che l'aveva infastidita. Si era messo a guardarla e a fare commenti con i suoi due compari pochi metri più in là. E notò che aveva un serramanico infilato nella cintola.

La paura nei confronti degli uomini riprese a serrarle la gola. Si sentiva schiacciare dalla sporcizia di quello che aveva subito.

«Non fa male...» sussurrò.

Ma non era vero.

Infine venne il momento dell'imbarco e Rosetta si mise in fila con gli altri passeggeri. Arrivata alla base della passerella esibì il proprio biglietto e un documento. Mentre il funzionario spuntava il suo nome dall'elenco dell'Autorità portuale, Rosetta continuava a guardare il piazzale del porto, temendo che da un momento all'altro potessero comparire i carabinieri, tremando all'idea che potessero derubarla di quell'occasione di rifarsi una vita, lontana dalla sua recente, dolorosa sconfitta.

Quando finalmente i controlli furono ultimati, tirò un sospiro di sollievo e salì lungo la traballante passerella, incolonnandosi agli altri passeggeri che la precedevano.

"Ce l'ho fatta!" pensò in preda all'euforia.

Ma l'attimo successivo sentì una mano che le tastava le natiche.

Si voltò di scatto, quasi perdendo l'equilibrio.

Il trentenne di prima le disse, piano, con un sorriso lascivo: «Il viaggio è lungo. Ma io e te ci divertiremo, vero?». Poi, notando l'espressione turbata di Rosetta, rise. «Sei ancora più bedda così.» Le fece l'occhiolino. «Ci vediamo dentro, amore mio.»

Rocco non riusciva a crederci.

In quegli ultimi giorni era come se fosse montato sulle

montagne russe. La sua vita era precipitata così in basso che aveva avuto la certezza di morire. E ora, invece, stava partendo per un nuovo mondo, dove la sua vita sarebbe potuta essere diversa, dove avrebbe potuto ricominciare tutto daccapo. Dove avrebbe potuto provare a realizzare il suo sogno di diventare un meccanico. Dove sarebbe stato affrancato dalla maledizione di Cosa Nostra. Dove avrebbe potuto essere se stesso e non l'ombra di suo padre. Dove forse si sarebbe sentito meno solo.

Mentre metteva piede sul ponte della nave che lo avrebbe portato a Buenos Aires non credeva alla propria fortuna.

Si voltò verso Palermo e la guardò, conscio che sarebbe stata l'ultima volta, senza riuscire a decifrare fino in fondo i confusi sentimenti che provava. Guardò i tetti di coppi arrotondati, i terrazzi rigogliosi di aranci e limoni in vaso, i muri rossi delle case, le cupole delle chiese, le croci che svettavano in cima ai campanili. E ancora guardava la città, aggrappato al parapetto del ponte superiore, quando il transatlantico cominciò a lasciare il porto, con i motori che spingevano al massimo in sala macchine, producendo una vibrazione sorda che faceva tremare la rigida struttura in ferro. Uno sbuffo prepotente di vapore nero, uscendo dalle due ciminiere, imbrattava il cielo azzurro. E mentre Palermo e la terraferma si allontanavano, e decine di gabbiani si alzavano chiassosamente in volo, spaventati dal latrato assordante della sirena che si diffondeva nell'aria, Rocco, con i capelli biondi scompigliati dal vento, all'improvviso, fu scosso da un pensiero sorprendente. Se era su quella nave, se aveva una nuova opportunità, se era ancora vivo, lo doveva a suo padre, per quanto potesse sembrare paradossale. Quella seconda vita gliel'aveva regalata lui, tanti anni prima, facendosi ammazzare. «Una vita per una vita» aveva detto don Mimì. Ma in realtà, pensò lui, era una vita per una morte.

«Alla fine devo dirvi grazie, padre» sussurrò allora, verso

un punto lontano che non poteva vedere ma che conosceva bene, alla periferia di Palermo. Verso il piccolo cimitero di Boccadifalco.

Poco dopo, mentre il transatlantico fendeva il mare, scortato da un gruppo di delfini che si sbizzarrivano in gioiose acrobazie, i passeggeri di terza classe furono fatti scendere al terzo ponte e ammassati in quattro grandi stanzoni, che odoravano di disinfettante, attrezzati con dure panche in legno.

Rocco si trovò un posto in disparte e si sedette sulla sua valigia di cartone semivuota. Il colpo alla testa ancora gli martellava le tempie e un grosso ematoma gli scuriva la fronte, sotto al ciuffo biondo.

Si guardò in giro. Sui volti degli altri passeggeri, pigiati gli uni accanto agli altri, poteva leggere smarrimento, stanchezza, spavento, sconfitta per quell'avventura nell'ignoto. Ma anche speranza. Perché tutti, pensò, alla fine di quel viaggio avrebbero trovato una nuova vita. Si sentì riempire il cuore di una gioia che non provava da tanto tempo. E ridacchiò da solo.

Dopo due ore di navigazione un uomo corse piegato in due verso un oblò e cercò inutilmente di aprirlo. Poi vomitò per terra. Un marinaio portò una ramazza e un secchio d'acqua, pulì e indicò ai passeggeri la porta che dava sul ponte inferiore. «Vomitate a mare. Ma non controvento» disse andandosene.

Nel giro di un attimo l'angusto ponte fu affollato di gente che vomitava.

Rocco invece continuava a sentirsi benissimo.

E fu allora, con lo stanzone che si era quasi svuotato, che notò una ragazza sui vent'anni, di una bellezza selvaggia e fiera. Aveva l'aria di viaggiare da sola. Come lui se ne stava in disparte, evitando di mischiarsi agli altri. Era seduta in terra, a testa bassa, e si teneva stretto un unico fagotto che sembrava essere tutto il suo bagaglio. Rocco pensò che doveva essere una donna coraggiosa.

Un attimo dopo vide un uomo sui trent'anni, dall'aria

viscida, che le si avvicinava. Notò subito lo sguardo della ragazza. E capì che era spaventata.

L'uomo, che era accompagnato da altri due che però restarono più in disparte, sghignazzando, si sedette accanto alla ragazza che immediatamente fece per alzarsi. Ma lui la trattenne per un polso e la obbligò con la forza a restare seduta.

Un viaggiatore, lì accanto, intervenne protestando.

Il trentenne aprì un lembo della giacca e mostrò al passeggero qualcosa che lo fece ammutolire. Quello abbassò il capo a terra. E così fecero tutti gli altri passeggeri che gli stavano vicini.

I due compari risero compiaciuti della loro prepotenza.

Poi il trentenne allungò una mano e toccò la coscia della ragazza. Lei gliela scansò, digrignando i denti. Ma Rocco vide che negli occhi aveva ancora paura.

L'uomo la attirò a sé e la baciò con la forza, ridendo.

La ragazza gli sputò in faccia.

Allora il trentenne alzò una mano, come per darle uno schiaffo.

Rocco sentì il sangue andargli alla testa. In un attimo si ritrovò in piedi. L'attimo dopo era di fronte al trentenne e alla ragazza.

«Cerchi rogna?» gli chiese l'uomo, aggressivamente.

Rocco lo guardò pieno di disprezzo, mentre la rabbia montava. Nel petto gli si agitavano emozioni potenti. Sentiva una furia cieca che lo spingeva a prendere a calci quell'uomo. A picchiarlo. Come aveva fatto con Minicuzzu. «Tu sei un assassino come tuo padre» gli aveva detto don Mimì. E poco importava se anche adesso era pronto a far male a qualcuno in nome della giustizia. Provò un'ondata violenta di odio per l'uomo perché lo faceva entrare in contatto con quella parte della sua natura che voleva negare.

«Allora, buffone?» tornò a chiedergli il trentenne, strafottente. «Cerchi rogna?»

«No» rispose Rocco, con una voce fredda e tagliente. «Volevo ringraziarti.»

«Di cosa?» fece l'uomo, spiazzato.

«Se non le avessi rotto i cugghioni non avrei visto mia cugina.»

Il trentenne gli rimandò un sorrisetto. «Levati dalla minchia, biondino. Ora ci parlasse io con tua cugina. Quando ho finito ti puoi accomodare.»

Rocco perse la testa in una frazione di secondo. Con il sangue che gli pulsava prepotente nelle tempie, lo afferrò per le orecchie, facendolo gemere di dolore, e quasi lo sollevò da terra. Poi lo spintonò due metri più in là. Strinse i pugni mentre il cuore gli martellava forte in petto. «Levati tu dalla minchia» disse con la voce roca.

Il trentenne, appena si riebbe dalla sorpresa, aprì la giacca e portò la mano al serramanico.

«Tira fuori quel coltello e te lo ficco in culo» sibilò Rocco, con una luce folle negli occhi, senza esitazioni.

«Non mi va di farti male» disse il trentenne, mentre la sua sicurezza cominciava a incrinarsi.

Rocco lo fissava senza parlare. Era pronto a combattere.

I passeggeri intorno a loro si alzarono e si allontanarono.

Rocco e il trentenne si misurarono con gli sguardi.

«Lascialo perdere. Chistu è solo nu strunzu» fece uno dei due compari che accompagnavano il trentenne.

Il trentenne rimase un attimo fermo. Poi si avvicinò di un passo a Rocco e gli sussurrò, minaccioso: «Per adesso la chiudiamo qui, biondino. Ma dormi con gli occhi aperti perché appena abbassi la guardia ti scanno».

Rocco colmò la distanza che li separava. Gli si mise davanti, faccia a faccia. Gli afferrò la mano che poteva impugnare il coltello e con il volto contratto da una smorfia che assomigliava al ringhio di un animale feroce, gli alitò in faccia: «Invece dormirò sonni beati, *quaquaraquà*. Io a uno come a te me lo mangio». E poi, leggendo negli occhi del suo rivale la meschinità di chi era abituato a tirare coltellate alle spalle, ebbe la certezza che quel verme gli avrebbe davvero tagliato la gola nel sonno. Allora, vincendo la nausea di quello che stava per fare, ma sapendo che avrebbe funzionato, aggiunse: «E dormirò bene soprattutto perché se mi torci anche un solo capello don Mimì Zappacosta...». Si interruppe, vedendo nello sguardo sorpreso del rivale la conferma che il suo stratagemma era andato a segno. «Ah, lo conosci, eh?» gli chiese con un ghigno.

Il trentenne aveva perso completamente la sua sicurezza udendo quel nome. «Il capomandamento... di Boccadifalco?»

«E di Brancaccio. Proprio lui» annuì Rocco, senza mollargli la mano. Lo fissò con un sorriso tirato e gli diede uno schiaffetto. Proprio come aveva fatto don Mimì con lui. Con sufficienza. Come se avesse davanti una cosa da nulla. Si sentiva uno schifoso a servirsi di quello che più detestava nella vita, quello da cui stava fuggendo. E si sentiva uno schifo a comportarsi come un mafioso. Ma avrebbe funzionato. «Iddu ci tiene a mia. E ti apre la pancia come a un porceddu.»

Il trentenne impallidì e si ingobbì, immediatamente. «Io... non lo potevo sapere che... che eravate un uomo d'onore... di don Mimì» farfugliò con la voce incrinata dalla paura.

Rocco gli lasciò la mano e lo afferrò di nuovo per un orecchio, torcendoglielo fino a fargli male. «Abbassa la voce» sussurrò. «Vuoi farlo sapere a tutti sulla nave? Se ci tenevo a farmi pubblicità viaggiavo in prima classe e non in questo cesso.»

«Scusate...» mormorò il trentenne, ormai vinto.

Rocco mollò la presa all'orecchio. «Adesso levati dalle palle» gli disse, sprezzante. «E statti muto.»

Il trentenne uscì dallo stanzone a testa bassa, umiliato e vinto, seguito dai suoi compari, dirigendosi verso il ponte sotto gli sguardi degli altri passeggeri.

Rocco andò a prendere la sua valigia e si sedette accanto alla ragazza senza rivolgerle la parola e senza guardarla. La rabbia andava placandosi, piano piano. Ma era scosso. «Quando il sangue di tuo padre ti va alla testa, tutte le minchiate che pensavi prima vanno a farsi fottere e ti levi la maschera» gli aveva detto don Mimì. Respirò a fondo, cercando di calmarsi.

«Io non ho bisogno dell'aiuto di nessuno» disse all'improvviso la ragazza.

Rocco si voltò, sorpreso. La ragazza aveva uno sguardo fiero. Ma aveva avuto paura, pensò, e ancora gliela si leggeva in quegli occhi neri e profondi come due pozzi. «Sì, l'ho visto» le sorrise, tornando a distogliere lo sguardo. Era sola, pensò. Sola come lui. Sola dentro. Una solitudine che nessuna presenza poteva colmare.

«Secondo me quello lo dirà a tutti» mormorò dopo un po' la ragazza.

«Ne sono certo» rispose Rocco, sempre senza guardarla. «È esattamente ciò che voglio. Così viaggeremo in pace.»

Per la prima volta dopo tanti anni Rosetta pensò che un uomo non le faceva paura. Era diverso da tutti gli altri uomini. Non la guardava, non voleva attaccare discorso. L'aveva difesa e basta, senza chiedere nulla in cambio. Un attimo dopo si stupì a pensare che era bello con quei capelli da normanno. E quel pensiero la fece sentire a disagio. Distolse in fretta lo sguardo. Ma dopo un lungo silenzio, come se non potesse recidere quel filo che li legava, gli domandò: «È vero che sei un mafiusu?».

«No.»

Rosetta tornò a guardarlo. Aveva un bel profilo. E labbra carnose. E occhi neri come la pece. Come i suoi. Occhi così neri che non si potevano leggere fino in fondo. Occhi che avevano solo i siciliani. Le venne da ridere, quasi senza una ragione, o forse solo perché si sentì leggera, per un attimo. «Allora sei uno sparaminchiate» disse.

Rocco si voltò e la fissò, con una specie di severità. «Lo dici come se fosse peggio che essere mafioso.» E poi aggiunse, serio: «Non c'è nulla di peggio che essere mafioso».

«Sì, invece» gli rispose Rosetta, altrettanto seriamente, mentre lo sguardo le si sfocava. «I nobili. E i baroni specialmente.»

E poi rimasero lì, a pochi centimetri di distanza, leggendo negli occhi dell'altro una storia dura, un passato doloroso, che nessuno dei due aveva la minima intenzione di raccontare ma che non poteva nemmeno nascondere.

«Be'...» farfugliò a fatica Rosetta, in imbarazzo per quello sguardo che si protraeva più del dovuto, «grazie... comunque.»

«Non c'è di che» le rispose Rocco ruvidamente.

«Io mi chiamo Rosetta.»

«Rocco...» borbottò lui. E provò una specie di smarrimento perché quella ragazza aveva uno sguardo troppo intenso per reggerlo senza esserne indebolito. «Non ti mettere strane idee in testa» fece allora brusco. «Non mi interessi. Io sono libero e voglio rimanerlo. Non mi serve una palla al piede.»

«Stai tranquillo» rispose subito Rosetta, orgogliosamente, colpita da quella frase gratuita come uno schiaffo. «Anche io non cerco un coglione che mi metta un laccio al collo.» Poi si spostò un metro più in là. E da quel momento non parlò più.

E anche Rocco si chiuse nel silenzio.

Ma tutti e due non riuscirono a non pensare all'altro. Erano pervasi da un profondo stupore per ciò che quell'incontro casuale, e apparentemente semplice, stava creando dentro di loro. Entrambi, quando si erano imbarcati, si erano ripromessi di essere forti. Sapevano che la vita che li aspettava sarebbe stata dura e non potevano permettersi di farsi indebolire. Da nessuno. E invece era successo qualcosa che era sfuggito al loro controllo. C'era stato quello sguardo che era durato più del dovuto. Che aveva fatto scricchiolare il fragile equilibrio che si stavano faticosamente costruendo.

C'era una parola per quella debolezza. C'era una parola per quello sguardo troppo insistito. Attrazione. Ma era una parola troppo impegnativa per due solitari come loro. Per due solitari che sapevano bene da cosa stavano fuggendo ma non sapevano a cosa stavano andando incontro.

Con il passare delle ore quel silenzio divenne così ostinato e così innaturale che nella testa di entrambi si fece più rumoroso di qualsiasi conversazione.

E quella parola, che non dissero mai dentro di sé perché avevano paura anche solo di pensarla, li cementò l'uno all'altra, loro malgrado.

13.

Mar Mediterraneo – Oceano Atlantico

«Sono quelle le Americhe?» chiese speranzosa Rosetta a un marinaio, alla fine del secondo giorno di navigazione, mentre era sul ponte, vedendo che la nave si stava avvicinando a una parete rocciosa.

«Sì, addio» la canzonò il marinaio. «Quella è Gibilterra.»

«E quanto ci vuole per arrivare?»

«Come minimo due settimane, se non c'è mare grosso. Mettiti il cuore in pace.»

Quando Rosetta tornò nello stanzone si sedette vicino a Rocco, ma non troppo. Ebbe la tentazione di rivolgergli la parola. Lo guardò furtivamente, con la coda dell'occhio. E notò che anche lui le aveva dato un'occhiata di sguincio. Ma si morse le labbra e non parlò.

E così fece Rocco.

Dopo un paio d'ore si ritrovarono insieme in fila alla mensa della terza classe.

Rosetta lo sentiva dietro di sé.

E Rocco le guardava i lunghi capelli corvini, che Rosetta si era sciolta sulle spalle e rilucevano lucidi, illuminati da un raggio di sole che si faceva strada attraverso un oblò.

Ognuno dei due prese la sua razione di cibo e si portò la gavetta nello stanzone.

Mangiarono lentamente, ascoltando il tintinnio del cucchiaio dell'altro che raschiava l'alluminio del contenitore.

Quando ebbero finito Rosetta fece per alzarsi.

«Lascia, faccio io» le disse Rocco e allungò la mano per prenderle la gavetta.

Le dita si sfiorarono. Un contatto veloce. Inaspettato.

«No» fece Rosetta, con un'enfasi esagerata, ritraendosi. «Faccio da me.»

«Ah già» disse allora Rocco. «Tu sei quella che non ha bisogno dell'aiuto di nessuno.»

«E tu sei quello che non ha bisogno di una palla al piede» gli rispose Rosetta.

Così, di nuovo, dopo due giorni in cui avevano finto di ignorarsi, si ritrovarono a guardarsi negli occhi. E come due giorni prima lo sguardo si protrasse più del dovuto. E ancora una volta quella corrente che non riuscivano a controllare vibrò nell'aria che li separava.

«Che vuoi?» chiese Rocco, per spezzare quel momento.

«Voglio che ti levi e mi fai passare» rispose Rosetta, a testa alta.

Rocco si scansò, mentre le si accodava per riconsegnare la gavetta. Pur senza conoscere la sua storia, aveva la certezza che anche lei fuggiva da qualcosa. O da qualcuno. Anche lei, per essere su quella nave – una donna, da sola – stava cercando di ribellarsi a un destino sbagliato, forse. E forse, come lui, aveva un passato sul quale voleva mettere una croce sopra.

Quando ritornarono al loro posto evitarono di parlarsi e di guardarsi. Ma non smisero mai di pensarsi.

Il quinto giorno di navigazione un uomo entrò precipitosamente nello stanzone e raggiunse un gruppo di passeggeri con i quali si mise a parlare animatamente.

«Che succede?» gli chiese Rocco.

«Stanno facendo il giro di tutta la terza classe alla ricerca di una donna» gli rispose quello. «Il capitano in persona.»

Rosetta si sentì gelare il sangue. Prese lo scialle e se lo mise in testa.

Rocco la guardò. «Cercano te?»

Rosetta non rispose.

«Vai via di qua. Nasconditi» disse Rocco.

Ma in quell'attimo il capitano del transatlantico, un uomo imponente con due grossi baffi arricciati, seguito da due ufficiali e tre marinai, entrò nello stanzone reggendo un foglio in mano.

«Fate silenzio» esordì il capitano, parlando sopra al mormorio che era seguito al loro ingresso. Fece vagare lo sguardo tra i passeggeri. «Chi di voi è Rosetta Tricarico?»

Rocco vide che Rosetta si ingobbiva sotto lo scialle.

«Abbiamo già controllato negli altri compartimenti» proseguì il capitano. «Quindi la persona che cerchiamo è qui. Chi di voi è Rosetta Tricarico?»

Rosetta non si mosse.

Rocco fece vagare lo sguardo tra gli altri passeggeri. Fissavano tutti quanti il capitano. Solo Rosetta restava innaturalmente a testa bassa. "Così ti beccano" pensò. Ma non poté fare niente perché in quel momento anche il capitano la notò.

«Tu, laggiù» fece infatti quello muovendosi verso Rosetta, seguito dagli ufficiali e dai marinai.

Rocco si alzò in piedi e si mise tra Rosetta e gli ufficiali. «Perché cercate questa donna?» chiese.

Il capitano lo scansò e la guardò, sempre a testa china. «Sei tu Rosetta Tricarico?» domandò, conoscendo già la risposta.

«Che volete?» rispose Rosetta levandosi lo scialle.

Rocco vide che era spaventata.

«Sei tu Rosetta Tricarico?» ripeté il capitano.

«Sì.»

«Alzati.»

Rosetta si tirò in piedi.

Nonostante la situazione, Rocco notò che lo sguardo di

Rosetta era fiero. Aveva paura – impossibile non averla – ma riusciva a mantenere una dignità che Rocco ammirò. Doveva essere una donna che aveva imparato presto a bastare a se stessa. E anche questo li rendeva uguali.

«Rosetta Tricarico» riprese il capitano in tono solenne, nel silenzio teso che si era creato, «in nome di sua maestà Vittorio Emanuele III, re d'Italia, ti dichiaro in arresto.»

Ci fu un mormorio di meraviglia tra i passeggeri.

Rocco si voltò verso di lei, stupito quanto gli altri.

Rosetta sentì le gambe tremare. Barcollò.

Rocco fece per prenderle un braccio e sostenerla ma Rosetta si scansò bruscamente.

«Per l'autorità conferitami dalle regole marinare ed essendo questa imbarcazione a tutti gli effetti territorio italiano secondo la legge vigente» riprese pomposamente il capitano, «verrai presa in custodia e detenuta nelle celle della nave fino al nostro arrivo a Buenos Aires. Lì sarai consegnata all'autorità consolare del Regno d'Italia che avvierà le procedure di rimpatrio, dove verrai giudicata per il tentato omicidio del Barone Rivalta di Neroli.»

All'improvviso Rosetta si rese conto che il mondo intero le stava crollando addosso. Il suo sogno, neppure iniziato, era già finito. «No!» urlò. E anche se non aveva il minimo senso provò a scappare.

«Fermatela!» ordinò il capitano

Due marinai la immobilizzarono immediatamente.

«Quel porco mi fece disonorare!» gridò con rabbia Rosetta, divincolandosi.

«Quando sarai rimpatriata...» cominciò il capitano.

«Mi volesse disonorare iddu stesso!» continuò Rosetta, in preda al panico, con gli occhi che le si riempivano di lacrime per la frustrazione. «Mi difesi! Mi ha rubato la terra! È un porco!»

«Adesso basta!» le intimò il capitano e, guardandola severamente, aggiunse: «Sei accusata anche di furto. Il cablo dei carabinieri dice che hai rubato millequattrocento lire».

«Non è vero! Mente!»

«Basta!» ripeté il capitano. «La giustizia appurerà chi di voi due mente.»

«La parola di un Barone contro quella di una contadina?» si intromise Rocco, con veemenza. «Non ci credete nemmeno voi!»

«Chi sei tu?» gli domandò il capitano.

«Uno che pensa che state facendo una porcata» rispose Rocco.

«Modera i termini, giovanotto, se non vuoi finire agli arresti anche tu» disse il capitano. Poi si rivolse a Rosetta. «Verrai perquisita. E se troviamo i soldi ti verranno sequestrati. Dove sono i tuoi bagagli?» Guardò per terra e vide il fagotto. «È tuo?»

Rocco notò che Rosetta impallidiva. «No, questo è mio» disse prontamente, prendendo il fagotto in mano. Poi sfidò con lo sguardo il capitano.

«Portatela in cella» disse allora il capitano ai marinai.

«Vi prego... no...» mormorò Rosetta, con la voce straziata.

Ma il capitano scosse la testa. «I carabinieri di Palermo hanno trovato il tuo nome sull'elenco dei passeggeri. Se non ti prendessi in custodia commetterei un reato.»

«Siamo in mezzo al mare oceano» fece Rosetta, disperata. «Dove potrei scappare?»

Il capitano scosse ancora la testa. «Mi spiace» disse in tono più umano. Fece un cenno ai marinai e si avviò a passi risoluti verso l'uscita dello stanzone.

«Andiamo» ordinò uno dei marinai.

Rosetta si voltò verso Rocco. E guardò il suo fagotto.

Rocco annuì.

Poi i marinai scortarono Rosetta verso le celle di detenzione della nave.

Rocco seguì con lo sguardo Rosetta che strascicava i piedi, vinta, finché scomparve. Quando si voltò si accorse che tutti i passeggeri lo fissavano. «Che minchia avete da guardare!?» urlò minacciosamente.

Mise il fagotto di Rosetta nella propria valigia e ci si sedette sopra, a testa bassa. Era turbato da quello che aveva gridato Rosetta, in preda alla disperazione. Le avevano rubato la terra. L'avevano disonorata, cosa che per una donna aveva un solo significato. Adesso capiva perché gli aveva detto che i nobili, e in special modo i baroni, erano peggio dei mafiosi. Ma cosa c'era di veramente diverso tra un mafioso e un nobile? Erano tutti una stessa razza infame, pensò con un moto di rabbia. Per il loro porco comodo si ritenevano in diritto di fare qualsiasi bassezza alla povera gente, sapendo che nessuno li avrebbe puniti. E ora capiva anche perché Rosetta, quando il trentenne l'aveva molestata, lì sulla nave, aveva quello sguardo tanto spaventato. E comprese quanto erano simili lui e lei. Quanto le loro diverse vicende personali fossero in realtà un'unica storia scritta e plasmata dall'ingiustizia della loro terra.

Quella notte non dormì. Pensò a Rosetta, più sola che mai, dietro alle sbarre fredde della cella.

L'indomani mattina andò dal trentenne e gli disse: «Quella è la mia valigia. Siediti lì accanto e fai il cane da guardia. Se scompare qualcosa o se solo mi accorgo che hai frugato dentro ti butto a mare. Intesi?».

«Sì, signoria» rispose subito quello.

Rocco gli voltò le spalle e salì in prima classe, con un biglietto da cinque lire in mano.

Dopo nemmeno mezz'ora, con un altro biglietto da cinque, aveva ottenuto di vedere Rosetta.

La trovò seduta su una cuccetta di legno con una coperta marrone ripiegata al posto del materasso e il volto tra le mani. Lei, sentendolo, si voltò.

Rocco la guardava in silenzio, con due piatti bianchi in mano. E su ognuno dei piatti c'era una grossa fetta di torta, fatta di due soffici strati di pan di spagna con una farcitura di panna montata e una lucida glassa al cioccolato.

Rosetta abbassò gli occhi, arrossendo. Adesso tutti sapevano che era sporca dentro, pensò vergognandosi. Anche lui. «Che vuoi?» gli chiese ruvidamente. «Non ho bisogno della tua compassione.»

Rocco si sedette per terra, al di là delle sbarre. Fece passare uno dei piatti, attento a non rovesciare la fetta di torta, e lo mise sul pavimento di ferro della cella. «È che non ho nessuno con cui festeggiare» le disse allora.

«E che hai da festeggiare?» domandò Rosetta, a testa bassa.

«Oggi è il cinque di ottobre. È il mio compleanno.»

Lei rimase in silenzio.

«E per quell'altra cosa, stai tranquilla» fece Rocco. «La tua roba è al sicuro con me.»

Rosetta annuì.

«Vuoi mangiare un po' di torta?» domandò Rocco. «Viene dalla prima classe.»

«Come te la sei procurata?»

«Avanza un sacco di roba ogni giorno» rispose Rocco. «Prima classe o terza non fa differenza. Stanno tutti a vomitare.»

Rosetta sorrise appena.

«Pare che io e te siamo gli unici a non sentirsi male.»

Il sorriso di Rosetta si fece più aperto.

«Allora? Vieni a mangiarla o no?»

Rosetta alzò lo sguardo. Rocco le sorrideva in modo gentile, con il ciuffo biondo che gli calava sulla fronte, nascondendo in parte il grosso livido che lei aveva notato subito. «Comunque oggi è il sei, non il cinque di ottobre» disse.

«Ah sì...?»

Rosetta lo guardò. «Non è il tuo compleanno, vero?»

«Che importa?»

«È il tuo compleanno sì o no?»

Rocco si strinse nelle spalle. «No.»

«Lo vedi che sei uno sparaminchiate?» rise Rosetta.

«Meglio che essere un mafioso o un barone.»

«Sì...» mormorò Rosetta. Poi, lentamente, andò a sedersi

per terra vicino alle sbarre, di fronte al piatto con la torta. Intinse un dito nella panna e la assaggiò.

«Buona?» le domandò Rocco.

Rosetta annuì e, timidamente, alzò i suoi profondi occhi neri, arrossati da una notte di pianto, fino a incontrare quelli di Rocco. E disse: «Buon compleanno».

SECONDA PARTE

Il mercato della carne

1912-1913

14.

Buenos Aires, Argentina

Quando i motori della nave si spensero e le pareti di ferro dello stanzone smisero di vibrare, Raechel si strinse a Tamar.

«Siamo arrivate?» le chiese con un filo di voce.

«Sì» rispose Tamar.

Anche le altre sapevano che quel giorno avrebbero attraccato a Buenos Aires, avvertite dai marinai la sera prima, ed erano in attesa, con il fiato sospeso.

E ora il silenzio era totale. Come se il tempo si fosse fermato.

Raechel si strinse ancora più forte a Tamar, che era mutata radicalmente dopo la morte di Kailah, prendendosi cura di lei come una sorella maggiore. Tutta la superbia e l'arroganza avevano lasciato spazio a un atteggiamento ruvido ma protettivo.

«Cosa succede adesso?» chiese Raechel.

«Non lo so» rispose Tamar, seria e preoccupata. Le scompigliò la massa incolta di capelli e aggiunse: «Porcospino».

Raechel sorrise appena. Si era affezionata a quel nomignolo, che adesso era un segno di affetto.

Per almeno mezz'ora nessuna delle ragazze parlò. Infine si sentì cigolare il congegno esterno e il portellone si aprì.

La prima cosa che le ragazze avvertirono fu una folata di aria calda e umida.

«Seguiteci» disse Amos, comparendo. «E non fate scenate o sarà peggio per voi.» Fece un segno con la mano. «In fila, avanti.»

Le ragazze vennero incolonnate sul ponte sotto il suo sguardo attento e poi furono fatte sbarcare alla chetichella.

«Fa caldo» commentò una.

«Un marinaio mi ha detto che questo mondo è al contrario del nostro» le rispose un'altra. «Qui è estate quando da noi è inverno.»

«Zitte!» ringhiò uno degli uomini di Amos.

Mentre scendeva dalla passerella con il libro del padre in mano, Raechel guardò quel nuovo mondo che le si parava davanti. Il cielo era livido, nero e violaceo, dello stesso colore dei segni che le ragazze avevano sui loro corpi. Un cielo tumefatto. Come se Dio stesso fosse stato picchiato, pensò. Provò un senso di smarrimento e strinse la mano di Tamar. Ma subito dopo spalancò gli occhi per la meraviglia. Davanti a lei c'era un grande edificio di legno e mattoni che sembrava un castello. Sulla facciata lesse: *Hotel de Inmigrantes*. E più oltre vide una immensa distesa di cemento che la sbalordì, facendole girare la testa. Era cresciuta in un villaggio miserabile, abituata solo a interminabili vedute di campi bruciati dal gelo, e quello straordinario fiorire di palazzi sontuosi, uno in gara con l'altro, per un attimo le fece dimenticare la paura per la propria sorte.

«Guarda...» mormorò a Tamar.

E Tamar, con la stessa intonazione sbigottita, anche lei con gli occhi sbarrati per la meraviglia, le rispose semplicemente: «Sì...».

«Sbrigatevi, per la miseria!» ringhiò Amos alle ragazze che si attardavano sulla passerella, frastornate da quello che vedevano.

Raechel notò che c'era anche un'altra nave, molto più grande della loro, dalla quale scendevano frotte di persone.

«Di qua» disse Amos con il suo tono sgradevole e autoritario, indicando alle ragazze un edificio separato da quello principale, al quale erano invece diretti i passeggeri dell'altra nave.

«Quelli non li ha obbligati nessuno a venire qui. Sono liberi» borbottò Tamar. E poi, quando mise piede sul molo, strattonò piano Raechel. «Vieni, non ti voltare» le sussurrò.

«Scappiamo?» chiese Raechel, eccitata.

«Zitto, porcospino» rispose a bassa voce Tamar e uscì dalla fila, cercando di raggiungere i passeggeri dell'altra nave.

«Dove credi di andare?» ghignò Amos. L'afferrò per un braccio e glielo torse dietro la schiena, facendola gemere. Poi la spintonò in un piccolo edificio separato dal corpo centrale dell'Hotel de Inmigrantes.

Quando le ragazze furono tutte dentro, uno degli uomini di Amos chiuse la porta e ci si mise davanti, bloccando l'uscita.

Un inserviente in cima a una scala appoggiata alla parete di sinistra, stava aggiornando la data di un calendario manuale.

«*26 Octubre 1912*» lesse ad alta voce Raechel.

La traversata era durata quasi tre settimane, calcolò. Tre settimane di violenze e terrore. Tre settimane che erano state lunghe come un'intera, orribile vita per ciascuna di loro.

Ma la sua attenzione fu presto catturata da una vetrata alla sua destra, dalla quale si poteva vedere l'immenso locale dove si stavano dirigendo i passeggeri dell'altra nave. Ce n'erano alcuni vestiti elegantemente che avevano la precedenza su tutti gli altri e che venivano salutati con deferenza dalle guardie e trattati con gentilezza dai funzionari dell'immigrazione. Gli altri – e a Raechel sembrò che fossero tutti uomini – venivano spintonati e messi in fila con malagrazia.

E poi, in quel caos, notò una ragazza con un modesto vestito nero, bella e dall'atteggiamento fiero, nonostante avesse gli occhi gonfi di pianto, scortata da due marinai che la consegnarono a due poliziotti i quali la condussero in un angolo dello stanzone e la fecero sedere, mettendosi poi uno per lato.

«Avanti la prima» risuonò una voce, in uno strano yiddish.

Raechel si voltò.

In fondo alla stanza vide un funzionario con dei baffetti unti e arricciati all'insù che squadrava le ragazze con un'espressione viscida, seduto dietro a una scrivania sopra la quale c'era un'alta pila di moduli e un registro grosso come una Bibbia.

Amos, accanto al funzionario, fece segno alla prima delle ragazze di avvicinarsi. Consultò una serie di fogli pieni di timbri che reggeva in mano, ne scelse uno e lo passò al funzionario.

Intanto un medico che indossava un camice bianco dal colletto lercio, con uno stetoscopio e uno strano strumento in testa, come una specie di disco di alluminio con un buco al centro, si avvicinò alla ragazza che era stata chiamata e le controllò sommariamente le gengive e gli occhi. Poi annuì in direzione del funzionario e si dedicò all'ispezione della ragazza successiva.

A Raechel ricordò gli allevatori alle fiere del bestiame.

«*Las niñas están en buen estado de salud*» disse Amos.

«*Creo que sí*» rispose il medico. «*Pero déjame mirar, judio.*»

Raechel ascoltò con curiosità i suoni melodiosi di quella nuova lingua incomprensibile, tanto diversi da quelli aspri dell'yiddish o da quelli cupi del russo.

«Sono tutte *planchadoras*?» chiese il funzionario ad Amos, parlando in yiddish con quello strano accento.

«Sì, stiratrici specializzate» rispose Amos in tono divertito.

Il funzionario si arricciò i baffi con uno sguardo lascivo. «Be' dovrò venire a trovarvi prima che siano troppo usurate» rise.

«Assolutamente» rispose Amos, battendogli una mano sulla spalla. «Le nostre *tintorie* sono sempre aperte per te.»

Il funzionario prese il registro e schedò la prima ragazza. Subito dopo scrisse una cifra su un foglio.

Raechel vide che Amos inarcava le sopracciglia.

«Vacci piano» fece Amos al funzionario. «Di questo passo prima che siano passate tutte ti dovrò millecinquecento pesos.»

Il funzionario guardò le ragazze che erano ancora in fila. «Come minimo» disse placidamente.

«È un furto!» esclamò Amos.

Il funzionario scattò in piedi, rosso in viso. «Allora vai nell'altra stanza» gli disse. Afferrò i permessi vidimati dalle autorità russe e polacche che accompagnavano le ragazze, tutti falsificati da Amos. «Mostragli questi!» disse sventolandoglieli sotto il naso. «Vediamo se di là fanno passare tutte queste minorenni con questa merda! *¿Crees que no sé que son falsas?* Mi hai preso per coglione?»

«Amigo... amigo...» fece subito Amos, cercando di calmarlo. «Perché ti scaldi tanto? Io non volevo.»

«Con la più brutta di queste ragazze ti fai millecinquecento pesos vendendola ai tuoi compari *rufiánes*» continuò il funzionario, buttando i permessi in aria. «Sei milionario e mi vieni a fare le pulci per quattro spicci?»

«Amigo...»

«Amigo un cazzo!» sbottò il funzionario, ormai paonazzo. «Non fare l'ebreo con me, perché caschi male. Anzi, malissimo!»

«Senti, facciamo duemila pesos e abbassa la voce» disse Amos.

Il funzionario lo fissò in silenzio, calmandosi. Si sedette. «Voi ebrei...» borbottò. Poi, di malumore, disse: «Avanti un'altra».

Quando fu la volta di Tamar il funzionario la guardò ammirato. «Vedi?» disse ad Amos. «Per una di lusso come questa ti dovrei far pagare il doppio. Invece sono onesto e pagano tutte uguale.»

Amos indicò Raechel, dietro Tamar. «Allora per quella mi dovresti far pagare la metà» scherzò.

Il funzionario guardò il corpo ossuto della ragazzina che aveva davanti, quel naso lungo e all'insù, a punta, quasi maschile, la massa di capelli incolti, il petto senza seno, che sembrava una tavola piallata, e rise. Poi cominciò a trascrivere i dati di Tamar.

Raechel arrossì umiliata.

«E quelli chi sono?» chiese Amos, guardando oltre la vetrata.

«Italiani» rispose il funzionario. «Una cinquantina di passeggeri di prima classe, pieni di soldi, e quasi settecento pezzenti di terza. E tra quei settecento ci saranno sì e no trenta donne. Per il resto sono solo uomini, come al solito.» Guardò Amos. «Tutti clienti dei tuoi bordelli, spilorcio di un ebreo» rise.

Anche Amos rise. Poi puntò un dito. «Ma quella?» Fischiò. «È una vera bellezza!»

Raechel si voltò e vide che indicava la ragazza dai capelli neri, seduta in disparte, tra le due guardie.

«Non ci mettere gli occhi addosso» fece il funzionario. «Quella viene rispedita in Italia.»

«Malata?» chiese Amos.

«No. È un'assassina o roba del genere» rispose il funzionario.

Amos fischiò di nuovo. «Bella com'è andrebbe graziata» rise.

«Anche la tua ragazza bella com'è andrebbe graziata» disse una voce, sulla porta dello stanzone.

Amos e il funzionario si voltarono.

Raechel vide un giovane sui trent'anni, con un fisico snello e flessuoso e un sorriso aperto. Aveva un naso un po' a patata e un'espressione simpatica. I capelli castani, imbionditi dal sole sulle punte, si arricciavano dando l'idea di essere morbidi. Il viso magro era quasi senza barba, giusto un'ombra sul mento e sopra al labbro superiore. Aveva un'aria affascinante, non era rozzo come Amos, pensò Raechel. E non aveva nemmeno gli stessi occhi cattivi. Indossava un completo doppiopetto color malva, di seta leggera e lucida, che gli aderiva come una seconda pelle.

«Vattene, Francés» disse aggressivamente Amos. «Qui non c'è nulla per te.»

Il giovane fece un passo nello stanzone.

Raechel notò che si muoveva con grazia senza essere affettato. E pensò che era un bell'uomo.

«Per quella ragazza sono pronto a darti duemilacinquecento pesos» disse il giovane indicando Tamar.

«Non è in vendita, Francés» fece Amos.

«È sprecata per te e i tuoi merdosi clienti. In un paio d'anni l'avrai consumata a forza di cinque pesos a botta. La spremerai finché l'ammazzerai» continuò il Francés, avvicinandosi. «È già piena di lividi. Conosco i tuoi metodi. È uno spreco per te. Io invece le allungherei la carriera, le prenderei una bella *casita* e...»

«Vattene» ringhiò Amos.

Il Francés si strinse nelle spalle e fece una specie di piroetta su se stesso, come un ballerino, mentre si avviava verso l'uscita. «Pensaci, *polák*. Posso arrivare fino a tremilacinquecento pesos. Sai dove trovarmi. Sono sempre al Black Cat.»

«Vaffanculo, Francés!»

Raechel sentì il giovane ridere, eclissandosi. Poi lo vide comparire nell'altra stanza dell'ufficio immigrazione e indicare a un addetto la bella ragazza trattenuta dalle guardie.

L'addetto scosse la testa.

Intanto il funzionario, finito di registrare Tamar, fece segno a Raechel di avvicinarsi. «E questa che l'hai portata a fare?»

«Lascia perdere» disse Amos, con una scrollata di spalle.

Il funzionario si rivolse a lei: «Nome?».

«Raechel Bücherbaum.»

«Raquel.»

«No, non si scrive così» lo interruppe Raechel.

«Non rompere i coglioni, ragazzina» intervenne Amos.

«Ora sei a Buenos Aires e il tuo nome è Raquel, alla spagnola.»

«Bücherbaum...» scandì il funzionario, con la penna sospesa sopra i documenti. «Non significa *árbol de los libros* in tedesco?»

«Che cazzo ne so io?» rise Amos. «Per chi mi hai preso, per un traduttore?»

Il funzionario fissò Raechel per un attimo e poi scrisse sul documento: «Raquel Baum, semplifichiamo».

«No» fece Raechel. «Io mi chiamo Raechel Bücherbaum.»

Amos la colpì con un violento manrovescio sulla bocca. «Tu ti chiami Raquel Baum. E fai quello che ti viene detto. È chiaro?»

Raechel lo guardò senza abbassare gli occhi, ma dentro era spaventata a morte. E sentiva il sapore del sangue in bocca.

«Allora, come ti chiami?» le domandò Amos.

«Raquel... Baum...»

«Questione risolta» rise il funzionario e tornò ad arricciarsi i baffetti. Poi si rivolse ad Amos. «Stiratrice anche questa?»

Amos annuì. «Ma lei per davvero. Che altro vuoi che faccia?»

«Bene. Raquel Baum. Professione *vera planchadora*» disse il funzionario, stilando il documento d'ingresso. «E dove vivrà?»

«A Junín» rispose Amos.

«Al Chorizo?»

«Sì.»

«Avenida Junín, presso tintoria Chorizo.» Guardò Raechel. «Sai che vuol dire *chorizo*?»

Raechel fece segno di no.

«Salsiccia» rise maliziosamente il funzionario. «Carne trita.»

Raechel sentì un brivido correrle lungo la schiena.

15.

«Sembrano le vacche che arrivano al mattatoio dalla pampa» disse una delle guardie che controllava la lunga fila di emigranti che aspettava pazientemente il proprio turno.

«Ma le vacche non mostrano il passaporto» fece l'altra guardia.

Un po' di gente attorno a loro rise.

«Parlate italiano?» chiese stupito Rocco, in fila come tutti.

«Qui tutti parlano italiano» rispose una delle guardie. Poi puntò un dito verso un vecchio, più avanti, che era ormai giunto al tavolo dei funzionari dell'immigrazione. «Dove crede di andare quel coglione?» Si rivolse al collega. «Scommettiamo?»

Quello scrollò le spalle. «Ma che scommetti? Non passerà mai.»

Rocco guardò il vecchio che tendeva il proprio passaporto verso i funzionari dell'immigrazione. Aveva un'aria lercia, pantaloni lisi sulle ginocchia, una giacca troppo pesante per il clima di Buenos Aires e un viso arato da rughe profonde, bruciate dal sole. Lo aveva già notato durante il viaggio. Aveva un'aria astiosa, masticava in continuazione delle foglie di tabacco e poi sputava scaracchi scuri e collosi, imprecando.

I funzionari dell'immigrazione scossero il capo con decisione, senza prendere il documento che il vecchio gli porgeva, e fecero un cenno a un poliziotto.

«È troppo vecchio. Lo rimandano indietro. Glielo avevano già detto a Palermo» borbottò senza pietà qualcuno in fila.

«Non ci serve gente ormai al capolinea della vita» disse una delle guardie. Si rivolse poi agli immigrati in fila. «Se ancora non l'avete capito, noi qui stiamo costruendo un nuovo mondo.»

Quando il vecchio gli passò accanto, scortato dal poliziotto, Rocco lo guardò. Piangeva in silenzio, come un bambino. Lo seguì con lo sguardo finché incontrò gli occhi neri e pieni di dolore di Rosetta, seduta in mezzo ai due poliziotti. Si fissarono a lungo.

Dopo la prima volta in cui le aveva portato la torta, gli avevano proibito di andarla a trovare. Era riuscito a parlarle solo quella mattina, brevemente, mentre scendevano dalla nave.

«Mi hanno messo in ginocchio per la seconda volta» aveva detto cupa Rosetta. «E questa volta non mi faranno rialzare.»

Rocco sapeva bene a cosa si riferiva. L'avrebbero rispedita in Italia. Non aveva speranze. Nel migliore dei casi chissà quanto tempo avrebbe trascorso in prigione. Nel peggiore, il Barone l'avrebbe fatta uccidere. Ma in un modo o nell'altro la sua vita era finita. A soli vent'anni.

C'era qualcosa di straordinario in quella ragazza, pensò Rocco guardandola. Anche in quel momento, vinta e umiliata, riusciva ad avere uno sguardo fiero. E ancora una volta si trovò a pensare che non gli era mai successo di provare una attrazione così forte, senza che fosse successo niente. A meno che quelle stronzate sulle anime gemelle avessero un qualche senso.

Alzò la valigia con uno sguardo interrogativo. Aveva il suo denaro. Sapeva che Rosetta non aveva rubato quei soldi. Erano la miseria con cui il Barone si era accaparrato la sua terra. Ma nella denuncia ai carabinieri quel bastardo aveva dichiarato di essere stato derubato. «Che vuoi che faccia?» le sillabò.

Rosetta scosse il capo e scrollò le spalle. Se fosse rientrata in possesso di quei soldi glieli avrebbero portati via immediatamente.

A Rocco sembrò che gli dicesse: "Tienili tu". E allora si sentì ribollire per la rabbia. «No, cazzo!» esclamò ad alta voce.

«*¿No, qué?*» gli chiese il funzionario dell'immigrazione davanti al quale era ormai arrivato, trascinato dalla fiumana di gente.

Rocco gli porse il proprio documento.

«*¿Ya tiene un trabajo?*» chiese il funzionario.
«Come?» disse Rocco. «Non capisco.»
«Hai già un lavoro?»
«Sono un meccanico.»
«*Mecánico*» disse il funzionario ad alta voce, scrivendolo su un registro. «*¿Y dónde?* Dove?»
«Non lo so... devo ancora...»
«*Entiendo*» fece il funzionario. Cancellò quello che aveva appena scritto. «Non meccanico. *Sin empleo*. Disoccupato.»
«*¿Es ella?*» chiese in quel momento una voce alla loro sinistra.
Rocco si voltò e si trovò accanto un uomo con un impeccabile completo doppiopetto grigio e un pizzetto ben curato che si rivolgeva al funzionario, indicando Rosetta. Dietro di lui un uomo vestito più modestamente, grosso, con un'espressione bolsa.
«*Yo soy el vicecónsul Maraini*» disse l'uomo in doppiopetto.
«*Muy bien*» fece il funzionario. Porse al viceconsole i documenti di Rosetta. «*De ahí el prisionero está confiada a usted.*»
Il viceconsole controllò i documenti. «Rosetta Tricarico» scandì asetticamente. Si voltò verso l'omone che lo seguiva e gli ordinò, in italiano: «Prendila in custodia». Poi, vedendo che il gorilla si portava la mano alla cintola, dalla quale pendevano due manette, aggiunse: «Non servono. È solo una donna». Firmò la carta che gli porgeva il funzionario e si avviò verso Rosetta.
«Dove la portano?» chiese Rocco al funzionario.
«All'Ambasciata italiana e poi la rispediscono indietro.»
Rocco vide l'omone che afferrava Rosetta per un braccio.
Ritirò il visto d'ingresso e senza perdere d'occhio Rosetta superò il bancone e si spinse verso l'uscita, dove la gente continuava comunque ad accalcarsi. Vide che anche lei lo cercava con lo sguardo. E sapeva cosa stava pensando: che era finita.

«No» disse stringendo i pugni. «No.»

Si guardò intorno. A un passo da sé riconobbe il trentenne che aveva molestato Rosetta che chiacchierava con i suoi due compari. Di nuovo provò quella sensazione di nausea che lo aveva preso la prima volta che aveva avuto a che fare con lui, quando si era abbassato a fingersi mafioso. Ma aveva funzionato. E anche se la mafia era la cosa che più detestava al mondo, pensò che avrebbe funzionato di nuovo. Decise di agire. Afferrò il trentenne per un braccio e gli sussurrò: «Vuoi la riconoscenza di don Mimì Zappacosta?».

Il trentenne rimase imbambolato.

«Non c'è tempo per pensarci» lo incalzò Rocco. «Sì o no?»

«Che devo fare?»

Rocco si voltò. Il gorilla malvestito strattonava Rosetta facendosi largo a fatica tra i passeggeri ancora in attesa del visto. Dietro, impettito come se avesse ingoiato una scopa, camminava il damerino in doppiopetto, con un'espressione sprezzante e antipatica in viso. Il terzetto avanzava lentamente nella calca.

«Quando ti do il via, scatena una rissa» disse allora al trentenne. «Picchia a casaccio.»

Il trentenne esitò ancora.

«Questa è la tua prova. La tua *chiamata*» gli disse Rocco. «Se la superi ti faccio diventare un uomo d'onore.»

«Sono pronto» rispose il trentenne, esaltato dalla prospettiva.

Quando il viceconsole, il gorilla e Rosetta furono a un passo da loro, Rocco urlò: «Ora!». Poi colpì con un pugno un poveraccio che gli stava accanto e lo buttò contro il gorilla.

Il trentenne, immediatamente, insieme ai due compari, iniziò una zuffa. In un attimo più di dieci persone si stavano prendendo a pugni, mentre accorrevano le guardie per sedare la rissa.

Intanto Rocco si era lanciato sul gorilla, sbilanciato

dall'impatto con l'uomo che gli era caduto addosso, e lo aveva steso con un pugno violento alla mascella. Mentre il gorilla si rialzava, altri due uomini gli furono sopra, nella confusione di quella zuffa che si allargava senza che nessuno ne conoscesse la ragione.

Il viceconsole, spaventato, balzò indietro, cercando scampo.

Rocco afferrò la mano di Rosetta e la tirò a sé. «Corri!» le disse.

Rosetta, sbalordita, inciampò. Riuscì a reggersi in piedi e poi corse dietro a Rocco, che la trascinava via.

«Prendetela!» urlò il viceconsole.

Ma in quel momento il trentenne, che aveva compreso il disegno di Rocco, gli si buttò addosso, facendolo cadere e azzittendolo.

Rocco guadagnò rapidamente l'uscita dell'Hotel de Inmigrantes mentre alcune guardie, riavutesi dalla sorpresa, si lanciavano al loro inseguimento. Ma erano solo tre, perché le altre erano impegnate a sedare la rissa a colpi di manganello.

Rocco svoltò a destra e subito a sinistra.

Rosetta non riusciva a pensare. Correva e basta.

Poi, appena si infilarono in un vicolo, Rocco buttò la valigia dietro due bidoni dell'immondizia.

Oltre l'angolo si sentirono le guardie che sopraggiungevano.

Rocco afferrò Rosetta e la spinse con le spalle al muro. Poi l'abbracciò e la baciò.

Rosetta cercò di respingerlo.

«Ferma!» sibilò Rocco, perentoriamente ma senza aggressività, tenendola stretta e pigiando le proprie labbra su quelle di lei.

E allora Rosetta si rese conto di cosa stava facendo. Le guardie cercavano due fuggitivi, non una coppietta in vena di effusioni. Gli allacciò le braccia attorno alla schiena, sentendo che era magra e muscolosa. E fu sorpresa dal calore delle labbra di lui.

Sentì le guardie avvicinarsi e rallentare, forse guardandoli, e poi riprendere a camminare. Ma non riusciva a pensare ad altro che al piacevole tepore delle labbra di Rocco sulle sue. Mentre Rocco la stringeva, accarezzandole le spalle e la schiena, Rosetta si rese conto che stava abbandonandosi al suo bacio, senza opporsi. Le labbra le si schiusero, come se non dipendessero da lei. E lentamente, per la prima volta in vita sua, si sentì risucchiare in un vortice, mentre il cuore le accelerava in petto e tutto il suo corpo sembrava partecipare a quel bacio.

Rocco, appena aveva appoggiato le proprie labbra a quelle di lei, era stato attraversato da una sensazione violenta, come una scossa elettrica. E la sorpresa gli aveva fatto mancare il fiato. Le si aggrappò alla schiena come per reggersi in piedi, e intanto sentì, dove le si era aperto un bottone, quanto era morbida e vellutata la sua pelle. Fece salire la mano alla nuca, infilò le dita tra i capelli neri e lucidi, e l'attirò più forte a sé, con passione, mentre il corpo gli si incendiava.

Rosetta lo sentì senza spaventarsi o ritrarsi. E lei stessa ascoltò i propri umori che le si rimescolavano nella pancia. Travolta da un'ondata di desiderio, gli piantò le unghie nella schiena, incapace di ragionare, assaggiando sulle labbra di lui i sapori della loro terra. Sale, capperi, origano, pistacchio, pomodori seccati al sole. E poi, a mano a mano che il bacio diventava più sensuale, sentì la dolcezza dei fichi e della pasta di mandorle che le si scioglieva in bocca.

Rocco non riusciva a capacitarsi di quello che gli stava succedendo. Gli girava la testa. Era in un altro mondo.

E Rosetta, come lui, era come se non fosse più lì ma in un luogo che non esisteva per nessun altro, dove potevano essere loro due soltanto.

Più per guardarsi, come se avessero bisogno di verificare che stava accadendo per davvero, che per controllare se le guardie erano scomparse, lentamente lasciarono che il bacio si esaurisse, indugiando con le proprie labbra sulle labbra dell'altro. Negli occhi di entrambi bruciava una stupita passione. E un inaspettato desiderio di baciarsi ancora. Senza bisogno di una scusa. Le labbra tornarono ad avvicinarsi. Come attratte da un'invisibile calamita. E non c'era volontà che avrebbe potuto trattenerli dal farlo. Volevano solo tornare lì, in quel mondo nel quale il bacio li aveva trascinati. In quel mondo perfetto. Così sensuale, così assoluto.

«*¡Están aquí!*» risuonò all'improvviso un grido.

Rocco e Rosetta si voltarono.

In fondo al vicolo era comparsa una guardia. Suonò con forza nel fischietto.

Rocco afferrò la valigia da dietro i bidoni dell'immondizia e fece per trascinare via Rosetta nella direzione opposta.

Ma anche dall'altra parte del vicolo comparvero due poliziotti, entrambi armati di manganello.

Rocco infilò la mano nella valigia, prese il fagotto di Rosetta e glielo passò. «Quando te lo dico, comincia a correre» fece senza smettere di fissare le guardie che si avvicinavano.

«Ma...» mormorò Rosetta.

«Non c'è tempo» la interruppe Rocco, spostandosi più vicino ai bidoni dell'immondizia, teso, studiando le mosse delle due guardie davanti a loro e di quella che avanzava alle loro spalle. «Corri più veloce che puoi e non voltarti per nessuna ragione.»

«No... io...»

Rocco la guardò. «Ti troverò» le disse e le passò un dito sulle labbra, accarezzandole. Nei suoi occhi c'era ancora la passione di poco prima. «Te lo giuro. Ti troverò.»

Rosetta fu scossa da un'emozione violenta. Ancora più violenta di quella del bacio. La voce di Rocco, la sua promessa, le entrarono dentro, come una mano calda. E forte. Che non l'avrebbe lasciata cadere. Avrebbe voluto baciarlo ancora.

«Corri!» urlò in quel momento Rocco. Afferrò il coperchio di uno dei bidoni e si buttò contro le due guardie di fronte a loro.

Rosetta scattò e cominciò a correre, come le aveva detto

Rocco, senza voltarsi, nonostante i rumori di latta e di ossa e i lamenti.

In fondo al vicolo si fermò di fronte a una grande strada, larga come un fiume e percorsa da una corrente impetuosa di veicoli. Dietro di lei continuavano i rumori della lotta.

«Corri!» urlò la voce di Rocco.

Allora Rosetta chiuse gli occhi e si lanciò in strada, alla cieca.

Non aveva fatto che un paio di passi che una macchina frenò bruscamente, sbarrandole la strada.

«Monta!» le disse un giovane sui trent'anni.

Rosetta rimase immobile, imbambolata.

Il giovane aprì lo sportello dell'auto, si sporse verso di lei e le tese una mano. «Avanti!» le gridò.

Non era ancora salita del tutto che il giovane diede gas, facendo sgommare le ruote sull'asfalto.

Rosetta si voltò a guardare fuori dal finestrino, con gli occhi sbarrati, incapace di pensare. In fondo al vicolo vide una guardia che arrivava alle spalle di Rocco e lo colpiva alla testa con il manganello. Il coperchio tondo del bidone dell'immondizia rotolò, sbilenco come il giocattolo di un bambino.

E poi a Rocco si piegarono le ginocchia e cadde a terra.

Rosetta appoggiò una mano al finestrino dell'auto, come per reggerlo in piedi. O come una carezza.

«Chi è quell'uomo?» chiese il giovane alle sue spalle.

E allora Rosetta si rese conto che non sapeva niente di Rocco. Nemmeno il suo cognome. Né da dove veniva e perché. Né quali erano i suoi sogni. Né dove si sarebbero ritrovati.

Eppure ormai era sua.

«Be', chi è?» ripeté il giovane.

Nel vicolo Rocco era sempre in terra e le guardie si accanivano su di lui con i manganelli.

«Non lo so…» mormorò Rosetta.

16.

«Io non mi chiamerò mai Raquel Baum» aveva detto Rachel, imbronciata, raggiungendo Tamar. «Io mi chiamo...»

«Che cavolo te ne frega di un nome?» l'aveva interrotta Tamar, severamente. «Vuoi che Amos ti faccia saltare tutti i denti?» Le aveva preso il mento e l'aveva costretta a guardarla. «Tu d'ora in avanti sei il porcospino Raquel, intesi?»

«Sì.»

E in quell'esatto momento era scoppiato il finimondo.

Nessuno sapeva perché ma gli uomini, nel locale dell'Hotel de Inmigrantes al di là del vetro, avevano cominciato ad azzuffarsi furiosamente. Le guardie facevano mulinare in aria i manganelli. I funzionari dell'immigrazione difendevano dalla furia della gente i registri. Nell'aria risuonavano schiamazzi, urla, gemiti, ordini, fischi, imprecazioni. A un certo punto il volto di un uomo era stato spiaccicato contro lo spesso vetro di separazione. Quando una guardia l'aveva afferrato per il colletto e tirato via era rimasta una striscia di sangue.

Tamar aveva condotto Raquel verso il finestrone. «Se si rompe salta di là senza avere paura di tagliarti e seguimi» le aveva detto.

Ma anche Amos aveva avuto la stessa intuizione. «Levatevi dai coglioni!» aveva urlato alle ragazze, spintonandole verso il lato opposto della stanza. A una che si attardava aveva sferrato un calcio in pancia. La ragazza si era piegata in due e aveva vomitato del liquido verdastro. Poi Amos aveva allungato un rotolo di soldi al funzionario coi baffetti. «Tremila se ci fai passare subito» gli aveva detto.

Il braccio del funzionario era scattato con la velocità di un serpente a sonagli e aveva afferrato il rotolo di banconote. Poi aveva chiuso il registro, si era alzato in piedi e aveva fatto segno a due guardie di far uscire tutti immediatamente.

Amos e i suoi uomini, come dei cani pastori, avevano guidato fuori il gregge delle ragazze. A schiaffi e spintoni le avevano fatte salire su quattro carrozze. Poi erano partiti di gran carriera, rischiando di travolgere gli emigranti che si picchiavano in strada.

E ora, mentre le carrozze si muovevano per la città, Raquel guardò di nuovo a occhi sgranati quel mondo incredibile. C'erano palazzi così alti che sembravano grattare il cielo. E una quantità inimmaginabile di persone sui marciapiedi e per le strade.

«Se riusciamo a scappare non ci troveranno mai in mezzo a tutta questa gente» disse piano.

«Sssh, stai zitta» la rimproverò Tamar.

«Ma noi scapperemo, vero?» sussurrò Raquel.

«Come diresti tu con la tua linguaccia» le fece l'occhiolino Tamar, «ci puoi scommettere le chiappe.»

Raquel sorrise, anche se aveva paura.

Dopo pochi minuti le carrozze si fermarono.

Raquel si trovò di fronte a una costruzione tozza. Una scritta, sopra la porta d'ingresso, diceva: *Hotel Palestina*.

Le ragazze salirono al primo piano e furono divise in gruppi, sotto la supervisione di tre donne dall'aria spenta e stanca. Eccetto Raquel furono tutte spogliate e i loro miseri abiti vennero buttati. Poi le donne le fecero lavare e le pettinarono. Gli furono dati dei vestiti dai colori sgargianti, che mettevano in mostra le forme, e furono truccate con un rossetto denso e appiccicoso e un ombretto azzurro brillante sulle palpebre. Infine le donne dall'aria stanca gli spruzzarono un profumo dolciastro e dozzinale addosso. In ultimo a ognuna di loro fu appuntato un numero sul vestito, con uno spillo.

«A quelle due non serve» disse Amos, indicando Raquel e Tamar. «Loro vengono al Chorizo.» Poi si avviò per le scale.

«Avanti, scendete» disse allora una delle donne stanche. «E sorridete. Se Amos vi vede con il muso lungo vi frusta a sangue.»

Le ragazze furono condotte in un'ampia sala al pianterreno, dove erano stati allestiti un palcoscenico e una passerella. Di fronte alla passerella erano state disposte delle sedie. Alcune erano già occupate da uomini muniti di un taccuino e di una matita.

«Quando chiamo il vostro numero» spiegò Amos alle ragazze sul palcoscenico, «venite in passerella. Sorridete e guardate a destra e a sinistra. Quando vi fermo non provate a ribellarvi se ci tenete a conservare tutti i denti in bocca. Poi tornate al vostro posto.» Infine andò sulla passerella e allargò le braccia, salutando i presenti: «Benvenuti, amici. Oggi il mercato è... bollente!».

Gli uomini in sala risero.

«Iniziamo!» annunciò Amos. «Numero uno!»

Raquel vide che il numero uno era stato assegnato a una ragazza con un grande seno, che avanzò lungo la passerella ingobbita, senza sorridere, spaventata da Amos.

Quando lo ebbe raggiunto, Amos la fermò. «Sorridi o ti ammazzo» le sussurrò in un orecchio.

Raquel vide che la ragazza sorrideva forzatamente, con le pupille dilatate dal terrore.

Amos le diede un colpo nella schiena. «Stai dritta» sussurrò. Poi la abbracciò da dietro, come se fosse una scena di seduzione e di violenza insieme, guardando gli uomini in sala. Fece scendere una mano sulle cosce e con lentezza cominciò ad alzare il vestito.

«Su il sipario!» urlò uno degli uomini in sala.

Tutti gli altri risero.

Raquel notò che gli occhi della ragazza si riempivano di lacrime. Si voltò verso Tamar e nel suo sguardo vide dolore, rabbia e umiliazione. Lei sapeva che effetto facevano le mani di Amos. Era stata la prima a sentirle sul suo corpo. Lei si era illusa. Raquel le si aggrappò al braccio e lo strinse.

«Non aver paura» le disse Tamar.

«No» rispose Raquel e strinse più forte. Perché in quel momento Tamar aveva più paura di lei. Perché lei sapeva.

Intanto Amos aveva alzato completamente la gonna della ragazza, scoprendole l'inguine e accarezzandola tra le gambe. «Il pelo rosso va di moda quest'anno, lo sapevate?» disse.

Gli uomini risero.

Amos lasciò il vestito e fece salire la mano al petto della ragazza.

Raquel vide che ormai la poveretta non tratteneva più le lacrime, che le scioglievano il trucco. Ma continuava a sorridere. E le due cose insieme erano uno spettacolo terrificante.

Amos infilò una mano nell'ampia scollatura e tirò fuori un seno. Lo alzò, con la mano a coppa. I larghi capezzoli scuri, a contatto con l'aria, si inturgidirono. «Qualcuno ha una bilancia?» sorrise Amos. «Questa ragazza vale tanto oro quanto pesano le sue tette.»

Ci fu una risata generale e poi un uomo alzò una mano e disse: «Millecinquecento!».

«Non ti ci compri neanche un capezzolo» scherzò Amos.

Molte mani si alzarono e il prezzo crebbe fino a tremila, quando Amos lo assegnò e diede alla ragazza il permesso di andarsene.

Mentre ritornava al suo posto la ragazza cercò di infilarsi di nuovo il seno nel vestito ma le tremavano troppo le mani. Alla fine, mentre una delle donne dall'aria stanca la aiutava, vomitò. La donna dall'aria stanca le diede uno schiaffo.

«Numero due!» annunciò Amos.

Una dopo l'altra le ragazze sfilarono a quel mercato della carne che era solo il prologo di tutte le umiliazioni che avrebbero subito. Per contendersi le più belle gli uomini in sala quasi si accapigliarono, in un'asta in cui il prezzo cresceva tra le urla generali.

Raquel e Tamar erano sedute in disparte. Qualcuno provò a fare un'offerta per Tamar ma Amos ripeté che quella ragazza era sua.

Le ragazze vendute furono affidate ai ruffiani che le avevano comprate per i loro bordelli. Ciascuno pagava in contanti la cifra con cui se le era aggiudicate e poi le portava via.

Quella notte, dopo una cena a base di *carne salada* e una tazza di *mate* caldo, le ragazze che non erano state scelte dormirono all'Hotel Palestina.

L'indomani furono nuovamente caricate sulle carrozze.

Questa volta Raquel non fu rapita dall'alveare di cemento. Negli occhi aveva la scena del giorno prima. Si voltò verso Tamar.

«Noi due resteremo insieme, vero?» le chiese.

Tamar annuì debolmente.

«Era meglio se nascevamo uomini» borbottò Raquel.

Dopo un breve tragitto le ragazze furono fatte scendere in un locale dall'aria ambigua. Sul tendone esterno, sporco, che un tempo doveva essere stato color panna, c'era scritto *Café Parisien*, in rosa.

«Siete la seconda scelta» disse una delle donne dall'aria stanca alle ragazze riunite in una sala con specchi lerci alle pareti, che puzzava di alcol stantio. «Costerete poco e varrete ancora meno» aggiunse con una nota aspra, come se stesse rivivendo un passato doloroso. Aveva uno sfregio sulla guancia destra.

«Voi siete stata una seconda scelta?» le chiese Raquel.

«No, io ero una prima scelta» le rispose la donna con un tono fiacco di superbia. «Ma non importa...» mormorò poi, come parlando a se stessa. «Non importa più...» Guardò Raquel, faticando a metterla a fuoco. «*Este es el infierno*» le disse.

Raquel corrugò le sopracciglia. «Che cosa vuol dire?» domandò.

«Lo scoprirai da te» fece la donna. «Non rompermi i coglioni.»

«Perché siete così arrabbiata con me?» le chiese Raquel.

«Io neanche ti vedo» le rispose la donna. «Ma qualunque cosa io ti faccia è niente al confronto di quello che hanno fatto a me. Per sopravvivere bisogna diventare dure come pietre e taglienti come coltelli.» La sfidò con lo sguardo. «Quanti anni ho?»

Raquel la studiò per un attimo e poi disse: «Cinquanta?».

«Trentaquattro.»

«Che cosa... vi è successo?» chiese Raquel, stupita.

La donna quasi rise. «Io sono una di quelle a cui è andata bene. Sono viva, non ho brutte malattie e non ho affogato in un catino nessuno dei bastardi che ho messo al mondo. Non è abbastanza?»

Raquel non seppe cosa rispondere. Ma sentì un brivido di paura. «Che significa quello che mi avete detto prima?» chiese.

La donna si passò un dito sulla cicatrice che la sfregiava. E poi rispose: «Questo è l'inferno».

17.

Rosetta, quando non era più riuscita a vedere Rocco, si era aggrappata con forza al cruscotto, a occhi sbarrati, mentre l'auto accelerava. Non era mai stata su una macchina in vita sua.

«Se lo stringi ancora me lo disintegri» aveva detto il giovane.

Rosetta aveva ritirato le mani di scatto, arrossendo.

Il giovane aveva riso. Aveva controllato che nessuno li seguisse e le aveva detto: «Ero lì quando sei scappata. Ho visto tutto». Era bello. L'elegante doppiopetto color malva gli cascava addosso senza una piega. Aveva una camicia bianca, immacolata, e un cravattino sottile blu elettrico. I capelli castani, biondi sulle punte, schiariti dal sole, si arricciavano dando l'idea di essere morbidi.

Si era voltato e le aveva sorriso. «Il mio nome è Gabriel ma tutti mi chiamano *el Francés*» le aveva detto. «Il Francese.»

Rosetta non aveva parlato.

Allora il Francés aveva aggiunto: «Ci penso io a te».

«Perché?» aveva chiesto Rosetta.

«Perché ho da proporti un affare» aveva sorriso il Francés.

Rosetta era stata zitta per tutto il resto del tragitto. Negli occhi aveva solo l'immagine di Rocco, in terra, attorniato dalle guardie.

Alla fine la macchina si fermò davanti a un locale ad angolo tra due vie, con un tendone rosso sul quale era disegnato un gatto nero con la coda dritta. E una scritta che Rosetta non sapeva leggere.

«Questo è il Black Cat. Il mio *ufficio*» disse il Francés con un sorriso. Fece il giro dell'auto e la aiutò a scendere.

Rosetta rimase ferma sul marciapiede, incapace di formulare anche solo un pensiero, come se fosse ubriaca.

«Avanti, andiamo» disse il Francés, invitandola a entrare.

Rosetta lo seguì nel locale fumoso.

«*Lepke, necesito una habitación para la chica*» disse il Francés a un uomo dalla carnagione giallastra. «*Y un buen baño caliente.*»

Lepke studiò velocemente Rosetta e, con un tono da intenditore, commentò annuendo: «*Muchacha muy fina*».

Rosetta non aveva idea di cosa si fossero detti.

Lepke batté le mani e subito comparve una cameriera, giovane e carina, con una divisa nera e un grembiulino bianco che sembrava rubato a una bambola.

Rosetta pensò che aveva la gonna troppo corta.

«Vai con lei» le sussurrò il Francés. «Si prenderà cura di te e poi ceneremo insieme.»

Rosetta, senza farsi domande, frastornata dagli eventi, seguì la cameriera al primo piano ed entrò in una stanza con una carta da parati a strisce verdi e viola che le parve lussuosissima.

La cameriera le sorrise e scomparve nella stanza attigua. Si sentì scorrere dell'acqua. Poi, quando tornò indietro, vide che Rosetta era ancora ferma sulla porta, imbambolata. Rise divertita. «*Quítate la ropa*» le disse. «*Necesitas un buen baño.*»

Rosetta la guardò senza capire.

«*Alez! Enléve tes vêtements. T'as besoin d'un bain.*»

Rosetta continuava a non capire.

«Italiana?» chiese la cameriera.

Rosetta annuì.

«Spogliati, avanti» fece la cameriera. «Ti preparo un bagno.»

Rosetta si strinse le mani al petto.

«Non sei del mestiere?» domandò meravigliata la cameriera.

Rosetta aggrottò le sopracciglia e rimase in silenzio.

«Sei nuova?» le chiese la cameriera con gentilezza.

Rosetta annuì.

La cameriera andò nel bagno e chiuse l'acqua. «È pronto, dài» le disse da lì. Rientrò nella stanza. «Vuoi fare da sola?» Le sorrise. «Tra un po' non ti sembrerà strano stare nuda» rise e aggiunse in tono rassicurante: «Col Francés sei capitata bene. Vedrai. Lui ci tiene a noi». Infine se ne andò e chiuse la porta.

Rosetta, come in sogno, si avviò in bagno. Qualcuno in paese aveva raccontato di aver visto una vasca da bagno, ma lei ne aveva solo sentito parlare e non aveva mai immaginato quel biancore di porcellana e quei piedini di ottone che sembravano d'oro. Restò a fissare ipnotizzata i vapori che si alzavano dall'acqua calda. E poi notò lo specchio a parete, appannato dal vapore. La sua figura era riflessa come attraverso la nebbia. Si avvicinò e pulì la zona all'altezza del viso. Provò una specie di tenerezza per la propria espressione inebetita. Prese un asciugamano e asciugò lo specchio. Era la prima volta da quando era nata che si vedeva riflessa per intero. Osservò la linea delle spalle dritte e forti, la pienezza dei seni, la curva rotonda dei fianchi, le gambe lunghe e affusolate, i capelli neri e lucenti. Come se si scoprisse. Come se per la prima volta facesse la conoscenza di se stessa. Dopo vent'anni di vita.

Pensò che erano quel viso e quegli occhi e quelle labbra che aveva visto Rocco. E in quell'esatto momento le parve di sentire di nuovo il tepore del bacio che si erano dati. Si portò un dito alla bocca, mentre continuava a fissarsi nello specchio. E vide che il suo sguardo era cambiato. E che le si formava un sorriso sulle labbra, come a una qualsiasi ragazza.

Come era successo? Non ne aveva la minima idea. Credeva che avrebbe avuto paura degli uomini per il resto della vita. I segni della violenza erano ancora freschi. E invece Rocco l'aveva portata in un mondo pulito, non spaventoso. E con un solo bacio.

«No» disse sempre sorridendo. «Anche con una fetta di torta.»

In quel momento bussarono e la cameriera rientrò nella stanza.

Rosetta uscì dal bagno e vide che stava mettendo sul letto un abito verde con un merletto color perla sull'ampio décolleté e delle calze color carne, leggerissime. Ai piedi del letto mise delle scarpe nere con un fiocco di raso. Avevano il tacco.

«Te l'ho detto che sei capitata bene con il Francés. È roba fina questa» sorrise la cameriera. «Ma non ti sei ancora spogliata?» Le si avvicinò. «Oh, guarda. Hai perso un bottone qui dietro» disse.

Rosetta fissò l'abito sul letto. Non era difficile intuire che affare le avrebbe proposto il Francés.

«Dove vai?» le disse la cameriera.

Ma Rosetta se ne era già andata, con il suo fagotto in mano.

«Il vestito che ti ho preso non era della tua misura?» le chiese il Francés, seduto a uno dei tavolini di ferro e marmo, apparecchiato per la cena, quando la vide comparire.

«Ho capito cosa vuoi» disse Rosetta.

«Siediti» fece il Francés, con gentilezza.

«Ho capito che affare vuoi propormi» ripeté Rosetta.

Il Francés scrollò le spalle, con una leggerezza che faceva sembrare la cosa innocente e semplice. «Qui a Baires non c'è nulla di male a fare la puttana» disse. «Forse in nessun posto al mondo c'è una tale concentrazione di uomini e una tale scarsità di donne. Gli emigranti arrivano in cerca di fortuna senza le loro famiglie. Sai quanti siamo qui? Due milioni. E la metà sono italiani.»

«E allora?»

Di nuovo il Francés si strinse nelle spalle e socchiuse gli occhi, sorridendo come un bambino, quasi a dire che la risposta era fin troppo ovvia. «Sono uomini. E hanno i loro bisogni.»

«E tu provvedi la materia prima» annuì Rosetta.

Il Francés rise. «Sei una ragazza intelligente e spiritosa. Mi piaci» disse. Poi anche lui annuì. «Sì, diciamo che li aiuto.»

«Sei un pappone e hai una scuderia di puttane.»

«Io preferisco chiamarle *poules*.»

«Che vuol dire?»

«Galline.»

«Be', io non faccio uova.»

Il Francés rise di nuovo.

Rosetta lo fissò, con uno sguardo di sfida. «Se non accetto mi consegnerai alla polizia?»

Il Francés scosse il capo. «Ci sono due sole cose che odio con tutto il cuore: lavorare e avere a che fare con la polizia.»

«Quindi ti dico di no e finisce qui?» chiese Rosetta.

«Siediti, ti prego» disse il Francés, in tono suadente. Sorseggiò il vino mentre Rosetta si sedeva e le chiese: «Cosa vorresti fare?».

«Io sono una contadina.»

Il Francés si sporse attraverso il tavolo. «Se vai nella pampa, dove ci sono mandriani e contadini, faranno di te comunque la loro puttana. Ma senza pagarti.» La fissò in silenzio, aspettando che le sue parole facessero effetto. «Perciò ti ripeto: cosa vorresti fare?»

«Non lo so» rispose Rosetta.

«Vedi?» disse il Francés allargando le braccia.

«Ma so che non voglio fare la puttana» ribatté Rosetta. «Qualcosa mi inventerò.»

Il Francés sospirò e scosse ancora la testa. «A Buenos Aires se sei un uomo e hai fame, fai lo scaricatore al porto. Se sei una donna, finisci per battere il marciapiede.»

Rosetta bevve tutto d'un fiato il bicchiere di vino che aveva davanti e disse, a testa alta: «Allora farò lo scaricatore».

Il Francés si alzò. «Adesso ho da fare. Mangia e vai a dormire. Ne riparliamo domattina...» disse. «La polizia ti cerca. Hai bisogno di documenti falsi, ci hai pensato? Io posso fare anche questo.»

Gli occhi di Rosetta si riempirono di stupore. Non le era minimamente passato per la testa.

«Sei una persona unica» le disse con una voce calda il Francés. Si chinò e le diede un bacio delicato sulla fronte. «E io posso prendermi cura di te» le sussurrò. Infine se ne andò.

Rosetta rimase seduta, assorta, per qualche istante. Poi si avviò a passo deciso verso l'uscita, con il suo fagotto in mano.

«*Oye, chica, ¿a donde vas?*» le disse Lepke.

«Non ti capisco» fece Rosetta.

«Dove vai?»

Rosetta lo guardò. Ma davanti ai suoi occhi aveva il volto di Rocco. Non sapeva se ce l'aveva fatta. Ma l'avrebbe aspettato.

«Dove vai?» ripeté Lepke.

«In un posto dove non debba vergognarmi quando mi troverà.»

«Chi?»

Rosetta sorrise. «Lui» disse e se ne andò.

18.

L'errore fatale era stato voltarsi verso il fondo del vicolo per controllare se Rosetta ce l'aveva fatta. L'aveva vista ferma e allora le aveva gridato con tutto il fiato di correre. In quel momento una delle guardie l'aveva sorpreso alle spalle e la manganellata che lo aveva colpito poco sopra l'orecchio gli aveva piegato le ginocchia e oscurato la vista. Quando era riuscito a riaprire gli occhi le tre guardie gli erano sopra e lo stavano riempendo di colpi rabbiosi.

Rocco avvertiva in bocca il sapore del sangue e sentiva nelle orecchie gli insulti dei poliziotti, nella loro incomprensibile lingua, mentre lo massacravano. Rotolò su un fianco, più veloce che poté, e ne travolse una, che gli ruzzolò addosso.

Le altre due guardie si fermarono per non colpire il collega. In quel momento Rocco diede una testata in faccia a quello che aveva atterrato e riuscì a strappargli di mano il manganello. Rotolò ancora, si rialzò e si gettò come una furia sulle altre due guardie, prima che potessero riorganizzarsi. Colpì la prima in piena fronte. Sentì il rumore secco del manganello. E poi, con un colpo laterale, raggiunse l'altra al collo, spezzandogli il fiato.

Afferrò la valigia e si mise a correre, senza voltarsi. Arrivò a un'enorme strada trafficata e si bloccò, per un istante.

Gli sembrò di rivedere Rosetta che scappava, ma c'era qualcosa d'altro che non riusciva a mettere a fuoco. Un'immagine che era stata cancellata dalla manganellata alla testa. E in quell'istante, per terra, appena giù dal marciapiede, vide un bottone nero. E fu certo che apparteneva a Rosetta. Lo raccolse mentre le guardie davano fiato ai loro fischietti e si lanciavano al suo inseguimento.

Si gettò in strada, senza prudenza. Sentì imprecazioni, nitriti di cavalli, pneumatici che stridevano sull'asfalto, clacson, ma non si fermò e corse senza sapere dov'era e dove andava.

Poi, quando il cuore stava per scoppiargli in petto, con le gambe che si muovevano per inerzia, incapace di proseguire, cadde a terra. Il respiro gli bruciava i polmoni, gli occhi sembravano sul punto di uscire dalle orbite, lo stomaco voleva rivoltarsi per lo sforzo. Si trascinò fino a un angolo male illuminato e rimase lì, sul marciapiede, come un mendicante, a bocca spalancata. Esausto, appoggiò la testa al muro dietro di lui. Sentì una fitta dolorosa. Gemette. Si portò una mano tra i capelli. Erano bagnati, vischiosi. Quando si guardò la mano vide che era rossa di sangue.

Due passanti che sopraggiungevano ridendo e scherzando, notandolo lì per terra, attraversarono in fretta per evitarlo. Ma continuarono a guardarlo anche dall'altro marciapiede.

Rocco si rialzò. Non poteva restare lì. Prima o poi qualcuno avrebbe avvertito la polizia. E lui non aveva più la forza di lottare. Riprese a camminare, cercando di non dare nell'occhio. Di fronte a una vetrina illuminata si vide riflesso. Si fermò e si guardò. Non era un bello spettacolo. Aveva il viso insanguinato. Il labbro inferiore era spaccato. Il sopracciglio sinistro era spaccato. Il naso doveva essere spaccato. Gli colava sangue anche dall'attaccatura dei capelli. E poi, all'interno del negozio, oltre la vetrina, vide una giovane commessa che strillava spaventata.

Si allontanò in fretta guardandosi in giro. La grandiosità dei palazzi gli fece girare la testa. I lampioni a gas cominciavano ad accendersi e spandevano su tutto la loro luce ambrata e calda. Le strade erano un inarrestabile vorticare di carrozze e macchine. La gente indossava abiti eleganti e aveva modi raffinati. Si poteva respirare tutta la ricchezza e l'opulenza di quel nuovo mondo.

Di là dal marciapiede vide una fontana. Attraversò, poggiò la valigia in terra, si guardò intorno per controllare se c'erano poliziotti e poi fece per immergere le mani nell'acqua. E solo in quel momento si rese conto che ancora stringeva in pugno il bottone. Il bottone di Rosetta.

Le aveva detto che l'avrebbe trovata. Come poteva essere stato così sciocco? Quella città non era uno dei paesetti della Sicilia. Era un immenso formicaio. Sarebbe stato come cercare un ago in un pagliaio. Strinse forte il bottone e chiuse gli occhi. "Se due persone si piacciono, è impossibile che non si incontrino ancora" dicevano le vecchie del suo quartiere di Boccadifalco, parlando ai ragazzi che smaniavano per amore. E rincaravano la dose aggiungendo: "Se due persone si cercano, finiranno per trovarsi". Lui aveva sempre pensato che fossero delle gran stronzate romantiche. Invece in quel momento si sentì pervadere da un'ondata di ottimismo.

«Troverò l'ago nel pagliaio» rise, nonostante il dolore al labbro.

Mise via il bottone e immerse le mani nell'acqua. Era fresca. Si lavò il viso. E poi ci infilò la testa e sciacquò i capelli. L'acqua si colorò di rosso. Prese una maglia dalla valigia e si asciugò. Anche la maglia si macchiò di sangue. Si tamponò le ferite e riprese a camminare. In un'altra vetrina constatò di essere meno spaventoso di prima. Allora si avvicinò a due signori eleganti che fumavano davanti a un locale dal quale proveniva una musica avvolgente.

«Scusate, signori» disse. «Voi parlate italiano?»

I due uomini rientrarono in fretta nel locale, senza rispondergli.

Arrivato all'isolato successivo vide un venditore ambulante con un carretto malandato. Vendeva bretelle, calze e cinte per i pantaloni. Gli si avvicinò e gli chiese: «Parlate italiano?».

«Che vuoi?» disse l'ambulante, sulla difensiva.

«Devo andare al molo sette, a LaBoca.»

L'ambulante puntò un dito. «Vai di là fino ai binari del *ferrocarril* e poi gira a sinistra. Sempre dritto e sei al porto.»

Rocco infilò la mano in tasca, strinse il bottone e si avviò.

Dopo una mezz'ora gli dissero che era arrivato nel barrio di LaBoca. Era circondato da miserabili costruzioni metà in muratura e metà in lamiere dipinte di colori sgargianti. Case aggrappate le une alle altre, come se si dovessero sostenere tra loro, che davano l'idea di dover cadere al primo refolo di vento come un castello di carte. Di macchine neanche l'ombra. Né di persone ben vestite. Di fronte a sé, lungo i moli, si ergevano alte gru, allineate contro il cielo come cavallette scheletrite, e ampi capannoni. Le navi mercantili oscillavano pigramente sull'acqua. Gli uomini che incontrava erano tutti grandi e grossi e strascicavano i piedi, a passi lenti, con le larghe spalle ingobbite e i vestiti lisi.

Rocco pensò subito che fossero degli scaricatori.

Poco più in là vide un vecchio seduto in strada su una sedia sgangherata davanti a una casa misera come una catapecchia.

«Sapete dov'è la Zappacosta Oil Import-Export?» gli domandò. Notò che gli fissava con insistenza la cintola dei pantaloni e la giacca, all'altezza delle ascelle. «Che cercate?»

«Non sei armato» rispose il vecchio, masticando del tabacco.

«Perché dovrei essere armato?» chiese stupito Rocco.

Il vecchio scosse la testa. «Stai andando da Tony Zappacosta.»

«E allora?»

«Sei un mafioso.» Il vecchio sputò una massa scura di tabacco.

«No!»

Il vecchio fece una risata catarrosa, mostrando i denti neri di tabacco. «Vai da Tony Zappacosta e non sei un mafioso?» Poi, con il pollice, indicò un basso capannone in legno, dipinto di verde chiaro. «È lì che trovi il tuo *jefe de la mafia*, il tuo boss.»

«Non è il mio boss» protestò Rocco.

«Ottima barzelletta, ragazzo» ridacchiò di nuovo il vecchio.

Rocco si avviò verso l'edificio verdino. Sulla facciata vide una grande insegna in giallo su fondo nero. Immaginò che ci fosse scritto Zappacosta Oil Import-Export. Raggiunse la porta a vetri, bussò ed entrò. La porta fece squillare una campanella.

Il locale odorava di olio d'oliva e di zagara siciliana, di tabacco e di capperi sotto sale, di origano e pomodori secchi.

«*¿Qué quieres?*» chiese un uomo sui sessant'anni comparendo dal retro. Sul naso venato di capillari portava un paio di occhialetti tondi. Sotto il grembiule nero indossava una camicia, con elastici neri che tenevano sollevate le maniche, come i contabili.

«Parlate italiano?» gli domandò Rocco.

L'uomo annuì. «Che vuoi? Stiamo per chiudere.»

«Cerco Tony Zappacosta.»

«Il señor Zappacosta» lo corresse l'uomo.

«Sì.»

«Chi sei?»

«Mi chiamo Rocco Bonfiglio.»

«E quindi?»

«Mi manda don Mimì Zappacosta.»

«Ah, arrivasti.» L'uomo gli fece segno di aspettare e tornò sul retro. «Señor Tony, c'è u' picciottu che vi mandò vostro zio.»

Seguì un lungo silenzio. Poi una voce fredda, incolore, quasi metallica disse: «Fallo venire».

L'uomo in grembiule fece segno a Rocco di seguirlo nel retro.

Quando Rocco entrò fece fatica a nascondere la sorpresa.

Tony Zappacosta aveva quarantacinque anni e non si poteva definire rigorosamente un nano poiché era del tutto proporzionato, ma di certo era uno degli uomini più bassi che si potesse incontrare al di fuori di un circo. Ma a parte questa menomazione che lo rendeva delle misure di un bambino, nulla, fissandolo negli occhi, dava l'idea che avesse anche l'animo di un bambino. Al contrario incuteva timore, per un gelo nello sguardo che lo faceva assomigliare più a un animale a sangue freddo che a un uomo.

«Mio zio mi disse che gli facevo un favore a prenderti» esordì Tony, alzandosi dalla scrivania di mogano. Lo guardò dal basso verso l'alto, fronteggiandolo senza il minimo imbarazzo, anzi, quasi con un atteggiamento di sfida, con una mano appoggiata mollemente sul calcio della pistola che teneva alla cintola.

«Vi sono grato» rispose Rocco.

«Ma mi disse anche che dopo questo favore non sei più sotto la sua protezione» riprese Tony con la sua voce metallica, come se non lo avesse sentito. «E questo significa che posso pure buttarti nel fiume. È chiaro?»

«Chiarissimo» disse Rocco. «Ma so nuotare» scherzò.

«Anche con una pietra al collo?» replicò Tony, con un sorriso glaciale. Fissò Rocco senza che una sola emozione trasparisse dal suo sguardo. «Io gestisco la società e sono anche il commissario del *dique siete*» continuò poi. «Qui faccio io la legge.»

«Siete il capomandamento del *dique siete*, ho capito.»

Tony gli si avvicinò e gli piantò l'indice nello stomaco. «No, io sono il Padreterno» sussurrò. Lo fissò ancora. Poi si girò e si sedette dietro la scrivania, su una poltrona in legno con le rotelle e due cuscini imbottiti sulla seduta. Si passò un dito sulla faccia, in tondo. «Che hai fatto? Sei finito sotto un treno?»

«Qualcosa del genere» rispose Rocco.

«Sai usare una pistola?» chiese allora Tony.

«No» mentì Rocco.

«Be', ti devi imparare» disse Tony. «Da questo momento sei il guardiano notturno del magazzino otto. Qui al porto è pieno di bande di ragazzini. I ladri sono loro, ma se scompare uno spillo la colpa è tua. La regola è questa.»

«Signor Zappacosta, io sono un meccanico» replicò Rocco.

«No, sei il guardiano notturno e se scompare uno spillo è colpa tua» ripeté Tony senza scomporsi, come se avesse ghiaccio al posto del cuore. Nello sguardo una calma ambigua, difficile da decifrare, come qualcosa che si intravede sul fondo di un fiume.

Rocco rimase a fissarlo in silenzio.

«Bastiano, mostragli il magazzino, dagli le chiavi e la pistola» disse Tony. «E torna in fretta che voglio finire i conti.»

Bastiano fece segno a Rocco di seguirlo. Da una cassaforte prese un mazzo di chiavi e scelse una pistola. Poi uscì dal locale.

Mentre si avviavano al magazzino, un'auto a due posti si fermò davanti alla Zappacosta Oil Import-Export. Alla guida c'era una ragazza di non più di vent'anni.

«Salutiamo, Catalina» disse Bastiano.

«È nuovo?» disse Catalina, indicando Rocco come se fosse una cosa. Aveva la voce roca di chi fuma troppe sigarette. Era di una bellezza tenebrosa. Come un bicchiere di vino avvelenato.

«Arriva da Palermo, mandato dallo zio Mimì» rispose Bastiano.

Catalina, a passi lenti e misurati, raggiunse Rocco e gli si piazzò davanti, guardandolo sfrontatamente. Aveva un vestito viola, di seta, con una gonna svolazzante, che mostrava le gambe fino al polpaccio. Lo fissò in silenzio per un po', come se stesse studiandolo. Poi se ne andò verso l'ufficio del padre.

«Il señor Zappacosta ti taglia i coglioni se metti gli occhi su sua figlia» disse Bastiano mentre armeggiava con il lucchetto che chiudeva il portellone scorrevole del magazzino, sul quale era dipinto un gigantesco otto blu. «La moglie del señor Tony è morta giovane. Aveva il cuore debole. E Catalina è il suo ritratto spiccicato. Per Catalina il señor Tony sarebbe capace di fare qualsiasi cosa, non dimenticartelo mai. Per lei si farebbe ammazzare senza pensarci un attimo. L'hai visto, è più duro di un diamante. Ma con Catalina... si scioglie. Dice sempre: "È la luce dei miei occhi". La vizia in tutti i modi. Perciò stai lontano da lei, te lo ripeto.»

Rocco non disse nulla.

Bastiano fece scorrere il portellone. Accese un interruttore e le luci al neon sul soffitto sfrigolarono insicure prima di diffondere la loro luce fredda nel magazzino invaso dalle casse. In un angolo c'era un casotto di legno, minuscolo. All'interno un tavolino con sopra un fornelletto a gas, due pentolini e un piatto sbeccato con delle posate, una seggiola di legno, una stufetta a cherosene e, per terra, un materasso macchiato e una coperta.

«Dormi a occhi aperti» disse Bastiano. «I ragazzini bucano la lamiera e arraffano tutto quello che trovano. E al signor Zappacosta girano i coglioni.» Fece per uscire ma si fermò. «Se non fai cazzate, il nuovo mondo ti piacerà. È pieno di occasioni.»

Appena se ne fu andato, Rocco si chiuse dentro. Spense le luci, si distese sul materasso e borbottò: «Nuovo mondo un cazzo».

Era scappato da Palermo credendo di potersi liberare del futuro che suo padre gli aveva scritto sulla pelle. Ma lì, a Buenos Aires, a migliaia di chilometri di distanza, con un intero oceano in mezzo, tutto sembrava identico. Anche il suo destino.

Perché la mafia era come la colla. Quando ti si appiccicava addosso non te la levavi più.

Per un attimo si sentì in prigione. E più solo che mai. Era sempre stato solo dentro.

Ma poi pensò a Rosetta. Con lei era stato diverso. Da subito. E allora sussurrò, allegro: «Ti troverò».

In mano aveva un bottone.

E in bocca un bacio.

19.

Al Café Parisien il copione era stato simile a quello dell'Hotel Palestina. C'erano degli uomini seduti ai tavolini addossati alle pareti di specchi lerci che guardavano le ragazze sfilare e facevano offerte.

Ma Raquel, osservando la scena, aveva capito cosa significava *seconda scelta*. Gli uomini avevano vestiti più dimessi, capelli sporchi, visi mal rasati ed espressioni dure. Alcuni, senza che Amos o i suoi uomini glielo avessero impedito, avevano palpato le ragazze e le avevano denudate, davanti a tutti, per appurare che non avessero imbottiture. E le valutazioni economiche delle ragazze erano molto più basse. Costavano la metà.

Alla fine Amos aveva venduto tutta la sua *merce*. Per sé ne aveva tenute cinque, tra le quali Tamar, la più bella di tutte, e Raquel, che nessuno avrebbe mai comprato. Poi, indicando Raquel alla donna con la guancia sfregiata, aveva detto: «Lei mettila a pulire e ad aiutarti. E se non fa quello che deve, avvertimi che la butto nel Riachuelo, per quel che m'importa».

Poi le cinque ragazze erano state caricate su un calessino con il parasole lacero, attraverso il quale filtravano i raggi del sole caldo.

Raquel si era stretta a Tamar. Accanto a lei c'era la donna sfregiata. «Come vi chiamate?» le aveva chiesto.

«Adelina» aveva risposto quella, stancamente.

«Dove portano le altre?»

«Nelle case, dove altro?»

«Sono bei posti?» aveva domandato Raquel.

Adelina aveva voltato la testa verso le strade che il calessino percorreva lentamente. «No» aveva detto dopo un lungo silenzio.

«Anche dove andiamo noi è brutto?» aveva chiesto allora Raquel, con la voce rotta.

Adelina aveva annuito. «Sì, idiota. Sono tutti posti brutti» aveva detto con un tono distante e piatto. Lo sguardo le si era sfocato sulla gente comune che affollava i marciapiedi. «Noi non siamo come loro» aveva aggiunto. Poi, senza guardare Raquel, aveva detto: «Ma tu sei fortunata, ragazzina. E io ti invidio».

«Perché?» aveva chiesto Raquel, con un'intonazione infantile.

Adelina non aveva risposto.

Dopo poco il calessino si era fermato davanti a un anonimo palazzetto giallo senape, con le persiane delle finestre chiuse, come se fosse disabitato.

«Questo è il Chorizo» aveva detto allora Adelina, scendendo dal calessino e facendo segno alle ragazze di seguirla. «La vostra casa» aveva aggiunto, con un'intonazione così cupa che Raquel aveva pensato che invece intendesse dire "la vostra tomba".

Raquel aveva visto che la via dove si erano fermate si chiamava Avenida Junín, come aveva scritto sui documenti il funzionario dell'immigrazione. Davanti al portone del palazzetto aveva notato due uomini con dei lunghi coltelli alla cintola.

Adelina aveva portato le ragazze al secondo piano, in una stanza con dei letti ammucchiati uno accanto all'altro.

E adesso le cinque ragazze erano lì, in piedi, spaventate e frastornate, con gli occhi pieni di domande e insieme preoccupate dalle risposte che avrebbero potuto ricevere.

«Dormirete qui quando non lavorate» esordì Adelina.

Non era la prima volta che faceva quel discorso, pensò Raquel.

Adelina guardò le nuove ragazze. Conosceva quegli sguardi smarriti e terrorizzati. «È bene che sappiate cosa vi aspetta» disse in tono freddo. «Baires è piena di uomini e ci sono poche donne. Voi puttane dovete fare tutto il lavoro. Si attacca alle quattro di pomeriggio e si stacca alle quattro di notte. In quell'orario siete a disposizione di chiunque paghi.» Le fissò. Sapeva che nonostante quello che avevano subito in nave, non avrebbero capito fino in fondo ciò che le aspettava. «Non fate le schizzinose. Mangiate. Vi dovete tenere in forze. Il lavoro è duro. I *rufiánes* si aspettano che soddisfiate anche seicento uomini alla settimana. E non meno di cinquanta al giorno.» Quelle cifre disumane non significavano ancora niente per i loro corpi, sapeva anche questo. «Due consigli» continuò. «Imparate in fretta lo spagnolo. I clienti, se non capite cosa vogliono da voi, ci mettono un attimo a diventare maneschi. Ma parlate il meno possibile con loro. Vi raccontano solo le loro disgrazie, come un ubriaco che vomita nella tazza del cesso. Secondo: dite sempre di sì. Fate sempre quello che vogliono. O ve lo faranno fare comunque ma con la violenza.» Le guardò a una a una. «Adesso dormite. Da domani attaccate a lavorare.» Indicò Raquel e le fece: «Seguimi. Tu non dormi con loro».

Raquel si aggrappò al braccio di Tamar. «No» disse piano.

«Non hai sentito Amos, stupida?» fece Adelina, con una voce dura. Le indicò le altre ragazze. «Loro sono carne che gli fa guadagnare un sacco di pesos eppure ti assicuro che contano poco più di niente» disse. «Perciò prova a pensare quanto puoi valere tu che non gli porti nemmeno un soldo. Ci arrivi? Tu non conti un cazzo.» Le si avvicinò, puntandole un dito in faccia. «Sai cos'è il Riachuelo? Il fiume più merdoso del mondo. Pieno di cadaveri di vacche. Amos ci mette un secondo a tagliarti la gola e buttarti lì, come immondizia.» Continuò ad agitarle il dito in faccia e ripeté: «Tu non conti un cazzo». Poi fece un gesto secco. «Cammina.»

Raquel strinse più forte il braccio di Tamar.

«Vai, porcospino» sussurrò Tamar. E poi, mentre Raquel le lasciava il braccio, le disse: «Noi scapperemo, stai tranquilla».

Adelina si voltò di scatto e tornò indietro. «Che cosa hai detto?»

Tamar la sfidò con lo sguardo. «Noi scapperemo.»

«Non ti conviene» disse seccamente Adelina, serrando i pugni, con un'espressione dura in volto.

«Perché?» sorrise sprezzante Tamar.

«Di cosa vivresti, idiota?» continuò in tono aspro Adelina. «Non hai niente e Amos paga la Policía. Ti ritroverebbe.»

«E io scappo di nuovo.»

«Ti ritroverebbero ancora più facilmente» replicò Adelina. «Quelle che scappano le marchiano» continuò e si portò una mano alla cicatrice che le sfregiava la guancia. «E dopo che il *rufián* ti ha marchiato, ti riconoscono tutti.» Le mise una mano sulla spalla. «Sopravvivi. Pensa a questo.»

Tamar le scostò la mano.

«Stai attenta a come ti comporti con me, puttana. Io sono gli occhi di Amos e posso diventare il suo pugno» disse Adelina e poi, ammorbidendo la voce, aggiunse: «Un giorno, quando non gli servirai più, se sarai ancora viva, ti lasceranno andare».

Tamar la fissò. «E tu perché non te ne sei andata?» le chiese, con una nota di disprezzo nella voce.

Adelina resse lo sguardo e fece un sorriso cinico. «Perché non sapevo dove andare» rispose. Poi si voltò e uscì dalla camerata.

Raquel la seguì fino a una stanza piccola, senza finestra, dove c'erano due letti. Adelina uscì dalla camera e poco dopo ritornò trascinandosi dietro un materasso e un vestito marrone, tagliato malamente, quasi a sacco, senza scollatura. «Mettiti questo per lavorare» disse. Buttò il materasso in un angolo. «Dormirai con me ed Esther. Esther è un'altra come me che non se n'è andata.»

Raquel la fissò. Pensò che quella donna doveva aver patito atrocità che non riusciva a immaginare. Eppure non riusciva a ispirare alcuna solidarietà o compassione. Anzi, la odiava.

Adelina le scoppiò a ridere in faccia, come se avesse intuito i suoi pensieri. «Laverai le lenzuola e i vestiti delle altre, li stirerai, pulirai le stanze e qualsiasi altra cosa sia necessaria a far funzionare il bordello, compreso sturare i cessi» le spiegò freddamente. «Di' sempre di sì e impara anche tu lo spagnolo perché qui tutti si spazientiscono troppo in fretta.» La guardò per un attimo in silenzio. «Come ti chiami?» le chiese.

«Raquel ma il mio vero nome è Raechel.»

«Neanche io mi chiamo Adelina. Ma il mio vero nome ebraico l'ho dimenticato. È sepolto in un'altra vita» disse la donna. «Abbiamo questi nomi perché i clienti non vogliono pensare che siamo state strappate alle nostre famiglie per il loro porco piacere.» Scrollò le spalle. «Lo sanno... ma non ci vogliono pensare.»

Adelina la guidò per la casa e le mostrò la cucina, la lavanderia e il terrazzo dove avrebbero steso il bucato ad asciugare.

Mentre camminavano per il Chorizo, Raquel sbirciò nelle stanze aperte. Vide molte ragazze sdraiate sui letti. Avevano anche loro un'aria stanca e gli occhi spenti. E in alcune camere vide degli uomini che le spogliavano e ci si buttavano sopra.

«Tieni gli occhi bassi» la ammonì Adelina. «Cerca di essere invisibile. Se c'è troppa fila un cliente impaziente ci mette un attimo a saltarti addosso. Noi siamo bestie, non esseri umani.»

Raquel abbassò la testa di scatto, spaventata, e camminò nel suo modo goffo e maschile.

Prima di sera, dopo una cena a base di carne e verdure, Adelina disse a Raquel di mettersi a letto. «Stasera dormi. Domattina alle quattro, quando le puttane staccano, ti sveglio e inizi a lavorare.»

Raquel infilò la testa sotto la coperta, strinse forte il libro del padre e scoppiò in lacrime.

«Non piangere, idiota» fece Adelina, con un tono aspro. «Oggi mi hai chiesto perché ti avevo detto che eri fortunata. La ragione è che tu ti salverai da quello che toccherà alle altre.»

Raquel tirò la testa fuori dalla coperta e incontrò lo sguardo duro di Adelina.

«La tua vita non sarà bella, qui dentro. Sarai una schiava. Ma almeno non farai la puttana e forse non diventerai marcia dentro, come tutte noi, stupida. Ecco perché sei fortunata e io ti invidio.»

«Per essere fortunata sarei dovuta nascere maschio» rispose Raquel, quasi con rabbia.

Adelina fece un sorriso storto, che le increspò la cicatrice sulla guancia. «Ci sei andata vicina» le disse con una voce cattiva. «In effetti sembri un ragazzo con un cespuglio in testa e di sicuro non ti muovi come una donna.»

Raquel la guardò. Quella donna era crudele. «Non ci credo che voi siete rimasta qui perché non sapevate dove andare» le sibilò. «A voi piace trattarci male.»

Adelina scoppiò a ridere. Una risata piena di livore e cinismo. «Non dire stronzate, ragazzina. Io me ne sbatto i coglioni di te e di tutte le altre» fece infastidita. Si avviò alla porta per uscire, ma poi si fermò e tornò indietro, quasi minacciosamente. «Io sono qui perché mi hanno sfregiata e nessuno, là fuori, vuole darmi un lavoro dignitoso, povera idiota che non sei altro» disse con una voce cupa e astiosa. «Sto qui perché non so dove andare... e perché sono una vigliacca. È questo che mi hanno fatto. Mi hanno levato anche l'anima. Tu non sai un cazzo. Adesso piantala di frignare perché mi dai sui nervi.» E se ne andò, sbattendo la porta.

«Io e Tamar scapperemo» sussurrò Raquel, con una rabbia che però non era alimentata da una vera speranza.

Si spogliò e indossò il vestito marrone, prima di stendersi sul materasso. Poi restò lì, sdraiata, a occhi sbarrati nella penombra di quella stanza che sarebbe diventata la sua nuova casa. La sua tomba. E sentì un terribile peso schiacciarle il petto.

Il pensiero le andò a Kailah, che si era uccisa per non morire dentro, come forse le aveva suggerito il Signore.

Aprì il libro del padre, cercando un po' di conforto.

In quel momento Adelina rientrò nella stanza per prendere qualcosa che si era dimenticata. Guardò il libro con un sorriso sprezzante sulle labbra. «Per quello che serve qui» le disse nel suo tono crudele, «puoi anche usarlo per pulirtici il culo.»

Raquel se lo strinse al petto.

«Qui Dio non c'è, non l'hai ancora capito, idiota?» fece Adelina con una voce aspra e piena di rancore. Le si avvicinò con un ghigno cattivo. Si abbassò fino a quando il suo viso sfregiato fu all'altezza di quello di Raquel. La fissò e poi rise, piano. Come se stesse gemendo. Come se avesse una malattia in petto.

«Qui l'unico Dio è Amos» sibilò. «È lui che devi pregare. È lui che devi temere.»

20.

Dopo essersene andata dal Black Cat, Rosetta si guardò in giro.

Le strade erano affollate di gente, quasi tutti uomini, come aveva detto il Francés. Doveva essere un quartiere elegante perché le persone erano ben vestite, con abiti, cravatte e panciotti dai quali pendevano pesanti catene d'oro da orologio. E tutti quelli che passavano la squadravano, a volte commentando in quella lingua incomprensibile, a volte ridacchiando. Incrociò anche due donne, con un ombrellino bianco, di pizzo. Anche loro la guardarono. Ed entrambe si passarono meccanicamente una mano sui loro costosi abiti di seta – così lucidi che riflettevano i bagliori dei lampioni a gas – come se si dovessero levare di dosso la polvere e la sporcizia che vedevano su Rosetta. E anche loro risero.

Un'anziana signora, che si appoggiava a un bastone da una parte e a una domestica dall'altra, le si fermò accanto. Frugò nella borsetta di velluto ricamato, pescò una moneta e gliela porse.

Rosetta la prese, intontita, e rimase a guardare la vecchia che si allontanava a passi incerti. Aveva un abito elegante. E anche la serva era ben vestita. Lei invece aveva addosso un vestito liso e lacero. Le calze nere e pesanti erano smagliate. Le scarpe erano sformate. In una mano reggeva un fagotto sporco, fatto con un lenzuolo annodato. La vecchia l'aveva scambiata per una mendicante.

Più si allontanava da quel quartiere e meglio era, pensò. La polizia probabilmente la cercava ancora. Doveva raggiungere la periferia. Lì sarebbe stata meno diversa.

E avrebbe trovato un posto dove nascondersi.

A mano a mano i palazzi si fecero meno sontuosi, meno imponenti, meno alti. La gente intorno a lei andava ingrigendo, come se anche loro avessero uno strato di polvere e stanchezza appiccicato agli abiti, sempre meno eleganti. I lampioni a gas si facevano più radi. I locali meno sfarzosi. Le strade meno curate.

Continuò a camminare. Quella città sembrava senza fine.

Dopo un'altra mezz'ora si fermò.

Le strade non erano più lastricate. Non c'erano marciapiedi. Le abitazioni erano basse. Due, tre piani al massimo. Muri scrostati, porte sgangherate, tetti di lamiera. Le tende fuori dai negozi erano logore e stinte. Nell'aria si respirava un odore acre e sgradevole. Di sudore, cipolla, aglio, cibo marcio, alcol, escrementi. E nella luce incerta della sera che sopraggiungeva si sentiva una cacofonia di suoni. Urla, canzoni, litigi, risate. Osservò la gente. Anche qui erano quasi tutti uomini. Camminavano ingobbiti, trascinando i piedi. Gli ubriachi barcollavano, prendendo a spallate i muri delle case. Vide un paio di ragazzini senza scarpe. Di poliziotti neanche l'ombra.

Era un regno di reietti. Come lei. Nessuno la guardava.

Era uguale a tutti gli altri.

«Sono salva» fu la prima cosa che le venne in mente di dire.

Tra tutti gli odori sgradevoli sentì però anche un delizioso aroma di carne alla brace. Lo stomaco le gorgogliò. Aveva fame. Il profumo proveniva da un locale senza insegna, con dei tavoli sparpagliati in strada. C'era un uomo che suonava una specie di fisarmonica, con un cappellaccio di un indefinibile colore ai suoi piedi. Era una musica struggente, malinconica. Due uomini ballavano tra loro. Alcuni avventori ridevano e applaudivano.

Rosetta buttò nel cappellaccio lercio del suonatore la moneta che le aveva dato in elemosina la vecchia. L'uomo le rivolse un sorriso grato, quasi privo di denti, senza smettere di suonare.

Rosetta entrò nel locale. C'era una coltre di fumo che sembrava nebbia. Ai tavoli sedevano solo uomini. Giovani e vecchi. Alcuni rumorosi, altri silenziosi, con lo sguardo perso nel vuoto, come se avessero dimenticato lì i loro corpi. C'erano solo tre donne, in abiti piuttosto succinti. Gironzolavano tra i tavoli e bevevano vino dai bicchieri di chi gli palpava il sedere. Sotto al trucco vistoso anche loro sembravano polverose e stanche, come chiunque altro nel locale.

Le tre donne la guardarono in cagnesco. Poi una andò dall'oste, un uomo corpulento, con occhi tondi e bovini, dietro al bancone. Gli parlò in fretta, con un'aria indispettita. L'oste annuì stancamente e si diresse verso Rosetta.

«*¿Qué quieres?*» le chiese l'oste.

«Parlate italiano?» disse Rosetta.

«Non ci serve un'altra puttana» le disse. «Vattene.»

«Non sono una puttana» rispose Rosetta.

«Questa è bella!» fece l'oste, tra lo scettico e il meravigliato.

«Non faccio la puttana» ripeté Rosetta, stringendo i pugni.

«Be', loro non ti crederanno mai» disse l'oste indicando le tre donne, che la fissavano cupe. «Se rimani qua ti cavano gli occhi e a me non va di avere casino. Perciò, puttana o no, vattene.»

Rosetta guardò le tre donne. Dietro la loro aggressività lesse disperazione, fame, umiliazione. Si voltò e se ne andò.

A una bancarella comprò un *choripán*, un panino con una salsiccia piccante all'italiana, e lo divorò. Ma intanto incombeva la sera e doveva trovare un posto per dormire. Si affacciò in un paio di locali però anche lì la presero per una puttana e le dissero che le potevano affittare una stanza a ore e che avrebbe dovuto pagare due pesos per ogni uomo che si portava in camera.

Alla fine, mentre le montava una rabbia cieca, sentì suonare delle campane e si incamminò verso quei rintocchi.

La chiesetta era quasi deserta. Solo un paio di vecchie che snocciolavano un rosario e un sagrestano dall'aria insonnolita. Il sagrestano disse qualcosa alle vecchie. Quelle si avviarono verso l'uscita. Evidentemente la chiesa chiudeva.

Rosetta si infilò in un confessionale e sperò che il sagrestano non la scoprisse. Rimase lì, trattenendo il fiato, finché sentì il portone chiudersi. Ascoltò i passi del sagrestano che se ne andava e chiudeva un'altra porta. Quando fu certa di essere sola mise il naso fuori dal confessionale.

La chiesetta era immersa nel buio, a parte una nicchia nella navata di sinistra, dove tremolavano delle piccole candele ai piedi di una statua della Madonna.

Rosetta la raggiunse e si sedette sulla panca lì di fronte.

La Vergine aveva uno sguardo comprensivo, ma Rosetta non ne fu confortata. Era ancora furibonda con il mondo là fuori, che vedeva in lei solo una puttana.

«Te ne rendi conto, vero?» sbottò all'improvviso, rivolta alla Madonna. Rimase in silenzio, come se davvero si aspettasse una risposta. Sbuffò. Scosse il capo. «Non dico che sei in debito con me» riprese in tono agguerrito, «non voglio dire questo. Però te ne rendi conto, vero? Da quanto tempo me la piglio in... insomma, hai capito dove. Prima mi hai dato mio padre, e sai che ho i segni della sua cinta sulla schiena. Poi finalmente muore, scusa la sincerità, e sembra che sono libera. Ma no! Mi mandi il Barone! E quelle merde di paesani! Mi disonorano, mi rubano la terra, parto, mi arrestano, arrivo qui e Rocco, che Dio lo benedica, mi fa scappare.» Sorrise. «E mi bacia in quel modo.» Fissò la Madonna scuotendo l'indice. «Non è peccato. In quel modo non può essere peccato.» Chiuse le mani a pugno, arrabbiata. «Avanti, non puoi farmi fare pure la puttana! No, Madonnina bella. No. È arrivato il momento che mi mandi un po' di fortuna.» Si alzò e mise una mano sul piede della Madonna che usciva da sotto la veste azzurra. «Ti prego» disse piano. «Lo vedo che qui è pieno di gente e avrai un sacco di richieste... però sono stufa di essere sempre l'ultima della fila. Ora tocca a me, Madonnina bella.» Tornò alla panca e ci si distese. «Ora tocca a me» borbottò prima di addormentarsi spossata.

L'indomani mattina si nascose ancora dentro un confessionale, poi si confuse con i primi fedeli e uscì per strada. Il sole che risplendeva nel cielo terso la fece sentire ottimista.

Batté le strade in lungo e in largo per tutto il giorno, cercando una stanza in affitto o un lavoro. Ma tutti quanti scuotevano il capo. Alcuni uomini, alla parola lavoro, ammiccavano e le dicevano che era bella.

Continuando a cercare arrivò a un fiume dalle acque torbide, che emanavano uno sgradevole odore acido. Le dissero che era il Riachuelo, il fiume inquinato e maleodorante che bagnava il limite meridionale di Buenos Aires prima di confluire nel Rio de la Plata, dove c'era la Darsena Sud. In lontananza vide delle gru.

Intanto quando era ormai quasi sera, l'ottimismo l'aveva abbandonata. Era stanca morta, sentiva le gambe gonfie e le facevano male i piedi. Il caldo umido di quel mondo al contrario le toglieva il fiato. In preda allo sconforto raggiunse un barrio che le dissero chiamarsi Barracas, adiacente al barrio di LaBoca. Era uno strano quartiere. Alle abitazioni povere, fatte di mattoni nella parte bassa e poi di lamiere, si alternavano i *conventillos*, dei grandi palazzi, un tempo abitati dalla *gente bien*, la ricca borghesia, che si era però trasferita ben presto a nord della città, a causa dei continui allagamenti dovuti al Riachuelo, creando quartieri eleganti. Questi enormi palazzi erano diventati col tempo i rifugi della povera gente, che ci si era stipata dentro come le sardine in una scatola. Due, anche tre famiglie vivevano in una sola stanza. I servizi igienici erano spesso in comune a tutto un piano, sicché si formavano file interminabili. E allora, più spesso, si ricorreva all'uso di pitali che poi venivano svuotati direttamente nel Riachuelo oppure nei tombini delle fogne, dove restavano a stagnare, producendo miasmi fetidi. Guardando queste vecchie e ricche abitazioni trasformate in formicai gremiti si poteva quasi sentire lo scricchiolio dei muri, degli impiantiti, dei soffitti, dei pavimenti. E infatti succedeva di frequente che intere stanze crollassero. Allora venivano sgombrate dalle macerie e la gente, con una rassegnazione da animali da soma, tornava a sistemarcisi, a volte a cielo aperto, pur di avere un miserabile materasso su cui riposarsi.

Rosetta era colpita da questo mondo così enorme, così polveroso, così stinto dal tempo, anche se non era affatto antico. Ormai spossata si infilò in un locale che odorava di vino e spiedini di carne e ripeté stancamente la domanda che faceva a tutti da quella mattina: «Sapete se qualcuno affitta una stanza?».

«Sì» rispose la proprietaria. «Il ciabattino cerca un inquilino.» Indicò una casetta che si affacciava sul fiume e disse: «Lì».

La casa era poco più che una baracca, con un piano terra in semplici mattoni non intonacati e un minuscolo primo piano in legno e lamiera. Era dipinta di azzurro, con le porte e le finestre gialle. La porta d'ingresso era aperta e dal montante superiore fino a terra pendevano delle strisce di corda con delle misere perline che servivano a tenere lontane le mosche.

Rosetta si affacciò nella casa. «È permesso?» chiese.

Si ritrovò in un piccolo locale, delimitato sul fondo da una tenda a fiori, tesa tra due pareti. Al centro del locale un bancone con pellami e strumenti appoggiati sul piano. E un pungente odore di lucido da scarpe. Dietro al bancone un uomo basso, che doveva avere sessant'anni, dal fisico asciutto e nervoso, con i polpastrelli neri e le folte sopracciglia aggrottate.

«Che vuoi?» domandò bruscamente l'uomo, con un forte accento siciliano, a denti stretti.

«Mi dissero che affittate una stanza» rispose Rosetta.

Il ciabattino la fissò in silenzio. Aveva occhi azzurri, piccoli e acuti, che sembravano pungere come spilli. O andare oltre le cose, per scovare chi c'era dietro la maschera, dietro la corazza.

Rosetta fece mezzo passo indietro, senza accorgersene, come se aumentando la distanza potesse essere frugata meno in profondità.

Il ciabattino si voltò e chiamò: «Assunta, veni 'cca!».

La tenda si scostò e comparve una donna sui cinquant'anni, grassoccia e con qualche filo bianco tra i capelli corvini.

«Cerca una stanza» disse il ciabattino coi suoi modi spicci.

Assunta fece un sorriso benevolo a Rosetta. «Vieni, assittate in casa» disse con gentilezza. «Tano, vieni anche tu» fece al marito.

Il ciabattino posò una lama senza manico con cui stava rifilando una suola.

Rosetta seguì i due nella stanza dietro alla tenda. Nell'angolo a destra c'era una vecchia cucina economica. La parete lungo la quale correva la cappa era annerita, fino al basso soffitto. Accanto alla cucina un tavolo rotondo con due sedie. Dall'altro lato una stretta scala di legno senza corrimano portava al piano superiore. In fondo alla stanza un letto matrimoniale, con una testiera in ferro e una sopracoperta ricamata. Di lato c'era una porta che dava sul retro, un piccolo pezzo di terreno incolto affacciato sul Riachuelo. Su una cassettiera era appoggiato un quadretto della Madonna. A Rosetta parve un buon segno.

Assunta le indicò una delle due sedie. Poi lei stessa si sedette.

«E io reggo il moccolo?» brontolò il ciabattino, in piedi.

«Pigghia lo sgabello» gli rispose la moglie, paziente.

Tano andò nel laboratorio e ne tornò con uno sgabello.

«Allora, cerchi una stanza?» chiese Assunta.

Rosetta annuì. «Mi dissero che voi l'affittate.»

Tano borbottò qualcosa di incomprensibile.

Assunta rise. «All'inizio non lo capisce nessuno. Tano parla sempre come se avesse i chiodi in bocca. È ciabattino.» E poi, con fierezza, aggiunse: «Ciabattino e chitarrista».

Tano sparò una frase veloce come la raffica di una mitraglia.

«Che disse?» chiese Rosetta.

«Che se uno non tiene più la chitarra non può essere chitarrista» tradusse Assunta, seria. «La chitarra... abbiamo dovuto...»

Rosetta vide che le si inumidivano gli occhi.

«Ci vuoi dire pure quante volte vai al bagno?» fece Tano. «È una sconosciuta. Perché ci devi raccontare gli affari nostri?»

Ma Rosetta vide che anche lui era turbato, dietro i modi bruschi.

«Parliamo di affari» riprese Tano. «Quando sei arrivata? Tieni un lavoro? Hai i soldi per pagare regolarmente?»

«Non abbiamo mai affittato la stanza.» Assunta sorrise in quel suo modo gentile. «Non sappiamo bene come si deve fare.»

«Io lo saccio benissimo» la interruppe Tano. «Rispondi alle domande» disse a Rosetta. «Sei una bottana?»

«No!» sbottò Rosetta. «Ma non sapete dire altro tutti quanti?»

«Va bene, va bene» tagliò corto Tano. «Da dove vieni?»

«Dalla Sicilia.»

«Anche noi» sorrise Assunta. «Porto Empedocle.»

Rosetta stava per dire che lei veniva da Alcamo ma tacque. La polizia la cercava. Meno informazioni dava, meglio era, pensò.

«Poi?» la sollecitò Tano.

«Sono in cerca di un lavoro.» Rosetta lo fissò con uno sguardo fiero e di sfida insieme. «Onesto.»

«Poi?»

«Posso pagare» continuò Rosetta. Mostrò i soldi.

«E come ti chiami?» domandò Tano.

«Rosetta.»

«Rosetta… e poi?»

Rosetta si sentì a disagio. «E basta» rispose.

«*E basta*» ripeté Tano. «Tipico cognome siciliano» borbottò. «Ed è uno di quei cognomi che portano guai.» Si alzò in piedi. «Fine della conversazione. Salutiamo, signorina.»

«Sentite… io posso pagare…» provò a dire Rosetta.

«Hai i soldi per pagare ma non hai un cognome per presentarti» la interruppe Tano. «Fine della conversazione. Addio.»

Rosetta sentì che gli occhi le si riempivano di lacrime. Ma prevalse l'orgoglio. Si voltò verso Tano e gli rivolse uno sguardo duro. «Salutiamo» disse.

In quel momento una donna entrò nel laboratorio e chiamò: «Compare, sono pronte le mie scarpe?».

«Salutiamo» disse Tano a Rosetta, sbuffò e andò di là.

Allora Assunta allungò una mano e la trattenne. «Io lo so cosa c'è dietro questa corazza. Sono una donna anch'io. Siediti e raccontami finché lui è di là. Poi se vuoi puoi andartene.»

Rosetta scosse il capo, ancora rigida. «No. Vostro marito ha ragione. Io porto solo guai.»

Assunta fece un sorriso rassicurante. E ripeté: «Raccontami».

Aveva uno sguardo diverso dal marito, pensò Rosetta. Gli occhi di Tano indagavano e frugavano dietro la maschera. Lo sguardo di Assunta era il contrario. Accoglieva. Invitava a entrare dentro di lei. Come se fosse una nicchia calda e morbida. Mentre si perdeva in quello sguardo invitante, Rosetta prese a parlare lentamente. Non sapeva nemmeno lei perché. Ma le disse tutto. Come se stesse vuotando un sacco dell'immondizia. Le raccontò del padre che la picchiava, della terra che aveva cercato di difendere, dell'incendio degli ulivi, delle pecore sgozzate, della violenza sessuale, del

Barone, del viaggio, della denuncia e dell'arresto e della fuga dall'Hotel de Inmigrantes. Alla fine la guardò. Si sentiva svuotata. E sporcata dalla vita. «Lo vedete che vostro marito ha ragione?»

Assunta aveva un'espressione commossa sul volto.

A Rosetta ricordò quello della Madonna. Che accoglieva senza giudicare. Che ascoltava orrori senza esserne sporcata.

E poi la tenda si aprì e comparve Tano.

Rosetta si alzò di scatto. «Me ne vado» disse. Ma non c'era più lo stupido orgoglio di prima nella sua voce. Si sentiva debole. E spossata.

Il ciabattino aveva il viso contratto. Le mascelle serrate, le narici dilatate. Gli occhi azzurri sembravano bruciare. «Sentii tutto» borbottò. «Chiddu che ti fecero è una porcata.»

Rosetta lo guardò. Una flebile speranza le si accese nel cuore.

Però Tano scosse il capo. «Ma la polizia ti cerca» disse in tono cupo. «E se ti trovano qui finiamo in galera pure noi.»

A Rosetta sembrò che le precipitasse addosso un masso. E si sentì improvvisamente persa. E come se non fosse lei a parlare, con la voce spezzata, mormorò: «Vi prego... aiutatemi...».

Tano la fissò in silenzio, ma sembrava che non la vedesse. Gli occhi azzurri si sfocarono, persi in un passato doloroso.

«Vi prego, aiutatemi» ripeté Rosetta con un filo di voce.

In un attimo il viso di Tano si infiammò. «Mannaggia alla minchia!» urlò con le vene del collo gonfie. Afferrò un cesto di frutta poggiato accanto alla cucina, lo alzò e lo sbatté sul piano, con violenza. Le fibre intrecciate del vimini si spaccarono. Una papaya matura si spappolò, mostrando la sua polpa arancione. Un avocado rotolò sul pavimento. «Mannaggia alla minchia!»

Rosetta, spaventata da quella furia, prese il suo fagotto e se lo strinse al petto mentre muoveva il primo passo verso l'uscita.

«Aspetta» la fermò Assunta, mettendole una mano sul braccio. Sorrideva divertita. «Non capisti cosa ti sta dicendo.»

Rosetta la guardò stupita.

«Tano, brutto caprone» fece allora Assunta, con un tono di rimprovero. «Diccelo con parole da cristiano cosa intendi.»

Tano, paonazzo, gesticolando con le mani sporche di lucido per scarpe, sbottò: «È scimunita che non capisce quello che dissi?».

«No, Tano» rispose la moglie, in tono paziente. «A tia non ti capisce nessuno a parte la sottoscritta.»

Tano la fissò con tutti i muscoli tesi e le sopracciglia aggrottate.

«Diccelo, caprone» ripeté Assunta, con gentilezza.

Tano mostrò il pugno a Rosetta, come se la dovesse colpire in faccia. Sbuffò come un toro, si voltò, tirò un calcio al muro e poi, guardandola, allargò le braccia, arrendendosi. Si batté un dito sulla tempia. «È così difficile da capire?» brontolò. «Puoi rimanere.»

Rosetta sentì che le mancava il fiato. Il fagotto le cadde a terra. E infine emise un singhiozzo forte e rauco, che le svuotò i polmoni e la scosse da capo a piedi. Si lanciò tra le braccia di Assunta. «Grazie... grazie» mormorò. «Voi... voi siete così buona.»

«Minchia!» esclamò Tano, aprendo la tenda per tornare nella bottega. «Sono io che dico di sì e chidda buona è quell'altra!»

Assunta scoppiò a ridere.

Rosetta si voltò verso la tenda, dove si sentiva Tano armeggiare furiosamente con i suoi strumenti. «Anche voi siete buono» disse. E le venne da ridere, come una bambina, assieme ad Assunta.

Ci fu un attimo di silenzio oltre la tenda e poi la voce del ciabattino tuonò: «Minchia come siete spiritose! Mi sto pisciando sotto dalle risate».

Assunta rise ancora più forte, facendo vibrare la sua grande pancia morbida come un budino.

Rosetta si voltò verso il quadretto della Madonna sulla cassettiera e pensò: "Allora anche con te bisogna alzare la voce per ottenere qualcosa".

21.

Palermo, Sicilia

«Cosa?!» urlò il Barone, con la sua vocetta stridula.

«Non vi agitate, eccellenza» fece il medico che gli stava cambiando la medicazione della ferita alla fronte.

«Levatevi!» sbraitò il Barone, scansandolo malamente. Puntò un dito verso il Prefetto di Palermo, che si era presentato a palazzo per comunicargli la notizia che Rosetta Tricarico, arrestata sul transatlantico e consegnata dalle Autorità portuali di Buenos Aires al viceconsole Maraini dell'ambasciata del Regno d'Italia in Argentina, era fuggita facendo perdere le proprie tracce. «Com'è stato possibile?» chiese furioso, rosso in viso.

Il Prefetto, un uomo avanti negli anni, abituato a barcamenarsi nella vita per rimanere sempre a galla, si strinse nelle spalle e allargò sconsolato le braccia, dando l'unica risposta per cui non sarebbe stato attaccabile dal Barone: «Inettitudine».

«Inettitudine?» chiese spiazzato il Barone.

«Mi spiace parlare così dell'operato altrui» disse ipocritamente il Prefetto, sempre con quell'espressione sconsolata dipinta sul viso rugoso, «ma non trovo un termine più... diplomatico.» Scosse il capo. «Noi» fece calcando su quel pronome che in realtà voleva significare "io", e con il quale si metteva al riparo da ogni critica, «noi... il nostro compito lo abbiamo portato a termine con perizia, tempismo ed efficienza. È bastato un cablo e abbiamo assicurato alla giustizia la criminale che vi ha ferito e derubato. Poi toccava ad altri. E quegli altri hanno fallito.»

«Dovete chiedere la testa di questo viceconsole!»

«Non è nelle mie competenze» si sfilò subito il Prefetto. «Forse voi, però, avete l'influenza per farlo.»

Il Barone cercò un modo per sfogare la sua rabbia sul Prefetto, cogliendolo in fallo. «Avete allertato le autorità argentine?»

Il Prefetto annuì. «Ho diramato un ordine internazionale di cattura che ho prontamente trasmesso alla nostra ambasciata a Buenos Aires e di conseguenza il consolato starà già dialogando con le unità investigative argentine. Statene sicuro.»

Il Barone si sentì ribollire il sangue nelle vene. Ma non c'era modo di attaccare oltre il Prefetto. «Vi ringrazio per essere venuto personalmente a informarmi» disse a denti stretti, poiché anche in quello il funzionario si era dimostrato accorto e astuto, non delegando a nessuno il compito di comunicare la situazione.

Il Prefetto si inchinò. «Era un imprescindibile dovere.»

Il Barone fece un gesto stizzito con la mano per licenziarlo.

Appena il funzionario fu uscito dallo sfarzoso salotto con i soffitti affrescati, il Barone scattò in piedi, afferrò una preziosa statuina di porcellana di Capodimonte di fine Settecento e la lanciò contro una parete. «Bottana!» urlò in preda a una furia cieca.

Il medico, che era rimasto in disparte durante la conversazione, sussultò. «Eccellenza, vi prego!» fece andando a braccia tese verso il Barone. «Questi eccessi richiamano troppo sangue alla testa, compromettendo la vostra guarigione.»

Il Barone si voltò. Afferrò un altro soprammobile in argento e glielo tirò contro. «Tu comprometti la mia guarigione!» gridò rosso in viso, trovando finalmente il capro espiatorio che gli ci voleva. «Incapace! Ti farò radiare! Ti farò mettere all'indice!»

«Eccellenza...» fece il medico, conoscendo la crudeltà gratuita e isterica del nobiluomo. Gli si inginocchiò davanti, a capo chino. «Io farò di tutto... ma è stato a causa del vostro sangue che...»

Il Barone lo colpì con uno schiaffo. «Cos'hai da dire del mio sangue! È il più nobile e prezioso sangue di Sicilia! Come osi!»

Il medico si rese conto in ritardo del proprio errore. Eppure era proprio per l'antichità mai rinnovata di quel sangue che la ferita tardava a rimarginarsi e si era infettata, nonostante le medicazioni.

I punti di sutura avevano prodotto una anomala quantità di pus che aveva corroso i lembi della ferita. Ma il medico ormai ne stava venendo a capo. «State migliorando, eccellenza. Abbiate fiducia.»

«Vattene!» urlò il Barone e lo spinse con un piede, facendolo cadere. «Vattene!» ripeté con gli occhi quasi fuori dalle orbite. Una goccia di sangue travasò dalla ferita.

Il medico si rialzò e a malincuore raggiunse l'uscita del salotto.

«Bernardo!» gridò il Barone. «Bernardo!» Si sedette sul divano Luigi XIV a tre gobbe, foderato di un velluto rosa salmonato. Allungò i piedi sul tavolino ovale bisquit che aveva davanti.

«Bottana...» ringhiò furiosamente e poi, quasi per caso, alzò gli occhi e incrociò lo sguardo sensuale della madre, ritratta quando aveva solo venticinque anni dal pittore Cesare Tallone a Milano.

«Sei di una bellezza nauseante» mormorò, con altrettanta furia.

Il Barone non aveva mai avuto il coraggio di levare il grande dipinto a olio che troneggiava in salotto, nonostante gli ricordasse il disprezzo del padre, che ogni volta indicava il ritratto e poi immancabilmente gli diceva: «Non hai preso nulla da tua madre. Anzi, sei riuscito a negare ogni sua bellezza con la tua bruttezza».

«Mi volevate, signor Barone?» chiese Bernardo, il servo, ostentando una confidenza che l'etichetta non avrebbe permesso.

Il Barone annuì e gli fece cenno di avvicinarsi.

Bernardo lo raggiunse e si chinò, con un ginocchio sul tappeto, per ascoltare le richieste del suo padrone. Ma più per mettere l'orecchio all'altezza delle sue confidenze che per rispetto.

Il Barone gli toccò una cicatrice sulla tempia. Era rossa, a rilievo, frastagliata ma perfettamente guarita. Eppure Bernardo era stato ferito lo stesso giorno in cui era stato ferito lui. E dallo stesso pesante fermacarte in bronzo. E dalla stessa persona.

«Hai sentito di quella bottana?» gli chiese.

Bernardo annuì. «Scappò» disse.

«Scappò, sì!» urlò il Barone, di nuovo fuori di sé, con la sua voce acuta, quasi da castrato. Qualche altra goccia di sangue bagnò i lembi della ferita che non riusciva a rimarginarsi.

Bernardo si infilò una mano in tasca e ne trasse un fazzoletto. Tamponò il sangue del padrone con la delicatezza di un amante e la noncuranza di un veterinario.

«Bottana...» mormorò il Barone in un tono che era un ringhio e un guaito insieme.

«Bottana fetusa» rincarò la dose Bernardo.

Il Barone lo guardò con una specie di affetto negli occhietti tondi che sembravano affogare nel grasso del viso. Allungò ancora la mano, gli aprì la giubba abbottonata fin sotto alla gola, scostò il colletto e accarezzò tre piccole cicatrici sul collo, appena sotto l'orecchio, lunghe non più di cinque centimetri, parallele fra loro.

«Ebbe quello che si meritava una bottana» disse piano.

«Ve lo racconto ancora?» chiese il servo con un sorriso lascivo.

«No» fece il Barone. E poi disse, con un'espressione crudele: «Voglio che me lo fai vedere». Il volto gli si contrasse in una smorfia di rabbia. «Voglio vedere cosa facesti a chidda bottana.»

Bernardo piegò la testa di lato.

Il Barone rise. Ma era come se urlasse. O come se bestemmiasse. «Porta qui la ragazza che mi rifà il letto.»

Bernardo comprese cosa gli stava chiedendo il suo padrone. Si alzò e uscì dal salotto.

Il Barone andò al cassetto di una scrivania e prese un oggetto che si nascose dietro la schiena, tornando a sedersi sul Luigi XIV.

Dopo poco Bernardo tornò, tenendo per mano una ragazza con i capelli scuri e un bel viso innocente. La spinse verso il Barone, con la stessa noncuranza con cui i pastori spingono le pecore nel recinto dove saranno macellate.

Il nobile guardò la ragazza in silenzio. Il padre era stato un servo di palazzo. L'inverno dell'anno prima era morto. E la madre della ragazza si era ammalata e aveva dovuto smettere di lavorare. Aveva pregato in ginocchio il Barone di assumere la figlia. «Non so cosa le farò fare» aveva detto il Barone durante quel colloquio. La ragazza era presente e aveva ascoltato la replica della madre.

«Te lo ricordi cosa mi rispose tua madre il giorno che ti presi a servizio?» le chiese il Barone, con un'aria ambigua.

La ragazza era timida. Annuì a testa bassa.

«Sei muta?» fece Bernardo alle sue spalle. «Parla. Porta rispetto al signor Barone.»

«Idda disse... che avrei fatto... qualsiasi cosa... mi avreste addimandato» rispose la ragazza.

«Perché se non porti tu da mangiare a casa... tua madre muore, vero?» chiese il Barone, con una specie di gioia nella voce.

La ragazza annuì.

Bernardo le diede una botta sulla schiena. «Parla!»

«Sì, eccellenza» fece la ragazza.

Il Barone amava la povertà. La povertà era la vera ricchezza dei ricchi. Perché la povertà era l'unica chiave magica che costringeva la gente ad accettare quello che mai avrebbe accettato.

«Brava, Rosetta» disse.

La ragazza alzò lo sguardo, sorpresa. «Non mi chiamo Rosetta, eccellenza, io mi chiamo...»

«Tu ti chiami Rosetta» la interruppe il Barone, con uno sguardo duro. «Rosetta Tricarico.»

«Sì, eccellenza» disse la ragazza, tornando ad abbassare la testa.

«Molto bene» fece allora il Barone. «Adesso voltati, Rosetta.» E appena la ragazza si fu voltata lanciò a Bernardo l'oggetto che si era nascosto dietro la schiena.

Bernardo afferrò al volo un cappuccio nero, ancora sporco di terra, e in un attimo lo infilò sulla testa della ragazza. Strinse il cappio e il cappuccio le si chiuse intorno al collo.

La ragazza provò a ribellarsi, istintivamente, ma Bernardo la buttò per terra. «Urla, bottana, urla. Tanto non ti sentisse manco un cane» disse con la voce artefatta, come se non dovesse farsi riconoscere. Come aveva fatto con Rosetta.

Il Barone bloccò le braccia della ragazza.

Bernardo si sbottonò i pantaloni, estrasse il membro e se lo toccò finché divenne turgido.

Il Barone glielo fissò con occhi accesi di desiderio.

Bernardo alzò la gonna della ragazza, le strappò le mutande e si sputò sulle dita. Poi gliele passò sulla vagina.

La ragazza cominciò a piangere. Ogni volta che respirava la stoffa del cappuccio le entrava in gola e tossiva.

«Chi siete?» disse il Barone, rendendo ancora più acuta la sua voce, come se fosse una ragazza, ripetendo le parole che aveva detto Rosetta il giorno dello stupro, così come gli era stato raccontato più di una volta dal servitore.

«Nun siamo nessuno» disse Bernardo con la voce alterata.

Il Barone rise mentre Bernardo penetrava la ragazza con forza.

«No!» urlò la ragazza, con la voce ovattata dal cappuccio.

Bernardo la stuprò con rabbia, guardando ogni tanto il Barone, come per controllare che fosse contento della sua recita.

«Non fa male...» cominciò a mormorare il Barone.

«No che non fa male» rise Bernardo. «Ti piace, eh, bottana?»

Poi raggiunse l'orgasmo, grugnì tutto il suo piacere, esagerando per il suo padrone, e si staccò. Si guardò il membro, ancora irrigidito. Era sporco di sangue. Come quella volta con Rosetta. «La bottana era vergine» ridacchiò, mentre si alzava, credendo che la messinscena fosse finita.

La ragazza si mise a piangere. Il cappuccio continuava a gonfiarsi e sgonfiarsi, mentre respirava affannosamente.

Il Barone le lasciò le braccia.

Lei, di scatto, si divincolò e cercò di scappare.

E allora il Barone sembrò impazzire. Nel tentativo di fermarla, cominciò a colpire la ragazza sotto al cappuccio nero. Con rabbia.

«Rosetta Tricarico, sei una bottana! Non ci provare a scappare!» urlava con la sua voce stridula. «Bottana! Bottana!» E poi afferrò un posacenere di cristallo di Boemia, sul prezioso tavolino bisquit, e la colpì ancora sul cappuccio. Una, due, tre volte. E poi ancora e ancora, finché la stoffa nera si bagnò.

«Barone!» esclamò a quel punto Bernardo. «Barone...»

Il nobiluomo si fermò. «Rosetta Tricarico... a me non si scappa...» disse senza più forze.

Bernardo sfilò il cappuccio dalla testa della ragazza.

Il viso era massacrato, spappolato. Il cranio, sotto ai capelli neri, sembrava rientrato.

Il servo, pallido in viso, fece una smorfia, trattenendo un conato di vomito.

«Rosetta Tricarico...» ripeté il Barone, con cattiveria, «a me non si scappa.»

Bernardo, con mani tremanti, appoggiò le dita sul collo della ragazza. «Signoria… è morta…» disse piano.

Il Barone quasi non respirava per l'affanno.

«E adesso che facciamo?» chiese Bernardo, spaventato.

Il Barone lo fissò con uno sguardo freddo, gli occhi privi di compassione. «Buttala» disse, come fosse immondizia.

Quella sera, seduto a tavola, di fronte a una faraona farcita con le castagne e le arance e a una bottiglia di Alcamo bianco della sua vigna, il Barone ordinò a Bernardo: «Prepara i bagagli».

«Dove andiamo, eccellenza?» chiese il servo.

«A Buenos Aires» sorrise il Barone.

E poi mangiò di gran gusto la sua cena.

22.

Buenos Aires, Argentina

Rocco riconobbe da subito l'aria che si respirava al molo sette.

La vita al porto era in tutto e per tutto identica a quella di Palermo. Stesse regole, stesse ingiustizie, stesse prepotenze. Stessa violenza che generava la stessa paura. Da una parte la stessa arroganza e dall'altra la stessa sottomissione. A Palermo erano negozi e campi, a Buenos Aires navi e magazzini. A Palermo si chiamava *pizzo*, qui *assicurazione*. Ma le due parole significavano la stessa cosa: estorsione. Per lavorare, per vivere, per respirare, per non venire ammazzati, bisognava pagare.

Ogni mattina Tony arrivava con la sua lussuosa Mercedes 28/50 PS, metteva in riga gli aspiranti scaricatori e organizzava il carico e lo scarico delle navi secondo i dettami del *caporalato* siciliano. Chi si opponeva era fuori.

Ed era esattamente ciò che successe a uno scaricatore grande e grosso, di nome Javier, come capitò di vedere personalmente a Rocco. L'uomo venne escluso perché aveva protestato per la quota troppo alta da pagare. E quando cominciò a urlare che erano dei "mafiosi di merda", Tony gli infilò la canna della pistola in gola, tirandosi in punta di piedi per arrivarci. E il gigante se ne andò, umiliato e spaventato, piangendo perché gli era appena nata una bambina e non sapeva cosa darle da mangiare se non lavorava.

Ma nonostante questo Rocco non si lasciò abbattere. Si ripeté che non aveva nulla da perdere. In Sicilia era stato a un passo dalla morte perché si era ribellato a un certo tipo di sistema, e ora non avrebbe permesso a quello stesso identico sistema di fargli abbassare la testa. Non aveva attraversato l'oceano per questo.

«Io farò una vita diversa da quella che mi avete lasciato in eredità, padre. Io odio la mafia e tutto quello che significa» disse mentre il sole disegnava una striscia luminosa sulle acque fangose del Rio de la Plata. «Io sono un meccanico.»

Tony lo vide davanti al portellone del magazzino e lo raggiunse. «Ho saputo che c'è stato del trambusto all'Hotel de Inmigrantes qualche giorno fa» disse sventolando un giornale e gli diede un buffetto, come avrebbe fatto con un monello. «Scrivono che una testa calda ha fatto scappare una prigioniera italiana.»

Rocco si strinse nelle spalle. «Non mi accorsi di nulla» rispose.

Tony rise. «Ah, giusto. La faccia te l'ha ridotta così un treno, non un manganello.»

«Esatto. Il direttissimo di mezzogiorno» fece Rocco.

Tony lo fissò divertito. «Allora per un po' di tempo evita le rotaie» gli disse. «Quelle del centro di Buenos Aires, intendo. Non mi va di avere grane con il capo della... con il capotreno.» Gli fece l'occhiolino. «Fatti due passi. Riattacchi alle cinque.»

«E la pistola? Bastiano dice che la devo portare con me.»

«Sì, non lasciarla in giro» rispose Tony.

«E se mi ferma la polizia?» chiese Rocco.
«Gli dici che sei uno dei miei uomini.»
«Tutto qui?»
«Tutto qui» rispose Tony con i suoi occhi gelidi. E se ne andò.
Rocco si mise la pistola sotto la giacca. Non sarebbe stato facile levarsi da quelle sabbie mobili mafiose. Ma ora non aveva altre possibilità. Appena avesse potuto, sarebbe scappato. E vaffanculo a Tony. Si trattava di avere pazienza, anche se questo lo faceva sentire un verme. Poi si sbottonò il collo della camicia. Era troppo caldo per essere novembre.
Non sapeva dove andare ma la mano in tasca stringeva il bottone di Rosetta. Le aveva promesso che l'avrebbe trovata. Aveva intenzione di battere ogni giorno una zona. Mentre si incamminava notò una bettola che serviva colazioni a buon mercato ed entrò. C'erano molti portuali ai tavolini. Al bancone vide Javier, lo scaricatore licenziato da Tony.
«Mi dispiace, amico» gli disse.
Javier si voltò. Aveva gli occhi pieni di rabbia e disperazione. «Tony ti ha mandato a prendermi per il culo?» ringhiò.
«No...» fece Rocco. «Io non sono un uomo di Tony...»
«E che ci fai allora con quella pistola?» lo interruppe un altro scaricatore, con un sorriso sarcastico.
«L'avete umiliato abbastanza. Lasciatelo in pace» disse un altro.
Rocco vide che tutti gli scaricatori presenti lo guardavano con un misto di disprezzo e timore.
«Che prendi?» si intromise il padrone della bettola.
«Un caffè» rispose Rocco.
Gli fu versata una tazza di broda lunga e amara.
Nel locale era scesa un'atmosfera tesa e carica di ostilità. Tutti gli scaricatori fissavano Rocco in silenzio.
Lui bevve in fretta e poi prese dei soldi.
«Gli uomini di Tony non pagano» fece il proprietario.

«Non sono un uomo di Tony» disse Rocco con decisione. «Io pago.»

Il proprietario lo fissò senza prendere i soldi che gli venivano tesi. Era fin troppo chiaro cosa pensasse.

Rocco mise i soldi in tasca e uscì. Appena fuori sentì che le chiacchiere riprendevano. Scalciò un sasso. Doveva levarsi da quelle paludi il più in fretta possibile. E per farlo doveva trovare un lavoro da meccanico. Poi si sarebbe dedicato a cercare Rosetta.

Si ricordò di aver visto un'officina. Poteva cominciare da quella. La raggiunse ed entrò. Nessuno gli diede retta. C'erano soprattutto motori di barche. Ma anche due camion con il cofano aperto. Si avvicinò a uno dei due. Era un quattro cilindri in linea.

«Chi cazzo sei?» disse una voce sgradevole alle sue spalle.

Rocco sorrise. «Sono un meccanico. Vi serve un aiuto?»

L'uomo che gli stava davanti aveva una quarantina d'anni, pancia prominente, calvo, pelle grassa e lucida, mani nere di grasso e indossava una tuta lercia. Aveva un viso che assomigliava al muso schiacciato di un cane. «Levati dai coglioni» disse.

«Sono un bravo meccanico» insisté Rocco. «E cerco lavoro.»

«No. Cerchi rogna, stronzo» disse Faccia-da-cane e lo spintonò.

Rocco alzò le mani, come a dire che non voleva far degenerare la cosa. «Ti ho solo chiesto se avevi un lavoro, stai calmo.»

«Levati dai coglioni» ripeté Faccia-da-cane.

«Me l'hai già detto. Sembri un disco rotto» fece allora Rocco.

«Ehi...» iniziò Faccia-da-cane, puntandogli contro l'indice.

«Scommetto che stai per dire *stronzo*» rise Rocco.

Faccia-da-cane aprì la bocca per parlare.

«*Che cazzo ti ridi?*» esclamò Rocco. «Stavi per dirlo, vero? T'ho fregato di nuovo.» Rise mentre si avviava verso l'uscita.

«Indovina cosa sto per dirti ora, rottinculo» fece alle sue spalle Faccia-da-cane, con un ghigno sulle labbra.

Rocco vide che gli puntava una pistola. «*Ridi su questo cazzo*, volevi dirmi» rispose serio. Scattò di lato, estrasse la sua pistola e gli spinse la canna sulla tempia. «E invece te lo dico io: ridi su questo cazzo, ciccione.» Sentì un rumore alle spalle. «Al tuo capo gli salta la testa se mi scappa un colpo» disse. Si voltò appena.

Un giovane aiutante stringeva una chiave inglese in mano.

Ma Rocco capì subito che non rappresentava un pericolo. Non aveva uno sguardo da carogna. Spintonò via Faccia-da-cane dopo averlo disarmato. «Non hai il senso dell'umorismo.» Se ne andò, buttando la pistola del meccanico in una botte piena d'acqua.

All'ora di pranzo comprò un panino alla bancarella colorata di un vecchio sdentato e si sedette a mangiarlo sull'enorme bitta di una banchina deserta. Mentre era lì, con la faccia rivolta al sole, vide arrivare un gruppo di ragazzini. Non dovevano avere più di tredici anni. Ma avevano i lineamenti già segnati dalla vita. Facce da fame e occhi da adulti. Si fermarono a un angolo, fissando con aria strafottente i passanti. Esibivano lunghi coltelli, difendevano il loro angolo da altre bande di passaggio, davano fastidio a vecchi e donne. Rocco ne aveva visti anche a Palermo. Erano le nuove leve. Aspettavano di essere notati e scelti da un boss. E sicuramente erano loro a bucare le pareti dei magazzini, la notte, per rubare quello che potevano. Trovarsi faccia a faccia con dieci di quei piccoli delinquenti, pensò, poteva essere un serio problema.

Alle cinque del pomeriggio fece ritorno al magazzino. «Non ve ne andate?» chiese meravigliato a Nardo, il gorilla di Tony che faceva anche il guardiano di giorno, e al suo compare, vedendo che restavano lì. «Tocca a me.»

Nardo puntò un dito verso il frangiflutti della Darsena Sud. «Aspettiamo una consegna» gli disse.

Rocco vide arrivare un motoscafo cabinato che aveva l'aria di essere molto veloce. Con le eliche che facevano ribollire le acque fangose, l'imbarcazione attraccò alla banchina di fronte al magazzino. A bordo c'erano tre uomini.

Rocco notò che riponevano dei mitra nella stiva del motoscafo.

Nardo e il suo compare aiutarono gli altri tre a scaricare cinque casse di piccole dimensioni, avvolte in teli cerati. Mentre le portavano verso il magazzino furono raggiunti da Tony.

«Tutto a posto» gli disse uno degli uomini. «C'era solo molto traffico di Policía a Rosario. Forse qualche soffiata. Poi per tutte le miglia sul Rio de la Plata viaggio tranquillo e veloce.»

Tony annuì. Si voltò verso Rocco e gli indicò le casse. «Staranno qui un paio di giorni. Non perderle mai di vista.»

«Che cosa c'è dentro?» chiese Rocco.

«I ficcanaso hanno la vita corta» disse Tony fissandolo con i suoi occhi di ghiaccio. «Ce la fai da solo o hai bisogno di una balia?»

«Ce la faccio» rispose Rocco.

«Che cazzo ti è venuto in mente di puntare una pistola contro un mio uomo, oggi?» disse allora Tony.

«Non sapevo che Faccia-da-cane fosse un vostro uomo» rispose Rocco. «Ma lui l'ha puntata per primo contro di me. E io pure sono un vostro uomo per ora, no?»

«Tu sei l'ultima ruota del carro» fece Tony.

«Be', anche alle ruote stanno sul cazzo i proiettili» disse Rocco.

Tony indicò la pistola. «Avevi detto che non sapevi usarla.»

«E voi mi avete detto che dovevo imparare.»

Tony fece un mezzo sorriso che poteva sembrare sia un segno di soddisfazione sia il ringhio di un lupo. Poi se ne andò e raggiunse la figlia, che aveva seguito la scena a bordo della sua auto.

Rocco notò come gli cambiava lo sguardo quando stava con Catalina. Aveva ragione Bastiano, quella ragazza contava moltissimo per lui. Sorrise. Perfino Tony Zappacosta aveva un cuore, pensò.

In breve anche il motoscafo scomparve lungo il canale.

Appena il sole fu tramontato Rocco chiuse il capannone e si cucinò una zuppa sul fornelletto a gas. Mangiò guardando le casse avvolte nei teli cerati. Non sapeva cosa contenessero ma di certo nulla di buono se a occuparsene erano tre tizi con un mitra.

Poi, era ormai notte, Rocco sentì il motore di una macchina che si fermava davanti al magazzino. E delle risate. Dopo un attimo qualcuno bussò alla porta.

Rocco prese la pistola. «Chi è?» domandò.

«Sono Catalina. Apri.»

Rocco si mise la pistola alla cintola e aprì la porta scorrevole.

Catalina era con due giovani, entrambi vestiti elegantemente.

«Che volete, signorina?» le chiese Rocco.

«Facci entrare, non essere così scortese» disse Catalina. Gli mise una mano al petto, a metà tra una carezza e una spinta. Poi fece entrare anche i due giovani, che avevano l'aria di aver bevuto.

Rocco notò che si guardavano in giro, cercando qualcosa. «Cosa siete venuta a fare, signorina?» chiese insospettito.

«Eccole!» esclamò uno dei giovani, indicando le casse avvolte nei teli cerati. Estrasse un coltello e tranciò di netto il telo.

«Fermo!» fece Rocco, andando verso di lui.

Catalina gli bloccò la strada. «Fai il bravo» gli sussurrò.

L'altro giovane puntò un coltello alla gola di Rocco, da dietro. «Questa la dai a me, pezzente» disse prendendogli la pistola.

Rocco si stupì di quanto fosse calmo. Non era un buon segno. Gli succedeva sempre un attimo prima di esplodere.

«Quello di prima era meno rompicoglioni» fece l'altro giovane, infilando la lama del proprio coltello in uno dei pacchetti sigillati. «Come mai non lavora più qui?»

Catalina scrollò le spalle. «Se ne è andato.»

«Dove? All'obitorio?» disse Rocco

Il giovane dietro di lui rise. L'altro estrasse della polvere bianca dal pacchetto e ne aspirò un po'. Poi la offrì a Catalina.

Appena la ragazza si mosse, Rocco colpì il giovane dietro di lui con una gomitata in volto e quello si accasciò a terra. Rocco recuperò la pistola. Poi, prima che l'altro potesse reagire, lo colpì alla gola. Il giovane fece cadere il pacchetto con la polvere bianca, a occhi sbarrati, emettendo dei suoni gutturali. Rocco gli diede un calcio tra le gambe e lo disarmò. In un attimo era tutto finito.

«Signorina, andate via prima che vi sculacci» disse Rocco.

Catalina lo fissò rabbiosa. «Andiamo» fece ai due amici.

«Mi ha rotto il naso» gemette quello colpito dalla gomitata.

«Sbrigati o torni a piedi!» urlò Catalina uscendo.

Dopo un attimo il rumore della macchina si perse nella notte.

L'indomani mattina Rocco avvertì Nardo che avevano tentato di rubare una cassa.

Dopo una mezz'ora Tony arrivò a bordo della sua Mercedes 28/50 PS. Entrò nel magazzino scortato da Bastiano, Nardo e altri due uomini armati, senza degnare di uno sguardo Rocco e andò dritto alle sue preziose casse. Controllò quella aperta. Prese in mano il pacchetto tranciato. Solo allora guardò Rocco.

«Così adesso sai che c'è qui dentro» gli disse.

«Zucchero» rispose Rocco.

Tony lo fissò con una gelida espressione soddisfatta. «Buona risposta. Ma forse avevi bisogno della balia. Chi è stato?»

Rocco trovò strano che Tony non fosse sorpreso. «Non lo so» rispose. «Dei balordi.»

«Davvero non sai chi è stato?» chiese di nuovo Tony.

«Non lo so.»

«E invece lo sai benissimo» sorrise Tony. «E lo so anche io.» Lo fissò per un attimo. «Mia figlia Catalina era certa che avresti fatto la spia e perciò, siccome non è stupida, me l'ha anticipato lei. È una ragazza... irrequieta. Ma è la luce dei miei occhi.»

Rocco lo guardò senza parlare.

«Uno dei suoi amici ha il naso rotto. E l'altro è diventato quasi muto» riprese Tony. «Sono i rampolli di due famiglie molto ricche, *gente bien*, sai?»

«Non mi stupisce. Sono mosci come due sacchi pieni di merda» disse Rocco. «Li avrebbe stesi anche un ragazzino di dieci anni.»

Tony scoppiò a ridere. «Può darsi che d'ora in avanti tu non sia più l'ultima ruota del carro.»

«A me non interessa essere una ruota» replicò Rocco. «Io voglio fare il meccanico.»

«Eh, chissà...» fece Tony, sorridendo. «L'importante è stare dalla parte giusta se vuoi combinare qualcosa nella vita, ragazzo.»

«Sì, lo so. Me lo disse anche vostro zio don Mimì» mormorò Rocco. «Ma non ci sono portato.»

23.

Da quando era arrivata a Buenos Aires, Raquel aveva perso il senso del tempo. Doveva essere metà novembre, si disse, ma non ne era certa. E il caldo aumentava. Si andava verso l'estate.

Quella sera, rincantucciata nel suo letto che era poco più di una cuccia, capì che aveva bisogno di pensare. Perché ciò che le stava accadendo era più grande di lei. Troppo pesante per le sue spalle magre. «Sei ancora piccola per prenderti cura di te stessa» le aveva detto il padre il giorno in cui le aveva negato il permesso di partire per quella disgraziata avventura. Non faceva altro che ripensarci. Però la vita ormai le aveva tolto la possibilità di tornare indietro. Era ancora troppo piccola per affrontare quel mondo spaventoso e crudele? Be', si rispose, allora non le restava che crescere in fretta. Perché c'era anche un'altra cosa che le aveva insegnato suo padre: ogni essere umano aveva il dovere, più ancora che il diritto, di scrivere il proprio destino. E se era lì, in quel momento, era perché aveva fatto delle scelte con la propria testa. E ormai non aveva più importanza sapere se erano giuste o sbagliate.

«Tuo padre è stato ammazzato dai russi» si disse ad alta voce. «Se restavi poteva capitare anche a te. Forse questo destino non è peggio di quello che avresti avuto restando nello shtetl.»

All'improvviso le comparvero davanti agli occhi le immagini di tutti i momenti che l'avevano portata fin lì, con una velocità che le tolse il fiato. Era come una vertigine. Come un gorgo. Le tornò alla mente perfino il brufoloso Elias che la aiutava a fuggire dalla finestrella della casa dove la matrigna voleva rinchiuderla, dopo la morte del padre. E la corsa nella neve, il gelo che l'aveva quasi uccisa, il sollievo di riunirsi al gruppo, la scoperta che Amos e i suoi uomini erano malvagi, i pianti delle ragazze e i lividi sui loro corpi, durante il terribile viaggio in nave – dopo che le loro risate e tutti i loro sogni erano stati spazzati via dalle violenze dei marinai –, la morte di Kailah e la trasformazione di Tamar – che era stata spenta e piegata, eppure aveva trovato dentro di sé il cuore per prendersi cura di lei, come una sorella maggiore –, la faccia viscida del funzionario dell'immigrazione e poi, con un tuffo al cuore che non riuscì subito a decifrare, ricordò quell'uomo bello che aveva fatto infuriare Amos, all'Hotel de Inmigrantes.

Si tirò su a sedere, con tutti i sensi all'erta.

Il Francés, l'avevano chiamato. Ma perché quel ricordo, in fondo insignificante, la colpiva così tanto?

Si strinse al petto il libro del padre, l'unica cosa che le rimaneva della sua vita passata. «Aiutatemi a capire, padre» sussurrò.

Cosa aveva detto il Francés? Perché le sembrava importante? Chiuse gli occhi, sforzandosi di ricordare. E poi, di colpo, rivide la scena, in ogni minimo particolare. Il Francés voleva comprare Tamar. «In un paio d'anni l'avrai consumata a forza di cinque pesos a botta» aveva detto ad Amos. «La spremerai finché l'ammazzerai.» Raquel trattenne il respiro. Ricordò lo sguardo leggero del Francés. Non era merdoso come quello di Amos. Aveva provato un immediato moto di simpatia per lui. Il Francés aveva detto che avrebbe preso una bella *casita* per Tamar e l'avrebbe protetta, perché era quello il suo mestiere.

«Ricorda... ricorda tutto...» si disse piano, concentrata.

Rivide il Francés che faceva una piroetta, come un ballerino, e diceva ad Amos: «Sai dove trovarmi. Sono sempre al...».

Dove aveva detto? Raquel chiuse gli occhi, alla ricerca di quel nome, in una lingua che per lei non significava niente.

«Blecchèt!» esclamò, mentre il cuore le accelerava in petto.

Si alzò dallo scomodo materasso.

«Trovalo» si disse eccitata.

Sì, doveva cercare il Francés. Lui avrebbe preso Tamar con sé e lei sarebbe rimasta con loro. Questo era qualcosa a cui aggrapparsi. Una via d'uscita. Questo era scrivere il proprio destino. Ma come scoprire dov'era quel posto? Per un attimo si sentì una sciocca. Ancora non parlava bene lo spagnolo. Non conosceva Buenos Aires. Ma poi pensò che non conosceva nemmeno la foresta eppure era riuscita a raggiungere la carovana di Amos.

«Ce la farò» si disse. «Lo troverò.»

Si infilò le scarpe e andò alla porta. La socchiuse. Per prima cosa fu aggredita dall'odore che regnava in tutto il Chorizo. Non era né un profumo né un fetore. Piuttosto il frutto di molti profumi e fetori che si mischiavano fra loro creando quella particolare miscela. Il profumo scadente delle prostitute. Il puzzo di sudore. L'odore stantio e soffocante delle stanze chiuse. E alcol, belletti, disinfettanti, cibo, umori sessuali, scoregge, cessi intasati, vomito. E il profumo del latte e delle marmellate. E poi l'impronta del proprio lavoro che ogni cliente si trascinava dietro: farina, carne, olio, sterco di vacca o cavallo, inchiostri tipografici, acidi per la concia, malta, cemento, ferro. E lacrime, pensò Raquel. Perché forse anche le lacrime avevano un odore.

Mise la testa fuori dalla porta e sbirciò. Nessuno in vista. Raggiunse le scale. Prima di tutto si trattava di uscire dal Chorizo senza essere scoperta. A tutto il resto – trovare il Blecchèt e tornare – ci avrebbe pensato dopo. Cominciò a scendere. Dal basso provenivano le voci di molti uomini, tutti chiassosi. E quella musica struggente che sembrava la colonna sonora di Buenos Aires. Come se quelle note fossero le impronte digitali della città.

Quando arrivò al corridoio del primo piano incontrò un uomo. Abbassò la testa, come le aveva detto Adelina, e sperò che l'uomo non la fermasse. Quello proseguì, senza degnarla di un'occhiata, e poi scese la rampa di scale che portava al piano terra.

Raquel aspettò immobile. Sentì un cigolio dietro di lei. Si voltò di scatto, spaventata.

Da una stanza uscì una ragazza e anche lei le passò accanto come se fosse invisibile, allacciandosi il corpetto.

Raquel sentiva il cuore che batteva forte. Poi udì delle grida.

Una porta si spalancò all'improvviso e ne uscì una ragazza nuda. Subito dietro di lei un uomo, con i pantaloni calati, cercò di afferrarla ma inciampò e cadde, imprecando. Un secondo uomo lo scavalcò e si avventò sulla ragazza nuda, l'afferrò per i capelli e le diede un pugno in faccia. La ragazza gemette.

«*¡Puta!*» le urlò l'energumeno.

Intanto quello che era caduto si era rialzato, si tirò su i pantaloni e raggiunse i due. Anche lui colpì la ragazza in faccia.

«*¿Qué pasa?*» fece un terzo uomo, affacciandosi da un'altra stanza, con un coltello in mano.

«*Nada, amigo*» fece l'uomo che si reggeva i pantaloni con una mano. Poi insieme all'altro trascinò la ragazza nella camera dalla quale aveva cercato di scappare e richiusero la porta.

Il tizio col coltello rientrò nella sua stanza.

Raquel si precipitò verso le scale e scese di corsa. Arrivata a pianterreno si ritrovò in un ampio ingresso affollato di uomini. In un angolo tre musicisti suonavano. Uno con un violino, uno con una chitarra e uno con una specie di fisarmonica. Alcuni clienti in attesa ballavano tra loro. Altri palpavano due ragazze sotto le gonne. Le ragazze non si ribellavano. Avevano uno sguardo distante, come se non sentissero le mani che le frugavano.

Raquel si voltò verso l'ingresso. C'erano due uomini armati di coltello. Quando arrivava un nuovo cliente i due si accertavano che potesse pagare. Una delle ragazze del Chorizo si avvicinò all'ingresso. I due la ributtarono dentro in malo modo. Raquel si rese conto che avrebbero fermato anche lei se avesse provato a uscire. Si voltò e percorse il corridoio. Forse c'era una finestra dalla quale scappare senza essere vista. Mentre passava davanti alle stanze però si accorse che tutte le finestre avevano delle grate di ferro. Di lì era impossibile uscire.

«*Oye, tú*» disse una voce. Poi una mano le afferrò la spalla.

Raquel si voltò col cuore che batteva all'impazzata. Davanti a sé aveva un uomo con la camicia fuori dai pantaloni, ubriaco, che si reggeva in precario equilibrio.

«*Tráeme una taza de mate*» le disse l'uomo.

Raquel lo guardò terrorizzata. Non capiva cosa diceva.

«*¡Tráeme una taza de mate, puta!*» le urlò l'uomo, barcollando e alitandole in faccia tutto l'alcol che aveva bevuto.

"Di' sempre di sì" era la regola del bordello. Allora, in preda a un terrore cieco, annuì. Una, due volte, con decisione.

L'uomo, dopo averla messa a fuoco a fatica, le lasciò la spalla.

Raquel corse su per le scale. Non riusciva quasi a respirare per la paura. Sentì dei passi e poi la voce di Adelina. Se l'avesse trovata lì sarebbero stati guai. In fondo al corridoio vide una tenda a fiori. Ci si infilò dietro, sperando che non ci fosse nessuno. Si ritrovò in un piccolo sgabuzzino nel quale erano accatastate masserizie varie. In fondo una finestra dai vetri sporchi. Rimase immobile, trattenendo il fiato. Sentì i passi di Adelina e di un'altra persona che rimbombavano sull'impiantito di legno del corridoio.

E poi Adelina, fermandosi, disse: «Che puzza di fogna. C'è bisogno di un po' d'aria. Apri la finestra dello sgabuzzino».

Raquel si infilò dietro un tappeto arrotolato in un angolo, pregando di non essere scoperta. Un attimo dopo una persona che non riuscì a riconoscere entrò nello sgabuzzino, si diresse alla finestra, la spalancò, tornò da Adelina e i loro passi si allontanarono.

Quando Raquel capì che erano scese al piano terra, uscì dal suo nascondiglio dietro al tappeto polveroso e, spinta da un'intuizione, guardò fuori dalla finestra. Vide che dava sul retro del Chorizo, su un cortile apparentemente deserto, delimitato da un muretto di un metro e mezzo. Oltre il muretto c'era una strada. Se fosse riuscita a scendere nel cortile sarebbe potuta evadere facilmente, pensò. Guardò in basso. Il salto era troppo alto. E comunque non sarebbe mai riuscita a risalire. Controllò a lato della finestra. C'era una grondaia. Si sporse e la toccò. La grondaia vibrò pericolosamente. Era fatta di tubi in rame leggero, infilati uno dentro l'altro. Non l'avrebbe mai retta, anche se era magra. Si sporse ancora un po' e saggiò uno dei fermi ancorati al muro. Sembrava solido. Se avesse avuto una corda l'avrebbe potuta legare lì e calarsi. E se nessuno l'avesse vista penzolare sarebbe potuta anche risalire.

«Ce la farò» disse piano, sentendo un'ondata di ottimismo.

Uscì dallo sgabuzzino e tornò al secondo piano in punta di piedi.

Passando davanti alla camerata di Tamar non resistette alla tentazione di comunicarle il piano. Entrò e lasciò che gli occhi si abituassero alla penombra. Poi le si avvicinò.

«Tamar» sussurrò.

L'amica dormiva a bocca aperta. Una sottile striscia di saliva le colava lungo la guancia.

Raquel le scosse piano una spalla. «Tamar...»

Tamar aprì appena gli occhi. «Sei tu... porcospino?» disse con una voce impastata.

«Che hai? Stai male?» chiese Raquel allarmata.

«Adeli...» mormorò Tamar, mentre gli occhi le si richiudevano. «Adelina...»

«Cosa?» Raquel la scosse ancora.

Tamar voltò il capo verso di lei. «Sei tu... porcospino?»

«Sono io. Che hai? Adelina cosa?»

«Adelina...»

«Sì?»

«Non è una... una brava... persona, lo sai?» Tamar mosse le labbra, come se si appiccicassero tra loro, mentre sembrava fare un'enorme sforzo per tenere gli occhi aperti. «Non ti... fidare...»

«Che cosa ti ha fatto?»

Tamar chiuse gli occhi. Respirava flebilmente.

«Tamar, ti prego» sussurrò Raquel, angosciata. «Tamar... guardami... parla.»

«Sei tu... porcospino?»

«Sì, sì, sì!» Raquel la scosse più forte. «Tamar... ti prego...»

«Mi ha... Adelina mi... mi ha... drogata...»
«Perché?» La voce di Raquel si strozzò.
«Per farmi... Non ti fidare di lei. Per farmi stare... buona.»
Raquel le si buttò addosso, abbracciandola. «No...» gemette.
«Ho... sonno...» borbottò Tamar. «Sei tu... porcospino?»
«Tamar.» Raquel provò ancora a scuoterla.
Ma Tamar aveva chiuso gli occhi e aveva il respiro profondo.
Con il cuore gonfio di angoscia Raquel rimase lì, inginocchiata accanto al letto. Le asciugò la guancia bagnata di saliva con un lembo del lenzuolo. Poi si chinò su di lei e le sussurrò in un orecchio: «Io lo so che mi puoi sentire». Le prese una mano nella sua. «Se mi senti, stringimela.»
Tamar contrasse appena le dita.
«Noi due scapperemo» disse allora Raquel, accarezzandole i capelli. «Scapperemo di qui.»
«Scapp...» farfugliò Tamar.
«Sì. Scapperemo» disse Raquel, con un peso sul cuore. Era arrivato il momento di scrivere il proprio destino. «Ho un piano.»

24.

«Chi ci dormiva prima?» aveva chiesto Rosetta una sera, dopo cena, riferendosi alla stanza che le avevano affittato.
Né Assunta né Tano le avevano risposto. Ma negli occhi di entrambi aveva letto una profonda tristezza.
«Buonanotte» l'aveva liquidata sbrigativamente Tano.
Una decina di minuti più tardi, dopo essersi stesa a letto, Rosetta aveva sentito i due sussurrare. Le voci, anche se basse, si infilavano su per le scale e raggiungevano la sua cameretta.

«Era meglio prendere un uomo» aveva borbottato Tano.
«E invece capitò questa brava ragazza» aveva replicato Assunta.
«Se la Policía la trova qua, finiamo anche noi in galera.»
«Mi pare che sei stato tu a darle il permesso di restare. O no?»
«Era meglio un uomo.»
«Cosa vuoi fare? Mandarla via?» aveva mormorato Assunta.
«Io non mando via nessuno» aveva detto cupo Tano dopo un po'. «L'ho fatto una volta e non mi perdonerò mai.»
Rosetta aveva sentito Assunta piangere piano. Poi più nulla.
L'indomani mattina disse: «So dove procurarmi dei documenti falsi, così se viene la polizia non rischiate nulla».
Tano la guardò a bocca aperta. «Minchia!» esclamò. «Sei appena arrivata e già conosci un falsario?»
«Non è un falsario» rispose lei. «È un pappone.»
«Minchia doppia.»
«Non sono una bottana» disse Rosetta, irrigidendosi.
Assunta sorrise. «Se pensavo che eri una bottana credi che ti facevo stare in casa con mio marito?»
«Si chiama Francés» disse Rosetta. «Sta al Black Cat… un posto lontano da qui. Ma non so dove.»
«Mi informerò» disse Tano. Si rivolse ad Assunta: «Portala a cambiare i soldi sennò prima o poi qualcuno la fregherà».
Assunta annuì e poi, raccolti i pitali della notte, andò a svuotarli nel Riachuelo. Quando ebbe finito, vedendo che Rosetta l'aveva seguita, le indicò il terreno incolto. «Non è terra buona» disse.
Rosetta indicò il fiume. «È l'acqua che non è buona. È avvelenata» disse con una smorfia. Poi, volgendo lo sguardo, vide una stenta piantina di rose accanto al muro della casa che prima non aveva notato. Andò a esaminarla. Le foglie erano rade, quasi tutte ingiallite. Il fusto annerito e quasi

secco. I pochi boccioli si erano bruciati prima di aprirsi ed erano ricoperti di afidi.

«Sta morendo anche lei...» disse piano Assunta.

Rosetta vide che aveva gli occhi appannati dalle lacrime. Quella piantina aveva un valore speciale. Ne era certa. Come era certa che fosse successo qualcosa di doloroso in quella casa.

«Vieni, andiamo a cambiare i tuoi soldi al banco dei pegni» fece Assunta, con la voce ancora velata dalla malinconia.

Raggiunsero un negozio dall'aspetto miserabile, con l'ingresso protetto da un cancelletto in ferro. Anche la vetrina lercia aveva una serranda a maglie larghe di ferro, a difesa delle povere cose impegnate, esposte alla rinfusa, come da un rigattiere.

«Señor Vasco» chiamò Assunta.

Un vecchio dall'aria ammuffita come le cose che custodiva aprì il cancelletto. «Siete qui per la chitarra, señora Piazza?» chiese.

Assunta scosse il capo tristemente. «No, dobbiamo cambiare delle lire» rispose.

«Ah, una nuova arrivata» sorrise il signor Vasco guardando Rosetta. Si voltò verso il retro e disse: «Miguel, c'è un cambio».

Dal retro comparve un uomo sui quarant'anni che assomigliava al vecchio, ammuffito come lui, come se avesse ereditato anche la polvere dal padre. Fece segno a Rosetta di seguirlo e la condusse in una stanza dove c'era una cassaforte nera e arrugginita.

Mentre le cambiavano i soldi Rosetta sentì il signor Vasco che diceva ad Assunta: «Speravo che foste qui per la chitarra, señora Piazza. Il pegno sta per scadere». Sospirò. «Mi piange il cuore. È un'ottima chitarra. Sarebbe un peccato perderla.»

«Siamo venute solo a cambiare i soldi, señor» rispose Assunta.

Sulla strada del ritorno Rosetta le chiese: «Perché avete impegnato la chitarra?».

Assunta fece un sorriso triste. «È presto per parlarne.»

Quando rincasarono Tano, con la bocca piena di chiodi, farfugliò nel suo solito modo burbero: «Sto cazzo di Black-come-minchia-si-chiama sta lontano davvero. A Recoleta. Zona da ricchi».

«E come ci arrivo?» chiese Rosetta.

«Vuoi andarci da sola?» disse Tano. «Chista è proprio cretina! Una ragazza per bene da sola!» Scosse il capo e borbottò: «Mo' lasciatemi lavorare. Ci andiamo stasera».

Rosetta girovagò per le strade di Barracas, fermandosi nei locali e nei ristoranti a chiedere se avevano bisogno di una lavapiatti o di una serva o se sapevano di qualche lavoro. Ma senza successo.

Se avesse dovuto descrivere il barrio avrebbe detto semplicemente che era polveroso. La polvere sembrava regnare dappertutto e farla da padrona. Una polvere che era fatta della terra secca delle strade non lastricate, che ci si trascinava dietro, che un refolo di vento attaccava alle case, ma anche una polvere più sottile, come una patina, che rendeva sfocati sia il quartiere sia la gente che lo popolava, come se esistessero a malapena. C'era polvere negli sguardi rassegnati della gente. C'era polvere sulle scarpe che strascinavano i loro piedi. C'era polvere nei loro cuori, avrebbe detto, perché non avevano davvero un futuro. Le abitazioni erano appiccicate le une alle altre, cercando di sfruttare al massimo lo spazio disponibile. Lamiere, mattoni, recinzioni fatte con i materiali più disparati, dai pali di legno a vecchie tavole, a panni pesanti e logori legati con del fil di ferro arrugginito e perfino muretti di ossa e teschi di vacca, calcinati dal sole e dal tempo. Le strade erano a volte strettissime e a volte esageratamente larghe, al punto che ci passavano insieme tre carri, lasciandosi dietro la scia di sterco dei buoi che li tiravano e che raramente veniva spalato. Il sole seccava il letame, le ruote dei carri lo schiacciavano, e in breve era parte integrante della polvere.

E poi, imponenti, come a ricordare che quel mondo, più a nord, era popolato da gente la cui ricchezza era incalcolabile, si ergevano quelli che un tempo erano stati i loro *palacios* e ora erano stati convertiti in *conventillos*, che svettavano sulle casupole come giganti vecchi e artritici, senza più traccia dei colori che li avevano contraddistinti, stinti dalla pioggia, scrostati dal vento, bruciati dal sole.

Quando Rosetta tornò a casa, Assunta e Tano erano già pronti sulla porta.

«Datti una mossa» le disse Tano incamminandosi. «Dobbiamo prendere la *tranvía*.»

«Cos'è la *tranvía*?»

«La *tranvía* è la *tranvía*, cosa vuoi che sia?» borbottò il ciabattino.

Giunti in Avenida Martín García, nei pressi del Parque Lezama, Rosetta vide che cos'era la *tranvía*. Sembrava la carrozza di un treno, su binari, trainata da sei grossi cavalli. Per un attimo ebbe paura a salirci.

«Minchia, ci facciamo notte?» le disse Tano.

Rosetta salì e si sedette accanto ad Assunta. Quando la *tranvía* abbandonò la periferia, Buenos Aires mostrò tutta la sua nobiltà e opulenza. Rosetta l'aveva già vista appena arrivata ma non era nello stato d'animo di meravigliarsi. Ora invece, tenendosi stretta ad Assunta, rimase a bocca aperta. La città mostrava la sua vera faccia. La sua architettura elaborata. Gli stili diversi che si affollavano uno accanto all'altro in una gara di grandiosità ed esibizione della ricchezza di chi la abitava.

Arrivati davanti al tendone rosso del Black Cat, Rosetta vide che Tano aveva perso tutta la sua sicurezza. Intorno a loro c'erano persone eleganti, che gli lanciavano occhiate sospettose. Ricordò che anche lei si era sentita a disagio finché non aveva raggiunto la periferia, dove era tornata a essere uguale a tutti gli altri pezzenti.

«Ci guardano come se fossimo bestie dello zoo» borbottò Tano.

«Infatti tu sei un caprone» fece Assunta. Lo prese sottobraccio e aggiunse, fiera: «Il *mio* caprone».

Mentre entravano nel locale Rosetta si rese conto di quanto fosse forte quella donna grassottella e dall'aspetto innocuo.

«*Oye, chica,* dov'eri scomparsa?» disse Lepke, il padrone del Black Cat, riconoscendo subito Rosetta e andandole incontro con un sorriso a trentadue denti.

E anche la cameriera con la gonna troppo corta e la divisa da bambola, vedendola, le fece un saluto con la mano.

«Mmh...» borbottò Tano. «Sei una celebrità.»

Assunta gli diede una gomitata nelle costole.

«Francés! Guarda chi c'è!» annunciò Lepke.

Il Francés si voltò e anche lui sorrise. Si alzò, fece un piccolo inchino e invitò Rosetta a raggiungerlo al tavolo.

Rosetta si avvicinò con Tano e Assunta.

«Sei tornata. Bene» disse il Francés.

«Non per quello che credi tu» fece Rosetta, rigidamente.

«Ah, peccato» sorrise il Francés. «E allora perché?»

«Hai detto che potevi procurarmi dei documenti.»

Il Francés guardò prima Tano e poi Assunta. «È una cosa delicata da trattare di fronte a due estranei» disse.

«È una cosa delicata anche lasciare sola una ragazza per bene con un pappone» replicò Tano, a muso duro.

Il Francés lo fissò. Poi scoppiò a ridere. «Cinquecento pesos.»

«Cinquecento minchie!»

«È il prezzo di mercato» replicò calmo il Francés.

«Il mercato degli strozzini» fece Tano. «Duecento.»

Il Francés lo fissò. «Sotto i trecento non posso» disse infine.

Il ciabattino annuì.

Anche il Francés annuì. Si sporse verso una pila di giornali, prese una copia della "Nación", la aprì alla pagina della cronaca e sorrise a Rosetta. «Dovrei farti pagare il doppio, Rosetta Tricarico. Guarda qua, non si parla d'altro che di te e della tua fuga.»

«La stai minacciando?» scattò Tano. «Ti avverto, se vedo un solo poliziotto a Barracas.»

«Ah, state a Barracas...» sorrise il Francés. Gli guardò le mani. «Siete ciabattino, vero? Potrei trovarvi in un attimo, se volessi.»

«E l'attimo dopo io ti taglio i coglioni.»

«Come ho già detto a Rosetta» fece il Francés, calmo, «non c'è nulla che detesti più della polizia. Fidatevi.»

«E tu fidati che ti taglio i coglioni» ripeté Tano.

Il Francés prese un taccuino dalla tasca interna della giacca e una penna d'oro. «Bene, allora non ci resta che fidarci l'uno dell'altro e segnare i... nuovi dati.» Guardò Rosetta. «Nata?»

«Alcamo.»

«Ma quale Alcamo?» sbottò Tano, spazientito, interrompendola. «Nata a Porto Empedocle il 7 agosto 18... 93 più o meno».

Il Francés si appuntò luoghi e date. «E come vuoi chiamarti?»

«Lucia» disse Tano. «E di cognome. Ebbasta. Scrivi bene, con due B. Lucia Ebbasta.»

Rosetta si voltò verso Assunta e vide che sorrideva.

«Pagamento...» iniziò il Francés.

«Alla consegna» concluse Tano.

Il Francés annuì. «Tra due giorni» disse. «Qui.»

Tano si alzò. «Andiamo» fece alle due donne.

Il Francés sorrise a Rosetta. «Un tipo in gamba il piccoletto» disse. «Sei stata fortunata.»

«Sì» rispose Rosetta. Poi raggiunse Tano e Assunta.

Mentre erano seduti sulla *tranvía* Rosetta provò a domandare a Tano, questa volta: «Perché avete impegnato la chitarra?».

«Perché gli affari non vanno bene» rispose bruscamente lui.

Gli occhi di Assunta diventarono di nuovo tristi.

Arrivati a casa Tano diede la buonanotte e si infilò sotto le coperte, immusonito.

«Mi spiace… parlo troppo» mormorò Rosetta ad Assunta prima di salire in camera sua.

Una decina di minuti più tardi Tano cominciò a russare e Rosetta sentì dei passi che salivano le scale.

Dopo un attimo comparve Assunta, con una vestaglia di lana sulla camicia da notte bianca, di cotone, lunga fino ai piedi. Si sedette sul bordo del letto e si guardò intorno, nella penombra. «È tanto tempo che non salgo quassù» iniziò a dire, faticosamente. Fissò lo sguardo su un piccolo baule in un angolo. Poi si voltò verso Rosetta, le accarezzò il volto sorridendo, mentre alcune lacrime le luccicavano sulle guance rotonde.

Rosetta rimase in silenzio.

«Era la stanza di nostra figlia Ninnina…» riprese Assunta, con la voce rotta dall'emozione. Fece un sorriso che esprimeva solo un'immensa tristezza. «A un certo punto credevamo di non poter avere figli e invece… arrivò lei. Come una benedizione.» Si sforzò di trattenere un singhiozzo. «Venimmo fin qua per darle una vita migliore della nostra.» Le accarezzò di nuovo il volto.

Ma Rosetta sapeva che non stava accarezzando lei.

«Aveva dieci anni anni quando siamo sbarcati… e crescendo si era fatta bella come… come un fiore di jacaranda.» Assunta sorrise al ricordo. «E poi…» Si rabbuiò. «E poi si è persa.»

Rosetta allungò una mano e prese quella di Assunta.

Ma Assunta la ritirò di scatto. «No» disse con un tono dolce. «Altrimenti mi metto a piangere per davvero e sveglio Tano.»

«Piangete.»

Assunta fece segno di no col capo. Respirò a fondo, ricacciando indietro le lacrime. «Incontrò un uomo. Ninnina era giovane e ingenua… credette a tutto quello che le prometteva.» Serrò le labbra e strinse la mano a pugno, agitandola nell'aria. «Provammo a vietarle di frequentare quell'uomo ma lei non intendeva ragione. Tano la minacciò di cacciarla di casa. Ma non l'avrebbe mai fatto» disse. «Hai visto com'è Tano. Abbaia ma non morde.» Sorrise, piena d'amore. «Non gliene ho mai fatto una colpa. Ma lui invece è ossessionato. Non si perdonerà mai, pover'uomo... è una croce terribile da portarsi sulle spalle.» Si asciugò le lacrime. «Ninnina una notte scappò.» Scosse il capo. «Quell'uomo la sfruttò e poi quando non gli serviva più la lasciò in mezzo a una strada. Quasi non la riconoscemmo quando tornò. Era malata. Tubercolosi.» Lo sguardo le si sfocò. «Non sai quante federe del suo cuscino ho lavato. Le macchiava di sangue ogni volta che tossiva.» Abbassò il capo, come schiacciata da quel peso. «Mi hai chiesto della chitarra di Tano. Abbiamo speso tutti i nostri risparmi per cercare di curarla. E quando li abbiamo finiti abbiamo impegnato tutto quello che avevamo. Ma non è servito.» Si alzò dal letto. «E Ninnina sei mesi fa... se n'è... andata.» Guardò per un attimo Rosetta, poi le diede le spalle e a passi stanchi si avviò verso le scale.

«È stata lei a piantare le rose?» chiese Rosetta.

«Sì, quando capì che non ce l'avrebbe fatta» rispose Assunta senza voltarsi. «*Così avrete qualcosa di mio quando non ci sarò più*, disse.» Poi scese le scale.

L'indomani mattina Rosetta andò al Mercado Central de Frutos del País, al di là del Riachuelo, ad Avellaneda, dove comprò della buona terra, del concime, un antiparassitario per gli afidi e una zappa. Tornò a casa e si mise a curare le rose di Ninnina.

All'ora di pranzo non aveva ancora finito e quando Tano si affacciò sul retro per dirle che era pronto in tavola, trovandola inginocchiata accanto alle rose, il suo viso fu stravolto da una furia incontrollabile. «Che minchia fai? Non lo vedi che quella pianta di merda è morta?» urlò. Le andò sotto, coi pugni serrati, come se volesse picchiarla. «È morta! È morta!» gridò ancora più forte, con le vene del collo gonfio, cercando di nascondere il dolore dietro la rabbia, e rientrò in casa come un uragano.

Rosetta, a testa bassa, attraversò la casa senza dire una parola e uscì in strada. Aveva ancora una cosa importante da fare.

Quando tornò, Tano stava ordinando i suoi attrezzi sul bancone e non alzò lo sguardo mentre lei gli si avvicinava.

«Ciabattino... e chitarrista» disse Rosetta.

Tano, vedendo la sua chitarra sul bancone, spalancò la bocca e gli uscì un verso gutturale, ridicolo. Scosse il capo, a destra e a sinistra, e si fece tutto rosso. Poi impugnò la chitarra, brandendola come un bastone, e Rosetta temette che gliela sfasciasse addosso.

«Ma che ti salta in testa, scimunita?» le gridò Tano.

«Che succede?» accorse Assunta, preoccupata. Appena vide la chitarra le si velarono gli occhi per la commozione. Raggiunse Rosetta e la abbracciò forte. Poi si rivolse al marito: «Prova a dire qualcosa di carino, brutto caprone odioso».

Tano era paonazzo. Appoggiò la chitarra sul bancone. Sbuffò. Scosse ancora il capo. Strinse le mani a pugno, serrò le labbra.

«Avanti, dillo» fece Assunta. «Dillo!»

Il ciabattino abbassò lo sguardo sulla chitarra, facendo uscire violenti respiri dalle narici dilatate. Poi accarezzò il legno dello strumento. E passò le dita nere di lucido da scarpe sulle corde tese. «Grazie» ringhiò infine, con la voce roca. «E adesso levatevi dal cazzo tutte e due!» urlò, rimettendosi a sistemare i suoi attrezzi.

Della chitarra non si parlò più, neanche a cena.

Quando fu ora di dormire Rosetta salì in camera.

Dopo poco, dalla strada, sentì diffondersi il suono di una chitarra. Era una musica struggente, a tratti triste, a tratti quasi violenta, emotiva. E poi alle note della chitarra si unì la voce di Tano. C'era dolore e malinconia nella sua voce.

Rosetta sbirciò tra le due lamiere che formavano la parete

esterna della stanza. Alla luce flebile del lampione all'angolo vide che in strada si erano riuniti molti vicini. Fissavano tutti Tano. Nei loro sguardi c'era tristezza e, le sembrò, anche ammirazione.

Sentì le scale scricchiolare. Si voltò e si trovò davanti Assunta.

«Questo tango racconta la storia di una ragazza ingannata da un magnaccia... condannata a vivere un'esistenza miserabile» disse Assunta.

Rosetta tornò a guardare tra le due lamiere. In strada un uomo aveva invitato una donna a ballare.

«Il mio dolore si confonde con le mie risate...» cantò Assunta, insieme a Tano. «Sono un fiore di fango...» continuò, con la voce che tremava. «Vendo tristezza e vendo amori...»

Rosetta vide un'altra coppia, in strada, che si metteva a ballare. Poi sentì il rumore di un lucchetto che scattava. Si voltò.

Assunta aprì il piccolo baule e prese qualcosa. Quando si girò reggeva in mano un vestito azzurro, con disegnati dei fiori viola, a grappolo. «Mettitelo» disse a Rosetta, con un sorriso.

«No... non posso...» fece Rosetta.

«Mi fai felice» le disse Assunta. Passò una mano sui disegni del vestito. «Sono fiori di jacaranda. Belli come Ninnina. Glielo comprò Tano, per i suoi diciotto anni.»

«Ma no, vostro marito... Io non vorrei che...»

«È stato lui a dirmi di dartelo» fece Assunta.

Rosetta sentì un groppo in gola.

Assunta stese il vestito sul letto e prima di andarsene disse: «Mettitelo e vieni giù con noi».

Quando Rosetta comparve in strada ci fu un fremito tra la gente.

Tano si voltò, la vide e per un attimo non riuscì più a suonare. Gli occhi azzurri si inondarono di lacrime. Annuì piano col capo verso Rosetta e poi tornò a far vibrare le corde della chitarra.

Intanto altre coppie presero a ballare. E quando non ci furono più donne, si formarono coppie di uomini. Era un ballo serio e sensuale. Sembrava una specie di camminata a due, impreziosita dai movimenti delle gambe, che si infilavano come lame tra quelle dell'altro per poi scattare come molle all'indietro.

A Rosetta venne da pensare che ognuno di quei ballerini si stava ribellando alla morte.

«Il mio dolore si confonde con le mie risate...» cominciarono a cantare tutti quanti.

E Rosetta ebbe la certezza che per loro non fosse una semplice canzone bensì qualcosa di molto più importante. Era come se tutti insieme stessero celebrando Ninnina. Che non c'era più.

«Sono un fiore di fango... Vendo tristezza e vendo amori...» intonò anche lei, a fior di labbra.

E per la prima volta da quando era sbarcata, pensò che quella città aveva un cuore.

E poi pensò che prima di allora non aveva mai avuto una casa.

25.

Oceano Atlantico

I bicchieri di cristallo di Boemia tintinnarono, toccandosi appena sul tavolo ricoperto da una raffinata tovaglia di fiandra.

«C'è mare grosso» disse il Barone Rivalta di Neroli.

A parte il Barone e una vecchia Contessa, incartapecorita come un trancio di baccalà, quasi tutti gli altri commensali a bordo del transatlantico Regina Margherita di Savoia erano pallidi, con i visi smunti, le labbra esangui e strette e una esagerata quantità di saliva in bocca che preludeva a un rovescio di stomaco.

Il Barone rise. «Se qui in prima classe balliamo un pochino, figuratevi quei poveracci di terza che stanno proprio in braccio a Nettuno!» E accompagnò la frase dondolando a destra e a sinistra.

«Fermatevi, in nome di Dio!» esclamò uno dei commensali, che da giorni non faceva altro che vomitare.

Il Barone rise ancor più di gusto.

Mentre il mare continuava a crescere, tutti i viaggiatori di prima classe si affrettarono chi al ponte, chi alle loro lussuose camere. In un attimo la sala fu quasi vuota, a eccezione del Barone, della vecchia Contessa, del *Maître de salle* e dei camerieri.

«Prima ci hanno interrotti» fece il Barone rivolto alla Contessa. «Vi chiedevo se conoscevate l'amica che mi ospiterà a Buenos Aires, la Principessa de Altamura y Madreselva.»

«Ma sì, certo» rispose la Contessa. «Mio marito e il padre della Principessa frequentavano il Circolo degli Scacchi a Roma sin dal 1884, quando si trasferì a palazzo Torlonia a piazza Venezia.»

«È piccolo il mondo» commentò annoiato il Barone, lanciando un'occhiata verso l'ingresso della sala, da dove sperava di veder comparire Bernardo, al quale aveva affidato un incarico infame.

«Il mondo di noi che sappiamo il nome dei nostri antenati è piccolo» disse la Contessa, con un'aria altera, rovinata da un rimasuglio di verdure incastrate tra i lunghi denti gialli. «Ma il mondo di quel... carnaio là sotto» proseguì disgustata, indicando idealmente la terza classe, «è grande e oscuro, un labirinto caotico dove quella gente non ha nemmeno la certezza del loro padre.»

«Eh, sì...» borbottò il Barone, sempre più annoiato.

Ma in quel momento comparve Bernardo, che si affrettò ad attraversare la sala da pranzo. Fece un inchino alla Contessa, che lo degnò di un cenno con la mano artritica coperta di oro e pietre preziose, e poi sussurrò al suo padrone: «La cosa è sistemata».

Il Barone sentì una scarica di eccitazione. Bevve tutto d'un fiato il bicchiere di champagne che aveva davanti. «Contessa, chiedo venia. Un affare della massima urgenza richiede la mia presenza.»

La Contessa nascose nobilmente il proprio disappunto e fece un cortese sorriso al Barone, mostrandogli di nuovo la verdura che aveva tra i denti. Poi, rimasta sola, prima che il *Maître de salle* si avvicinasse, si liberò di un po' dell'aria che le gonfiava la pancia.

«È nella vostra stanza» disse Bernardo al Barone.

«L'ha vista nessuno?»

«Nessuno.»

«E come l'hai convinta?»

«Sono bastati dei pasticcini.»

Il Barone rise. «È proprio come sembra?»

«Lo vedrete voi stesso.»

«Con chi viaggia?»

«Con il fratello, che si prende cura di lei da quando sono morti i genitori. Lavorava in una friggitoria a Palermo, ma ha perso il lavoro e sta andando in Argentina in cerca di fortuna.»

Intanto erano arrivati davanti alla cabina numero 14/LS, che stava per *luxe supplémentaire*, la più costosa. Il Barone mise la mano sulla maniglia, fremendo. «Sei pronto?» chiese a Bernardo.

«Io sono nato pronto» rispose spavaldamente il servitore.

Il Barone lo guardò deliziato, poi ruotò la maniglia ed entrò.

Seduta su uno dei morbidi divani in velluto una ragazza di nemmeno vent'anni alzò lo sguardo e sorrise. Un sorriso vacuo. Da demente. Anche gli occhi avevano un che di spento.

«Meravigliosa...» sussurrò il Barone.

La ragazza continuò a sorridere, con l'espressività di una statua di cera, mentre il Barone le si sedeva accanto. Indossava un abito nero, dignitoso nonostante dovesse aver visto giorni migliori. La carnagione era incredibilmente chiara per essere di una popolana.

«E chissà quanto più bianca sarai qua sotto, dolce ragazza» disse il Barone, alzandole un po' la gonna e scoprendole le gambe.

La ragazza si fece seria e spalancò gli occhi. Poi, come una bambina che recitava una cantilena, con una voce gutturale e priva di armonia, disse: «Non si fa-anno vede-ere le gam-mbe».

Il Barone quasi gemette di perverso piacere ascoltando quelle stonature.

La ragazza fissava a bocca aperta il grande vassoio pieno di dolci e cioccolatini ricoperti di glassa che Bernardo aveva procurato per attirarla nella stanza.

«Neanche se ti do un pasticcino?» le disse allora il Barone.

Gli occhi ottusi della ragazza rotearono nelle orbite, mentre cercava una soluzione a quel dilemma più grande di lei.

«Vogliamo fare due pasticcini?»

«Alla cre-ema?» chiese la ragazza.

«Alla crema migliore che tu abbia mai assaggiato.»

La ragazza lasciò che il Barone le alzasse la gonna fino alle mutande mentre mangiava i due pasticcini. Quando li ebbe finiti aveva uno sberleffo di crema sul labbro superiore.

Il nobiluomo, con infinita delicatezza, prese il suo fazzoletto di seta e glielo pulì. Poi le accarezzò il viso. E fece scendere la mano al primo bottone del vestito. Lo slacciò.

La ragazza rise.

«Ti piace?» le domandò il Barone.

«No» rispose la ragazza.

Il Barone le slacciò anche il secondo bottone.

La ragazza rise di nuovo.

«Perché ridi?» domandò il Barone.

La ragazza non rispose.

«Te l'hanno già fatto?»

La ragazza aggrottò le sopracciglia e abbassò lo sguardo.
Il Barone slacciò il terzo e quarto bottone.

«Posso ave-ere altri due pasti-iccini?» chiese la ragazza, con quel suo tono che la faceva sembrare un violino scordato.

«Se dici che ti chiami Rosetta Tricarico e ti fai levare il vestito, puoi avere l'intero vassoio» disse il Barone. «Come ti chiami?»

«Rose-etta Trica-arico» rispose la ragazza e lasciò che il Barone le sfilasse il vestito e le mutande mentre Bernardo le passava il vassoio d'argento.

Il Barone le accarezzò i seni pieni e le pizzicò i capezzoli rosati. Poi le spettinò i peli scuri e morbidi dell'inguine. «Anche tu hai un pasticcino delizioso, Rosetta Tricarico» rise frugandola tra le gambe. Poi fece cenno a Bernardo di spogliarsi.

Mentre il servitore prendeva la ragazza, che cercava di ribellarsi e piangeva come una bambina, il Barone era seduto in poltrona e guardava assai più Bernardo della poveretta.

Quando tutto fu finito il Barone lasciò il salottino e si chiuse nella sua camera dopo aver ordinato: «Rivestila e mandala via».

Quella notte fece dei sogni che lo emozionarono al punto da fargli credere di aver avuto un'erezione.

L'indomani stava per recarsi a fare colazione quando un uomo si gettò dentro alla cabina come una furia. Con la coda dell'occhio, prima che la porta si richiudesse, il Barone vide la ragazza.

«Maledetto schifoso!» urlò l'uomo, brandendo un coltello, dopo aver chiuso a chiave la porta. «Adesso la pagherete!»

«Calmatevi, brav'uomo» fece il Barone, con le mani protese verso la lama. «Non fate sciocchezze. Chi siete?»

«Sono il fratello di quella povera ragazza che… che…» L'uomo strinse le labbra, incapace di pronunciare quello era successo. «Le avete tolto l'onore! L'avete infangata!» urlò agitando il coltello.

Il Barone si era ripreso dallo spavento iniziale. Quell'uomo, giudicò, non era un assassino. Era solo ferito. Forse ben più della sorella, pensò. «Ascoltate, è stato un terribile errore... ma vedrete che troveremo un accordo vantaggioso. Vi pagherò...»

«No!» gridò l'uomo, con il viso stravolto. «Voi dovete restituirmi l'onore di mia sorella!»

«Quello non posso proprio, brav'uomo» fece il Barone. «Ma posso darvi qualcosa di più importante. Pensate se poteste disporre di una somma ingente. Cambierebbe il vostro futuro, vero?»

L'uomo cominciò a vacillare. Glielo si poteva leggere nello sguardo. E insieme a quella debolezza, insieme a quella diabolica tentazione, si poteva leggere un dolore profondo e un cupo disprezzo nei propri confronti per ciò che stava per accettare.

E vedendo quella lotta interiore, quasi ascoltando il dolore che produceva, il Barone provò un piacere perverso. «Bravo, così ci intendiamo» disse, voltandosi verso una scatola chiusa a chiave. L'aprì e sollevò il coperchio.

«Per noi poveri l'oro...» mormorò vinto e umiliato l'uomo, con un tono di biasimo nei propri confronti, abbassando il coltello. «Per noi poveri l'oro è la vita...»

Si sentì uno scatto meccanico. «E per noi ricchi, invece, lo è il piombo» ghignò il Barone. Si voltò. In mano aveva una rivoltella a tamburo. Senza esitare sparò al ginocchio dell'uomo, che cadde a terra urlando. Il Barone gli si avvicinò con uno sguardo freddo e feroce. «Sarebbe bello guardarti morire lentamente» disse. «Mmh, sì... quanto sarebbe bello guardarti soffrire come un cane» sospirò. «Ma non c'è tempo, purtroppo.»

Fuori dalla porta si udirono delle grida, bussarono, chiamarono.

«No, non c'è tempo» ripeté il Barone. Gli puntò la rivoltella in faccia e sparò sfracellandogliela. Poi prese il coltello dell'uomo e si ferì al braccio e al petto, superficialmente. Intinse la mano nel sangue dell'uomo e si imbrattò dove si era accoltellato. Infine, dopo aver rovesciato in terra la scatola che conteneva, oltre alla pistola, gioielli e contanti, aprì la porta della cabina fingendo di reggersi a malapena in piedi. «Aiuto!» urlò. «Voleva derubarmi!»

Bernardo fu il primo a entrare e riconobbe subito il fratello della ragazza. Poi arrivò il comandante della nave, accompagnato da quattro marinai armati e dal medico.

La ragazza, quando vide il fratello in quel lago di sangue, con la faccia spappolata dall'ultimo colpo, gli si inginocchiò accanto e scoppiò a piangere. E perfino il pianto sembrava stonato.

Il Barone la guardò accanto al cadavere, trattenendo un sorriso. Poi si rivolse al capitano della nave e disse, in tono grave: «Povera giovane, non ha colpa lei per ciò che ha fatto quello sciagurato. Me ne farò carico io. La prenderò a servizio, in nome della pietà cristiana...».

La vecchia Contessa, che si accalcava con gli altri passeggeri di prima classe appena fuori dalla cabina, commentò boriosamente: «Ecco cosa significa essere nobili! Imparate!».

26.

Buenos Aires, Argentina

«Tony dice che ti deve parlare» fece Nardo a Rocco, quando gli diede il cambio al capannone.

Rocco andò alla Zappacosta Oil Import-Export. Entrò e Bastiano gli indicò l'ufficio di Tony, quindi proseguì e bussò.

«Avanti» disse la voce di Tony.

Rocco aprì la porta ed entrò.

Tony era seduto alla sua scrivania. Aveva i capelli spettinati.

Una ragazza, di spalle, si stava allacciando la camicetta.

«Mi è piaciuto come ti sei comportato con quella faccenda di mia figlia dell'altra sera» disse Tony. «E sai bene quanto tengo alla mia Catalina.»

Rocco lo fissò in silenzio.

«Ho un incarico per te» proseguì Tony.

La ragazza si voltò. Aveva lunghi capelli biondi e un viso affilato, con grandi labbra rosa, sensuali. Gli occhi avevano le palpebre leggermente calate, come se avesse sonno o fosse semplicemente pigra, come un gatto. I fianchi erano morbidi.

Ma la cosa che colpì maggiormente Rocco fu che non doveva avere più di quindici anni.

«Non sbavarle addosso» rise Tony. Si sporse attraverso la scrivania con un involucro in mano, porgendoglielo.

Rocco riconobbe uno dei pacchetti di cocaina.

«Portalo al Chorizo, il bordello dove lavora Libertad» disse Tony, indicando la ragazza. «E già che ci sei riporta indietro anche lei.»

«Señor Zappacosta» fece Rocco, scuotendo il capo, «io sono un meccanico non un...» Si interruppe e indicò il pacchetto di cocaina. «Mandateci Nardo.»

«Nardo?» ridacchiò Tony. «Non gli affiderei neanche la derattizzazione del magazzino.» Gli fece l'occhiolino. «Fammi questo favore. Gli altri sono tutti fuori.»

«E dove sarebbe il Chorizo?» chiese Rocco dopo un attimo.

«Te lo spiega Bastiano» rispose Tony. «Due cose. La prima: consegna il pacchetto a un pappone di nome Amos. E fatti pagare. Quel giudio fa sempre il furbo. Bastiano ti dirà quanto ti deve dare. Secondo: Libertad è sotto la tua responsabilità e deve tornare al bordello. È tutto chiaro?»

Rocco prese il pacchetto di cocaina e se lo infilò nella camicia.

«Inutile aggiungere che se la Policía ti trova con quel pacchetto non sei un mio uomo, vero?» fece Tony.

Rocco annuì.

«Sei un meccanico sveglio» rise Tony.

«Andiamo» fece Rocco a Libertad e lei lo seguì docilmente, senza salutare Tony.

Bastiano gli diede tutte le indicazioni, compresa la cifra che Amos avrebbe dovuto pagargli, e si mossero.

"Ecco, sei un corriere della droga" pensò Rocco furioso, sentendosi sempre più invischiato in un destino che non voleva.

Camminarono per qualche isolato in silenzio.

Rocco era immerso nelle sue riflessioni ma intanto guardava le ragazze che incrociavano sperando che tra loro ci fosse Rosetta. E questo lo mise di buon umore. Arrivato all'incrocio che gli aveva descritto Bastiano, fece per svoltare a sinistra.

«No, andiamo dritti» disse Libertad.

Rocco pensò che aveva anche la voce di una ragazzina. Era incredibile che alla sua età facesse già la prostituta. «No, dobbiamo girare» le rispose.

«È la stessa cosa» disse Libertad. Chiuse gli occhi, come immaginando la strada, e puntò un braccio davanti a sé. «Andando dritti arriviamo a Plaza de Mayo, la più grande che hai mai visto.»

«Non mi interessa fare il turista» disse Rocco. «Ti devo portare indietro. E non me ne frega niente di questa città di merda.»

Libertad inclinò la testa di lato, come un cagnolino. «Ti hanno obbligato a venire qui?» chiese, con un leggero tremito nella voce.

«Sì» disse Rocco. Pensò che forse anche per lei era stato così. E cominciò a sentirsi a disagio. Come quando si fa di tutto per non guardare in una scatola dove si teme di trovare una brutta sorpresa.

Libertad lo guardò con i suoi occhi pigri. «Ti prego» fece con un tono infantile. «Arrivati lì giriamo in Avenida Rivadavia. È lo stesso. Lo sai che è la strada più lunga del mondo? Più di venti chilometri. Si dice che nessuno l'abbia mai percorsa tutta a piedi.»

Rocco, senza ancora spiegarsi perché, provò un'enorme pena. «Come mai conosci così bene Buenos Aires?» le chiese.

Libertad fece un sorriso disarmante. «Non la conosco» rispose. «Non l'ho mai vista prima di oggi.» E abbassò lo sguardo.

Per un attimo Rocco pensò che sarebbe arrossita. Poi si rese conto che anche se era così giovane la vita doveva averle mostrato tanta di quella merda che probabilmente aveva dimenticato che si poteva arrossire.

«Chiedo sempre ai clienti di raccontarmi com'è la città» continuò Libertad. «Chiudo gli occhi e immagino quello che mi descrivono.» Alzò lo sguardo su Rocco. «Ti prego» gli disse.

Lui pensò di nuovo che era poco più che una bambina. E provò un senso di nausea. «Non cercare di fregarmi» le disse.

Le labbra sensuali e carnose di Libertad si allargarono in un sorriso entusiastico. Fece un salto e batté le mani. «Grazie, grazie, grazie!» esclamò.

Rocco pensò che quella ragazzina non sapeva più arrossire e nemmeno essere davvero contenta. C'era qualcosa di spento, di morto in quell'allegria.

Mentre camminavano, lei riprese a parlare. «So i nomi di tutti i barrios di Buenos Aires. So un sacco di cose. Tu per esempio sai cosa sono i *palacios*?»

«No.»

«Sono le enormi e sontuose abitazioni dei ricchi, come quelli in Calle Arenales, vicino al Parque San Martìn» disse Libertad.

Rocco pensò che parlava come un libro stampato.

«Ma sai cosa ti lascerebbe senza fiato?» continuò Libertad, come una ragazzina che ripete la lezione appena imparata a scuola. «Il Palacio de Aguas Corrientes, in Avenida Córdoba. Ha più di centosettantamila mattonelle in ceramica e trecentomila terracotte policrome importate dal Belgio e dall'Inghilterra… e il tetto è fatto di tegole di ardesia verde scuro che vengono dalla Francia.»

«Che vuol dire "policrome"?» domandò Rocco.

«Non lo so» rispose ingenuamente Libertad. Poi rise e si piazzò davanti a Rocco, continuando a camminare a ritroso. Parlava veloce, eccitata. «Comunque… ho chiesto al cliente che me lo aveva raccontato: "Chi ci vive lì? Il re?". E lui, che è un vecchietto magro magro, con un pisellino mezzo addormentato, che si accontenta di… va bene, questo non è importante…»

Rocco sentì un conato di vomito all'idea di quel vecchio che spendeva meno di dieci pesos per infangare la ragazzina.

«Insomma, ascolta» riprese Libertad. «Lui mi ha risposto: "Non c'è nessun re in Argentina". Ci crederesti? "E chi ci vive allora?" gli ho chiesto.» Camminando all'indietro inciampò.

Rocco la afferrò per un braccio. Era leggera e fragile.

«Nessuno» continuò Libertad, riprendendo a camminargli accanto. «Non ci vive nessuno. Là dentro ci sono non so quanti enormi serbatoi. Tutta l'acqua potabile di Buenos Aires.» Annuì, come a confermare quello che aveva appena detto. «Un palazzo così grande solo per nascondere dell'acqua. Che spreco, ti pare?»

«Sì» mormorò Rocco.

Arrivarono a Plaza de Mayo. In effetti era gigantesca. Ma a Rocco non interessava. «Quindi adesso giriamo di lì?» chiese.

Il volto della ragazza si fece serio. «Posso dirti una cosa?»

Rocco avrebbe voluto risponderle di no. «Certo» disse invece.

«Sai qual è il posto che vorrei proprio vedere?» fece Libertad.

«Dobbiamo andare al Chorizo» disse Rocco, scuotendo il capo.

«Ti prego…» La voce di Libertad era piagnucolosa, proprio come quella di una bambina. «Non vuoi nemmeno saperlo?»

Rocco sospirò. E annuì.

Libertad batté le mani. «La *costanera*, la passeggiata lungo il Rio de la Plata… dove ci sono tutti i *balnearios*.» Guardò Rocco a occhi spalancati. «È dove tutti i *porteños* fanno il bagno.»

«E dove… sarebbe?» chiese Rocco, sentendo che stava facendo una sciocchezza.

Libertad saltò ancora, fece un gridolino e lo prese per mano. «Di là!» esclamò. E poi cominciò a trascinarlo.

E Rocco la assecondò.

Quando arrivarono sulla passeggiata videro decine di persone in costume che facevano il bagno nel Rio de la Plata. Altri erano seduti sulle grandi terrazze di legno, sotto ampi ombrelloni o stesi al sole, sorseggiando una bibita e ascoltando la musica struggente di quella terra, suonata da orchestrine di tre o quattro elementi. Qualcuno ballava pigramente. C'erano anche delle barche a remi. Rocco pensò che era tutto così strano a Buenos Aires. Erano a fine novembre e stava appena iniziando l'estate. Di lì a poco sarebbe stato Natale e tutti sarebbero andati in giro sudando.

Lo sguardo di Libertad intanto si era fissato sulle acque pigre e limacciose del gigantesco fiume. Teneva ancora per mano Rocco e lo guidò fino alla riva.

E poi si levò le scarpe e cominciò a slacciarsi il vestito.

«Che fai?» le chiese Rocco.

«Voglio nuotare.»

«No, no. Non se ne parla nemmeno.»

Libertad continuò a fissare il Rio de la Plata. «Due anni fa, in Polonia, i miei genitori mi hanno venduto ad Amos» disse con una semplicità che fece accapponare la pelle a Rocco. «Sono due anni che lavoro al Chorizo. Senza mai uscire. Oggi, quando mi hanno portato da quel cliente basso, è stata la prima volta.» Lo guardò. Il suo era lo sguardo di una bambina e di una vecchia, insieme.

«Lasciami nuotare, ti prego. Forse non mi succederà mai più.»

Rocco non resse e abbassò gli occhi, scuotendo piano il capo.

Libertad riprese a spogliarsi.

Rocco vide cadere il vestito a terra. Quando alzò la testa, la ragazza aveva già messo i piedi nell'acqua. Indossava un corpetto scandaloso in mezzo ai castigati costumi dei bagnanti.

«Come ti chiami?» domandò Libertad voltandosi.

«Rocco.»

Libertad sorrise. «Rocco...» ripeté con una dolcezza che faceva male. Come se stesse dicendo altro.

Rocco ebbe la tentazione di fermarla.

Ma in un attimo Libertad era nel fiume e stava nuotando. L'acqua limacciosa non faceva trasparire l'indecenza del suo abbigliamento da puttana. Ora era una delle tante ragazzine che facevano il bagno, con i lunghi capelli biondi che fluttuavano in superficie come delle alghe dorate.

Rocco la guardava imbambolato, con una crescente sensazione di disagio. «Libertad!» chiamò.

Ma la ragazzina non si voltò. A veloci bracciate si allontanava sempre di più.

Rocco la vide superare le boe bianche e rosse che delimitavano la zona balneabile.

«Libertad...» disse. Ma piano, perché ormai la ragazzina era troppo lontana per sentirlo. E continuava a nuotare a bracciate vigorose, verso il centro di quel fiume grande come un mare. Per un attimo Rocco pensò che stesse scappando. Ma non avrebbe potuto farcela ad arrivare sull'altra sponda. «Fermati, Libertad. Altrimenti non avrai più la forza di tornare indietro» disse.

E solo in quel momento comprese che era esattamente quello che stava facendo la ragazzina. Voleva nuotare fin dove non avrebbe più avuto la forza di tornare indietro.

E allora si sarebbe lasciata andare.

«No!» gridò Rocco mentre spingeva in acqua una barchetta.

«La mia barca!» urlò un uomo.

Ma Rocco non lo sentì. Aveva un solo pensiero in testa, mentre remava con tutta la forza che aveva. Doveva raggiungere Libertad prima che fosse troppo tardi. Ogni tanto si voltava a guardarla.

Le bracciate della ragazzina si facevano più lente e pesanti. Le mani emergevano a fatica dall'acqua, alzando deboli spruzzi bianchi.

«Resisti! Resisti!» urlava Rocco.

Quando la raggiunse, Libertad era ormai spossata e stava lasciandosi andare a fondo. Un attimo prima che scomparisse la afferrò per i capelli. La tirò a bordo, con grande fatica, anche se era leggera, perché non collaborava. Era un peso morto.

Quando fu distesa sul fondo della barca, con una profonda disperazione negli occhi, Libertad disse: «Perché?».

E poi non pronunciò più una parola. Né quando Rocco la rivestì, tornati a riva, né mentre camminavano verso il Chorizo.

«Non potevo lasciartelo fare, lo capisci?» le disse Rocco.

Ma Libertad non diede segno di averlo sentito.

Rocco la guardò. Non era più la ragazzina che gli parlava di Buenos Aires, eccitata. Era solo una messinscena. Sin dall'inizio voleva arrivare lì, sul fiume. E sin dall'inizio sapeva cosa voleva fare.

«Ma non potevo lasciartelo fare...» ripeté Rocco, parlando più a sé che a lei. Come se sentisse il bisogno di giustificarsi. Come se ci fosse qualcosa di sbagliato nel salvare la vita a una ragazzina.

Arrivati al bordello in Avenida Junín, la consegnò a una donna con uno sfregio sulla guancia. Quella nemmeno notò che Libertad aveva i capelli bagnati. Rocco la vide scomparire su per una scala, seguendo docile come un agnello la donna sfregiata.

Lui fu portato in una stanza che puzzava di sigaro.
Amos era un uomo alto e pingue, con le gote arrossate. Controllò il pacchetto e annuì soddisfatto.
Rocco provò una violenta avversione. Era l'uomo che aveva comprato Libertad ai suoi genitori in Polonia. Quando aveva tredici anni. «Mi devi pagare» gli disse in tono aggressivo quando lo vide riporre la cocaina in un cassetto.
Amos sorrise. «Non preoccuparti. Tony si fida di me.»
«E io mi fido di Tony» rispose Rocco. «Ha detto che mi strappa i coglioni se non gli porto i soldi. E io non mi gioco i coglioni per un pappone di merda.»
«Giornata storta, amigo?» sorrise Amos.
Rocco lo guardò senza parlare.
Amos gli lanciò una mazzetta di pesos spiegazzati guadagnati dalle sue puttane. «Non ti voglio più vedere qui dentro» fece in tono astioso. «Ti sei perso una bella scopata gratis, stronzo.»
Rocco gli voltò le spalle e se ne andò.
Appena fuori guardò l'anonimo palazzetto giallo senape, con le persiane delle finestre chiuse, come se fosse disabitato. Come se fosse una prigione. O una tomba.
Tornò a LaBoca oppresso da un peso sgradevole.
Poi, mentre percorreva uno dei vicoli sporchi dietro ai capannoni del porto, vide una banda di ragazzini intorno a un uomo a terra, inerme. «Ehi, voi!» urlò, lanciandosi verso il gruppo.
I ragazzini per un attimo si fermarono. Poi si schierarono compatti, aggressivamente, fronteggiandolo.
Rocco vide Javier, lo scaricatore licenziato da Tony, a terra, privo di sensi. Era insanguinato. «Che gli avete fatto, disgraziati?»
Uno dei ragazzini, più alto degli altri, con uno sguardo duro e una cicatrice che gli tagliava a metà il sopracciglio sinistro, estrasse il coltello. Nell'altra mano reggeva una manciata di soldi.
«Cosa gli avete fatto?» ripeté Rocco.

«Siete stati voi, non noi» rispose il ragazzino.
«Voi chi?» chiese Rocco spiazzato.
«Voi» ripeté il ragazzino. «Noi lo stiamo solo ripulendo.»
«Metti giù quei soldi» fece Rocco.
«Fottiti» rispose il ragazzino, agitando minacciosamente il coltello, imitato anche dagli altri.
Rocco estrasse la pistola. «Basta» mormorò con una voce cupa.
«Basta cosa?» rise il ragazzino.
«Basta!» urlò Rocco, schiacciato dallo schifo di quella giornata.
«Siamo troppi per te solo» ghignò il ragazzino.
«Hai ragione.» La voce di Rocco vibrava di rabbia. «Ma questa storia la racconteranno i tuoi amici, non tu. Perché tu sarai lì per terra, con la faccia spappolata dal primo colpo che sparerò.»
Il ragazzino lo fissò in silenzio.
«Fai la tua scelta...» Rocco alzò lentamente il cane della pistola.
Allora il ragazzino buttò per terra i soldi e scomparve con la sua banda in un battibaleno.
Rocco si inginocchiò accanto a Javier. «Chi è stato?» gli chiese.
Javier lo guardò attraverso gli occhi tumefatti. «Voi» rispose.
Era stato pestato a sangue. E Rocco comprese che era la punizione per aver offeso Tony. Poco più in là vide una mazza da baseball. Raccolse i soldi e glieli mise in tasca. Poi lo aiutò a sollevarsi da terra e, quasi caricandoselo in spalla, lo portò verso il molo, dove riconobbe due degli scaricatori che aveva incontrato alla taverna. «Aiutatelo» gli disse.
Gli scaricatori lo guardarono con un misto di odio e paura.
Rocco strinse i pugni. Avrebbe voluto dirgli che non era stato lui, che non era un mafioso. Ma a che sarebbe servito? Tanto non gli avrebbero creduto.

«Aiutatelo, porca troia!» gridò.
Poi, lasciato Javier, voltò loro le spalle e se ne andò. Camminò a passi furiosi verso la Zappacosta Oil Import-Export.
«Che cazzo di mondo è questo?» urlò.
Un vecchio che gli passava accanto si fermò e lo fissò. Aveva occhi stanchi e rassegnati. «La vita è una merda» gli disse. «E poi muori.» Allungò una mano, col palmo rivolto all'insù. «Dammi un paio di pesos, ti prego, señor…»
Rocco gli allungò una delle banconote di Amos.
Il vecchio fece un fischio di sorpresa e se ne andò.
Rocco entrò come una furia nell'ufficio di Tony, seguito da Bastiano che non era riuscito a trattenerlo. Buttò sulla scrivania i soldi guadagnati dalle prostitute bambine del Chorizo.
«Non consideratemi più un vostro dipendente» disse con lo sguardo inferocito. «Me ne vado domattina.» Mise la pistola accanto ai soldi e uscì, senza aspettare la risposta di Tony.
Quando fu fuori, solo, sulla banchina, si fermò.
«Libertad…» sussurrò. E pensò al significato di quel nome con una fitta al cuore. «Libertà…»
Alzò gli occhi al cielo. Era terso, senza neanche una nuvola. Di un azzurro puro. Immacolato. Magnifico.
E tutta quella perfezione era così stonata, pensò.
Sentì gli occhi che gli si riempivano di lacrime. «Libertad, mi spiace, non ti ho lasciato nuotare» disse piano.

27.

«Che vuol dire in spagnolo *Blecchèt*?» chiese Raquel ad Adelina stendendo le lenzuola pulite sui fili tesi in terrazza.
«Perché ti interessa?» chiese sospettosa Adelina.
Raquel scrollò le spalle. «Ma niente, così… Ho sentito che ne parlava un cliente.»

«E che diceva?»

«Non ho capito bene» rispose Raquel in tono vago. «Parlava un po' in spagnolo e un po' in yiddish... Diceva...»

«Ah, lascia perdere» la interruppe Adelina. «Lo so che diceva. Che lì si può comprare la cocaina.»

«Sì, proprio così» mentì Raquel. «Allora? Che significa? L'avete detto voi che devo imparare lo spagnolo.»

«Non è spagnolo. È inglese, sciocca. Black Cat, due parole. Significa gatto nero» fece Adelina. «Ma se vedi quel cliente digli che anche Amos ha la cocaina. Non c'è bisogno che arrivi fino al Black Cat.»

«Perché? È lontano?» insisté Raquel, decisa a scoprire dove fosse per andare a cercare il Francés.

«Abbastanza» rispose Adelina. La guardò, di nuovo insospettita. «A te che ti frega?»

Raquel scrollò ancora le spalle. «Così, tanto per imparare i nomi» disse come se non le interessasse davvero. «Come la via qui sotto... Avenida Junín» aggiunse impacciata e le sorrise, anche se la odiava per il modo in cui trattava le ragazze del Chorizo. Si voltò e stese un lenzuolo.

«Sta a Recoleta» disse Adelina.

«Avenida Recoleta?» chiese Raquel, senza guardarla in volto.

«No. È un barrio» rispose Adelina.

«Ah, ecco... E il Black Cat in che avenida...?»

«Che cazzo te ne fai dei nomi delle strade, scimunita?» la interruppe Adelina. «Sei suonata come Libertad, che conosce a memoria tutta Buenos Aires senza averla mai vista.» Rise di scherno. «Tu di qua non esci. Pensavi di farti una passeggiata?»

«Chi è Libertad?»

«Una delle puttane» disse Adelina. «Perché fai tutte queste domande? C'è sotto qualcosa?»

«No... no...» Raquel si ingobbì. Doveva stare attenta a non spingersi troppo oltre. Era arrivato il momento di tacere.

«Adesso lavora se vuoi cenare» le disse aspramente Adelina.

Raquel prese l'ultimo lenzuolo dalla cesta e lo stese al sole. Con la coda dell'occhio vide che Adelina li stava contando.

«Non sono tredici?» disse Adelina.

Raquel trattenne il fiato mentre il cuore le accelerava in petto.

«Sto parlando con te, scimunita. Rispondi.»

Raquel le diede le spalle per non farle vedere l'agitazione che le tendeva i lineamenti del viso, fingendo di allisciare le pieghe di un lenzuolo. «No...» disse, «io ne avevo contati... dodici...»

«Le stanze al piano terra sono tredici» insisté Adelina. «Quindi tredici lenzuola.» Le si piazzò di fronte e la fissò severamente.

Raquel sentì una goccia di sudore colarle lungo la fronte.

Adelina le puntò un dito in faccia. «Se l'hai strappato lavandolo devi dirmelo.»

«No, io...»

La donna continuava a fissarla in silenzio.

Raquel si sentì morire. Aveva cercato della corda per evadere dal Chorizo, ma non l'aveva trovata. Allora aveva deciso di fare delle strisce con le lenzuola. Questo era il secondo lenzuolo che rubava. Del primo Adelina non si era accorta.

«Erano tredici» ripeté Adelina. «Si è strappato?»

Raquel sentì il panico attanagliarle la gola. «Sì...» farfugliò.

«E allora devi dirmelo, idiota» borbottò Adelina. «Sono vecchi. È normale che si rompano. Ma se non me lo dici come facciamo uno dei letti? Ragiona, imbecille.» Sbuffò. «Ne prenderò uno nuovo. Non sei intelligente, ragazzina.» Si voltò e si avviò verso la porta della terrazza. «Vai in cucina adesso. Devi lavare i piatti.»

Raquel sentì le gambe che le tremavano per il pericolo scampato. «Subito» esclamò, con eccessivo entusiasmo.

Scendendo in cucina passò davanti alla stanza dove lavorava Tamar e sbirciò dentro. In quel momento non aveva clienti, come succedeva spesso all'inizio del pomeriggio. Solitamente era dalle sette di sera che il Chorizo si riempiva di uomini.

L'amica era seduta sul letto sfatto. Se ne stava a testa bassa, con le mani tra le ginocchia e lo sguardo perso nel vuoto. Aveva la camiciola sbottonata che lasciava nudi i bei seni.

«Ciao, Tamar» le disse Raquel.

Tamar alzò lentamente il capo. «Ciao, porcospino» le rispose con un sorriso vacuo.

Aveva gli occhi spenti come due lampadine fulminate, pensò Raquel. «Come stai?» le chiese.

Tamar continuò a sorriderle in quel modo distante senza parlare.

Raquel sentì crescerle in petto l'odio che provava per Adelina. Continuava a drogarla. Il più delle volte Tamar parlava come se non capisse quello che diceva. La droga la stava spegnendo. La stava trasformando in un sacco vuoto nel quale i clienti del Chorizo scaricavano la loro solitudine e il loro marciume. L'avevano ridotta un bidone dell'immondizia, pensò con rabbia Raquel. Tamar non sembrava soffrirne. Ma era semplicemente l'effetto della droga che Adelina si procurava dal nipote di un indio della foresta amazzonica. Raquel si era spaventata vedendo come stava veramente Tamar quando l'effetto della droga svaniva. Aveva letto una sofferenza insopportabile nei suoi occhi. Le aveva ricordato quella di Kailah il giorno in cui si era suicidata. E non voleva perdere anche Tamar. Era la sua sola amica. La sua sola famiglia. L'unica persona che le fosse rimasta al mondo.

«Che giorno è?» le domandò Tamar, con voce piatta e incolore.

Glielo chiedeva ogni volta che si parlavano, pensò Raquel con un groppo alla gola. Come se poi avesse una qualche importanza. Come se un giorno fosse diverso da un altro, lì al Chorizo. «Oggi è giovedì» le rispose gentilmente.

«Giovedì» ripeté meccanicamente Tamar, aggrottando appena le sopracciglia, come rincorrendo un ragionamento.

Raquel le abbottonò la camicetta, coprendo i seni nudi.

«Quindi domani... è venerdì, porcospino?» chiese Tamar.

A Raquel si riempirono gli occhi di lacrime. Doveva portarla via di lì in fretta. Doveva sbrigarsi. «Sì, domani è venerdì.»

Tamar annuì e sorrise, come una bambina contenta di aver risolto un rompicapo.

Raquel avrebbe voluto ripeterle che sarebbero scappate, ma ridotta com'era rischiava di mettere in allarme Adelina. Doveva fare tutto da sola. «Tamar» le disse, cercando di ottenere la sua attenzione. «Sai chi è Libertad?»

Tamar le sorrise e annuì.

«Dorme nella tua camerata?»

Tamar sorrise ancora e annuì di nuovo.

Raquel le accarezzò i capelli.

«Sai che vuol dire "*Abre las piernas, perra*"?» le disse Tamar.

Raquel sentì una stretta al cuore. «No» mentì.

«Apri le cosce, cagna» disse Tamar. «Vedi, porcospino?» sorrise. «Sto imparando lo spagnolo.»

Raquel si morse il labbro e se ne andò in fretta.

In cucina si mise a lavare un'enorme pila di piatti e pentole unte con una miscela di acqua calda, aceto e soda che le arrossava le mani. Avrebbe chiesto a qualcuna delle altre ragazze chi era Libertad. E se davvero conosceva tutta Buenos Aires a memoria magari le avrebbe potuto spiegare come trovare il Black Cat.

Dopo un po' Adelina raggiunse ai fornelli Esther, l'altra donna che divideva con loro la stanza.

«Una delle nuove non fa altro che piangere» disse Esther.

«Poi le lacrime finiscono» rise Adelina crudelmente mentre stendeva la pasta per le *empanadas* da friggere.

«*Bruja*» mormorò rabbiosamente Raquel. Strega. La odiava. Adelina era la mano del diavolo. La mano di Amos.

Finì di lavare le stoviglie e si avviò verso la camerata delle ragazze, per spazzarla, dopo aver rubato due *albóndigas*, dei biscotti riempiti di *dulce de leche*, per Tamar. Ma quando arrivò davanti alla sua porta la trovò chiusa. Accostò l'orecchio per capire se dentro ci fosse un cliente. Sentì delle specie di grugniti e le molle del letto che cigolavano ritmicamente.

«*Te gusta, ¿verdad?*» fece dall'interno della stanza la voce di un uomo, arrochita dalla foga sessuale. E poi, non sentendo risposta, ordinò in tono aggressivo: «*¡Dime que te gusta, puta!*».

"Dimmi che ti piace, puttana" tradusse mentalmente Raquel.

«*Sí, me gusta mucho*» fece Tamar, senza la minima emozione.

E all'uomo bastò, perché riprese a grugnire soddisfatto.

«Sì, mi piace molto» sussurrò Raquel, con dolore.

Raggiunse la camerata e la spazzò in fretta. Poi nascose i biscotti sotto al cuscino di Tamar, sperando che li trovasse.

Controllò che nessuno la vedesse e scese allo sgabuzzino del primo piano. Scostò la tenda e ci si infilò dentro. Da sotto al tappeto arrotolato che puzzava di muffa estrasse il lenzuolo rubato quella mattina. Lo strappò, ricavando delle strisce, e le annodò fra loro, unendole a quelle che aveva già ottenuto dal primo lenzuolo. Tese l'orecchio. Non c'era nessuno in giro. Allora aprì la finestra che dava sul cortiletto del retro, fece scendere la striscia che aveva ottenuto e verificò che fosse abbastanza lunga per calarsi. La striscia toccò terra. Raquel sentì il cuore gonfiarsi di speranza. Decise che anche se non fosse riuscita ad avere le informazioni che le servivano per trovare il Black Cat, avrebbe provato a evadere quella sera stessa e si sarebbe messa in contatto col Francés.

Cercando di non dare nell'occhio entrò nell'altra camerata. Col cuore in gola si avvicinò a un letto e chiese alla ragazza che ci era distesa: «Conosci Libertad?».

«Ce n'è più di una» rispose quella. «Quale Libertad cerchi?»

«Quella che sa tutte le strade di Buenos Aires.»

«Ah» fece quella, sorridendo, e indicò due letti più in là. «È quella coi capelli biondi lunghi.»

Raquel raggiunse la ragazza. Si stupì di scoprire che era così giovane. Forse aveva un anno, massimo due più di lei. Le parve di ricordarla per i corridoi. Era sempre sorridente e piena di vita. Si accucciò accanto al letto e disse: «Ciao, Libertad».

Libertad rimase immobile a fissare il soffitto.

«È inutile che sprechi il fiato» disse la ragazza del letto accanto. «Da qualche giorno non parla più.»

Raquel provò un moto di sconforto. Quel mondo uccideva le persone, anche quando le teneva in vita. «Libertad, ti prego...»

«Lei non parla e tu non ci senti» sbuffò la ragazza accanto.

Libertad non aveva mosso un muscolo.

Raquel decise di tentare il tutto per tutto. Si accostò all'orecchio di Libertad e le sussurrò: «Ti prego... devo andarmene di qui...».

Libertad si voltò. Aveva uno sguardo intenso. Ma non parlò.

«Ti prego...» ripeté Raquel.

All'improvviso Libertad la attirò a sé. «Non sprecare la tua occasione» le bisbigliò. «Ne abbiamo una sola. Una sola.»

«Aiutami» disse Raquel, tenendo basso il volume della voce. «Tu sai dov'è il Black Cat? Recoleta...»

Libertad la guardò come se non la vedesse più. «Abbiamo una sola occasione» ripeté come un automa e tornò a fissare il soffitto.

«Libertad...» fece Raquel. «Libertad...»

«Facci dormire, cazzo!» si lamentò la ragazza del letto accanto.

Raquel guardò Libertad per un attimo ancora, poi se ne andò.

Appena la porta della camerata si chiuse, una lacrima colò lungo la guancia di Libertad. Null'altro.

«E va bene» si disse Raquel, allontanandosi. «Lo troverò da sola.» Non poteva rimandare. Tamar era in una situazione pietosa.

Però c'era ancora qualcosa di fondamentale da fare. Adelina prima di prendere sonno si rigirava a lungo nel letto. Cattiva coscienza, pensava Raquel. Ma quella sera Adelina si sarebbe addormentata in fretta. E avrebbe avuto un sonno pesante, perché lei aveva scoperto dove teneva la droga. Ne travasò una quantità abbondante in un bicchiere e lo nascose. Poi, giunta l'ora di cena, la versò nel vino di Adelina, con le mani che le tremavano per la tensione.

Da quel momento il tempo sembrò fermarsi. I minuti pesavano come ore mentre spiava Adelina. Infine, quando furono in camera, notò che gli occhi le si appannavano.

«Ho mangiato troppo» farfugliò Adelina. «Non mi sento bene.»

Esther ridacchiò inebetita.

Raquel non era preoccupata per lei. Beveva talmente tanto che la sera, finito di lavorare, perdeva conoscenza in un battibaleno. Poco dopo però anche Adelina cominciò a russare.

Uscì in corridoio in punta di piedi. Prese un vassoio e un bicchiere di vino. Chiunque l'avesse incontrata avrebbe pensato che stava lavorando. Raggiunse lo sgabuzzino del primo piano a testa bassa, con il cuore che le batteva forte. Sfilò la striscia di lenzuola dal tappeto ammuffito, aprì la finestra e legò un capo al supporto della grondaia. Per un attimo, guardando nella notte buia, le mancò il coraggio. Poi pensò a Tamar, al suo sguardo disperato che le aveva ricordato quello di Kailah, e scavalcò la finestra.

In quel momento una mano le afferrò la spalla.

Raquel stava per urlare dallo spavento ma la mano si spostò veloce dalla spalla alla bocca, tappandogliela.

«Sssh» fece Libertad. «Ti aiuterò. Ma non so tutte le strade» disse. Poi chiuse gli occhi, tracciando dei segni con le mani, come se seguisse un percorso. «Vai a sud, fino ad Avenida Rivadavia. Seguila tutta verso il centro. Poi gira a sinistra, a nord, in Avenida Pueyrredón, che ti porta a Recoleta. Continua dritta finché sulla sinistra vedi la via Arenales. Il Black Cat è lì, lo riconosci perché ha un gatto nero con la coda dritta disegnato su un tendone rosso.» Aprì gli occhi. «Ma tu lo sai che io non ci sono mai stata, vero? Potrebbe anche essere tutto sbagliato.»

«Il Signore del Mondo ti benedica» fece Raquel, commossa.

«Il Signore del Mondo si è dimenticato di me» disse Libertad con rabbia e dolore. La abbracciò e le sussurrò: «Nuota per me».

28.

Appena Libertad se ne fu andata, Raquel pregò che le lenzuola annodate reggessero il suo peso e si lanciò nel vuoto. Sbatté la faccia al muro con violenza. Ma non mollò la presa e cominciò a calarsi. Bracciata dopo bracciata prese fiducia. Al villaggio era brava quanto i maschi ad arrampicarsi sugli alberi, si disse.

Atterrando sentì un'ondata di entusiasmo. Era solo l'inizio ma ce l'avrebbe fatta. Ne era certa. Raggiunse il muretto. Si voltò. La lunga striscia delle lenzuola spiccava bianca nella notte buia.

«Cretina» si disse. «Dovevi tingerla di nero.»

Chiunque avesse guardato in quella direzione l'avrebbe vista. Ma ormai non c'era nulla da fare. Si sporse dal muretto. Non c'era nessuno. Lo scavalcò e corse più in fretta che poté. Sperò che le indicazioni di Libertad fossero giuste. Camminò fino a una strada trafficata. "Avenida Rivadavia" lesse e prese coraggio. «Signore» chiese a un passante, «dov'è il centro?»

L'uomo la guardò aggrottando le sopracciglia.

Raquel si rese conto che per l'agitazione gli aveva parlato in yiddish. "Stai calma" si disse e glielo chiese in spagnolo.

Dopo una mezz'ora riuscì a trovare il Black Cat.

Si fermò davanti al grande tendone rosso con il gatto nero dipinto a coda dritta. Trattenendo il fiato sbirciò nella vetrina e con un tuffo al cuore riconobbe il Francés, bello ed elegante come lo ricordava, che parlava con un uomo dalla carnagione giallognola.

Entrò e si diresse al suo tavolo. «Señor Francés...» esordì.

Il Francés guardò la ragazzina che gli stava davanti, magra come un chiodo, con un buffo naso lungo e all'insù e un cespo di capelli neri in testa. «Chi sei, *niña*?»

«Señor... non parlo bene la vostra lingua...»

«Ah, sei una piccola *polák*» rise il Francés. «Che vuoi?»

«Devo parlarvi di una cosa importante» disse Raquel e poi guardò l'uomo che era con lui. «E privata» aggiunse.

«Non ho segreti per il mio amico Lepke» rispose il Francés. «E poi lui è giudio come te.» Scostò una sedia. «Metti il tuo culo secco su questa. Allora, forza, chica. Dimmi.»

Raquel si sedette. «Señor» cominciò, «vi ricordate che tempo fa siete venuto dove sbarcano le navi e c'erano tante ragazze? Ne avete vista una molto bella e avete detto a un uomo che si chiama Amos che volevate comprarla.»

Lo sguardo del Francés si fece attento ma non parlò.

«La volete ancora, señor Francés?» chiese Raquel.

«Chi sei tu?» domandò il Francés, sporgendosi verso di lei.

«Avete detto che l'avreste trattata bene» disse Raquel.

«Chi sei?» ripeté il Francés.

«Lavoro al Chorizo e Tamar... la ragazza bella... è mia amica.» Raquel fissò il Francés con gli occhi sbarrati per la speranza. «Io posso farla scappare se voi la prendete.»

Il Francés fece un gesto secco con la mano. «Non voglio grane con gli ebrei. Quelli ci mettono un attimo a tagliarmi la gola.»

«Vi prego, señor» disse Raquel. «Al Chorizo è... bruttissimo.» Gli occhi le si appannarono di lacrime. «In questa città ci sono tantissime persone. Amos non vi troverà mai.»

«Non sai di che parli, *niña*» fece il Francés. «Ci sono milioni di pezzenti ma pochi *rufianos*... pochi papponi.» Scosse il capo. «Una ragazza bella come la tua amica in mano mia farebbe parlare tutta Baires in una settimana. E Amos lo verrebbe a sapere in ancora meno tempo. Quindi cosa dovrei fare? Prenderla e nasconderla?» Rise. «Io faccio affari non buone azioni.»

«Questa chica è realmente bella?» intervenne Lepke.

Il Francés si baciò la punta delle dita. «Di più. È un'opera d'arte.»

«Allora potresti portarla a Rosario per un annetto. Sono trecento chilometri a nord di qua. Chi vuoi che vada a cercarla lì?» disse Lepke. «Si fanno buoni affari anche a Rosario e non ci sono troppi *poláks*.»

Il Francés lo fissò, riflettendo. Poi sorrise e fece segno di sì col capo. «Potrebbe funzionare.»

Raquel sbarrò gli occhi per la felicità.

Mentre tornava al Chorizo, in macchina col Francés, Raquel quasi non credeva di essere riuscita a fare quello che aveva fatto. Il Francés l'aveva voluta accompagnare per verificare che il posto dell'incontro fosse sicuro. Raquel era eccitatissima. Era per l'indomani. E il Francés le aveva assicurato che avrebbe portato anche lei con Tamar. Sarebbe stata la sua domestica.

Quando il Francés vide penzolare il lenzuolo dalla finestra storse il naso. Ma il posto sembrava tranquillo. «Si può fare» disse infine. «Alle quattro e mezzo, *mañana por la mañana*.» E se ne andò, senza controllare se Raquel riusciva a rientrare al Chorizo.

Ma Raquel non ebbe difficoltà, appena salita levò il lenzuolo e poi andò da Tamar.

Tamar, come al solito, le domandò: «Che giorno è oggi?».

Il viso di Raquel si illuminò. «Un gran giorno!»

«Un gran giorno...» ripeté Tamar, senza capire.

Raquel si rese conto che Tamar non sarebbe riuscita a calarsi dalla finestra in quello stato. Non ci aveva pensato. Tornò in fretta in camera. Adelina ed Esther continuavano a russare. Svuotò metà della bottiglia di droga e la rabboccò di acqua. Se Tamar fosse stata meno intontita, pensò, sarebbe riuscita a evadere. O almeno lo sperava con tutto il cuore. Poi si infilò sotto le coperte e strinse il libro di preghiere del padre, ridendo piano.

«Domani» ripeteva, con l'adrenalina che le scorreva prepotente nelle vene. Presto sarebbero state libere.

Alla fine di quella notte, più tormentata del previsto, piena di dubbi e di paure, Adelina la scosse malamente, come ogni mattina.

«Va' a prendere le lenzuola sporche» le ordinò come previsto.

Raquel si nascose il libro del padre sotto al vestito e raggiunse la camerata delle ragazze, con il cuore che batteva forte. Fermò Tamar fuori dalla porta, in corridoio.

«Che ci fai qui, porcospino?» le chiese Tamar in tono cupo.

Raquel le lesse negli occhi il terribile dolore che la sopraffaceva quando l'effetto della droga non la stordiva troppo. Provò pena per lei ma anche sollievo. «Vieni, presto» le sussurrò.

«Lasciami in pace» disse Tamar. «Non sono dell'umore giusto.»

Aveva la voce un po' impastata. Evidentemente la dose di droga non era sufficiente per stordirla del tutto ma nemmeno così poca da farla essere realmente lucida, pensò Raquel. Le afferrò una mano. «Vieni» disse in tono deciso. «Ce ne andiamo.»

Tamar elaborò lentamente l'informazione. «Andiamo... dove?»

«Scappiamo» fece Raquel.

Gli occhi dell'amica brillarono. «Scappiamo...» le fece eco.

«Sssh» la azzittì Raquel sempre stringendole la mano la guidò alle scale. Stavano per scenderle quando incrociarono uno degli uomini di Amos.

«Cammina!» urlò Raquel a Tamar. «Voglio che vedi come hai ridotto il lenzuolo! Adesso te lo lavi tu, stronza di una puttana!»

L'uomo scoppiò a ridere. «Adelina ti ha addestrato bene.» Poi proseguì senza più prestarle attenzione.

Raquel scese le scale precipitosamente, trascinandosi dietro Tamar come un peso morto. Quando arrivarono allo sgabuzzino la spinse dentro, prese in gran fretta le lenzuola annodate, aprì la finestra e fissò un capo al sostegno della grondaia. Oltre il muretto riconobbe la macchina del Francés che le aspettava. Si girò di scatto verso Tamar, con la gioia che le gonfiava il petto.

Ma quando vide gli occhi di Tamar si spaventò. Si stavano spegnendo. Avrebbe dovuto diluire di più la droga. La afferrò per le spalle. «Non mollare adesso, ti prego» le sussurrò. «Resta sveglia. Ce l'abbiamo fatta.»

Tamar era intontita.

Raquel le diede uno schiaffo. E poi un altro. La portò alla finestra. «Guarda quella macchina» bisbigliò. «Quella macchina è la libertà.» La scrollò ancora, con la forza della disperazione. «Non arrenderti, cazzo!» le sibilò rabbiosamente nell'orecchio.

Tamar la mise a fuoco lentamente. «Hai sempre avuto una linguaccia». E poi le spalle le sussultarono appena, mentre rideva.

Raquel rise con lei e la abbracciò. La fece affacciare dalla finestra. «Dobbiamo calarci.»

«Ho paura» fece Tamar.

Raquel la costrinse a guardarla. «Più che restare qui?»
Tamar scosse il capo. «No» disse. «Vai prima tu.»
«No, prima tu.»
«Ti prego... fammi vedere come si fa.»
Raquel la fissò. «Se poi non scendi torno su a prenderti.»
«Scendo, non preoccuparti... porcospino.»
Raquel scavalcò la finestra, si aggrappò alle lenzuola e cominciò a calarsi. Toccò terra e fece segno a Tamar di seguirla.
Tamar scavalcò il bordo della finestra, insicura e spaventata.
«Avanti!» sussurrò Raquel.
Tamar prese tra le mani il lenzuolo e poi, per vincere la paura, quasi saltò, con una foga eccessiva. Andò a sbattere contro la grondaia, che rimbombò rumorosamente, ma non mollò la presa. E poi, mentre si stabilizzava, all'improvviso il lenzuolo si lacerò.
«No!»
Tamar precipitò e atterrò pesantemente a terra. Urlò di dolore.
Raquel chiuse gli occhi, scioccata, vedendo che la gamba sinistra della sua amica, sopra la caviglia, era innaturalmente piegata. Ma si riebbe subito e la afferrò per le ascelle, cercando di farla alzare. Da vicino si accorse che la pelle della gamba era lacerata da una scheggia di osso. Trattenne un conato di vomito e la tirò su.
Tamar gemeva e gridava.
«Zitta, non urlare!» le fece Raquel. Poi la trascinò verso il muretto. «Ce l'abbiamo fatta» le diceva intanto. «Ce l'abbiamo fatta. Resisti.»
«Scappano!» si sentì urlare in quel momento sopra le loro teste.
Raquel vide Adelina, richiamata dalle urla di Tamar, affacciata alla finestra della cucina, al primo piano.
«Scappano dal retro!» gridò Adelina. Poi si precipitò dentro.

«Avanti, ce l'abbiamo fatta!» ripeteva Raquel, trascinando Tamar. «Ce l'abbiamo fatta!»

Erano a meno di due passi dal muretto quando sentì aprire la porta che dava sul cortile. E delle voci di uomini che accorrevano e la macchina del Francés che sgommava sull'asfalto, scappando.

«No!» urlò Raquel.

In un attimo tre uomini armati di coltello furono nel cortiletto e le circondarono.

Subito dopo comparve Amos, seguito da altri due uomini. Si avvicinò e con grande lentezza estrasse il coltello dalla cintola. Le sue labbra erano increspate da un sorriso feroce. Crudele. Fissò le due ragazze in silenzio. Poi afferrò il volto di Tamar, che continuava a gemere, le appoggiò la punta del coltello allo zigomo e con un movimento rapido, verso il basso, le squarciò la guancia fino alla mandibola. «Eccoti marchiata, troia. Te la sei cercata.»

Tamar urlò di dolore mentre il sangue le colava giù per il collo.

Raquel si lanciò contro Amos.

Amos la colpì con un calcio, buttandola in terra. «Tu non avrai la sua stessa fortuna» le disse con una voce spaventosa, mentre si puliva la lama insanguinata sui pantaloni. «Con oggi hai smesso di soffrire in questa valle di lacrime.» Si rivolse ai suoi. «Tenetela ferma mentre le apro la pancia.»

Due uomini afferrarono Raquel per le braccia.

Raquel era terrorizzata. Guardò Tamar.

Amos fece un passo verso di lei, con un ghigno cattivo e gli occhi socchiusi, puntandole il coltello verso il ventre. «Ti apro da quella fichetta inutile fino alla gola.»

All'improvviso Tamar, con un urlo agghiacciante, si tirò in piedi e si buttò tra Raquel e il coltello proprio nel momento in cui Amos affondava il colpo. La lama le penetrò nella carne.

Amos, colto alla sprovvista, fece un passo indietro.

I due uomini per la sorpresa lasciarono Raquel.

Mentre ricadeva, Tamar voltò il capo verso di lei, a bocca aperta. «Scap... pa...» balbettò col sangue che le gorgogliava in gola. «Scappa... porcospino...»

«No!» gridò Raquel. Guardandola con gli occhi appannati di lacrime le tornò alla mente il padre. Anche lui le aveva detto di scappare, morendo. Anche nella sua gola gorgogliava il sangue. Ebbe solo un istante di smarrimento poi, più veloce degli altri, mossa da un terrore cieco, saltò verso il muretto e lo scavalcò. Ma non era ancora atterrata dall'altra parte che una mano l'afferrò.

Adelina era scesa precipitosamente per le scale ed era uscita dal portone principale, facendo il giro. «L'ho presa, Amos!» esclamò con una nota vittoriosa nella voce. «L'ho presa io questa puttana!»

Raquel la guardò. Le vide la cicatrice sulla guancia. Un tempo anche lei aveva cercato di scappare. E ora era la mano del diavolo.

«No!» risuonò una voce imperiosa dall'alto.

Tutti si voltarono. Per un attimo il tempo sembrò fermarsi.

Libertad era affacciata a una finestra, nuda, a braccia larghe, come una santa, con i lunghi capelli biondi scompigliati. «No!» urlò ancora. «È la tua sola occasione! Non sprecarla!»

Poi il cliente che era con lei nella stanza la afferrò per i capelli.

«Scappa... porcospino...» rantolò Tamar, con le ultime forze che le restavano, al di là del muretto. «Scappa... per me...»

Raquel si sentì accecare dalla rabbia. Tutta la paura scomparve improvvisamente. «Sei tu la puttana!» gridò ad Adelina, con le vene del collo che stavano per scoppiarle. La colpì con un pugno in faccia con tutta la forza che aveva, come aveva visto fare ai maschi del suo villaggio quando litigavano. Sentì la cartilagine del naso di Adelina scricchiolarle sotto le nocche.

Adelina si accartocciò a terra gemendo.

«Prendetela!» ordinò Amos.

Due uomini cominciarono a scavalcare il muretto.

«Sei tu la puttana!» urlò ancora Raquel ad Adelina, colpendola con un calcio nella pancia.

E poi si mise a correre.

Per la vita. Per la libertà.

E per Tamar.

E perché era la sua sola occasione.

29.

«Ecco, lo senti?»

«Cosa?» domandò Rosetta.

«Annusa. Inizia da qui.»

Rosetta sentì un odore acre e pungente nell'aria.

«*El hedor de la muerte*» disse la donna che le era seduta accanto, sulla *tranvía*. «Il fetore della morte.»

Guardando fuori dal finestrino Rosetta vide un enorme numero di gabbiani e corvi, in cielo, che volavano in tondo, come avvoltoi.

Quella mattina la donna, che si chiamava Carmela, le aveva detto: «Devi avere lo stomaco forte per lavorare al Matadero».

«Che cos'è il Matadero?» aveva chiesto Rosetta.

«Il mattatoio.»

«Ho lo stomaco forte» aveva risposto Rosetta.

Carmela aveva la pancia tesa da una gravidanza avanzata. Non poteva più lavorare. E Rosetta avrebbe preso il suo posto.

«Scendiamo qua» disse Carmela.

Rosetta la seguì giù dalla *tranvía*.

Quando giunsero in vista di un enorme terreno, al centro del quale sorgevano dei capannoni, Rosetta rimase senza fiato. Per l'olezzo e per quello che vedeva. Conficcati in terra con rigoroso ordine geometrico c'erano dei pali in legno che sorreggevano delle traverse, sempre in legno. A una prima occhiata sembrava che sopra ci fossero dei panni stesi ad asciugare al sole. Invece Rosetta capì che erano pelli di animali. Vacche soprattutto. Centinaia. Mentre avanzava sentì la terra scricchiolarle sotto i piedi. Era innaturalmente scura. Con un senso di disagio, dopo pochi passi comprese che si trattava di una crosta indurita di sangue, mischiata alla polvere. Vide che in alcuni punti, dove si era spaccata per il passaggio di un carro, era spessa anche una spanna.

«*El hedor de la muerte...*» mormorò.

«C'è chi ci si abitua» disse Carmela. «Io non ce l'ho mai fatta.» Indicò un imprecisato punto, verso sud, sopra al quale volavano i gabbiani e i corvi. «Il grosso della puzza viene dall'immondezzaio municipale. Ci buttano le carcasse degli animali e le lasciano marcire all'aria. E più giù, sul Riachuelo, ci sono le concerie. Merda chimica.» Indicò un capannone con le lamiere arrugginite. «Siamo arrivate. *El Matadero cinco*, il mattatoio numero cinque.»

Mentre entravano nel capannone, Rosetta sentì i muggiti di centinaia, forse migliaia di animali, e rabbrividì.

Carmela andò verso un ufficetto, bussò ed entrò. «*Buenas dias*, Bonifacio» disse a un uomo dall'aria antipatica. «Lei è la mia sostituta» continuò indicando Rosetta. «Si chiama Lucia Ebbasta.»

Rosetta sorrise sentendo il suo nuovo nome, inventato da Tano e certificato dai documenti falsi che le aveva consegnato il Francés.

Bonifacio prese una busta e la porse a Carmela, lasciando l'impronta di un polpastrello sporco di sangue sulla carta.

Mentre Carmela contava i soldi della sua ultima paga, Bonifacio squadrò Rosetta. Poi annuì senza parlare.

«Vieni, ti mostro cosa devi fare» disse Carmela a Rosetta.

Raggiunsero una porta in ferro. «Tu sei qui dentro.» Le indicò altre tre porte. «Quattro celle, quattro donne delle pulizie. Ci chiamano *las señoras de la sangre*, le signore del sangue.»

Quando Carmela aprì la porta, furono investite da una corrente di aria fredda. Nello stanzone c'erano dei tavoli in alluminio, dove una trentina di macellai, che sezionavano quarti di bue, smisero di lavorare e fissarono Rosetta.

Carmela prese due secchi, una ramazza e uno straccio da uno sgabuzzino e le indicò il pavimento piastrellato sporco di sangue e scarti di carne. «Non è un lavoro di concetto. Devi solo pulire in continuazione» le disse. «Raccogli gli scarti e li butti nel secchio. Poi immergi lo straccio nell'altro e lavi per terra. «Semplice, no?»

Rosetta annuì.

«Semplice e schifoso» puntualizzò Carmela. Guardò i macellai. «Questo posto non mi mancherà» disse. «E neanche voi...»

I macellai continuarono a sezionare la carne, senza ridere.

Rosetta si mise a pulire il pavimento a testa bassa. Quando fu arrivata in fondo al locale si voltò e vide che il pavimento era di nuovo intriso di sangue e scarti. E così ricominciò daccapo, senza sosta, fino a quando suonò la sirena della pausa pranzo. Mentre si chinava per mettere a posto i suoi attrezzi delle pulizie, sentì una mano che le palpava il sedere. Si raddrizzò, rossa in viso.

«Bel culo» disse un tizio dalla pelle butterata. «Carne soda, di ottima qualità italiana.»

Tutti i macellai risero uscendo dalla cella.

Rosetta rimase immobile, senza sapere che fare. Poi, oltre la porta, vide le altre tre *signore del sangue*. Le raggiunse e le seguì all'aperto, dove le donne si sedettero su un muretto al sole.

Rosetta si avvicinò. «Posso stare con voi?» chiese.

«Vieni. Ci scaldiamo le ossa» disse una. Aveva una trentina d'anni e capelli color carota.

Un'altra, anche lei sulla trentina, aveva lineamenti spigolosi, scolpiti nella pietra. Sopra al labbro superiore le cresceva una fitta peluria nera, quasi dei baffi da adolescente.

I capelli invece erano biondissimi, platinati. Evidentemente se li tingeva.

La terza aveva meno di vent'anni. Era magra, con una carnagione pallida, sbiadita, e occhiaie scure che incorniciavano due occhi grandi, ingenui e spaventati, da cerbiatto. Si chiamava Dolores e Rosetta provò un'immediata tenerezza.

Mangiarono in silenzio e mezz'ora dopo la sirena avvertì che la pausa era finita. Rosetta notò che Dolores era l'ultima ad alzarsi dal muretto e la più lenta ad avviarsi verso la sua cella. E vide che guardava preoccupata il macellaio dalla pelle butterata.

Alle sei un nuovo latrato della sirena annunciò la fine del turno per i macellai. Rosetta, invece, come le altre tre signore del sangue, dovette trattenersi per pulire i tavoli e i coltelli.

Rincasò stanca morta, con la schiena dolorante.

«Come è andata?» le chiese Assunta.

«Benissimo» rispose Rosetta.

Subito dopo cena si buttò a letto e si addormentò in pochi istanti, senza sentire le note del tango che Tano suonava in strada. Nel naso aveva l'odore del sangue e della carne morta.

L'indomani prese la *tranvía* e si presentò puntuale al Matadero. Una decina di scaricatori, con delle pezze di stoffa intrise di sangue sopra i camici, stavano depositando dei quarti di bue sui tavoli. I *carniceros* aspettavano arrotando i coltelli. Quando la vide, il macellaio dalla pelle butterata le fece l'occhiolino.

Rosetta lavorò senza sollevare la testa dal sangue per terra fino all'ora di pranzo, sperando che il macellaio la lasciasse in pace.

Quando arrivò l'ora della pausa, uscì all'aperto, desiderosa di sedersi al sole e unirsi alle tre donne. Ma sul muretto trovò solo Pel-di-carota e la platinata. «Dov'è Dolores?» chiese.

Le due donne non risposero.

Poi, dopo un quarto d'ora, Dolores comparve. Aveva occhiaie ancora più scure del giorno prima. E rilucevano di lacrime asciugate male. Camminava ingobbita, tenendo le braccia lungo il corpo, con le mani incrociate sul davanti. Si sedette tra le altre due, in silenzio. E anche quelle non dissero una sola parola.

Rosetta era imbarazzata. «Che succede?»

Dolores ebbe un sussulto, trattenendo un singhiozzo.

«Ho portato il *dulce de leche*!» esclamò allora Pel-di-carota, con falsa allegria, rivolta a Dolores. «Mangialo, è buono.»

La ragazza lo mangiò, a testa bassa. Sembrava affamata.

Poco più in là comparve il macellaio dalla faccia butterata che si unì ai compagni, accendendosi una sigaretta e ridendo.

«Chi è quello?» chiese Rosetta.

«Cerca di stargli alla larga» disse Pel-di-carota.

Rosetta vide che Dolores si ingobbiva. «Chi è?» ripeté.

«Si chiama Leandro» disse la platinata. «È il capo dei *carniceros*. È lui che tratta con Bonifacio e fa rispettare i loro diritti.»

«E che altro fa?» chiese Rosetta. «A me ha toccato il culo...»

Pel-di-carota e la platinata non dissero niente.

Ma Rosetta notò che Dolores cercava di farsi più piccola.

Quella sera, quando si mise a letto, nella sua camera di lamiere, avvertì una sensazione di disagio, come un fastidio allo stomaco. Ma non erano né il puzzo di carne né quello del sangue che aveva nelle narici. Era qualcosa di diverso, che non riusciva a decifrare. Cercò di pensare a Rocco e al loro bacio, come faceva ogni sera, immaginando il giorno in cui si sarebbero ritrovati, ma la sua mente continuava ad andare a Dolores, a quelle sue occhiaie scure, a quell'aria malaticcia, a quell'espressione triste che aveva tatuata perennemente in faccia.

Nei giorni successivi tutto procedette regolarmente al Matadero e Rosetta, nella pausa pranzo, si trovava sempre al muretto con Dolores, Pel-di-carota e la platinata. Dolores sembrava più serena.

Poi un venerdì Dolores arrivò di nuovo in ritardo al muretto. E di nuovo aveva quell'espressione un po' triste e un po' disperata.

Rosetta vide una strisciolina di sangue sulla caviglia magra della ragazzina. «Avanti!» sbottò. «Cosa succede?»

«Piantala» fece la platinata, alzandosi e andandosene.

Pel-di-carota rimase in silenzio, poi anche lei se ne andò.

Subito Dolores fece per seguirla ma Rosetta la afferrò per un polso e la trattenne. «Che succede?» le chiese con tenerezza.

Gli occhi da cerbiatto si allagarono di lacrime. «Devo andare» fece Dolores e corse via.

Finito il turno Rosetta prese in disparte Pel-di-carota e le ripeté: «Cosa succede?».

«Lascia perdere. È una brutta storia» rispose Pel-di-carota. «Ma noi non ci possiamo fare niente.»

«Che vuoi dire?»

«Rischi di fare peggio» disse Pel-di-carota, scuotendo il capo. «E Dolores non se lo può proprio permettere.»

«Perché?» chiese Rosetta, che non si rassegnava.

«Lascia perdere!» esclamò Pel-di-carota. «Se proprio vuoi fare qualcosa portale da mangiare» aggiunse prima di andarsene.

Rosetta, sulla *tranvía*, mentre tornava a casa, non riusciva a non pensare a Dolores. Era come se fosse legata a quella ragazzina da un filo spesso e resistente. Ma ancora non capiva perché.

L'indomani, quando suonò la sirena del pranzo, spinta più da un istinto che da un ragionamento, si affrettò alla cella numero due, dove lavorava Dolores. Era ferma sulla porta a sbirciare quando una voce, alle sue spalle, disse: «Fatti un giro, bel culo».

Poi Leandro la sorpassò ed entrò nella cella.

Ma mentre chiudeva la porta, Rosetta riuscì a vedere gli

occhi di Dolores che si riempivano di paura e di pena. Fu un attimo. Un attimo in cui comprese fino in fondo la natura del filo che la legava a quella ragazzina. Un attimo in cui si vide riflessa in Dolores, come in uno specchio. Un attimo in cui sentì le mani dei suoi violentatori su di sé, e i loro ansiti nelle orecchie, e la loro durezza dentro di lei, e il fango con cui l'avevano sporcata. Un attimo in cui la ragione, la paura, la prudenza cessarono di esistere.

Si gettò nella cella come una furia.

Leandro aveva spinto Dolores su un tavolo. La ragazza era aggrappata a un quarto di bue, con la faccia appoggiata alla carne macellata. Leandro le alzò la gonna, slacciandosi i pantaloni.

«No!» urlò Rosetta. Quasi senza rendersi conto di quello che faceva, afferrò un coltello da un tavolo. «Lasciala, maiale!»

Dolores la guardò con le occhiaie scure colme di lacrime.

«Lasciala o ti scanno!»

Leandro si voltò con indolenza, senza allacciarsi la patta, provocatoriamente. Fece un sorriso cattivo e malizioso guardando il coltello. «Io ti metterei qualcos'altro in mano» ridacchiò.

Nel frattempo arrivarono altri due macellai.

«Chiudete la porta» disse Leandro. «Facciamo una festa...»

Uno dei due uomini si mosse verso Rosetta, con le mani protese in avanti. «Ehi... stai calma...»

Rosetta gli puntò contro il coltello, con gli occhi iniettati di sangue e la bocca contratta in una smorfia aggressiva. Ansimava e il cuore le batteva forte. Ma si accorse di non avere paura.

L'uomo si bloccò all'istante.

«Andiamocene» disse l'altro. «Non voglio guai.»

«Ti preoccupi di una donna?» sorrise Leandro. Fece un balzo verso Rosetta, come un gatto che gioca con un topo.

Rosetta tagliò l'aria con una coltellata violenta e veloce.

La lama passò a poche dita dal torace di Leandro, che scattò indietro.

«Puttana» ringhiò allora Leandro.

Rosetta sentì la tensione che la faceva vibrare dai piedi fino alla lama del coltello.

«Andiamocene, non voglio guai» ripeté uno dei macellai.

Leandro puntò un dito contro Rosetta, stringendo gli occhi. «Te la farò pagare, puttana. Te ne pentirai.» Poi fece segno ai due macellai e uscirono dallo stanzone.

Appena sola, Rosetta lasciò cadere il coltello a terra e cominciò a tremare come una foglia. «Schifosi...» mormorò mentre gli occhi le si riempivano di lacrime di rabbia e raggiungeva Dolores. «Schifosi... schifosi... schifosi...» continuò a ripetere mentre le abbassava la gonna. L'abbracciò e la portò al muretto, dove Pel-di-carota e la platinata stavano consumando il loro pasto. Fece sedere Dolores e fissò Pel-di-carota e la platinata.

«Come potete permetterlo?» disse Rosetta alle due donne.

Intanto la voce di quello che era successo si era sparsa tra i macellai e già molti si erano radunati là fuori e guardavano. E poi comparve anche Leandro con un sorriso malevolo sulle labbra.

Dopo poco Bastiano raggiunse Rosetta e disse: «Sei licenziata».

Rosetta sgranò gli occhi. «Perché mi licenzi?» chiese stupita.

«Perché porti scompiglio tra i *carniceros*» disse Bonifacio.

«Io?»

«Alcuni si sono lamentati.»

«E so anche chi!» disse rabbiosamente Rosetta.

«Questo è quello che ti spetta fino a ieri.» Bonifacio contò delle banconote. «Oggi non ti pago perché non hai finito il tuo lavoro.»

«Tu sai cosa succede a questa povera ragazza?» fece Rosetta.

«No, ti prego...» mormorò Dolores.

«Io mi occupo delle buste paga e dei quintali di carne da evadere quotidianamente» rispose Bonifacio. Ma si vedeva che era a disagio.

«Ti occupi solo di carne di vacca, certo» fece Rosetta. «Altro tipo di carne non ti riguarda.»

«Se ancora non l'hai capito il Matadero si regge sui *carniceros*, non su di te» fece Bonifacio, apparentemente senza scomporsi. Ma aveva un'intonazione meno scontrosa del solito, come se stesse cercando di giustificarsi.

Rosetta prese i soldi che Bonifacio continuava a porgerle.

Poi si voltò verso Dolores. «Vieni via con me» le disse.

La ragazzina la guardò con i suoi occhioni. «A fare cosa?»

«Non lo so» rispose Rosetta. «Qualcosa troveremo.»

Dolores scosse il capo, in un muto no. «Non posso perdere il lavoro. Senza i miei soldi mio padre morirebbe di fame.» Si buttò in ginocchio, davanti a Bonifacio, gli prese la mano e gliela baciò. «Non licenziatemi, señor, vi prego...»

Bonifacio levò la mano infastidito e imbarazzato. «Non voglio casini.»

«Vi prego» pianse Dolores. «Vi prego.»

«E va bene» fece Bonifacio, mentre suonava la sirena di fine pausa. «Al lavoro! Tutti quanti!» ordinò.

I *carniceros* stavano per rientrare quando Rosetta si mise in piedi sul muretto. «Siete fieri di quello che avete fatto?» gridò.

I *carniceros* si fermarono. Alcuni la guardarono ma i più tenevano lo sguardo a terra.

«Voi vi credete dei tori. Ma siete solo dei buoi» continuò Rosetta, con i pugni serrati. «Se vi frugassero nei pantaloni non troverebbero la minima traccia di coglioni.»

«Vuoi controllare di persona?» rise Leandro, portandosi una mano alla patta.

Ma nessuno degli altri macellai rise né alzò lo sguardo.

«Vermi» disse Rosetta. Fissò Leandro, fiera come era nella sua natura. Un refolo di vento le scompigliò i capelli neri. «E tu sei il più verme di tutti.»

Scese dal muretto, fece una carezza piena di pietà a Dolores. Poi se ne andò.

E nel silenzio che si era creato si sentiva solo lo scricchiolio dei suoi passi sulla vecchia, spessa crosta di sangue che ricopriva quel mondo di morte.

30.

Amos era seduto nel suo salottino privato del Chorizo e fissava per terra, pensoso, come in attesa di qualcosa.

Di fronte a lui c'era Adelina, con il naso gonfio per il pugno di Raquel e un tampone di stoffa nelle narici, per fermare il sangue.

In disparte c'erano due uomini, di guardia.

Né gli uomini né Adelina osavano dire una parola.

Dopo un po' la porta del salottino si aprì e comparvero altri due uomini. Guardarono Amos e gli fecero un cenno affermativo.

«Riachuelo?» chiese Amos.

«Nueva Pompeya, tra due concerie» annuì uno degli uomini.

«Le avete messo un sasso al collo?» domandò ancora Amos.

«Non serve» fece l'uomo. «Ci sono più acidi che acqua in quel punto. Quella puttana si dissolverà in un attimo.»

«Buon lavoro, potete andare» disse Amos e tornò a guardare in terra, mentre i due uomini che avevano scaricato il cadavere di Tamar nel Riachuelo uscivano e chiudevano la porta.

Adelina e gli altri due rimasero ancora in silenzio.

Amos scosse il capo e sospirò. Alzò la testa e guardò la donna.

«Amos…» fece Adelina.

Amos si portò l'indice alle labbra, facendole segno di tacere.

Adelina si azzittì. Le si poteva leggere la paura negli occhi.

«Dovevo venderla» scandì Amos con la sua voce profonda, fissandola. «Se l'avessi venduta a quest'ora avrei tremila pesos in tasca, non mi sarei dovuto occupare di far sparire un cadavere e non ci sarebbero un sacco di puttane del Chorizo che pensano di poter scappare. Eh, Adelina? È vero o no che avrei dovuto venderla, anche se era una bellezza?»

Adelina sapeva che qualsiasi risposta avesse dato sarebbe stata sbagliata. Lo aveva visto succedere troppe volte. Abbassò lo sguardo.

«Guardami» disse Amos, con durezza.

Adelina alzò gli occhi, ancora più spaventata.

Amos scosse il capo. «Sai perché te lo chiedo? Perché altrimenti uno potrebbe domandare a me: "Se devi vendere le tue puttane, allora che cazzo te ne fai di Adelina?".»

Adelina non si muoveva.

«Ma la cosa più grave è che in giro per Buenos Aires c'è una ragazzina che potrebbe accusarmi di omicidio» disse con voce grave. «Te lo ricordi chi è… anzi, chi era… Levi Yaacov?»

Adelina ricordava bene la storia di quel pappone. Dirigeva uno dei bordelli della Sociedad, come Amos, e come lui aveva ammazzato brutalmente una puttana. Una delle ragazze era scappata ed era andata a denunciarlo a un magistrato. La Sociedad controllava la Policía e la magistratura e molti politici. Ma non tutti. E il caso aveva voluto che quel magistrato fosse tra quelli che non si facevano corrompere. Aveva arrestato Levi Yaacov e, temendo che il caso venisse insabbiato, aveva passato la notizia a un giornalista. C'erano stati dei titoloni. L'opinione pubblica si era scandalizzata. E a quel punto la Sociedad si era ritrovata con le mani legate. Levi Yaacov non poteva essere difeso.

E quando, per avere uno sconto di pena, il pappone si era detto pronto a fare nomi, il giorno dopo era stato trovato impiccato nella sua cella. E tutti erano certi che non fosse stato un suicidio.

Amos annuì. Sapeva che Adelina aveva ricordato ogni dettaglio. «Esistono persone oneste, anche se sembra impossibile. E quindi perfino una ragazzina insignificante come quella può mettermelo in culo se ne trova una. Ed è un rischio che io non posso correre.» Si alzò e le si avvicinò.

Adelina ebbe la tentazione di arretrare ma rimase ferma.

Amos le accarezzò la guancia sfregiata quasi con dolcezza. «Eri una ragazzina anche tu» sorrise con nostalgia. «Una gran bella ragazzina.» La abbracciò e le scompigliò affettuosamente i capelli. «Ma l'ho dovuto fare.» La staccò da sé e le tenne il viso tra le mani. «Col tempo l'hai capito, vero?»

Adelina aveva gli occhi sbarrati dalla paura. Era stata in fuga per meno di due settimane. E ricordava benissimo il giorno in cui Amos l'aveva ritrovata e l'aveva marchiata. Annuì piano.

Amos annuì con lei e poi le toccò il naso, con delicatezza.

Adelina gemette.

«Te l'ha rotto» fece Amos. «Quella ragazzina ti ha rotto il naso. Vedi? Si piega da questa parte.» Le spinse il naso a destra.

Adelina gemette ancora.

«Ma di qua invece non si piega» fece Amos forzando il naso a sinistra. Scosse il capo. «Che peccato. Rischia di rimanerti storto.» E poi all'improvviso la colpì con forza con un pugno.

Adelina urlò e cadde a terra.

«Tirati in piedi» comandò Amos.

Adelina si alzò.

Lui la prese per il mento e la guardò soddisfatto, sorridendo. «Ecco, adesso è raddrizzato»

«Grazie...» mormorò Adelina.

«Prego» fece Amos, senza togliersi il sorriso pauroso che aveva sul viso rubizzo. Le accostò la bocca all'orecchio. «Ma se succede ancora, tesoro mio, non avrai più modo di ringraziarmi. Sarai la prima a finire nel Riachuelo. È chiaro?»

«Non succederà mai più.»

«Brava» le sussurrò ancora e poi le morse l'orecchio a sangue, fino a staccargliene un pezzo, nella parte superiore.

Adelina urlò mentre Amos sputava il pezzo di cartilagine.

«Adesso vai a prendere chi sai e portamela qui» le disse Amos, sedendosi. Poi, appena Adelina fu uscita dal salottino, si rivolse a uno dei suoi uomini. «Dammi qualcosa per sciacquarmi la bocca» fece con una smorfia. «Cognac.»

Passarono pochi minuti e Adelina ricomparve, spingendo dentro la stanza una ragazzina di quindici anni.

«Come ti chiami?» le domandò Amos.

La ragazza non rispose.

«Libertad» disse allora Adelina, premendosi sull'orecchio un fazzoletto che andava arrossandosi di sangue.

«Non l'ho chiesto a te» fece Amos.

«Non parla da giorni» disse Adelina. «Da quando l'hai mandata da Tony Zappacosta.»

«Non parla?» fece Amos.

«No» rispose Adelina.

Amos la fissò con uno sguardo duro. «Quindi non era lei che strillava dalla finestra quando la ragazzina ti ha preso a pugni.»

«Sì, ma...»

«*Ma* cosa?» disse Amos. «Se una troia strilla vuol dire che può anche parlare...»

«Giusto...» fece Adelina.

Amos guardò Libertad. «Mi ricordo di te» disse. «Sei polacca. E hai dei genitori molto avidi.» Rise.

Sul viso di Libertad non si mosse neanche un muscolo.

«Hanno contrattato come se mi stessero vendendo un capretto da fare al forno» continuò a provocarla Amos. Fece un'altra risata. «Ma ti ho pagata meno di un capretto.»

Libertad non disse una parola né fece un fiato.

Amos sospirò, spazientito. «Ascoltami, sai dove è scappata quella ragazzina.» Si interruppe e guardò Adelina.

«Raquel» fece prontamente Adelina.

«Raquel» ripeté Amos. «Sai dove voleva andare Raquel?»

Libertad non si mosse.

Amos sbuffò. Fece un cenno ad Adelina.

«La tua vicina di letto ha confessato che Raquel ti è venuta a trovare, il giorno prima» disse allora Adelina. «E tu le hai parlato. Cosa voleva sapere? Cosa le hai detto? Dove voleva andare?»

Libertad rimase immobile. Sembrava una diafana statua vivente.

Adelina la colpì con uno schiaffo.

«Idiota» le disse Amos. «Non vedi che la ragazzina è dura come l'acciaio? È polacca. Credi di farla parlare con un paio di schiaffi?» Rise. «Le devi tagliare un dito se vuoi sentire la sua voce» riprese, fissando Libertad e studiando le sue reazioni. «Oppure le devi strappare tutte le unghie con una pinza.»

Libertad continuava a non dare segni di una qualche reazione.

Amos rise ancora. «Mi piaci, ragazzina. Sei coraggiosa sul serio» disse. Si alzò e le andò vicino.

Nonostante sapesse che Amos non ce l'aveva con lei, Adelina fece mezzo passo indietro.

«Ma tutto il coraggio del mondo non ti basterà, te l'assicuro» le alitò in faccia Amos, calmo. «Tu mi dirai quello che voglio. Ora o dopo molto dolore.» Le passò una mano tra i lunghi capelli biondi, con uno sguardo dispiaciuto. «Non ti taglierò un dito né ti strapperò le unghie. Sei troppo carina e mi devi far guadagnare ancora tanti soldi. Non voglio spaventare i clienti col tuo aspetto... o disgustarli.» Le infilò una mano in bocca. «Ma qui dentro chi ti guarda?» Sorrise.

«Nessuno. Sarà un lavoretto pulito. Pulito e molto doloroso.» Le prese la punta del naso tra l'indice e il medio, piegati, come si fa con i bambini, per gioco. «Se credi che non esista un dolore più grande di essere tradita dai tuoi stessi genitori, sappi che ti sbagli.»

Per la prima volta Libertad si irrigidì, mostrando che le parole erano andate a segno.

Amos le accarezzò il viso. «Sembri un angelo.» Poi si voltò verso gli uomini e disse loro: «Mettetela sulla sedia e tenetela ferma». Andò alla porta, l'aprì e chiamò: «Doctor!».

Dopo un attimo comparve un vecchio, magro, quasi scheletrito, con il viso rugoso e le mani ossute e artritiche, con una borsa da medico logora quanto lui stesso. Aveva un'aria irrequieta e le labbra tese in una specie di smorfia permanente.

«Doctor, ecco la paziente che le avevo detto» fece Amos. «Ha una brutta carie. Bisogna trapanare. Fino al nervo.»

Il Doctor, come lo chiamavano tutti, senza che nessuno avesse mai saputo il suo vero nome, annuì. «Avete qualcosa per questo tremito alle mani, señor Fein?» chiese nervosamente.

Amos lo guardò senza nascondere il proprio disprezzo. Aprì un cassetto e allungò al vecchio una siringa già preparata.

Il Doctor la prese, con gli occhi che scintillavano, si alzò la manica della camicia, cercò un laccio nella borsa, se lo strinse al braccio sinistro e, con perizia e urgenza, trovata la vena con l'ago, si iniettò il liquido ambrato contenuto nella siringa. Poi chiuse gli occhi e in un attimo il respiro gli si fece profondo e regolare.

«Allora, questa carie?» disse spazientito Amos.

Il Doctor prese dalla borsa un trapano a mano che non sembrava affatto pulito. «Tenetela ferma» fece ai due uomini di Amos, con la voce roca e un'intonazione apatica.

Uno degli uomini strinse in fretta due cinghie di cuoio

ai polsi di Libertad, fissandoli ai braccioli della sedia. Poi la abbracciò, da dietro, all'altezza delle spalle, bloccandola allo schienale, con rudezza. L'altro uomo le aprì la bocca e ci infilò, di lato, il manico del coltello. Le afferrò la testa e gliela immobilizzò.

Il Doctor, mentre le avvicinava la punta del trapano a un premolare, evitò di guardare Libertad negli occhi. Era una cosa che aveva imparato da anni. Se le persone non avevano occhi ma solo denti, era tutto più semplice. Appoggiò la punta alla base del premolare, di lato, e cominciò a trapanare, lentamente.

Nella stanza si sentiva solo il rumore della punta che mordeva il dente. E un leggero sentore di osso bruciato. E il respiro di Libertad, che si faceva sempre più affannoso.

Infine la ragazzina lanciò un disperato urlo di dolore.

Il trapano aveva raggiunto la polpa del nervo.

Il Doctor si fece da parte e diede ad Amos un piccolo ferretto sottile, dalla punta acuminata.

Gli occhi di Libertad erano pieni di lacrime e sbarrati.

Amos scosse il capo. «Capisci cosa intendevo?» le domandò con un'intonazione premurosa, come se davvero l'avesse a cuore. «Allora» disse sedendosi accanto, «ti va di fare due chiacchiere?»

Libertad non mosse un muscolo.

«Come ti chiami?» le chiese Amos.

Libertad non fece un fiato.

Amos sospirò e avvicinò il ferretto al buco praticato dal Doctor. Infilò la punta e la spinse appena dentro.

Libertad urlò.

Amos estrasse il ferretto. «Come ti chiami?» le chiese di nuovo.

Libertad respirava affannosamente, con le narici dilatate. Negli occhi le si leggeva il dolore che stava provando. Ma non parlò.

Amos infilò il ferro più a fondo. Con più forza. Per più tempo.

Libertad urlò e urlò e urlò, con il corpo teso. Quando Amos estrasse il ferretto quasi si accasciò sulla sedia.

Amos le accarezzò i bei capelli. «Come ti chiami?» ripeté.

Le guance chiare e lisce di Libertad erano bagnate di lacrime. «Liber... tad...» farfugliò, col manico del coltello tra i denti.

Amos annuì. Fece segno all'uomo di levare il manico. «E dove voleva andare Raquel?» le chiese.

Gli occhi di Libertad erano colmi di un dolore straziante. Del corpo e dell'anima. «Black Cat...» mormorò. «Francés...»

Amos le prese il viso tra le mani. «Mia piccola Libertad» le sussurrò teneramente, «a volte sono costretto a fare delle brutte cose.» Le sorrise con un'espressione piena di compassione. «Ma non dimenticare mai che per me voi ragazze siete come delle figlie.» E la baciò in fronte, con struggente dolcezza.

31.

«Vigliacco!» aveva urlato Raquel appena era entrata al Black Cat, ancora senza fiato per la corsa. «Vigliacco!» aveva ripetuto, con gli occhi infuocati dalla rabbia e gonfi di lacrime.

Il Black Cat, all'alba, era semivuoto. C'erano solo un paio di avventori che avevano l'aria di aver fatto nottata. E le cameriere con le divise da bambola, con le gonne troppo corte e il trucco sfatto.

«Che vuoi, chica?» le aveva chiesto il Francés, in tono duro.

«È morta» aveva sussurrato Raquel.

Qualcosa nell'espressione del Francés era cambiato. Aveva lanciato uno sguardo veloce a Lepke.

«Amos l'ha ammazzata...» aveva proseguito Raquel. «Ci hai abbandonato... e Tamar è... morta. Sei scappato.»

Il Francés si era alzato in piedi quasi di scatto. «Vai via, chica» aveva detto con una nota allarmata.

Raquel lo aveva guardato aggrottando le sopracciglia, come se non capisse cosa le stava dicendo.

«Non farti vedere mai più da queste parti» aveva detto Lepke, con lo stesso tono allarmato, spintonandola verso l'uscita.

«Vattene!» le aveva gridato il Francés.

Raquel aveva fatto un balzo all'indietro, spaventata. Era andata al Black Cat perché era l'unico posto che conosceva a Buenos Aires. Forse perché aveva immaginato di poter trovare rifugio là. «Dove vado?» aveva detto con un filo di voce, a occhi sbarrati.

«Non m'interessa» aveva risposto il Francés. «Amos ti starà già cercando. Tu sei un'appestata. Sei un morto che cammina. Sei spacciata, ragazzina. E se Amos capisce che vi stavo aiutando sono morto anch'io. I *poláks* sono degli assassini.» Si era messo una mano in tasca e aveva tirato fuori un rotolo di banconote. Gliene aveva allungate quattro. «Venti pesos. Sparisci.»

Raquel aveva preso le banconote ma era rimasta ancora lì.

Lepke allora l'aveva afferrata per la collottola del vestito e l'aveva buttata fuori dal Black Cat mentre il Francés le gridava: «Se torni qui ti consegno ad Amos con le mie mani!».

Raquel era scappata terrorizzata. E poi, in un vicolo buio di quella città immensa e sconosciuta, aveva mormorato: «Cosa devo fare, padre?». Si era portata una mano dove aveva nascosto il libro di preghiere. Ma il libro non c'era. Con un tuffo al cuore si era resa conto che l'aveva perduto correndo. Ora davvero non aveva più niente. Un senso di morte le aveva piegato le gambe magre. Si era lasciata cadere in terra, con la testa vuota, come se la vita avesse smesso di scorrerle nelle vene. E aveva perso il senso del tempo.

Fino a quando un colpo secco e doloroso sulla spalla la svegliò dal suo incubo senza pensieri.

«*¡Vete, atorrante!*» ringhiò un poliziotto, pronto a colpirla di nuovo con il suo manganello.

Raquel si alzò in fretta, spaventata, e scappò via.

Vagabondò finché si ritrovò sulla riva del Rio de la Plata. Si avvicinò alle acque fangose che scorrevano pigre. «Nuota per me» le aveva detto Libertad, ma lei non aveva capito cosa volesse dire.

«Perché mi avete salvata, padre?» domandò, pensando alla sua fuga, quando aveva rischiato l'assideramento e al sogno in cui lui le era comparso. Se fosse morta non avrebbe assistito alle violenze sulle ragazze in nave, né al suicidio di Kailah, né al sacrificio di Tamar. Non avrebbe conosciuto fin dove poteva arrivare la crudeltà degli uomini. «Perché mi avete salvata, padre?» ripeté, con una amara nota di rimprovero.

«Ah!» esclamò una voce dietro di lei. «Guarda che meraviglia!»

Raquel vide una vecchia barbona, sporca, vestita di stracci, con le scarpe tagliate in punta che lasciavano libere le dita dei piedi gonfie e arrossate. Si trascinava dietro un carrello fatto con una cassa di legno alla quale erano state applicate delle ruote rosse, prese da qualche giocattolo rotto.

La vecchia si avvicinò a un albero gigantesco, carico di fiori viola a grappolo, e si avvinghiò al tronco, come se avesse ritrovato un vecchio amico. Poi notò Raquel. «Che meraviglia» le disse dando delle pacche bonarie al tronco dell'albero. «Non c'è niente di più bello al mondo di questa jacaranda, vero?» Ridacchiò felice, mostrando una bocca quasi priva di denti.

Raquel le si avvicinò, come attirata da una calamita.

«Ogni inverno penso che non arriverò a vederlo fiorire ancora» disse la vecchia, parlando con quella confidenza che solo i barboni riescono ad avere con gli estranei. «E invece eccomi ancora qui!» Tornò ad abbracciare il tronco. «E ogni volta mi dico che valeva la pena di restare viva. Per questi fiori.» Sorrise ancora a Raquel. «È vero o no che sono la cosa più bella del mondo?»

«Sì...» rispose Raquel.

«E vedessi che spettacolo passare il Natale qui» ridacchiò la barbona, con gli occhi che luccicavano. «Io, lui e una bottiglia di pisco.» Si portò le dita alla bocca e schioccò un bacio. «Non manca tanto a Natale, lo sai?» Poi prese un giornale da un cestino dell'immondizia e si sedette su una panchina all'ombra dell'albero, a fatica, lamentandosi per il dolore alle ginocchia. Spianò le pieghe del giornale appallottolato e si mise a guardarlo.

Raquel, affascinata, le si avvicinò. «Posso sedermi?» le chiese.

La barbona non rispose, concentrata sul giornale.

Raquel si sedette. Era attratta da quella vecchia che l'aveva strappata ai suoi pensieri angoscianti.

«Guarda qua!» esclamò la barbona, battendo il dorso della mano su un articolo. «Dio deve avere un disegno speciale per questo ragazzino» disse. «Due dinamitardi anarchici esplodono a casa loro» lesse strizzando gli occhi, «e distruggono la palazzina nella quale vivevano altre tre famiglie, a Rosario. Undici morti.» Si voltò verso Raquel sbarrando gli occhi, poi riportò lo sguardo sull'articolo. «Senti qua» le disse. «Ma dopo cinque giorni il figlio degli anarchici viene trovato ancora vivo.» Guardò Raquel. «Ti rendi conto? Cinque giorni sotto le macerie, senza acqua né cibo... e lui è ancora vivo. Un bambinetto di dieci anni! Per la puttana!» Rise e poi annuì. «Sì, Dio deve aver affidato a questo ragazzino un compito molto importante nella vita, ti pare?»

Quella vecchia stramba non poteva essere capitata lì per caso con quei discorsi, pensò Raquel. «Sì...» rispose.

«Sì» disse la vecchia e poi aggiunse fiera: «Come a me».

Raquel la guardò. «Voi... cosa dovete fare?» le chiese.

La barbona sorrise, scoprendo le gengive arrossate. «Io devo guardare i fiori di jacaranda» sussurrò come se fosse un segreto. Piegò con cura il giornale e lo mise nel suo carrello improvvisato. Poi, con grande sforzo, si alzò e accarezzò ancora una volta un grappolo di fiori.

«Posso venire con voi?» le chiese d'istinto Raquel, terrorizzata all'idea di rimanere sola con la sua angoscia.

«No!» berciò subito la barbona, indurendo all'improvviso la sua espressione. «Mi vuoi derubare.»

«No...» fece Raquel, stupita.

«Non ti credo» borbottò la barbona, con una voce cattiva. «E poi se trovo un pezzo di pane non mi va di dividerlo con te.» Si voltò e cominciò a trascinare via il suo carrello.

«Io ho dei soldi» le disse Raquel e tirò fuori una delle banconote che le aveva dato il Francés.

La barbona, con una velocità inaspettata, gliela strappò di mano. «Cinque pesos!» Rise come se avesse trovato un tesoro. «Allora posso dividere un pranzo con te» disse come degnandola di un grande onore. «Ma i soldi li tengo io.» E se li ficcò lesta in tasca.

«Va bene» fece Raquel. Allungò una mano verso il manico di legno del pesante carrello. «Lasciate, ve lo porto io.»

«No!» la barbona si scansò. «Ladra!»

«Non sono una ladra.»

«Non toccarlo» disse astiosamente la vecchia. «È mio.»

«Va bene...» fece Raquel. Poi indicò un chiosco sulla riva del fiume. «Andiamo là.»

«Sciocca» disse la barbona con una smorfia. «Quelli come noi non vanno ai *chiringuitos*. Costano troppo. Sei una sciocca. Quelli come noi vanno in una *boliche* a mangiare.»

«Cos'è una *boliche*?»

«Ah, non sai proprio niente» brontolò la barbona. «Sono le trattorie per i poveri. Muoviti, dobbiamo fare un sacco di strada prima di arrivare nelle fogne di Barracas.» Poi cominciò a camminare a una lentezza esasperante.

Raquel la seguì in silenzio, frastornata. Non aveva più nessuno al mondo. Nemmeno il libro di preghiere. Voleva morire. E poi dal nulla era comparsa quella barbona e le aveva detto che valeva sempre la pena di vivere. Perché c'era un disegno dietro ogni esistenza. "Forse anche dietro la mia" pensò. Un timido sorriso le illuminò il viso mentre guardava la vecchia caracollare con il suo carrello di cianfrusaglie. E si sentì meno sola e spaventata.

Ogni volta che incontravano delle persone benvestite la barbona tendeva la mano. «Señor, fate la carità, vi prego» diceva, con voce piagnucolosa. «Sono povera e non riesco a sfamare la mia povera bambina» aggiungeva indicando Raquel. «Vedete come è magra e brutta, señor. Aiutatemi.»

Molti tiravano dritti, senza nemmeno guardarle. Alcuni si liberavano le tasche delle monetine più piccole che avevano.

«Una volta quando si avvicinava il Natale la gente era più generosa» borbottava la barbona. «Ma ora con tutti questi merdosi immigrati la concorrenza è troppa. Ci levano il lavoro e pure le elemosine. Io li ributterei a mare.» Sputava per terra e riprendeva a trascinarsi dietro il carrello. Quando trovava un giornale vecchio lo raccoglieva. E quando vedeva un poliziotto cambiava direzione.

Entrarono a Barracas dopo quasi due ore di cammino. Raquel calcolò che da sola non avrebbe impiegato più di tre quarti d'ora.

La barbona si diresse verso una costruzione bassa, a un solo piano, con una tenda ormai a brandelli sopra la porta d'ingresso.

«Lo sai che qui dentro non ti ci voglio, *bruja*!» le disse in tono malevolo una donna grassa, con le mani unte e un grembiule sporco di sugo, bloccandola prima che entrasse.

«Ho i soldi!» le rispose la barbona, sventolando i cinque pesos.

La cicciona strabuzzò gli occhi. «Dove li hai rubati?» chiese.

La barbona sputò in terra, piena di disprezzo. «Li vuoi tu o vado a spenderli in un posto migliore, brutta vacca grassa?»

La cicciona si scostò. «Entra» disse. «Oggi abbiamo zuppa di fagioli e chorizas, albóndigas, fugaza e *dulce de leche*. Che vuoi?»

«Tutto» disse la barbona. «Per due. E per stare al caldo stanotte voglio una bottiglia di pisco. Non annacquato.»

«Vuoi schiattare, *bruja*?» fece la cicciona.

«Oggi si mangia. Domani chissà» rispose la barbona tirandosi dietro il suo carrello fino al tavolo. Poi, di fronte a tutte le pietanze ordinate, ammonì Raquel: «Mangia piano. Quando è tanto che non metti roba nello stomaco la prima regola è questa».

Quando uscirono dalla *boliche* era pomeriggio inoltrato.

«E ora andiamo al Grand Hotel» fece la vecchia, con un sorriso soddisfatto. «Chi prima arriva meglio alloggia.»

Arrivarono a un parco dalla pianta quadrata. Raquel lesse che si chiamava Parque Pereyra.

C'erano alcune panchine.

«Ah!» sospirò la barbona sedendosi.

Raquel si guardò in giro. «Dov'è il Grand Hotel?» chiese.

La barbona indicò la panchina accanto alla sua. «Qui, sciocca» le disse. «Siamo arrivate presto e ci spetta la *suite presidenziale*» rise. Tirò fuori dei giornali e cominciò a metterseli sotto ai vestiti. Ne passò un paio anche a Raquel. «Fai come me. Anche se siamo in estate l'umidità della notte ti si infila nelle ossa.»

«Vorrei quello del bambino sopravvissuto» disse Raquel.

La barbona scrollò le spalle. «Che differenza fa?»

«Mi piacerebbe averlo» rispose Raquel.

La barbona frugò nel carrello, trovò il giornale e glielo passò.

Raquel guardò l'intestazione della prima pagina. «La "Nación"» lesse ad alta voce, mentre si sedeva sulla sua panchina.

«Sai leggere?» disse sorpresa la barbona. «Finora ero l'unica qui.» Tirò fuori la bottiglia di pisco. La stappò e annusò. «Ah!» fece soddisfatta. «Non c'è un distillato migliore di questo. Ti fa digerire e ti scalda lo scheletro, vedrai.»

«Io non bevo...» disse Raquel.

La barbona alzò un dito in aria. «Se vuoi sopravvivere in

strada devi imparare a bere» sentenziò. «E poi dobbiamo brindare. Non puoi dire di no. E visto che è un'occasione speciale, tiriamo fuori l'argenteria.» Ridacchiò. Frugò tra le sue cianfrusaglie nel carrello e prese due lattine di metallo arrugginite, nelle quali versò il pisco. «Alla nostra salute» disse. «Stai attenta a non tagliarti le labbra.»

Raquel annusò il pisco. Odorava di alcol puro.

«Sei triste?» le chiese la vecchia.

«Sì» rispose Raquel, con gli occhi umidi di lacrime. Il volto di Tamar moribonda continuava a tornarle in mente, sovrapponendosi a quello del padre. E le parole del Francés l'avevano terrorizzata. Amos la cercava per ucciderla. E l'avrebbe trovata, aveva detto.

«Allora bevi, sciocca» fece la barbona. «Questo si porta via tutti i brutti pensieri.» Mandò giù d'un fiato il suo pisco.

Raquel bevve. E subito cominciò a tossire, con la gola e lo stomaco bruciati dal distillato.

La barbona rise e ruttò. Versò altre due generose dosi di pisco.

«No, basta...» fece Raquel.

«Se non bevi con me sei una traditrice» fece la vecchia.

Raquel bevve e tossì di nuovo. Ma meno di prima. In un attimo sentì che le girava la testa. Strizzò gli occhi.

«Ti senti meglio?»

«Sì» rispose Raquel, anche se non era così. Non le piaceva quella sensazione. Si accorse che la barbona la fissava.

«Un altro» fece la vecchia. «Giù, tutto d'un fiato.»

Raquel bevve. Sentiva che la sua volontà vacillava. Provò a tirarsi in piedi ma barcollò e ricadde sulla panchina.

La barbona rise.

E anche a Raquel venne da ridere. Senza motivo.

«Stai molto meglio, si vede. Te l'avevo detto» sentenziò la barbona. «Adesso sdraiati e dormi.»

Raquel si stese. Ogni volta che si muoveva sentiva frusciare i giornali che aveva addosso. Le girava la testa. In pochi minuti tutto divenne confuso. Le immagini le si accavallavano incoerenti nella testa. Ma quella più ricorrente era la barbona che abbracciava il tronco dell'albero di jacaranda fiorito. Era arrivata al momento giusto, pensò con una gran lentezza, come se i pensieri fossero parole difficili da articolare. Un sorriso ebete le arricciò le labbra, mentre gli occhi faticavano a restare aperti.

«Vi ha mandato... mio padre... a sal... salvarmi?» biascicò.

«Lui in persona» rispose la barbona.

«Voi sie... te... un angelo... vero?»

La barbona mollò una scoreggia.

Poi Raquel, ormai ubriaca, perse conoscenza.

La mattina dopo fu svegliata da un insistente raggio di sole che si faceva strada nel fogliame. La luce le ferì gli occhi. Aveva un mal di testa feroce. Si tirò su a sedere a fatica. Si portò una mano allo stomaco e all'improvviso vomitò un liquido verdastro. Aveva un sapore terribile in bocca. Si voltò verso la panchina accanto alla sua. La barbona non c'era più. Se n'era andata.

Rimase seduta, piegata in due, con le idee confuse, cercando di contrastare il dolore che le faceva pulsare le tempie. Si stropicciò gli occhi. Appena si fu ripresa un po' pensò che aveva bisogno di bere dell'acqua. E un caffè. Si guardò in giro. Vide un locale aperto, dall'altra parte del parco. Si alzò, ancora instabile sulle gambe. Prima di muoversi portò una mano alla tasca nella quale teneva i quindici pesos che le erano rimasti, ma la trovò vuota. Frugò meglio. Forse le erano caduti. Guardò sotto la panchina. Niente. E a un tratto si sentì perfettamente sveglia.

«Vecchia schifosa!» urlò capendo cosa era successo.

La barbona l'aveva fatta ubriacare e poi le aveva rubato i soldi.

«Angelo un cazzo!» gridò ancora.

Con una furia che le fece svanire d'incanto tutti i postumi dell'ubriacatura cominciò a camminare per il barrio, cercando di ricostruire la strada che avevano fatto il giorno prima per arrivare fin lì. Trovò la *boliche*. E da lì ripartì a ritroso. Riconoscendo ogni tanto un palazzo, una statua o un incrocio, in meno di un'ora arrivò sulla riva del Rio de la Plata.

La barbona era là, abbracciata all'albero di jacaranda.

«Ladra!» le urlò Raquel raggiungendola.

La vecchia, vedendola, provò a scappare. Ma era lenta e il carrello la ostacolava ulteriormente.

Raquel le fu addosso in un attimo. Con il sangue alla testa la spintonò e la fece cadere. «Ladra!» le urlò ancora, accecata dalla rabbia, come impazzita.

La barbona provò a difendersi scalciando.

Ma Raquel era troppo più giovane di lei. Le rovesciò il carrello.

La vecchia si buttò sulle sue cianfrusaglie, difendendole a corpo morto. «No! No! Sono mie!»

«Dove sono i miei soldi?» le gridò Raquel in preda alla furia. La scansò e si mise a frugare nel ciarpame sparpagliato per terra. «Dove sono? Ladra!» Poi le si buttò addosso e le frugò in tasca. Trovò due banconote. «Erano quindici, non dieci! Dove hai messo gli altri? Rispondi o ti ammazzo!»

«Li ho spesi» piagnucolò la vecchia, con le ginocchia sbucciate.

«Ladra» le sibilò Raquel. Poi si mise i dieci pesos in tasca.

«Ti prego...» scoppiò allora a piangere la barbona, come una bambina, tendendo le mani. «Ti prego.» Le lacrime le si infilavano nelle rughe e scendevano fino al collo. La bocca sdentata sbavava sul mento. «Se me li porti via... morirò...» singhiozzò.

Raquel notò che nella colluttazione le si era sfilata una scarpa. La vecchia aveva la pianta del piede piena di vesciche.

«E se muoio... l'anno prossimo non potrò vedere i fiori di jacaranda...» disse la barbona con un'espressione disperata, quasi da demente. «Ti prego.»

Raquel la fissò in silenzio, mentre si rendeva conto di quello che aveva appena fatto, mentre comprendeva di aver sfogato tutta la sua rabbia su una povera vecchia pazza. «No...» mormorò, «non mi farete diventare un animale.» Prese una delle due banconote e gliela diede.

«Che Dio ti benedica! Che Dio ti benedica!» esclamò la barbona afferrando la banconota. «Tu sei un angelo.»

Raquel le voltò le spalle e se ne andò, con un profondo senso di nausea. «In questa città non c'è posto per gli angeli» disse piano.

32.

Tony Zappacosta entrò come una furia nel magazzino, seguito da Bastiano. «Che cosa credi di fare?» sbraitò contro Rocco.

«In che senso?» chiese Rocco senza capire.

«Molto, molto commovente» continuò Tony pieno di sarcasmo, facendoglisi sotto minaccioso. «Ho saputo che hai salvato quello scaricatore morto di fame.»

«Javier» gli andò in aiuto Bastiano.

«Ma che cazzo me ne frega come si chiama!» gli urlò Tony.

Bastiano abbassò il capo.

«Chi credi di essere? Robin Hood?» riprese Tony inferocito.

Rocco lo guardò in silenzio, calmo.

«Vuoi farmi fare una figura di merda?» disse Tony. «Tu non capisci le regole della giungla.»

«Che giungla?» chiese Rocco.

«Questa!» gridò Tony, stizzito. «Questa è la giungla! E ha le sue regole.» Gli agitò il pugno in faccia. «Ascoltami bene. Quando il re della giungla ferisce un animale e lo lascia in terra, gli scarafaggi pulitori lo spolpano. È il corso naturale delle cose. È così che funziona ed è così che deve funzionare.» I suoi occhi divennero due fessure. «Stanne fuori. Non immischiarti. È un gioco più grande di te.» Lo fissò in silenzio. «Sono stato chiaro?»

Rocco annuì. «Comunque non dovete preoccuparvi di me» fece poi. «Ve l'ho già detto che me ne sto andando.»

Tony sembrò calmarsi. «Sai fare davvero il meccanico?» chiese.

«Sì, certo» rispose Rocco.

«La mia macchina stamattina non parte» disse Tony. «Puoi dargli un'occhiata?»

«Perché non lo chiedete a Faccia-da-cane?»

«L'ho chiesto a te» disse Tony. «Pensi di farcela?»

«Non lo so. Posso provarci» rispose Rocco.

Tony si avviò verso la sua Mercedes 28/50 PS, aprì il cofano e si fece da parte mentre Rocco ispezionava il motore.

«Cercate di mettere in moto» disse Rocco.

Tony eseguì. La macchina fece un rumore sordo e non partì.

Rocco ispezionò la zona del monoblocco in ghisa dei quattro cilindri in linea. Scosse il capo. Armeggiò un istante e richiuse il cofano. «Mi state prendendo in giro?» chiese a Tony.

«Di che parli?»

«Avete staccato le pipette delle candele. Cos'è, un gioco per ragazzini? Vi siete divertito?»

«Era un esame» rispose compiaciuto Tony. Accese la macchina e ascoltò il rombo del motore da 7240 centimetri cubi. Poi lo spense e scese dall'auto. «Vieni con me» disse.

Arrivarono all'officina dove Rocco si era presentato in cerca di lavoro e Tony fece un cenno al capo meccanico. «Hai un nuovo aiutante» gli disse indicando Rocco. «E lo sai come ti chiama?» Rise. «Faccia-da-cane. E trovo che ti stia particolarmente bene.»

Faccia-da-cane fissò Rocco in modo ostile. «Almeno sa fare il meccanico?» chiese polemico.

«Meglio di te» disse Tony, improvvisamente accigliato, con uno sguardo gelido. «Ci ha messo un attimo a capire quello che tu non sei riuscito a risolvere per un'ora.» Guardò Rocco. «Ti sta bene?»

Rocco doveva capire se c'era un trucco. Avrebbe fatto davvero il meccanico? E comunque l'avrebbe fatto per un mafioso. Ma intanto annuì.

«Puoi stare ancora al capannone di notte» fece Tony. «Ma la notte tieni la pistola.» Si girò e se ne andò.

Appena rimasti soli, Faccia-da-cane disse a Rocco: «Che sia chiaro: qui comando io. E tu ubbidisci».

Rocco lo fissò serio. «Dipende dagli ordini» rispose.

«Che vuol dire?» chiese Faccia-da-cane stringendo i pugni.

Rocco ricordava il suo incarico all'officina di Sasà Balistreri, a Palermo, quando il suo compito avrebbe dovuto essere sabotare motori per garantire lavoro. «Significa che io sono un meccanico onesto.»

«Nessuno è onesto» rise pieno di disprezzo Faccia-da-cane.

«Io sì» lo fronteggiò Rocco. «Che devo fare?» disse poi.

Faccia-da-cane si guardò in giro, con un'aria torva. Su un tavolo vide dei pistoni e dei cilindri. Li indicò a Rocco. «Puliscili con il solvente. Devono luccicare.»

«È un lavoro da garzone» fece Rocco. «Non da meccanico.»

Faccia-da-cane sorrise malevolo. «È l'unico lavoro onesto che ho per te. Perciò mettiti sotto e non rompere i coglioni.»

Rocco cominciò a pulire i cilindri e i pistoni dai residui di grasso. Lanciò un'occhiata all'altro aiuto meccanico, quello che aveva preso la chiave inglese mentre lui minacciava Faccia-da-cane con la pistola. Era un ragazzetto con la faccia brufolosa e le spalle incassate più dalla timidezza che da un reale difetto fisico. Aveva un'espressione amichevole. Stava lavorando su uno dei due camion che Rocco aveva notato la volta precedente.

«Cos'ha?» gli chiese.

«Non riesco a capire» fece il ragazzo. «Cammina a singhiozzo.»

«Non siete all'osteria!» ringhiò Faccia-da-cane. «Silenzio!»
Rocco si rimise a lucidare il pistone che aveva in mano.
Poco dopo il ragazzo, fingendo di cercare un attrezzo, gli si avvicinò e stuzzicandosi un brufolo sussurrò: «Io sono Mattia».
«Io Rocco.»
«E lui Faccia-da-cane, da oggi» ridacchiò il ragazzo.
«Hai controllato l'albero a camme?» disse piano Rocco. «Se dici che va a singhiozzo potrebbe esserci un...»
«Mattia!» urlò Faccia-da-cane. «Lavora o ti licenzio!»
«Albero a camme» sussurrò Mattia allontanandosi.
Quando fu ora di chiudere l'officina il camion era stato riparato.
«Domattina arriva qui prima, devi spazzare per terra e mettere in ordine gli attrezzi» disse Faccia-da-cane a Rocco.
«No» rispose Rocco. «Domani fammi fare il meccanico se vuoi che lavori ancora qui.»
Faccia-da-cane lo guardò. «Lo dici tu a Tony che te ne vai?»
«Gliel'ho già detto una volta» fece Rocco senza scomporsi. «Ripeterglielo non mi costa nulla.»
Faccia-da-cane, paonazzo in viso, serrò i pugni. «Chi ti credi di essere?» ringhiò. «Pensi di essere migliore di me?»
«Francamente non me ne frega un cazzo di te» disse con gran calma Rocco. «Io voglio solo fare il meccanico.»
Faccia-da-cane si accorse che Mattia aveva ascoltato la conversazione e questo lo fece infuriare ancora di più. Si avvicinò a Rocco, con i lineamenti del viso contratti. Indicò un grosso argano che pendeva dalla trave di acciaio del soffitto. «E se un giorno cedesse mentre sei lì sotto e quell'enorme motore ti spiaccicasse come una sogliola?» lo minacciò.
Rocco sorrise. Ma non c'era nulla di amichevole nel suo sorriso. Era cresciuto a Boccadifalco. Suo padre era Carmine Bonfiglio e ogni ragazzo di strada aveva cercato

di dimostrare che era più forte di lui, sfidandolo. Aveva dovuto imparare in fretta a reagire alle minacce, a difendersi, a non avere paura. «E se quel giorno per caso, invece di fare la sogliola mi metto in testa di essere un'anguilla, sguscio fuori di lì e rimango vivo?» Lo guardò in silenzio, mentre sentiva che Faccia-da-cane resisteva alla tentazione di arretrare. «Hai pensato a cosa succede a te... dopo?»

Faccia-da-cane scrollò le spalle, cercando di darsi un contegno.

«Fammi fare il meccanico» disse Rocco. «Non cerco rogna.»

Faccia-da-cane si infilò una mano in tasca e gli allungò una chiave. «Tira giù la saracinesca. Ci vediamo domattina alle otto. Puntuale.» Si voltò verso Mattia. «E pure tu, cazzone di merda! Puntuale, porcaccia puttana!» gli urlò. Poi se ne andò.

«Era proprio l'albero a camme» fece Mattia mentre Rocco abbassava la saracinesca. «Come facevi a saperlo?»

«Sono un meccanico» rispose Rocco. Poi gli fece l'occhiolino. «E ho un gran culo» rise.

Anche Mattia rise. «Ti va di venire a bere una birra?»

Rocco era stufo di stare sempre da solo. E quel ragazzo era la prima persona che lavorava per Tony a non avere l'aria di essere un mafioso. «Perché no» rispose allegro. Mentre si avviavano verso una bettola con un tendone a righe gialle e rosse gli chiese: «Come ci sei finito nell'officina di Faccia-da-cane?».

Mattia si strinse nelle spalle. «Mia madre faceva la serva a casa del señor Zappacosta. Due anni fa è morta e allora il señor Zappacosta mi ha fatto assumere da Faccia-da-cane, e adesso...»

Mentre Mattia continuava a parlare Rocco si voltò di scatto, come spinto da un istinto, come fanno certi animali ancora prima di sentire un odore o un rumore. Semplicemente perché lo sanno.

E allora la vide. E la riconobbe subito. Indossava un abito azzurro. Camminava veloce, con quella sua aria fiera. I capelli sciolti svolazzavano nell'aria. Era ancora più bella di come la ricordava. Sentì il cuore che gli si fermava in petto. E il fiato che gli si spezzava in gola.

«Rosetta!» urlò e poi scattò come una molla.

«Ehi! Dove vai?» disse Mattia.

Ma Rocco non lo ascoltava. «Rosetta!» gridava, cercando di sovrastare il frastuono del porto.

Rosetta non lo sentì. Svoltò in una strada e scomparve.

«Rosetta!» urlò ancora Rocco, correndo a perdifiato. «Rosetta!» ripeté, cominciando a ridere. «Rosetta!»

Ma quando arrivò dove Rosetta aveva svoltato non la vide più.

Si lanciò tra la gente che affollava la strada, spintonando e saltando in alto, allungando il collo, per cercare dove poteva essere. Corse a destra, per una cinquantina di metri. Si fermò. Si guardò intorno. Forse aveva girato a sinistra, per quell'altro vicolo. Ma quando lo raggiunse vide che era deserto. Forse era tornata indietro. Corse come un pazzo. Niente. Si fermò ansimando.

E poi sentì sferragliare la *tranvía*, nella strada parallela.

Si buttò tra le gente e raggiunse i binari, spinto da un'intuizione. Le carrozze della *tranvía* si stavano allontanando in fretta. Si lanciò alla rincorsa. Per un attimo gli parve di recuperare terreno ma poi inciampò nella rotaia e cadde faccia a terra.

Mentre si rialzava vide il vestito azzurro nell'ultima carrozza.

«Rosetta!» urlò. «Rosetta!»

Riprese a correre a perdifiato ma la *tranvía* era ormai lontana e non aveva la minima possibilità di raggiungerla. Ma non si diede per vinto e continuò, sentendo gli occhi che gli schizzavano fuori dalle orbite per la fatica e il cuore che gli era salito in gola, impedendogli di respirare.

Quando arrivò alla prima fermata della *tranvía* non ce

la faceva più. Si fermò piegato in due, a bocca spalancata, cercando tra la gente che era scesa.

Ma di Rosetta non c'era traccia.

In lontananza la *tranvía* aveva svoltato e si era persa nel traffico di Buenos Aires.

Rocco si lasciò cadere sulle ginocchia, ansimando ancora.

«Ti avevo quasi presa...» disse piano.

Infilò la mano in tasca e strinse il bottone.

«Ti senti male, amigo?» chiese un uomo, avvicinandoglisi.

Rocco lo guardò, per un attimo senza vederlo. «No, no... mi sento benissimo» disse poi, piano, parlando più a se stesso. «L'ho trovato. E la prossima volta non me lo farò scappare.»

«Chi hai trovato?» domandò l'uomo.

Rocco rise, scoprendosi felice. «L'ago nel pagliaio.»

33.

Appena tornata a casa, dopo essere stata licenziata, Rosetta aveva detto a Tano di non preoccuparsi dell'affitto. Aveva ancora abbastanza soldi e avrebbe trovato un altro lavoro.

E allora era successa una cosa che non si aspettava.

«Non mi offendere, sciocca!» l'aveva rimproverata Tano. «Non me ne fotte un cazzo dell'affitto» aveva borbottato nel suo modo rude. «Io invece sono contento assai che ti hanno licenziata.»

Sul volto di Rosetta era comparsa un'espressione meravigliata.

«Ma che dici?» aveva detto Assunta, altrettanto stupita.

«Che minchia di lavoro era?» aveva esclamato Tano, rivolto alla moglie. «Ma lo senti che odore si porta appresso? Sangue! Carne marcia!» Si era voltato verso Rosetta. «Cosa ascolti la notte, al buio? I grilli o i muggiti di quelle povere vacche?»

Rosetta aveva abbassato lo sguardo. Tano aveva ragione. L'odore del sangue non la lasciava un istante. Nelle orecchie le echeggiavano i versi delle bestie macellate. Se un asse del pavimento scricchiolava pensava subito alla crosta di morte che calpestava ogni giorno.

«Sei libera da quella merda, non l'hai capito?» aveva continuato Tano. «Adesso puoi scegliere qualcosa di meglio.»

«Ma cosa?» fece Rosetta.

«Che minchia ne so!» si era spazientito Tano. «Cerca di realizzare i tuoi sogni.»

«Ma io... non ho sogni.»

«Se non hai sogni» aveva detto gravemente Tano, «allora la tua vita non vale molto più di quella delle vacche del Matadero.»

«Ma che volete da me?» era sbottata Rosetta.

Tano l'aveva guardata in silenzio. «Io so chi sei» aveva detto poi. «L'ho saputo dal primo momento che hai messo piede in questa casa.» Aveva continuato a fissarla, scavando in profondità con quei suoi occhi acuti e chiari, puri come due diamanti, e aveva mormorato: «Ma forse tu non sai più chi sei».

«E chi sono?» aveva chiesto Rosetta, smarrita.

«Chi sei, razza di stupida?» aveva quasi urlato Tano, allargando le braccia. «Tu sei una ragazza capace di regalare una chitarra a un ciabattino antipatico che nemmeno conosci solo per restituirgli la sua musica.» L'aveva afferrata per una mano, con quei suoi modi bruschi che però non avevano nulla di violento in sé, e trascinata nel retro, davanti alla pianta di rose di Ninnina. «Guarda!»

«Cosa...?» aveva farfugliato Rosetta.

Tano l'aveva costretta a chinarsi sulla piantina. «Guarda, mannaggia alla miseria! Apri gli occhi e guarda! Qui!»

Rosetta aveva visto che era apparso un bocciolo nuovo, di un bel verde brillante, che cominciava ad aprirsi rivelando al suo interno i petali bianchi di una rosellina.

«Hai capito chi sei?» aveva ripreso Tano. «Tu sei questa!» E fissando il bocciolo, con la commozione che gli faceva tremare la voce, scuotendo il capo goffamente per trattenere le lacrime, aveva detto: «Non è morta».

E Rosetta aveva capito che non si riferiva alla pianta.

«Pensa a qualcosa che sai fare e che ti dà gioia» aveva detto Tano, sottovoce. Poi, prima di trascinare in casa Assunta, le aveva urlato in faccia: «E fallo, cazzo!».

E Rosetta, dopo più di mezz'ora, era ancora lì, inchiodata dalle parole di Tano. «Ma forse tu non sai più chi sei.» Aveva ragione. Sapeva chi era stata. Ma non sapeva chi era adesso.

Uscì di casa e cominciò a camminare, senza una meta. E mentre vagava tra le misere abitazioni di Barracas pensò che il suo passato era come una gabbia che la imprigionava. Doveva spezzare quelle sbarre, ma non aveva idea di come fare. Però era certa che se non ci fosse riuscita sarebbe rimasta zoppa a vita. Accelerò il passo, come se potesse seminare i suoi pensieri.

In breve si ritrovò al Mercado Central de Frutos del País, ad Avellaneda. Era un posto che adorava.

Nell'aria calda e densa risuonavano gli schiamazzi dei venditori. Le loro voci, in quella lingua così musicale che ormai Rosetta capiva sempre meglio, erano come canzoni. E poi c'era una varietà infinita di frutti che non aveva mai visto, dai colori sgargianti, profumati, che i venditori spaccavano a metà per mostrarne la polpa matura. E ancora c'erano gli odori che si respiravano nell'aria, così intensi, a volte così dolci da essere quasi nauseanti. O così conturbanti da far girare la testa. E poi le piaceva guardare l'atteggiamento insieme indolente e indaffarato degli acquirenti. Contrattavano per ogni frutto, per ogni pianta, per ogni minimo acquisto. Gesticolavano, fingevano di andarsene e il venditore fingeva di rincorrerli e fermarli. Sembrava che ballassero. Che recitassero una commedia. Era tutto finto e tutto vero insieme. In quel mercato era concentrata l'anima passionale e teatrale di quel popolo. Era un'atmosfera allegra, che le restituì immediatamente il buon umore.

Ma poi vide un venditore con un'aria triste, seduto accanto alla sua merce che consisteva in dieci microscopiche gabbie in ognuna delle quali entrava a malapena una gallina spennacchiata e magra, dall'aria altrettanto triste del suo proprietario. E lei stessa si sentì intristire da quella scena.

Poco prima si era detta che il suo passato era una gabbia. E ora, più che mai, con un'evidenza che la lasciò senza fiato, si vide riflessa in quei poveri animali e capì che aveva ragione.

«Quanto vuoi?» chiese al venditore.

«Per una?» fece quello.

«No, per tutte.»

Un'ora più tardi Rosetta faceva ritorno a casa con dieci galline, un gallo, dei pali, una rete metallica e delle assi di legno.

«Uova» disse per bloccare Tano, vedendo che gli stava fiorendo un'imprecazione sulle labbra.

Andò nel retro e fissò la rete metallica a tre metri dal Riachuelo, per impedire alle galline di bere l'acqua avvelenata. Poi aprì le gabbie e quelle uscirono, starnazzando intontite. Alcune avevano le zampe così anchilosate dalla lunga costrizione che si muovevano a stento. Una addirittura cadde e fece fatica a rialzarsi.

«Minchia, queste non sono buone neanche per il brodo, altro che uova» borbottò Tano.

«Devono abituarsi alla libertà» disse Rosetta, riferendosi a se stessa. E sorridendo felice passò il resto della giornata a costruire un rudimentale pollaio. Verso il tramonto la maggior parte delle galline aveva cominciato a razzolare in giro senza incespicare.

La sera dopo Assunta mise in tavola una frittata con le cipolle.

Avevano appena finito di mangiare quando sentirono le galline starnazzare. Tano fu il primo a lanciarsi fuori. Rosetta e Assunta lo seguirono e videro una figura nera scavalcare la recinzione e darsi alla fuga tenendo una gallina per le zampe.

«Figghiu 'e bottana!» urlò Tano, lanciandosi all'inseguimento.

«Non ti fare ammazzare per una gallina!» gridò Assunta.

Rosetta seguì Tano, scavalcò la recinzione e lo raggiunse in tempo per vedere il ladro infilarsi in una baracca. Presero a pugni la porta di lamiera, che rimbombava come un tamburo.

Richiamati dagli strepiti molti vicini uscirono in strada.

Tano raccolse un bastone e cominciò a tirare colpi violenti alla porta della baracca, che cedette come se fosse di cartone.

Si ritrovarono davanti un pezzente magro e sporco, con la barba lunga, vestito di stracci. Barcollava ubriaco. In una mano aveva un coltello. L'uomo saltò fuori e vibrò una coltellata a casaccio.

Tano lo colpì con una bastonata in testa.

Quello si accasciò a terra come un sacco vuoto.

La gallina, terrorizzata, prese a starnazzare impazzita per la baracca.

Rosetta la acciuffò velocemente e mentre la portava fuori vide che per lo spavento aveva fatto un uovo. Raccolse anche quello.

Tano prese il coltello dell'uomo e glielo puntò alla gola. «Io sono siciliano!» urlò fissando i curiosi accalcati in strada. «E noi siciliani non chiamiamo le guardie. Le nostre faccende ce le regoliamo da soli. Se qualcun altro ci prova io lo scanno come un porco.» Poi si voltò verso Rosetta. «Andiamocene» le disse.

Ma Rosetta non si mosse. Guardava la gente, misurando tutta la loro miseria e disperazione. E all'improvviso capì che anche loro erano rinchiusi in gabbie troppo piccole e soffocanti. Come lei. E sempre all'improvviso ripensò ai paesani di Alcamo, in Sicilia, che tanto aveva odiato. Anche loro erano in gabbia. E le sbarre erano la miseria e l'ignoranza. E sentì che quell'odio per loro, che si era portata dietro oltre un immenso oceano, si placava. Mentre continuava a fissare la gente di fronte a sé, notò una vecchia cenciosa, che muoveva la mascella in su e in giù, arricciando le labbra, come se fossero di gomma. Probabilmente non aveva nemmeno un dente e si masticava le gengive. Provò pena. Le si avvicinò.

La vecchia si ingobbì, come se temesse di essere picchiata.

Rosetta le porse l'uovo che aveva in tasca. «Tenete» le disse.

La vecchia guardò l'uovo senza muoversi, incredula.

«Prendetelo» disse Rosetta.

«*No tengo dinero...*»

«È un regalo.»

La vecchia fece un'espressione quasi spaventata. Poi afferrò l'uovo, bucò lesta il guscio con un'unghia, se lo portò alla bocca e lo succhiò avidamente.

«Non c'è bisogno di essere nemici» disse allora Rosetta alla gente. E le sembrava di parlare anche ai suoi paesani di Alcamo. Perché era quella la strada. Non ce ne poteva essere nessun'altra. Bisognava dire basta. Bisognava smettere di coltivare l'odio. Bisognava rompere le sbarre delle gabbie. «Siamo tutti dei morti di fame» fece, come concludendo ad alta voce quel suo ragionamento, che però era più un'emozione che un pensiero razionale. Era il cuore che finalmente parlava. «Dovremmo aiutarci, non azzannarci come dei cani rabbiosi.»

La gente mormorò.

«*Dios te bendiga, muchacha*» disse la vecchia, con gli occhi colmi di lacrime e le labbra sporche di tuorlo.

Rosetta le sorrise. Poi, a testa alta, con la gallina sottobraccio, si fece strada tra le persone per tornare a casa, seguita da Tano.

Non avevano fatto nemmeno una decina di passi quando dalla folla si levò un applauso.

«Adesso hai capito chi sei?» le disse Tano a casa.

«Non ancora» rispose Rosetta.

Tano scosse il capo, sconsolato. Guardò Assunta e si batté un dito sulla tempia. «Chista è cretina» borbottò infilandosi a letto.

Il giorno dopo una donna di sessant'anni, con il vestito ricoperto da uno strato sottile di polvere bianca, bussò alla porta di casa. «Ti ho sentito ieri sera» sorrise a Rosetta. «Ti serve lavoro, vero?» Aprì e chiuse le mani, mostrandogliele. «Ho l'artrite e non riesco più a impastare come un tempo. Ho bisogno di un aiuto.»

Quel giorno stesso Rosetta cominciò a lavorare al forno. La señora Chichizola impastava e il marito, un uomo lungo e sottile come un grissino, si occupava di infornare.

Mentre la señora Chichizola le insegnava, Rosetta socchiuse gli occhi e aspirò il profumo zuccherato e polveroso della farina, quello acido del lievito e l'aroma del pane che si cuoceva.

In quell'esatto momento le venne da pensare a Dolores. E si rese conto di non avere mai smesso di farlo. Seppe subito perché. Perché in Dolores aveva visto se stessa. E perché provando a salvarla aveva fatto quello che non era riuscita a fare durante il suo stupro. Ma Dolores era ancora lì, in quell'inferno, in quella gabbia.

«Adesso hai capito chi sei?» mormorò piano, ripetendo le parole di Tano della sera prima.

«Come dici, tesoro?» fece la señora Chichizola.

«Niente» le sorrise Rosetta. Poi le chiese di potersi assentare per un paio d'ore e si affrettò alla fermata della *tranvía*.

Arrivò al Matadero durante la pausa pranzo. Corse al muretto. Dolores era seduta tra Pel-di-carota e la platinata. La prese per mano e la portò, sorda alle sue domande, nell'ufficio di Bonifacio.

«Pagala» disse al direttore del Matadero. «Se ne va.»

«Non posso… no…» sussurrò Dolores.

«Sì» le disse Rosetta.

E il suo tono era talmente risoluto che Dolores non replicò.

Quando uscirono dall'ufficio di Bonifacio i macellai avevano saputo quanto stava accadendo. Si erano riuniti in cortile. In prima fila c'era Leandro, a braccia conserte, con un sorriso beffardo.

«Dove credi di andare, troietta?» domandò a Dolores.

La ragazzina si fece piccola e rallentò l'andatura.

«Vaffanculo, verme» disse Rosetta, facendo scudo a Dolores. «Lei se ne va e tu rimani a marcire qui. Hai finito di torturarla.»

«Lo vedremo» ringhiò Leandro aggressivamente, mostrandole il pugno. «Tu non hai capito come funziona qui dentro.» E fece un primo passo.

Uno dei *carniceros*, però, gli mise una mano sulla spalla.

«Che cazzo fai?» scattò Leandro, levandogli la mano.

Ma non riuscì a fare un secondo passo perché un altro dei *carniceros* lo trattenne per un braccio. E un altro ancora gli si piazzò davanti. E poi, uno dopo l'altro, tutti i macellai presenti si misero tra lui e le due donne.

E infine comparve anche Bonifacio.

«Che cazzo vi piglia?» fece Leandro, con un tono insicuro.

«Piantala se vuoi conservare il tuo lavoro» gli disse Bonifacio. Poi guardò Rosetta e annuì piano, come se le stesse chiedendo scusa a nome di tutti. E fece un piccolo, ruvido sorriso a Dolores.

La ragazza aveva gli occhi pieni di lacrime.

«Dove andiamo?» chiese a Rosetta, mentre erano sulla *tranvía*.

«Vedrai» le sorrise lei. E sentì il cuore che si espandeva per la gioia. Come se l'avesse liberato da un'altra gabbia.

Quando arrivarono al forno, Rosetta presentò Dolores alla señora Chichizola. «Lei ha più bisogno di me di lavorare» le disse.

La señora Chichizola la guardò con un misto di stupore e ammirazione. Poi guardò Dolores con tenerezza. E annuì.

«Ti verrò a trovare.» Rosetta sorrise a Dolores e tornò a casa.

Quella sera, dopo cena, andò nel retro. Aveva bisogno di stare da sola e ascoltare quello che aveva dentro. Le galline erano già a dormire nel pollaio. Solo il gallo la guardava incuriosito.

Rosetta respirò a fondo, come se i polmoni avessero più spazio. Mentre ammirava il cielo, ancora debolmente arrossato dal sole appena scomparso, avvertì qualcosa di ruvido tra le dita della mano sinistra, come una crosta.

Vide che era farina indurita.

Allora, con un sorriso sulle labbra, pensò che quella sera anche Dolores si sarebbe trovata della farina secca tra le dita. E pensò che giorno dopo giorno la farina si sarebbe portata via il sangue. Un po' alla volta.

E si sentì più leggera e mondata anche lei di un po' del sangue che le era rimasto appiccicato addosso dalla sua vita passata.

Tornò a fissare l'orizzonte, che andava oscurandosi. Fiduciosa.

Perché all'improvviso sapeva che un giorno avrebbe alzato lo sguardo e avrebbe visto arrivare Rocco.

E quel giorno sarebbe stata pronta a raccontargli chi era.

34.

A quell'ora di mezzo che non è più notte ma non ancora alba Amos fece irruzione al Black Cat. Era scortato da cinque uomini.

Il Francés, intento a contare i soldi della giornata ormai conclusa, lo guardò sorpreso, con uno sguardo insonnolito.

Dietro al bancone Lepke si irrigidì.

Nel locale c'era un solo cliente.

Amos lo raggiunse, lo afferrò per un braccio e lo spinse fuori dal Black Cat. «Vai a dormire, è tardi» gli disse.

L'uomo se ne andò barcollando, ubriaco, senza discutere.

«Che ti prende, *polák*?» chiese il Francés alzandosi.

Amos fece un cenno ai suoi uomini che andarono alle saracinesche del locale che davano sulla strada e le tirarono giù. Poi chiusero da dentro anche la serranda dell'ingresso, in modo che dall'esterno non si vedesse cosa stava succedendo.

«Che cazzo fai, stronzo?» disse il Francés. Nella sua voce però c'era una traccia di debolezza.

Lepke cercò di prendere qualcosa da sotto al bancone ma uno degli uomini di Amos gli puntò una pistola alla tempia.

«Dallo a me» fece Amos a Lepke.

Lepke gli consegnò un fucile.

Amos glielo strappò di mano e con una mossa fulminea lo colpì in faccia con il calcio dell'arma.

Lepke venne sbattuto contro gli scaffali pieni di bottiglie e ne rovesciò qualcuna per terra.

«*Shalom Aleichem*» gli disse Amos con un sorriso cattivo. «Sai, ebreo, dovresti stare di più tra la tua gente invece di fartela con questi perdenti con troppa pelle ancora attaccata al pisello.»

«Preferisco fare affari con lui piuttosto che con una merda come te che commercia in carne della sua stessa razza» rispose Lepke, pulendosi il sangue che gli usciva dal labbro.

Amos lo guardò senza scomporsi. «La nostra Legge prescrive che la carne sia *kosher*, no? Be', le mie ragazze da questo punto di vista sono a posto. Sono carne *kosher*» rise.

«Che cosa vuoi?» fece il Francés alle loro spalle. «Piantala con le stronzate.»

Amos appoggiò il fucile accanto a uno dei suoi uomini e si voltò senza fretta. Guardò il Francés strizzando appena gli occhi, quasi che stesse prendendo la mira, come il cacciatore che ha messo la preda con le spalle al muro. «Dov'è la ragazzina?»

«Che ragazzina?» fece il Francés. Ma di nuovo c'era una nota di insicurezza nella sua voce.

Amos gli andò vicino e poi, di scatto, allungò un braccio e gli serrò la mano alla gola.

Il Francés provò a divincolarsi. Era paonazzo, non respirava.

All'improvviso Amos lo lasciò.

Il Francés si piegò in due. Tossì e si portò le mani alla gola. «Tu sei... pazzo...» farfugliò.

Amos lo colpì con un calcio alle caviglie e lo fece ruzzolare per terra. Gli pigiò uno stivale sul petto e lo tenne giù. «Allora? Dov'è la ragazzina? Non mi piace ripetere le domande.»

«Non lo so...»

«Risposta sbagliata.» Amos lo colpì con un calcio in faccia. Poi tornò a immobilizzarlo a terra spingendogli lo stivale sul petto.

«Non lo so... te lo giuro...» balbettò il Francés, con il naso che sanguinava. «È stata qui... ma io l'ho cacciata.»

«E che ti ha detto?» Amos aumentò la pressione dello stivale.

«Niente...»

Amos alzò il piede e glielo abbassò con violenza sullo stomaco.

Il Francés gemette e rigurgitò una schiuma verdognola.

«Non ti ha detto se ha visto qualcosa?» insisté Amos.

Il Francés non rispose.

Amos sorrise e annuì. «Bene. E a chi altro l'ha detto?»

«A nessuno...»

Amos gli diede un altro calcio. Più forte. E gli mise lo stivale di traverso sulla gola.

Il Francés annaspava.

«C'ero anche io» disse Lepke.

«Tu ci sei sempre» ridacchiò Amos. «Sembrate due fidanzati.»

I suoi uomini risero.

Ma Amos era già tornato serio. «Fate scendere le puttane» ordinò. Poi afferrò il Francés per il bavero della giacca, lo sollevò da terra, lo trascinò fino al bancone e gli sbatté la faccia sul piano.

Lepke guardava senza poter intervenire.

Intanto gli uomini stavano scendendo dal piano superiore con le *poules* del Francés, ancora vestite da cameriere. Le ragazze avevano espressioni spaventate. Gli uomini le fecero schierare da un lato del locale. Poi due di loro andarono di là dal bancone e presero il Francés per le braccia, immobilizzandolo a faccia in giù.

A quel punto Amos prese il coltello, lo infilò nella cintura dei pantaloni del Francés e la tagliò. Gli calò i pantaloni, denudandogli il culo. «Hai cercato di fottermi una puttana» gli sibilò in un orecchio. «E ora io fotterò te.» Con un calcio gli divaricò le gambe. Poi prese il fucile di Lepke, gli appoggiò la canna tra le natiche e di scatto, con violenza, lo penetrò.

Il Francés gridò.

Un paio di ragazze strillarono. Un'altra scoppiò a piangere.

Amos infierì sul Francés. Poi sfilò l'arma.

In quel momento Lepke aprì una scatola di sigari e impugnò una pistola, puntandola contro Amos.

Ma Amos fu più lesto e gli sparò una fucilata in pieno petto.

Mentre cadeva all'indietro, con gli occhi sbarrati, Lepke fece partire un colpo a vuoto, in aria.

Una macchia densa e rossa gli sbocciava come un fiore sulla camicia bianca.

Le prostitute si strinsero tra loro, terrorizzate, gridando.

Amos si voltò a guardarle. «Zitte!» urlò.

Le ragazze si azzittirono.

«Il Francés è finito» disse Amos continuando a fissarle. Poi fece un cenno ai due uomini che lo tenevano a terra.

Gli uomini lasciarono le braccia del Francés, che si accasciò in terra con un'espressione sofferente dipinta in viso.

«È finito» ripeté Amos rivolto alle puttane. «E chi resta con lui farà la sua stessa fine. E anche chiunque venga a sapere qualcosa della ragazzina che cerco e non me lo venga a raccontare. Ditelo in giro.» Alzò in aria il calcio del fucile e lo abbatté con brutalità sulla testa del Francés, facendogli perdere i sensi. Prese una bottiglia di cognac, la stappò e gliela versò addosso. Infine si avviò verso l'uscita del Black Cat mentre i suoi uomini spaccavano tutte le bottiglie che trovavano.

Quando il locale fu impregnato fino a fondo di alcol gli uomini alzarono la serranda all'ingresso.

«Non mi è mai piaciuto questo cazzo di posto» fece Amos, con un ghigno cattivo. Poi accese un fiammifero e lo buttò per terra.

Immediatamente l'alcol prese fuoco e la fiamma cominciò ad avanzare tra i cocci delle bottiglie e i tavolini di marmo, arricciando i tappeti, arrampicandosi sui tendaggi.

E strisciando verso il Francés, a terra, svenuto.

«Fuori!» urlò allora Amos alle prostitute, mentre le fiamme gli arrossavano lo sguardo crudele.

Le ragazze corsero via terrorizzate e in un attimo si dispersero.

Amos fissò ancora un attimo il Francés.

«E neanche tu mi sei mai piaciuto» sibilò. «Muori.»

Poi uscì, seguito dai suoi uomini, e abbassò la serranda.

All'interno del Black Cat il fuoco crepitava sinistramente.

35.

I primi due giorni Raquel aveva mangiato nella *boliche* dove era andata con la barbona. Ma poi i soldi erano finiti.

«Datemi un lavoro. Lavo i piatti, cucino, spazzo per terra...» aveva detto alla cicciona.

«Io do da mangiare, non da lavorare» aveva risposto la cicciona. «Non venire qui se non hai soldi per pagare.» E l'aveva cacciata.

E ora, dopo due giorni di digiuno e vagabondaggio, in cui aveva cercato inutilmente un lavoro qualsiasi, Raquel aveva fame. Una fame straziante che le ricordava la sua vita passata nello shtetl, durante gli inverni di carestia. Però allora aveva suo padre. Ora invece era sola in un mondo sconosciuto e ostile.

Intorno a lei la vita ferveva. C'era un'aria di eccitazione. Il Natale era alle porte. Nonostante fosse estate le vetrine dei negozi erano allestite con neve finta. Signore eleganti scodinzolavano nei loro vestiti di seta con i pacchetti di Natale in mano. Bambini sorridenti le seguivano impazienti, perché presto avrebbero potuto scartare i loro regali. Uomini in doppiopetto firmavano assegni nei negozi, per le ultime spese. Frotte di mendicanti, come uno sciame di cavallette, affollavano i marciapiedi, con le mani protese, gli occhi infossati e le bocche spalancate. La musica risuonava a ogni angolo di strada. E ovunque c'erano bancarelle di cibo.

E più vedeva il cibo, più sentiva quegli odori deliziosi, più Raquel si sentiva debole.

«Perché sono ancora viva, padre?» mormorò.

Prese il giornale che parlava del ragazzino sopravvissuto cinque giorni sotto le macerie, senza acqua e cibo. Rilesse ogni dettaglio dell'articolo. La strada di Rosario. I nomi delle undici vittime. Le dichiarazioni dei vicini. E ripensò alle parole della barbona: «Dio deve avere un disegno speciale per questo ragazzino».

«Ma io... perché sono ancora viva?» domandò di nuovo.

Ma nessuno le rispose.

Dopo un po' riprese a vagabondare, fermandosi in ogni negozio e attività per chiedere un lavoro. Ma nessuno le diede retta.

Spossata e affamata si ridusse a rovistare nell'immondizia e mangiò delle bucce marce di qualche strano frutto. Ma questo peggiorò la sua fame. E ormai quasi non si reggeva in piedi. Allora, vincendo la vergogna, tese la mano per chiedere l'elemosina. Qualcuno, passandole accanto, le disse, pieno di disprezzo: «Vai a lavorare, sfaticata». Ma Raquel era così allo stremo che non lo sentì.

Infine, ormai affogando nella disperazione, si avvicinò a una bancarella, afferrò una pagnotta e scappò, con le poche forze che le rimanevano. E sbranò il pane correndo, per paura che l'acciuffassero e la privassero del suo misero pasto.

Giunta la sera, a passi stanchi, ritornò verso i quartieri poveri, con la testa vuota e gli occhi sbarrati su un futuro che non riusciva a immaginare. O che immaginava terribile quanto il presente.

Era abbastanza presto e trovò una panchina libera al Parque Pereyra. Ci si stese e aspettò la notte.

Ma poco dopo arrivò un uomo sporco fino all'inverosimile che le si piazzò davanti e le disse: «Questo posto è mio. Vattene».

«Sono arrivata prima io» rispose Raquel.

L'uomo la afferrò per i capelli e la buttò per terra, senza parlare.

Raquel scappò, spaventata, e pianse in un angolo del parco, appoggiata al tronco di un albero. Durante la notte arrivarono delle nuvole che velarono la luna e cadde uno scroscio di pioggia breve ma violento. All'alba era intirizzita. Mentre gli altri vagabondi lasciavano il parco raggiunse una panchina e rimase al sole ad asciugarsi. Anche i giornali che si portava appresso erano fradici. Li stese sulla panchina, foglio per foglio, cercando di non romperli. Li sapeva a memoria ma le tenevano compagnia. In special modo l'articolo del bambino sopravvissuto sotto le macerie. Per certi versi le sembrava di star vivendo la sua stessa storia.

"Di questo passo diventerai stramba come la barbona" pensò.

Intanto, dopo averle dato un'occhiata infastidita, due uomini si sedettero sulla panchina accanto. Uno dei due aprì il suo giornale ed esclamò: «Ah! Lo sapevo! Era ovvio».

«Cosa?» chiese l'amico.

«Era una prostituta» rispose l'altro.

«Chi?»

«Il cadavere.»

«Che cadavere?»

L'uomo guardò l'amico. «Davvero non ne hai sentito parlare?» domandò sorpreso. «Sei l'unico in tutta Buenos Aires.»

«Ma di cosa?»

«Tempo fa hanno trovato un cadavere nel Riachuelo, nella zona delle concerie» spiegò l'uomo. «Era irriconoscibile... sai, per via degli acidi. Era una donna ma non si sapeva chi fosse. Però io dicevo, chi è che può finire a faccia in giù nel Riachuelo? Una donna rispettabile? Ma fatemi il piacere!» Batté la mano sul giornale. «E ora le autorità fanno la grande scoperta! Era una prostituta. Che sorpresa!»

Raquel si sentiva a disagio. Qualcosa le suggeriva di alzarsi e andarsene. Di non ascoltare. E invece era inchiodata alla panchina.

«E come l'hanno capito?» chiese l'altro.

«Hanno fatto l'autopsia» rispose l'amico. «È stata assassinata con una coltellata all'addome.»

Raquel strinse i pugni, sentendo una fitta al cuore.

«E adesso hanno visto quello che gli acidi inizialmente avevano nascosto» proseguì l'uomo. «Aveva uno squarcio su una guancia. È il modo in cui i *rufiánes* ebrei marchiano le prostitute ribelli.»

«Quindi non era solo puttana» scherzò l'altro. «Pure ebrea!»

Raquel scattò in piedi. «Non era una puttana!» urlò.

I due uomini la guardarono sorpresi. Poi scoppiarono a ridere.

«Levati dai piedi se non vuoi che ti pigli a calci in culo, ragazzina» fece quello col giornale.

Raquel si ingobbì, mentre sentiva un dolore lancinante. Prese l'articolo del ragazzino sopravvissuto e fece per andarsene. Quando si voltò vide che i due uomini non si curavano più di lei e che il loro giornale era appoggiato sulla panchina. Lo afferrò al volo e scappò, inseguita dagli insulti dei due.

Raggiunse una stradina isolata e si accasciò dietro due bidoni dell'immondizia stracolmi. «Tamar... Tamar...» ripeteva e intanto cercava di scacciare l'immagine della bellezza dell'amica divorata dagli acidi. «Maledetti! Maledetti! Maledetti!» gridò alzandosi in piedi e prendendo a calci uno dei bidoni dell'immondizia.

Si calmò, tornò a nascondersi e lesse l'articolo su Tamar. Le autorità non avevano nessuna idea di come si chiamasse la vittima. Ma erano sicuri che fosse ebrea. Il giornalista spiegava che la comunità ebraica aveva negato a papponi e prostitute di essere seppelliti nel loro cimitero. «Perché sono una piaga» diceva una donna intervistata. «Ma noi della comunità ebraica non ce ne laviamo le mani. In giro per le strade del quartiere abbiamo affisso dei manifesti che invitano a non affittare locali ai ruffiani, a non frequentare i loro bordelli e offriamo aiuto alle ragazze che fanno le prostitute. Però non è semplice.»

Raquel sentì la rabbia montarle alla testa. Erano solo chiacchiere. La verità era che consideravano le ragazze come Tamar delle appestate. La verità era che gente come Amos continuava ad andare indisturbata nei villaggi dell'Europa dell'Est per rifornire i bordelli e ad aver diritto di vita e di morte su quelle ragazze, schiave del sesso. La verità era che i suoi bordelli erano sempre pieni di clienti che facevano finta di non saperlo.

La verità era che Buenos Aires era una fabbrica di dolore.

Riprese a leggere, con la rabbia e la pena che si fondevano insieme nel suo piccolo petto. Scoprì che Tamar era stata seppellita in silenzio in un cimitero in periferia che gli ebrei *deviati*, come li definiva il giornalista, avevano costruito a loro spese. Si appuntò l'indirizzo e lo raggiunse.

«Señor, sapete dove è la tomba di quella donna trovata nel Riachuelo?» chiese al custode all'ingresso del cimitero.

«Chi sei?» le chiese l'uomo. «Che ti frega? La conoscevi?»

Raquel comprese che il custode sicuramente lavorava per la Sociedad Israelita de Socorros Mutuos Varsovia. Per Amos. O per uno di quei bastardi. E di sicuro li avrebbe avvertiti subito se qualcuno fosse andato a pregare sulla tomba di Tamar.

«Ero curiosa...» rispose.

«Be', fatti gli affari tuoi, ragazzina» disse il custode. «Questo è un cimitero, non un parco dei divertimenti.»

Raquel se ne andò. Poi, appena dietro l'angolo, si fermò. Trovò un posto dal quale vedeva il muro del camposanto e intonò sottovoce il kaddish, la preghiera dei morti, perché era certa che nessuno avesse accompagnato l'anima di Tamar nelle braccia del Signore. Poi lanciò un sasso oltre il muro.

«Signore del Mondo» pregò, «spingi il sasso fino alla tomba di Tamar con il Tuo soffio».

Quando ebbe finito non si sentiva meglio. Al contrario. Il dolore era scomparso del tutto, divorato da una rabbia cupa, che bruciava come sale su una ferita aperta.

Cominciò a camminare a passi furiosi e senza rendersene conto si ritrovò all'angolo di Avenida Junín, vicina all'ingresso del Chorizo. Vide i clienti entrare e uscire. Magari qualcuno avrebbe chiesto di Tamar. Immaginò Amos che inventava una balla e gli offriva un'altra ragazza. Tanto che differenza faceva? Erano tutte giovani, tutte belle, tutte obbligate ad aprire le gambe e a dire di sì a qualsiasi richiesta. Erano bambole, non persone. Erano carne, non anime. Nessuno sapeva il loro nome. E a nessuno importava.

Neanche quando le seppellivano.

Ma non sarebbe stato così per Tamar, pensò Raquel con rabbia.

Cercò nell'articolo una notizia che aveva già letto.

«L'indagine è affidata al capitano della Policía Augustin Ramirez. Chiunque abbia informazioni può recarsi al commissariato di Avenida de la Plata, al numero 53.»

«La pagherete» disse Raquel digrignando i denti mentre si allontanava decisa, pensando ad Amos e ad Adelina.

Avenida de la Plata era una strada grande e lunga. Il 53 era all'angolo con Avenida de las Casas. L'edificio della polizia era a tre piani, scuro, massiccio, con colonne e fregi che lo rendevano pesante e lugubre. Due poliziotti vigilavano all'ingresso.

Raquel si fermò. Improvvisamente, alla vista delle divise e dei manganelli, non si sentiva più tanto spavalda. In Russia una divisa, per un ebreo, significava guai, persecuzioni, ingiustizia. Ma questo era un Paese libero. Si fece coraggio. «Per Tamar» si disse. Attraversò la strada e salì i cinque scalini del commissariato, tenendo la testa bassa.

«Che vuoi, ragazzina?» chiese uno dei poliziotti, sbarrandole la strada con il manganello.

Raquel si ingobbì. «Devo parlare al capitano Ramirez.»

«E che gli devi dire?» domandò il poliziotto, senza abbassare il manganello.

«Gli devo... gli devo dire chi è la donna trovata nel Riachuelo» rispose, con il cuore che le batteva all'impazzata. «E...» Era senza fiato, come se avesse fatto una corsa. «E... chi l'ha uccisa.»

Il poliziotto abbassò il manganello, lentamente, in silenzio. Guardò il collega. «Vai a chiamare il *capitán*. Subito» gli disse. «Io la porto nella stanza di sotto. Non farne parola con nessuno.»

L'altro annuì e scomparve dentro all'edificio.
Il poliziotto rimasto sorrise a Raquel.
Raquel pensò solo che forse le avrebbero dato da mangiare.
Il poliziotto, continuando a sorridere, si infilò il manganello alla cintola e le mise una mano sulla spalla. «Vieni» le disse. Poi la guidò all'interno del commissariato e scesero delle scale. La fece entrare in una stanza seminterrata. «Aspetta qua.»
La camera era spoglia. C'erano solo quattro sedie e un tavolo accostato a una parete, sotto una finestrella piccola e stretta al livello del marciapiede.
Il poliziotto indicò una sedia. «Mettiti lì. Vedrai che il capitano arriva subito.» Inclinò la testa verso la porta. «Io sono qua fuori.»
Raquel non capì perché ma quella frase non le parve rassicurante.
Il poliziotto uscì dalla stanza e la chiuse dentro.
Raquel si andò a sedere. Ma all'improvviso era agitata.
Dopo un po' sentì dei passi pesanti.
«*Capitán*» fece all'esterno la voce del poliziotto.
«Dov'è?» chiese un'altra voce, roca e dura.
Raquel si alzò dalla sedia e andò alla porta.
«Lì dentro» rispose il poliziotto.
«Bene» disse il capitano. «Vai ad avvertirlo. Sbrigati.»
Raquel sentì un brivido correrle lungo la schiena. Ascoltò i passi del poliziotto che si allontanavano. Corse alla sedia e si sedette, con lo sguardo a terra. Sentì la porta che veniva aperta.
Alzò la testa.
Il capitano aveva una gran pancia, che tirava i bottoni dorati della divisa. E una faccia larga, carnosa. Il collo grasso gli si arrotolava sul colletto, come se gli colasse fuori dalla divisa. Ma soprattutto aveva una particolarissima voglia di fragola che gli sporcava la guancia destra, come un'oscena impronta sbaffata di rossetto.

Raquel lo riconobbe subito.

Il capitano era ospite fisso del Chorizo. Ogni sera lui e Amos si davano grandi pacche sulle spalle, ridendo e scherzando. E una volta aveva visto Amos che gli porgeva una busta. Il capitano l'aveva aperta e aveva contato dei soldi.

«Brava, ragazzina» sorrise il capitano. «Sei venuta nel posto giusto.»

E in quel momento Raquel seppe di essere perduta.

36.

«Fate largo! Fate largo!» gridava un addetto del transatlantico Regina Margherita di Savoia appena attraccato, spintonando i passeggeri che si accalcavano in fila all'Hotel de Inmigrantes.

«Fate largo!» ripeteva Bernardo, seguendolo impettito nella sua giacca lucida, rossa, chiusa con degli alamari giallo oro, tenendo sottobraccio la ragazza che il Barone gli aveva fatto violentare più volte durante il viaggio, da quando l'aveva presa con sé.

La ragazza aveva lo sguardo distaccato e un po' smarrito dei dementi che non riescono a entrare in pieno contatto nemmeno con le proprie emozioni. Le violenze subite e l'assassinio del fratello sembravano averla chiusa ancora di più nel suo mondo.

Appena più indietro, con una camminata appesantita dal suo corpo grasso, avanzava il Barone Rivalta di Neroli, in un completo di lino color panna. In testa aveva una paglietta che nascondeva gran parte della brutta cicatrice violacea della fronte.

A chiudere la fila, due marinai del transatlantico che spingevano un pesante carrello di metallo con tre enormi bauli, in pelle chiara, con lo stemma nobiliare del Barone impresso a fuoco.

La gente si scansava, guardando con antipatia la sgraziata figura del Barone che passava sdegnosamente. Solo la vecchia Contessa incartapecorita gli fece un cenno che però rimase senza risposta.

Arrivati ai tavoli dell'immigrazione, il direttore dell'Hotel de Inmigrantes li accolse in atteggiamento ossequioso. Accanto a lui c'era un uomo con un impeccabile completo doppiopetto grigio e un pizzetto ben curato. E poco più dietro un altro uomo, vestito più modestamente, grande e grosso, con un'espressione bolsa.

«*Yo soy el vicecónsul Maraini*» disse l'uomo in doppiopetto.

«Non penserete davvero di parlarmi in spagnolo?» scattò aspramente il Barone con la sua voce acuta, in tono scocciato. Lo squadrò con un'aria di manifesto disprezzo. «Be', che aspettiamo? Dobbiamo stare qui tutta la giornata?»

«No... certamente» fece il viceconsole. Parlottò velocemente con il direttore dell'Hotel de Inmigrantes. «Sbrigheremo le pratiche, con calma» disse poi al Barone.

«Le pratiche le sbrigherete voi» rispose altezzosamente il Barone. «Non ho tempo per queste sciocchezze. Andiamo?»

«Certo» fece il viceconsole.

«*¿Y la señorita?*» chiese il direttore, indicando la ragazza.

«Lei è con me» rispose il Barone.

«Abbiamo saputo dell'incidente a bordo» disse il viceconsole. «Forse la Policía argentina vorrà interrogarla.»

«Non c'è niente da interrogare. Non era presente» replicò il Barone. «E poi non vedete che non ha neanche un po' di sale in zucca? È una demente...» E subito, quasi correggendosi, aggiunse: «Poverina». Le fece una carezza, come avrebbe fatto a un cane, e concluse: «Me ne prendo cura io. Quindi niente grane».

«*Bienvenido en Argentina, Excelencia*» disse il direttore, che aveva capito perfettamente, e accennò un leggero inchino.

«Sì, va bene» borbottò il Barone e si avviò verso l'uscita.

Per strada due facchini caricarono i bauli sul pianale di un camioncino nero. Bernardo e la ragazza sedettero nella cabina accanto al guidatore. I facchini salirono dietro. Pochi metri più avanti una macchina color bordeaux con un tettuccio in tela cerata color sabbia e una bandierina italiana sul parafango.

«Che macchina sarebbe?» chiese il Barone, avviandosi all'auto.

«Una macchina italiana di eccellenza, naturalmente» rispose fiero il viceconsole, aprendo lo sportello al Barone. «Una Lancia Theta 35HP. Questo è il modello Torpedo Coloniale. Quattro cilindri, cinque litri di cilindrata. Diciassettemila lire!»

«Carina» sospirò il Barone, sedendosi. «Io invece ho una Rolls-Royce Silver Ghost. Sei cilindri, sette litri e mezzo di cilindrata. E con le vostre diciassettemila lire non ne comprereste neanche metà. Me l'ha fatta avere il miglior venditore al mondo, Lucio D'Antonio, consiglia anche i reali d'Inghilterra.»

Il viceconsole si infossò nel sedile.

L'omone grande e grosso andò al volante.

«Sapete dove si trova il *palacio* della mia amica, la Principessa de Altamura y Madreselva?» chiese il Barone.

«Lo conoscono tutti» rispose il viceconsole. «Vai, Mario.»

La Lancia partì.

«Così siete voi l'imbecille che si è fatto scappare la contadina» disse allora il Barone.

Il viceconsole arrossì, umiliato, e per un attimo anche il suo impeccabile doppiopetto grigio sembrò riempirsi di grinze come la sua faccia. «Vostra Signoria, c'è stata una rivolta.» Indicò l'omone alla guida. «Mario ci ha rimesso anche due denti.»

Mario si voltò di profilo e con un dito grosso come una salsiccia si sollevò il labbro, esibendo un incisivo e un canino d'oro.

«Fermati!» gli gridò il Barone, con la voce più acuta del solito.

Mario accostò la macchina al marciapiede.

«Guardami» gli ordinò il Barone.

Mario, con la sua aria bolsa, si voltò.

Allora il Barone si levò la paglietta e si passò l'indice sulla rossa cicatrice frastagliata che dalla fronte proseguiva zigzagando tra i radi capelli lanuginosi. Era ancora lucida, infiammata e piena di piccole pustole. «Cosa vuoi che valgano due stupidi denti di uno scimmione in confronto a questa?» urlò. Si voltò di scatto verso il viceconsole, rosso in viso, e gli sibilò: «Idiota incompetente!». Rimase a respirare affannosamente, mentre cercava di calmarsi.

Mario era ancora voltato a guardarlo. Non si era mosso.

Il Barone, stizzito, lo colpì in faccia con la paglietta. «Guida!»

Quando la macchina riprese a muoversi il Barone si rivolse al viceconsole. «Avete portato i documenti?»

«Certo, Vostra Signoria» rispose il viceconsole, indicando una cartella di cuoio. Cominciò ad aprirla.

«Non ora» disse imperiosamente il Barone.

Poi rimase in silenzio fino a quando arrivarono davanti a un palazzo a tre piani, bianco, elegante, con un ingresso in stile rinascimentale, con due colonne e sette ampi gradini che salivano al portone principale.

Appena l'auto si fermò un maggiordomo in livrea, pallido come una candela di paraffina, si affacciò sul portone. Subito altri due servitori corsero fuori e aiutarono i facchini a scaricare i bauli.

«Bernardo, vai con loro» ordinò il Barone al domestico, mentre i servitori e i facchini si avviavano verso l'ingresso posteriore. «No. Lei viene con me» disse prendendo la ragazza per un braccio e salì i gradini, dove il maggiordomo lo aspettava piegato in due.

«Ben arrivato, Barone» disse il maggiordomo.

«Ciao, Armando. Ti trovo bene» fece il Barone.

«Siete sempre troppo gentile ad accorgervi di me» rispose in perfetto tono servile il maggiordomo.

Il Barone entrò nell'atrio oscurato da pesanti tende di velluto bordeaux alle finestre. Alle pareti tappezzate di stoffa verde erano appesi quadri dalle prodigiose cornici che ritraevano uomini e donne, accigliati e austeri, accomunati da visi lunghi e smunti che sembravano cadere verso il basso come se a trattenere la pelle non ci fosse nessun altro osso a parte gli zigomi acuminati. Nell'aria si sentiva un delizioso profumo di vaniglia.

«*Créme pâtissière?*» chiese il Barone, con il naso in alto.

«Che naso raffinato hai sempre avuto!» esclamò una donna sulla cinquantina, comparendo alla loro destra. Aveva un viso lungo e smunto come quello dei ritratti dell'atrio. Ma al contrario dei suoi avi comunicava una sensazione di forza. Sia interiore che fisica. Aveva spalle larghe, mani forti. Piglio energico. In generale aveva un aspetto che si sarebbe potuto definire mascolino.

«Nella vita passata devo essere stato un cane da caccia» rise il Barone. Allargò le braccia ed esclamò: «*Ma chère*, quanto tempo!».

La Principessa lo raggiunse con uno slancio atletico e lo strinse senza tante formalità. Poi, quando si staccò dall'abbraccio, con la velocità di un battito d'ali e il talento di un'attrice consumata, ritornò la fredda nobildonna che era abituata a mostrare al mondo.

Il Barone le sorrise, tenendole entrambe le mani nelle sue. «*T'es un bijou*» le disse, nella lingua della nobiltà.

La Principessa non si era mai sposata e si diceva che preferisse le donne agli uomini. Ma nessuno sapeva quello che sapeva lui. Quando erano ragazzi la Principessa si era calata le sue delicate mutandine di pizzo e gli aveva mostrato un clitoride turgido e sporgente, grande come il membro di un neonato. «Ce l'ho anche io» gli aveva detto fiera. E quella era stata la prima volta che il Barone era stato turbato all'idea di prendere in mano un organo maschile. Da quel giorno erano diventati amici. Uniti da due sconci segreti, perché la Principessa aveva decifrato subito lo sguardo che lui aveva lanciato al suo piccolo pene. Ma al di là delle loro preferenze sessuali, il Barone e la Principessa avevano ben di più in comune. Una propensione al male, si sarebbe potuto dire. Un male gratuito, fatto per puro, perverso piacere. Un male che aveva come vittime privilegiate le persone più deboli e indifese. Un male che godeva nell'infierire. Non ne avevano mai parlato esplicitamente, ma non ce n'era bisogno. Quando si guardavano negli occhi, come in quel momento, sembravano conoscersi fin nei più turpi recessi delle loro anime lerce.

«Ti ho portato un piccolo regalo» disse allora il Barone, facendo avanzare la ragazza.

«Ciao, zingarella» sussurrò la Principessa, guardandola come una leonessa avrebbe guardato un'antilope.

«Non so-ono una zin-ngara» disse la ragazza con la sua voce incerta e gutturale, monotona, corrugando le sopracciglia.

La Principessa si portò una mano al petto, sorpresa. «Oh, ma sei una delizia!» fece, comprendendo la menomazione della ragazza. Le bussò scherzosamente sulla fronte. «C'è nessuno qui dentro?»

«Ci so-ono io» rispose la ragazza, seria e soddisfatta di aver saputo risolvere quello che doveva esserle sembrato un indovinello.

La Principessa rise beata. «Non dovevi assolutamente disturbarti, *mon cher ami*» disse al Barone, con la stessa formale ed enfatica formula che avrebbe usato se avesse ricevuto un mazzo di camelie o una bottiglia di Veuve Clicquot Ponsardin.

«Potevo presentarmi a mani vuote?» rispose il Barone, con la stessa infame leggerezza, accennando un inchino.

Lo sguardo della Principessa andò alla cicatrice. Era stata informata per lettera dell'accaduto. «Ecco che ti ha fatto quella maledetta.» Con la voce che le si arrochiva in gola allungò la mano destra. «Posso toccare?»

Il Barone si chinò di più.

Appena la sua mano entrò in contatto con le protuberanze rosse, lucide e carnose della cicatrice, la Principessa schiuse le labbra, come se le avessero pizzicato il suo spropositato clitoride.

Il Barone le sorrise, conscio del piacere che le aveva concesso. «Ti chiedo scusa della mia maleducazione» fece indicando il viceconsole, che era rimasto fuori dalla porta, con la cartella sottobraccio, rigido come un manichino, scandalizzato da quello che credeva di aver intuito a proposito della ragazza. «Se non ti spiace vorrei ascoltare la sua relazione e liquidarlo.»

«Viceconsole Maraini, al vostro servizio, Principessa» fece quello, inchinandosi più del dovuto.

La Principessa non lo degnò di uno sguardo e disse al Barone: «Ah! Quindi è lui il cretino che se l'è fatta scappare».

Il viceconsole si rattrappì nuovamente nel suo doppiopetto, che ormai non sembrava più impeccabile.

«Venite dentro. Che pessima padrona di casa sono!» esclamò la Principessa. Prese sottobraccio il Barone e la ragazza per mano. «Mi fai sempre perdere la testa» gli sussurrò in tono civettuolo.

«Muovetevi» disse il Barone al viceconsole.

La Principessa li fece accomodare nel salottino dal quale era uscita quando erano arrivati. La stanza era foderata da una *boiserie* di ciliegio chiaro. C'erano due divani e due poltroncine tappezzate di stoffa damascata rosa antico. Al centro un tavolinetto laccato, con il piano in marmo rosa venato di giallo. Per terra un *aubusson* beige e rosa. Sembrava di entrare in una bomboniera.

La ragazza spalancò la bocca, strabiliata.

La Principessa, vedendola, rise. Poi si voltò verso il Barone e congiunse le mani, in preghiera. «Posso ascoltare? È eccitante come sedersi dentro un libro poliziesco!» disse, fingendo di essere capace di avere delle intonazioni da bambina.

«Certo, *ma chère*» fece il Barone e la invitò a sedersi.

La Principessa si mise su uno dei divanetti e fece sedere la ragazza accanto a sé, sempre tenendola per mano.

Il Barone si sistemò su una poltrona e si rivolse al viceconsole, senza dargli il permesso di sedere. «Cominciate» disse.

«Ecco» esordì il viceconsole, con un filo di voce, consultando i documenti che aveva estratto dalla cartella di cuoio. «Come vi ho detto quel giorno si scatenò una rissa. Le persone interrogate dalla Policía, nella quasi totalità, testimoniarono che si erano trovati a prender pugni e a restituirli senza una ragione.»

«Bestie» fece la Principessa. «E vogliono i nostri stessi diritti.»

«Che vuol dire "nella quasi totalità"?» chiese il Barone, attento.

«Be', nell'interrogatorio un tal...» Il viceconsole consultò le carte. «Un tal Natalino Locicero, trent'anni, palermitano, confessò che la rissa era organizzata. Due suoi amici e compagni di viaggio, anch'essi fermati e trattenuti, confermarono la versione. La rissa era stata creata ad arte per liberare Rosetta Tricarico.»

«Io so-ono Rose-etta Trica-arico» intervenne la ragazza.

«Come?» fece il viceconsole sbalordito.

«Andate avanti» gli disse il Barone, senza scomporsi.

«Mi dai un do-olce se mi tolgo il vesti-ito?» disse la ragazza.

«Oh! È già ammaestrata!» scoppiò a ridere la Principessa.

Il Barone si rivolse al viceconsole. «Venite al punto!»

«Insomma» fece quello, accartocciandosi su se stesso. «Ecco, un altro passeggero avrebbe assoldato Locicero promettendogli di farlo diventare... un uomo d'onore. Al servizio di don Mimì Zappacosta» concluse tutto d'un fiato.

«Don Mimì Zappacosta» mormorò il Barone, soprappensiero. «È un mafioso palermitano. L'ho già sentito nominare.» Guardò il viceconsole, non riuscendo a capire il nesso. «E allora?»

«E allora qui a Buenos Aires c'è un altro Zappacosta» disse il viceconsole. «Ho controllato. Tony Zappacosta. È il nipote. Figlio del fratello, morto prematuramente. Ha una ditta di import-export. E gestisce la manovalanza al *dique siete*, al porto di LaBoca. Ma in realtà è noto come... mafioso.» Guardò il Barone. «Forse c'è un collegamento con l'uomo che ha liberato Ros...» Si interruppe lanciando un'occhiata alla ragazza. «La contadina, insomma.»

Il Barone lo fissò in silenzio. «Forse siete meno idiota di quel che sembrate» disse infine. «Può essere un indizio, sì.» Annuì, pensieroso. «Dobbiamo trovare quell'uomo. Trovato lui arriviamo a lei.» Annuì più convinto, sorridendo. Si batté una mano sulla coscia. «Organizzate un incontro con questo Tony Zappacosta.»

«Ma... non sarà pericoloso?» fece il viceconsole. «Non è meglio mandare qualcuno che...»

«Adesso mi è perfettamente chiaro come abbia fatto a scappare quella contadina» disse il Barone, pieno di disprezzo. «Siete un vero pusillanime.» Indicò il tavolino. «Mettete lì le carte e andate via. Fatevi sentire quando avrete organizzato l'incontro.»

Il viceconsole lasciò i documenti, si inchinò ripetutamente e poi uscì dal salottino, indietreggiando, come se più che per esagerato servilismo lo facesse per paura di essere accoltellato alle spalle.

Appena furono soli la Principessa si allungò verso il Barone. «Un mafioso! Com'è eccitante!» esclamò. «Verrò anch'io. E non accetto rifiuti.» Allungò la mano e gli accarezzò la cicatrice, con l'intimità di un'amante. «Sarà un Natale fantastico! Dobbiamo assolutamente trovare questa sgualdrina. È bella?»

Il Barone annuì. «Non sembra nemmeno una contadina.»

La Principessa fece un verso a labbra strette, a metà tra

il ringhio di una belva e le fusa di una gatta. «E me la lascerai?»

«No» disse seccamente il Barone, sottraendosi alla carezza mentre gli si indurivano i lineamenti del volto. «Lei è mia.»

E la Principessa riconobbe la morte nei suoi occhi.

37.

«È arrivato» disse il poliziotto affacciandosi nella stanza dove il capitano Ramirez teneva prigioniera Raquel.

E lei capì che si riferiva ad Amos. E le sembrò assurdo essere arrivata fin lì per morire in un modo così stupido e crudele.

«Che aspetti sul retro» disse il capitano. «Gliela porto io.» Poi però alzò la mano. «No, aspetta. Prima ci parlo.» Sorrise. «Meglio chiarire subito i termini della… transazione. Non lo faremo solo per la sua bella faccia da ebreo, no?» Strizzò l'occhio al suo uomo.

Il poliziotto rise.

Il capitano uscì dalla stanza, seguito dal poliziotto. «Resta qui fuori e non fare entrare nessuno» disse prima di chiudere la porta.

Appena rimasta sola Raquel si accucciò in terra. Era finita. La vita sapeva essere crudele. Più ancora degli uomini. Si strinse le gambe al petto, facendosi più piccola, come se volesse scomparire, o come se stesse proteggendo la pancia, dove Amos avrebbe affondato il coltello prima di buttarla nelle acque piene di acidi del Riachuelo. Facendo quel movimento sentì qualcosa scricchiolarle in tasca. Sapeva esattamente cos'era. Un foglio di giornale che raccontava di un ragazzino sopravvissuto cinque giorni sotto le macerie. Perché Dio aveva un disegno per lui. E improvvisamente Raquel comprese che era giunto il momento di verificare se Dio aveva in mente un disegno anche per lei.

Si alzò in piedi e si guardò intorno.
La sua avventura era iniziata da una minuscola finestrella.
E in quella stanza c'era una minuscola finestrella.
Accostò il tavolo alla parete e si arrampicò. All'inizio la finestra resistette, probabilmente erano anni che nessuno la apriva. Poi, con uno scricchiolio, cedette.
Raquel sentì una folata di aria calda provenire dal marciapiede, infuocato dal sole. Si aggrappò al telaio della finestra e si issò puntando i piedi alla parete. Appena poté infilò fuori la testa. E poi, stringendo i denti, spinse con tutte le sue forze, sperando di non incastrarsi come era successo quando era evasa dalla sua vecchia casa perché non sarebbe stata aiutata dal brufoloso Elias, come quel giorno. Avanzando con i gomiti sull'asfalto molliccio del marciapiede si issò fino alla vita. Ora si trattava di far passare le gambe. Ma non passavano piegate. Doveva continuare a trascinarsi lasciando le gambe tese e inerti. Ancora uno sforzo.
In quel momento la porta si aprì. Il capitano era tornato.
«Sta scappando, porca puttana!» urlò il poliziotto.
«Prendila, coglione!» ordinò il capitano.
Raquel ebbe il terrore che la prendessero quando era a un passo dalla libertà. Si graffiò le mani e i gomiti, spingendo con tutta la forza che aveva. Sentì il poliziotto che si issava sul tavolo.
«Amos!» urlò il capitano, verso la finestra. «Amos è lì!»
In fondo al vicolo Raquel vide Amos e due uomini che la additavano. E poi sentì le mani del poliziotto che le afferravano una caviglia. «No!» gridò. Scalciò furiosamente, come un animale selvatico. Sentì un gemito e poi si ritrovò libera.
«Prendila, imbecille!» urlò il capitano.
Raquel sentì le mani del poliziotto che cercavano nuovamente di afferrarla ma le sfiorarono solo la suola delle scarpe. Ormai era fuori. Si alzò in piedi e cominciò subito a correre. I due uomini di Amos erano a una ventina di metri. Amos più indietro.
«Prendetela! Non fatevela scappare!» sentì urlare Amos.

Raquel era sempre stata più veloce della maggior parte dei ragazzini del suo villaggio. Ma quelli che ora la inseguivano erano uomini. Sentiva i loro passi farsi sempre più vicini.

E poi successe qualcosa di incredibile.

All'improvviso esplose nell'aria il canto di decine di campane. E la strada fu invasa da una gran quantità di gente che si riversava festosamente fuori da una chiesa. «Buon Natale! Buon Natale!» si auguravano, abbracciandosi e creando un'improvvisata barriera.

Raquel ci si buttò dentro a capofitto.

Dietro di lei sentì dei tonfi e delle proteste. «Ehi, guarda dove vai! Imbecille! Adesso te la faccio vedere io! Attento!»

In un attimo fu fuori da quel gregge umano e quando svoltò nella strada successiva, guardandosi alle spalle, non vide i due uomini. Continuò a correre più forte che poteva, infilandosi nelle strade più affollate. Dopo dieci minuti era stremata. Rallentò in mezzo a un altro assembramento festoso, mentre cercava di riprendere fiato. Ma non si fermò finché arrivò in una periferia che non conosceva. Vide dei capannoni, sentì dei muggiti. E un odore pungente e nauseante le si infilò nelle narici. Si guardò intorno. Individuò un recinto per le mucche. Ci entrò e si acquattò in un angolo, su un letto di paglia che puzzava di merda.

«Sei viva» disse allora. E poi svenne.

Quando riaprì gli occhi era ormai sera.

Insieme al puzzo nell'aria si spandeva un odore di carne cotta. E si sentivano delle voci e delle risate. Uscì dal recinto e vide alcuni uomini intorno a una griglia sulla quale stavano arrostendo della carne. Si avvicinò lenta e silenziosa come un fantasma.

«Ho fame… vi prego…» disse quando fu a una decina di passi.

«Merda!» esclamò uno degli uomini, sobbalzando. «Mi hai fatto prendere un colpo, ragazzina!» E poi rise con gli altri.

Uno degli uomini prese un pezzo di carne dalla griglia e glielo lanciò, come avrebbe fatto con un cane randagio.

Raquel si avventò sul pezzo di carne e insensibile al calore che le bruciava le mani lo azzannò, esattamente come un randagio.

«Buon Natale» le disse l'uomo.

«Buon Natale» rispose Raquel, con la bocca piena. E poi se ne andò in fretta, continuando a mangiare avidamente. Dopo poco non c'era più un filo di carne attaccato all'osso, che luccicava nella notte, al chiarore giallognolo dei lampioni. E si leccò anche le dita finché le ebbe pulite dalla più piccola traccia di grasso.

E allora, mentre le campane di Buenos Aires continuavano a festeggiare il Natale, riuscì finalmente a entrare in contatto con la terribile paura che aveva provato. «Ma sei viva» si ripeté. Si sfilò di tasca l'articolo del ragazzino e sorrise. «Siamo vivi tutti e due.»

Poi, seduta su una panchina, mentre lo ripiegava, sul retro del foglio notò degli annunci di lavoro. Li lesse. Non era qualificata per fare praticamente nulla. Ce n'erano solo due che facevano al caso suo. Uno era di un negozio di alimentari che cercava un garzone per le consegne. Un altro della libreria "La Gaviota", Il Gabbiano. Se l'avessero assunta avrebbe potuto realizzare il suo vecchio sogno di leggere tutti i romanzi che nella comunità erano banditi. E poi le venne da ridere vedendo un annuncio assurdo. "Si comprano capelli" diceva.

A mano a mano si sentì pervadere da un cauto ottimismo.

Di buon'ora si mise in cerca della libreria, sperando che fosse aperta in quei giorni di festa. Raggiunto l'incrocio tra Avenida Jujuy e Avenida San Juan, a Constitucion, vide un'insegna con un gabbiano che dispiegava le ali e accelerò il passo. La libreria era aperta. Allora, senza esitazioni, entrò.

«Sono venuta per l'annuncio» si presentò a un vecchio con degli occhialetti tondi sul naso aquilino che stava alla cassa.

Il vecchio la guardò. «Hai sbagliato» le disse.

«No» fece Raquel mostrandogli il giornale. «C'è scritto qui.»

«Cosa c'è scritto? Leggi bene» disse il vecchio.

«Si cerca ragazzo, anche senza esperienza ma capace di leggere, per lavoro di aiuto magazziniere.»

«Esatto» annuì il vecchio. «Ragazzo. Non ragazza.»

«Che differenza fa?» chiese Raquel stupita.

«Una differenza enorme» disse il vecchio. «Le donne non sono affidabili. Prima o poi o spariscono o si fanno ingravidare.»

«Non dite sul serio» fece Raquel.

«Sono serissimo.»

«Mettetemi alla prova. Io amo i libri.»

«Ma i miei libri non amano te» tagliò corto il vecchio.

Raquel guardò gli scaffali stracolmi di libri di ogni genere e le venne da piangere per la frustrazione. «Vi prego.»

«No» disse seccamente il vecchio.

«Vaffanculo, stronzo» lo insultò Raquel uscendo.

Allora provò al negozio di alimentari del secondo annuncio, in Avenida Chilabert, a Nueva Pompeya.

«Non prendiamo ragazze» le disse il proprietario. «Le femmine sono troppo deboli. Lavorano la metà di un maschio.»

«Io sono forte.»

«A vederti non si direbbe. Sei magra come un chiodo» fece il proprietario. «E poi le femmine portano solo guai. Vattene o ti caccio a calci in culo, ragazzina.»

Per tutto il giorno Raquel, con il terrore di incontrare Amos, batté locali di ristorazione, tintorie, alberghi e infime locande ma il risultato fu sempre lo stesso. Non c'era lavoro per una ragazzina.

«Perché non sono nata maschio?» disse con rabbia.

Si addormentò in un vicolo maleodorante, vicino al porto.

All'alba piovve, come succedeva spesso. E poi spuntò un sole caldo. Raquel stese ad asciugare l'articolo del ragazzino al quale teneva come un portafortuna. E allora l'occhio le cadde ancora su quell'assurdo annuncio. "Si comprano capelli. Pagamento in contanti. Fabbrica artigianale di parrucche *La Reina*. Avenida Neuquen, Caballito. Vicino al Criquet Club."

«Sono spessi e crespi» disse un'ora più tardi il proprietario della fabbrica La Reina, un uomo con un parrucchino rossiccio in testa, esaminando i capelli di Raquel con una lente d'ingrandimento.

«È un bene?» chiese Raquel.

«No, non sono di buona qualità» rispose l'uomo. «Ma in compenso sono facili da lavorare.» La guardò con un sorriso. «Non sto tirando sul prezzo. Ma non posso pagarteli come quelli fini e biondi di una inglese o di una tedesca, capisci?»

Raquel annuì.

«Innanzitutto dimmi: quanti ne vuoi vendere?» fece l'uomo.

«Quanti? Che significa?»

«Venti centimetri è il minimo» spiegò l'uomo. «In questo modo ti rimangono piuttosto lunghi. Oppure quaranta centimetri, e sono ancora decenti. Oppure tutti, ma allora sei rasata a zero. Molto antiestetico. Ma cambia il prezzo. Più sono lunghi, più te li pago.»

«Tutti» disse Raquel, d'impeto.

«Sicura? Tutti?» fece l'uomo, meravigliato.

Raquel annuì.

«Che Dio ti benedica, ragazzina» sorrise felice l'uomo. «Capita di rado, sai? E anche se i tuoi capelli non sono di gran qualità, per questa lunghezza te li pagherò... settantacinque pesos, perché mi stai simpatica. Io faccio un affare e lo fai anche tu. Ti va bene?»

«Settantacinque? Settantacinque va benissimo!» disse Raquel.

«Ottimo. Ora per prima cosa li dobbiamo lavare» disse l'uomo. «Intendo... finché ce li hai ancora in testa» rise.

Raquel fu affidata alla moglie del proprietario che le lavò i capelli con grande attenzione. Poi glieli pettinò e li divise in ciocche, legandole a una a una con dei laccetti rossi di stoffa.

«Ecco, sei pronta» disse allora l'uomo, con un paio di forbici in mano, e la fece accomodare su una sedia girevole da barbiere. In pochi minuti, una ciocca dopo l'altra, le tagliò tutti i capelli. Quando ebbe finito le passò uno specchio. «Ecco, guardati.»

Raquel rimase senza fiato per la sorpresa. Non si era resa conto. In testa non le rimanevano che un paio di centimetri di capelli.

«Sì, lo so, non è un granché. Ma ricresceranno» disse l'uomo, costernato. «Però in compenso ora hai settantacinque pesos.»

Raquel non riusciva a staccare gli occhi dallo specchio.

«Tieni, ti regalo questo» disse allora l'uomo e le calcò in testa un berretto di cotone. «Così puoi immaginare di averli ancora lì sotto» aggiunse strizzandole l'occhio.

Raquel si alzò dalla sedia da barbiere e andò direttamente alla *boliche* della cicciona, a metà pomeriggio.

La donna non la riconobbe. «Chi sei?» le chiese.

«Sono io, brutta grassona» rispose Raquel.

«Io chi...? Ah, tu! Che hai fatto?»

«Mi sono tagliata i capelli.»

«Sei ancora più brutta» rise la cicciona.

«Vaffanculo» le disse Raquel. «Voglio mangiare.»

«Hai da pagare?» le chiese la cicciona.

Raquel le mostrò il rotolo di pesos.

«Dove hai preso tutti quei soldi?»

«Fatti gli affari tuoi. Portami da mangiare.»

Raquel divorò tutto, per un totale di quattro pesos, il doppio di quello che mangiava normalmente, con la testa nel piatto, e non si accorse che la cicciona usciva dal locale e parlottava con un paio di ragazzini. Ed era così sazia quando si alzò dal tavolo che non notò nemmeno lo sguardo insistente della cicciona mentre usciva.

Né sentì i passi della banda di ragazzini che la seguivano. Fino a quando si ritrovò in un vicolo deserto, accerchiata.

Allora i ragazzini le saltarono addosso, come un branco di ratti famelici. La buttarono per terra e le frugarono nelle tasche finché trovarono i soldi, riempiendola di pugni ogni volta che provava a divincolarsi o gridava. Alla fine uno dei ragazzini, mentre gli altri la tenevano ferma, le infilò una mano sotto alle mutande e la palpò tra le gambe, ridendo, per pura crudeltà, solo per umiliarla.

Infine, proprio come ratti, i ragazzini scomparvero nella notte.

38.

Ogni giorno, appena finiva di lavorare nell'officina di Faccia-da-cane, Rocco correva alla fermata della *tranvía* dove aveva perso di vista Rosetta. Restava lì, guardandosi intorno, sperando di vederla comparire. E stringeva forte il bottone che aveva in tasca, come un talismano o un portafortuna. Chiedeva a tutti quelli che aspettavano se avevano mai notato una ragazza con un vestito azzurro e i capelli neri. «Bellissima» aggiungeva con gli occhi luccicanti. Ma nessuno se la ricordava. Allora Rocco montava sulla *tranvía* e faceva una fermata. Scendeva e batteva quella zona. Poi risaliva sulla *tranvía* successiva e faceva una fermata in più, scendeva e cercava. E così via, sera dopo sera.

A Natale, con l'officina chiusa, dopo aver declinato l'invito a casa di Mattia, il ragazzo che lavorava con lui, passò l'intera giornata a fare tutto il percorso della *tranvía*. Oltrepassò Barracas, attraversò Nueva Pompeya, arrivò alla periferia occidentale di Nueva Chicago, appestata dal puzzo dei *mataderos*, risalì a Flores, il barrio degli inglesi, scavallò l'interminabile Avenida Rivadavia, passò Caballito e arrivò al capolinea di Once.

Vagabondò a casaccio, affidandosi all'improbabile ipotesi di incontrare Rosetta per le strade di Buenos Aires il giorno di Natale. Alla fine si ritrovò daccapo a LaBoca. Costeggiò il Riachuelo fino al punto in cui sfociava nel Rio de la Plata. Si aggirò per la Darsena Sud e i moli di carico e scarico delle navi mercantili guardando le grandi gru del porto. Da vicino erano ancora più alte di quanto avesse immaginato. Lungo gli scheletri di metallo scorrevano guide e tiranti in acciaio, mossi da complessi ingranaggi. Le piattaforme delle gru si muovevano lateralmente su binari da ferrovia, imbragate a una struttura d'acciaio cementata nella banchina. Erano collegate a bassi locali in muratura al di sopra dei quali spuntavano ciminiere in mattoni refrattari alte almeno dieci metri, dalle quali usciva un fumo denso e nerastro. Tutt'intorno, per terra come sulle cose, si adagiava una spessa patina di polvere di carbone. Incuriosito, entrò in uno dei locali. Osservò ammirato le gigantesche caldaie e il fitto intrico di ingranaggi, cinghie dentate e pulegge che trasferivano alle gru tutta la potenza del vapore compresso. I motori interni alimentati dalle caldaie erano il cuore pulsante di quel complicato organismo. E le gru ne erano le braccia. Era un sistema straordinario, pensò.

Il mondo moderno.

Tornò fuori. Le gru issavano o calavano dalle navi grandi pesi, imbragati in reti gigantesche e robuste. Ma da quel momento in poi intervenivano gli scaricatori, a mano. Era un lavoro estenuante. Gli uomini si caricavano pesi immani sulle spalle o su carrelli che spingevano in tre. E poi tutto veniva caricato su carri dai larghi pianali, trainati da due o quattro buoi. I moli erano pieni dello sterco degli animali. Ogni tanto una squadra di ragazzi, ancora troppo giovani o gracili per fare gli scaricatori, spalavano la merda dei buoi e la gettavano direttamente nell'acqua del porto. Il contrasto tra l'avanzata tecnologia delle gru e la rozza manovalanza degli scaricatori gli parve assurdo. Grazie alla potenza delle gru, tonnellate di merci venivano scaricate dalle navi in un attimo. Poi, una volta sul molo, non c'era altro sistema che la forza bruta dei singoli scaricatori, che era ben poca cosa. Era un processo lento e primitivo.

Era come se la modernità di quel mondo si interrompesse bruscamente.

"Possibile che per il lavoro a terra non si possano costruire dei macchinari più piccoli e maneggevoli delle gru?" pensò.

Con quel pensiero in testa, invece di tornare al magazzino, aprì l'officina e, fantasticando su quanto sarebbe potuta essere diversa l'attività portuale, si mise a scarabocchiare disegni su dei fogli che trovò nell'ufficio di Faccia-da-cane. Aveva una sola idea in testa: riuscire a costruire delle macchine montacarichi efficienti. Cominciò a pensare al costo di motori dismessi, cercando di capire se avrebbe potuto rimetterli in funzione e come avrebbe potuto adattarli al nuovo scopo che aveva in mente. Gli schizzi che faceva erano semplici, al limite dell'elementare, ma chiari e tridimensionali. Alla luce della lampada a gas, passò ore cercando di migliorare i disegni e provò a svilupparli, ipotizzando assi di trasmissione, cinghie, meccanismi che potessero rendere concreto il suo sogno. E disegno dopo disegno si fece notte. E poi venne l'alba. E poi mattina.

«Che fai qui?» disse Faccia-da-cane trovandolo nel suo ufficio. Le pareti erano ricoperte di fogli. «Che cos'è questa merda?»

«Progetti di macchinari» rispose Rocco, con gli occhi cerchiati per la notte passata in bianco. Ma nella sua voce vibrava la passione. Perché ora aveva un sogno. Un vero sogno, concreto.

«Chi cazzo sei, Leonardo da Vinci?» ringhiò Faccia-da-cane. Staccò due disegni dalle pareti, li strappò e li buttò per terra. «Stai fuori di qui» gli disse puntandogli contro un dito.

Rocco, senza ragionare, scattò. Gli afferrò il dito e glielo piegò.

Faccia-da-cane strillò. Cercando di assecondare il dolore si abbassò fino a mettersi quasi in ginocchio.

«Che succede, bambini?» disse Tony, entrando nell'ufficetto seguito come sempre da Bastiano.

Anche Mattia si affacciò, con un'espressione preoccupata.

Rocco mollò la presa su Faccia-da-cane.

«Ti ammazzerò» lo minacciò quello.

«Tu non ammazzerai nessuno» lo azzittì Tony.

Faccia-da-cane abbassò lo sguardo a terra.

Allora Tony si voltò verso Rocco. «Ti ricordi quando ti dissi che non mi piaceva che qualcuno rubasse la mia roba?» Gli andò sotto, come sempre senza preoccuparsi di essere quasi due spanne più basso. «Dov'eri stanotte? A puttane?»

«No, qui.»

«In ogni caso non eri dove saresti dovuto essere. Hanno cercato di entrare nel magazzino.» Gli batté un dito sul petto. «Ma hai culo. Non ci sono riusciti.»

Rocco lo guardò senza abbassare gli occhi. Senza sfidarlo ma senza temerlo. «Io sono un meccanico non un guardiano.»

Tony annuì lentamente, con una specie di sorriso. «Lo sai cosa adoro di te?» gli disse. «Che ti piace camminare sempre sull'orlo del precipizio, come un aspirante suicida.»

«È l'unica striscia di terra dove si può camminare liberamente» rispose Rocco, stringendosi nelle spalle. «Tutto il resto ve lo siete preso voi, a quanto pare.»

Bastiano, Faccia-da-cane e Mattia si irrigidirono. Nessuno al porto avrebbe mai immaginato di parlare in quel modo a Tony.

Tony invece, dopo un attimo, scoppiò a ridere. «Mio zio mi aveva detto che eri un gran rompicoglioni. Invece sei un comico nato.» Sospirò. «E a me piace un sacco ridere. Ma non se mi rubano qualcosa. In quel caso mi girano i coglioni.»

«Ma non vi hanno rubato nulla... per fortuna.»

Tony fece finta di non aver sentito. Guardò i disegni alle pareti. «È per quella roba che non eri al magazzino?»

«Sì.»

Tony si avvicinò agli schizzi e li studiò.

«Siete interessato a entrare in società?» fece Rocco, d'istinto, parlando prima di pensare.

Tony si voltò con un'espressione stupita e divertita. «Con te?» rise. «Lo vedi che sei un comico?» Ma tornò a guardare i disegni.

«Pensate come sarebbe diverso il lavoro al porto se costruissimo dei montacarichi a motore» disse Rocco in tono appassionato. «Tutto il lavoro sarebbe pulito, senza la merda dei buoi per terra. Tonnellate e tonnellate di materiale che si muovono veloci, su ruote, sollevate e trasportate da motori e macchine potenti.» Sorrise, illuminato dal suo sogno, come se lo riuscisse già a vedere realizzato e operativo. «La modernità!» esclamò.

«Tutta questa modernità, come la chiami tu, si traduce in soldi da spendere, vero?» fece Tony.

«Sì, certo.»

«Un sacco di soldi, giusto?»

«Non è detto.»

«In ogni caso potrebbero essere soldi buttati se non riuscissi a costruire queste macchine, giusto?»

«Io ci riuscirò» disse orgogliosamente Rocco, anche se non sapeva affatto se era vero.

«Sbruffone» sorrise Tony. «E comunque finché ci sono dei morti di fame che si spaccano la schiena per pochi pesos chi può avere interesse a fare investimenti costosi e rischiosi?» continuò. «C'è una fila di pezzenti lunga chilometri che parte dall'Hotel de Inmigrantes per fare gli scaricatori. Ti sei guardato in giro? Siamo troppi in questa città. E un morto di fame è disposto a tutto. Anche a farselo mettere in culo, se lo pagano.»

«Ho osservato il lavoro al porto» disse Rocco. «È lento.»

«Va tutto alla giusta velocità e al giusto prezzo» fece

Tony, disinteressandosi ai disegni. «Non mi piacciono i cambiamenti.»

«Strano che andiate in giro su una Mercedes e non su un carretto tirato da un asinello, allora» disse Rocco.

«Non riesci proprio a stare zitto, eh?» Tony lo guardò dritto negli occhi. «Se ti tagliassi la lingua potresti comunque fare il meccanico, vero?»

Rocco sorrise. «E potrei comunque costruire un montacarichi.»

«Perché sopportate questo scarafaggio?» intervenne Faccia-da-cane, rivolto a Tony. «È un ribelle. Pensa di sapere meglio degli altri come funziona l'officina. Gli dico di fare in un modo e lui fa il contrario. Si crede il primo della classe. Io non lo avrei assunto, con rispetto parlando. E non capisco come facciate a sopportarlo.»

Tony gli si avvicinò, fissandolo con i suoi occhi gelidi e spietati. «Lo sopporto perché ha i coglioni, al contrario di te, che sei pigro e leccaculo.» Gli mise una mano sulla spalla, come a un amico, e si voltò verso Rocco. «Il che non significa che un giorno non mi costringa a schiacciarlo come uno scarafaggio. Anzi, le probabilità che si faccia ammazzare sono molto alte.» Continuò a fissare Rocco. «Conosco questo tipo di uomini. Non si accontentano di camminare in eterno su quella piccola striscia di terra libera. Dopo un po' credono di poter scorrazzare qui e là.» Sorrise indicando i disegni alle pareti. «E alcuni si illudono perfino di poter volare.» Si strinse nelle spalle. «E allora... be', quel giorno vedrai che non lo sopporterò più.» Gli prese la guancia grassa e unta tra l'indice e il pollice, pizzicandolo. «Ma fino ad allora, caro Faccia-da-cane, sicuramente merita più di te di dirigere questa officina, perché è più bravo e mi farà fare più soldi.» Gli diede uno schiaffetto. «Libera l'ufficio. Ora è suo. E tu sei il suo aiutante.» Poi uscì seguito da Bastiano.

Prima che fossero in strada Rocco lo raggiunse. «Io non faccio lavori sporchi, che sia chiaro» gli disse. «Questa è un'officina meccanica. Ripariamo motori.»

«A me interessa che sia un'officina meccanica efficiente» rispose Tony, senza badare al tono di Rocco. «Puoi garantirmelo?»

Rocco annuì, serio.

«Bene, per oggi mi hai fatto perdere abbastanza tempo» disse Tony andandosene.

Quando furono soli Bastiano gli disse: «Per la verità anche io sono sorpreso di come trattate quel Bonfiglio».

«Io non sono come mio zio don Mimì» rispose Tony, di buon umore. «Lui cerca i suoi uomini tra i bruti. Animali rabbiosi da tenere a catena. E se trova qualcuno con una testa pensante lo elimina. Perché potrebbe fotterlo. Roba da vecchia generazione. Hai sentito come parla quel ragazzo? Hai capito che cazzo vuol dire per lui la parola modernità? Hai capito che riesce a vedere il mondo futuro? Be', al contrario di mio zio don Mimì e di tutti i mafiosi del cazzo preistorici, che finiranno per estinguersi come i dinosauri, io penso che le aziende... *moderne*... devono contare su una classe dirigente... pensante. E visionaria.» Si fermò. «Cosa ne dici della faccenda dei montacarichi?»

«Come avete detto voi...»

«Ti ho chiesto cosa ne pensi tu!» lo interruppe Tony, spazientito.

«Ecco...» iniziò Bastiano, ciondolando il capo, preoccupato di esprimere un'opinione diversa da quella del suo boss. «Be', a dire il vero... mi sembra...»

«È un'ottima idea» concluse per lui Tony. «Ottima.»

Bastiano annuì. Il suo capo lo sorprendeva sempre.

«Quel ragazzo è più in gamba di tutti voi messi insieme» disse Tony, davanti all'ingresso della Zappacosta Oil Import-Export. «Ha un solo, grave difetto. E tu sai dirmi qual è?»

Bastiano scosse il capo.

«Non ha il minimo spirito criminale» rise Tony. «Ma ci si può lavorare su. Si tratta solo di trovare un punto debole, una crepa... un modo per fregarlo. Qualcosa mi inventerò, vedrai.»

In quel momento una Lancia bordeaux con una bandierina italiana sul parafango si fermò a pochi metri da loro.

Ne scese frettolosamente un damerino in doppiopetto, rigido e impettito, che, lanciando un'occhiata sfuggente a Tony, aprì lo sportello posteriore dell'auto, con modi servili.

Ne discese una donna elegante e altera, con una faccia lunga quanto il sermone del prete nei giorni di festa.

Dopo la donna uscì un ciccione gelatinoso con un vestito chiaro, di lino, sudato, che si sventolava con una paglietta in stile italiano. «Siete voi *monsieur* Tony Zappacosta?» domandò.

Tony gli guardò la cicatrice schifosa, rossa, che gli partiva dalla fronte e gli tagliava in due il cranio, ricoperto da un rado tappeto di capelli dall'aspetto lanuginoso. «E voi chi siete?» gli chiese.

«Io sono il Barone Rivalta di Neroli.»

Tony lo fissò in silenzio mentre si avvicinava.

«Sono molto contento di fare la vostra conoscenza, *monsieur* Zappacosta» disse il Barone. «Io credo che voi potreste aiutarmi a trovare una persona.»

39.

Nel barrio dicevano sempre che le cattive notizie, più delle buone, si diffondevano alla velocità del fulmine. Ma questo perché di buone notizie non ce n'erano praticamente mai.

E infatti a riprova di questo, alla stessa velocità delle altre cattive nuove, si diffuse la strabiliante notizia che qualcuno aveva rinunciato al proprio lavoro – e lo si mormorava a bassa voce, come una cosa dell'altro mondo – per cederlo a qualcun altro "che ne aveva più bisogno". In breve si seppe che quel qualcuno era addirittura una donna. E poi si cominciò a far combaciare questa storia con un'altra, che raccontava della stessa donna che regalava uova alle vecchie e parlava di solidarietà. Di aiutarsi invece che fregarsi.

E infine si seppe chi era e dove viveva questa donna.

All'inizio aveva prevalso un sentimento di incredulità. Poi si era tramutato in stupore. E all'ultimo era arrivata l'ammirazione. E l'ammirazione, come sempre succede tra il popolo, era diventata qualcosa di grande, come una specie di leggenda.

Il giorno di Natale, mentre Rosetta si preparava per la messa con Assunta e Tano, bussarono alla porta di casa. Rosetta andò ad aprire e si ritrovò davanti Dolores con la señora Chichizola del forno. E dietro le due donne c'erano molti vicini e curiosi.

Dopo un attimo comparvero sulla porta anche Assunta e Tano.

Dolores porse una bottiglia di vino rosso, con un fiocco. «Buon Natale» disse. «L'ho presa a mio padre. Lui beve già abbastanza.»

Rosetta vide che in quel poco tempo le erano già scomparse quasi del tutto le occhiaie scure che aveva al Matadero. E anche la paura negli occhi da cerbiatta era solo una lontana eco.

«Non so se è come lo fate voi in Italia» disse allora la señora Chichizola. Le offrì un grosso dolce bombato. «Non so nemmeno se lo si possa chiamare panettone» rise. «Ma è fatto con il cuore.»

Rosetta era imbarazzata. Il Natale per lei non era niente. Non aveva mai avuto un Natale. Per lei era un buon Natale se il padre non era troppo ubriaco e non la picchiava con la cinta.

«Non so che dire...» farfugliò.

«Dicci grazie, testa di minchia!» esclamò Tano.

Assunta gli diede una gomitata nelle costole.

«Grazie...» mormorò Rosetta.

Allora Dolores la abbracciò e la baciò. Quando si staccò aveva le lacrime agli occhi. Ma non disse niente perché non c'erano parole per raccontarle tutto il bene che le aveva fatto.

Anche la señora Chichizola la abbracciò, più ruvidamente, lasciandole un velo di farina sulla guancia. Poi guardò Dolores e disse, quasi per rassicurarla: «La tratto come una figlia».

Rosetta annuì, sempre più imbarazzata.

I vicini e i curiosi, che ormai come tutti lì a Barracas non facevano che parlare di quella storia, alimentandola, facendola correre di casa in casa, ogni volta aumentata, e contribuendo a farne una leggenda, assistevano chi sorridente, chi commosso.

«Be', che minchia aspetti?» fece Tano a Rosetta, nel suo modo ruvido, anche lui in imbarazzo in quel silenzio pieno di emozioni. «Metti questa roba dentro e andiamo a messa. È tardi.»

Mentre le campane cominciavano a chiamare a raccolta i fedeli, una figura lacera si fece avanti. In mano aveva dei fiori di campo, molti dei quali già chinavano le corolle verso il basso.

Rosetta riconobbe la vecchia alla quale aveva regalato l'uovo.

E anche tutti gli altri sapevano chi era. Era iniziato tutto con lei. E con quel discorso di Rosetta.

«*Feliz Navidad, chica*» disse la vecchia porgendole i fiori, poiché non aveva altro da regalarle. «*Dios te bendiga.*»

Rosetta sentì qualcosa che le premeva dentro. Un'emozione che non riusciva a trattenere. Si voltò di scatto ed entrò veloce in casa.

Ci fu un mormorio tra la gente.

La vecchia era rimasta con i fiori in mano. Imbambolata.

Dopo un attimo Rosetta tornò fuori. Prese i fiori e porse due uova alla vecchia. «*Feliz Navidad*» disse. Aveva le guance lucide. Evidentemente si era asciugata le lacrime.

La vecchia guardò le uova, rigirandosele nel palmo delle

mani scheletriche. Poi, come se all'improvviso un pensiero l'avesse assorbita totalmente, si voltò senza più guardare Rosetta e si avviò verso la folla, fissando le uova. Arrivata davanti alla gente fece un impercettibile segno verso qualcuno. Un'altra vecchia, altrettanto magra e instabile sulle gambe, si fece avanti. Senza dire una parola la vecchia sdentata le porse un uovo. Poi, come due ballerine sincronizzate, picchiettarono sul guscio, crearono un piccolo varco e succhiarono l'interno dell'uovo. Quando ebbero deglutito il loro pasto si guardarono negli occhi e se ne andarono ognuna per la sua strada, senza parole, senza abbracci, senza moine.

La gente era senza parole.

La vecchia aveva fatto quello che Rosetta aveva fatto con lei. «Porca troia» commentò a bassa voce Tano, scuotendo il capo.

«È Natale!» lo rimproverò Assunta. «Non usare quelle parole!»

Tano la guardò un attimo e poi disse: «*Santa* troia».

Rosetta scoppiò a ridere. E così Dolores e la señora Chichizola. E anche la gente riunita lì intorno. E infine rise perfino Assunta.

Quando si mossero per andare in chiesa, la gente si accodò, formando una specie di processione.

Il prete, nel suo sermone, parlò di amore e carità. E per la prima volta, ma non per merito suo, la gente pensò che non erano due parole senza senso.

Quando Rosetta uscì dalla chiesa le si avvicinò una donna. Tenendo una mano sulla spalla di una ragazzina gracile le disse: «Trovale un lavoro, ti prego».

Rosetta fu colta alla sprovvista. Si strinse nelle spalle. «Ma...» balbettò. «Ma non ce l'ho nemmeno io.»

«Trovale un lavoro, ti prego» ripeté la donna. «È brava a cucire.»

Rosetta scosse il capo. Non riusciva a capacitarsi di quello che stava succedendo. «Va bene» rispose.

«Stiamo alla casa gialla in fondo alla via» le disse la donna.
«Sì.»
Mentre tornavano indietro nemmeno Tano commentò. Solo quando furono dentro casa, con la porta chiusa, disse: «Ti ritrovi con una bella minchia in culo».
«Tano!» esclamò Assunta. «Ma che modo di parlare! E poi che c'entra Rosetta? Che vogliono da lei? Ha già ceduto il suo lavoro.»
«Appunto» fece Tano.
«Be'? Questo non la obbliga a...»
«Ma lei a quella donna ci disse "va bene"» la interruppe Tano.
«Be', che c'entra? È un modo di dire.»
Tano guardò Rosetta. «Era un modo di dire?»
«Non so...» rispose Rosetta. «No, ma... ma come faccio?»
«C'è un sarto più giù, a Tres Esquinas» disse allora Tano. «Mi dicono che è stronzo. Ma vale la pena di tentare, no?»
Rosetta annuì debolmente. Quella cosa era più grande di lei.
«Però non puoi andarci con quelle scarpe» fece all'improvviso Tano, scuotendo energicamente il capo.
«Perché?» chiese Rosetta, sorpresa.
«Minchia, sono distrutte» disse Tano. «Fai cattiva figura. Io una pezzente che si presenta con quelle scarpe neanche la guardo.»
Rosetta si fissò mortificata le scarpe con le quali era arrivata dalla Sicilia. «Non ne ho altre» mormorò.
Tano borbottò qualcosa di incomprensibile poi prese una scatola di cartone da sotto il bancone e la porse sgarbatamente a Rosetta.
Rosetta guardò la scatola. «Che cos'è?» chiese spiazzata.
«È una scatola» fece Tano. Poi, vedendo che Rosetta rimaneva ferma, sbottò spazientito: «Minchia, prendila e guardaci dentro!».
«Sei proprio un caprone!» rise Assunta.
Rosetta aprì la scatola. All'interno c'erano delle scarpe

dello stesso azzurro del vestito di Ninnina. E avevano delle nappine viola a forma di fiore di jacaranda.

«È il nostro regalo di Natale» le disse Assunta abbracciandola.

«Non ho mai…» fece Rosetta, con la voce che le si cominciava a incrinare. «Non ho mai avuto un regalo di Natale… e oggi…»

«Be', non farla tanto lunga. Mo' ce l'hai avuto pure tu» disse Tano ruvidamente. «E puoi andare dal sarto di Tres Esquinas.»

Tre giorni dopo la sartoria di don Alvaro Recoba riaprì. Aveva una sola vetrina su strada. Sembrava piccola, a prima vista. Ma quando Rosetta entrò vide che invece era grande e si incuneava dentro l'edificio come una caverna. Nelle prime due stanze erano esposti gli abiti confezionati. La terza era una sala prove, dove don Alvaro appuntava spilli con precisione e maestria agli abiti su misura, adattandoli al cliente. Da lì in poi c'era la grande stanza da lavoro. Dieci donne, chine sui loro tavoli di lavoro, tagliavano, cucivano a macchina e rifinivano a mano, con gli occhi arrossati e le dita martoriate dagli aghi infilate in ditali d'ottone.

«Non mi serve nessuno» disse sbrigativamente don Alvaro. «Tantomeno un'apprendista.»

Rosetta lo guardò e capì che non avrebbe scalfito la sua corazza con qualche piagnisteo su quanto era dura la vita.

Mentre cercava un argomento convincente, una delle sarte le disse: «Io ti conosco, tu sei quella che ha ceduto il suo lavoro a quella ragazzina».

Don Alvaro guardò Rosetta con curiosità. Come tutti aveva sentito la storia, anche se lui non ne era stato affatto commosso. Anzi, pensava che quella donna fosse una squilibrata.

«Che Dio ti benedica» disse la sarta.

«Che Dio ti benedica» fecero anche le altre, alzando per un attimo lo sguardo dai loro lavori.

«Io non conoscevo quel forno» disse una. «Ma ci sono andata ed è buono.»

«Sì, anch'io ci sono andata» fece un'altra. «Buonissimo. E poi quella ragazzina… che tenerezza.»

«E però rendiamo merito anche alla señora Chichizola» si intromise un'altra ancora. «È lei che ha assunto la ragazza. E le auguro tutta la fortuna del mondo. È una brava persona…»

«Io ormai, anche se non mi è di strada, lo compro solo lì il pane» disse una delle sarte.

Rosetta si voltò verso don Alvaro e vide che gli era cambiato lo sguardo. Aveva fatto due più due. Bastava l'ultima spintarella. «Vi piacerebbe che dicessero le stesse cose di voi? Pensate a quanto sarebbe facile. E i vostri affari migliorerebbero.»

«Dite a questa apprendista di presentarsi domani» fece don Alvaro, con sussiego. E per salvarsi la faccia aggiunse: «Ma se non è all'altezza non se ne fa niente!».

Due giorni dopo la madre della ragazzina entrò nella bottega di Tano e lasciò uno scialle che la figlia aveva cucito per Rosetta.

I racconti su Rosetta si moltiplicarono. E non c'era più nessuno in tutto il barrio di Barracas che non ne conoscesse le imprese. E come sempre succede, le vennero attribuite vicende che non si erano mai verificate. Invenzioni. Ma centinaia e centinaia di persone nel barrio, e in special modo le donne, pensavano che Rosetta fosse una specie di eroina.

Il giorno prima di Capodanno un giovane si presentò a casa di Tano. Indossava un abito color malva. La giacca, sui gomiti, era leggermente lisa. E i pantaloni gli stavano così corti che le scarpe, per contrasto, sembravano troppo grandi. In testa aveva un panama che doveva aver preso molta pioggia. Aveva un'aria scanzonata. «È qui la donna che trova lavoro agli altri?» chiese.

Tano lo studiò per un attimo. «Aiuta le donne, non gli

uomini» disse poi. «E piantatela con questa storia. Non può aiutare tutti.»

«Io non sono in cerca di lavoro» disse il giovane, sorridendo. «Io ce l'ho già un lavoro.»

«E allora che vuoi?» chiese Tano sospettoso.

Intanto, attirate dalla conversazione, anche Rosetta e Assunta si erano affacciate sulla porta.

Il giovane vide quanto era bella Rosetta e sorrise. «Siete voi?»

«Che vuoi, giovanotto?» ripeté Tano, ma in tono più aggressivo.

Il giovane si levò il panama e accennò un piccolo inchino. «Mi chiamo Alejandro Del Sol. Giornalista *independiente*.»

«Non darti tante arie, sbruffone» fece Tano. «*Independiente* per quel che ne so significa che non scrivi per nessuno e perciò non hai davvero un lavoro. Dico bene?»

Il giovane guardò Rosetta e sorrise, leggermente in imbarazzo.

Lei pensò che aveva un'aria simpatica. Sembrava diverso da tutti i giovani del barrio, abbrutiti dai più umili lavori.

«Guarda me e rispondi» disse Tano. «Che vuoi?»

«Ho sentito i racconti che si fanno nel barrio. Parlano tutti di lei. Vorrei fare un articolo sulla... siete signorina, vero?»

«Sto per metterti le mani addosso» fece Tano. «Piantala di fare il cascamorto.»

«Scusatemi, señor» disse Alejandro. «La storia della signorina è meravigliosa. Una favola popolare che piacerebbe moltissimo ai lettori» riprese. «Potrebbe uscirne un bellissimo articolo e lo potrei vendere... insomma, far pubblicare sulla "Nación".» Sorrise a Rosetta. «Davvero i lettori adorerebbero la sua storia, signorina.»

«Guarda me!» urlò Tano, spintonandolo. «Alla signorina non interessa un bel niente della tua pubblicità, mi hai capito? E ora levati dalle palle se non vuoi una bella scarica di calci in culo.»

«Lasciate che me lo dica la signorina» disse Alejandro.

«La signorina con te non ci parla» ringhiò Tano e gli diede un altro spintone.

«L'articolo lo scriverò comunque, vi avverto» disse Alejandro.

Tano strinse la mano a pugno e finse di colpirlo.

Alejandro si allontanò in fretta di una decina di passi. «Ditemi almeno come vi chiamate!» fece allargando le braccia. «Qualcuno dice Lucia ma altri Rosetta.»

«Vaffanculo!» gli gridò Tano. Si girò verso Rosetta e Assunta e le spintonò. «E voi entrate!»

«Io lo scriverò lo stesso l'articolo!» gridò Alejandro.

Tano rientrò in casa e chiuse la porta. Fissò Rosetta in silenzio.

«Che ho fatto?» chiese alla fine Rosetta.

«Tu non hai fatto niente» brontolò Tano, con aria truce. «Ma sai cosa vuol dire avere tra i piedi un giornalista? Sono ficcanaso. Hai sentito che ha detto? Già fa domande sul nome. Lucia o Rosetta?» Scosse il capo preoccupato. «E se scopre chi sei veramente?» La guardò, accigliato. Nei chiari, acuti occhi azzurri c'era una luce preoccupata.

Rosetta si sentì gelare il sangue nelle vene.

«Non voglio perdervi» sussurrò.

Assunta emise un gemito soffocato.

40.

Raquel, dopo essere stata aggredita dalla banda di ragazzini, aveva passato dei giorni d'inferno, cibandosi di scarti, nascondendosi, terrorizzata dalle bande, dalla polizia e da Amos.

Una sera un poliziotto che la vide elemosinare le puntò contro il manganello e le urlò: «Ehi, tu, pezzente! Adesso ti porto dentro!».

Raquel, spaventata, scappò, piangendo disperata, finché

si ritrovò su una banchina del porto. Si guardò intorno. Sentì delle voci e si nascose. Immediatamente dopo vide dei ragazzini che forzavano le lamiere di un capannone cercando di intrufolarsi dentro. Terrorizzata all'idea che la scoprissero e se la prendessero con lei scappò di nuovo. Raggiunse un'immensa pila di immondizia. La scalò e ci si infilò dentro.

L'odore era nauseante ma non si mosse, pietrificata dal terrore.

Mentre la sera si annunciava e il cielo virava dal blu al nero, cominciò a piovere a dirotto. Una pioggia che veniva dal nord, fredda e pungente nonostante fosse estate. L'acqua scioglieva l'immondizia e la trasformava in una specie di fanghiglia collosa. Durò mezz'ora, non di più, ma alla fine Raquel era fradicia.

Tremando come una foglia, abbandonò il suo schifoso rifugio con il viso bagnato dalle lacrime, dalla pioggia e dall'immondizia.

Camminò lungo i moli, in cerca di un riparo caldo, quando vide un capannone aperto. Sulla porta era dipinto un gigantesco otto in blu. Un giovane sulla banchina guardava il cielo. La luna rifletteva la sua figura pensierosa nelle pozzanghere.

Raquel sgattaiolò verso la porta aperta e si infilò nel magazzino. All'interno erano ammucchiate delle casse di legno, una sull'altra. Notò un casotto, in un angolo. Si voltò verso l'ingresso e vide che il giovane stava rientrando. Scavalcò un mucchio di casse e corse verso il fondo del capannone. Si accucciò, trattenendo il fiato. Dopo un attimo sentì la porta del magazzino scorrere sui binari. E poi lo scatto secco di un lucchetto che veniva chiuso.

"Sono in trappola" pensò. Ma almeno era al coperto. Rabbrividì. Era bagnata fradicia. Tremava per il freddo. Dopo che il giovane si fu ritirato nel casotto, si coprì con un telo. Ma il telo era cerato e fece rumore come un enorme foglio di giornale.

Sentì il giovane che si affacciava sulla porta del casotto.

Raquel rimase immobile.
«Topi del cazzo» borbottò il giovane.
In quel momento Raquel starnutì.
«Chi è?» disse il giovane.
Raquel si infilò più sotto al telo.
Ma sentì dei passi che si avvicinavano.
«Chi è?»
E poi Raquel sentì che si era fermato. Era vicinissimo.
«Esci da lì» disse il giovane. «Conto fino a tre e poi sparo...»
Con il cuore in gola Raquel cacciò la testa fuori dal telo. Il giovane aveva davvero una pistola in mano. Ma la abbassò subito. La prima cosa che pensò Raquel, senza una ragione, fu che non era cattivo. Ed era bello. Aveva i capelli biondi e gli occhi neri.
Rocco vide una faccia spaurita, con i capelli tagliati a spazzola e un buffo naso lungo, all'insù. «Che ci fai qui?» le chiese.
«Ho freddo...» balbettò Raquel. «Non farmi male... ti prego.»
Da come parlava, dalla paura che le leggeva negli occhi, Rocco capì subito che non era uno dei soliti delinquenti che si aggiravano per il porto. «Vieni fuori» disse.
Raquel uscì da sotto il telo cerato, lentamente, e si mise in piedi, tremando.
Rocco aggrottò le sopracciglia, sorpreso, vedendo l'abito con la gonna lunga. «Perché sei vestito da femmina?» chiese stupito.
Raquel si toccò i capelli rasati. E realizzò solo in quel momento che l'aveva scambiata per un maschio. Sentì un brivido correrle lungo la schiena. Una sensazione eccitante. Come se si trovasse di fronte a un bivio. Come se la vita le stesse offrendo un'occasione. Un veloce giro di carte, una mano fortunata.
«Sei una femmina?» chiese Rocco, spiazzato.
Carte che andavano giocate subito. Senza esitazioni. Perché forse non ci sarebbe stata un'altra mano come quella.

«Abbiamo una sola occasione. Non sprecarla» le aveva detto Libertad.

«Allora? Sei muto?» fece Rocco. «Sei una femmina?»

«No» rispose Raquel, con il cuore che batteva forte. «Sono… un maschio…» E quella parola le riempì le orecchie, assordandola, come se l'avesse urlata a squarciagola.

«E allora perché sei vestito come una femmina?» ripeté Rocco, sempre più sorpreso.

«Perché…» iniziò Raquel, cercando di ragionare in fretta. «Perché… dei ragazzini… mi hanno aggredito…» Gli occhi le si riempirono di lacrime ma continuò a pensare il più velocemente possibile a una scusa credibile. «Mi hanno… rubato i vestiti… e questo… da femmina… l'ho trovato… nell'immondizia…»

«Cazzo, si sente, ragazzino» disse Rocco, storcendo il naso. «Puzzi come una carogna.»

Raquel lo guardò. Il cuore le batteva sempre più forte.

«Come ti chiami?»

«Ehm…» Raquel si bloccò. Doveva farsi venire in mente un nome da maschio. «Ángel» improvvisò.

«Io sono Rocco» disse lui.

«Ángel» ripeté Raquel, come se non ci credesse.

«Sì, ho capito» fece Rocco. «E da dove vieni? Che ci fai qui? Non hai una casa?»

Troppe domande tutte insieme, pensò Raquel in preda al panico. Doveva inventare in fretta. Ripensò all'unica storia che conosceva. La propria. «Vengo da…» No, non poteva dire che veniva da un bordello. «Da un orfanotrofio» disse. «Sono… scappata.»

«*Scappata*?»

«Sì.»

«Ma sei una femmina, allora!»

«No! Scappato… scappato…» Raquel sudava freddo. «È che ancora non so bene lo spagnolo.»

«Be', neanche io se è per questo» sorrise Rocco. «E dov'era questo orfanotrofio?»

Raquel sentì i giornali fradici che aveva sotto al vestito. La sua non era la sola storia che conoscesse. «Rosario. A Rosario, sì.»

«E come ci sei arrivato fin qua?»

Raquel fece spallucce. «A piedi» rispose come se fosse ovvio.

«Trecento chilometri a piedi?»

Raquel comprese il suo errore. «E su un carro...» aggiunse precipitosamente. «E anche su un treno.»

Rocco scosse il capo. «Hai le idee un po' confuse, ragazzino» disse. «Mi sa che spari un sacco di cazzate.»

«No!»

«E i tuoi genitori?»

Ormai Raquel sapeva quale storia raccontare e non si sarebbe lasciata fermare. «Sono morti. Un'esplosione. Tutti morti. Undici. Undici morti. È crollata una palazzina. Due dinamitardi. Sai, anarchici.»

Rocco aggrottò le sopracciglia.

«Ne ha parlato anche il giornale!» fece Raquel. «La "Nación".» E poi starnutì di nuovo.

Rocco si voltò. «Sei zuppo come un pulcino. Ti devi levare quel vestito, anche perché mi stai appestando con questo fetore. Ti darò qualcosa da maschio. Sei ridicolo vestito da femmina. Vieni.»

Quando furono davanti al casotto Rocco frugò tra i suoi vestiti e prese un paio di vecchi pantaloni e un maglione leggero, con qualche buco qui e là. Le diede un pezzo di corda da usare come cintura. «Avanti, spogliati.»

«Non mi va di farmi vedere nuda.»

«*Nuda?!*»

«Nudo!» fece Raquel, rossa in viso. «Te l'ho detto che non so bene lo spagnolo.»

«Ma che lingua parlavi in quell'orfanotrofio?»

«Ebr... russo.»

«*Ebrusso?* Che lingua è?»

«Russo! I miei genitori... erano emigranti russi.»

Rocco arricciò le labbra all'ingiù, scuotendo il capo, perplesso. «Che storia incasinata.»

«È la verità!»

«Non ho detto il contrario, ragazzino» fece Rocco. «Però devi ammettere che è una storia che non si sente tutti i giorni.»

«È la mia storia.»

«E come mai se erano russi ti hanno chiamato Ángel?» insisté Rocco, che era realmente frastornato da tutte quelle incredibili informazioni. «Non mi pare un nome russo. O no?»

«Sì, invece...» rispose Raquel. «Solo che... si scrive in un'altra maniera, ecco...»

«Ma pensa te.»

«Non ci credi?» domandò quasi aggressivamente Raquel.

«E che ne so? Io mica so il russo.» Rocco indicò i vestiti. «Ti vuoi spogliare o no? Di che ti vergogni? Siamo due maschi.»

«Non voglio» disse Raquel, rossa in viso.

«E va bene, mi volto.»

Raquel andò dietro a una pila di casse. Si cambiò più in fretta che poté. Si arrotolò i pantaloni attorno alle caviglie e per tenerli su si annodò la corda in vita. Si mise il maglione e tornò indietro.

«Cazzo, il maglione ti arriva alle ginocchia! Sembri sempre in gonna!» rise Rocco vedendola. «Se avessi un po' di tette potresti passare per una femmina, lo sai? Te l'hanno mai detto?»

«No» rispose Raquel. Era assurdo. «Non me l'hanno mai detto» ripeté, con forza, perché non si sarebbe fatta scoprire proprio ora.

«Dài, non offenderti. Scherzavo» fece Rocco. «Non hai neanche un po' di barba....» E di nuovo rise.

Raquel si infilò il maglione nei pantaloni.

«Ecco, così almeno si vede che sei un maschio» sorrise Rocco. Poi diventò serio. «Comunque domani te ne vai, chiaro?»

Raquel abbassò lo sguardo a terra. «Sì.»

«Senti, ragazzino, è inutile che fai la faccia da cane bastonato» disse Rocco. «Io non posso prendermi cura di te. E non ho neanche voglia di avere un pisciasotto tra i piedi. Intesi?»

«Intesi.»

«Bene. Adesso andiamo a dormire.» Entrò nel casotto e si distese sul materasso. «Dài, sdraiati. C'entriamo. Sei magro.»

«Io sto benissimo qui» fece Raquel, accucciandosi in un angolo. Notò che le pareti erano tappezzate di disegni di complessi macchinari.

«Fai come ti pare. Ma sei strano, sai? Prima tutte quelle storie per spogliarti, ora per dormire...» disse Rocco. Spense la lampada a gas e si infilò sotto alla coperta. E poi borbottò: «Sei proprio strano, ragazzino. Siamo due maschi, e che cazzo!».

Scese il silenzio.

Raquel non sapeva cosa fare. Da un canto era imbarazzata a stendersi accanto a un uomo. Dall'altro lato era eccitata per l'inaspettata piega che stava prendendo la sua esistenza. Aveva ripetuto per tutta la vita che sarebbe voluta nascere maschio e ora Rocco, senza saperlo, le stava offrendo l'occasione di trasformare in realtà quel desiderio. Una rivoluzione.

«Dài, vieni qua. È duro per terra» disse Rocco.

Raquel pensò che doveva imparare a comportarsi come un maschio. A pensare come loro. Non poteva rischiare di rovinare tutto. «Va bene...» sussurrò alzandosi dal suo posto e gli si sdraiò accanto, rigida come uno stoccafisso.

Rocco le diede un po' di coperta e si girò di spalle.

E poi all'improvviso il silenzio della notte fu lacerato da una serie di esplosioni fortissime. Dei boati che fecero vibrare le lamiere del capannone.

Raquel sobbalzò.

«È mezzanotte» disse Rocco.

Raquel non parlò. Non capiva. I boati continuavano, sempre più frequenti. Sempre più forti. Come una guerra.

«È Capodanno, babbeo» fece Rocco. «Sono i fuochi d'artificio. Inizia il 1913.»

Raquel rimase ancora in silenzio.

«Anno nuovo, vita nuova» fece Rocco. «È così che si dice.»

Raquel, nel buio del capannone, vedeva filtrare i lampi dei fuochi d'artificio, a intermittenza, tra le lamiere sconnesse.

"Anno nuovo, vita nuova" si ripeté in testa. Era davvero da non crederci. Le venne da ridere. Le spalle sussultarono appena.

«Piangi?» le chiese Rocco.

«No» rispose Raquel.

Ci fu un lungo silenzio.

I fuochi d'artificio continuavano.

«Non piangere...» disse con la voce assonnata Rocco.

«No» fece Raquel.

«Buon anno nuovo, Ángel» farfugliò Rocco.

«Buona vita... nuova» rispose Raquel.

Aspettò di essere sicura che Rocco si fosse addormentato e poi sussurrò: «Sono un maschio!».

Con lo scoccare del nuovo anno il suo passato era stato spazzato via. In un soffio. E in una maniera impensabile, incredibile. Radicale.

«Sono un maschio!» ripeté e rise piano. «Adesso il mondo è mio!»

TERZA PARTE

Il richiamo del passato

1913

41.

«Chi è la ragazza?»

«Che ragazza?»

«Un Barone è venuto qui apposta per lei dalla Sicilia.»

Rocco si irrigidì ma cercò di non mostrarlo a Tony, seduto di fronte a lui nell'officina. «Non vi capisco» disse.

«E allora vediamo se riesco a spiegarmi» fece il boss, con il tono paziente di chi sa di avere il coltello dalla parte del manico. «Il Barone Rivalta di Neroli ha alzato il suo grasso culo molliccio dalle poltrone imbottite del suo palazzo di Alcamo per venire qui a Buenos Aires a cercare la ragazza che tu hai fatto scappare.»

«Io non ho fatto scappare nessuno.»

Tony sorrise. «Mi ha dato dei dettagli che non lasciano dubbi» disse strizzando i suoi occhi di ghiaccio. «Hai usato il nome di don Mimì Zappacosta per spingere un *picciotto* a scatenare una rissa.» Lo fissò in silenzio. «Il Barone è convinto che se scopriamo chi ha fatto scappare la ragazza automaticamente troviamo anche lei. E io sono convinto che abbia ragione.» Si sporse verso Rocco e gli diede un buffetto sulla guancia. «Il Barone non sa chi sia quell'uomo. Ma io sì.»

Rocco si rese conto di essere con le spalle al muro. Continuare a negare non aveva senso. «Non so dove sia la ragazza.»

Tony lo studiò in silenzio, con uno sguardo tagliente come un rasoio. «Questo è vero» disse infine. «Perché l'hai aiutata?»

«Perché era vittima di un'ingiustizia» rispose subito Rocco, accalorandosi.

«Come ho fatto a non pensarci?» scoppiò a ridere Tony. «Il paladino delle cause perse!»

«Non so dove sia la ragazza» ripeté Rocco.

«L'hai cercata?»

«Sì.»

«Dove?»

«In giro.»

«In giro» ripeté Tony. «Dove? Nei bordelli?»

«Non è quel tipo di ragazza» rispose Rocco.

«Buenos Aires insegna alla gente a non essere niente di più di quello che gli è concesso di essere, se vuole mangiare» fece Tony. «Fossi in te la cercherei nei bordelli.»

«Non è quel tipo di ragazza» disse aspramente Rocco.

Tony rise di nuovo. «Ah, non l'hai salvata solo per rimediare a un'ingiustizia ma anche per qualcosa di più sano. Ti piace così tanto?» Continuò a sorridere. Poi, come sferrando un pugno, disse: «Il Barone mi ha offerto un sacco di soldi».

«Io non ho niente» rispose Rocco, spiazzato.

Tony lo guardò a lungo, in silenzio. Era quella l'occasione di cui aveva parlato a Bastiano. Il modo per fregarlo, per legarlo a sé. Quella ragazza era la crepa nell'armatura di Rocco. La sua debolezza. «Puoi darmi la tua riconoscenza» disse così piano da costringerlo a sporgersi in avanti, verso di lui, come se si stesse inchinando. «E la tua fedeltà.»

Rocco si sentì gelare. Riconoscenza e fedeltà. Sapeva bene cosa significavano quelle due parole, all'apparenza nobili. Volevano dire affiliazione. Voleva dire rinunciare a quello per cui aveva lottato, per cui era arrivato in quel cazzo di nuovo mondo, che di nuovo non aveva proprio nulla. Era un prezzo altissimo. Il più alto che gli si potesse chiedere. Aveva promesso a se stesso che non avrebbe mai avuto nulla a che spartire con la mafia. Se in gioco ci fosse stata la sua vita non avrebbe mai accettato. Ma non si trattava più della sua vita. E si rese subito conto che in fondo al suo cuore aveva già scelto. «Va bene» disse. «Ma come faccio a fidarmi di voi?»

Tony si strinse nelle spalle. «Se volevo fotterti non ti dicevo niente, ti mettevo un uomo alle spalle e prima o poi, come dice il Barone, mi portavi dalla tua bella.» Andando verso la porta dell'ufficetto indicò i progetti dei montacarichi appesi alle pareti. «Davvero sapresti costruire uno di quelli?»

«Come?» disse Rocco, frastornato. Sentiva l'ansia di quella decisione che gli mozzava il fiato e gli annodava lo stomaco. Guardò i disegni. «Sì... credo di sì.»

«Perché non inizi?» fece Tony.

«Servono soldi» rispose Rocco.

«Sturati le orecchie e ascolta quello che ti si dice. Perché non inizi?» ripeté Tony.

Soltanto il giorno prima Rocco avrebbe fatto salti di gioia. Ma non adesso. «D'accordo» disse cupamente.

Tony se ne andò, felice dell'affare appena stipulato.

Rocco si sentì mancare l'aria. Uscì anche lui all'aperto. Si slacciò la tuta da lavoro come se gli impedisse di respirare.

«Il motore del barcone è a posto» fece Mattia raggiungendolo.

«Sì, bene» rispose Rocco distrattamente. Pensava solo a quel bastardo di merda del Barone che era sulle tracce di Rosetta.

Mattia indicò un ragazzino magro, con dei vestiti troppo grandi e i capelli a spazzola, che faceva capolino da dietro alcune casse sulla banchina. «È lì da stamattina» disse.

Rocco raccolse un bullone arrugginito e glielo lanciò contro. «Vattene!» urlò.

Il bullone atterrò a più di due metri da Raquel.

«Chi è? Lo conosci?» chiese Mattia.

«È un randagio come tanti» fece Rocco.

«Comunque... hai una mira di merda!» rise Mattia.
«Già...» borbottò Rocco. Ma continuava a pensare a Rosetta. E c'era ancora qualcosa che gli si agitava dentro. «Tu e Faccia-da-cane montate il motore sulla barca e mettetela in acqua» disse a Mattia. Mentre si allontanava vide che il ragazzino lo seguiva. Gli fece pensare davvero a un randagio. «Vattene!» urlò ancora.

Non poteva prendersene cura. Non poteva e non voleva. Non voleva decidere per lui cosa era meglio. Il ricordo di Libertad ancora lo tormentava. No, non voleva affezionarsi a un randagio. Non aveva nulla da offrirgli.

Arrivato alla Zappacosta Oil Import-Export entrò senza bussare.

«Che significa quello che mi avete detto?» chiese a Tony, senza preamboli. «Se trovo la ragazza la proteggerete o semplicemente non farete nulla per consegnarla al Barone?»

«Io proteggo la mia gente e quelli a cui tengono» rispose Tony.

«La ragazza non deve mai sapere» disse Rocco.

«Cosa? Che ti sei immolato per lei?» sorrise Tony.

«E non deve avere nulla a che fare con voi.»

«Potrei quasi offendermi...» scherzò Tony.

«Le regole sono queste. Prendere o lasciare» fece Rocco.

Tony sorrise. «Stai bluffando. Ma va bene. Accetto.»

Rocco si avviò verso la porta.

«Vogliamo smettere di chiamarla *la ragazza*?» gli disse Tony. «Il suo nome è Rosetta. Rosetta Tricarico.»

«Dimenticatevi anche il suo nome» ringhiò Rocco uscendo e sbatté la porta, seguito dalla risata divertita di Tony.

Si diresse verso il magazzino dove dormiva. Aveva dimenticato il pranzo nel casotto. Salutò Nardo, entrò, prese la sua gavetta in latta e, tornato fuori, vide il ragazzino che lo spiava da un angolo. «Vattene!» urlò per la terza volta. Raccolse un sasso e glielo lanciò. Ma di nuovo il sasso atterrò distante da Raquel.

«Vuoi che gli spari?» fece Nardo, con la sua aria da scimmione idiota. «Con i sassi non sei un granché...»

Rocco non gli rispose e tornò verso l'officina.

Dopo pochi passi incontrò Amos diretto all'ufficio di Tony, seguito da due gorilla e dalla donna sfregiata che aveva preso in custodia Libertad al bordello.

«Guarda chi c'è» fece Amos, riconoscendolo. «Adesso dico a Tony che non voglio mai più vedere la tua faccia al Chorizo.»

«Vaffanculo, uomo di merda» gli rispose Rocco, sentendo che gli saliva su di nuovo tutta la rabbia per Libertad.

Uno dei gorilla gli andò addosso, portando la mano al coltello.

Rocco, con la velocità di un gatto, gli bloccò il braccio ed estrasse la pistola. Gli premette la canna contro le costole. «Volevi dirmi qualcosa?» gli alitò in faccia.

«Ehi... ehi... stai calmo» intervenne Amos.

Lentamente Rocco abbassò la pistola, senza smettere di fissare il gorilla. «Leva la mano dal coltello» gli sussurrò.

L'uomo ubbidì.

Allora Rocco lo spintonò e se ne andò. E in quel momento vide il ragazzino che scappava come se fosse stato inseguito da un fantasma. Notò che anche la donna sfregiata lo guardava con un'espressione accigliata, inseguendo un pensiero che non riusciva a formulare. Vide che le mancava un pezzo d'orecchio, nella parte superiore. Era rosso e gonfio.

Per il resto della giornata Rocco lavorò in officina. Ma appena finito si mise a vagare per il barrio, in cerca di Rosetta, tormentato dalla preoccupazione che il Barone la trovasse prima di lui. Infine tornò al capannone per dare il cambio a Nardo.

Preparando la cena sentì un rumore. Ma non controllò. Cucinò un'abbondante zuppa e ne mangiò la metà. Poi portò fuori la sedia e la mise accanto alla cassa dove sedeva Nardo. Guardò le prime stelle nel cielo che si faceva buio.

«Vieni fuori» disse allora.

Per un attimo tutto tacque. Poi si sentì il fruscio come di foglie secche calpestate di un telo cerato e dei passi incerti.

«Siediti» fece Rocco quando il ragazzino comparve sulla porta, senza guardarlo, continuando a fissare il cielo.

Raquel si sedette sulla cassa. Rimase in silenzio per un po'. «Non cacciarmi, ti prego...» disse poi con una voce sottile.

Rocco si voltò a guardarla. Vide che era spaventata. «Di che hai paura?» le chiese.

Raquel si ingobbì. «Di niente.»

«Oggi ti prendevo a sassate e tu non facevi una piega. Poi a un certo punto sei scappato a gambe levate» disse Rocco. «Che cosa ti ha spaventato fino a quel punto?»

«Niente.»

«Tu sai spiegarmi perché tutto quello che dici sembra sempre una cazzata?» fece Rocco, tornando a guardare le stelle.

Raquel non rispose.

Anche Rocco rimase in silenzio. A lungo. «Se vuoi stare con me per prima cosa devi cercarti un lavoro» disse infine. «Non ho la minima intenzione di mantenere un parassita.»

Raquel aprì la bocca, sorpresa.

«Stai zitto» la bloccò subito Rocco. «Seconda cosa: se vedo che ti mischi a una qualsiasi banda di strada... se anche solo gli dici ciao... ti prendo a calci in culo fino a... dov'era? Russia?»

Raquel scattò in piedi. «Grazie! Io...»

«Stai zitto. Non ho finito» ripeté Rocco. «Terza cosa, la più importante di tutte: non sopporto i chiacchieroni. Parla il meno possibile. Non avevo messo in conto di dividere la mia vita con un pisciasotto. Ma ci metto un attimo a fare marcia indietro.»

Raquel si pigiò una mano sulle labbra mentre salterellava sulle gambe, così felice che aveva gli occhi colmi di lacrime.

Rocco scosse il capo. «Vai a mangiare» le disse ruvidamente. «C'è la tua parte di zuppa sul tavolo.»

Raquel corse dentro mugolando come un cucciolo.

«Sarà un incubo, lo so» mormorò Rocco. Però in realtà era concentrato su Rosetta. Aveva stretto un patto con Tony. Aveva rinunciato alla libertà per lei. Ma di Tony non si fidava, come di nessun mafioso. In quel mondo non facevano che ripetere: "Nulla di personale. Sono solo affari". Il che significava che chiunque poteva essere tradito. Che ogni patto poteva essere sciolto. No, si disse, doveva trovare Rosetta prima di tutti. E proteggerla.

«Comunque vuoi sapere perché oggi non scappavo quando mi prendevi a sassate?» rise Raquel con la bocca piena, da dentro il capannone. «Perché hai una mira schifosa!»

Rocco notò che Nardo aveva lasciato una bottiglia accanto alla cassa. La prese e la sistemò su una bitta, a più di venti passi, al margine estremo del molo. Raccolse un sasso tondo, tornò indietro e si sedette sulla sedia. Si rigirò il sasso in mano, soppesandolo, e poi, con sicurezza e braccio fermo, prese la mira e lo lanciò.

La bottiglia, centrata in pieno, esplose in centinaia di schegge.

«Che cosa è stato?» chiese Raquel.

«Niente» disse Rocco. «Un ubriaco.»

42.

Gli era sembrato che un mostro lo stesse azzannando ai piedi.

Era così che il Francés era rinvenuto all'interno del Black Cat.

Il fuoco lo aveva raggiunto e gli aveva incendiato le scarpe, sbranandogli in un attimo le suole con i suoi morsi bollenti. Era balzato in piedi, urlando di dolore, ma gli era subito mancato il fiato. L'incendio stava consumando tutto l'ossigeno. Reggendosi al bancone si era guardato in giro, in cerca di una via di fuga. Per terra aveva visto il cadavere di Lepke. Il sangue della ferita al petto ribolliva e si raggrumava, nel calore insopportabile.

Il Francés si era lanciato nelle fiamme coprendosi il volto con le mani, verso l'uscita del Black Cat. Aveva sentito sfrigolare i capelli. Aveva raggiunto la porta. La saracinesca era abbassata. Aveva afferrato la maniglia per sollevarla. E di nuovo aveva urlato. Il metallo era incandescente. Staccando la mano aveva sentito la pelle che rimaneva incollata alla maniglia. Allora aveva attraversato ancora il muro di fiamme. Lepke ormai bruciava. Non aveva più capelli. Il volto andava deformandosi, come se fosse stato di cera e stesse liquefacendosi. Le labbra si ritiravano, scoprendo i denti. Un occhio gli era esploso e si rapprendeva. Guardandolo gli era venuto in mente un uovo messo a bollire con il guscio incrinato. Tutt'intorno gli specchi si spaccavano con gran fragore, come di una sparatoria, lanciando per il locale schegge affilate.

Le fiamme cominciavano ad aggredire la scala in legno, attirate dall'ossigeno del piano superiore. Il Francés, trovando la forza nella disperazione, aveva salito gli scalini a tre a tre. Anche lì su, nelle stanze che presto sarebbero state mangiate dall'insaziabile fame dell'incendio, il calore era terribile. Cercando di respirare si era infilato in una camera e aveva lanciato una sedia contro una finestra. La corrente d'aria che l'aveva investito era stata così violenta da farlo barcollare. Ma dopo un attimo si era fermata. C'era stato un istante di silenzio innaturale. E poi un boato. Un ruggito. Il verso di un drago. E l'aria era scomparsa mentre una lingua di fuoco lo investiva correndo verso la finestra aperta, perché anche le fiamme, come lui, non riuscivano più a respirare.

Il Francés era stato sollevato da terra e sbattuto contro il muro. Si era rialzato. Sotto di lui, all'esterno, il tendone rosso del Black Cat. E allora si era lasciato cadere fuori, a peso morto, perché non aveva più le forze per saltare.

L'impatto era stato morbido. Quasi piacevole, mentre i polmoni tornavano a riempirsi d'aria.

In strada era pieno di gente. Qualcuno lo aveva afferrato e tirato giù dal tendone, che già cominciava a incendiarsi. Mentre lo portavano in salvo sul marciapiede di fronte, il Francés aveva visto anche la carcassa fumante della sua auto.

Amos non aveva risparmiato nemmeno quella.

L'attimo dopo le sirene dei pompieri avevano lacerato l'aria satura di fumo di quel tragico mattino. Il Francés aveva sentito lo stridio dei freni dei camion, i comandi delle squadre urlati sopra il vocio della gente, il rumore dei getti dell'acqua che venivano pompati dalle autobotti, lo sfrigolio del fuoco che non voleva arrendersi e urlava, come un indemoniato durante un esorcismo.

«Bevi» gli aveva detto qualcuno, porgendogli una bottiglia.

Il Francés aveva bevuto con avidità, come se anche lui dovesse spegnere un fuoco che lo bruciava dentro. E poi aveva tossito, fino a vomitare tutta l'acqua che aveva bevuto. E gli era sembrata nera.

Quando si era accorto che nessuno gli prestava attenzione, dopo aver recuperato un po' di forze, si era allontanato.

Ma non era andato lontano. Poco dopo si era dovuto fermare. Non si reggeva in piedi. Aveva annusato un odore pungente e aromatico. Era sotto i muri del Jardin Zoologico. Animali in gabbia. Come lui, aveva pensato.

E poi aveva perso i sensi.

Quando rinvenne, un paio d'ore dopo, per la prima volta si rese conto di essere sopravvissuto. Ma non aveva un Dio e non credeva alla fortuna perciò non seppe chi ringraziare. Si tirò in piedi. E non riuscì a trattenere un gemito. Aveva dolore dappertutto.

Si sfilò la cintura dei pantaloni, tranciata dietro, e la buttò il più lontano possibile. Ma non abbastanza lontano da non ricordare cosa gli aveva fatto Amos.

Gemette ancora. Aveva dolore dappertutto.

Ma uno più umiliante tra le gambe. Come una donna.

«Ti ammazzerò» disse. Però nella sua voce la paura vibrava ancora troppo forte perché potesse convincere almeno se stesso.

Per prima cosa decise di recarsi al locale gestito da un vecchio pappone che aveva conosciuto in Francia, a Marsiglia, ai tempi del suo apprendistato, e che era stato il suo maestro. Lo chiamavano tutti Monsieur, ma per lui era André.

Il vecchio, che aveva un principio di couperose disegnato sul volto raffinato, lo accolse con un'espressione imbarazzata. Guardò lo stato pietoso in cui era ridotto. «Credevo che fossi morto» gli disse. «Lo credono tutti. La voce è circolata in un attimo.»

«Aiutami, André» fece il Francés.

Il pappone scosse il capo. «Sai bene che non posso.»

«Ti prego.»

«Ormai la faccenda è andata troppo oltre. Non si può più tornare indietro» disse il vecchio, pur sapendo che il Francés non aveva bisogno che glielo spiegasse lui. «Sei un appestato.»

Il Francés ricordò di aver usato le stesse parole, non molto tempo prima. «Tu sei un'appestata. Sei un morto che cammina. Sei spacciata, ragazzina. E se Amos capisce che vi stavo aiutando sono morto anch'io» aveva detto a Raquel, prima di buttarla in strada. E così era stato. E lo stesso sarebbe successo ad André se si fosse compromesso con lui. «Aiutami» gli disse comunque.

Il vecchio gli diede uno sguardo pieno di compassione. Gli guardò il volto e le mani ustionate. I capelli increspati dalla furia del fuoco. I vestiti, strappati e bruciati. Le scarpe contorte come pelli essiccate di un qualche sconosciuto animale. «Aspetta qui» gli disse. «Non azzardarti a entrare o ti caccio a calci in culo.»

Le stesse minacce che aveva fatto anche lui alla ragazzina, pensò il Francés. La stessa paura della belva.

Quando il vecchio ricomparve gli porse un abito grigio

un po' logoro, una camicia azzurra, delle bretelle bordeaux e un paio di scarpe nere, vecchiotte, con dei calzini infilati dentro. «Nella tasca destra ci sono cento pesos. Poi ti dovrai arrangiare da solo.»

André era stato più generoso di quanto fosse stato lui con la ragazzina, pensò il Francés. Lui le aveva dato solo venti pesos.

«Prendi un treno e vattene a Rosario. E non fare nulla che possa dare nell'occhio» disse André. «Non cercare le tue *poules*, dammi retta, sono puttane e ti tradirebbero. Io non dirò a nessuno che ti ho visto vivo. Lascia che ti credano morto.» Valutò se parlare o no, poi disse: «Non so perché, ma Amos sta mettendo su un vero e proprio arsenale. A un pappone non servono così tante armi. A meno che non stia per iniziare una guerra».

«E tu come lo sai?» chiese il Francés, quasi per un riflesso condizionato. In realtà non gliene fregava un cazzo.

«Forse sono l'unico a saperlo. E solo per caso» rispose André. «Ero andato a Montevideo a prendere due ragazze e... l'ho visto. Sta trattando con dei mercenari. Gente che va in guerra per denaro. Sono anche miei clienti. Gli piacciono le mie puttane.» Fece una pausa. «Perciò stai attento. È molto pericoloso.» Per un attimo la pena gli saturò lo sguardo. Ma fu solo un attimo. «Ora vattene e non farti vedere mai più» disse chiudendogli la porta in faccia.

Il Francés si allontanò. Trovò un parco, si nascose tra due cespugli e si spogliò. Si rivestì con gli abiti puliti. Ma si sentiva ugualmente sporco. André non gli aveva dato un paio di mutande. Le sue erano imbrattate di sangue. Dietro.

Il suo maestro aveva ragione. Doveva far perdere le proprie tracce. Non aveva più niente. Anche le sue amicizie tra la Policía gli avrebbero voltato le spalle. Amos aveva agganci più potenti dei suoi. E dove non fosse arrivato lui ci sarebbero arrivati i vertici della Sociedad Israelita de Socorros Mutuos Varsovia, alla quale apparteneva Amos, che avevano contatti con le massime autorità governative.

Raggiunse la stazione di Retiro e si avviò verso uno sportello libero per fare il biglietto del treno. Camminava a fatica. Le piante dei piedi ustionate gli provocavano fitte che gli arrivavano fino alla testa. I polmoni erano ancora senza ossigeno, bruciati dentro. La pelle delle mani si spaccava ogni volta che piegava le dita. Le labbra erano così secche che quando parlava facevano il rumore delle foglie calpestate.

«Dove andate, señor?» chiese l'impiegato.

Il Francés si vide riflesso nel vetro davanti a lui. Anche con quei vestiti puliti addosso sembrava un morto.

«Señor?» ripeté l'impiegato. «Dove andate?»

E poi vide Lepke steso a terra, deformato dalle fiamme.

«Señor?»

«Non vado da nessuna parte» gli rispose il Francés.

E c'era un po' meno paura nella sua voce mentre usciva dalla stazione e guardava Buenos Aires, dove avrebbe giocato la sua partita con Amos.

Per sé e per Lepke.

43.

«Che cosa hai intenzione di fare oggi?» chiese Rocco a Raquel, mentre il sole del primo mattino entrava di traverso nel capannone.

«Perché?»

«Il patto è che ti devi cercare un lavoro. Onesto.»

Raquel annuì, con una luce negli occhi. Per tutta la vita aveva sperato di essere un maschio per godere della loro stessa libertà. E ora ecco che aveva la possibilità di sperimentarla. E sapeva dove sarebbe potuta essere assunta. «Lavorerò in una libreria» rispose.

«In una libreria?» domandò sorpreso Rocco. «Sai leggere?»

«Sì, certo» disse Raquel con naturalezza.

«Certo un cazzo!» fece Rocco. «Qui nessuno sa leggere.»

Raquel arrossì, come se avesse confessato una cosa vergognosa.

Ma Rocco invece la guardava con ammirazione. «Alla tua età sai già leggere» disse. Uscì dal capannone. «Muoviti.»

«Dove andiamo?» domandò Raquel accodandoglisi.

«A cercare dei vestiti della tua misura. Mi sono informato, c'è un negozietto qui vicino» mugugnò Rocco. «Non puoi lavorare in una libreria conciato così. Sei ridicolo.»

Passando accanto agli uffici di Tony, Raquel si ingobbì.

«Cos'ha quel posto che ti spaventa?» chiese Rocco.

«Niente.»

«Cazzate...» Rocco la fissò. Ricordava bene il giorno in cui l'aveva vista scappare terrorizzata. «Ángel, conosci una donna con uno sfregio sulla guancia e senza un pezzo d'orecchio che lavora per un pappone di nome Amos?» le domandò.

«Senza un pezzo d'orecchio?» disse Raquel con un tremito nella voce. Poi avvampò, rendendosi conto del suo errore, abbassò gli occhi e disse, scuotendo energicamente il capo: «Non so chi sia».

«Balle. Hai già risposto alla mia domanda» fece Rocco.

Raquel lo guardò, serrando le labbra.

«La ferita all'orecchio è fresca» disse Rocco fissandola.

Raquel rimase in silenzio.

«Quando devi stare zitto, chiacchieri» fece Rocco. «E quando devi parlare, stai zitto.»

Camminarono in silenzio fino al negozietto di abiti usati che gli avevano indicato, dove la gente del barrio barattava per pochi pesos i vestiti smessi dei figli con altri più grandi, a mano a mano che crescevano.

Rocco frugò in un mucchio di abiti buttati alla rinfusa su un tavolo al centro dello stanzone dai quali proveniva un odore di disinfettante e umidità insieme. Scelse un paio di pantaloni color cachi, una maglietta di cotone a maniche lunghe, di un indefinibile grigio stinto, delle bretelle e un maglioncino a girocollo blu, con un cappuccio e le toppe alle maniche. Poi trovò delle scarpe con i lacci, di un marrone rossiccio, con le suole non troppo consumate.

Indicò una nicchia con una tenda logora. «Vatteli a provare.»

Raquel vide uno scatolone pieno di mutande. Ne scelse un paio da uomo e chiese: «Posso prendere anche queste?».

«Non hai le mutande?»

Raquel arrossì. Aveva delle mutande da femmina. «No» rispose.

«Sai leggere ma non hai le mutande» fece Rocco scuotendo il capo. La spintonò verso la tenda. «Dài, muoviti.»

Mentre si cambiava Raquel pensò emozionata che erano i suoi primi vestiti da maschio.

Quando uscì dal camerino Rocco la accolse con un sorriso. Le si avvicinò e fece finta di colpirla tra le gambe.

Raquel saltò all'indietro.

«Ma chi te le tocca le tue preziose olive!» rise Rocco. Poi pagò quattro pesos alla proprietaria del negozietto.

«Quando guadagnerò te li restituirò» disse Raquel appena fuori.

«Puoi scommetterci» rispose burberamente Rocco.

«Posso scommetterci le mie preziose olive» rise Raquel.

«Adesso vattene» fece Rocco dandole uno scappellotto.

Raquel sorrise felice e fece per allontanarsi.

«Ángel» la fermò Rocco. Aveva un'espressione seria in viso. «Sei sicuro di non conoscere quella donna sfregiata?»

«Sì… sicurissimo…» sussurrò Raquel, a disagio.

Rocco le tirò il cappuccio sulla testa. «Tienilo su. Anche se è estate. Ti si vede meno.»

Raquel pensò che aveva una voce calda. E protettiva. E forte.

«Stai attento» fece Rocco.

«Sì» disse Raquel. E si accorse di avere un po' meno paura.

Giunta alla libreria *La Gaviota*, con l'insegna con il gabbiano, all'incrocio tra Avenida Jujuy e Avenida San Juan, entrò, facendo suonare la campanella fissata alla porta. Si fermò, a bocca aperta.

La volta prima era avanzata a testa bassa, spinta dai morsi della fame, senza guardarsi intorno. Ora, invece, per prima cosa avvertì l'odore così particolare di quel negozio. Un odore avvolgente, sprigionato dalla carta e dal cuoio leggero delle rilegature più preziose, che si mischiava a quello pungente della colla e a quello aromatico della cera delle scaffalature. E su tutto aleggiava il velo della polvere, con quel sentore impersonale ma secco che faceva pizzicare il naso, come una cipria senza profumo. La luce filtrava a fatica tra le librerie alte fino al soffitto, disposte come a formare un labirinto. Anche il pavimento di legno era scuro e opaco. Eppure nonostante questo non c'era nulla di tetro. I libri, con le loro costole colorate e sgargianti, oppure scure ed eleganti, magre o grasse, lunghe o schiacciate, saltavano agli occhi come pietre preziose incastonate nella roccia. Le sembrava di essere in una caverna segreta nella quale era nascosto un immenso tesoro.

«Sì?» disse una voce un po' gracchiante.

Raquel era ancora a bocca aperta, ma appena sentì la voce scattò, come un giocattolo a molla. Si diresse alla scrivania dietro la quale il proprietario aveva interrotto la lettura del suo giornale. Era come lo ricordava: più di sessant'anni, capelli bianchi, occhialetti tondi sul naso adunco e ossuto.

«Che vuoi, ragazzino?» le chiese distrattamente il vecchio.

«Buongiorno, señor» salutò Raquel, cercando di rendere meno squillante la sua voce da femmina. «Sono venuto per il posto di aiuto magazziniere» disse. E mentre il vecchio si levava gli occhialetti e la squadrava, pregò che non la riconoscesse.

«Sai leggere?» le domandò il libraio.

«Sì, señor.»

Il vecchio sbuffò e scosse il capo, inarcando un sopracciglio. «Dite tutti così» borbottò. «Poi se dovete leggere qualcosa di più difficile del vostro nome balbettate come dei semianalfabeti.»

«Io so leggere» disse piccata Raquel.

Il libraio ruotò il giornale e batté l'indice deformato dall'artrite e ingiallito dalla nicotina su un articolo. «Leggi qua...»

«Festa di gala per il generale Boca» cominciò Raquel dal titolo. Si schiarì la voce. «Ieri sera, per gli ottant'anni del generale Boca, la Principessa de Altamura y Madreselva ha aperto i saloni della sua sontuosa abitazione al fior fiore della società. Oltre all'Alcade era presente il Barone Rivalta di Neroli, giunto dalla Sicilia. Le dame sfoggiavano sontuosi abiti in stile parigino.»

«Basta così.» Il vecchio la guardò con interesse. «Sai leggere. È vero. Ma hai uno strano accento. Non sei *porteño*. Da dove vieni?»

«Dalla Russia.»

«Con quelle braccine magre e quel naso lungo a punta sembri Pinocchio» ridacchiò il vecchio.

«Chi è Pinocchio?»

«Un burattino che diceva un sacco di bugie e ogni volta gli cresceva il naso.» Il vecchio la fissò. «Tu dici bugie?»

Raquel temette di essere stata scoperta. Ma replicò in tono spavaldo: «Mi è cresciuto il naso da quando sono entrato qui?».

Il libraio rise, compiaciuto della risposta, scoprendo dei lunghi denti gialli aggrappati alle gengive come vecchie stalattiti. «Be', sei assunto» fece dopo un'ultima occhiata. «Come ti chiami?»

«Ángel!» esclamò euforica Raquel.

«L'importante è che tu sia qui ogni mattina alle nove, puntuale» disse il vecchio. «Non ammetto ritardi. La prima qualità che cerco è l'affidabilità, su questo non transigo.» Fissò Raquel con uno sguardo indagatore. «Tu sei affidabile, Ángel?»

«Sì, señor» rispose Raquel, ricordando le ragioni con le quali l'aveva liquidata la prima volta, quando era ancora una ragazza. «Noi maschi non siamo come le femmine.» Si gustò le parole. «Quelle o spariscono all'improvviso o si fanno ingravidare.»

Il libraio aprì la bocca, sorpreso. «Che buffa cosa» disse. «È esattamente quello che dico sempre anche io.»

Raquel fece un sorriso angelico e pensò: "Gran coglione".

«Ci vediamo domattina» fece il vecchio. Alzò l'indice in aria. «Puntuale!» E poi aggiunse: «Io sono Gaston Delrio».

«Señor, potrei restare a leggere un libro?» disse Raquel.

Delrio fu di nuovo sorpreso. «E cosa vorresti leggere?»

Raquel si guardò in giro. C'erano libri dappertutto. Il suo sogno era a un passo. Bastava allungare una mano. L'aveva desiderato per tutta la vita. Ma non conosceva nessun titolo. A parte uno.

«*Pinocchio*» disse.

Delrio si alzò e andò sicuro verso un ripiano sul quale erano impilati alcuni libri dalle copertine colorate. Prese un volume e lo porse a Raquel. «Sfoglialo piano e pulisciti le mani» la ammonì. «Se lo rovini te lo faccio pagare.»

Raquel prese il libro come se si trattasse di un prezioso tesoro. Si sedette a un banchetto da scuola in un angolo del negozio. Con il cuore che le batteva forte per l'emozione, rimase incantata a fissare la copertina che ritraeva un burattino di legno.

«Be', che aspetti?» le chiese Delrio.

«Niente» rispose Raquel e aprì la copertina, sorridendo felice.

«*C'era una volta...*» cominciò a leggere sottovoce. «*"Un re!" diranno subito i miei piccoli lettori. No ragazzi, avete sbagliato. C'era una volta un pezzo di legno...*»

Dopo queste poche righe Raquel era già immersa nella storia e quasi non si accorse di quello che le succedeva intorno. Sentì appena i clienti che entravano e uscivano. Era altrove. Era lì, in quelle pagine che sfogliava avidamente.

Era lei stessa il burattino, lei stessa la bugiarda, lei stessa tremava di paura tra le mani di Mangiafuoco o si sentiva una sciocca per essersi fatta imbrogliare dal Gatto e dalla Volpe, lei stessa rideva insieme a Lucignolo nel Paese dei Balocchi e con lui ragliava quando veniva trasformata in un asino, lei stessa veniva ingoiata dal Terribile Pesce-Cane e si riempiva di gioia nel ritrovare sano e salvo suo padre Geppetto. E infine quando Pinocchio si risvegliava bambino, in carne e ossa e non più un pezzo di legno, Raquel si guardò i vestiti da maschio che indossava, e che l'avevano trasformata in quel che era adesso, e pensò: "Proprio come è successo a me".

«Allora? Che te ne pare?» le chiese Delrio.

Raquel, con gli occhi sognanti, nei quali erano ancora impresse le immagini della storia, disse: «I romanzi sono... sono...».

«Che sono?» fece Delrio.

«Veri...»

Delrio la guardò compiaciuto.

Raquel si alzò, andò allo scaffale dei libri per ragazzi e mise a posto *Pinocchio*, dopo averne accarezzato la copertina.

«Mi sa che noi due andremo d'accordo, Ángel» borbottò Delrio. «Ci vediamo domattina.»

Raquel tornò al capannone quasi di corsa. «Sono stato assunto!» urlò eccitata, salterellando intorno a Rocco.

Rocco annuì soddisfatto. «Bene. E quanto ti paga?»

Raquel smise di saltellare e le comparve un'espressione vacua in viso. «Non gliel'ho chiesto...» rispose.

Rocco scoppiò a ridere. «Sei proprio tonto!»

Raquel si sentì stupida. «Però ho letto un libro» disse, come per compensare la figuraccia che aveva appena fatto.

«Un libro» mormorò ammirato Rocco. E poi, pensando al patto che aveva stretto con Tony per Rosetta, le disse, in tono amaro: «Non sprecare la tua vita. Non mischiarti mai alla merda. Perché ti rimane addosso per sempre». Indicò un angolo del casotto. «Quello è il tuo letto.»

Raquel vide un materasso, un cuscino e una coperta. Sorrise felice. Era stata ufficialmente adottata.

Dopo cena Rocco disse: «Andiamo a farci una bella pisciata».

Raquel si pietrificò. Non aveva pensato a questo. Anche al villaggio aveva notato che ai maschi piaceva farla insieme.

«Non mi scappa» rispose a testa bassa.

«Chi non piscia in compagnia o è un ladro o è una spia.»

«Be', a me non scappa.»

«Tu sei strano, ragazzino» fece Rocco. Si voltò e uscì.

Raquel pensò preoccupata che la sua vita da maschio sarebbe stata più complicata di quanto aveva immaginato.

Quando Rocco si mise a letto le disse: «Sai perché ti ho chiesto se conoscevi quella donna sfregiata?».

«No.»

«Perché l'altro giorno, quando sei scappato, mi è sembrato che lei, invece, ti conoscesse.»

Raquel sentì la paura attanagliarle la gola e il cuore battere come un tamburo impazzito. «Si sarà confusa con qualcun altro.»

Rocco la guardò per un attimo e poi spense la lampada a gas.

Sapeva cosa voleva fare Rocco, pensò Raquel al buio. Aiutarla. Prendersi cura di lei. Ma non poteva raccontargli niente. Che avrebbe potuto dirgli? Che aveva visto Amos e Adelina e le si era gelato il sangue nelle vene? Che Amos voleva ammazzarla, come aveva fatto con Tamar? Come glielo avrebbe spiegato? No, la sua nuova vita dipendeva da tutta una concatenazione di bugie. Lei non era più Raquel ma Ángel. E forse questo l'avrebbe salvata.

«Alla tua età sai già leggere un libro» mormorò Rocco, ancora pieno di ammirazione. «Tu farai strada, ragazzino. Ci scommetto.»

Ascoltando la sua voce Raquel si sentì di nuovo al sicuro. E mentre si abbandonava al sonno ripensò alla meravigliosa favola di Pinocchio. Se la ripeté in testa, godendosi l'inizio del suo primo romanzo. "C'era una volta... 'Un re!' diranno subito i miei piccoli lettori. No ragazzi, avete sbagliato. C'era una volta un pez..." Si interruppe, ragionando ancora su quanto quella storia assomigliasse alla sua vita. E allora eccitata, pensò: "C'era una volta... 'Un re!' direte subito voi. No, avete sbagliato. C'era una volta... una ragazza". E poi aggiunse: "Una ragazza che voleva essere libera come un ragazzo".

E in quel momento capì che le sarebbe piaciuto scrivere.

44.

Rosetta era appena salita sulla *tranvía* quando lo vide.

Lui era di spalle ma Rosetta non ebbe un attimo di esitazione. Quei capelli biondo cenere, con le ciocche più chiare, striate dal sole, come spighe di grano, le immaginava ogni sera. E quel fisico asciutto ma muscoloso, dritto, fiero, forte ed elegante insieme, le faceva sempre pensare a quando l'aveva stretta tra le sue braccia.

Il respiro le si bloccò in petto. Il cuore cominciò a battere così forte da coprire il rumore delle ruote della *tranvía* nei binari.

L'aveva trovato. Si erano ritrovati.

Rosetta non si mosse subito. Rimase ancora un attimo ferma a guardarlo, ignaro, di spalle. Come se volesse imprimersi a fondo quell'immagine che era la fine della loro separazione e l'inizio della loro nuova vita.

Poi, con un'emozione così forte che le stringeva la gola e con gli occhi colmi di lacrime di commozione, avanzò e gli poggiò una mano sulla spalla.

«Rocco» sussurrò.

Rocco si voltò, con quella sua indolenza da gatto. Ma subito sbarrò gli occhi. Quasi spaventato. Aprì la bocca ma non riuscì a dire nulla. E poi, all'improvviso, in mezzo alla gente che affollava la carrozza della *tranvía*, la prese tra le braccia e la strinse così forte che Rosetta temette di soffocare. Le passò una mano tra i capelli, afferrandoli e tirandoli, quasi con violenza. E infine, mentre anche a lui si riempivano di lacrime gli occhi, la baciò, di fronte a tutti, con passione.

E Rosetta si abbandonò a quel bacio che desiderava da così tanto tempo senza vergognarsi della gente che sicuramente li stava guardando. Perché in quel momento non c'era che lui, Rocco. Solamente lui in tutto l'universo. E lei era lì, avvinghiata al suo corpo, assaporando le sue labbra.

«Rosetta...» sussurrò Rocco mentre continuava a baciarla.

«Rocco...»

«Rosetta... Rosetta...»

Poi la *tranvía* cominciò a sbandare, come se stesse deragliando, rischiando di farli cadere.

«Rosetta...» continuava a ripetere Rocco. Ma c'era qualcosa di strano nella sua voce.

Rosetta si sentiva sballottata. Impotente. L'angoscia si fece sempre più intensa.

«Rosetta!» urlò Rocco. Ma non era la sua voce.

Rosetta spalancò gli occhi.

«Che minchia fai?» disse Tano, di fronte a lei, nel retro della casa, mentre la scuoteva per una spalla. «Ti addormentasti e parlavi. Ma nun dormi la notte?»

Rosetta lo guardò in silenzio. Era stato un sogno. Solo un sogno. Sempre lo stesso sogno. E ogni volta che si svegliava sentiva le labbra bruciare. Come se davvero avesse baciato Rocco.

«Stai ancora dormendo?» fece Tano.

Rosetta gli sorrise. «Magari» disse.

Tano scosse la testa. «Tu non tieni tutte le rotelle a posto» le disse picchiettandole un dito sulla testa.

Rosetta rise. Ma c'era tristezza nella sua risata. Rocco non era lì. E forse non l'avrebbe mai trovata. Forse si sarebbe dovuta accontentare di sognarlo. Sospirò e abbassò il capo a terra.

«Ero venuto per dirti che tra un po' ti finiranno i risparmi» disse Tano. «È ora che cominci a pensare anche a te.»

«Io sto pensando a me» gli rispose Rosetta, anche se sapeva che il ciabattino non avrebbe compreso cosa intendeva.

Tano guardò le due vecchie sdentate che ormai si aggiravano quotidianamente per il pollaio, pulendo le merde e le piume e intrecciando la paglia dei nidi delle galline. «Ogni giorno perdi almeno due uova» sussurrò. «Ammesso che non ne rubino altre.»

«Non rubano niente» disse piccata Rosetta. «E non perdo due uova. Le pago per un lavoro che svolgono.»

Il ciabattino scrollò le spalle. «Contando che sei disoccupata e non fai una minchia tutto il giorno, potresti farlo tu e risparmiare le uova.»

Rosetta gli sorrise. «Avete sentito che da un paio di giorni si sono messe a cantare?»

«La vita non è una favola del cazzo» brontolò Tano avviandosi verso la bottega. Ma intanto fischiettava una milonga che aveva imparato dalle due vecchie.

Rosetta rise. Si toccò le labbra. E le sembrò di sentire ancora quelle di Rocco sulle sue. Come se l'avesse baciata per davvero. E allora rise di nuovo, perché era meraviglioso quello che riusciva a provare per un uomo. Perché non c'era ombra di dubbio: lei era destinata a Rocco.

Le due vecchie si voltarono e, vedendola ridere, risero anche loro. Senza bisogno di un perché. Semplicemente perché avevano di nuovo un compito da svolgere nella vita. Una delle due, anche se a vederla ora pareva incredibile, aveva raccontato a Rosetta che da giovane era stata una prostituta. Per strada, nei locali malfamati, al porto. Dove capitava. Poi il tempo l'aveva resa sempre meno appetibile. E un giorno era stata messa da parte. Nessuno aveva avuto più bisogno di lei. Ed era iniziata la notte. La chiamava così: la notte. Quel mondo buio dove nessuno la vedeva più.

Quando aveva finito di raccontare aveva passato le sue dita artritiche sugli occhi di Rosetta, come una carezza, o una benedizione, e le aveva detto: «Ma tu mi hai visto, chica».

Rosetta uscì di casa e andò a sedersi sul bordo del fontanile per rinfrescarsi la nuca. E per restare sola. Le piaceva pensare a quello che stava succedendo. «Tu mi hai visto» le aveva detto la vecchia. Ma non era così. Rosetta aveva visto se stessa. O meglio, stava imparando a vedere se stessa, anche se era difficile spiegarlo agli altri. E stava pensando a se stessa, anche se Tano non poteva capirlo. Ma d'altro canto era complicato per lei stessa.

Eppure ora lo sapeva. C'era un solo modo per curarsi. Per mondarsi dal fango delle violenze che aveva subito. C'era un unico modo che andasse in profondità, alla radice del male, ma senza spaventarla. Ed era farlo attraverso le altre donne.

Non l'aveva capito finché non aveva incontrato Dolores. Finché non aveva provato quel sollievo, leggero come acqua limpida. E non l'aveva davvero accettato finché non aveva trovato il lavoro da sarta alla figlia di quella sconosciuta donna che l'aveva fermata fuori dalla chiesa il giorno di Natale.

Aiutare, riparare gli errori o le ingiustizie, la stava nutrendo. Erano balsami che massaggiavano la sua anima ferita.

Era il modo per lasciarsi alle spalle il suo passato.

Una ragazzina con una carriola zeppa di pagnotte la salutò. Aveva lo sguardo pieno di riconoscenza.

Rosetta le sorrise. Si chiamava Encarnacion, aveva dodici anni e un corpo che cominciava a svilupparsi, attirando gli sguardi degli uomini a cui piacciono i frutti acerbi. Non aveva padre e la madre faceva lavoretti saltuari. Vivevano in uno stato di grande povertà e Rosetta aveva avuto paura che Encarnacion, un giorno, avrebbe finito per sperimentare una fame così aspra da decidere di vendersi a un uomo. Allora era andata dalla señora Chichizola e le aveva detto che per ora, sull'onda della novità, molte donne compravano il pane da lei anche se non abitavano lì vicino. Ma un giorno si sarebbero fatte vincere dalla pigrizia o dalla stanchezza, avrebbero ripreso a comprare il pane nel forno sotto casa e piano piano lei avrebbe perso molti clienti. Per evitare questo rischio doveva iniziare a fare consegne a domicilio, ovviamente gratuite. All'inizio avrebbe perso qualche pesos ma alla lunga ci avrebbe guadagnato.

«E poi la consegna a domicilio è una cosa da ricchi» aveva concluso.

La señora Chichizola non era una stupida. E aveva un ottimo fiuto per gli affari. Ed era anche generosa. Aveva assunto Encarnacion e la mandava in giro a fare consegne con la carriola. E poi le era venuto in mente che avrebbe potuto fare degli spuntini caldi e venderli all'ora di pranzo alla gente che lavorava al porto.

«E per quel lavoro saresti perfetta tu, con la tua parlantina e bella come sei» aveva detto a Rosetta.

Ma Rosetta aveva cominciato subito a raccontarle della madre di Encarnacion.

«Sì, sì, ho capito. È la solita canzone» aveva sospirato la señora Chichizola. E aveva concluso, scuotendo il capo: «E ci scommetto che adesso mi dirai che lei ha più bisogno di te di lavorare».

Encarnacion intanto aveva raggiunto Rosetta al fontanile. «La vita è diventata bella» disse con la semplicità della sua età. «Anche mia madre è felice. E il merito è tutto tuo.» Le si avvicinò, come per confidarle un segreto. «Ogni tanto beveva del *pisco*, anche se non avevamo soldi, per tenere lontana la tristezza. E ora che ha i soldi per comprarlo... non lo beve più. È per questo che ho capito che è felice.»

Rosetta le accarezzò la testa. Poi indicò la carriola. «È troppo pesante?» le chiese.

«È troppo divertente!» esclamò Encarnacion e corse via, facendo il verso di una macchina e zigzagando tra la gente.

Rosetta rise e poi si passò ancora un po' di acqua fresca del fontanile dietro alla nuca. E in quel momento, guardando la ragazzina scomparire allegra e ripensando a quello che le aveva detto della madre, si sentì pervadere da un'emozione intensa e disse ad alta voce: «Prometto di prendermi cura di voi. Anzi, prometto di prendermi cura di… noi. Perché ne abbiamo diritto». Si alzò e si avviò verso casa.

In quel momento vide un uomo che camminava a fatica, quasi rattrappito, entrare nella bottega. Le parve che avesse un aspetto familiare ma non riuscì a ricordare chi fosse.

«Vattene, qui ci occupiamo solo di donne» sentì dire a Tano. «Gli uomini se la pigliano in culo.»

Rosetta sorrise. Tano adorava ripetere quella frase.

«Ti avevo avvertito… che ti avrei… trovato facilmente… ciabattino» disse l'uomo. Aveva una voce affaticata.

«Chi minchia sei?» fece Tano.

«Chiama la ragazza…» disse l'uomo e poi si sentì un tonfo.

Rosetta entrò allarmata.

L'uomo era a terra, incosciente. Il viso nascosto da un braccio.

Rosetta lo girò. Spalancò gli occhi. «Francés!»

Il Francés la mise a fuoco a fatica. «Aiutami…» disse senza fiato, con le labbra screpolate fino alla carne, dalle quali usciva un siero giallognolo, appena arrossato dal sangue, e perse i sensi.

Rosetta e Assunta lo portarono dentro casa e lo stesero a letto, sorde alle proteste di Tano, che non smise un attimo di borbottare.

Rosetta era sconvolta dall'aspetto del Francés. La sua bellezza, fatta di quella luce che emanava naturalmente, sembrava coperta da una patina opaca. I capelli erano diventati crespi, la pelle del viso era chiazzata, le sopracciglia bruciate, le labbra spaccate. Però quello che più la impressionò, quando gli levarono le scarpe, furono le piante dei piedi. Erano un'unica grande vescica, piena di siero e sangue. In alcuni punti le ustioni erano così profonde che si vedeva dove finiva la pelle e iniziava la carne. E sulle caviglie vide qualcosa di bianco, che poteva essere l'osso o un tendine.

Assunta spalmò la pelle del Francés con olio d'oliva.
Il pappone rimase incosciente fin quasi a sera. Poi aprì gli occhi e si guardò intorno, come se stesse ricordando a fatica.
«Sei a casa mia» gli disse Tano. «Sul mio letto.»
Assunta come sempre gli diede una gomitata.
«Minchia, finirai per spaccarmi una costola» grugnì il ciabattino. Poi tornò a rivolgersi al Francés. «Che sei venuto a fare qui?»
Il Francés cercò Rosetta con lo sguardo. «Aiutami» disse. «Non ho più niente.» Socchiuse gli occhi. «Anche Lepke è morto.»
Rosetta lo guardò in silenzio.
Prima che rispondesse Tano la afferrò per un braccio e la trascinò fuori, nel retro. «Non ci pensare nemmeno» le disse.
Rosetta scosse il capo. «Lui mi ha salvato.»
«Perché voleva farti battere.»
«Mi ha salvato» ripeté Rosetta.
Tano diede un calcio a un sasso. «E aiutalo, allora!» urlò. «Tanto con te non si ragiona. Tieni la capa di un mulo.»
«Al posto mio, voi avreste fatto la stessa cosa.»
«Manco per la minchia!» le gridò in faccia Tano.
Rosetta non si scompose. «E invece sì» disse e poi rientrò.
Tano la seguì come una furia. «Il letto è mio, che sia chiaro!» fece ad Assunta. «Non lo cedo manco a un moribondo!»
Assunta e Rosetta, senza rispondergli, aiutarono il Francés a salire le scale e lo stesero sul letto di Rosetta.
«Starà lì finché guarirà» disse Assunta a Tano quando ridiscese. E il tono della sua voce era così perentorio che Tano non replicò.
Rosetta dormì per terra, su tre coperte ripiegate.
L'indomani recuperò un materasso.
Il giorno dopo chiese al Francés: «Vuoi raccontarmi?».
«No» rispose il Francés.
Il giorno dopo ancora gli domandò: «Tano e Assunta sono in pericolo a tenerti qua?».

«Credo di no» disse il Francés.
«Credi?» fece Rosetta. «E *quanto* lo credi?»
Il Francés la guardò in silenzio. E poi rispose: «Molto». E dopo un attimo aggiunse: «Tutti mi credono morto. E comunque trovare una persona a Buenos Aires, a meno che non faccia di tutto per farsi notare, è praticamente impossibile. Questa città… ingoia le persone. Le cancella».
Rosetta quel giorno non fece altro che pensare a quelle parole. E a Rocco. «Trovare una persona a Buenos Aires… è impossibile.» E di nuovo ebbe il timore che Rocco non riuscisse a trovarla, come le aveva promesso. Lei non voleva essere *cancellata*, come aveva detto il Francés. Lei desiderava Rocco con tutta se stessa.
Nel giro di una settimana il Francés riuscì a stare in piedi. Le ustioni più superficiali avevano già cominciato a guarire. I capelli a ricrescere lucidi. Le labbra avevano ripreso la loro elasticità. Ma i bei lineamenti erano stati marchiati dalle fiamme e cambiati per sempre. E gli occhi stessi sembravano spenti, velati, come se il fuoco avesse arso la leggerezza di un tempo. Ma soprattutto i piedi, avvolti in garze che venivano cambiate ogni giorno, erano ancora in uno stato pietoso nonostante un unguento che era stato preparato da una delle vecchie che si occupavano del pollaio.
«In questa roba che mi metti sulle piaghe c'è merda di gallina» disse un giorno il Francés a Rosetta, mentre stava seduto fuori dalla bottega. «Ho visto la vecchia mentre lo preparava.»
Rosetta lo sapeva già. E sorrise pensando a quanto doveva dar fastidio una cosa del genere a un uomo raffinato come lui.
«Ho parlato con Tano» riprese il Francés. «Mi ha raccontato quello che fai.» Indicò le strade intorno a loro con il bastone che usava per camminare. «E ho capito perché la gente di Barracas ha tanto rispetto per te. Perché lo fai?»
«Non potresti capire» rispose Rosetta.
«Per quello che sono?» sorrise il Francés.

«No. Per quello che sono io.»

Il Francés la guardò a lungo, in silenzio. «Tano è preoccupato. Non hai un lavoro e non guadagni. Ha ragione, ti pare?»

«Chiacchierate un sacco per essere due che sembrano cane e gatto.»

«La soluzione ci sarebbe» continuò il Francés. «Dovresti far fruttare questa tua dote.»

«*Sfruttare*, intendi» fece Rosetta, sarcasticamente.

«Non c'è nulla di male a far fruttare un talento» disse il Francés, ritrovando per un momento quella sua leggerezza che faceva sembrare tutto una cosa da niente. «O a sfruttarlo, se preferisci.»

«Lo so dove vuoi arrivare. Ma in questo caso io sfrutterei quelle donne.»

«No. Se aiutarle ti rendesse qualche pesos potresti continuare a farlo a tempo pieno. E aiutarne sempre di più.»

«Rigiri la realtà come una frittata» rise Rosetta.

«Ho solo il vantaggio di un punto di vista fuori dalle regole.»

«Cioè da pappone» rise ancora Rosetta. Si alzò, si affacciò nella bottega e domandò a Tano, intento a incollare delle suole: «Avete sentito tutto? Ha ripetuto bene quello che gli avete suggerito?».

«Be', non ha mica detto delle minchiate» rispose Tano.

Rosetta scosse il capo e se ne andò nel retro.

All'ora di pranzo il Francés non c'era.

«Dov'è?» chiese Rosetta a Tano.

«Che ne so. Mica sono la sua balia» rispose il ciabattino.

Il Francés rientrò verso sera. Zoppicava vistosamente e aveva un'aria patita. Quando Rosetta salì in camera per cambiargli le medicazioni vide che i piedi erano insanguinati. «Non dovresti ancora fare questi sforzi. Era proprio indispensabile?»

«Sì» rispose laconicamente il Francés.

«Allora dovrò spalmarti una doppia razione di merda di gallina» fece Rosetta.

Il Francés rise e si addormentò prima che Rosetta avesse finito.

L'indomani mattina bussarono alla porta.

Quando Rosetta aprì trovò Dolores, la señora Chichizola, Encarnacion e sua madre e poi la ragazzina che faceva la sarta, anche lei con la madre. E insieme a loro delle altre donne di Barracas.

La señora Chichizola le porse una busta rigonfia. «Non ci eravamo rese conto che non ce l'avresti fatta a tirare avanti. Siamo delle egoiste.»

Rosetta prese la busta e vide che dentro c'erano dei soldi. «No!» esclamò. Provò a restituirla.

Ma la señora Chichizola la rifiutò seccamente, facendo un passo indietro. E lo stesso fecero tutte le altre.

«Tu combatti per tutte noi» disse una donna che Rosetta non conosceva.

«Io per te non ho fatto nulla...» mormorò Rosetta.

La donna sorrise. «Sì, invece» disse.

Anche le altre donne che Rosetta non conosceva annuirono.

«No, non ho fatto niente per voi.»

«Io ho trovato lavoro in una *boliche* perché ho detto che mi mandavi tu» rise una.

Dolores guardò con i suoi occhi da cerbiatto la busta col denaro e disse a Rosetta: «Prendili. Tu stai insegnando a tutte noi che non siamo sole».

«Lo sai come ti chiamiamo ormai tutti qui a Barracas?» sorrise la señora Chichizola, pulendosi le mani infarinate sul vestito. «*La Alcadesa de las Mujeres*. La Sindachessa delle Donne.»

Sulla soglia comparvero anche Tano e il Francés. Avevano un'espressione soddisfatta e un sorriso trionfante.

Rosetta capì dove era stato il Francés tutto il giorno prima. «Perché gli avete dato retta?» disse alle donne. «È un pappone!»

«Però per essere un pappone è una brava persona» fece Tano.

Ci fu una risata generale.
In quel momento si sentì una voce che chiamava: «Lucia!».
Rosetta non si voltò.
«Rosetta!» chiamò allora la voce.
Rosetta si voltò.
«Ah, ecco qual è il tuo vero nome!» esclamò Alejandro Del Sol, il giovane giornalista. «Sarà un articolo fantastico!» Alzò una ingombrante macchina fotografica nera, la puntò verso Rosetta e le disse: «Sorridi!».
E poi ci fu il lampo accecante di un flash al magnesio.

45.

Avvenne tutto in un attimo. Ma Rocco lo avrebbe ricordato come se fosse durato un'eternità.
Quella mattina Raquel lo svegliò troppo presto. «Che ore sono?» gli chiese.
«Che diavolo ne so» brontolò Rocco.
Raquel andò fuori a guardare. Era già la terza volta che lo faceva. Non c'era quasi nessuno in giro. Era da poco passata l'alba. Sospirò e si ributtò a letto. Ma non smise di sospirare.
«Che cazzo hai?» sbottò Rocco, con la voce impastata di sonno.
«Ho paura di arrivare tardi in libreria. Il señor Delrio è fissato con la puntualità» rispose Raquel. «Non so che ore sono.»
«Me l'hai già detto ieri! E anche l'altro ieri. Ogni mattina così?» imprecò Rocco e si alzò di malumore. «Vacci ora in questa cazzo di libreria e aspetta lì davanti invece di rompere i coglioni a me.»
«Scusami...» borbottò Raquel.
Rocco non rispose. Preparò la colazione e quel giorno, invece di consumarla nel casotto insieme a Raquel, come al

solito, se ne andò fuori. «Non seguirmi» le intimò. «Non ti voglio fra i piedi.» Si sedette sulla cassa di Nardo e inzuppò una fetta di pane scuro nel caffè. Non riusciva ad abituarsi al *mate* degli argentini. Per lui l'unico sapore che significava mattina era il caffè. Appena sentì l'amaro in bocca sorrise, dimenticando il malumore, e voltò la faccia verso il sole tiepido che sorgeva sul Rio de la Plata, disegnando sulle acque marroni uno scintillante tappeto arancio.

Ognuna di quelle insignificanti immagini, dopo quello che stava per succedere, gli si sarebbe fissata in testa indelebilmente.

Vide Nardo che usciva dagli uffici della Zappacosta Oil Import-Export, stiracchiandosi. Non aveva idea che dormisse lì, la notte. Anche lui era solo. E non contava un cazzo. «Non gli affiderei neanche la derattizzazione del magazzino» aveva detto di lui Tony. Solo e idiota. Un cagnaccio sempre pronto ad azzannare per il suo padrone. Ma il padrone non avrebbe fatto nulla per lui. Neanche spendere una buona parola.

Nardo lo salutò con un cenno col capo.

Rocco provò pena. Alzò la tazza di caffè e gli disse, abbastanza forte per farsi sentire: «Ne vuoi un po'?».

Nardo si portò un dito all'orecchio, facendo una smorfia.

C'era un rumore di sottofondo, anomalo nel silenzio dell'alba, che cresceva. Che si avvicinava.

«Vuoi un po' di caffè?» ripeté più forte Rocco.

«Che hai detto?» Nardo mosse un passo verso di lui.

«Vuoi...» iniziò Rocco ma si interruppe.

Era il rombo di un motore. O forse due. Macchine. Ma una doveva avere la marmitta bucata perché il rumore era troppo forte.

Rocco si tese, come un animale selvatico. Per puro istinto.

Le auto comparvero all'angolo sud della darsena, lanciate a tutta velocità. Erano due Ford Model T, con il tettuccio abbassato. Gli uomini sui sedili posteriori si alzarono in piedi. Impugnavano delle Madsen, delle mitragliette leggere.

Quelli seduti davanti avevano in mano qualcosa che sembrava una specie di scatola.

In quell'attimo, mentre gli uomini sulle macchine cominciavano a sparare raffiche di colpi, Raquel comparve sulla porta.

Rocco scattò. Il caffè bollente volò in aria. La afferrò per la vita, sollevandola da terra, e si buttò dentro al capannone. Con un salto scavalcò una fila di casse, andando verso il fondo.

«Stai giù!» urlò. Poi le si mise sopra.

Nonostante il rombo dei motori e degli spari, all'interno del magazzino si sentì distintamente un piccolo rumore, secco, quasi insignificante, di un oggetto che atterrava sul pavimento. E poi l'aria fu squarciata da un boato. Le casse dietro le quali si erano nascosti furono sventrate. Schegge acuminate di legno volarono fino a colpire la lamiera delle pareti, provocando un rumore assurdo, come di percussioni.

«Stai bene?» chiese Rocco a Raquel.

Raquel fece segno di sì, con gli occhi sbarrati dal terrore.

Rocco corse al casotto, annerito dall'esplosione, e recuperò la pistola. Tornò indietro e trascinò Raquel, inebetita dallo spavento, fino alla parete più lontana. Ci si buttò contro con tutta la forza. Dopo un paio di spallate una lamiera cedette e si aprì un varco.

«Fuori!» urlò.

Appena all'aperto videro gli uomini a bordo delle due Model T lanciare un'altra bomba verso gli uffici di Tony. Nardo sparava, in piedi in mezzo alla banchina, senza mettersi al riparo. Quando ebbe svuotato il caricatore lanciò la pistola contro le macchine in corsa.

«Idiota» mormorò Rocco.

Quando la seconda bomba esplose, la Zappacosta Oil Import-Export si aprì letteralmente in due. Lo spostamento d'aria sbalzò a terra Nardo. Ma il gorilla si rialzò subito.

E in quel momento una lamiera, che veleggiava in aria con la stessa grazia di una razza nell'oceano, lo tagliò in due.

Raquel gridò.

Rocco fissò quel che restava del gorilla. Le gambe e le braccia si muovevano, convulsamente, quasi in sincrono, anche se ormai erano lontane tra di loro più di tre metri. In mezzo un lago di sangue.

«No!» urlò Rocco, come impazzito.

Si inginocchiò e puntò la pistola contro le auto che si stavano allontanando. Sparò due colpi, in rapida sequenza. Una macchina scomparve. L'altra sbandò e andò a schiantarsi contro una gru.

Due uomini furono sbalzati a terra e non si rialzarono più. I loro corpi erano disarticolati in posizioni da burattino rotto e le camicie bianche andavano inzuppandosi di sangue. Invece il guidatore e quello che gli stava accanto dopo un attimo si mossero, forzarono gli sportelli accartocciati e scesero, a passi insicuri.

Rocco, in preda a una specie di follia, si lanciò verso di loro.

Vedendolo arrivare quelli si fermarono. Il guidatore aveva la testa spaccata dalla collisione e gli occhi vitrei. Si resse in piedi per un istante poi si accasciò a terra morto.

L'altro invece era illeso. Estrasse la pistola.

«Non farlo!» gli gridò Rocco, ormai a pochi passi.

Ma quello alzò il cane dell'arma e premette il grilletto.

Rocco si buttò di lato e sparò anche lui.

Per un attimo il tempo si fermò.

L'uomo fissava Rocco ma non sembrava vederlo. Poi la pistola gli cadde di mano. Nell'impatto partì un colpo che gli maciullò un piede, ma fu come se non lo avesse sentito. Era pallido. Sembrava di cera. E poi, al rallentatore, cadde in avanti, di faccia, con un tonfo sordo. Si sentì il rumore della cartilagine del naso che si accartocciava. E i denti che gli si spezzavano in bocca. Poi di nuovo il silenzio. O quasi. Perché il sangue che gli zampillava dalla nuca, granuloso di materia cerebrale, produceva il sommesso rumore di un rubinetto rotto.

Rocco si rialzò, continuando a tenere puntata la pistola. Aveva gli occhi sbarrati. Ma il cuore batteva lentamente, regolare. Era freddo. Calmo. Si girò verso i resti di Nardo, disordinatamente sparpagliati sulla banchina come scampoli di un essere umano. Si avvicinò alla metà superiore del corpo del gorilla e gli abbassò le palpebre sullo sguardo ebete. Allora, nel sangue, nella stoffa lacerata dei vestiti, vide due pezzi di cartoncino, anche quelli tagliati perfettamente a metà. Li prese e li unì. Era una foto che ritraeva Nardo con una donna brutta, anche lei dall'aria poco intelligente. La donna teneva in braccio un neonato mentre un bambinetto di quattro o cinque anni le si aggrappava alla lunga gonna nera.

«Non eri solo» disse Rocco piano.

E in mezzo a tutto quel massacro l'unica cosa che gli venne da pensare fu domandarsi se Tony avrebbe avvertito personalmente la moglie di Nardo o se ci avrebbe mandato uno dei suoi scagnozzi. E se l'avrebbe fatto quel giorno stesso o l'indomani, con comodo.

Si voltò e vide Raquel, aggrappata alle lamiere del capannone, che tremava come una foglia.

«Stai bene?» le chiese quando la raggiunse. E pensò che era veramente una domanda del cazzo.

Raquel annuì e gli si strinse alla vita. Ma non pianse.

Rocco, goffamente, le diede delle pacche sulle spalle.

Dopo poco arrivò Tony, con almeno venti uomini armati fino ai denti. E poi arrivò la Policía. Il comandante parlottò con Tony a lungo, senza che nessuno dei suoi disarmasse gli uomini di Tony. Sembravano quasi due squadre che lavoravano insieme. Si scoprì che due scaricatori erano stati feriti dai proiettili vaganti. Furono caricati su un'ambulanza dell'ospedale Santa Clara, a Nueva Pompeya. L'ospedale dei poveri. Nardo e gli altri quattro cadaveri furono portati all'obitorio municipale da una camionetta.

Tony chiamò Rocco e lo presentò al comandante.

«Avete ucciso uno degli uomini per legittima difesa?» gli chiese il poliziotto, senza porsi il problema del perché avesse una pistola.

«Sì» rispose Rocco.

«Altri testimoni?»

«No» fece Rocco. Aveva detto a Raquel di nascondersi.

Il comandante annuì. Guardò Tony e gli disse: «Cercheremo di scoprire chi erano e chi li mandava».

Tony si limitò a fissarlo. Sapeva bene chi era stato. E sapeva che anche il comandante sapeva. «Statene fuori» gli disse soltanto.

Infine i poliziotti se ne andarono.

Tony si voltò verso il capannone e gli uffici. Rocco era con lui.

La parte frontale del capannone aveva le lamiere contorte, come una scatoletta di acciughe aperta male. La porta scorrevole penzolava instabile, retta dal binario inferiore. Degli uffici della Zappacosta Oil Import-Export restava molto meno. La struttura in legno era esplosa, quasi disintegrata, e aveva preso fuoco. Il tetto di lamiere si era sparpagliato come un mazzo di carte caduto in terra.

«È iniziata la guerra» disse Tony, come parlando da solo.

«Io non voglio entrarci» fece Rocco, credendosi interpellato.

Tony lo guardò come ricordandosi solo allora che era lì. «Tu invece ci sei dentro fino al collo» gli disse. «Mi hai promesso fedeltà in cambio della sicurezza di Rosetta Tricarico.»

«Vi ho detto che dovete dimenticare quel nome» fece Rocco.

Tony lo fissò freddamente. Sembrava quasi che il disastro che lo circondava non lo toccasse. «Tu mi hai promesso fedeltà» ripeté quasi sussurrando.

«Io non faccio guerre e non ammazzo...» Rocco strinse i pugni.

«Tu mi fai ridere» disse Tony. Ma non aveva un tono divertito. «Hai già ammazzato. Sono certo che potevi scappare. Invece sei andato lì e l'hai ammazzato. E non ti è tremata la mano. E avresti ammazzato anche gli altri se non fossero stati già morti.»

Rocco lo guardò in silenzio. Era successo esattamente così.

«Tu discendi da un macellaio» disse Tony, con un tono che era a metà tra il rispetto e il disprezzo. «Vuoi riscrivere il tuo destino. Lo capisco.» I suoi occhi gelidi erano incredibilmente intensi, quasi che il ghiaccio potesse bruciare come fuoco. «Ma chiedi a qualsiasi donna di casa: il sangue è praticamente impossibile da lavare. Non lo smacchi mai del tutto.» Di nuovo fece una pausa.

Rocco si sentiva a disagio. Come se fosse nudo.

«E io te lo posso vedere sulla pelle. Come un tatuaggio» riprese Tony. «Non ribellarti, Bonfiglio. Tu sei chi sei.»

Anche don Mimì, in Sicilia, gli aveva detto le stesse parole.

Tony sorrise ancora. Gli diede un buffetto. «Ma quello che ti chiedo, per la fedeltà che mi hai promesso, non è combattere per strada, con la pistola in mano e il coltello fra i denti, come toccherà fare a me e ai miei uomini.» Gli strinse la spalla. «Voglio affidarti un compito più importante. Tu devi preparare il futuro.»

Rocco non capì. Il modo di parlare di Tony quasi lo ipnotizzava.

«Quello che ti chiedo» riprese Tony, «è di sbrigarti con questi cazzo di montacarichi. E fallo come se non fossi un mio uomo. Come se non lavorassi per me. Anzi, come se fossi contro di me.»

Rocco aggrottò le sopracciglia, continuando a non capire. Ciò che Tony gli stava dicendo era semplicemente assurdo.

«Ti stabilirai in un capannone al molo cinque, una vecchia officina» fece Tony. Si guardò in giro e oltre ai suoi uomini, che lo proteggevano ad armi spianate, vide arrivare lavoratori portuali e scaricatori. «Tempo scaduto» disse enigmaticamente. Gesticolò, come se fosse alterato. «Non far caso a quello che faccio. Ascolta solo le mie parole.» Gli diede uno spintone in pieno petto. «Ti farò avere dei soldi. Ma tu dammi i montacarichi o ti strappo i coglioni a morsi.» Gli mollò uno schiaffo. «Crea una squadra. Con gente che non ha niente a che fare con me o che mi odia.» Si sfilò il serramanico dalla cintola, lo fece scattare e glielo puntò alla gola. «Parla male di me.» Sorrise. «Tanto non ti verrà difficile.» Gli infilò una mano dietro la schiena e gli prese la pistola. «Te la farò riavere.» Spinse più forte il coltello sulla gola, in modo che tutti lo vedessero. «Continuerò a cercare la tua ragazza e la salverò dal Barone se tu starai ai patti.» Chiuse il coltello di scatto e gli puntò la pistola in fronte. «Inginocchiati, fammi il favore.»

Rocco si inginocchiò.

«Lo so che c'è un ragazzino con te. Portalo via. Ma ricorda che questo ti rende doppiamente debole. Abbiamo concluso. Adesso devo solo finire la commedia.» Tony si voltò verso la gente.

Erano tutti in silenzio, tesi.

«Sei finito!» urlò Tony. «Da questo momento sei solo!» continuò a gridare in modo che lo sentissero tutti quanti. «Sei solo, ricordalo!» Gli levò la pistola dalla fronte e sussurrò: «Mi spiace».

«Di cosa?» chiese Rocco. E mentre lo diceva già si sentiva stupido.

Tony alzò la pistola e lo colpì con il calcio, sulla tempia.

Rocco cadde a terra mentre Tony se ne andava. Poi, a fatica, si rialzò. Vide che Raquel stava per correre ad aiutarlo. Sbarrò gli occhi, scuotendo il capo e la fermò. Barcollando si diresse verso il retro del capannone e la raggiunse.

«Vai a lavorare» le disse.

«No...» fece Raquel, spaventata, con gli occhi pieni di lacrime.

«Non fare il pisciasotto, ragazzino!» le disse strattonandola per il bavero. Le tirò il cappuccio sulla testa e la spintonò via. «Ci vediamo alle sei qua. Muoviti.»

Raquel se ne andò a passo esitante.

«Ehi, pezzente!» urlò Bastiano, anche lui a voce troppo alta, dopo pochi attimi che Raquel era scomparsa. «Ridammi la chiave del magazzino, pezzo di merda!» E poi, velocemente, gli infilò in tasca una busta di carta e la pistola. «È il contratto d'affitto del capannone del Gordo, *dique cinco*. E mille pesos. Ne avrai altri» sussurrò. Poi, prima di andarsene, urlò ancora: «Sei licenziato anche dall'officina! Non farti vedere mai più, stronzo!».

Rocco continuava a non raccapezzarcisi. Ci sarebbe stata una guerra. Questo era evidente. E sarebbe stata sanguinosa. Anche questo era evidente. Era cresciuto in Sicilia, tra le guerre per il potere che si facevano i mafiosi. In una di quelle guerre avevano ammazzato suo padre. Sugli scalini della chiesa di San Giovanni dei Lebbrosi, a Palermo. Davanti a lui, che aveva solo tredici anni. Rocco sapeva benissimo cosa significava la parola guerra. Ciò che non sapeva era chi fosse il nemico di Tony. Ma Tony era sicuro di uscirne vincitore. E aveva fatto una specie di investimento su di lui. E questa era la parte più inspiegabile.

Si diresse verso il molo cinque. Il magazzino del Gordo, aveva detto Bastiano. Il *Gordo*, cioè il ciccione. Glielo indicarono. Era un'officina enorme, con due argani in buono stato, una parete piena zeppa di attrezzi e due enormi tavoli da lavoro in acciaio.

C'era un uomo, grasso e lucido come i cadaveri che rimanevano troppo in acqua, con un'aria scontrosa, che leggeva un giornale, tenendolo così vicino al viso che il naso quasi toccava la carta. Controllò il documento che gli porgeva Rocco. Sputò in terra uno scaracchio, si alzò dalla sedia e se ne andò. «Finalmente potrò dormire a casa mia» disse senza allegria e scomparve, dondolando il suo enorme peso da un piede all'altro, come un pachiderma ballerino.

Appena solo, Rocco pensò a quello che era successo. Per

prima cosa al fatto che aveva ucciso un uomo. Senza che i battiti del suo cuore accelerassero. Senza che il suo respiro diventasse affannoso.

Come se non fosse lui.

«Come se fossi mio padre» disse con un brivido.

Scosse il capo per scrollarsi di dosso quel pensiero angosciante. I peccati dei padri erano davvero le catene che imprigionavano i figli. O almeno così sembrava.

Il sangue era impossibile da smacchiare, aveva detto Tony.

E in quel momento, in cui sembrava così concentrato su di sé, pensò al ragazzino. E decise che il suo destino doveva essere diverso. Che almeno il ragazzino non avrebbe pagato per il passato di qualcun altro. Pensò che dovesse avere un'occasione di farcela. Non era stato capace di salvare Libertad. E forse nemmeno se stesso. Ma avrebbe lottato per quel ragazzino.

Oltre che per Rosetta.

Alle sei, quando incontrò Raquel, le disse rudemente: «Niente piagnistei». Poi si incamminò verso il capannone del Gordo.

«D'ora in avanti staremo qui» le fece, quando furono arrivati, indicando due materassi su due reti, acquistati da un rigattiere.

A cena Raquel iniziò a dire: «Oggi…».

«Ho detto niente piagnistei» la interruppe aspramente Rocco.

Raquel si azzittì, mortificata.

Dopo un po', tenendo la testa forzatamente bassa sul piatto, Rocco disse: «Lo sai di chi sono figlio io?».

Raquel fece segno di no con la testa.

«Di un assassino.»

Raquel lo guardò, sorpresa.

«Un assassino feroce. Un animale» continuò Rocco, con un tono lontano, quasi distaccato. Quasi non stesse parlando di sé.

Scese il silenzio. L'aria era immobile. Calda e umida. Si sentiva soltanto il Riachuelo che sciacquettava pigramente, accarezzando con le sue acque putride la banchina incrostata di alghe. E qualche veloce scalpiccio di topi. Nient'altro.

«Adesso dormiamo» fece infine Rocco, buttandosi sul letto.

«Comunque non volevo fare piagnistei» disse d'un fiato Raquel. «Volevo solo ringraziarti perché oggi mi hai salvato la vita.»

Rocco spense la luce senza risponderle.

Raquel si sdraiò e infilò la mano sotto al cuscino.

E all'improvviso toccò qualcosa che non doveva essere lì.

Ritrasse la mano. Quasi spaventata dall'idea che si era fatta dell'oggetto. Dopo un attimo tornò a tastarlo. Era freddo. Liscio. Tondo. Lo chiuse nel palmo della mano. Sentì che vibrava. Ritmicamente. Si irrigidì nel letto.

"Tic... toc..." sussurrava l'oggetto che aveva in mano.

Contrasse i muscoli del viso, serrò le mascelle e digrignò i denti, fino a farli scricchiolare, mentre cercava di non piangere.

"Tic... toc... tic... toc..."

Non era sola. Non era più sola.

"Tic... toc... tic... toc..."

E in quel momento si rese conto che poteva guardare e accettare tutta la paura che aveva avuto quella mattina. E sentì il peso di tutto l'orrore al quale aveva assistito.

«Caricalo la sera e la mattina, ma non troppo» disse Rocco. «È vecchio e malandato. L'ho trovato da un rigattiere.»

Raquel pensò che c'erano volte in cui l'amore faceva male come un dolore. Proprio come in quel momento. Non riuscì più a trattenere i singhiozzi. Spinse la faccia nel cuscino per non farsi sentire mentre stringeva con forza l'orologio che le aveva regalato Rocco. «Scusa...» cercò di dire. «Lo so... niente piagnistei.»

«Oggi sei tu che mi hai salvato la vita» disse allora Rocco, con quella sua voce che arrivava dritta al cuore. «Se non avessi rotto i coglioni con quella faccenda dell'ora saremmo morti tutti e due.»

Passò del tempo. Nessuno dei due avrebbe saputo dire quanto.

Poi Raquel, nonostante fosse solo una ragazzina, disse: «Tu non sei un assassino».

E allora, dopo un attimo innaturale di silenzio, ci fu un rumore. Gutturale. Trattenuto. E nello stesso tempo irrefrenabile. Un suono brutto. Sgradevole. Come un conato di vomito. O un singulto.

E proveniva dal letto di Rocco.

Ma non poteva essere, pensò Raquel.

Rocco non avrebbe mai pianto come lei.

46.

«Dovete trovarla!» urlò Amos.

«La stiamo cercando dappertutto» disse uno dei suoi uomini.

«Se l'aveste cercata *dappertutto*, l'avreste trovata!» gridò più forte ancora Amos, alzandosi in piedi e rovesciando il tavolo al quale stava mangiando, al Chorizo. Poi prese a calci i piatti che erano caduti in terra. Rimase a testa bassa, come un toro indeciso se caricare o meno, respirando così rumorosamente che sembrava un rantolo. I suoi uomini, le puttane, chiunque avesse avuto a che fare con lui sapeva quanto diventasse pericoloso quando il sangue gli andava alla testa. E lo sapeva lui stesso. Gli era successo di uccidere per delle stupidaggini. O per pura crudeltà. Come era successo con il Francés. Immaginare quell'azzimato pappone che moriva nel fuoco gli aveva fatto provare una specie di ebbrezza. E nessun senso di colpa. Ma il più delle volte sapeva trattenersi e recitare la parte dell'ebreo, come si aspettavano da un ebreo. Diede un ultimo calcio a un piatto mentre sentiva di aver ripreso il controllo. «Chiama qualcuno che pulisca» disse cupo.

Il gorilla uscì velocemente dalla stanza.

I suoi uomini non sapevano quello che stava organizzando. Era la più grossa scommessa della sua vita e non poteva rischiare che una ragazzina chiacchierona rovinasse tutto. E lo facesse ammazzare. Erano mesi che lavorava al suo piano, coinvolgendo gente che non aveva niente a che fare con il mondo della prostituzione e niente a che fare con i mafiosi italiani. Quello che aveva in mente era una vera e propria rivoluzione. Aveva reclutato dei mercenari in tutta segretezza dall'altra parte del Rio de la Plata, di fronte a Buenos Aires, a Montevideo, in Uruguay. E quelli erano pronti a intervenire al momento opportuno. Lo sapevano solo due persone, o almeno era quello che si augurava.

Perciò la fuga di quella ragazzina lo faceva impazzire. Una cazzata come quella poteva attirare troppa attenzione su di lui. In un momento in cui doveva essere più che invisibile. Andò alla finestra. Anche lì c'erano sbarre, come a tutte le finestre del piano terra. Anche se lì le puttane non entravano mai. Ma la prudenza non era mai troppa. Come dimostrava quello che era successo.

L'errore – sempre – era sottovalutare quello che animali e persone erano capaci di fare. Perché c'erano animali e persone che non si rassegnavano mai. Certe volpi erano capaci di staccarsi a morsi la zampa imprigionata nella tagliola pur di guadagnare la libertà. E quella maledetta ragazzina era così. Come una volpe. A guardarla non le avresti dato un soldo. Invece aveva una forza straordinaria.

"Avrei dovuto capirlo sin dall'inizio" si rimproverò.

Quanti sarebbero riusciti a fare quello che aveva fatto lei? Era scappata dal suo villaggio, dalla sua gente. Si era ribellata a un rabbino a soli tredici anni. E aveva raggiunto la loro carovana. Da sola, nella neve, nel gelo, per miglia e miglia, senza conoscere la strada. Se Amos avesse creduto in Dio avrebbe dato a lui il merito. O la colpa. Ma Amos non credeva in Dio. E perciò non riusciva a spiegarsi come quella ragazzina fosse riuscita a sopravvivere. L'aveva sottovalutata. Già da quei primi indizi avrebbe dovuto capire che sarebbe stata una spina nel culo.

«Ebrei di merda!» urlò. E poi rise.

Era una battuta che faceva un vecchio rabbino, nel ghetto dove era nato. Ogni volta che vedeva qualcuno di loro sopravvivere alle angherie, alla fame, alle botte, al gelo, diceva: «Ebrei di merda. Sono più duri di un tendine di vacca. Non si spezzano mai. Che razzaccia». E rideva compiaciuto. Alla fine dei suoi giorni non gli era rimasto neanche un dente in bocca, eppure cercava di masticare la carne. E tutti nel ghetto dicevano: «Rabbino di merda. È più duro di un ebreo». E anche loro ridevano.

Si rideva di questo nel ghetto, pensò Amos. Della morte. Della propria morte.

La porta della stanza si aprì e Adelina entrò, seguita da una ragazza delle cucine. Cominciarono a pulire in fretta, in silenzio, a testa bassa, cercando di farsi notare il meno possibile.

Anche questo era un insegnamento che gli ebrei imparavano subito. Non farsi notare. Perché ogni volta che la gente ti puntava gli occhi addosso c'era il rischio di qualche guaio.

Diventare resistenti come tendini di vacca, ridere della propria morte, non farsi notare, era da questo che Amos era scappato.

Guardò Adelina e pensò che per scappare c'era un prezzo da pagare. Ma lui aveva subito deciso di non pagare personalmente per la propria libertà. Era diventato più duro di tutti gli altri ebrei messi insieme. Avrebbe pagato qualcun altro per lui.

Non era a capo della Sociedad Israelita de Socorros Mutuos, ma era comunque al vertice. Era uno di quelli che contavano, che comandavano. Era il principale reclutatore. Era quello che trovava la merce. A volte con l'imbroglio, a volte semplicemente pagando. Anche se non possedeva il bordello, in realtà era come se fosse suo. Rideva della morte, come gli ebrei del suo ghetto. Ma non della propria. E non aveva paura che lo notassero, anzi, indossava abiti sgargianti e costosi.

«Aspetta» disse ad Adelina quando vide che avevano finito.

Adelina fece segno alla ragazza di uscire. Poi lo guardò.

Ad Amos piacque come lo guardava. Aveva paura. Quando l'aveva marchiata perché aveva cercato di scappare lei non aveva fatto nemmeno un fiato. Ma aveva gli occhi pieni di paura. Come ora. Però era lì e come un tempo non avrebbe fatto un fiato. Anche lei era un'ebrea di merda, sorrise tra sé e sé.

«Dove dobbiamo cercarla, secondo te?» le chiese.

Adelina si strinse nelle spalle. «Dubito che possa battere.»

«Sì, lo penso anch'io. E quindi... dove?»

«Tra i barboni?»

«Stiamo setacciando i parchi dove si riuniscono la notte.»

Adelina lo fissò, mentre ragionava. «Sa leggere» disse poi.

«E quindi?»

«Potrebbe trovare lavoro... dove serve saper leggere.»

«E dove si legge?»

Adelina si strinse nelle spalle. «Negli uffici... nei giornali... alla posta... nelle librerie...»

«Potrebbe essere un'idea» mormorò Amos. «Se andasse dal poliziotto sbagliato... sai cosa potrebbe succedermi, vero?»

«Non credo che si fidi più della polizia dopo la faccenda del capitano Ramirez» disse Adelina.

«Razza di coglione» fece Amos. «Dovrei pagarlo di meno.» Guardò Adelina in silenzio e poi le chiese: «Tu preghi mai?».

«No» rispose Adelina.

«Non credi che Adonai ascolti la tua voce?»

«Io vorrei che Adonai si scordasse di me. Perché fino a ora mi ha messo alla prova più di Giobbe.»

Amos rise. «Io invece prego» disse e l'abbracciò. «Prego di ritrovare quella maledetta ragazzina prima che possa succedermi qualcosa di brutto.» Si staccò dall'abbraccio e le prese il volto tra le mani. «Prega anche tu, dammi retta» le sussurrò. «Prega che non mi succeda nulla di brutto come a Levi Yaacov.» Le ricordava in continuazione cosa era successo a quel pappone. Le ricordava in continuazione che anche se sembrava impossibile c'era sempre qualcuno di onesto in giro, pronto ad ascoltare anche la denuncia di una ragazzina. «Altrimenti ti ucciderò» le disse congedandola.

Se lo avessero arrestato per omicidio l'organizzazione sarebbe rimasta in piedi, Amos lo sapeva bene. A fondo ci sarebbe andato solo lui. E ci sarebbe dovuto andare in silenzio, senza fare nomi, se voleva restare vivo. Se non voleva che lo trovassero impiccato nella sua cella come Levi Yaacov.

Quella ragazzina era veramente un problema enorme.

Soprattutto in quel momento. Perché lui aveva un grande progetto. E aveva avuto il via libera dai vertici dell'organizzazione. Non lo avrebbero sostenuto ma gli avevano dato libertà d'azione. Un progetto ambizioso e rischioso insieme. Si trattava di lavorare ancora per un po' in silenzio, nell'ombra. Ma poi sarebbe stato ricco. Anzi, di più. Sarebbe stato un re. Sorrise. Mentre i suoi colleghi investivano in donne, lui aveva cominciato a investire in armi. E a reclutare un piccolo esercito.

Raggiunse l'uscita del Chorizo. «Vado a casa» disse ai gorilla sulla porta. «Torno più tardi.»

Camminò a passi spediti per Avenida Junín. In un attimo era sudato. Sentiva la camicia di seta viola appiccicarglisi alla schiena e alla pancia. In fondo alla strada svoltò ed entrò in un portone elegante e discreto. Salì al secondo piano e aprì la porta.

«Sono a casa» annunciò.

Nessuno rispose.

Amos entrò nel salotto fresco e riccamente arredato. «*Tatínka*» disse andando verso un vecchio seduto in poltrona, chiamandolo come i bambini non ebrei chiamavano il proprio padre a Praga, da dove provenivano entrambi.

Il vecchio si voltò. Aveva una lunga barba bianca, sottile come un nastro. Era accigliato.

«Sei di malumore, *tatínka*?»

«Perché mai dovrei essere di buon umore?» rispose il padre.

«È una di quelle giornate?» sospirò Amos.

«È sempre una di *quelle* giornate» rispose il vecchio.

Amos si sedette sulla poltrona di fronte al padre. «Cosa c'è?» chiese in tono paziente.

«Che vita è questa?» disse il vecchio guardandosi intorno. «Che me ne faccio di tutta questa ricchezza se non posso nemmeno andare a pregare come un vero ebreo?»

«Puoi andarci, invece» rispose Amos. «Ho regalato molti pesos alla sinagoga.»

«Molti pesos!» esclamò il padre, pieno di disprezzo. «Non puoi comprarmi la possibilità di pregare.»

«Sì che posso. Il denaro compra tutto.»

Il padre lo guardò con una smorfia di biasimo. «La nostra Legge prevede che si debba essere almeno in dieci per recitare certe preghiere. Ma forse tu hai dimenticato il *minian*...»

«In sinagoga siete dieci volte dieci a pregare» fece Amos.

«No» disse seccamente il padre. «*Loro* sono in cento! Ma io sono solo anche in mezzo a cento!» Lo guardò con severità, abbassando la voce. «Perché quei cento che dici di aver comprato, nei loro cuori non vogliono essere con me. Perché io sono *tamei*, impuro. Io lo so. E non posso barare con l'Altissimo, come pensi di poter fare tu con i tuoi... pesos.»

«*Tatínka*...»

«E se fossi in loro, farei lo stesso» riprese il vecchio, indignato. «Io li capisco. Non accetterei mai il padre di uno come te nella mia sinagoga. Tu sei più di una *shanda*. Molto più di una semplice vergogna. Tu sei la bestemmia di Satana.» Sputò per terra, su un prezioso tappeto persiano. «E quando morirò le mie ossa non potranno nemmeno riposare in un cimitero ebraico.»

«Il cimitero c'è» disse Amos. «Lo abbiamo costruito...»

«Quello non è un cimitero ebraico!»

«Sì che lo è, vecchio testone» brontolò Amos.

«No!» Il padre batté un piede per terra, dove aveva sputato. «È un cimitero per quegli ebrei che non sono ammessi al cimitero ebraico. Perciò non è un cimitero ebraico.» Sputò di nuovo e di nuovo ci batté sopra la scarpa. «Tanto vale che tu mi seppellisca in un cimitero cristiano, per quel che vale il *vostro* cimitero.»

Amos rimase in silenzio, a testa china.

«Te lo ricordi il nostro vecchio cimitero a Široká?» fece il padre, sorridendo mentre gli tornavano alla mente le immagini.

Amos lo guardò. Il volto del padre si addolciva sempre quando ricordava la vita nel ghetto di Praga. E ogni volta Amos si domandava se aveva fatto davvero bene a portarlo via di là. Da quella vita di merda che ora il padre sembrava rimpiangere. Da quel ghetto dove sarebbe morto di stenti. E invece adesso lasciava il cibo nel piatto, perché era troppo abbondante.

«Te lo ricordi, con tutte quelle vecchie lapidi che raccontavano tante storie?» riprese il padre, con un tono sognante. «Ma sai qual era la cosa che mi piaceva di più?»

«Cosa?» lo assecondò Amos, anche se lo sapeva benissimo.

«Te lo ricordi che all'uscita c'era quel piccolo lavandino?» ridacchiò il padre. «E quella tazza di latta legata al rubinetto con una catenella. Me l'aveva insegnato mio padre, pensa quanti anni fa. Serviva per lavarsi le mani prima di lasciare il cimitero. Per purificarsi.» Sospirò. «Mi sentivo così pulito dopo.» Fissò il figlio con uno sguardo malinconico. «Ed è da quando ce ne siamo andati che non mi sento più pulito.»

«Mi spiace» disse Amos con un tono duro.

Il padre sputò in terra per la terza volta e ci batté sopra il piede. «Io diventerei rispettabile solo se ti dichiarassi morto nel mio cuore e recitassi pubblicamente il kaddish» gli disse con cattiveria.

«E allora fallo!» esplose Amos. «Fallo! Vai a vivere da un'altra parte!» Si calmò. «Ascoltami, ti darò i soldi di nascosto, non lo saprà nessuno. Non dovrai nemmeno vedermi.» Di nuovo sentì il sangue che gli andava alla testa. «Dichiarami morto, così la finiremo con questa storia!»

Il padre lo fissò in silenzio. A lungo. «Non potrei mai» disse poi, con una voce grave. «Tu sei un uomo che merita tutto il disprezzo che riceve. Senza sconti. E l'Altissimo ha già da anni in serbo per te una punizione molto severa. Tu sei come il demonio. Non avrai diritto nemmeno alla resurrezione.» Scosse appena il capo. «Ma sei mio figlio» disse con un tono improvvisamente caldo. «E sei un buon figlio, che si prende cura del suo vecchio.»

Amos tacque. C'erano dei momenti in cui avrebbe voluto strangolare suo padre. Ma quel vecchio era anche l'unico essere al mondo capace di bucare la sua armatura d'acciaio. Era l'unico capace di infilare una mano oltre la scorza e toccargli il cuore.

Si alzò di scatto e sentì che dell'aria gli si agitava nella pancia. Si allontanò dando le spalle al padre e mollò una fragorosa scoreggia. Ma nel voltarsi si portò il dorso della mano agli occhi e controllò che non ci fossero lacrime.

«Devo andare, *tatínka*» disse sbrigativamente.

«E dove vai? Dalle tue puttane?» fece il padre, tornando al suo usuale tono sprezzante.

«No» rispose Amos. «Vado a cercare una ragazzina che rischia di rovinarmi la vita come io l'ho rovinata a te.»

47.

Tutti si aspettavano che scoppiasse la guerra. Lo diceva anche Rocco. E nell'attesa c'era un'atmosfera innaturale.

A Raquel faceva pensare all'attimo che precede la tempesta. Tutto tace, non c'è un filo d'aria, il cielo è cupo, basso, compatto come se lo si potesse affettare con un coltello. Come se il mondo intero stesse trattenendo il fiato.

Ma tutti sapevano che presto il silenzio sarebbe stato squarciato dalle urla delle armi. E che il cielo nero avrebbe vomitato fiumi di sangue.

«Che ore sono?» le chiese Rocco.

Raquel controllò fiera il suo nuovo orologio. «Sono le otto e dieci.» Si alzò. «Io vado.»

«Stai attento» le disse Rocco.

Raquel sorrise. Si tirò su il cappuccio che le nascondeva il volto, si incassò nelle spalle e si infilò le mani nelle tasche dei pantaloni. Poi camminò sgraziatamente, proprio come un maschio.

Forse da lì c'era una strada più breve per arrivare in libreria, ma Raquel temeva di perdersi e così tornò verso il vecchio capannone. Vederlo squarciato dalla bomba le fece impressione. E così gli uffici della Zappacosta Oil Import-Export. Ma quello scempio non le faceva paura quanto la possibilità di incontrare Amos e Adelina.

Accelerò il passo e svoltò in un vicolo ingombro di immondizia, nella quale pascolavano ratti grossi come piccoli gatti.

«Dove credi di andare, pidocchio?» fece una voce.

Raquel si ritrovò davanti quattro ragazzini, sporchi e dall'aria minacciosa. Ripensò a quando l'avevano derubata e aggredita.

«Questa è zona mia. Devi avere il permesso per passare. E io non te l'ho dato» continuò uno dei quattro. «Credi di poter fare come cazzo ti pare? Hai bisogno di una lezione.»

Raquel pensò che parlava imitando i grandi.

Gli altri tre ragazzini, veloci come i ratti che razzolavano nella spazzatura, l'afferrarono per le braccia.

Raquel provò a liberarsi. Ma era troppo debole.

«Lascialo» risuonò una voce alle spalle di Raquel. «Che gusto c'è a rompere il culo a una mezzasega, Manuel?»

Dopo un attimo Raquel vide un ragazzino che doveva avere più o meno tredici anni. Indossava una maglietta blu con una riga gialla in diagonale e un gagliardetto ormai stinto, sul quale non si leggeva più niente. Aveva capelli corvini, lunghi e lisci. Si mise davanti a Manuel, il ragazzino che ce l'aveva con lei.

«Che ti frega se gli spiego chi comanda, Louis?» fece Manuel.

Louis fissò i tre ragazzini che tenevano Raquel, senza parlare.

Quelli la lasciarono.

Raquel arretrò di un passo. Nessuno fece la mossa di fermarla. Era il momento giusto per scappare. E invece rimase lì, ipnotizzata da Louis che fissava Manuel negli occhi, come in un duello.

«Hai detto che comandi tu oppure ho capito male?» fece Louis.

«Su di lui...» rispose Manuel, con una nota insicura nella voce.

«Ah! Non su di me, quindi» sorrise Louis.

Manuel aveva già perso il duello. «No...» si arrese.

Louis gli batté una mano sulla spalla. «Bravo. Allora vai.»

Manuel fece un cenno agli altri tre e se ne andarono in silenzio.

«Grazie» disse Raquel appena fu sola con Louis.

«Levati dai coglioni, mezzasega» disse Louis senza guardarla. «Non ci faccio una bella figura a farmi vedere con te.»

«Allora perché l'hai fatto?»

«Per la mia reputazione» rispose Louis. «Se non ti picchio io non deve farlo nessuno.»

«Allora facevi prima a riempirmi di botte» disse Raquel.

Louis la guardò con una specie di sorpresa nello sguardo. «Ma da dove cazzo vieni, mezzasega?» rise.

«Io? Be'... adesso sto.»

«Frena, frena» la stoppò Louis. «È solo un modo di dire.» Scosse il capo. «Tu vieni da Marte. Non sai un cazzo della strada.» All'improvviso fece finta di darle un morso, come una belva.

Raquel scattò all'indietro, spaventata.

«A te ti mangiano in un boccone» rise ancora Louis. «Ma ormai si spargerà la voce che sei sotto la protezione dei Boca Juniors.»

«Chi sono i... Boca Juniors?»

«La mia banda, tonto» fece Louis. Si pizzicò la maglia blu con la striscia diagonale gialla. «Come la squadra di *fútbol* del nostro barrio. Vedi? Questa è una maglia originale. L'ho rubata.»

«Che cos'è il *fútbol*?»

«Tu vieni per davvero da Marte!» esclamò Louis e prima di andarsene le puntò contro l'indice. «Se mi segui ti rompo il culo!»

Raquel rimase ferma, in mezzo al vicolo.

Un ratto grosso e scuro, col pelo unto e rado, si alzò sulle zampe e annusò nella sua direzione.

«Stai attento, mezzasega!» gli fece Raquel e diede un morso in aria, imitando Louis. «Io sono uno dei Boca Juniors!»

Il ratto scappò.

Raquel rise e si avviò verso la libreria.

Quando arrivò la trovò ancora chiusa.

Davanti alla serranda abbassata c'era un uomo che scalpitava impaziente. «Lavori qui?» chiese a Raquel. E quando lei annuì le porse un pacco di riviste chiuse con uno spago. «Di' a Delrio che sono quelle che ha ordinato. Io ho fretta. Devo finire il giro.»

Raquel si sedette sul gradino d'ingresso e guardò la copertina della rivista. C'era disegnata una gallina con la testa di un uomo, accovacciata su decine di uova colorate. Il nome della rivista era "Caras y Caretas". Volti e maschere. La sfilò dal pacco e cominciò a leggerla. C'erano dei pezzi di politica che non capiva bene. Ma quando lesse l'articolo di una certa Alfonsina Storni si emozionò. La colpì particolarmente il modo semplice ma incisivo con cui parlava di cultura, di istruzione e della posizione delle donne nella società. Fu conquistata dallo spirito ribelle e anticonformista di quella donna. Le arrivava dritto al cuore. Le parlava.

Quando Delrio arrivò, Raquel lo tempestò subito di domande su Alfonsina Storni.

Delrio fece una smorfia. «Mah...» borbottò. «Era una maestra, credo. Si dice che sia una poetessa ma non ha ancora pubblicato nessuna raccolta, per quel che ne so. Scrive... be', se l'hai letta hai capito come la pensa.» Fece un sorriso di sufficienza. «Figurati che ha un figlio illegittimo e non si sa chi sia il padre.» Scosse il capo. «È una di quelle femmine che si culla nell'illusione che uomini e donne debbano avere gli stessi diritti. Che sciocchezza!»

«Perché è una sciocchezza?» chiese Raquel.

«Una femmina non vale quanto un uomo...» Delrio fece un verso. «Un maschio è razionale. Le donne invece hanno la testa piena di farfalle!» disse. «Non ti far traviare dalle idee di quella Storni» la ammonì. «Le donne sono un gradino più in basso di un uomo.»

«Sì» annuì Raquel. «Le donne sono una rottura.»

«Ma qui dentro sono le benvenute, ricorda» precisò Delrio. «Le donne comprano più libri degli uomini.»

«Come mai?»

«Hanno bisogno di fantasticherie. Non lavorano e si annoiano.»

«O sono più intelligenti dei loro mariti» fece Raquel, cercando di nascondere la propria irritazione.

Delrio inarcò le sopracciglia. «Teoria assai strampalata, Ángel.»

Nel pomeriggio Raquel catalogò alcuni nuovi libri. Registrava autore, titolo, casa editrice e prezzo al pubblico.

«Ecco cosa non saprebbe fare una donna» ripeteva Delrio.

"Ecco cosa non permettete di fare a una donna" pensò Raquel. E più Delrio borbottava sciocchezze e luoghi comuni, più Raquel provava stima per Alfonsina Storni.

Quando tornò al capannone Raquel guardò ammirata i disegni di Rocco, con i quali aveva tappezzato gran parte delle pareti. Ai suoi occhi erano meccanismi fantastici e misteriosi. E riuscivano a mostrare tutta la passione del giovane.

«Non ti azzardare a toccarli» le disse Rocco.

«Mica sono una femmina» fece Raquel.

Rocco la guardò sorpreso. «Che c'entra?» le chiese.

Raquel scrollò le spalle e fece una smorfia, come immaginava che si sarebbe comportato un maschio. «Le femmine sono una rottura» disse.

«Sei ancora piccolo per capire» sorrise Rocco.

«Non sono una rottura?» domandò Raquel spiazzata.

«No» rispose serio Rocco. La mente gli andò a Rosetta, sempre presente nei suoi pensieri. «Le donne sono il sale della vita.»

«Davvero?»

«Un uomo che non sa apprezzare una donna non sa campare.»

Rocco era diverso dagli altri maschi, pensò Raquel. Si sedette sul suo materasso e rilesse qualche frase di Alfonsina Storni. Doveva essere una donna eccezionale. «Mi regali un foglio di carta?» chiese a Rocco.

«Che ci devi fare?»

«Scrivere.»

«Cosa? Un diario? Come una ragazza?» rise Rocco. «Prendilo» le fece comunque. «Le matite sono in quella latta.»

Raquel strappò un foglio dal blocco e scelse una matita. Ormai aveva deciso dentro di sé che voleva scrivere una storia. O un articolo, come Alfonsina Storni. Sorrise contenta. Sì, sarebbe stato bellissimo, si disse. Ma tutta quella superficie bianca la intimidiva. Allora cominciò con lo scrivere l'inizio trasformato di Pinocchio, come l'aveva immaginato qualche notte prima.

"C'era una volta... 'Un re!' direte subito voi. No, avete sbagliato. C'era una volta una ragazza. Una ragazza che voleva essere libera come un ragazzo."

Guardò il foglio. Non era più bianco. E si addormentò contenta.

La mattina successiva, per non rischiare di incontrare Amos e Adelina nella zona della Zappacosta Oil Import-Export, decise di passare per il dedalo di stradine dietro al capannone per andare in libreria. Si trattava di dirigersi verso nord.

Infilandosi in quella parte di LaBoca, Raquel si rese conto che la povertà non aveva limiti. C'era sempre un gradino più basso di quello che si era immaginata. E quella zona era un abisso. Le baracche erano ammassate le une alle altre. Come un fragile castello di carte. Le pareti e i tetti erano fatti di lamiere e tavole di legno. Non c'era traccia di mattoni. Gli abitanti facevano i propri bisogni in strada. L'odore era nauseante. Le mosche ronzavano dappertutto, regine incontrastate di quel regno di merda.

La gente che la guardava passare aveva occhi spenti, bocche avare di denti, pelle avvizzita, gialla e opaca come i fichi secchi. La sporcizia che li ricopriva non bastava a nascondere la miseria dei loro corpi, succhiati fino alle ossa dalla fame. Una miseria così, pensò, l'aveva vista nei villaggi degli ebrei dell'Europa dell'Est. Dove era cresciuta lei. Una miseria senza speranza.

Le baracche erano sorte a casaccio in mezzo alle stradine originarie, ostruendole e creando nuovi, angusti passaggi. Ed erano provvisorie esattamente quanto apparivano. Un giorno c'erano, il giorno dopo no. E ne ebbe conferma quando vide un uomo che staccava furtivamente una lamiera da una baracca e fuggiva a gambe levate. Con quella lamiera avrebbe costruito la propria baracca. E il giorno che non fosse stato presente, quella stessa lamiera gli sarebbe stata rubata, proprio come aveva appena fatto lui, per dare vita a un'altra baracca ancora.

Più in là vide un uomo che porgeva una mezza pagnotta a una donna. Le parve un bel gesto in tutto quello squallore. La donna afferrò avidamente la pagnotta, la spezzò in due e ne buttò una metà all'interno di una baracca, poi si appoggiò a una botte, di spalle, e allargò le gambe. L'uomo si sbottonò i pantaloni, le alzò la gonna e cominciò a prenderla da dietro, muovendosi veloce come un coniglio. La donna, intanto, con i gomiti appoggiati alla botte, sballottata dai colpi dell'uomo, mangiava la pagnotta.

Raquel pensò che Dio avrebbe dovuto garantire almeno un po' di dignità ai suoi figli.

«Che cazzo ci fai qui, mezzasega?» disse una voce.

Raquel si voltò e vide Louis. Sentì un groppo allo stomaco. Louis stava mangiando un pezzo di pagnotta. La metà di quella che la donna appoggiata alla botte aveva tirato all'interno della baracca. Per lui. Perché quella donna era sua madre.

«Allora? Che cazzo ci fai qui?» ripeté Louis.

«Io...» Raquel non sapeva cosa dire. «Mi sono perso, penso.»

«Lo penso anch'io» fece Louis. «Non sei un tipo sveglio, eh?»

«Come faccio ad arrivare a Constitucion?» gli chiese Raquel.

«Constitucion?» ripeté Louis sgranando gli occhi. «Che cazzo devi fare a Constitucion? È un quartiere per ricchi.»

«Lavoro in una libreria.»

Louis la guardò in silenzio, assorto e stupito. «Una libreria...» disse poi, piano, scandendo bene quella assurda parola.

«Sai come ci arrivo?» chiese a disagio Raquel.

Louis scosse il capo, perplesso. Poi si voltò verso la madre.

Raquel vide che l'uomo se ne era andato.

La donna si stava sciacquando in mezzo alle gambe con dell'acqua che prendeva dalla botte.

«Ma'!» gridò Louis. «Tu lo sai come si arriva a Constitucion?»

«Che devi fare?» chiese la donna, continuando a lavarsi.

«Io niente» rispose Louis. «Ci deve andare lui.» Indicò Raquel. «Lavora in una libreria.»

«In una libreria?» esclamò la madre, anche lei stupita.

«Dice così» si strinse nelle spalle Louis.

«Domandagli se sa leggere» gridò la madre.

Raquel si chiese perché non si rivolgesse direttamente a lei.

«Sai leggere?» fece Louis.

«Sì, señora!» rispose ad alta voce Raquel verso la donna.

«Domandagli se sa anche scrivere» disse la madre, continuando a non parlare a Raquel.

«Sì» rispose Raquel, piano.

«Dice di sì, ma'!»

«Allora mi sa che è vero che lavora in una libreria» fece la donna. «Digli di aspettare lì.» Poi entrò nella baracca.

«Aspetta qui» ripeté Louis.

Dopo poco la madre uscì dalla baracca con un pezzo di carta e un mozzicone di matita e li raggiunse. «Scrivi il mio nome» disse a Raquel, guardandola per la prima volta da quando era iniziata quella assurda conversazione e porgendole il foglio e la matita.

«Come vi chiamate, señora?»

«Helena Vargas.»

Raquel scrisse. Poi le riconsegnò carta e matita.

La donna prese il pezzo di carta come fosse una reliquia e fissò affascinata i segni tracciati con sicurezza dalla matita. «Qua c'è scritto Helena?» chiese indicando la prima serie di lettere.

«Sì.»

«E qua Vargas?»

«Sì.»

La donna sorrise. Un sorriso da bambina. «Voglio imparare a scrivere il mio nome» disse ridendo.

«Ma', come si va a...» Si voltò verso Raquel. «Dove?»

«All'incrocio tra Avenida Jujuy e San Juan» disse Raquel.

«Ma', all'incrocio...»

«Sei cretino?» fece la madre. «L'ha appena detto lui. Mica sono sorda.» Ora guardava Raquel con rispetto. «Accompagnalo» disse al figlio. «Vai da *Marita y sus mujeres*. Poi è lì vicino.»

«Grazie, ma'.»

Raquel prese l'orologio perché aveva paura di essere in ritardo.

La donna, con la velocità di un gatto, glielo strappò di mano.

Raquel la guardò senza parole.

La donna glielo restituì subito e le diede uno scappellotto. «Mettilo via, libraio» le disse seria. «Lo vedi come è facile farselo rubare? È una cosa preziosa.» Indicò Raquel al figlio. «È tonto.»

«Sì, ma'» fece Louis scuotendo il capo. Diede una botta sulla spalla a Raquel. «Andiamo.»

Mentre si allontanavano Raquel vide che la madre di Louis fissava il pezzo di carta con su scritto il suo nome e continuava a sorridere. E pensò che in quel momento, nonostante la degradazione nella quale viveva, quella donna riusciva a provare una specie di felicità. E le parve qualcosa di assurdo.

«Che cos'è *Marita y sus mujeres*?» chiese Raquel.

«Un bordello dove ogni tanto lavora mia madre, quando si ammala una delle ragazze fisse» rispose Louis senza imbarazzo.

«Ma quanti bordelli ci sono a Buenos Aires?» domandò Raquel.

«Mia madre dice che sono troppi e non abbastanza» fece Louis.

«Che significa?»
«Che per i clienti non bastano mai» rispose Louis. «Ma per le puttane c'è troppa concorrenza e fanno la fame.»
«Conosci un bordello che si chiama Chorizo?» chiese Raquel.
«No» rispose Louis, seccamente. «Io se anche avessi soldi da buttare non andrei mai a puttane.»
Raquel sentì che le riprendeva il groppo allo stomaco.
«Io non andrò mai a puttane» ripeté Louis, rabbiosamente.
Camminarono in silenzio, poi, come d'incanto, la giungla di baracche finì. Si ritrovarono in una zona dignitosa e Raquel riconobbe una delle strade che percorreva per andare in libreria.
«Adesso so come arrivarci» disse sorridendo. «Non c'è più bisogno che mi accompagni.»
«Ti faccio prurito al culo?»
«Come?»
«Non capisci proprio un cazzo di come si parla per la strada, eh?» sospirò Louis. «Cos'è? Ti do fastidio?»
«No» arrossì Raquel. «Pensavo che ti annoiassi e... e poi hai detto che ti vergogni a farti vedere con una mezzasega come me.»
«Infatti» rise Louis. «Ma non ho mai visto una libreria.» Fece un paio di passi e aggiunse: «Senti un po', *coso*...».
«Ángel.»
«Senti, Ángel...» Louis fece una pausa, imbarazzato. «Non è che mi insegneresti a leggere e scrivere?» disse tutto d'un fiato.
«Davvero?» esclamò Raquel. «Certo!»
«In cambio puoi dire che sei uno dei Boca Juniors.» Louis fece una pausa. «Ma non ci crederà nessuno» rise. «Affare fatto?»
«Affare fatto» rise anche Raquel.
«Però non andare in giro a dire che sei mio amico» fece Louis.

«No… certo» disse Raquel, mortificata.

Louis se ne accorse. «Senti, Ángel, si vede che tu non sai un cazzo della strada. Quelli che hanno amici sono deboli. O finocchi. Io non ho amici. Nessuno. Punto. Non è una cosa contro di te.»

Dopo cinque minuti arrivarono alla libreria.

«Che c'è scritto lì?» chiese Louis indicando l'insegna.

«La Gaviota.»

«E infatti c'è un gabbiano.» Louis puntò un dito in aria e seguì le lettere dell'insegna. «L… a… G… Ga… vi… o… ta!» Rise.

«Vuoi venire dentro?» gli disse Raquel.

«Posso?» fece Louis spalancando gli occhi.

«Sì.» Raquel entrò. La campanella della porta squillò. Louis la seguì.

C'erano due uomini davanti al bancone, di spalle. Non avevano l'aria dei soliti clienti della libreria. Avevano vestiti sgargianti, traslucidi, pacchiani, a tinte forti. Uno verde mela e l'altro giallo senape. Uno dei due si voltò e guardò Raquel e Louis.

Raquel si pietrificò. Conosceva quell'uomo. Era un gorilla del Chorizo. Uno degli uomini di Amos.

«Buongiorno, Ángel» fece Delrio.

Raquel ebbe la tentazione di scappare. Ma era pietrificata. Il gorilla le diede un'occhiata distratta.

«Allora… mi stavate dicendo, signori?» domandò Delrio.

«Stiamo cercando una ragazzina» fece uno dei due gorilla.

«Raquel Baum…» disse l'altro.

A Raquel girò la testa. Le gambe le cedettero per un attimo. Sentì la mano di Louis che la reggeva dritta.

«E che volete da me?» chiese Delrio, che non riusciva a capire.

«Lavora qui questa ragazzina?» disse il gorilla, in tono rude.

«Ma certo che no» rispose Delrio. «Io non assumo ragazzine.» Indicò Raquel. «Qui ci lavora Ángel. Non lo vedete?»

I gorilla si voltarono a guardarla. Poi fecero per andarsene.

Raquel rimase a fissarli. Imbambolata, a occhi spalancati.

Louis la spintonò e la fece voltare verso uno scaffale, fingendo di indicarle un libro. La tenne su per un braccio.

«Ma ora che mi ci fate pensare, sì…» disse a quel punto Delrio.

I gorilla si fermarono.

«Tempo fa si era presentata una ragazzina in cerca di lavoro.»

Louis, che continuava a reggere Raquel per il braccio, sentì che si irrigidiva.

«E…?» Uno dei due gorilla invitò il libraio ad andare avanti.

«Niente» fece Delrio. «Ve l'ho detto, io non assumo femmine.»

I due annuirono e se ne andarono, senza degnare né Raquel né Louis di un'altra occhiata.

Appena chiusero la porta, Raquel quasi si sgonfiò.

«Che succede?» le chiese a bassa voce Louis.

«Niente» rispose Raquel, sopraffatta dal panico. Il cuore le batteva all'impazzata. Non riusciva a respirare, come se stesse affogando.

«Cazzate» borbottò Louis. «Tu quelli li conosci.»

Raquel lo guardò con gli occhi lucidi, boccheggiando.

«Quelli sono assassini» fece Louis.

48.

Rocco inserì la manovella di avviamento in un motore appeso a un argano, all'interno del capannone, comprato per pochi pesos da uno sfasciacarrozze. «Avanti, bello» sussurrò.

Raquel assisteva emozionata.

Rocco girò la manovella. Il motore tossì e si accese. Ma dopo un attimo si spense con un sussulto. «Merda!» imprecò.

«Riprovaci» disse Raquel.

Rocco afferrò la manovella di avviamento e la ruotò. Il motore tossì, vibrò, scoppiettò. Ma subito dopo ci furono un'esplosione sorda e uno sbuffo di fumo nero, denso, puzzolente. E un odore di olio bruciato. «Merda!» imprecò furiosamente.

«Io lo so che può funzionare» disse Raquel.

«Vattene» le rispose Rocco. Girò per la terza volta la manovella digrignando i denti. Il motore emise un rumore cupo, soffocato. Una specie di gorgoglio affogato. La manovella ebbe un rinculo violento che quasi lo buttò per terra. «Non camminerà mai» disse.

«Io lo so che può funzionare» ripeté Raquel.

«Vattene!» le urlò Rocco.

Raquel abbassò il capo a terra, spaventata. Da quando aveva visto gli uomini di Amos aveva ancora più paura. Ma nello stesso tempo si diceva che, non avendola trovata, non avevano motivo di tornare a cercarla proprio lì. Una volta aveva sentito dire da un vecchio soldato che il posto più sicuro nel quale rintanarsi durante una battaglia era la buca dove era esplosa una bomba. Non cadevano mai nello stesso posto. Fece un respiro profondo e si avviò verso la libreria.

Appena solo, Rocco diede una rabbiosa manata al motore. «Non ce la farò mai senza aiuto» mormorò. Rimase un attimo immobile, sbuffando dalle narici, e poi lasciò il capannone di corsa.

«Prendi le tue cose» ordinò a Mattia, entrando a passo deciso nell'officina di Faccia-da-cane. «Da oggi lavori per me.»

Mattia lo guardò con un'espressione perplessa dipinta sulla faccia martoriata dai brufoli.

«Che cazzo dici?» sbraitò Faccia-da-cane. «Tony ti taglierà le palle!» urlò andandogli sotto.

La guerra ormai era iniziata e non prometteva nulla di buono. La gente intorno a Tony stava cominciando a morire. Due dei suoi uomini erano stati trovati nel Riachuelo con la gola tagliata. Altri tre erano stati freddati a colpi di mitra. Non era ancora una guerra nella quale i due contendenti avevano scatenato tutta la loro forza e follia omicida. Era più una serie di agguati, di imboscate, in cui nessuno poteva mai essere tranquillo. Come se fossero le prime schermaglie. Ma la gente, per le strade di LaBoca, aveva paura. Tony prima o poi avrebbe risposto con violenza e la cosa sarebbe andata avanti a morti ammazzati fino a quando uno dei due contendenti non avesse accettato la sconfitta. Ma più probabilmente quando uno dei due fosse morto.

E Rocco non voleva che ci andasse di mezzo anche il ragazzo.

Di Faccia-da-cane invece non gli importava proprio nulla. Lo spintonò e lo fece cadere per terra. «Sbrigati» disse a Mattia.

Il ragazzo prese una sacca di tela da un armadietto metallico e uscì dall'officina senza farsi pregare. Mentre seguiva Rocco diede un'occhiata alla Zappacosta Oil Import-Export sventrata dalla bomba. Era pallido. Aveva paura. «Grazie» disse parlando per la prima volta. «Lavorerò come un negro, stanne certo.»

«No, stanne certo tu» gli rispose burberamente Rocco. «Io non sono moscio come Faccia-da-cane. Ti romperò il culo.»

Mattia rise. Era così sollevato all'idea di levarsi da quella guerra che avrebbe fatto qualsiasi cosa.

«Spargi la voce che non c'entri più un cazzo con Tony» disse Rocco. «Si deve sapere che hai abbandonato la nave.» Arrivati alla bettola dove si riunivano gli scaricatori, spintonò dentro Mattia. «Comincia da qui. In un attimo girerà la voce per tutto il porto.»

«E Tony… che dirà?» chiese Mattia, timoroso.

«Non ti preoccupare» tagliò corto Rocco ed entrò nel locale.

Appena gli scaricatori lo videro si azzittirono.

Rocco ricordava l'unica volta che ci era entrato. L'avrebbero massacrato di botte se avessero potuto, come ogni uomo di Tony. «Dammi un caffè» ordinò al proprietario.

L'uomo prese una birra e gliela passò. «Ti conviene questa.» Fece un cenno alle sue spalle. «Almeno siete ad armi pari.»

Rocco si voltò, teso.

Tutti gli scaricatori si erano alzati e l'avevano accerchiato.

«Sentite, non sono in cerca di rogna» disse Rocco.

Nessuno rispose. Ognuno di loro aveva in mano una bottiglia.

Rocco non aveva paura ma sapeva che ne sarebbe uscito con le ossa rotte. «Merda...» sussurrò. Indicò Mattia al suo fianco. «Il ragazzo non c'entra niente.» Poi afferrò la bottiglia sul bancone. Avrebbe venduto cara la pelle. «E va bene! Facciamola finita!» ringhiò, impugnando la bottiglia per il collo.

Gli scaricatori lo guardarono per un attimo in silenzio, poi uno disse: «Ma come cazzo la tieni quella birra? La stai rovesciando a terra!». E allora tutti quanti scoppiarono a ridere.

«Dagliene un'altra» disse Javier, il gigante pestato dagli uomini di Tony che Rocco aveva salvato dalla *bandilla* di ragazzini.

Il proprietario allungò a Rocco una bottiglia appena aperta e gli prese quella che impugnava come un'arma.

«Questa tienila dritta» sorrise Javier. Alzò la bottiglia e la fece tintinnare contro la sua. «*¡Salud!*» brindò.

«*¡Salud!*» gridarono tutti gli altri scaricatori, alzando anche le loro bottiglie. E poi bevvero una lunga sorsata.

«Grazie, amigo» brindò ancora Javier. «Mi hai salvato il culo.»

Il proprietario batté una mano sulla spalla di Rocco. «Ci

eravamo sbagliati su di te. Torna quando vuoi, sei il benvenuto.»

«Ma che cazzo…?» borbottò ancora frastornato Rocco.

«Ti sei cacato sotto, eh?» rise uno degli scaricatori.

E anche gli altri scoppiarono a ridere.

"Non sei più solo!" pensò Rocco, euforico. E capì che poteva reclutare lì la sua squadra. Che poteva inseguire davvero il suo sogno di costruire un montacarichi. «Mi serve un fabbro» disse a Javier.

Il gigante allargò le braccia. «L'hai trovato.» Si batté una mano sulla gamba. «Gli uomini di Tony mi hanno spaccato il ginocchio. Non posso più sollevare grandi pesi. Per fortuna mio padre mi ha insegnato il mestiere.» Scosse il capo. «Però non ho un'officina.»

«Ce l'ho io» fece Rocco. «Il salario non è un granché ma in compenso non devi pagarmi nessuna *assicurazione* come a Tony.»

Javier fece un sorriso commovente. «Per te lavorerei gratis se potessi.» Si strinse nelle enormi spalle. «Ma non posso» rise.

«Mi servono anche due tuttofare» disse Rocco.

«Li troveremo tra *los condenados a muerte*, non c'è problema.»

«I condannati a morte?»

Javier rise. «Sì, gente come me. Scaricatori che hanno avuto un incidente. Non abbiamo speranza di trovare lavoro e quindi, sì, siamo i condannati a morte. Ma dacci una possibilità e vedrai che saremo davvero pronti a morire per te.» Indicò un uomo grosso e tozzo. «Lo chiamiamo Ratón perché ha i denti in fuori come un topo.»

«Non è certo la prima cosa che salta agli occhi» borbottò Rocco, fissando il moncherino sinistro, tagliato a metà avambraccio.

«Ratón» chiamò Javier. «Il mio amigo ti ha appena sfidato. Ha detto che solleva questa cassa senza problemi.»

«No, io…» fece Rocco.

«Hai due braccia e due mani» gli disse Javier. «Non avrai mica paura di perdere con un povero monco con i denti da topo?»

Rocco sollevò la cassa di un paio di spanne, sbuffando. Poi la lasciò cadere. «Contento?» domandò provocatoriamente a Javier.

«Se c'era roba fragile l'avevi spaccata» disse Ratón. Afferrò un lato della cassa con il braccio sano, strinse il moncherino all'altro e la sollevò senza fatica, come se fosse vuota. Infine la appoggiò delicatamente in terra.

Rocco era incredulo. «Sei un Elefante, non un Topo...»

«E l'altro che devi prendere è Billar, quello laggiù con la testa pelata e tonda come una palla da biliardo» fece Javier.

Rocco lo guardò. «Che ha di strano?» chiese.

«Che hai di strano, Billar?» fece Javier.

«Che non corro più come una lepre» rise quello. Si tirò su i calzoni e scoprì una gamba di legno.

Quando arrivarono all'officina trovarono Raquel ad aspettarli.

«È partito?» chiese Raquel a Rocco.

«No.»

«Partirà» disse lei.

Rocco annuì poco convinto. Indicò a Mattia il motore appeso all'argano. «Dobbiamo smontare quello.» Poi mostrò dei disegni a Javier. «Tu devi costruire questo telaio.»

«Che cos'è?» chiese Javier.

Gli occhi di Rocco si illuminarono. I denti scintillarono, scoperti dal sorriso che fece. «È il futuro!» esclamò. «Partiamo da questo scheletro. Poi ci monteremo su il motore.» Si rabbuiò. Sapeva che il problema maggiore era riuscire a usare la propulsione di un solo motore per due diversi utilizzi, anche in contemporanea: movimento del mezzo, sia in avanti che indietro, e sollevamento dei carichi. «Servono due meccanismi in parallelo all'asse di trasmissione centrale» spiegò a Javier, indicandogli alcuni punti del disegno. «E uno dei due deve poter essere attivato e disattivato. Forse serve una puleggia di scambio… in modo che sia indipendente. Agganci e sganci. Probabilmente con il motore in folle.» Si grattò la testa. «È un cazzo di rompicapo» borbottò. «Ma si può fare.»

«Ce la faremo» disse Javier. «Ti guardo negli occhi e mi accorgo che tu lo stai già vedendo.»

«Sì» rise Rocco. «Io lo vedo.» Poi si rivolse a Ratón e Billar. «Voi aiuterete chi di noi ne ha bisogno.»

«E io?» chiese Raquel.

Rocco le diede uno scappellotto. «Tu fai quello che sai fare. Non sprecare il tuo tempo con noi» le disse severamente. Guardò gli altri, le mise una mano sulla spalla e aggiunse, con solennità: «Ángel sa leggere e scrivere. Ha letto anche un libro intero, dalla prima all'ultima pagina».

Tutti furono intimiditi da quella incolmabile differenza tra loro.

«Però è un gran rompicoglioni» concluse Rocco.

E allora il capannone si riempì di risate.

Quel giorno Rocco e Mattia si dedicarono a smontare il vecchio motore, mentre Javier e Billar andavano per sfasciacarrozze alla ricerca del materiale per costruire il telaio del montacarichi. Ratón, con il suo unico braccio, e senza versare neanche una goccia di sudore, spostò i pesanti tavoli da lavoro dove gli disse Rocco.

La sera si salutarono, dandosi appuntamento per l'indomani.

Appena spense la lampada Rocco pensò a Rosetta. Il suo ultimo, veloce pensiero fu per lei. Non era lì con lui. Ne sentiva la mancanza. Ed era un sentimento assurdo, pensò, perché non erano mai stati veramente insieme. Ma forse era questo che succedeva alle anime gemelle. Però era così stanco che un attimo dopo si addormentò di sasso, stringendo in mano il bottone che li teneva legati, che dimostrava che non era stato solo un sogno, che Rosetta esisteva per davvero.

Raquel invece rimase sveglia. Continuava a pensare che le sarebbe piaciuto scrivere un articolo come Alfonsina

Storni. E così a un certo punto della notte sentì dei rumori. All'inizio pensò che fossero topi. Ma poi una delle lamiere vibrò più forte e si allarmò.

«C'è qualcuno» sussurrò a Rocco, toccandolo sulla spalla.

Lui in un attimo fu lucido. «Quando te lo dico accendi la lampada» le sussurrò. Raggiunse la lamiera che veniva forzata dall'esterno. Vide tre figure strisciare all'interno. «Ora, Ángel!»

Raquel accese la lampada mentre Rocco si posizionava davanti al varco tra le lamiere, bloccando la via di fuga.

«Porta qui la lampada» le ordinò Rocco.

Raquel si fece forza e lo raggiunse.

La luce della lampada illuminò tre ragazzini cenciosi, che si guardavano intorno in cerca di una scappatoia.

Uno dei tre, più alto degli altri e con una maglietta blu con una riga gialla in diagonale, sguainò un coltello a serramanico.

«Louis!» esclamò Raquel riconoscendolo.

«Ángel!» le fece eco Louis, altrettanto sorpreso.

Rocco ne approfittò per scattare e disarmarlo. Torcendogli il braccio dietro la schiena chiese a Raquel, stupito: «Chi è?».

«Lasciami, bastardo!» gridò Louis, con una smorfia di dolore.

«Lascialo, ti prego!» disse Raquel con gli occhi sbarrati.

Gli altri due ragazzini continuavano a cercare una via di fuga.

«Chi è?» ripeté Rocco.

«Mi ha salvato da una banda» disse Raquel.

Rocco guardò Louis. Aveva la stessa aria affamata di tutti i ragazzini assoldati dalla mafia in Sicilia. La loro stessa espressione da cani rabbiosi. Gli stessi segni dei maltrattamenti che gli aveva lasciato addosso la vita. Le stesse cicatrici, le stesse paure. Le stesse spalle magre, incurvate dall'immane peso di dover affrontare un mondo infinitamente più forte e crudele di loro. E sulle labbra un sorriso beffardo, falso come una moneta di piombo.

«Che cercavate?» gli chiese. «Qui non c'è nulla da rubare.»

«Vaffanculo, stronzo» gli rispose rabbiosamente Louis. «Tony Zappacosta ha dato il via libera a tutti. Non conti un cazzo.»

Rocco lo fissò. Aveva ragione. Tony aveva voluto far sapere a tutti che era solo. Non si rischiava nulla con lui. Girò il coltello, lo tenne per la lama e lo porse a Louis dalla parte del manico.

Louis guardò la sua arma e poi Rocco con sospetto.

«Hai mai pensato di lavorare?» disse Rocco, in tono calmo.

«Per diventare come te?» rispose Louis pieno di disprezzo. «Un pezzente con la schiena spezzata? Mettitela in culo la tua predica.»

«Louis, non fare così...» fece Raquel.

«Non pensavo a questo» disse Rocco. «Sei una mezzasega. Non riusciresti a sollevare neanche il mio uccello per farmi pisciare.»

Louis fissava il coltello senza decidersi a prenderlo, sicuro che ci fosse una fregatura.

«Ma c'è qualcosa che sai fare molto meglio di me» disse Rocco.

«Cosa?» domandò Louis, che non riusciva a capire.

«Tu sai come si ruba.»

«Vuoi che rubi per te?» intervenne Raquel, scandalizzata.

«No» rispose Rocco. «Voglio che eviti che rubino a me.» Guardò Louis dritto negli occhi. «Voglio la tua protezione.»

«Mi stai prendendo per il culo, stronzo?» disse Louis.

«Tu sai come si fanno certi lavoretti. E quindi sai anche come fare per evitarli.» Gli allungò il coltello. «Prendilo, avanti.»

Raquel trattenne il fiato.

Louis afferrò l'arma e balzò all'indietro, puntandogliela contro.

Rocco non si mosse. «Accetti?»

«Che ci dai in cambio?» domandò Louis.

«Chi lavora ha diritto a uno stipendio» rispose Rocco.

«Accetta, Louis» disse Raquel.

«Che ne sai che non ti fregherò?» chiese Louis a Rocco.

«Non lo so...» Rocco lo fissò. «Accetti?»

«Mi sa tanto che anche tu vieni da Marte» disse Louis.

«Accetta, Louis!» ripeté Raquel, con enfasi.

Louis fece un'espressione da duro ma poi disse: «Accetto».

«Allora abbassa il coltello prima che te lo ficchi su per il culo» fece Rocco. «Noi adesso andiamo a dormire. Voi no.»

Louis chiuse il coltello e se lo mise alla cintola. «So cosa devo fare senza che me lo spieghi tu» disse con aria strafottente. Ma la voce vibrava di una forte emozione. Era il suo primo lavoro.

Rocco non gli rispose, prese Raquel per un braccio e la portò a letto. Le torse un orecchio. «Ti avevo promesso di cacciarti a calci in culo se frequentavi delle bande.»

«Davvero mi ha salvato...» piagnucolò Raquel.

«Quello lì uno come te se lo mangia vivo.» Le lasciò l'orecchio. «Tu non sei come me e lui.» Le mostrò il pugno chiuso. «Tu sei migliore. E io non ti permetterò di sprecare la tua vita come noi.»

L'indomani, quando Rocco gli presentò Louis e i due ragazzini, Javier disse: «Sono dei ladri. Non cambieranno mai».

«Hai giudicato male anche me» rispose Rocco. Guardò gli altri. «Siamo una squadra. Il capo sono io. E si fa come dico io.»

«È un duro con i controcazzi» mormorò Louis a Raquel, in disparte, in tono ammirato. «È tuo padre?»

«No. Noi siamo amici» sorrise Raquel, ricordando che Louis le aveva proibito di dire la stessa cosa di loro. «Lui non ha paura di essere preso per un debole o un finocchio.» E se ne andò, diretta alla libreria.

Javier, Ratón e Billar si misero alla ricerca di pezzi per il telaio.

Mattia e Rocco si dedicarono a rimontare i pezzi del motore.

Dopo un po' Rocco si sentì osservato. Si voltò.

«Posso guardare?» fece Louis, con le mani in tasca.

«Ti interessano i motori?» gli chiese Rocco.

«Quello è un motore?»

«Sì.»

«Ah...» Louis si avvicinò. «E tu lo sai montare?»

«Sì.»

Louis si avvicinò di un altro passo. «E quello che sarebbe?»

«Un pistone. Va messo dentro quell'altro pezzo lì, il cilindro.»

«Ah...»

Rocco indicò gli altri due ragazzini. «Sono tuoi fratelli?»

«No, non ho fratelli» rispose Louis. «Cioè... non ce li ho più.»

Rocco fece segno a Mattia di lasciarli soli. Poi, quando se ne fu andato, chiese a Louis: «E che fine hanno fatto i tuoi fratelli?».

«Sono morti» disse Louis. «Ma chissenefrega, giusto?»

Rocco non lo guardò. Ma sapeva che se lo avesse fatto avrebbe letto, dietro la rabbia, tutto il dolore che si annidava nell'anima di quel ragazzino. «Ángel mi ha detto che l'hai difeso.»

«Dovevo mettere in chiaro con degli stronzi chi comandava. Della mezzasega non me ne fregava niente.»

«Allora è stato fortunato.»

Louis si strinse nelle spalle.

«Ti va di aiutarmi?» disse Rocco riprendendo a pulire il pistone.

Louis ciondolò un attimo poi chiese: «Che devo fare?».

«Asciuga questo carburatore» Rocco gli allungò uno straccio.

«Carburatore» ripeté Louis. «Pistone, cilindro, carburatore.»

Poi Rocco cominciò a rimettere insieme il motore con Mattia. «Allora, per prima cosa bisogna fissare bene le guarnizioni...»

«Guarnizioni...» ripeté Louis a bassa voce. E così fece per tutto il tempo che impiegarono ad assemblare il motore.

Quando ebbero finito lo issarono con l'argano e lo fissarono a un supporto stabile.

Intanto erano tornati indietro anche Javier, Ratón e Billar con un carretto carico di pezzi recuperati dai vari sfasciacarrozze.

Verso sera una macchina si fermò davanti all'officina. Dopo un attimo entrò un uomo sulla trentina, azzimato come un pappone, con i capelli impomatati, seguito da due bruti armati.

«Merda, è don Lionello Ciccone» mormorò Louis.

«Chi?» chiese Rocco.

«Il boss del *dique cinco*. Quello che si dice stia facendo la guerra a Tony Zappacosta» rispose in fretta Louis.

Don Ciccone fece vagare lo sguardo sui presenti. Poi puntò un dito verso Rocco. «Scommetto che sei tu Bonfiglio» disse.

Rocco gli andò incontro. Lesse la tensione sui volti dei suoi uomini. Stringevano troppo le pistole. Ma era iniziata una guerra e non ci si poteva rilassare. Meglio ammazzare un innocente piuttosto che farsi ammazzare. La regola era semplice e logica.

«Comandate» disse Rocco, senza la minima punta di servilismo.

Don Ciccone lo squadrò. «Mi raccontarono che tu sei quello che sparò agli uomini che fecero saltare in aria la Zappacosta Oil Import-Export e ti volevo vedere in faccia.»

Rocco ricambiò lo sguardo. «Io non sono un uomo di Tony.»

«Mi dissero anche questo» fece don Ciccone. «Ma la

gente dice un sacco di minchiate. E comunque tu non sei molto popolare da queste parti.»

«Popolare non lo sono mai stato in vita mia» rispose Rocco. «Perciò ci sono abituato.»

«Magari diventi popolare perché ti ammazzano» disse don Ciccone, con il tono di voce tranquillo delle persone crudeli quando parlano di morte.

«Non credo, con rispetto parlando» fece Rocco. «A chi volete che gliene freghi della morte di uno come me?»

«La lingua ce l'hai lunga. Ma questo non significa che hai i coglioni pesanti.» Don Ciccone sorrise. «Sai come si fa a pesarli?»

«Lasciatemi indovinare. Bisogna tagliarli?»

«Sì.»

«Sentite, don Ciccone, se Zappacosta morisse sarei il primo a festeggiare» disse Rocco, ricordando le istruzioni di Tony. Fece un gesto circolare con il braccio. «E lo stesso vale per tutti i miei uomini. Nessuno escluso. Qui troverete solo nemici di quel nano.»

«Di sicuro i tuoi uomini non sembrano molto pericolosi» rise don Ciccone. E quando comparve Raquel scoppiò a ridere più forte ancora. «Hai un gran bell'esercito! Potresti aprire un circo!»

«Che succede?» chiese Raquel.

Don Ciccone le diede uno scappellotto bonario, continuando a ridere. Poi fece segno ai suoi uomini e se ne andò.

«Che succede?» chiese ancora Raquel.

«Quando imparerai a stare zitto?» le disse Rocco con durezza. Batté le mani, per scuotere gli uomini e cacciare via il fantasma di don Ciccone, che aveva spaventato tutti. «Riempi il serbatoio con la benzina» ordinò a Louis.

«Io?» fece Louis sorpreso.

«E chi, io? Sei il mio aiutante o no?» Rocco batté ancora le mani. «Vediamo se sappiamo far partire un motore!» urlò.

Mentre Louis riempiva il serbatoio, fiero e impettito, Raquel lo guardò. E provò una sottile invidia. Sapeva quanto Rocco tenesse a quel motore. «Potevo farlo io» gli sussurrò, facendoglisi accanto.

«No» le disse Rocco. «Tu devi aiutarmi ad accenderlo.»

Raquel sentì le guance che avvampavano.

«Fatto» annunciò Louis, chiudendo il tappo.

«Passami la manovella.»

Lui gliela passò, compreso nel suo ruolo.

Rocco infilò la manovella nel suo alloggio. Poi prese le mani di Raquel e le mise sul manico di legno, insieme alle sue.

Improvvisamente scese il silenzio nel capannone. Sembrava che anche le mosche avessero smesso di ronzare. Si sentì solo lo scalpiccio dei piedi di tutti che si ammassavano intorno.

«Avanti, bello» sussurrò Rocco. «Non tradirmi...»

Tutti trattenevano il fiato.

«Al mio via, con tutta la forza che hai» disse Rocco a Raquel.

«Sì...» sussurrò Raquel. E poi ripeté: «Avanti, bello».

«Via!» fece Rocco e ruotò la manovella.

Raquel si sentì quasi strappare in aria.

Il motore scoppiettò. E poi partì. E non si fermò più.

Mentre la vibrazione del motore si spandeva nel capannone, Rocco guardò Ratón, che rideva mostrando i denti sporgenti. E Javier, che ballava zoppicando abbracciato a Billar. E Mattia, emozionato perché fino a quel momento non si era mai sentito per davvero un meccanico. E Louis che fissava con occhi scintillanti il motore che aveva contribuito a montare.

E gli altri due ragazzini che si riempivano di pacche e finalmente sembravano dei bambini.

E poi incrociò gli occhi di Raquel, che lo guardava piena di ammirazione e gli diceva: «Lo sapevo! Io lo sapevo!».

E allora Rocco, con il cuore che pompava sangue nel suo corpo con la stessa potenza con cui i pistoni pompavano energia nel motore, guardando quella festa pensò che era solo l'inizio.

Bisognava costruire un'intera macchina intorno a quel motore. E sperare di passare indenni tra i proiettili che presto sarebbero sibilati nell'aria. C'era ancora tanta strada da fare.

Ma su una cosa don Ciccone si sbagliava.

Lo zoppo, il monco, quello con la gamba di legno, il ragazzetto brufoloso, i tre delinquenti di nemmeno tredici anni e il ragazzino pelle e ossa che sembrava quasi più una femmina che un maschio non erano ridicoli.

Erano una squadra. Una vera squadra.

Mancava solo Rosetta, pensò immalinconendosi, come ogni volta, e si aggrappò al bottone che teneva sempre in tasca.

49.

"C'era una volta... 'Un re!' direte subito voi. No, avete sbagliato. C'era una volta una ragazza. Una ragazza che voleva essere libera come un ragazzo."

Dalla sera in cui aveva scritto quell'inizio a imitazione di *Pinocchio*, Raquel aveva una sola idea in testa: scrivere una storia.

Ma intanto il foglio che le aveva dato Rocco rimaneva bianco, a eccezione di quell'inizio.

«Che hai da essere così imbronciato?» le chiese Rocco, prima che si avviasse verso la libreria.

«Avete tutti qualcosa da fare» borbottò Raquel. Guardò Louis, che ormai era diventato l'aiutante fisso di Rocco. «Lui ti è utile?»

«Sì, mi è utile» rispose Rocco.

Raquel sentì una fitta di gelosia.

Rocco la fissò. «Vorresti diventare un meccanico?»

«Non lo so» rispose Raquel, imbronciata.

Rocco scosse il capo. «Vuoi fare il garzone di un meccanico?»

«No.»

«No, infatti.»

«Io voglio scrivere storie» disse Raquel, con la foga eccessiva di chi sembra di dover convincere per primo se stesso.

Rocco annuì. «Ecco. Questo è qualcosa per cui lottare.»

«Ma io...» Raquel tentennò, sgonfiandosi come un palloncino bucato. «Io... non so come si inventa una storia.»

Rocco scoppiò a ridere. «Tu non sai inventare storie?» Rise di nuovo. «Te lo ricordi cosa mi hai raccontato quando ti ho trovato? Che arrivavi da Rosario. A piedi! Trecento chilometri a piedi! Che era esploso un palazzo per... un attentato dinamitardo. Che eri l'unico sopravvissuto...»

«È vero!»

«Mi prendi per scemo?» fece Rocco. Le diede uno scappellotto. «Quando vorrai me la racconterai la tua vera storia» disse serio.

«Come sai che non è vera?»

«Lo so e basta» rispose Rocco. «Ma so anche che era una buona storia. Affascinante, avventurosa. Io non l'avrei saputa inventare.» Si voltò verso Louis. «E neanche lui.» Le batté l'indice al centro della fronte. «Tu invece sì. Hai talento per le cazzate.»

Raquel aprì la bocca per protestare.

«Scherzo!» rise Rocco. «Per le storie, volevo dire.»

«Io però non so davvero come si scrive una storia.»

«E che vuoi da me?» fece Rocco rudemente. «Io non so scrivere neanche il mio nome. Che ne so io?» Vide l'espressione delusa di Raquel. Allora la attirò a sé. «Anzi no, una cosa la so.» Le passò una mano sui capelli a spazzola. «Ragazzino, tu hai testa e cuore. Che cazzo ti devo dire? Usali.» La fissò per un attimo. «E adesso vattene e levati dalla faccia quel muso lungo perché mi hai rotto i coglioni.»

Raquel rise, si tirò su il cappuccio e andò in libreria.

La sera, quando tornò, Rocco, tenendo le mani dietro la schiena, le chiese: «Allora? Hai iniziato a scrivere la tua storia?».

Raquel scosse il capo sconsolata.

«Strano» disse Rocco. «Secondo me hai quasi tutto per essere uno scrittore. Chiacchieri troppo, sei un ficcanaso e con quel fisico da mezzasega non potresti fare nessun lavoro da vero uomo.»

Raquel lo fissò senza capire.

Rocco scosse il capo. «Ma ti manca ancora qualcosa.»

«Cosa?» domandò Raquel.

«Carta e penna» disse Rocco sorridendo. Improvvisamente in una mano, come un prestigiatore, gli si materializzò un quaderno nero con la copertina rigida, nell'altra una penna stilografica e un vasetto di vetro pieno di inchiostro.

Raquel spalancò e chiuse la bocca, due, tre volte, senza riuscire a parlare.

«Sembri un pesce che sta schiattando sulla spiaggia» rise Rocco. «Questa» fece agitando in aria la stilografica, «si chiama Waterman... roba americana... e costa un patrimonio. Perciò vedi di farla fruttare. Non mi piace buttare i soldi. È chiaro?»

«Non... ti deluderò...» balbettò Raquel.

«Lo so» fece Rocco. Poi indicò il quaderno. Sulla copertina, al centro, c'era un'etichetta rettangolare color crema, bordata di verde. «Qui ci devi scrivere il tuo nome» disse e poi, imbarazzato, aggiunse: «Mi spiace... io non... non sapevo farlo».

Raquel sentì le lacrime che le inumidivano gli occhi.

«Leggi, scrivi, hai una stilografica americana e un orologio» disse Rocco. «Ti rendi conto che sei il finocchio del gruppo?»

Quando fu ora di dormire Raquel aveva già scritto il proprio nome sull'etichetta del quaderno. Copiò sulla prima pagina anche l'inizio del *Pinocchio* riveduto. Rileggendolo per l'ennesima volta, sottolineò l'ultima frase. "Una ragazza che voleva essere libera come un ragazzo." Una, due, tre volte, fin quasi a bucare la carta. E poi, all'improvviso, ci fu un lampo nella sua testa e capì cosa doveva scrivere. Un diario, le aveva detto Rocco, prendendola in giro. "Sì!" pensò allegra. Ma sarebbe stato un diario un po' speciale. Sorrise. Adesso sapeva cosa avrebbe scritto. Il diario di una ragazza in mezzo ai maschi. Una specie di manuale di sopravvivenza. Un libretto di istruzioni. Ridacchiò allegra.

Da quel momento Raquel scrisse senza posa, senza esitazioni, con un costante divertimento. Scrivere divenne un gioco. E la vita stessa divenne divertente, perché passava molto tempo a osservare i tic, le manie, il linguaggio, i comportamenti dei maschi, come se fosse a scuola di recitazione.

E studiare con attenzione i comportamenti maschili la portò a osservare anche il mondo intero con occhi diversi. Era solo una ragazzina ma aveva una mente acuta e un'intelligenza viva e pronta. Gran parte del merito era stato di suo padre, un uomo che era vissuto nel mondo con uno sguardo indipendente. Ogni volta che ci pensava, le si inumidivano gli occhi. Ma sapeva di averlo dentro di sé, di avere dentro di sé tutti quegli insegnamenti che ora le permettevano di vedere Buenos Aires e l'umanità che la circondava. E giorno dopo giorno, dimenticandosi di se stessa e concentrandosi sugli altri, cominciò a decifrare la vita come non aveva mai fatto. E si rese conto che essere un uomo, in quella città così estrema, era una cosa da duri. Tutti gli altri soccombevano.

Quando finì il suo resoconto, infilò le pagine in una busta e ci scrisse sopra: "Per la señora Alfonsina Storni". Poi andò di corsa alla sede di "Caras y Caretas".

«Che vuoi, ragazzino? Levati dai piedi» le disse uno dei portieri, vedendola gironzolare per l'atrio.

Raquel gli mostrò la busta senza riuscire a parlare, per quanto era emozionata.

Il portiere gliela prese e la lanciò in un grosso carrello che stava passando, spinto da un ragazzo. Il carrello era pieno di lettere.

«Sono tutte per la señora Storni?» chiese Raquel strabuzzando gli occhi.

«Sei scemo?» borbottò il portiere. «Sono per la redazione.»

«E chi le ha scritte?»

«Chi vuoi che le abbia scritte?» disse il portiere. «I lettori, no?»

Raquel se ne andò con un senso di profondo abbattimento. Le lettere erano troppe. E chissà quante storie contenevano.

«La mia neanche la leggeranno» mormorò.

Pochi giorni dopo Delrio la accolse con un sorriso radioso, scoprendo i suoi lunghi denti gialli. «Vieni, Ángel!» fece eccitato.

Mentre si avvicinava a passi strascicati Raquel notò che il libraio aveva in mano una copia di "Caras y Caretas".

«Ascolta qua» fece Delrio, con gli occhialetti tondi calcati sul naso. «*La ragazza che voleva essere libera come un ragazzo.*»

Raquel sentì un tuffo al cuore.

Si precipitò alle sue spalle. E lì, sulla pagina di sinistra, in grassetto, vide il titolo che Delrio aveva appena letto.

«Senti cosa scrive Alfonsina Storni...» fece il libraio.

«Alfonsina Storni?» gridò Raquel.

«Alfonsina Storni, sì. Sei sordo? Ascolta: *Qualche giorno fa è arrivata in redazione una busta anonima, indirizzata a me. In meno di un'ora tutti si passavano i fogli contenuti nella busta, chi divertito, chi commosso. Il direttore, l'egregio señor Estaquio Pellicer, non ha avuto alcuna esitazione e ha ordinato perentoriamente: "In stampa!". E allora, cari lettori, ecco a voi la storia di questa straordinaria ragazzina senza nome, che vive qui, proprio in mezzo a noi.*» Delrio abbassò la rivista e guardò Raquel.

Raquel era senza fiato. Non sapeva se ridere o piangere. Alfonsina Storni l'aveva chiamata "straordinaria ragazzina".

«Chissà se è per davvero una ragazzina» disse Delrio.

«Certo!» esclamò Raquel.

Delrio inarcò un sopracciglio, sorpreso. «E che ne sai tu?»

Raquel arrossì. «Alfonsina Storni... non mentirebbe mai.»

«I giornalisti mentono per mestiere» rise Delrio. «E le donne per natura. Perciò figurati di cosa può essere capace una donna che è anche giornalista!»

«Be'... io ci credo...» borbottò Raquel.

«Mah» fece Delrio. «Certe cose sono poco credibili. Per esempio questa presunta ragazzina racconta che non riusciva a trovare un lavoro onesto. Senti qua: Mi presentai al proprietario di una fabbrica di candele nel barrio di Nueva Pompeya...»

Raquel sorrise. Era stata bene attenta, nello scrivere, a non rivelare particolari che potessero farla scoprire.

«... e quello non volle assumermi perché ero una femmina, e come tale inaffidabile, incapace di lavorare come un maschio e forse anche stupida» continuò Delrio. «Ma è qui che la storia fa acqua. Ascolta» disse agitando l'indice. «Avevo fame. Così vendetti i miei lunghi capelli per necessità e mi ritrovai rapata a zero. "Sembri un maschio" mi disse uno. Comprai dei vestiti da maschio, allora. Ritornai alla fabbrica di candele e il proprietario, credendomi maschio, mi assunse. E ora non fa che lodarmi. E continua a ripetere che nessuna femmina sarebbe capace di fare quello che faccio io.» Delrio scoppiò in una sonora risata. «Gran coglione! Come può non accorgersi che è una femmina, secondo te?»

«L'avete appena detto» fece Raquel.

«Cioè?»

Raquel sorrise in modo angelico. «Perché è un gran coglione.»

Delrio scoppiò a ridere ancora più forte. «Gran coglione, sì!» ripeté. «Però è divertente. Senti: La cosa difficile è imbrogliare sulla pratica tanto amata dai maschi di orinare sui muri tutti insieme. Può non essere sufficiente dire semplicemente che l'hai già fatta. Bisogna usare un linguaggio da maschio, colorito. Magari dire: "Ehi, amico, mica ho una mammella di mucca in mezzo alle gambe. Anche se me lo strizzo non esce più niente".» Il libraio rise divertito. «Perché gli uomini si sentono in dovere di esagerare. Sono ossessionati dalle misure. Di tutto... E perciò anche le loro parole devono essere grosse come il loro... coso.»

In quel momento il campanello sopra la porta suonò. Delrio si alzò di scatto, con la rivista in mano, vedendo un cliente abituale. «Don Attilio!» disse eccitato andandogli incontro. «Dovete assolutamente leggere questa. È da sbellicarsi dalle risate.»

Raquel rimase a guardare i due uomini che ridevano leggendo le parole che aveva scritto lei. Non riusciva ancora a capire bene se stava succedendo sul serio oppure se era un sogno.

«Ne compro subito due copie, caro Gaston» disse il cliente, entusiasta. «Una per me e una per mio suocero.»

Delrio gli diede le due copie. E per tutta la giornata non fece altro che parlare della storia della ragazzina travestita da maschio con tutti i clienti, uomini o donne che fossero.

Quando fu l'ora di chiudere Raquel gli domandò: «Ne vorrei comprare anch'io una copia».

«Sono finite, Ángel» disse Delrio contento, senza accorgersi della delusione di Raquel. «Questa ragazzina in un solo giorno ci ha fatto guadagnare più di quello che facciamo in una settimana, eh?» Si sfregò le mani. «Bisognerà riordinarla.»

«Mi può prestare la sua copia?» chiese timidamente Raquel.

«Neanche morto, ragazzo» fece Delrio, serio. «Lo devo leggere ai miei amici al caffè, stasera. Sai che risate.»

Raquel cercò in un'edicola ma anche lì erano finite le copie.

Tornò al capannone a metà tra delusa ed eccitata. Avrebbe voluto dormire con il suo articolo sotto al cuscino. Non riusciva a credere che l'avessero pubblicato e che Alfonsina Storni avesse parlato di lei in quella maniera.

Il giorno dopo aspettò con ansia che consegnassero le nuove copie che Delrio aveva ordinato. Ma il fattorino della distribuzione disse che c'erano stati troppi ordini e non si riusciva a rispettarli tutti. Si ristampava un'altra tiratura.

Le nuove copie arrivarono tre giorni dopo, durante i quali molti clienti erano passati a cercarle, spinti dal passaparola, e quindi Raquel se ne accaparrò subito una, prima che finissero di nuovo.

Quando tornò al capannone, con la sua copia, Javier, vedendola, le chiese: «È quella rivista con la storia della ragazzina?».

«Che ragazzina?» domandò Rocco.

«Una ragazzina che fa il maschio... o qualcosa del genere» gli rispose Javier. «Dicono che fa morire dalle risate.»

«Pare che pigli per il culo noi uomini» intervenne Billar.

«È scritto lì?» domandò Rocco a Raquel.

Raquel annuì.

«Ti va di leggercelo?»

Raquel si emozionò. «S-sì...» farfugliò.

In un attimo le stavano tutti intorno. Rocco, Javier, Ratón, Billar, Mattia, Louis e gli altri due ragazzini.

Raquel iniziò dalla presentazione di Alfonsina Storni. Poi si schiarì la voce e lesse dall'inizio: «Io vedo quello che le donne non possono vedere. Io vedo quello che gli uomini non mostrano alle donne».

«Chissà che vedrai!» rise un ragazzino, palpandosi tra le gambe.

«Per sembrare un vero maschio mi palpo anch'io quando mi guardano» continuò Raquel. «Per farlo bene bisogna piegare le gambe e avere uno sguardo un po' ebete e un po' di sfida. È come se i maschi avessero la necessità di sistemarsi qualcosa che non sta mai al suo posto. I giovani lo fanno più spesso degli adulti, ho notato. Forse per convincere il mondo che ce l'hanno anche loro.»

Rocco rise e indicò il ragazzino che prima si era palpato.

Il ragazzino arrossì. «Che stronzata» disse. Istintivamente si portò la mano tra le gambe ma si fermò, col gesto a mezz'aria.

Tutti quanti lo videro e scoppiarono a ridere ancora più forte.

«In ogni caso non c'è niente di più efficace di una palpata in pubblico per certificare la propria mascolinità» riprese Raquel. «Ma mi viene sempre da ridere perché è proprio una cosa stupida. Io infatti ho solo un pezzo di stoffa appallottolato nelle mutande, per evitare che non trovino niente se mi fanno lo scherzo, assai in voga, di dare pacche o strizzate. E per fortuna pare che basti.»

Rocco rise. «Avanti, calatevi tutti i pantaloni» disse.

Raquel si pietrificò.

«Tu soprattutto» fece Rocco, indicando il gigantesco Javier. «Tu hai proprio l'aria di una ragazzina travestita.»

Ci fu una risata generale.

«I ragazzi hanno un vero culto per il loro affare» riprese in fretta Raquel. «Ho sentito uno raccomandare: "Un giorno lo devi tenere a destra e un giorno a sinistra perché se lo tieni sempre dalla stessa parte ti cresce storto come una banana".»

Di nuovo tutti risero a crepapelle.

«È vero però!» disse uno dei ragazzini.

Raquel andò avanti nella lettura, scatenando ancora per qualche minuto l'ilarità generale. Lesse anche i passi che Delrio aveva letto in libreria. Poi passò alla parte finale.

«Ma io li capisco questi ragazzi, che spesso sono poco più che bambini» lesse dopo un po', abbassando il tono della voce, perché iniziava una fase diversa della sua storia. «I ragazzi del barrio bighellonano per strada, importunando i vagabondi, giocando a carte, rubando dalle bancarelle degli ambulanti, facendo pratica nell'arte del coltello. A una prima occhiata sembrano feroci ma se li guardi bene vedi la paura nei loro occhi. La stessa paura che c'è negli occhi di tutti gli emigranti.»

Improvvisamente le risate si erano interrotte.

«Io non ho paura» disse uno dei ragazzini.

«Stai zitto, coglione» fece Rocco.

«Non ho paura!» ripeté il ragazzino.

«Ti ha detto di stare zitto, coglione» disse Louis.

Raquel proseguì: «Sento dire che la nostra città è un formicaio. Ma è sbagliato. Nei formicai le formiche collaborano tra loro, non si prendono a pugni dalla mattina alla sera. Buenos Aires è una città dura, che non regala niente».

«Ci puoi scommettere il culo» mormorò Javier e si massaggiò il ginocchio che gli avevano spappolato con la mazza, azzoppandolo.

«In mezzo a tutta questa miseria» riprese Raquel, ormai quasi alla fine, «ci sono però alcuni uomini che riescono a creare un piccolo mondo di solidarietà. E mi hanno lasciato senza fiato, ammirata, perché credo che non sarò mai capace di essere così forte. E forse è questo che significa veramente essere un uomo.»

Gli occhi di tutti andarono a Rocco, che li aveva messi insieme e gli aveva dato una speranza. Nessuno parlò.

Raquel si emozionò. Era proprio a lui che aveva pensato scrivendo quel finale. «Sono uomini che si ribellano alla terribile solitudine che si prova in una città come questa.»

Nel capannone non volava una mosca.

Raquel lesse la conclusione, che riprendeva l'inizio: «Io vedo quello che le donne non possono vedere. Io vedo quello che gli uomini non mostrano alle donne. Io sono la ragazza che vuole essere libera come un ragazzo. Io sono la ragazza senza nome».

Nel silenzio che seguì si udì solo il frusciare delle pagine, mentre Raquel chiudeva la rivista, trattenendo anche lei il fiato.

Nessuno parlò. Come se stessero tutti assorbendo e digerendo le parole che avevano ascoltato. Prima divertiti, poi ammirati e infine forse spaventati.

E in quel momento, rompendo il silenzio, Rocco esclamò: «Questa ragazzina ha più coglioni di tutti noi messi insieme!».

50.

«Hai avuto notizie da quel mafioso?» chiese la Principessa.

«No, niente» borbottò di malumore il Barone.

Erano seduti l'uno accanto all'altra in un salottino del *palacio* tutto verde. Verde mela la carta da parati arabescata ai muri; sui toni del verde autunnale, delle foglie che cominciano a ingiallire, il grande tappeto Isfahan in seta; verde brillante il rivestimento del divano e delle due poltroncine gemelle, in velluto *corduroy*; infine dello stesso verde mela della carta da parati, ma con delle righe dorate, le tende di lino fine alle due ampie finestre.

Davanti a loro, seminuda, coperta solo da un grembiulino corto da cameriera, la ragazza alla quale il Barone aveva ucciso il fratello sul transatlantico, e che aveva regalato alla Principessa.

«Chissà se è vero quello che si dice dei nani» rise maliziosamente la Principessa, riferendosi a Tony Zappacosta.

«Ho mandato Bernardo a chiedergli se ha trovato l'uomo che ha fatto scappare quella puttana» disse il Barone. «Ma niente.»

«La tua bella Rosetta ti ha spezzato il cuore.» La Principessa rise e gli appoggiò vezzosamente il capo alla spalla. Da quando era arrivato l'unico uomo che condividesse le sue perversioni, la nobildonna pareva ringiovanita e il suo umore era sempre allegro.

«Quella troia mi ha spaccato la testa, non il cuore» fece

il Barone e diede un pizzico alle natiche nude della ragazza, stizzito.

La ragazza gemette. E poi afferrò un pasticcino e lo trangugiò. Poteva mangiare un dolce ogni volta che le facevano male.

«Sta diventando una vacca» disse il Barone, disgustato.

«E mi sta anche annoiando, poverina» sospirò la Principessa. «Che brutto quando un giocattolo non ti diverte più, vero?»

«Dovremmo trovare un diversivo» disse il Barone. Non faceva altro che pensare a Rosetta. Aveva cominciato anche a sognarla. Ma se durante il giorno, da sveglio, immaginava di torturarla e poi di ucciderla, la notte invece era lei a prendere il sopravvento. Lo vinceva. Lo umiliava. Lo metteva in ginocchio. E così, al mattino successivo, il Barone doveva inventare nuove e più cruente fantasie per compensare le pene notturne subite. E questo non faceva che alimentare il fuoco della sua ossessione.

«Sei mai stato in un bordello degli ebrei?» chiese la Principessa.

«Che hanno di diverso da un normale bordello?»

La Principessa socchiuse gli occhi e, in tono sgradevolmente sognante, disse: «Pare che ci sia più… sofferenza».

«Che hanno da soffrire?» domandò il Barone. «Sono puttane.»

«Sono molto giovani» rispose la Principessa. «E un deputato del governo, col quale scambio qualche pettegolezzo, mi ha detto che sono delle specie di schiave. Provengono dai ghetti dell'Europa dell'Est. Dice che sono dei deliziosi animaletti domestici.»

«E dove stanno?» fece il Barone, ringalluzzendosi.

«Un po' dappertutto nella zona di Junín» rispose la Principessa. «Uno dei più sordidi si chiama Chorizo.» Rise. «Gli ebrei hanno un *sens de l'humour* straordinario. Le piccole salsicce giudie.»

«Fa venire l'acquolina in bocca» disse il Barone. «Quando ci andiamo, *ma chère*?»

La Principessa lo abbracciò, allegra.

«Posso avere un pasticcino?» chiese la ragazza.

«Levati dai piedi, idiota!» scattò il Barone, tirandole un calcio.

«Non ti far venire il malumore» rise la Principessa. «Ero certa che ti sarebbe piaciuta l'idea.» Si alzò. «Vatti a fare bello, *mon cher ami*. La macchina è pronta. Possiamo andarci anche subito.»

«Porto Bernardo» fece il Barone.

«No, per una volta no» piagnucolò vezzosamente la Principessa. «Divertiamoci noi due soli.»

Il Barone la guardò e sorrise. Se gli fossero piaciute le donne – e a lei gli uomini –, la Principessa sarebbe stata in cima alla lista dei suoi desideri. Era perfetta.

Quando una mezz'ora più tardi, verso l'imbrunire, l'autista li depositò davanti al Chorizo, entrambi guardarono estasiati la facciata brutta e squallida del bordello, di quel color senape che l'acqua lavava e macchiava insieme. Le persiane chiuse non suggerivano un posto disabitato ma qualcosa di sordido che andava nascosto. Qualcosa come un brulichio di vermi in una cassa da morto, pensarono entrambi con un brivido, come se avessero una sola testa. E la stessa malattia.

Si presero per mano, come due bambini, e si avviarono verso l'ingresso, dove due bruti con i capelli impomatati e le facce sfregiate più ancora dalla loro ottusità che dai coltelli aspettavano senza riuscire a capire che strana razza di clienti potessero essere.

«Buonasera, signori» disse Amos, comparendo. «Vi ho visto dalla finestra del mio ufficio.» Si infilò i pollici nel panciotto. «Vi siete persi o mi state onorando con una vostra visita?»

Il Barone rallentò ma la Principessa gli strinse la mano e lo fece proseguire fino a raggiungere Amos.

«Il deputato Dos Santos» sussurrò la Principessa per non farsi sentire dai due gorilla, «mi ha incuriosito con certi suoi racconti.»

Il volto di Amos fu illuminato da un sorriso compiaciuto. «Che onore» disse. «Ma il deputato è un uomo e voi invece...»

«Oh, via, non siate così *ancienne manière*» rise la Principessa.

«E con chi ho il piacere...?»

«È presto perché possiate saperlo» intervenne altezzosamente il Barone.

Amos accennò un inchino. «La discrezione è la prima regola della casa» disse in tono mellifluo. «Ed è il primo diritto dei nostri ospiti.» Rientrò nel Chorizo. «Venite, signori. Faccio strada.»

Mentre lo seguivano, il Barone e la Principessa si guardavano intorno con occhi famelici, nutrendosi dello squallore, con le narici dilatate, come dei cani da caccia, per aspirare tutti gli odori sgradevoli che si mischiavano per le stanze in penombra.

Amos li fece accomodare nel suo salottino.

I volti del Barone e della Principessa tradirono la loro delusione. La stanza sembrava un qualsiasi salotto borghese, totalmente privo del fascino perverso che si aspettavano dal Chorizo.

«Cosa cercate, signori?» chiese Amos, prima ancora di farli accomodare, decifrando la delusione nei loro occhi.

«Non... questo» fece la Principessa.

Amos sapeva leggere nella testa dei suoi clienti. Era un buon commerciante. E un ottimo venditore. «Le stanze non sono così» disse. Li guardò con un sorriso cattivo. «L'odore che c'è nell'aria non è questo.» Vide d'aver colto nel segno. «Forse rimarrete scandalizzati dalla... sporcizia» calcò la mano. Osservò il lampo che si accendeva negli sguardi dei due. Sapeva a che categoria di clienti appartenevano. Erano due ricchi pervertiti. Si nutrivano di sofferenza. Mangiavano merda assaporandola come caviale russo. Succhiavano lacrime come se fosse champagne francese.

«Le ragazze che avete qui... da dove vengono?» chiese con un fremito la Principessa.

Non era la domanda che voleva fare, pensò Amos. Voleva solo sapere se le ragazze soffrivano. Sì, erano mangiatori di merda. «Vengono da lontano per accontentare l'enorme mercato del sesso di Buenos Aires» esordì. «Strappate alle loro famiglie...» Poteva sentire i loro respiri accelerare. Era il momento di dargli ciò che volevano. «Nei loro occhi leggerete inenarrabili sofferenze.»

La Principessa si lasciò cadere su un divano.

Il Barone sembrava più misurato ma era rosso in viso.

Amos immaginò, soprattutto dallo sguardo che aveva dato ai due gorilla all'ingresso, che non fosse interessato alle donne.

Il suo vizio era semplicemente il male.

E il Barone lesse negli occhi di Amos la sua stessa cattiveria. «Voi dovete avere una vasta rete di informazioni sulle donne di Buenos Aires, vero?» gli domandò all'improvviso, assecondando un'intuizione che gli era balenata in mente.

Amos aggrottò le sopracciglia. Era una domanda che non si aspettava. «Cosa intendete di preciso, señor?»

In quel momento Adelina entrò nella stanza con due tazze di mate caldo da offrire agli importanti ospiti.

Il Barone, mentre Adelina poggiava le tazze su un tavolino, le fissò sfacciatamente la cicatrice sulla guancia. «Le vostre ragazze non riescono mai a scappare?» chiese.

Amos notò lo sguardo insistito del Barone alla cicatrice di Adelina. «Sì, talvolta» rispose. «Ma le ritrovo e... le marchio.» Al ciccione piaceva il sangue, dunque. E adesso gli avrebbe chiesto i particolari, ne era certo. Lo eccitava.

«Le ritrovate sempre?»

Amos non vedeva eccitazione negli occhi del ciccione. Non voleva i particolari. Stava girando intorno ad altro. Si irrigidì. Di quale ragazza scappata parlava? Sapeva qualcosa di Raquel? «Cosa volete sapere?» chiese con un tono teso.

«Se le ritrovate sempre» fece il Barone. «Voi siete in grado, anzi… siete *attrezzato*… per trovare una ragazza scappata? Voi sapete sempre dove cercarla?»

«Chi cercate?» chiese Amos sempre sulla difensiva.

«Una ragazza che rincorro dalla Sicilia» fece il Barone.

Amos capì finalmente dove voleva andare a parare. Non aveva nulla a che fare con Raquel. E nemmeno con il sesso. Fece segno ad Adelina di andarsene e appena furono di nuovo soli chiese al Barone: «Chi è questa ragazza?».

«Non adesso, *mon cher*» intervenne la Principessa.

«Sì, adesso» ribatté il Barone, in tono aspro.

Amos vide una durezza inaspettata dietro all'aspetto molliccio e ripugnante. E capì di avere di fronte un uomo pericoloso. L'aveva sottovalutato. «Ditemi. Forse posso aiutarvi.»

«Cerco una criminale» fece pieno d'astio il Barone.

«Vi ascolto.»

Il Barone gli raccontò di Rosetta e della sua fuga durante la rivolta all'Hotel de Inmigrantes.

Amos ricordava perfettamente quel giorno. «È una ragazza bruna?» chiese. «Molto, molto bella?»

Il Barone fece un'espressione di estrema sorpresa.

«Siete venuto dalla persona giusta, señor» sorrise Amos. «Ero lì, per puro caso.» Fece una pausa. «O per destino. Per esservi utile.» Lo fissò. «Ma la cercherà anche la Policía, immagino.»

«Sono degli inetti» fece pieno di disprezzo il Barone. «E detto tra noi, questa troia io vorrei averla in mano… privatamente.»

«Privatamente?» chiese Amos, che però aveva già capito.

«Io non credo alla giustizia dei tribunali» disse freddamente il Barone. «Voglio giudicare io questa criminale. La voglio per me. Viva e in buono stato.»

Amos pensò di nuovo che aveva di fronte un uomo pericoloso. «La troverò, señor.»

«Barone Rivalta di Neroli» fece il Barone, presentandosi. «La criminale si chiama Rosetta Tricarico.»

«La troverò e ve la porterò, Barone» fece Amos. «Ma... dove?»

«Al *palacio*...» Il Barone aspettò il cenno di autorizzazione della Principessa, «della Principessa de Altamura y Madreselva.»

«Ma la settimana prossima andremo per qualche giorno nella mia *fazenda* per una festa» disse in tono mondano la Principessa.

«Non credo che troverà la ragazza in una settimana, *cherie*» disse infastidito il Barone.

La ragazza era un passe-partout capace di forzare ogni serratura di quel ricco ciccione, pensò Amos. Aveva un valore immenso. Avrebbe potuto chiedere qualsiasi cifra. E lui aveva bisogno più che mai di soldi in quel momento. «Non so quanto ci metterò, ma ve la troverò» ripeté.

«Ho chiesto anche a un certo Tony Zappacosta» disse il Barone. «L'uomo che ha scatenato la rissa per far fuggire questa criminale aveva promesso favori in nome di un mafioso palermitano, zio di questo Zappacosta. Trovato l'uomo, trovata la ragazza, ho pensato. Ma su quel fronte tutto tace.»

Amos si irrigidì sentendo nominare Tony. «Non vi invischiate con quel mafioso» disse. «È un cavallo azzoppato.» Si avvicinò al Barone, per rendere più confidenziale ciò che stava per rivelargli. «È iniziata una guerra. E si dice che Zappacosta l'abbia già persa.» La sua espressione si indurì. «Perché non sa chi è il suo nem...» Si interruppe. La vanità faceva dire cose che dovevano essere taciute, pensò. Specialmente a un estraneo. La vanità rendeva stupidi gli uomini. Tutti. Anche lui.

«Cosa non sa?» domandò il Barone.

«Lasciate perdere» tagliò corto Amos. «Non vi invischiate con quel mafioso o trascinerà a fondo anche voi.»

La Principessa sbadigliò, annoiata.

«Ma voi siete venuti per divertirvi e non per ascoltare le mie chiacchiere» esclamò allora Amos. Doveva conquistare quei due ricchi stronzi, adesso. Se ci fosse riuscito i loro soldi sarebbero stati molto utili per l'impresa nella quale si era lanciato. Andò al cassetto della sua scrivania e prese un pacchetto. Merda bianca per mangiatori di merda. «Sapete cos'è?»

Il volto della Principessa si ravvivò. «Non ditemi che è...»

«Sì, madame» sorrise Amos.

«Non l'ho mai provata!» esclamò eccitata la Principessa.

«Cos'è?» domandò il Barone.

Amos aprì la busta e versò un po' di polvere bianca su un vassoio d'argento. Poi la lavorò con un coltellino. Infine creò due strisce bianche e porse una cannuccia d'argento alla Principessa. «Sapete come si fa?» Sorrise. «Infilatela in una narice, tappate l'altra narice, svuotate i polmoni e aspirate con forza.»

«Cos'è?» domandò ancora il Barone.

«Una polverina magica» sorrise Amos.

«Cocaina!» fece elettrizzata la Principessa e aspirò avidamente la sua striscia di droga.

Poi fu la volta del Barone. «Non sento niente» disse.

«Nel senso letterale del termine» rise Amos. «Non sentite più il naso. È anestetizzato.»

Il Barone e la Principessa si toccarono le narici ed esclamarono, quasi in contemporanea: «È vero!».

Dopo un attimo il Barone si rese conto che i pensieri avevano subito una violenta accelerazione nella sua testa. Aveva una nitida percezione di se stesso. E vedeva con maggiore accuratezza ciò che lo circondava, dagli oggetti alle persone. Tutto era chiaro, decifrabile. Il mondo era totalmente sotto controllo. E lui era potente. Poteva soggiogarlo come voleva. «Ancora!» esclamò.

Amos stese altre due strisce di cocaina.

Il Barone e la Principessa le aspirarono.

«E adesso andiamo a divertirci» fece allora Amos, guidandoli nei meandri del Chorizo fino a una stanza sordida, con un letto matrimoniale dalle lenzuola stazzonate e macchiate.

Seduta sul letto c'era una ragazzina bionda, a testa bassa.

«Lei è Libertad» la presentò Amos. Poi disse ciò che li avrebbe eccitati: «I suoi genitori me l'hanno venduta per pochi spicci».

La Principessa mugolò.

«È silenziosa» disse Amos. «Ma farà tutto ciò che le chiedete.» Vide che quei due avevano gli sguardi incendiati dalla cocaina. Ballavano irrequieti sul posto, pieni di energia. «Non è uno spettacolo? Sembra una bambola, vero?»

La Principessa si sedette accanto a Libertad, accarezzandole i capelli biondi, lucidi come fili d'oro. «Quando ero piccola mi piaceva scoprire di cosa erano riempite le bambole» disse. «La mia camera era piena di braccine e gambette» continuò. «E teste.»

Il Barone rise, con il volto contratto e gli occhi vitrei.

«Non rovinatemela troppo» fece allora Amos.

Il Barone si voltò a guardarlo. La cocaina lo stava bruciando.

Amos gli mise una mano sulla spalla. Era il momento di serrare il nodo che lo avrebbe legato a sé. «Ve la troverò io quella donna» gli sussurrò. «Ora giocate.» E poi li lasciò soli.

«Libertad» disse allora la Principessa, levandosi le scarpe e le calze. «Inginocchiati e leccami i piedi.»

Libertad, come una marionetta senz'anima, si inginocchiò e cominciò a leccare i piedi della nobildonna.

La Principessa si tirò un po' più su la gonna. «Sali, Libertad...»

Libertad le leccò le caviglie e i polpacci.

Il Barone osservava teso, il viso imperlato di sudore.

La Principessa gli rivolse un'occhiata maliziosa e gli disse: «Non puoi guardare». Coprì il busto di Libertad con la sua ampia gonna. Sorrise con malizia al Barone, che ora aveva un'aria delusa. «Ma puoi ascoltare il fruscio della sua lingua sulla mia pelle.» Indicò il pavimento. «Inginocchiati anche tu» gli ordinò.

Il Barone eseguì, sempre più sudato. E avvicinò l'orecchio alla gonna della Principessa, che prese ad accarezzargli la cicatrice.

«Più su, Libertad» ordinò la Principessa.

Libertad raggiunse le ginocchia e le cosce.

La Principessa cominciò ad ansimare. «Più su, Libertad» disse allora. «Fino in cima.»

La gonna si gonfiò quando Libertad raggiunse il pube.

La Principessa le premette le mani sulla testa e la attirò a sé con violenza, quasi soffocandola. E più Libertad cercava di respirare più la Principessa la teneva stretta, mugolando di piacere.

Il Barone stava per aiutarla a soffocare Libertad quando sentì una strana sensazione. Si accorse che la stoffa dei pantaloni, all'altezza dell'inguine, si stava tendendo. Con i pensieri che gli vorticavano in testa, impazziti per la cocaina, si buttò a sedere, lì per terra, e si slacciò la patta con furore. Si infilò una mano nelle mutande e tirò fuori il membro. Lo guardò con stupore.

Era turgido. O quasi.

Per la prima volta in vita sua.

Se lo toccò con cautela, come se avesse paura di sentire dolore. E invece il piacere fu inaspettato. Enorme. Spropositato.

In quel momento si rese conto che con quel membro quasi duro, quasi da uomo, avrebbe potuto umiliare personalmente Rosetta.

E questo pensiero lo commosse.

E gli venne da piangere. Come un bambino.

E tutto il merito era di Amos e della sua polverina magica.

Intanto la Principessa aveva raggiunto l'orgasmo con un verso da bestia feroce. Guardò il Barone e gli vide le guance rigate di lacrime. «Che succede, *mon cher*?» gli chiese preoccupata.

«Sono... felice» rise il Barone.

51.

«Che c'è scritto oggi?» chiese Rosetta al Francés, porgendogli la copia della "Nación" che comprava ogni mattina.

Da giorni viveva dibattuta tra due opposti pensieri. Se quel giornale avesse davvero pubblicato un articolo su di lei non sarebbe più stata invisibile. E questo era insieme un bene e un male. Per un verso era pericoloso perché la Policía sarebbe potuta risalire a lei. D'altro canto però grazie a quell'articolo forse Rocco avrebbe potuto trovarla. Anche se non sapeva leggere magari ne avrebbe sentito parlare e avrebbe capito che era lei. O almeno così sperava.

Il Francés era sulla sedia che Assunta gli metteva fuori ogni giorno al sole. «Perché non prendi "Caras y Caretas"? Parlano tutti di questa ragazzina che si finge maschio. Pare sia molto divertente. Meglio della "Nación", comunque.»

«Io compro la "Nación", non "Caras y Caretas"» disse Rosetta. «Devo vedere se quel giornalista scrive il suo articolo e ha detto sulla "Nación", non su "Caras y Caretas".»

Il Francés prese il giornale e lo sfogliò attentamente, pagina dopo pagina. «Niente neanche oggi, chica» disse.

«Meglio» fece Rosetta.

Però il Francés sentiva ogni giorno il rimpianto nella sua voce. Ma non sapeva il perché. «Sei sicura di non volermi raccontare?»

«E tu sei sicuro di non volermi raccontare?» rispose Rosetta.

«Le nostre situazioni sono diverse» fece il Francés. Non poteva raccontarle di Amos. «Io magari ti potrei aiutare. Perciò varrebbe la pena di raccontarmi. Tu invece non mi puoi aiutare. E allora tanto vale che non ti dica nulla.»

Rosetta andò via senza rispondergli.

Mentre camminava per il barrio le donne le sorridevano. Gli uomini invece erano divisi. Alcuni la salutavano con rispetto. Altri semplicemente la fissavano, come i maschi di

Alcamo quando aveva osato comportarsi da uomo. A volte, superando questi capannelli che le ricordavano i nullafacenti del suo paese, riuniti nelle osterie a parlare di niente e a criticare tutto, sentiva il mormorio che la seguiva. Come lo strascico di un vestito. In fondo era rimasta una *bottana*, come dicevano i paesani, secondo la loro mentalità. Il principio era lo stesso.

«Cosa succederebbe se altre donne si comportassero come te?» le aveva detto padre Cecè, il parroco di Alcamo. E adesso anche lì a Buenos Aires, in quel nuovo mondo che di nuovo non aveva proprio nulla, le cose funzionavano allo stesso modo.

All'inizio i maschi del barrio l'avevano ammirata per quello che aveva fatto. Ma poi in molti si erano sentiti minacciati. Da lei e dalle altre donne che all'improvviso credevano di potersi unire e creare una catena di solidarietà. Donne che avevano cominciato a usare termini pericolosi come "giustizia" o "libertà", parole che stavano bene in bocca agli uomini, non alle femmine. Perché quelle parole, in bocca a una donna, potevano sottintendere un altro termine, ben più scandaloso, che era "uguaglianza". Parità di diritti. Ridicolo.

E tutto questo era colpa di Rosetta. Era lei la mela marcia.

«Se Dio avesse voluto che uomini e donne fossero uguali» aveva detto un giorno un ubriaco, suscitando l'approvazione dei presenti, «non avrebbe tagliato il cazzo e i coglioni alle femmine.»

Il problema era tutto lì fra le gambe, rifletté Rosetta dirigendosi verso il Mercado Central de Frutos del País. Come se quel grumo di carne fosse il segno tangibile di un'investitura. Arrivavano perfino a immaginare un Dio che mutilava le donne per relegarle a una posizione di inferiorità. Se non fosse stato un pensiero tanto idiota ci sarebbe stato da ridere, si disse.

Passò il ponte sul Riachuelo e prese Avenida General Mitre. Girò a sinistra e in un attimo fu al Mercado Central.

Adorava quel posto. Le ricordava le galline nelle gabbie troppo piccole, che le avevano fatto pensare a se stessa. Era assurdo, ma in fondo era iniziato così. Con delle galline e delle gabbie.

Quando si sentiva triste Rosetta tornava in quel caotico mercato.

E ne veniva rigenerata.

Ma quel giorno aveva un appuntamento.

Arrivò nella zona degli ambulanti e trovò le cinque donne che la aspettavano. Però l'atmosfera non era gioiosa come aveva sperato. Le donne se ne stavano a testa bassa. Una aveva un occhio pesto. Un'altra un livido e una lacerazione sullo zigomo.

Rosetta non aveva bisogno di chiedere spiegazioni per sapere cosa era successo, ma lo fece comunque.

«Mio marito» rispose laconicamente la donna con l'occhio nero.

«Mio marito» le fece eco anche l'altra. «Mi ha picchiata ieri sera, davanti a due suoi amici. Erano ubriachi e hanno detto...» Guardò imbarazzata Rosetta. «Hanno detto...»

«Che sei una puttana» concluse Rosetta, in tono duro. «E che lo sono anche io.»

La donna annuì. «Mi spiace» mormorò.

Rosetta scrollò le spalle. «Quando non sanno che dire ci danno delle puttane. È una parola che so a memoria. Ma a forza di sentirla ha perso significato.» Mise una mano sulla spalla della donna. «Che cosa vuoi fare?» le chiese in tono affettuoso.

La donna scosse il capo. «Quello mi ammazza» mormorò.

Rosetta guardò la donna con l'occhio nero. «E tu?»

Anche quella scosse il capo.

Rosetta si voltò verso le altre.

Nessuna delle tre riuscì a sostenere il suo sguardo.

«Non possiamo» disse una per tutte. «Non so cosa sia preso ai nostri uomini. Ma rischia di diventare un inferno.»

«Tuo marito è senza lavoro da mesi e i vostri risparmi

ormai sono finiti!» esclamò Rosetta. «La tua vita è già un inferno!»

«Tu forse non sai cosa vuol dire essere prese a pugni in faccia e a calci in pancia ma...» La donna che aveva parlato si interruppe.

Rosetta la guardò. «Vuoi vedere i segni che ho sulla schiena per le cinghiate di mio padre?» le disse. «Mio nonno pestava a sangue sua moglie. E mio padre faceva lo stesso con mia madre... così forte che la domenica non riusciva a dire nemmeno l'avemaria in chiesa perché aveva le labbra spaccate.» Strinse i pugni. «Io avevo della terra. Terra mia» continuò, accalorandosi. «Me l'hanno strappata. Hanno incendiato gli ulivi. Hanno sgozzato le pecore. E poi... mi hanno tolto anche l'onore. In tre. Uno dopo l'altro. Ridendo.» Si fermò, ansimando come dopo una corsa. Serrò le labbra. «Davvero credi che io non sappia cosa vuol dire?»

Le donne rimasero a testa bassa.

«È proprio perché anche io so, come voi, che vi dico che dobbiamo fare qualcosa.» La voce di Rosetta era bassa e determinata. «Perché altrimenti non finirà mai.»

Seguì un lungo silenzio, denso di pensieri. Ogni tanto le donne davano un'occhiata veloce a Rosetta. Come se dopo quello che aveva rivelato loro la vedessero sotto un altro punto di vista.

La donna con lo zigomo spaccato si portò una mano alla ferita. «Ho paura» mormorò a testa bassa. Poi alzò lo sguardo. «Ma va bene. Ci sto.» Gli occhi le si riempirono di lacrime. «Se servirà per salvare mia figlia dalla mia stessa vita... ne sarà valsa la pena.»

Di nuovo scese il silenzio. Un silenzio importante, nel quale le donne si sentivano immerse, nonostante il frastuono intorno a loro.

«Se servirà a mio figlio maschio a non diventare come suo padre» disse un'altra donna, «allora sì, hai ragione, ne sarà valsa la pena.» Guardò Rosetta e fece un profondo respiro, come se le stesse mancando il fiato. O il coraggio. E poi disse: «Ci sto».

«Io no» disse la donna con l'occhio pesto a Rosetta, arrossendo per la vergogna. «Non giudicarmi male. Non ce la faccio.»

«Io non ti giudico» rispose seria Rosetta. «Perché credi che io sia qui a Buenos Aires? Perché non ce l'ho fatta e sono scappata.» Fece una pausa. Pensò alla paura, alle umiliazioni, alle violenze che aveva subito. «Però ora ho capito una cosa» riprese con un filo di voce, ma determinata. «Se cominci a scappare non ti fermi più.»

La donna con l'occhio nero la fissò. Serrò le labbra e il mento le cominciò a vibrare, mentre tratteneva le lacrime. Scosse il capo. «Non ce la faccio. Mi dispiace» disse e se ne andò di corsa.

Rosetta e le altre donne la videro perdersi tra la folla. E quando tornarono a guardarsi c'era un vecchio dolore nel fondo dei loro occhi. Perché tutte conoscevano bene la paura che aveva spinto la loro amica ad andarsene. E avevano già portato sulle spalle il peso di quel fallimento. Ma ora nei loro sguardi c'era anche qualcosa di nuovo. La speranza di farcela. Erano a una svolta cruciale. Lo sentivano nel profondo.

E Rosetta stava dando loro un'occasione.

«Perché lo fai?» le chiese una delle donne.

Rosetta si passò la lingua sulle labbra seccate dall'emozione. Guardò la vita che brulicava nel mercato. Poi sorrise e scrollò le spalle. «Perché ho paura a farlo da sola» rispose.

Le donne la fissarono in silenzio.

«Che aspettiamo?» disse una. «Facciamolo insieme, allora.»

Il sorriso che si formò sui volti di tutte fu come una luce in una notte buia.

Rosetta all'improvviso ricordò le parole che le aveva detto don Cecè, il parroco di Alcamo: «Cosa succederebbe se altre donne si comportassero come te? È una cosa contro natura!». Guardò le donne intorno a lei. La luce che splendeva nei loro sguardi non era una cosa contro natura. Al contrario. Era qualcosa di meraviglioso. Ecco cosa sarebbe successo se altre donne si fossero comportate come lei. «Andiamo» disse allegra, guidandole verso una bottega.

«È un lavoro da uomini» disse un vecchio accogliendole.

«Non ci spaventa» rispose Rosetta.

«Sì? Solleva quel sacco» le fece il vecchio, con un tono scettico, indicando un sacco di iuta grezza pieno di fagioli secchi.

Rosetta si avvicinò al sacco e afferrò i lembi di iuta.

La donna con lo zigomo spaccato la raggiunse e lo prese dall'altra parte. «Insieme. Al tre» disse. «Uno, due... e tre!»

Le altre donne risero mentre il sacco veniva sollevato.

«Insieme!» esclamò una. E parlava per tutte.

Rosetta si voltò verso il vecchio, con un sorriso di trionfo. «E voi maschioni lo sapete fare questo?»

Il vecchio scosse la testa, a metà tra lo stizzito e il sorpreso. «È un'attività redditizia per due persone, non per cinque.»

«Loro sono in quattro» rispose Rosetta.

«Comunque due di troppo» insisté il vecchio.

«Hai cambiato idea?» gli chiese Rosetta.

Il vecchio fece segno di no. «Sono affari vostri. A me basta che paghiate quello che abbiamo pattuito.»

Ognuna delle donne tirò fuori delle banconote spiegazzate. Le misero insieme e le contarono. «Manca la parte di Lavinia» disse una, riferendosi alla compagna che aveva rinunciato.

Rosetta si frugò in tasca e colmò la differenza.

«Te li restituiremo» disse quella con lo zigomo spaccato.

«E ti spetta una parte dei guadagni» disse un'altra. Alzò una mano. «È inutile che protesti.» Allungò il denaro al vecchio. «Centoventi a settimana» gli disse. «E ora spiegaci tutto.»

Mentre il vecchio illustrava i segreti del mestiere, mostrando le differenti varietà di fagioli, ceci, lenticchie, fave e frutta secca in vendita, Rosetta si fece da parte, osservandole. Le donne immergevano le mani nei sacchi come se fossero delle casse piene di monete d'oro. E nei loro occhi Rosetta poteva già vedere una luce diversa. La luce della dignità.

Allontanandosi sentì una delle donne annunciare ad alta voce: «Oggi è un gran giorno per le vostre tasche, gente! Vendita straordinaria per festeggiare un giorno speciale!».

Rosetta si sentì pervadere di nuovo da quel piacevole senso di leggerezza che aveva avvertito la prima volta quando aveva ceduto il proprio posto a Dolores, strappandola alle violenze che subiva al Matadero. E seppe che si era allontanata di un altro passo dalle sue paure, dal suo passato. E che stava andando incontro al suo futuro.

Quando tornò a casa era così felice che cantò tutta la sera con Tano, per strada, insieme alle due vecchie.

«Che c'è scritto?» chiese l'indomani al Francés, porgendogli la copia della "Nación".

Il Francés scosse il capo. «Niente, chica.»

«Meglio» disse Rosetta e fece per andarsene.

«Aspetta» le disse il Francés, fermandola. «Quando ti ho presa su in macchina, il giorno che sei scappata, guardavi un uomo che lottava con le guardie, in fondo al vicolo. Ti chiesi chi fosse e tu mi rispondesti che non lo sapevi.» La guardò. «Chi è?»

«Qualcuno che ha promesso di trovarmi» rispose Rosetta.

«E tu lo aspetti?» chiese il Francés.

Rosetta si strinse nelle spalle. «Hai detto che è impossibile trovare qualcuno a Buenos Aires.»

Il Francés guardò il giornale. E capì. «A meno che quel qualcuno non faccia di tutto per farsi notare» mormorò.

Rosetta gli voltò le spalle e se ne andò.

Voleva vedere come procedevano le cose al mercato.

Quando arrivò ebbe una brutta sorpresa. C'erano solo tre donne.

«Il marito le ha proibito di lavorare» le spiegarono, afflitte. «E non glielo ha detto a parole.»

Rosetta sentì la rabbia montarle alla testa. Corse indietro, fino alla misera abitazione di Barracas della donna, che era di fronte a casa sua, e bussò con veemenza alla porta in lamiera.

Un uomo in canottiera, con l'espressione bolsa di chi sta ancora smaltendo la sbornia della sera prima, aprì, la riconobbe e le disse: «Vattene, puttana». Poi la afferrò per i capelli, con una violenza animalesca e la mandò a sbattere contro il muro della casa.

Rosetta sentì il naso che cominciava a sanguinare.

«No!» gridò la moglie dell'uomo, comparendo. Aveva il viso tumefatto. Le labbra spaccate. Lividi sulle braccia. Si buttò fra il marito e Rosetta, per difenderla.

Il marito la colpì con un pugno. «Torna dentro!»

In quell'attimo una bastonata lo colpì al ginocchio, piegandogli le gambe. E poi una lama affilata gli fu premuta sulla gola.

«Prova a toccarla un'altra volta e ti scanno!» urlò Tano.

Il Francés diede un'altra bastonata all'uomo, sui testicoli. «Ti faccio diventare un cappone, bastardo!» gli ringhiò.

Un adolescente con la pelle del viso ancora martoriata dall'acne si affacciò sulla porta. «Lasciatelo» disse a Tano e al Francés. In mano reggeva un mattarello.

«Ragazzo, non ti mettere in mezzo» fece Tano.

Rosetta guardò il ragazzo. E ricordò la ragione per cui sua madre, il giorno prima, aveva deciso di non tirarsi indietro. Mise una mano sul braccio di Tano. «Fate come dice» mormorò.

Tano e il Francés lasciarono l'uomo.

Quello sghignazzò e diede una pacca sulla spalla del figlio, più alto e più grosso di lui. «Bravo, ragazzo.»

Il figlio gli scansò la mano e aiutò la madre ad alzarsi. «Se la tocchi un'altra volta ti ammazzo» disse al padre, con una voce da adulto. «E domani la accompagnerò al lavoro» aggiunse.

A Rosetta sembrò di sentire il tuffo al cuore della donna. E seppe che in quel momento non avvertiva il minimo dolore per i pugni del marito. «Se servirà a mio figlio maschio a non diventare come suo padre... ne sarà valsa la pena» aveva detto. Forse nemmeno lei ci sperava. Invece stava accadendo. Quel ragazzo l'aveva difesa. E non avrebbe picchiato sua moglie. Né l'avrebbe trattata come una proprietà o un animale da soma.

Molti vicini erano usciti di casa e avevano assistito alla scena.

Le donne guardavano con bonaria invidia la madre. Le ragazze, nessuna esclusa, guardavano con ammirazione il figlio, vedendo un uomo affascinante, senza accorgersi più dei brufoli che gli arrossavano la pelle. Gli uomini guardavano il marito. E molti, specchiandosi in lui, provarono vergogna.

«Minchia, dovresti giocare a baseball, pappone» disse Tano al Francés, mentre rincasavano. «Due palle con un solo colpo» rise.

Rosetta li guardò. Non esistevano uomini più diversi di quei due. Ma si piacevano sempre di più, giorno dopo giorno. La vita era assurda, pensò. Stavano diventando amici.

Quella sera Assunta si prese cura del suo naso mentre Tano e il Francés litigavano giocando a dadi.

L'indomani mattina, come ogni giorno, Rosetta comprò la "Nación", la porse al Francés e gli chiese: «Cosa c'è scritto?».

Il Francés, sapendo il perché di quella richiesta, senza bisogno di sfogliare il giornale le disse: «Mi spiace, chica. Niente». Le mostrò un articolo in prima pagina. «È firmato Alejandro Del Sol. Il tuo giornalista ormai non pensa più a te. Si occupa della guerra.» Poi si incantò a fissare la foto in prima pagina che ritraeva dei cadaveri e delle pozze di sangue che si allargavano per terra.

«Chi sono quei morti?» chiese Rosetta.

«Mafiosi» rispose il Francés.

«E perché ti interessa?»

«Chi ti dice che mi interessi?»

«Sei noioso quando fai così.»

Il Francés lesse ad alta voce: «Ormai sembra evidente che sia iniziata una guerra al porto di LaBoca. Ieri una violenta sparatoria ha fatto quattro morti. Si tratta di due uomini già schedati e di due passanti, uccisi accidentalmente. Le quattro vittime si aggiungono dunque alle altre due ritrovate sgozzate nel Riachuelo e ai tre uccisi in un agguato nella zona Ante Puerto, vicino al Rio de la Plata. A prima vista sembrerebbe una disputa territoriale per la supremazia nel racket portuale. I principali sospettati sarebbero due capi mafia, di origine italiana. Uno, Tony Zappacosta, è potente e influente a livello politico. L'altro, Lionello Ciccone, è al contrario un boss di secondo piano, incapace di reggere lo scontro con Zappacosta. Il che non lascia spazio che a una sola altra ipotesi: dietro Lionello Ciccone si nasconde un altro personaggio, evidentemente in grado di fornire alla famiglia Ciccone un esercito armato...». Scosse il capo, mettendo insieme i pezzi del puzzle, all'improvviso, come succede sempre. Ricordò le parole di André, il vecchio pappone che l'aveva aiutato. Adesso sapeva come vendicarsi di Amos.

«Zappacosta?» interruppe i suoi pensieri Rosetta.

Il Francés la guardò. «Sì. Tony Zappacosta. Perché?»

Rosetta non rispose. Ma si ricordò di quando Rocco l'aveva difesa, in nave. Aveva minacciato il trentenne che la molestava usando proprio quel cognome. Sentì un brivido correrle lungo la schiena. Come un'intuizione. E le venne da sorridere.

Il Francés la guardò e vide la luce che le si era accesa negli occhi. «Ti ricordi la nostra prima sera al Black Cat? Te lo ricordi che ti dissi che eri una persona unica?»

Rosetta annuì.

«Lo dicevo a tutte le ragazze che volevo far lavorare per me» proseguì il Francés. «E funzionava» rise. «Ma non lo pensavo mai.» La guardò. «Invece adesso di te lo penso. Sei unica.»

Rosetta arrossì.

Il Francés le prese una mano nella sua e gliela strinse. «Sono certo che il tuo sconosciuto ti troverà» le mormorò.

Rosetta continuava a pensare a quel cognome, così particolare. Zappacosta. Ed era certa che non potesse essere un caso.

«Oppure lo troverò io» disse.

52.

"Cara ragazza senza nome non ti parlo solo per conto mio e della redazione ma anche per bocca del nostro direttore, l'esimio señor Estaquio Pellicer."

Raquel aveva letto l'inserzione di Alfonsina Storni sulla prima pagina di "Caras y Caretas" così tante volte da saperla a memoria.

"Il tuo reportage ha conquistato tutti noi prima ancora dei lettori. E me in particolare, perché sono una donna. Come te. E come te so quanto sia difficile vivere in un mondo maschile che non ci riconosce le stesse capacità. Non so quanti anni hai. Ma so che le tue parole arrivano dritte al cuore. Non smettere di scrivere. Saremo felici di pubblicare ancora i tuoi reportage, per la nostra gioia e per quella dei lettori che ci hanno spedito appassionate lettere chiedendo di te, dopo il tuo primo articolo. Ma in ogni caso, non smettere di scrivere. Mai. Tua, Alfonsina."

A Raquel non sembrava vero che Alfonsina Storni si rivolgesse proprio a lei. E perciò decise di mettersi subito a scrivere. Anche perché si era accorta lei stessa che la gente aspettava un altro articolo. Lo dicevano il señor Delrio e i suoi clienti, l'aveva sentito per strada, lo ripetevano lì, nell'officina.

Perciò si mise a lavorare di buona lena.

Aveva osservato i maschi e aveva trovato altre cose ridicole. Le botte sui testicoli che si davano i più giovani, per dimostrare con la loro sofferenza di essere veri uomini. I gesti che facevano per descrivere la lunghezza del loro "affare", che era sempre al centro della loro vita. Il modo in cui parlavano delle donne, usando termini pittoreschi tipo "ripassarsele", come fossero verdure in padella. Le spacconate che puzzavano di falso lontano un miglio. Le gare di rutti. Le gare a chi aveva più cicatrici. Era un intero mondo che avrebbe ridicolizzato con grande facilità.

La cosa che però non riusciva a capire era come mai i ragazzini e gli scaricatori nell'officina, ripetendo in continuazione brani del suo primo articolo, si divertissero così tanto a essere presi in giro. "Forse i maschi sono meno stupidi di quello che sembrano" pensò. "O forse lo sono molto di più" rise.

Rocco era l'unico che ne rideva appena.

«A te non è piaciuto l'articolo di quella ragazzina?» gli chiese.

«Al contrario. Mi è piaciuto molto» rispose Rocco, con quella sua aria sempre imbronciata mentre montava il motore su uno strano telaio che Javier aveva finito di saldare.

«E ti ha fatto ridere?»

«Sì, molto» sorrise Rocco.

«Ma...?» domandò Raquel.

«Ma non è quello che ti rimane in testa, no?»

«Non so...»

«Ángel, ascolta. Tu sei un ragazzino intelligente. Io vi vedo che ridete sempre. E ho riso anch'io. Ma di cosa? Di una palpata di coglioni?» Rocco si infervorò. «Invece la parte... non so come dirlo, io non sono bravo con le parole come quella ragazzina... la parte che racconta la vita vera, ecco... quella roba non stuferà mai. Ti entra dentro, ti fa pensare. Quella roba è giusta. Giusta, cazzo!» Le toccò il petto e la testa. «Quella ragazzina ha cuore e cervello.» Le diede un buffetto. «Come te» disse serio. Poi fece finta di darle una botta tra le gambe. «Ma tu in più hai il pisello!» Rise e si voltò verso gli altri. «Alzate il culo!» annunciò. «Proviamo a vedere se questa merda di montacarichi cammina!»

Raquel lo guardò. Era il suo campione. Non sapeva leggere, non sapeva scrivere nemmeno il suo nome, ma era già la seconda volta che le dava una lezione importantissima. Era già la seconda volta che le faceva capire cosa doveva scrivere. Non serviva a niente fare la buffona, prendere per il culo i maschi.

Lei poteva essere testimone della vita.

E allora si rese conto di non aver più pensato a Tamar. E se ne vergognò. E le ritornò in mente tutto, vivido come se fosse appena successo. Il ghigno di Amos che le si avvicinava per ucciderla. L'espressione di dolore di Tamar, che si era fatta accoltellare per lei. «Scappa, porcospino» aveva rantolato, morendo. «Scappa per me.»

«Sei una merda» si disse con astio.

E poi ricordò lo sguardo di Libertad. Una delle altre ragazze un giorno le aveva detto che Libertad era fortunata, perché una volta era stata mandata a casa di un cliente. Perché lei aveva visto la città, invece di rimanere segregata nella sua prigione al Chorizo come tutte loro. Perché sarebbe stata scopata in una stanza che non aveva l'odore di cento uomini ma di uno solo. E perfino questo schifo, in una vita così miserabile, era una fortuna.

Si sentì prendere da una tristezza infinita.

Libertad era uscita dal suo silenzio per avvertirla che aveva un'occasione, un'occasione soltanto, e che non doveva sprecarla.

Erano state Tamar e Libertad a darle la sua nuova esistenza. E lei aveva smesso di pensarci. Rideva tutto il giorno beandosi della sua vita travestita da maschio. Si vergognò profondamente. I volti di Tamar e quello di Libertad continuavano a sovrapporsi. E poi arrivò anche il viso angelico di Kailah, che si era suicidata in nave, per fuggire l'orrore di Buenos Aires.

«Mi fai schifo» si disse ad alta voce. «Hai visto tutta questa merda e l'unica cosa di cui sei capace è far ridere la gente?» Si voltò verso Rocco. «Hai ragione tu» sussurrò.

Prese la Waterman per scrivere. Le venne una fitta improvvisa e dolorosa all'addome che la fece piegare in due. Ma non poteva smettere di scrivere perché l'indomani era l'ultimo giorno utile per consegnare il suo articolo a "Caras y Caretas". Passò la notte in bianco a riempire fogli nonostante quello strano e inusuale dolore all'addome continuasse. Era certa che si trattasse di una reazione alla paura, alla rabbia. Alla vergogna di aver fatto finta di niente.

L'indomani, giunta davanti alla sede di "Caras y Caretas", vide una donna elegante, con un vestito di seta, attillato sul corpo sinuoso, che reggeva sottobraccio una pochette di coccodrillo tinta di verde smeraldo, con lunghi capelli biondi e un cappello con una veletta sul viso, sotto la quale spiccavano due labbra perfette esaltate da un rossetto scarlatto. Non ebbe dubbi. Si avvicinò al portiere e gli disse: «Quella è la señora Alfonsina Storni, vero?».

«No, quella è l'amante del redattore capo» rispose il portiere, mentre seguiva con lo sguardo l'ancheggiare sensuale della donna.

Raquel mise il suo articolo con le altre lettere per la redazione.

«È quella lì Alfonsina Storni» le indicò il portiere.

Raquel vide una donna non molto alta, con un corpo compatto, che saliva le scale energicamente, di spalle. Indossava un vestito di cotone grigio scuro, calze pesanti e scarpe a polacchina. I capelli castani erano leggermente crespi e raccolti in una coda di cavallo. Arrivata al primo pianerottolo si voltò. Aveva un volto squadrato, poco sofisticato, non bello ma espressivo, pieno di carattere. E mentre la guardava, Raquel si rese conto di non essere migliore di tutti gli altri, di non essere immune ai luoghi comuni. Ammirava Alfonsina

Storni e quindi aveva immaginato che dovesse essere bella. Che idiozia. Stava davvero cominciando a pensare come un maschio. Nel senso peggiore del termine.

«Ma è... giovane!» esclamò comunque sorpresa, vedendo che Alfonsina Storni doveva avere sì e no una ventina di anni.

«E perché doveva essere vecchia, secondo te?» disse il portiere.

Alfonsina Storni fece vagare lo sguardo per l'atrio e incontrò gli occhi di Raquel che la guardava piena di ammirazione.

Raquel le sorrise.

Alfonsina Storni rispose al sorriso, scoprendo gli incisivi superiori, leggermente distanziati fra loro, poi si avviò verso la redazione. Arrivata in cima alla scala, però, si fermò, di spalle, come se un pensiero inaspettato le avesse attraversato la mente. Si voltò di scatto verso il punto dove aveva visto Raquel.

Raquel era ancora lì, a guardarla.

«Aspetta» le fece Alfonsina Storni.

Raquel ebbe quasi paura, scappò via di corsa e si nascose dietro a una porta, nell'ingresso.

Da lì vide Alfonsina Storni che scendeva le scale e raggiungeva il portiere. «Dove è andata?» gli chiese.

«*Andata*? Andato, vorrà dire. Era un ragazzino. Un maschio, señorita» rispose il portiere. «Probabilmente un ladruncolo.»

Alfonsina Storni guardò fuori dalle grandi porte a vetro poi scosse appena il capo. «No» disse. «Non era un ladruncolo.»

Raquel sgattaiolò fuori e tornò alla libreria del signor Delrio con il cuore gonfio di gioia. Aveva visto la sua eroina. E si erano perfino sorrise. Le sembrava un sogno. Anche se l'aveva vista per pochi istanti le sembrava già di sapere tutto di lei. E ricordava ogni più piccolo particolare. Aveva notato subito i suoi occhi. Anche mentre sorrideva avevano una luce remota, quasi di tristezza, quasi che riuscissero a vedere oltre le cose.

Per i due giorni successivi, mentre il dolore all'addome non le dava tregua, Raquel lavorò distrattamente, in attesa che il suo articolo fosse pubblicato.

Ma non poté non partecipare alla febbrile atmosfera che si respirava nel capannone dove, tra esclamazioni di gioia e imprecazioni, si lavorava giorno e notte per costruire il montacarichi progettato da Rocco. L'atmosfera era incredibile. Rocco era più eccitato che mai. Era arrivato il momento di capire se tutti i suoi sforzi, i suoi progetti e i suoi sogni stavano per trasformarsi in realtà.

«Ci siete?» gridò Rocco il secondo giorno, per sovrastare il rumore del motore. «Reggetevi!»

«Avanti, datti una mossa!» fece Javier, ancora più eccitato di Rocco.

«Reggetevi!» ripeté Rocco e azionò una leva. Si sentì lo scrocchio di un ingranaggio, il motore che andava su di giri e poi i due rostri davanti al prototipo cominciarono ad alzarsi lentamente, sollevando da terra una piattaforma di legno sulla quale stavano Raquel, Javier, Mattia, Ratón, Billar, Louis e gli altri ragazzini della banda.

«Non farci cadere o mi spacco anche l'altra gamba!» urlò Javier, col sorriso sulle labbra.

Tutti i ragazzini strillavano eccitati, come su una giostra.

Raquel, in mezzo a loro, guardava fiera Rocco.

«Ci si muove!» annunciò Rocco. Azionò un'altra leva e i due rostri si fermarono a quasi due metri d'altezza. Poi inserì la marcia in avanti e lo strano macchinario si mosse sulle sue quattro piccole ruote rinforzate.

I ragazzini urlarono ancora.

Rocco guidò il macchinario fuori dal capannone, fino a un'alta impalcatura. Fece manovra, avanti e indietro, fino a quando i due rostri furono posizionati sopra due montanti. Azionò la leva che li sbloccava e li fece scendere dolcemente, appoggiando la piattaforma di legno. Allora fermò la discesa, inserì la retromarcia e si mosse, lasciando la piattaforma e gli uomini sull'impalcatura.

«Carico consegnato con successo!» gridò felice e abbassò i rostri fino alla posizione di riposo, a terra. Spense il motore e saltò giù dal montacarichi.

Uno dopo l'altro scesero tutti dall'impalcatura e andarono a stringere la mano a Rocco.

«Bel lavoro, siciliano» disse Javier.

«Non ce l'avrei mai fatta senza di te» rispose lui. «E senza nessuno di voi.» Si voltò verso Raquel e le disse: «Scrivi i nomi di tutti su quest'affare».

«Anche il mio?» domandò Raquel.

«Il tuo per primo» le rispose Rocco.

«No, il tuo per primo» disse Raquel. «E più grande degli altri.»

«È giusto così!» dissero in coro tutti quanti.

Quella sera festeggiarono fino a tardi. Era solo un prototipo, ma Rocco aveva dimostrato di avere ragione. Il sogno era ormai una realtà. Si trattava solo di perfezionarla.

Raquel partecipò ai festeggiamenti anche se il dolore all'addome continuava a torturarla.

Poi, finalmente, venne il giorno dell'uscita del nuovo numero di "Caras y Caretas". La sorpresa, arrivando nella libreria di Delrio, fu immensa. La copertina della rivista ritraeva un ragazzino in primo piano che strizzava l'occhio al lettore, sorridendo.

Il ragazzino le assomigliava, pensò Raquel.

Quando chiese a Delrio se poteva averne una copia, il libraio gliela diede con una faccia seria. «Se tutto questo è vero... e io credo che sia vero... allora...» iniziò. Ma non concluse la frase. Scosse il capo. «No» mormorò. «Non c'è proprio nulla da ridere.»

«È un brutto articolo?» domandò Raquel.

«No, Ángel. È un articolo straordinario» fece Delrio, in tono grave. «Straordinario» ripeté. «Questa ragazzina potrebbe farmi cambiare idea sulle donne.»

Raquel raggiunse il capannone camminando piano perché il dolore all'addome si faceva sempre più acuto.

«C'è un altro articolo?» le chiese Rocco vedendo la rivista.

Raquel annuì. «Vuoi che lo legga?»

«Sì, chiedi agli altri» rispose Rocco, pensando a tutt'altro. «Io devo finire una cosa. Ma voi cominciate.»

Raquel fu ferita da quel distacco. «È diverso dagli altri» disse.

«Bene...» fece Rocco distrattamente, chino su un ingranaggio.

Intanto Mattia, Javier, Ratón, Billar, Louis e gli altri ragazzini si erano messi in cerchio e aspettavano che la lettura iniziasse.

«Io vedo quello che le donne non possono vedere. Io vedo quello che gli uomini non mostrano alle donne» recitarono in coro i ragazzini della banda, ridendo, e si palparono tra le gambe.

«No» fece allora Raquel. «Questa volta non inizia così.»

«No?» dissero i ragazzini.

«No» ripeté Raquel.

«Fatelo leggere, teste di cazzo» brontolò Javier.

Raquel si schiarì la voce. «Io sono la ragazza senza nome» cominciò. «Io sono gli occhi di chi non li ha. Io guardo quello che gli altri fanno finta di non vedere.»

«Che vuol dire?» chiese un ragazzino.

«Stai zitto» gli fece Louis.

«Si dice che ogni emigrante arriva qui a Buenos Aires come un relitto sospinto dalla corrente di tutti gli altri emigranti» riprese Raquel. «E come tutti i relitti non ha nulla da perdere. E poco da offrire. Viene rigurgitato giù da una nave che puzza di vomito per essere scaricato in un barrio che puzza di merda.»

«Non fa ridere» disse un ragazzino.

«No» fece Rocco, avvicinandosi. «Per fortuna non fa ridere.» Si sedette in terra e fece un cenno a Raquel. «Vai avanti» le disse.

Raquel, nonostante il dolore che la tormentava, si sentì fiera di aver conquistato la sua attenzione. «Buenos Aires è una città bellissima, opulenta, spettacolare. Che trasuda ricchezze incalcolabili. Ma gli emigranti non possono partecipare a questo banchetto. Loro vivono nei barrios di catapecchie, in cui fanno la parte dei vermi che si contendono i resti di un osso scarnificato dai ricchi. Vivono qui, rinchiusi nei loro recinti di miseria, un giorno alla volta, perché nessuno di loro ha la certezza di avere un futuro più lungo davanti.»

Il silenzio nell'officina era addirittura opprimente. Come se all'improvviso mancasse l'aria da respirare. Ognuno di loro sapeva perfettamente ciò di cui parlava quella ragazzina. Lo sapevano sulla loro pelle. Ma sentirlo raccontare lo faceva diventare più vero. E più doloroso. Perché non si poteva voltare la testa dall'altra parte. Nel silenzio più totale, guardavano Raquel in attesa che riprendesse.

«I più indifesi sono i ragazzi. A loro si può chiedere qualsiasi cosa senza che contrattino. È come se sapessero che sono appesi a un filo e che non c'è da discutere» continuò Raquel. «Per il barrio, ma soprattutto nella zona del porto, si aggirano degli avvoltoi. Li si riconosce perché hanno vestiti eleganti ma stazzonati come pigiami vecchi. Sono i mafiosi, i delinquenti, i parassiti. Reclutano ragazzi. Soprattutto per vendere cocaina. Quei ragazzini iniziano a spacciare droga e in un attimo, prima che se ne accorgano, è la droga ad aver spacciato le loro vite.» Raquel fece una pausa. Guardò di sottecchi Louis, per un istante, sperando di non ferirlo troppo. «Le loro madri si prostituiscono per farli mangiare. E loro, per mangiare quel pane, devono far finta che non ci sia nulla di strano in questo, che la vita è così e basta. E in questo modo, giorno dopo giorno, la loro miseria, il dolore che devono far finta di non sentire, l'umiliazione che devono fingere di non provare, li svuota, al punto che ognuno di loro... anzi, di noi... rinuncia a lottare per qualcosa di meglio. Rinuncia alla dignità.»

Con la coda dell'occhio vide che Louis era rigido come uno stoccafisso. «I loro cuori, anche se fingono di essere dei duri, sanguinano rabbia e dolore. E impotenza.» Guardò Rocco. Stava per leggere qualcosa che aveva detto lui. Qualcosa di semplice ma assoluto. «E non è giusto.»

«Brava!» disse Rocco, emozionato. «Vai avanti.»

Raquel annuì. Si morse le labbra. Non sapeva se sarebbe stata in grado di leggere quello che seguiva senza piangere. «Ma qui a Buenos Aires ci sono anche immigrati ancora più sfortunati di questi disgraziati che più o meno hanno scelto di venire e rischiare.» Guardò tutti, a uno a uno. Nessuno fiatava. «Perché Buenos Aires commercia in carne. Non solo di vacche. Ma anche di donne. Con la stessa avidità e la stessa indifferenza. E delle une e delle altre divora la carne e bagna le strade con il loro sangue.» Poi, cercando di non far trasparire le violente emozioni che la scuotevano, lesse il resoconto di quanto era successo a lei e a tutte le altre ragazze. Rapite, violentate, segregate, picchiate, drogate. Costrette a soddisfare uomini che fingevano di non conoscere tutte le violenze che avevano alle spalle. E infine uccise dai papponi. «Una di loro si chiamava Tamar Anielewicz. Veniva da un piccolo villaggio nei dintorni di Soročincy, nel Governatorato di Poltava, nell'Impero Russo. Non avete mai visto una ragazza così bella. Eppure ne avete parlato tanto. Era quella "poco di buono" che è stata ritrovata nel Riachuelo, mangiata dagli acidi, e seppellita senza un rito funebre nel cimitero di quegli ebrei che gli ebrei per bene non vogliono avere vicino ai loro defunti. Sulla sua morte nessun poliziotto ha mai indagato veramente. Perché a Buenos Aires si commercia in carne, lo sanno tutti. Quindi cosa c'è di strano nel destino di Tamar? Come ogni vacca, è stata gettata nel Riachuelo a decomporsi. E come ogni scarto di vacca, nemmeno Tamar Anielewicz verrà vista da noi che passiamo su quella riva maleodorante con gli occhi chiusi.»

Ci fu un silenzio assordante. Nessuno mosse un muscolo.

«Ma tutti noi dovremmo almeno imparare a dire, insieme: non è giusto!» concluse Raquel.

Il silenzio si protrasse. Sembrava che tutti avessero smesso di respirare.

«Porca troia» disse infine Javier, alzandosi in piedi. Si guardò in giro. «Porca troia» ripeté, scuotendo il capo. «Andiamo a brindare a... a... a quella ragazza morta» fece.

«Tamar» disse Raquel. «Tamar Anielewicz.»

«Sì, ecco... Tamar...» annuì Javier. «Almeno un brindisi glielo dobbiamo. Per rispetto. Come a un funerale.» Poi si avviò verso l'uscita del capannone.

Dopo un attimo di indecisione Ratón e Billar gli andarono dietro. E poi toccò a Mattia, a Louis e agli altri ragazzini.

«Vuoi andare?» chiese Rocco a Raquel.

«No. Non mi va.»

«Neanche a me» fece Rocco. «Si ubriacheranno e scorderanno tutto.» Fece un sorriso mesto. «Non è giusto. Ma, come ha scritto la ragazzina, è così che si sopravvive da queste parti. Se guardi tutto... cazzo, ti si bruciano gli occhi.»

Raquel rispose al sorriso. Mesto quanto il suo.

«Ma non è giusto» fece Rocco, con una voce aspra come un ringhio.

«No. Non è giusto» ripeté Raquel.

«Questa sì che è una cazzo di ragazzina» disse Rocco, in tono ammirato, avviandosi a letto.

Raquel lo seguì. Era stanca. Però il male alla pancia aumentava sempre più. Si stese ma dovette raggomitolarsi e per non far vedere a Rocco le smorfie di dolore gli diede le spalle.

Dopo un po' sentì che si era addormentato e aveva lasciato la luce accesa.

Raquel fece per girarsi ma in quel momento il dolore divenne una fitta lancinante. Un insopportabile calore la bruciava dentro. Gemette e si alzò in piedi, spaventata. Ma fu costretta a piegarsi in due. Ci fu una coltellata bollente che le fece contrarre tutti i muscoli della pancia a cui seguì un tepore quasi piacevole, mentre i muscoli si rilassavano e la tensione interna scompariva.

«Che fai in piedi?» le domandò Rocco, che si era svegliato e voltato per spegnere la lampada. «Non dormi?»

«Sì… adesso.»

«Che hai? Stai male?» fece Rocco, accorgendosi che c'era qualcosa che non andava.

«No» rispose Raquel, sbarrando gli occhi. Qualcosa di caldo le stava colando lungo la coscia sinistra.

«Sì che stai male» disse Rocco tirandosi su a sedere.

«No» ripeté Raquel, stringendo le gambe.

«Cazzo, sanguini!» esclamò Rocco, scattando in piedi e fissandole i pantaloni all'altezza del cavallo.

«No!» quasi urlò Raquel, arretrando.

«Come ti sei ferito?» disse Rocco allarmato, facendo un passo verso di lei.

«Non mi toccare!»

«Cazzo, fammi vedere!»

«No!» gridò Raquel, piangendo rabbiosamente. Adesso sapeva cosa le stava succedendo. Lo aveva visto accadere tante volte alle altre ragazze, quando avevano undici, dodici anni. Ma a lei no. Le avevano sempre detto che sembrava un maschio e aveva finito per convincersi che a lei non sarebbe mai successo.

«Fammi vedere, porca puttana!» Rocco la afferrò per le braccia.

«Lasciami!» urlò Raquel, con le lacrime agli occhi, umiliata. «Lasciami! Ti ho detto di lasciarmi!» gridò ancora, istericamente.

Rocco improvvisamente mollò la presa, mentre un sospetto gli si andava lentamente formando in testa. Fece un passo indietro.

Raquel aveva il viso rigato di lacrime. Si sentì scoperta. Era finito. Era tutto finito. «Mi spiace…» sussurrò.

Rocco aprì e chiuse la bocca. E poi, mentre il sospetto diventava certezza e gli si manifestava nello sguardo, colmandolo di stupore, disse piano: «Tu sei... tu sei una femmina...».

«Scusami...» piagnucolò Raquel a testa bassa, mentre le gambe le cedevano e si ritrovava in ginocchio, senza più forze.

«Tu sei...» fece Rocco, mentre tutto gli diveniva chiaro nella testa. «Tu sei... lei!»

Raquel alzò lo sguardo lentamente e trovò il coraggio di fissare Rocco negli occhi. «Scusami...» gli disse con un sincero dolore nella voce. «Non volevo imbrogliarti.»

Rocco scosse il capo, incredulo. «Ho sempre saputo che dicevi un sacco di cazzate» mormorò. «Ma questa...» Si interruppe continuando a scuotere il capo. «Questa...» Sembrava che non riuscisse a trovare le parole. «Questa... è davvero grossa!»

E infine, inaspettatamente, scoppiò a ridere.

53.

Amos scese dalla macchina guidata da uno dei suoi uomini e guardò il palazzo. Lo conosceva, anche se non ci era mai entrato.

Ma gli parve più imponente di quanto lo ricordasse.

Tony Zappacosta, nel corso degli anni, aveva acquistato e demolito tre edifici sui quali aveva costruito il suo *palacio*. Si trovava nella zona più a est di LaBoca e si affacciava su quello specchio d'acqua detto Ante Puerto, un'ampia curva formata dalla congiunzione tra la foce artificiale del Riachuelo nel Rio de la Plata e l'inizio della Darsena Sud, proprio in corrispondenza del Canal Sud de Entrada al porto. Era una costruzione imponente, che non ricalcava per nulla lo stile sfarzoso dei *palacios* dove vivevano i ricchi argentini, nella zona nord di Buenos Aires. A prima vista, al contrario, era molto austero, dalle linee semplici e dritte.

E quel giorno più che mai Amos ebbe l'impressione di trovarsi di fronte a una fortezza inespugnabile.

Per un attimo la sua fiducia barcollò. Ma ormai aveva fatto il primo passo.

Quando fu a cinque metri dal portone i due uomini di guardia estrassero le pistole e gli fecero segno di fermarsi. Uno aveva già alzato il cane della sua arma. E la sua espressione non lasciava dubbi sul fatto che l'avrebbe usata senza pensarci due volte.

L'altro era quello che parlava. «Che vuoi, ebreo?»

Amos lo riconobbe. Era un frequentatore del Chorizo. «Come stai? È un po' che non passi...»

«Che vuoi?» ripeté quello, senza mutare espressione. C'era una guerra in atto. Non si facevano chiacchiere, non si dicevano spiritosaggini. Ogni errore di valutazione poteva costarti la pelle.

«Devo vedere Tony» rispose Amos calmo.

«Il señor Zappacosta lo sa?»

«No.»

«In questo periodo non gli piacciono le sorprese. Vattene.»

«Lo so da me che a Tony non piacciono le sorprese» disse Amos, senza scomporsi. «Ma gli piace ancora meno perdere dei buoni affari.» Lo fissò in silenzio. La minaccia era implicita.

«Mettiti dall'altra parte della strada» disse il gorilla. «E manda via quella macchina.»

Amos raggiunse il suo autista e gli ordinò di allontanarsi. Poi, mentre l'auto scompariva girando dietro alla fortezza di Tony, si mise ad aspettare sul marciapiede di fronte, con le mani in tasca.

I gorilla lo lasciarono al sole mentre trasmettevano il messaggio all'interno del *palacio*, attraverso uno spioncino nel portone. Poi tornarono a fissarlo, armi in mano.

Amos rimase lì a sudare per almeno cinque minuti. Ma non mosse un muscolo. Né diede segno di impazienza. Pensava a un articolo che aveva letto il giorno prima su "Caras y Caretas". In molti, dopo aver letto quell'articolo, avrebbero potuto pensare che fosse lui l'assassino di cui si parlava. L'assassino di Tamar Anielewicz. Non aveva mai saputo il cognome di quella ragazza che aveva sverginato nella sua carrozza, mentre erano ancora in viaggio in Europa, e poi offerto al capitano della nave ad Amburgo. Ricordava solo che era una bellezza e che lui contava di farci un sacco di soldi. Invece quella stupida troia si era fatta ammazzare per salvare quell'altra schifosa ragazzina che era riuscita a scappare. La sera prima Amos aveva incontrato il capitano Ramirez, l'uomo della Policía al suo soldo, e quello gli aveva assicurato che l'indagine si sarebbe comunque arenata. Ma gli aveva confermato che la ragazzina era un pericolo.

Amos, sempre immobile sotto il sole cocente, sorrise. Ora sapeva dove cercare. Avrebbe strizzato i coglioni a qualcuno della redazione di "Caras y Caretas" e gli avrebbe cavato le informazioni che gli servivano. Per precauzione c'era già uno dei suoi uomini lì davanti. Quella ragazzina era una vera ebrea, dura come un tendine di vacca. Sapeva che la cercavano. Che cercavano una femmina. E lei era diventata un maschio. L'avrebbe ammazzata senza pietà, anche se la ammirava. Però aveva commesso un gravissimo errore: si era lasciata vincere dal sentimentalismo. Quell'articolo che tutti giudicavano commovente in realtà era il suo testamento. Ora Amos sapeva *chi* cercare.

Alla fine lo spioncino del palazzo di Tony si aprì di nuovo. I due gorilla guardarono a destra e a sinistra. La strada era deserta. Allora fecero un segno di assenso all'interno e un'anta del portone fu socchiusa.

«Sbrigati, ebreo» disse il gorilla che parlava.

Amos attraversò la strada e fu perquisito. Ma era pulito. Non aveva con sé nemmeno il suo fedele coltello.

Fu fatto entrare. Strizzò gli occhi. Lì dentro era buio e lui era ancora abbacinato dal sole.

«Cammina» disse un uomo con una mitraglietta.

Quando arrivò al cospetto di Tony, Amos fu colpito dal drastico cambiamento architettonico. Dopo il buio e fresco androne si veniva immessi in un grande cortile, nel quale crescevano alberi d'arancio carichi di frutti. Tutt'intorno, in stile italiano, come fosse un gigantesco chiostro, correva un camminamento ombreggiato, con colonne e archi. Al centro del cortile era stata costruita una fontana di marmo immacolato con dei giochi d'acqua che, solo a guardarli, davano una piacevole sensazione di frescura.

Tony sedeva sotto un gazebo di legno dipinto di bianco, con delle colonnine leggere alle quali si attorcigliava un glicine.

Ma non c'era nulla di idilliaco in quella scena. Al contrario era drammatica, si rese conto Amos avvicinandosi.

Accanto a Tony, a un tavolino tondo di legno, laccato di bianco, sedeva un uomo con un'espressione allucinata e il volto madido di sudore. L'uomo aveva una mano sul tavolino, aperta. E sotto la mano si allargava una macchia rossa, più lucida ancora dello smalto bianco. La mano era inchiodata al legno da un coltello che la trafiggeva da parte a parte.

Tony fissava l'uomo con i suoi occhi gelidi. Alzò un braccio verso Amos, senza guardarlo.

Amos si fermò. Conosceva anche quell'uomo. Era al servizio di don Lionello Ciccone.

«Chi c'è dietro il tuo capo?» chiese Tony, continuando a fissare l'uomo. «È l'ultima volta che te lo domando.»

«Vi giuro che non lo so, señor!» rispose l'uomo. Aveva il viso stravolto dal dolore.

In quel momento Amos notò che gli avevano anche strappato le unghie dalla mano inchiodata al tavolo.

Tony afferrò il coltello e lo sfilò dalla carne e dal legno.

L'uomo gemette e si portò la mano al petto, stringendo il polso con l'altra mano, come se potesse alleviare il dolore.

Tony sorrise. «Tra un po' non sentirai più niente» gli disse con il tono confortante che avrebbe usato un chirurgo o un anestesista. Ma in realtà gli stava annunciando la sua morte.

Due gorilla lo sollevarono di peso e lo portarono via.

Solo allora Tony si voltò verso Amos e gli fece segno di avvicinarsi e sedersi al posto dell'uomo che era stato portato via.

Amos si accomodò e incrociò le mani sul tavolo, a pochi centimetri dalla macchia di sangue. La fissò. «Ti toccherà stuccare il legno. Gli hai fatto un bel buco.»

«Di che affare mi vuoi parlare, pappone?» gli domandò Tony.

Era in atto una guerra, pensò ancora Amos. Niente chiacchiere. Niente spiritosaggini. «Ho bisogno di un grosso quantitativo di cocaina. I tuoi uomini mi hanno detto che non è il momento... e lo capisco, naturalmente.»

Tony lo fissava in silenzio.

Amos sapeva che era arrivato il momento della sua mossa. «Dammi i tuoi contatti e organizzo tutto io.» Provare a confondere le acque, distrarre dal centro del problema. «In cambio mi fai uno sconto.»

Tony non rispose. Continuava a guardarlo, senza espressione.

Ci stava ragionando, pensò Amos. Ma Tony aveva gli occhi così freddi e immobili che sembravano di vetro. Non ci si poteva leggere niente. Non si poteva essere né ottimisti né pessimisti. Bisognava solo aspettare. Bisognava solo sperare che Tony non andasse più a fondo sul perché di quella richiesta. Che non sospettasse un altro fine. Bisognava solo ballare.

«Sei un pappone» disse infine Tony. E poi niente.

Amos sapeva di dover aspettare.

«Finché si tratta di ragazze ci sai fare» riprese Tony. «Ma la cocaina scotta più delle puttane»

Amos rimase ancora in silenzio.

«La cocaina rende molto più delle puttane» fece Tony. «E potrebbe venirti voglia di cambiare mestiere.» Si alzò. «Fine della conversazione.»

«Non vuoi neanche sapere di che quantitativo parliamo?» giocò la sua ultima carta Amos.

«Come si dice in ebraico "fine della conversazione"?»

Anche Amos si alzò. Sovrastava Tony di quasi due spanne. Era capace di sollevare un quintale senza farsi venire un'ernia. Era veloce con il coltello. Era sopravvissuto nel ghetto di Praga. Non aveva paura di nessuno. Neanche di Tony. Ma sapeva che con i serpenti velenosi bisognava giocare con prudenza.

«Va bene» disse. «Peccato.» Fece per voltarsi e poi sparò la domanda che gli premeva. «Non ci crede nessuno che quel coglione di Ciccone si è messo in guerra contro di te da solo.»

«Se non ci crede nessuno magari è vero» rispose Tony.

«A quanto ho capito non hai ancora scoperto chi è...»

«Tu sai qualcosa?»

«Vuoi che mi dia da fare per te?»

Tony lo fissò in silenzio.

Amos resse lo sguardo.

«Señor, c'è una ragazza che chiede di voi» si intromise in quel momento uno degli uomini di Tony.

«Che vuole?» chiese Tony senza smettere di fissare Amos.

«Dice che cerca un uomo e che forse voi sapete dov'è» rispose il gorilla.

«Giornata di udienze» scherzò Amos.

«È tanto che non vedo una donna. Se è carina falla entrare» sorrise Tony.

«È molto più che carina» rise il gorilla. «La devo perquisire?»

«In caso lo farò io» rispose Tony. «Ti saluto, pappone» disse ad Amos.

«Buon divertimento» sorrise Amos. Poi si avviò verso l'uscita, scortato da due gorilla.

Era quasi arrivato all'androne in penombra quando entrò la donna che era stata annunciata. In controluce vide solo la sua silhouette. Si fermò nel cortile per farla passare. E quando la vide, alla luce del sole, la guardò ammirato. Aveva un vestito azzurro con stampati dei fiori di jacaranda. I lunghi capelli corvini erano sciolti sulle spalle. Gli occhi erano così scuri e intensi che sembravano ancora più neri del nero. Come il fondo di un calamaio.

La riconobbe subito. Non era una bellezza che si dimenticava.

La donna lo sorpassò e fu scortata da Tony.

Amos rimase un attimo fermo.

«Buongiorno, señor» le sentì dire.

«Che posso fare per te?» le chiese Tony.

«Cerco un uomo che forse voi conoscete. O almeno spero. Non so il cognome. So solo che si chiama Rocco e viene da Palermo. È arrivato...»

«E lui cerca te» rise Tony, interrompendola.

«Cammina, ebreo» disse uno dei gorilla ad Amos. E poi lo spintonò verso l'uscita.

Amos guardò ancora una volta la donna e pensò che era un uomo fortunato. Molto fortunato. Per gli scherzi del destino due persone potevano incontrarsi come se quel mondo di quasi due milioni di abitanti fosse un paesello di un centinaio di anime.

Uscì in strada e si allontanò ridendo fino all'angolo dove il suo uomo lo aspettava con la macchina. «Fai il giro del *palacio* e fermati in un punto dal quale si vede il portone» gli disse.

La macchina percorse le stradine che costeggiavano l'edificio. Poi, all'angolo della banchina della Darsena Sud, si fermò.

Passarono pochi minuti e Amos vide uscire la donna. Si dirigeva nella loro direzione a passi così rapidi che sembrava che corresse. Aveva le guance arrossate dall'emozione, gli occhi neri brillavano al sole, le labbra erano schiuse in un'espressione di felicità e sorpresa. Era ancora più bella.

Quando fu all'altezza della macchina Amos aprì lo sportello e scese accennando un leggero inchino. «Buongiorno, señorita» la salutò. «Tony mi ha detto di accompagnarti in macchina.»

Rosetta lo guardò perplesso.

«Ci siamo incontrati da Tony, cinque minuti fa. Non ricordi?» disse Amos col suo più rassicurante sorriso stampato in faccia.

Rosetta annuì.

Amos fece un passo verso di lei. «Come hai detto che ti chiami, chica?» le domandò continuando a sorridere.

«Ebbasta Lucia.»

Un nome diverso da quello che gli aveva detto il Barone, pensò Amos. L'aveva cambiato. La ragazza era furba. «Andiamo... Lucia» le disse trattenendo una risata. Furba ma sfortunata. La prese per un braccio e la portò verso l'auto.

Rosetta pensò che aveva una stretta un po' troppo forte.

Appena dentro la macchina Amos chiuse le sicure degli sportelli e l'autista partì.

«Il señor Zappacosta vi ha detto dove andare?» chiese Rosetta.

«Tu non ti preoccupare» rispose Amos.

Rosetta non poté fare a meno di notare che la sua voce e la sua espressione erano cambiate.

L'auto svoltò allontanandosi dal porto.

«Di qua non si va in centro?» domandò Rosetta, sentendo che c'era qualcosa di strano. «Dove stiamo andando?»

«Stai zitta» disse piano Amos.

«Dove mi portate?» fece Rosetta, allarmata, alzando la voce.

Amos la colpì con un violento manrovescio. «Stai zitta, troia!»

E poi gli si formò un sorriso trionfante sul volto.

Aveva bisogno di soldi. Molti soldi. E li aveva trovati.

54.

Rosetta, dopo che quell'uomo grande e grosso l'aveva colpita in faccia, aveva sentito il sangue colarle dal naso in bocca.

E in un attimo era passata dalla sfrenata eccitazione di essere sul punto di ritrovare Rocco al terrore cieco di quella situazione che non riusciva a capire. Ma non disse più una sola parola. Non fece più domande. Quell'uomo era pericoloso. Un animale.

Si abbandonò sul sedile di pelle dell'auto, che sfrecciava per le vie di Buenos Aires. Aveva gli occhi sbarrati dalla paura e la testa anestetizzata, morta. Un deserto nel quale non c'era un solo pensiero.

Poi la macchina si fermò davanti a un edificio color senape, dalle persiane chiuse. La fecero scendere e la trascinarono dentro. Senza una parola.

Nell'ingresso Rosetta fu aggredita da un unico, sgradevole odore fatto di molti odori. Gli effluvi acri dell'alcol. L'odore stantio delle sigarette, che si aggrappava ovunque, come un'edera invisibile. Poi l'aroma del cibo. E gli odori dell'umanità. Sudore, alito marcio, profumi dozzinali, scoregge, piscio, merda. E infine, tra tutte quelle puzze, isolò un odore terrificante, che le diede il voltastomaco, perché non l'aveva più respirato così intensamente da un torrido giorno ad Alcamo. Odore di sesso. Lo stesso odore nauseante che aveva sentito il giorno del suo stupro. Odore di fango maschile, di umori femminili, di sangue.

E allora seppe dove si trovava.

«No...» mormorò. «No...»

«Cammina» ordinò Amos, spintonandola per un corridoio buio.

Mentre avanzava Rosetta incontrò gli sguardi di uomini mal rasati, dalla pelle grassa, lucida di sudore, e di ragazze giovani con occhi da vecchie e corpi strapazzati come fiori senz'acqua.

Non c'era alcun dubbio. Era in un bordello.

«No, vi prego...» disse.

Amos non le rispose, aprì una porta e la fece entrare in una camera appartata. C'era odore di tabacco. E di brandy. E di polvere che veniva dai tappeti.

La stanza era in penombra. Solo una luce fioca su una scrivania.

Rosetta vide che le persiane erano chiuse. E c'erano delle sbarre alle finestre. Come una prigione.

Due gorilla chiusero la porta e accesero altre lampade.

Ma la luce calda e gialla non rese meno fredda quella stanza per Rosetta. Né meno terrorizzante. «Che cosa volete da me?» disse.

Amos la colpì con uno schiaffo. «Ogni volta che apri la bocca ti picchio» disse con una voce glaciale, calma. «Ti è chiaro?»

Rosetta annuì in silenzio.

Amos si voltò verso uno dei gorilla. «Chiama Adelina. Dille di venire» ordinò.

Il gorilla uscì dalla stanza.

«Tu resta fuori dalla porta» disse Amos all'altro. «Può entrare solo Adelina.»

Anche il secondo gorilla uscì.

Dopo poco bussarono alla porta.

«Avanti» disse Amos.

La porta si aprì e Rosetta vide entrare una donna vestita di nero. Aveva una cicatrice che le sfregiava la guancia destra. Aveva anche un orecchio mutilato, nella parte superiore. Poteva avere tra i trenta e i cinquant'anni. Impossibile dirlo. Era consumata come un vestito liso. Aveva modi spicci e controllati. Evitava di incrociare lo sguardo di Amos. Ne aveva paura.

«È sotto la tua responsabilità. Puoi entrare solo tu» disse Amos.

«E se mi serve una ragazza che mi aiuti?»

«Fai come vuoi, ma ricorda che è una tua responsabilità.»

«La posso drogare? Così starà buona.»

«Ti ho detto che non me ne frega un cazzo. Falla spogliare.»

«No...» gemette Rosetta.

Amos alzò la mano per picchiarla.

Lei si rannicchiò, coprendosi il viso.

Amos non la colpì.

Dopo un attimo Rosetta si raddrizzò.

Appena scoprì il viso Amos le mollò un ceffone. E poi si avviò alla porta. «Deve restare integra» disse ad Adelina, uscendo.

«Spogliati» fece allora Adelina.

Rosetta scosse il capo, in un muto diniego.

«O lo fai da te o sarò costretta a chiamare Amos» disse Adelina, con una voce fredda, priva di emozione. «Se lo fa lui la tua bella pelle sarà piena di lividi in un attimo.»

«Perché sono qui?» chiese Rosetta.

«Non lo so e non mi interessa.»

Rosetta abbassò lo sguardo a terra. «Vi prego, señora... aiutatemi» sussurrò.

Adelina fece una risata roca, totalmente priva di allegria. C'erano solo astio e disprezzo nella nota che produsse. «Chi credi che mi abbia fatto questo?» disse accarezzandosi lo sfregio sulla guancia. «E questo?» Indicò l'orecchio mozzato. La fissò. «*Aiutami*» le fece il verso. «Dovrei mettermi contro il diavolo per te?» Di nuovo fece quella risata che esprimeva solo livore. «Fottiti.» C'era odio nei suoi occhi. Anche se non la conosceva. Senza una ragione.

Rosetta ricordava un cucciolo di cane, ad Alcamo, che era stato strappato alla madre, appena nato, da un contadino rozzo e violento. Il contadino gli aveva messo un collare e una catena. Poi se ne era praticamente dimenticato, se non quando lo pigliava a calci, senza bisogno di un perché. Rosetta, all'inizio, quando nessuno la vedeva, portava qualcosa da mangiare al cagnolino. E gli faceva una carezza. Ma l'animale crescendo, quasi strangolato dal collare che il contadino si ostinava a non cambiare, a forza di angherie e calci aveva cominciato a ringhiare anche a lei. E un giorno l'aveva morsa. Aveva gli occhi iniettati di sangue, la bava alla bocca, il corpo ricoperto di piaghe, le costole rotte chissà quante volte. Nessuno aveva il coraggio di avvicinarlo. Era diventato una belva furiosa. Solo il contadino poteva farlo. E allora il cane, o quel che ne restava, abbassava il capo e aspettava la sua razione di calci e bastonate, senza ribellarsi.

Rosetta guardò la donna e in lei vide quello stesso cane.

«Spogliati» disse Adelina.

Rosetta cominciò lentamente a slacciarsi il vestito azzurro con i fiori di jacaranda stampati. E si tolse le scarpe azzurre, con le nappine viola a forma di fiore che le aveva fatto Tano con le sue mani per Natale.

«Tutto» disse Adelina.

Rosetta sentì le lacrime che salivano agli occhi. Ma non avrebbe pianto di fronte a quella donna. Si levò le mutande e il reggiseno.

Adelina raccolse i vestiti e li depose vicino alla porta. Poi andò a un armadio bar, lo aprì con una chiave che aveva in tasca, prese una bottiglia di cristallo con un liquido ambrato, bagnò un fazzoletto dall'aria sporca, rimise a posto la bottiglia e richiuse l'armadio. Porse il fazzoletto a Rosetta. «Pulisciti il sangue.»

Rosetta si passò il fazzoletto sul naso e sul labbro superiore. Li sentì bruciare. Poi restituì il fazzoletto arrossato.

Adelina se lo rimise in tasca e si avviò verso la porta.

«Ditemi almeno perché» provò ancora Rosetta.

Adelina si strinse nelle spalle. «È impossibile che tu riesca a fuggire da qui» rispose. «Ma se anche ce la facessi quanta strada credi che potresti fare nuda?» Scoppiò a ridere. Prese il fagotto dei vestiti e le scarpe e aprì la porta.

«No...» fece Rosetta. «Perché sono qui?»

«Ti ho già risposto. Non lo so e non mi interessa.»

Rosetta si portò le ginocchia al petto e se le strinse tra le braccia, cercando di essere meno nuda.

«Non hai sentito Amos? *Integra*, ha detto. Sai cosa significa?» disse Adelina.

Rosetta fece segno di no.

«Che nessuno ti scoperà» rise ancora Adelina, in quel suo modo sgradevole che era come se vomitasse veleno. E uscì.

Rosetta sentì chiudere a chiave la porta.

Poco dopo Adelina rientrò. Reggeva un bicchiere. «Bevi...»
«Cos'è?»
«Acqua.»
«Non ho sete.»
«Bevi o chiamo due uomini che ti ficcano questa roba in gola con un imbuto.»
Rosetta bevve. Sentì un sottile retrogusto amarognolo.
Adelina se ne andò di nuovo.
Rosetta rimase immobile, umiliata dalla nudità alla quale era costretta. Poi cominciò a sentire una leggera sensazione di nausea. Dopo un po' si accorse di dondolare avanti e indietro, appena appena, come se non si reggesse dritta. E si sentì i muscoli stanchi, che desideravano solo rilassarsi. E infine iniziò una sensazione strana. Era una specie di ronzio nella testa, non nelle orecchie. Un ronzio dolce, che azzittiva tutti i pensieri angoscianti. Come di una madre che cullasse il suo bambino per farlo addormentare. "Sssh... sssh... sssh..." E lentamente si abbandonò.
"Cerco un uomo... si chiama Rocco..." le suonò nelle orecchie. E poi rivide quell'uomo basso come un nano, seduto a un tavolo bianco con una macchia... di cosa? Di sugo? No, era sangue, lo sapeva bene. Ma lui, il nano, aveva riso e aveva detto: «E lui cerca te». Rocco la stava cercando. «Lo sapevi?» le aveva chiesto il nano, il señor Zappacosta, che doveva essere feroce come la faina quando s'infila nei pollai. Però nonostante tutto quell'uomo aveva parlato di Rocco come se... come se... Niente, non riusciva a concentrarsi. I pensieri e i ricordi erano di attimo in attimo più faticosi.
«Sì, lo sapevo che Rocco mi cercava» farfugliò a fatica. Anche i muscoli della bocca non volevano muoversi. Anzi, volevano riposarsi. Come se avesse corso troppo. Parlato troppo. Pensato troppo. Visto troppo.
Cercò di resistere. Voleva ricordare quando il nano le aveva detto dove trovare Rocco. *Dique cinco*. La vecchia officina del Gordo. Era rimasta impassibile. Perché non sapeva se

scoppiare a ridere o a piangere. E poi... e poi cosa era successo? Perché era lì? Perché non volevano farle ritrovare Rocco?

Ma erano domande difficili. La sua mente si stava spegnendo.

Si pizzicò l'interno del braccio, con la poca forza che le rimaneva in corpo, per provare a resistere a quel torpore che la liberava da ogni angoscia.

E in quel momento, come se la sua testa avesse ripreso per un attimo a funzionare, si rese conto che non sarebbe tornata a casa, quella sera. E solo in quel momento fu assalita da una vera paura, di quelle che scuotevano il corpo intero, anche se non faceva freddo. Anche se di nuovo si spegneva la sua anima. Vide Tano e Assunta che la aspettavano e l'unico pensiero sensato che le venne in mente fu che avevano già perso una figlia e che non era giusto che ne perdessero un'altra. E poi pensò che era stata a un solo, brevissimo passo da Rocco e che già una volta l'aveva perso. E infine pensò a se stessa. E si disse che non era giusto perdersi proprio quando ci si stava ritrovando.

Poi, come se questi pensieri pesassero troppo, nella sua testa scese un silenzio assoluto. Come se lei stessa non fosse lì.

Dopo molto tempo – Rosetta non sapeva quanto – Adelina ritornò con un vassoio. C'era della carne. «Mangia» disse prima di uscire. Poco dopo rientrò con un pitale laccato. «Se devi pisciare o cacare.» Le diede un bicchiere. «Bevi.»

Rosetta sapeva che non avrebbe dovuto bere perché sarebbe risprofondata in quel mondo melmoso dove cessava di esistere. Ma non aveva la forza di non bere. E bevve.

Adelina prese il vassoio e lo portò via.

Rosetta sentiva risate di uomini e di donne, musica. La puzza di quella vita viziosa si infilava sotto la porta della sua cella. Poi di nuovo le scese il silenzio nella testa. E si addormentò, nuda e umiliata, sul divano di pelle scura e morbida.

Fu svegliata da Adelina. Un altro vassoio. Mate caldo e biscotti.

Forse era il mattino dopo, aveva perso il senso del tempo.

C'era una ragazza con Adelina. Bionda. Giovane. Un angelo con gli occhi vuoti, come se glieli avessero strappati. Come se glieli avessero rimpiazzati con due biglie colorate, magnifiche e inutili. Ma mentre si chinava a prendere il pitale le accarezzò il ginocchio con la sua mano diafana, quasi trasparente.

«Libertad, sbrigati» gracchiò la voce di Adelina.

Libertad vuotò il pitale e se ne andò, come un automa.

E di nuovo Rosetta rimase sola. E di nuovo trascorse il tempo, senza che riuscisse a misurarlo. E di nuovo con quel silenzio nella testa, insieme terribile e confortante.

Poi, chissà dopo quanto, sentì delle voci fuori dalla porta. Voci di uomini. Una era di Amos, la riconobbe. Anche l'altra voce le era familiare. Ma non riusciva a capire di chi fosse.

«Ora avrete la prova» disse Amos. «Poi però dovremo parlare di affari. Ogni cosa ha il suo valore e il suo prezzo.»

«Aprite» fece la voce familiare.

Era acuta. Quasi femminile. O da castrato. Rosetta sentì una fitta allo stomaco. E la paura crebbe, anche in quel limbo.

La serratura scattò. La maniglia si abbassò lentamente. La porta venne aperta.

Rosetta si rannicchiò in un angolo.

E sulla porta comparve il Barone Rivalta di Neroli. «Vi pagherò» disse rivolgendosi ad Amos, alle sue spalle, senza però staccare gli occhi da Rosetta. «Ma non dovete toccarla nemmeno con un dito.»

E poi sorrise. Un sorriso così viscido che un rivoletto di saliva gli colò lungo il mento.

«Lei è mia.»

Rosetta sentì il cuore che le si fermava in petto.

Non c'era droga che potesse anestetizzarla fino a quel punto.

«Lei è mia» ripeté il Barone.

55.

«Sei un fantasma?»

«A volte lo penso…»

Tony fissava sorpreso i morsi del fuoco che avevano storpiato per sempre i bei lineamenti del viso del Francés e il bastone da vecchio al quale si appoggiava per reggersi in piedi. «Si diceva che fossi morto» fece infine.

«Ci ho provato ma non ci sono riuscito» rispose il Francés, tra i gorilla che lo avevano scortato dal boss.

Tony non lo invitò a sedersi. Era di pessimo umore. Gli avevano ammazzato altri due uomini in un agguato. Come se intuissero le sue mosse. La guerra non procedeva come aveva immaginato. Affatto. Era assai più complessa. Giocata su un terreno diverso da quello dello scontro diretto. Un susseguirsi di imboscate. Lui stesso si sentiva sempre meno sicuro. Forse allevava una serpe in seno. Però non aveva idea di chi fosse. Bastiano lavorava giorno e notte ma non riusciva a scoprire né il traditore né chi si nascondesse dietro a Lionello Ciccone. «Cosa vuoi?» ringhiò sbrigativamente.

Il Francés aveva deciso di andare a parlare con Tony sin da quando era iniziata quella guerra di cui si occupavano i giornali. Ma dalla sera prima c'era un'altra ragione. Più pressante.

«Per caso è venuta una ragazza a cercare un uomo?» gli chiese.

«E a te che ti frega?»

Il Francés si era ricordato che qualche giorno prima Rosetta aveva fatto il suo nome. Poi l'aveva vista sorridere in una strana maniera e aveva notato che le si erano illuminati gli occhi. Forse non voleva dire niente. Ma forse, invece, era un indizio.

«Non è tornata a casa» rispose a Tony.

Tony scrollò le spalle. «Avrà trovato l'uomo che cercava e si starà divertendo.»

«Non è il tipo» replicò il Francés.

«Cosa ti frega?» ripeté Tony, scandendo le parole.
«Le devo un favore.»
Tony lo fissava con i suoi occhi di ghiaccio, inespressivi.
Il Francés aggiunse: «Grande».
«Quanto grande?»
«La vita» rispose il Francés, senza esitare.
Qualcosa si mosse negli occhi di Tony. Impercettibilmente.
«È abbastanza grande?» gli chiese il Francés.
Tony fece segno di sì. «È venuta qui. Le ho detto chi era l'uomo e dove trovarlo. Sapevo che anche l'uomo la cercava. La cercano tutti quella ragazza. Pure un Barone siciliano è venuto da me. Mi ha offerto dei soldi. E di sicuro la cerca la Policía.»
«E perché l'avresti mandata dall'uomo invece di farti pagare dal Barone?»
«Questi non sono cazzi tuoi.»
«Dove trovo l'uomo?» lo incalzò il Francés.
Tony lo fissò in silenzio.
«Ti prego...»
«Prima, quando ti ho detto che probabilmente la ragazza se la stava spassando con l'uomo, mi hai risposto che lei non era il tipo» fece Tony. «Ti posso assicurare con la stessa certezza che anche lui non è il tipo che le farebbe del male.»
«Lo so.»
«Come lo sai?»
«È quello che l'ha fatta scappare dall'Hotel de Inmigrantes» rispose il Francés. Bisognava giocare a carte scoperte.
Tony annuì. Ma non era ancora disposto a parlare.
Il Francés si rese conto di avere in mano una buona carta. Glielo avrebbe detto anche gratis. Era andato lì per quello.
Ma forse ora poteva diventare una moneta di scambio.
«Hai scoperto chi c'è dietro Ciccone?» gli chiese a bruciapelo.
L'espressione di Tony mutò radicalmente. «Tu lo sai?»
«Sì.»

«Parla.»
«Dimmi dove trovo quell'uomo.»
Tony si alzò e gli si avvicinò. Poi all'improvviso diede un calcio al bastone al quale si appoggiava il Francés.
E quello, senza sostegno, barcollò.
Tony lo afferrò per un braccio e lo resse in piedi. Lo fissò dritto negli occhi. «Tu credi di poter contrattare con me?» La sua voce sembrava provenire direttamente da un ghiacciaio per quanto era fredda. «Tu credi che io non sappia farti parlare?»
Il Francés sentì un brivido corrergli lungo la schiena. Non ebbe bisogno di immaginare cosa avrebbe potuto fargli Tony. Glielo si leggeva in quello sguardo terrificante che non gli staccava di dosso. Ma la cosa che gli fece più paura fu capire che Tony non si sarebbe divertito. Non avrebbe provato la minima emozione.
«Amos...» disse in fretta.
Tony aggrottò le sopracciglia e gli strinse più forte il braccio. Gli guardò le ustioni sulla faccia. Aveva saputo di quella storia tra papponi. E aveva saputo che Amos aveva vinto. «Pensi di potermi usare per vendicarti, testa di cazzo?» sibilò.
«Lo spero con tutto me stesso» rispose il Francés.
Tony lo studiò ancora, poi si chinò, raccolse il bastone e glielo diede. «È la risposta migliore che potevi darmi» disse voltandogli le spalle e tornando a sedersi. Gli fece cenno di sedersi anche lui. «Ma ora devi convincermi.»
Il Francés si accomodò su una delle sedie. «Amos ha messo su un arsenale in questi ultimi mesi. A un pappone non servono così tante armi. A meno che non stia per iniziare una guerra.»
«Se avesse acquistato armi l'avrei saputo» disse Tony.
«Perché? Hai traffici anche a Montevideo?» replicò il Francés.
Tony incrociò le dita delle mani, le appoggiò sul piano del tavolo e si sporse in avanti. «Continua.»

Il Francés notò un buco nel tavolo. All'interno era rosso scuro. «Io l'ho saputo per caso. E forse sono l'unico a saperlo» proseguì, ripetendo le parole del vecchio André. Fece una pausa. Non poteva mettere di mezzo André. Glielo doveva. Bisognava fingere che fosse capitato a lui. Anche se era un rischio. «Ero a Montevideo a comprare due ragazze e... l'ho visto. Trattava con dei mercenari.»

«Che cazzo ne sai che erano mercenari?»

«Perché me l'ha detto quello da cui volevo comprare le ragazze. Amos era lì nel suo bordello. E i mercenari erano clienti di questo tizio. Gli piacciono le sue puttane. Mi ha detto che li ha sentiti contrattare con Amos il prezzo di armi e uomini.»

Tony era immobile. Lo fissava ma non lo vedeva. Non muoveva un muscolo. Non sbatteva le palpebre. Non respirava nemmeno. Guardandolo si sarebbe potuto pensare che avesse arrestato anche i battiti del cuore. Ma nella sua testa c'era un uragano. E l'uragano aveva diradato la nebbia. E ora aveva capito ogni cosa. Si alzò.

«Bastiano!» urlò con le vene del collo gonfie. «Bastiano!»

Quando il contabile comparve, Tony sembrava calmo. Gli fece segno di avvicinarsi. Poi estrasse la pistola, l'impugnò per la canna e colpì Bastiano in piena fronte con il calcio in madreperla e continuò a colpirlo anche quando quello fu caduto a terra.

«Devo scoprire come stanno le cose da un pappone» ansimò. Sembrava il brontolio sommesso di un vulcano.

Bastiano gemeva, in ginocchio, con il viso insanguinato. Lembi di pelle lacerata gli pendevano dalla fronte come orribili frange. Gli occhialetti erano a terra, con le lenti incrinate.

«Perché?» chiese Tony con una intonazione quasi addolorata, quasi ingenua, quasi infantile, sempre tenendo la pistola per la canna. «Per soldi? Quanto ti ha pagato?»

«Chi?» farfugliò Bastiano. «Di cosa parlate...?» Ma i suoi occhi evitavano di incrociare lo sguardo inquisitore del suo capo, guizzando impazziti a destra e a sinistra, come due palline che rimbalzassero all'infinito contro un muro invisibile.

Tony, come un giocoliere, lanciò la pistola in aria e la riprese per il calcio. Afferrò il cuscino della sua sedia, lo spinse sulla faccia di Bastiano, ci affondò la canna dell'arma e fece fuoco. Il rumore del colpo fu attutito dal cuscino. Il corpo di Bastiano venne scaraventato all'indietro dall'impatto del proiettile. Tony rimase fermo, la pistola fumante in una mano e il cuscino nell'altra. Il volto di Bastiano era irriconoscibile, maciullato. Sul pavimento di cotto si allargava una pozza di sangue nero e frammenti chiari di cervello. E poi, su tutto, si depositarono le piume dell'imbottitura del cuscino, atterrando come una pietosa nevicata.

Tony guardò i suoi uomini. «Chi è sul libro paga di Ciccone o dell'ebreo scompaia prima che lo sospetti. Ma chi resta deve essere pronto a tagliarsi i coglioni per me.» Li fissò a uno a uno.

Ressero tutti lo sguardo.

«Molto bene» disse allora Tony. Sputò sul cadavere di Bastiano. «Adesso ci saranno meno agguati inspiegabili.»

Anche gli uomini sputarono sul cadavere di Bastiano.

Tony si rivolse al Francés. «Ti devo un favore, pappone. Quando sarà il momento, vieni a riscuotere. Ti farò assistere alla morte dell'ebreo. E se vorrai potrai arrostirgli i coglioni.»

Il Francés aveva pensato che Tony avrebbe ucciso anche lui. Che si sarebbe sbarazzato di un possibile testimone. Invece no. Gli era grato. «Dove trovo l'uomo che cercava la ragazza?» gli chiese. E sentì che nella sua voce non c'era traccia di paura. Mentre aspettava la risposta guardò Bastiano, a terra. La pozza di sangue ormai gli lambiva la punta delle scarpe. Ma non si spostò. Dal giorno in cui aveva visto uccidere Lepke gli si era rotto qualcosa dentro, pensò. Come se la morte non gli facesse più impressione.

«Rocco Bonfiglio. Qui a LaBoca. Al molo cinque. La vecchia officina del Gordo» rispose Tony, meccanicamente. Anche lui fissava Bastiano, mentre ragionava in fretta. «E così ora sappiamo il motivo di questa guerra» disse ad alta voce. «Il porto e Ciccone non c'entrano un cazzo, sono solo fumo negli occhi. Ecco perché Amos era venuto a chiedermi i contatti per il traffico della cocaina. È quello l'obiettivo. E sapeva che io non sospettavo un cazzo.» Sputò ancora sul cadavere di Bastiano. «Ma quei contatti non li conoscevi nemmeno tu, bastardo.» Gli diede un calcio violentissimo. Si sentì un rumore sordo, attutito, di qualcosa che si rompeva. «Ho fatto la figura del coglione! Fin dall'inizio!» urlò. Si voltò verso i suoi uomini. «Tagliategli la testa e buttatela davanti al Chorizo, all'ora di punta» ordinò. «Il resto del corpo scaricatelo a casa di Ciccone.» Fece un sorriso tagliente come un rasoio. «Che li rimettano insieme loro i pezzi, se vogliono.»

Uno degli uomini si allontanò.

Il Francés stava per andarsene ma si fermò. «Perché l'hai ammazzato senza farti dire tutto?» chiese.

Tony si sedette. «Non c'era niente di quello che avrebbe detto di cui mi sarei potuto fidare» rispose. «E non si costruisce una casa sulle sabbie mobili.»

Il Francés non sapeva perché rimaneva lì a parlare con Tony. Eppure qualcosa lo tratteneva. «Per salvarsi avrebbe confessato!»

Tony lo fissò. Aveva uno sguardo serio. Scosse il capo. «No» disse. «Non avrebbe confessato la verità, ma la verità con la quale sperava di salvarsi il culo. È diverso, non credi?»

Il Francés annuì.

«Meglio partire da una cosa certa... e cioè che questa merda era il traditore che cercavo» riprese Tony, «piuttosto che sguazzare nei dubbi che avrebbe seminato.» Gli indicò la sedia di fronte a lui. Sorrise, come se fosse una normale, mondana conversazione.

Il Francés si sedette.

Tony fece cenno ai gorilla di mettersi più lontano. Abbassò la voce. «E ora i miei uomini sanno fino in fondo che cosa significa essere in guerra. Adesso anche loro non hanno più dubbi.»

Il Francés era come ipnotizzato da quel minuscolo uomo che aveva la forza e il carisma di un gigante. «Questo Rocco è un tuo uomo?» gli domandò.

Tony rise. «Magari!» Scosse il capo. «No. È solo la mia via di fuga nel caso in cui dovesse andare tutto a puttane. Ha un progetto straordinario.»

Il Francés rimase un attimo immobile poi fece per alzarsi.

«Una ragazza da leccarsi i baffi» cominciò a dire Tony, assorto. «Quando è arrivata ho notato che Amos si fermava e la fissava con insistenza» continuò, come se inseguisse un pensiero. Però poi si strinse nelle spalle. L'aveva perso per strada. «Ma d'altro canto questo fa parte del vostro mestiere, no?» scherzò con il Francés.

«In questo momento, fossi in te, non lo considererei come un pappone» disse il Francés.

«E sbaglieresti» replicò Tony, parlando sempre assorto, come se continuasse a inseguire quel pensiero scivoloso come un'anguilla. «Gli uomini sono quello che sono e mai nient'altro. In qualsiasi situazione. Lui è un pappone che fa la guerra. E la porterà avanti così, da pappone.» Mentre parlava non guardava più il Francés ma un punto fisso sul tavolo, con lo sguardo sfocato, come se stesse ragionando ad alta voce, solo per se stesso. «Sfrutterà Ciccone. Avrà mercenari, non uomini. Li pagherà credendo che siano come le sue puttane, che per pochi pesos aprono le cosce e la bocca. E a quelli darà fastidio. Anche ai criminali piace essere trattati come Dio comanda. Anche quando sono mercenari. Se invece li tratti da puttane finiranno per pensare all'ipotesi di un altro pappone con troppa facilità.» Sorrise e alzò lo sguardo sul Francés, ma era ancora perso nei suoi ragionamenti. «Voi papponi fate sempre i froci col culo degli altri.» Diede una manata sul tavolo e poi la strinse a pugno. «E questo sarà la rovina di Amos!» Per un attimo sembrò che avesse finito di parlare. Ma poi mormorò, serio: «Il che non significa che lo sottovaluti. Tutto il contrario. Non è facile entrare nella testa di un pappone. Voi siete sospesi tra i maschi e le femmine... indipendentemente dai vostri gusti sessuali. Non appartenete né agli uni né alle altre».

Il Francés ascoltava affascinato.

Tony all'improvviso afferrò il pensiero che stava inseguendo. Guardò il Francés, finalmente vedendolo. I suoi occhi gelidi furono scaldati da un'intuizione. «Tu vuoi vendicarti, vero?» gli chiese.

«Te l'ho detto. Con tutto me stesso.»

Tony annuì. «Vuoi essere il mio *consigliori* di guerra?»

«Che vuol dire?»

«Che sarai il mio stratega.»

«Io non so un cazzo di guerra.»

Tony rise. «Ma sei un pappone. Ragioni come un pappone.» Si sporse attraverso il tavolo e con le sue braccia da nano afferrò le spalle del Francés. «Quello che voglio da te è che pensi a come mi faresti la guerra. Immagina di essere ricco, armato, con un esercito di mercenari, con un alleato mafioso al quale hai promesso il controllo del porto in cambio del racket della cocaina. Guardami, studia i miei punti deboli, fai strategie per fottermi.» Sorrise. «Stai tranquillo. Non devi scendere in campo. Non devi impugnare una pistola. Devi solo fare il frocio con il mio culo.» Gli lasciò le spalle. «Il culo ce lo metto io. Ci stai?»

Il Francés provò una specie di nausea. Forse era paura, si disse. O forse eccitazione. Gli sembrò di essere più forte. «A un patto.»

«Quale?»

«Dobbiamo trovare Rosetta.»

Tony lo guardò. Poi scosse il capo. «Un pappone sentimentale ancora dovevo conoscerlo.»

Il Francés lo guardò sperando che Tony non si accorgesse di quanto gli girava la testa. Non credeva a quello che stava facendo.

«Andiamo dal ragazzo» fece Tony alzandosi. «Quel poveretto crede di essere al sicuro e invece Bastiano l'ha sputtanato di certo.» Sorrise, in un modo nuovo, come se anche lui potesse avere delle espressioni umane. «Merda, sto diventando sentimentale anch'io.»

Intanto l'uomo di Tony che poco prima si era allontanato adesso era tornato indietro dalla cucina con un coltello da roast-beef a lama lunga e una mannaia, di quelle per fracassare le vertebre delle costate, e si accingeva a decapitare Bastiano.

«Mettilo nel ghiaccio» disse il Francés a Tony. «Conservalo per un po'.»

Tony lo fissò incuriosito.

«Inutile dare a quegli stronzi il vantaggio di sapere che li hai scoperti» disse il Francés.

Tony scoppiò a ridere. «Sì, sarai un bravo *consigliori*.»

56.

Non si sarebbe potuto affermare con certezza chi fosse più stupito per quello che era successo, se Rocco o Raquel.

Rocco, dal canto suo, aveva scoperto che il ragazzino di cui si prendeva cura era in realtà una ragazzina. E, come se non bastasse, non una ragazzina qualsiasi ma addirittura quella che scriveva gli articoli straordinari di cui tutta Buenos Aires parlava.

Ma la sorpresa di Raquel non era minore per la reazione di Rocco a quella scoperta, anche se meno eclatante all'apparenza. Non solo non si era arrabbiato, né si era scandalizzato, né si era sentito preso in giro, ma era addirittura scoppiato a ridere, enormemente divertito e fiero che Ángel fosse in realtà quella ragazzina che lui stimava così tanto. Ma soprattutto – e questo aveva profondamente commosso Raquel, più ancora che stupirla –, quando Rocco aveva compreso fino in fondo la sua drammatica storia, l'aveva abbracciata d'impeto e tenuta stretta, a lungo e in silenzio. Un silenzio che valeva più di mille parole.

Un silenzio che si era protratto per tutta la notte, mentre fingevano entrambi di dormire. Perché dovevano digerire la questione. Per l'imbarazzo.

Adesso, appena svegli, erano uno davanti all'altra.

Rocco sorrideva in un modo così pieno di umanità che a Raquel sembrava che non scoprisse solo i denti bianchi e regolari ma il cuore stesso, quel cuore generoso e caldo.

E lei sorrideva di rimando, con gli occhi ancora gonfi di pianto, mentre tutti i nodi che aveva dentro si scioglievano, uno dopo l'altro, facendola sentire protetta.

«Ora però non so bene come si fa» disse Rocco, imbarazzato.

«A fare che?» chiese Raquel preoccupata all'idea che si riferisse al loro rapporto.

Rocco indicò i pantaloni macchiati di sangue. «Io...» farfugliò timidamente, «non sono pratico di... quelle cose.»

Raquel sentì un profondo sollievo. Ridacchiò, arrossendo. «Io sì. Lo so io, insomma.»

Calò ancora il silenzio. Non si poteva far finta di niente. Ma nello stesso tempo non era facile affrontare quella conversazione.

«E adesso che farai?» andò dritta al sodo Raquel. «Lo dirai a tutti gli altri?»

«Sei stupido?» scattò Rocco. «Scusa... stupida, volevo dire... nel senso... non ti offendere, è che mi devo abituare a parlarti senza parolacce come se fossi una femmina... cioè, sei una femmina, lo so, ma è che io... ti vedo ancora...» Si fermò. «E... come ti chiami?»

«Raechel Bücherbaum. Ma qui, all'arrivo, mi hanno registrato come Raquel Baum.»

«Ah... ecco.»

Di nuovo silenzio.

«Senti, Raquel...» riprese a dire Rocco, impacciato. «Ti scoccia se ti chiamo ancora Ángel?»

«No» fece Raquel. «E neanche mezzasega» rise.

Anche Rocco rise. «Be', quello vedremo... magari davanti agli altri, per non fargli capire.» La guardò, serio. Soffiò fuori l'aria.

Raquel notò che aveva i lucciconi agli occhi.

«Senti...» Rocco faceva fatica a parlare. «Il nome di quella... Tamar... è vero o inventato?»

«Vero» rispose Raquel incupendosi.

Rocco sobbalzò quasi. «Se tu fossi un maschio ti direi che sei un gran coglione!» esplose. «Ma ti rendi conto di cosa hai fatto? Ti rendi conto che ora l'assassino di quella povera ragazza sa chi sei? O quantomeno sa chi cercare. Che cazzo hai in testa?» si infuriò.

«Era giusto farlo» protestò fieramente Raquel.

«Allora tanto vale che vai a dire in giro che sei tu la ragazzina che scrive gli articoli!» urlò Rocco. «Se tu fossi un maschio, giuro che ti prenderei a calci in culo.»

«Era giusto farlo» ripeté cocciuta Raquel.

Rocco la guardò, cercando di contenere la furia. Ma dietro quella fragile facciata rabbiosa si leggeva tutta la preoccupazione e la pena che provava in realtà. «Quindi quel giorno che sei scappata era perché avevi visto Amos» ragionò, mettendo insieme i pezzi. «È lui l'assassino.»

«Sì.» La voce di Raquel era un soffio.

«E quell'altra, la sfregiata.»

«È la mano del diavolo» disse piena d'astio Raquel.

«I servi a volte mi fanno più schifo dei padroni» ringhiò Rocco.

«Anche a me.»

«Quella gran puttana ti guardava, me lo ricordo...» borbottò Rocco, rimuginando. «Non deve aver capito chi eri... ma adesso potrebbe fare due più due.» Restò in silenzio, assorto. «Per fortuna non ti ha visto insieme a me. Ma potrebbe...» All'improvviso andò al letto di Raquel e prese l'ultimo numero di "Caras y Caretas". Picchiò un dito sul disegno in copertina. «Ti assomiglia! Perché? Ti conoscono?»

«No, ma...» Raquel era confusa. «Forse l'altro giorno Alfonsina Storni mi ha visto e deve aver capito che ero io e allora...»

«E allora ti ha descritto al disegnatore!» Rocco buttò per terra la rivista, con rabbia. «La strozzo! Giuro su Dio che la strozzo!»

«Ma non mi assomiglia tanto.»

«Amos avrà messo i suoi uomini davanti alla sede della rivista» ragionò Rocco. «Non ci devi andare mai più.»

«Ma...»

«Ma un cazzo! Se vuoi scrivere altri articoli li porterò io. Tu là non ci devi mai più mettere piede, hai capito?» La afferrò per le spalle e la scosse. «Mi hai capito?»

Raquel annuì a malincuore. Avrebbe voluto fare la conoscenza di Alfonsina Storni.

Rocco sembrò leggerle nella mente. «Ascoltami bene. Amos è pericoloso. Tu lo sai meglio di tutti... Tu hai visto di cosa è capace. È un animale. Devi stare attento... attenta... attento.» Fece un verso. «Senti, anche quando siamo soli parliamo come se fossi un maschio sennò poi lo so che mi sbaglio.»

«Quindi davvero non lo dirai agli altri?»

«Non dobbiamo dirlo a nessuno... Ángel. Non possiamo fidarci di nessuno. Magari una sera, ubriachi, se lo fanno scappare. Ci si mette un attimo a essere sputtanati.» Di nuovo Rocco la strinse per le spalle. «Giura che non lo dirai a nessuno.»

«Giuro.»

«Poi cercheremo di sistemare le cose» fece Rocco.

«Come?»

«Adesso non lo so» le rispose Rocco. «Ma a quel punto potrai tornare a essere una femmina.»

«A me piace fare il maschio» disse Raquel.

«Ma sei una femmina.»

«Non è giusto.»

«Che c'entra la giustizia, ora?»

«Le femmine non possono fare le cose dei maschi. E io invece voglio poterle fare.»

Rocco la fissò mentre diventava paonazzo. «Certo! Sai che ti dico? Bravissima!» La afferrò per un braccio e la trascinò fino a un angolo del capannone. «Avanti, facciamoci una bella pisciata contro il muro!» Finse di sbottonarsi i pantaloni.

Raquel si girò di scatto.

«Tu sei una femmina» le disse allora con dolcezza Rocco. «Ed è una cosa... bellissima.»

«Non è vero.»

«Sì, è vero» fece Rocco. «Tu credi che un maschio avrebbe potuto scrivere quello che hai scritto tu?» La guardò intensamente. «Nessun maschio sarebbe capace di fare quello che hai fatto tu.»

«Però...»

«Però non puoi fare le cose che fanno i maschi, ho capito» la interruppe Rocco. «Ti interessa pisciare sui muri? Immagino di no. E comunque non ci riusciresti mai. Allora cosa ti interessa delle cose dei maschi?»

«La libertà di poter scegliere» rispose senza esitare Raquel.

«Bene. Combatti per questo» fece Rocco. «Scrivilo sui tuoi cazzo di articoli.»

«Non sono dei cazzo di articoli» protestò Raquel.

«Sì, bella mia... cioè, bello mio» rise Rocco. «Sono dei cazzo di articoli con i controcoglioni.»

«Lo vedi?» fece Raquel. «Pensate sempre al cazzo e ai coglioni se dovete dire che qualcosa è importante.»

Rocco la fissò. «Porca puttana, hai ragione... Hai perfettamente ragione.» Annuì lentamente. «E va bene. Io non so parlare come te però... insegnaci a pensarla diversamente.»

«Io sono solo una ragazzina.»

«No. Tu sei una cazzo... cioè, tu sei una ragazzina speciale, non te lo scordare mai» disse Rocco. «Come ti ha chiamato quella tizia della rivista? "Ragazzina straordinaria"...

Ecco cosa sei. Nessuno di quelli che conosco sa... pensare come pensi tu. Cioè, nessuno di quelli che conosco... ecco, non ci prova nemmeno a pensare... E comunque nessuno ci sa mettere così tanto cuore. Cazzo, porca troia, insomma... tutta Buenos Aires legge i tuoi articoli, te ne rendi conto? E sai perché? Perché tu... parli all'anima della gente. Parli per loro. Per noi. Cioè, tu sai usare delle parole... che noi non sappiamo usare.»

Raquel arrossì violentemente.

«I figli devono superare i padri» fece Rocco, arrossendo lui stesso. «Cioè, non è che voglio dire che sono tuo padre, ecco.»

«Mi piace che tu l'abbia detto» mormorò Raquel, a testa bassa.

«Be', insomma» riprese Rocco. «Tu... No, io... ecco, io sono... sono... fiero... Cioè, più che fiero... come si dice? Fierissimo, insomma...»

A Raquel girava la testa e non sapeva che dire quando sentì arrivare, in lontananza, schiamazzando, tutti gli uomini e la banda di Louis.

«Ascolta» fece allora Rocco, parlando sottovoce. «Dai una spallata a uno dei ragazzini di Louis, quello rosso, il più piccolo. E poi digli di stare attento. Ma glielo devi dire come un cagnaccio rognoso. Quello risponderà e allora tu, senza aspettare un secondo, tiragli un pugno.» Fece la mossa. «Così. Veloce e preciso. Dall'alto in basso, colpendolo alla mascella... qui...»

«Ma perché...?»

«Ascoltami, porca puttana!» Rocco la strattonò. «Sembri un finocchio. Prima o poi qualcuno si farà la domanda giusta. Vuoi fare il maschio? Allora fai una cazzata da maschio ogni tanto. Dammi retta. Su una cosa del genere ci camperai a vita, credimi. Altro che palpate ai finti coglioni.»

«Ma io non voglio fare a botte. E se poi lui...?»

«Lui non farà nulla» la interruppe Rocco, parlando sempre in fretta. «Tu fai come ti ho detto. Poi intervengo io.»

«Non so...»
«Ti prego, Ángel. Fidati una cazzo di volta.»
«Buongiorno!» esclamò in quel momento Javier, comparendo.
«*Hola, amigo*» rispose Rocco. «Ho capito il problema dello strappo al montacarichi. Oggi lo sistemiamo.»
Intanto erano entrati anche tutti gli altri.
Rocco vide Raquel immobile. Le diede un'occhiataccia.
Raquel, goffa e impacciata, con il cuore che le batteva in gola, si avvicinò al ragazzino con i capelli rossi. «Fidati» le aveva detto Rocco. Ma lei aveva paura. Stava per desistere quando, per caso, il ragazzino la sfiorò, passandole accanto. Era stata una cosa da nulla. Ma quel leggerissimo contatto fu come una scarica elettrica per il corpo teso di Raquel.
«Stai attento a dove metti i piedi, stronzo!» fece.
Il ragazzino si voltò sorpreso. «Che cazzo vuoi?»
Raquel strinse la mano a pugno. Non respirava. Sarebbe morta soffocata, ne era certa. Spinse il braccio indietro e poi tirò il colpo, a occhi chiusi, sperando di centrare il bersaglio. L'impatto delle nocche con il mento del ragazzino la fece gemere di dolore. Però il pugno era andato a segno.
Il ragazzino, impreparato al colpo, barcollò intontito. Ma subito si preparò al contrattacco.
«Fermi!» urlò Rocco buttandosi tra i due e bloccando sul nascere la reazione del rosso. «Che cazzo fate?» Afferrò Raquel per il collo. «Che ti ha fatto?»
«Non guarda dove mette i piedi» rispose Raquel. Ma la voce le uscì così stonata e sottile, così femminile, che fu certa che l'avrebbero scoperta.
Rocco la strattonò. «Idiota! Teppista del cazzo!»
«Ti rompo il culo!» ringhiò il rosso.
Rocco gli diede uno spintone in pieno petto e lo fece ruzzolare per terra. «Qui nessuno rompe il culo a nessuno!» Fece segno al ragazzino di rialzarsi. Sempre tenendo Raquel per la collottola le ordinò: «Chiedigli scusa».

«Scusa» fece Raquel, troppo in fretta.

«Vieni qua» fece Rocco al rosso. «Allora? Ti ha chiesto scusa.»

Il rosso era furioso. Se ne fregava delle scuse.

«Restituiscigli il pugno» disse Rocco.

«No!» esclamò Raquel e fece per arretrare.

«Fermo!» le ordinò Rocco, trattenendola. Poi guardò il rosso. «Avanti, dagli questo cazzo di pugno! Sbrigati!»

Il rosso non se lo fece ripetere. Colpì Raquel sullo zigomo.

Raquel gemette. Non sapeva che dare e prendere pugni facesse così male. Le venne da piangere ma sapeva che doveva trattenersi.

«Adesso siete pari» disse allora Rocco. «Datevi la mano.»

Né Raquel né il ragazzino si mossero.

«Datevi la mano!» urlò Rocco.

I due si strinsero la mano.

«Non concederò un'altra occasione come questa a nessun altro» annunciò Rocco nell'officina. «Il prossimo che si comporta come un teppista viene cacciato a calci in culo dal sottoscritto.» Puntò un dito contro Raquel, minacciosamente. «Ti è chiaro, Ángel? Non fare il prepotente! Non fare lo stronzo con me!» Guardò anche gli altri ragazzini. «Non capite che avete la possibilità di diventare migliori della feccia qua fuori? Non avete capito proprio un cazzo di quello che ha scritto quella ragazzina? Poveri contro poveri. Deboli contro deboli. Come degli animali!» Si rivolse di nuovo a Raquel. «E tu sei peggio di loro. Che cazzo ti serve saper leggere e scrivere se poi ti comporti come un delinquente qualsiasi?»

«Scusa...» mormorò Raquel.

«Non ho capito?»

«Scusa» disse più forte Raquel.

«Non dirlo a me» fece Rocco. «Ma a tutti loro. Avanti, dillo.»

«Scusate.»

«Sono un maschio di merda. Ripeti» fece Rocco.

«Sono un… maschio di merda.»

«Esatto. Un vero maschio di merda» borbottò Rocco, scandendo bene la frase. «Questione chiusa. Tutti al lavoro.»

Raquel sentiva lo zigomo che pulsava e bruciava. Si ingobbì e fece per avviarsi in libreria quando Louis le si avvicinò.

«Per essere una mezzasega hai un bel montante» le disse.

Raquel scrollò le spalle.

«Ti avevo sottovalutato» sorrise Louis. «Sei meno finocchio di quel che sembri.»

«Picchi duro» fece anche il rosso.

«Pure tu, porcaccia troia» rispose Raquel, massaggiandosi lo zigomo.

«Adesso sì che fai parte dei Boca Juniors» le disse Louis. «Fa sempre comodo avere un tipo coi coglioni in squadra.»

Raquel si tirò su il cappuccio. Era fiera come non lo era mai stata in vita sua, nemmeno dopo gli articoli su "Caras y Caretas", ma doveva affrettarsi a uscire perché anche il dolore alla mano aumentava. Era certa di essersela rotta e non voleva farsi vedere a piangere dopo tutta quella messinscena. A testa bassa affrettò il passo ma sulla porta andò a sbattere contro un uomo basso come un nano che conosceva bene.

«Levati dai coglioni» le disse Tony spintonandola.

Anche Louis e gli altri ragazzini si fecero da parte.

Tony entrò nel capannone. «Bonfiglio» disse ad alta voce verso Rocco. «La tua ragazza è venuta a trovarti?»

Rocco si voltò, sorpreso. «Che state dicendo?»

«Rosetta Tricarico è venuta qui?» scandì Tony.

Rocco era rigido come un pezzo di marmo. «No» rispose.

«E allora l'hanno trovata prima di noi» fece Tony.

57.

Rocco non si muoveva. Sembrava pietrificato.

Quando Tony era comparso nel capannone aveva provato un moto di fastidio nel vederlo. E così quando gli aveva rivolto la prima domanda quasi non lo aveva sentito. Ma appena aveva pronunciato il nome di Rosetta aveva avvertito un alito gelido scorrergli nelle vene che lo aveva congelato. Che gli aveva tolto anche la capacità di pensare.

Mentre l'ultima frase di Tony si faceva lentamente strada nella sua coscienza, Rocco guardò le due persone che erano lì, oltre ai gorilla di guardia all'ingresso ad armi spianate.

Uno aveva la faccia bruciata. Era giovane.

L'altro doveva avere una sessantina d'anni. Aveva occhi di un azzurro intenso e purissimo che sembravano affogare nel sangue, pensò. Guardandolo bene si rese conto che il bianco dell'occhio era crepato da una fitta ragnatela di capillari. Doveva aver pianto con una tale intensità da farsi quasi esplodere gli occhi, pensò Rocco. Era l'immagine stessa del dolore.

«Chi siete?» gli chiese Rocco con una voce ancora inebetita.

«'Sta minchia sono» ringhiò il vecchio.

«Tano» disse Faccia-bruciata, e non si capiva se si era rivolto a Rocco per dirgli il nome del vecchio o al vecchio per calmarlo.

«È il padre di Rosetta» chiarì comunque Tony.

«Scusa, ragazzo» disse Tano. Ma il tono rimase duro, aspro.

Rocco sapeva perché. Se il vecchio avesse mollato anche solo di un centimetro si sarebbe disintegrato dal dolore. «E tu chi sei?» chiese a Faccia-bruciata. Gli sembrava un volto familiare ma non riusciva a inquadrarlo. Eppure non sarebbe dovuto essere difficile ricordare una faccia mangiata dal fuoco.

«Sono un ruffiano» rispose il Francés, provocatoriamente.

Poi, mentre il Francés stava per riprendere a parlare, Rocco lo riconobbe. «Rosetta è salita sulla tua macchina...»

«Sì, l'ho salvata mentre le guardie ti prendevano a bastonate in quel vicolo» confermò il Francés. «Avevo assistito alla fuga...»

Rocco strinse i pugni. Era un pappone.

«Rosetta non è una bottana» disse Tano, senza giri di parole.

«E perché sei qua?» chiese Rocco al Francés, in cagnesco. Doveva farsi il quadro della situazione.

«Perché Rosetta mi ha salvato la vita» rispose il Francés.

«E perché?» insisté Rocco. Quella storia non gli andava giù.

«Perché Rosetta è fatta così» disse Tano con voce pacata.

Rocco lo guardò. Non era il padre di Rosetta, lo sapeva. Eppure era il padre. Solo un padre avrebbe parlato così.

Mentre si voltava per fare l'unica domanda che realmente gli interessava, notò subito che Raquel si era messa in disparte, con il cappuccio calato in testa, e guardava di sguincio il pappone. Lo conosceva. Ma al contrario di Amos non ne aveva paura, capì senza ombra di dubbio. Temeva solo di essere riconosciuta.

Ma era arrivato il momento di fare la domanda. Guardò Tony, che aspettava. «Che vuol dire "E allora l'hanno trovata prima di noi"?» chiese a fatica.

«La ragazza è venuta da me. Ti cercava. Si era ricordata che avevi nominato uno Zappacosta per mettere a posto un *fetuso*. Io le ho detto dov'eri» rispose molto sinteticamente Tony. Poi la sua voce si fece più calda. «Ti avevo promesso di proteggerla ma non l'ho fatto. Le ho solo detto dov'eri ma non l'ho accompagnata. E lei non è mai arrivata da te.» Fece una breve pausa. «E non è tornata nemmeno a casa.»

Con la coda dell'occhio Rocco vide Tano che tratteneva un singhiozzo. «Chi l'avrebbe trovata?» domandò a Tony.

«Non so» rispose Tony. «La Policía. O il Barone. O tutti e due.»

Mentre quell'ipotesi gli si materializzava nella mente, Rocco sentì che gli girava la testa, come se si potesse provare una vertigine senza essere su un precipizio. «Con i tuoi agganci puoi scoprire se ce l'ha la Policía?» domandò infine.

«Forse» disse Tony. «Non sono sicuro che i miei agganci siano ancora affidabili. Ho appena scoperto che c'era un chiacchierone tra la mia gente. Bastiano. Gliel'ho tappata per l'eternità quella fogna, ma non so cosa ha svenduto ad Amos.»

«Amos... il pappone?» fece Rocco. Era una storia assurda.

«E questo vuol dire che sia Ciccone che Amos sanno che lavori per me» aggiunse Tony. «Sanno che è tutta una messinscena.»

Javier e gli altri della squadra mormorarono.

«Non me ne frega un cazzo!» sbottò Rocco.

«Dovrebbe, invece» rispose con calma Tony. «Se ti fottono poi non la ritrovi più la tua Rosetta.»

Javier disse qualcosa all'orecchio di Ratón.

Tony li guardò. Sapeva esattamente cosa stava succedendo nelle loro teste. «È vero. Voi lavorate con i miei soldi» disse loro. «Ma state coltivando un sogno grazie a quest'uomo» continuò indicando Rocco. «Non vi ha tradito. È solo che lo tengo per le palle. E questo perché al contrario di me ha un animo nobile. Non lo fa per interesse. Anzi, se la sta prendendo in culo.» Li guardò ancora e poi aggiunse: «Lo fa per la ragazza, non per sé».

Ora Tano capiva perché Rosetta era innamorata di Rocco.

Rocco si voltò verso gli uomini. Aveva uno sguardo fiero. «Chi vuole rimanere è il benvenuto. Chi vuole andarsene avrà la sua paga fino all'ultimo centesimo.» Non disse altro. Non disse che gli dispiaceva. Non si giustificò. E quello fece la differenza.

Javier fu il primo a parlare. Guardò storto Tony, che gli aveva fatto spaccare il ginocchio, e disse a Rocco: «Dove vai tu, vengo anche io».

«E per quanto riguarda me non ci torno neanche ammazzato da Faccia-da-cane» fece Mattia.

Ratón e Billar annuirono in silenzio.

Louis guardò prima Raquel, poi i suoi compagni e infine disse a Rocco: «Anche i Boca Juniors rimangono, capo».

«Anche io» disse Raquel, gonfiando il petto ma sempre a testa bassa, cercando di non incrociare lo sguardo del Francés.

Tony scoppiò a ridere. «A vederla sembra una squadra di merda. Invece è una banda coi controcazzi.»

«Voi restate qui a fare salotto» disse Rocco. «Io vado a prendere Rosetta.» Si avvicinò a Tony, infilandosi la pistola alla cintola. «Dove lo trovo questo Barone? Come lo riconosco?»

«Il Barone Rivalta di Neroli» rispose Tony, «è un ciccione viscido come un verme che alloggia dalla Principessa de Altamura y Madreselva, una donna schifosa quanto lui.»

«E dove sta?»

Tony lo fissò per un attimo. «Andiamoci insieme. Con la mia macchina. Ci stringeremo un po'.»

Uno dei gorilla si mise alla guida. Il Francés e un altro gorilla gli si sedettero accanto, davanti. Tony, Rocco e Tano si misero dietro. Gli altri due gorilla si piazzarono in piedi sulla predellina della Mercedes, uno per lato, reggendosi al tettuccio.

Viaggiarono a tutta velocità fino al barrio di Belgrano e si fermarono davanti a un palazzo a tre piani, bianco, elegante, con un ingresso in stile neoclassico, con due colonne e sette ampi gradini che salivano al portone principale.

I gorilla sul predellino scesero prima ancora che la macchina fosse completamente ferma. Bussarono e appena si affacciò un domestico spalancarono il portone e lo tennero aperto.

Tony fu il primo a entrare. «Non fate uscire nessuno» ordinò a due gorilla. «Dov'è il Barone?» chiese poi puntando la canna della pistola in mezzo alla fronte del domestico.

Quello roteò gli occhi, indicando una doppia porta in radica di noce, dietro la quale si sentivano risate soffuse.

Rocco la colpì con un calcio. Le due ante andarono a sbattere violentemente contro il gesso del prezioso stipite, sbriciolandolo in frammenti che caddero in terra.

«Chi siete?» gridò il Barone, con la sua voce acuta, chino su un vassoietto d'argento, con una cannuccia nella narice e la faccia imbrattata di polvere bianca. «Come vi permettete!»

Accanto a lui, anche lei con il naso imbiancato dalla cocaina, la Principessa si alzò in piedi, scoprendo due seni nudi e avvizziti, con dei capezzoli scuri come i nodi del legno.

«Bernardo, fai qualcosa!» gracchiò il Barone.

Il servo si mise in mezzo e fu colpito dalla canna della pistola di Rocco, che gli aprì un profondo taglio nello zigomo.

«Ci si rivede, Barone» fece Tony, con un tono quasi mondano.

«Che volete fare?» chiese la Principessa, coprendosi il petto.

«Non ti eccitare, vecchia gallina» le disse Tony, con ferocia. «Nessuno ti scoperà, stanne pur certa.»

«Lurido nano...» iniziò la Principessa.

Tony la colpì con il vassoio della cocaina in piena faccia. «Non ho detto che nessuno ti ammazzerà di botte, però. Stai zitta.»

Mentre scendeva il silenzio lo sguardo di tutti si posò su una bambinetta che non doveva avere dieci anni. Era seduta su un divano, con gli occhi colmi di lacrime, chiusa in un suo mondo di dolore e paura, e quasi non si era accorta di loro. Indossava un abito bianco, con una gonnellina che le arrivava fino al polpaccio. Il vestitino era macchiato di rosso. E due fili di rosso le colavano anche lungo le gambette magre fino alle calze di cotone, bianche, corte, appena sopra la caviglia ossuta. Le scarpette, nere, erano per terra, su un prezioso tappeto. Una era rivoltata a faccia all'ingiù e si vedeva la suola bucata.

«Guadalupe…»

Tutti si voltarono verso Tano.

«Sei tu, Guadalupe?» fece Tano, avvicinandosi alla bambina.

La bambina si rincantucciò sul divano.

«Non avere paura» disse Tano, cercando di trattenere le lacrime e la rabbia per quello che vedeva. E che immaginava. Come tutti. «Io sono il ciabattino, te lo ricordi?» riprese, in tono dolce. «Abito nella casa azzurra accanto alla tua.» Le infilò piano le scarpette. «Adesso te le aggiusto io, appena andiamo a casa dalla mamma» disse. Ma sapeva che non c'era proprio nulla da aggiustare, ormai.

In quel momento, mentre l'attenzione di tutti era catalizzata dalla scena orribile della ragazzina, Bernardo aprì la finestra e si lanciò fuori, atterrando sul marciapiede. Prima che chiunque potesse intervenire aveva svoltato l'angolo.

«Vigliacco!» urlò il Barone, istericamente, ancora inginocchiato a terra, accanto al tavolino dove aveva sniffato la cocaina.

Tony gli si avvicinò e gli sputò in faccia. «Non è come te, merda» gli sibilò. «Tu saresti scappato. Lui sta andando in cerca di aiuto. Per te, ciccione del cazzo.» Gli mise un piede sulla spalla e lo fece cadere all'indietro. Poi gli pigiò la suola sulla pancia. «Questo significa che non abbiamo tempo per i convenevoli. Perciò dicci in fretta quello che vogliamo sapere.» Gli afferrò la faccia dalla pelle unta con una mano, schiacciandogli le guance contro i denti. «Dov'è Rosetta?»

«Non lo so» rispose il Barone.

«L'hai presa tu o la Policía?» insisté Tony.

«Non ne so nulla» fece il Barone.

Tony lo lasciò. «Mente» disse a Rocco. «Ma è talmente strafatto di cocaina che non sente dolore.» Diede un calcio al Barone. «Chi te l'ha data la cocaina? Amos?»

Il Barone strabuzzò gli occhi.

«Amos, vero?» ghignò Tony. «Bastardo.» Afferrò il Barone per un orecchio e gli puntò la pistola in faccia. «Dimmi dove tieni la ragazza o ti faccio un buco nel grasso!»

«Non lo so!» urlò il Barone, con gli occhi spalancati.

«Portate fuori la bambina» intervenne Rocco.

«Mettila in macchina» ordinò Tony a uno dei suoi uomini. Guardò Tano. «Voi volete andare con lei?»

Tano scosse il capo, mentre la bambina, che sembrava in trance, usciva con il gorilla, poi disse: «Che Dio mi perdoni. Dopo mi prenderò cura di Guadalupe. Ma ora voglio sapere che ne è della mia Rosetta».

Rocco guardò Tony e poi il Barone. «Lasciatelo a me.»

Tony lo fissò negli occhi e si fece da parte.

Rocco si mise in ginocchio accanto al Barone, gli afferrò una mano e la appoggiò sul tavolino dove prima c'era il vassoio con la cocaina. Gli indicò il mignolo, al quale il nobiluomo aveva un anello d'oro rosso con lo stemma della propria famiglia. «È meglio se te lo levi, perché dopo non ti si sfilerà più. E quando la cocaina avrà finito il suo effetto sarà terribile vedere l'anello che incide la carne che ti si gonfia come una salsiccia.»

«Che vuoi farmi, pezzente?» disse esaltato il Barone. «Ti farò impiccare! Ti farò...»

«Va bene, peggio per te. Fai come vuoi.» Rocco gli tenne ferma la mano sul tavolino, impugnò la pistola per la canna e colpì con tutta la forza la prima falange del mignolo con il calcio dell'arma, come un martello.

Il Barone urlò vedendo la punta del dito che si spappolava.

«Sei ancora in tempo a levarti l'anello» gli disse Rocco. «O a dirmi quello che voglio sapere. Dov'è Rosetta?»

«Non lo so...» pianse il Barone.

Tony tenne ferma a terra la Principessa, dopo che si era piegata in due vomitando sul prezioso *aubusson* francese.

Rocco colpì di nuovo il dito con rabbia e violenza. La carne si maciullò, le falangi scricchiolarono mentre venivano frantumate, l'impiallicciatura del tavolino si incrinò, scollandosi.

«Un altro colpo e te lo dovranno segare, il tuo anello» disse Rocco. «Vuoi levartelo?»
Il Barone annuì debolmente.
Rocco gli prese l'anello e lo sfilò con malagrazia. Lo posò accanto al dito maciullato. «Ottima scelta» disse. «Ora puoi farne una ancora migliore: dirmi dove tieni Rosetta.»
«Io non ce l'ho...» gemette il Barone.
Rocco abbatté la pistola sul dito, spiaccicandolo sempre di più.
«Ce l'ha Amos!» gridò disperato il Barone.
«Amos?» intervenne Tony.
«Amos!» ripeté il Barone.
«Perché?» Ma mentre glielo chiedeva, Tony rivide la scena di Rosetta che arrivava a casa sua e Amos che si fermava a guardarla. Evidentemente, per una ragione che non riusciva a spiegarsi, la conosceva, sapeva chi era. E sapeva che il Barone la cercava. E soprattutto sapeva quanto ci tenesse.
«Perché...» iniziò a rispondere il Barone.
«Quanto ti ha chiesto?»
«Due... milioni...»
«E tu glieli hai dati?» lo incalzò Tony.
«No... ci vuole del tempo... io...»
«Ha bisogno di soldi per la guerra» intervenne il Francés.
«Dove la tiene?» urlò Rocco.
«Al... Chorizo.» Il Barone era sul punto di svenire. Fissava il dito maciullato, che sicuramente avrebbero dovuto amputargli.
Rocco scattò in piedi. «Vado a prenderla» disse e uscì.
Tony lo raggiunse sulla porta e lo fermò. «No, così vai solo a farti ammazzare.»
«Ha ragione il mafioso» disse Tano, dietro di lui.
«Se ti fai ammazzare, cosa sicura, hai fottuto anche lei» gli disse per la seconda volta Tony. «Questa è la mia guerra. Lascia che ci pensi io.»
«Ormai è anche la mia guerra» disse cupo Rocco.
«Ragazzo» intervenne Tano. Lo prese per le spalle. Ave-

va mani forti e una presa salda. E la voce non gli tremava. Sembrava un vecchio guerriero. «Rosetta non fa altro che aspettarti da quando l'hai salvata. E continuerà ad aspettarti. Stanne certo. È più dura di te e di me messi insieme.» Indicò Tony. «Io me ne sono andato dalla Sicilia per non aver a che fare con questi mafiosi di merda. Ma ha ragione lui. E ne sa più di noi in fatto di guerra. Ti tocca fidarti.» Fece una pausa. «*Ci* tocca fidarci.»

Rocco si agitò, serrando i pugni, respirando come un mantice. Sembrava che ringhiasse. Fece scricchiolare i denti per quanto li stringeva. Un rumore che faceva accapponare la pelle. Era una belva in gabbia.

Tony lo guardò e vide l'eredità che gli aveva lasciato suo padre, Carmine Bonfiglio, il boia. L'unica differenza tra i due era che il padre non aveva mai avuto bisogno di una ragione per ammazzare. Ma adesso Rocco ne aveva una. E Tony sapeva che da questo momento in poi avrebbe ucciso senza esitare.

Lo guardò ancora. Là dove nessun altro sapeva guardare. In fondo all'anima, in quella zona buia dove si acquattava la bestia.

E si rallegrò all'idea che non fosse suo nemico.

Perché ora Rocco faceva paura.

QUARTA PARTE

El tango del nuevo mundo

1913

58.

L'uomo non era un semplice assassino. Era un assassino di professione.

Il suo nome era Jaime. E nessuno conosceva il suo cognome.

Neanche Amos, che aveva assunto lui e il suo esercito di mercenari per combattere insieme agli uomini di don Lionello Ciccone la guerra che aveva scatenato contro Tony Zappacosta.

«Hai scoperto perché la talpa non ti dà più dritte?» chiese Jaime.

Erano seduti uno di fronte all'altro nel séparé del Café Eden, un elegante locale frequentato dalla *gente bien* del barrio di Belgrano, tutti ricchi sfaccendati e pigri professionisti. E questo, se da un lato li rendeva appariscenti come una merda di vacca su una tovaglia di lino di Fiandra, dall'altro gli garantiva di non incontrare nessuno della loro cerchia, criminali che non avrebbero mai frequentato un locale del genere in un quartiere così esclusivo.

I clienti abituali del Café Eden si tenevano prudentemente alla larga da quei due estranei così diversi da loro, inequivocabilmente dei poco di buono. Questo garantiva ad Amos e a Jaime una assoluta discrezione. Ma, nonostante questo, le loro voci erano basse, le frasi veloci, i corpi protesi l'uno verso l'altro con i gomiti appoggiati al tavolo del séparé.

«No» rispose Amos. «Non ho la minima idea del perché non si faccia sentire.»

«Io sì» disse Jaime, senza esitazione. «L'hanno beccato. Non c'è altra spiegazione. E ora sarà in fondo a un canale.»

«Pace all'anima sua, allora.»

«Per essere un pappone sei un tipo tosto, Amos, te lo riconosco» fece Jaime. «Ma sei comunque un pappone e non capisci un cazzo. Se l'hanno beccato… e l'hanno beccato, credimi… l'hanno fatto parlare. Ormai non sei più un fantasma. Ora Zappacosta sa che lo stai fottendo. E cercherà di fottere te.»

«Gli ho fatto terra bruciata intorno» disse Amos senza dar l'idea di scomporsi. «La Policía gli ha voltato le spalle, anche se non ufficialmente. O con me o con lui, dovevano scegliere.»

«Un poliziotto corrotto è corrotto e basta. Non ti fidare» fece Jaime. «Continui a immaginare che questa sia una lite fra papponi e non una guerra. La Policía starà dalla parte del vincitore.»

«Tu non conosci il potere della Sociedad Israelita de Socorros Mutuos, evidentemente. Ha più tentacoli di una piovra, più denti di un piraña e più veleno di un cobra» disse sprezzante Amos. «Noi abbiamo parlamentari, senatori…»

«Tu non sei a capo della *Sociedad Judía de Mierda*» lo interruppe Jaime. «Mi sono informato. Tu sei sacrificabilissimo.» Si sporse ancora di più verso di lui. «Tu fingi di parlare a nome loro… ma non sei la loro voce.»

Amos incassò il colpo in silenzio. Jaime aveva ragione. I capi della Sociedad avevano deciso di non ostacolarlo ma nemmeno di aiutarlo. Se ce l'avesse fatta avrebbero spartito i guadagni, ma in caso contrario si sarebbero dichiarati estranei ai fatti e l'avrebbero lasciato affondare da solo.

«Zappacosta è un combattente. Uno che sa cos'è una guerra» riprese Jaime. «Abbiamo segnato dei buoni colpi ma senza mai metterlo in ginocchio. È rimasto in piedi nonostante avessimo una talpa. È un duro. Si è chiuso a riccio.

Ha incassato aspettando di capire. E incassa bene, cazzo. E ora non abbiamo più nessun vantaggio. Sa chi c'è dietro quella marionetta di Ciccone. E probabilmente presto saprà anche di me.»

«E allora?»

«Sei molto lontano dal vincere la guerra» disse Jaime.

«E allora?»

«E allora mi hai sentito, cazzone?» alzò la voce Jaime. La sua espressione si fece di pietra. «Ho detto: *sei* lontano dal vincere la guerra. Non ho detto *siamo*. E sai perché, vero?»

«Dammi un'altra settimana» fece Amos.

«Io e i miei uomini non combattiamo gratis neanche un solo giorno» disse Jaime. «Siamo pronti a morire. Ma non gratis.» Lo fissò con quell'espressione dura e impenetrabile di chi ha visto le viscere dell'inferno. «Ti è chiaro?»

«Cosa vuoi?» chiese Amos che sapeva di dover trattare.

«Oltre a quello che ci devi, metti in conto il cinque percento del traffico di cocaina di un anno.»

«È un furto.»

«Secondo te un assassino si scandalizza se gli danno del ladro?» sorrise Jaime. «Ti sto proponendo un ottimo affare.»

«Non più del due percento.»

«Non tratto. Noi potremmo perdere la guerra. E in quel caso perderemmo anche i soldi della cocaina.» Jaime tornò a sporgersi attraverso il tavolo. «Noi siamo abituati a guadagnare sia che vinciamo sia che perdiamo. È questo che fanno i mercenari.»

«È troppo.»

«Noi non facciamo pompini come le tue puttane.»

«Ma non siete diversi!» sbottò Amos.

Jaime si appoggiò allo schienale del séparé, lentamente. «Se ci vuoi è il cinque. Altrimenti gioca da solo» disse con gli occhi stretti come due ferite. «E visto che mi hai dato della puttana, pappone ebreo, fatti questa domanda: chi ti assicura che non vada a fare un pompino a Tony Zappacosta?»

Amos si irrigidì. Doveva imparare a controllarsi. Aveva appena commesso un grave errore. Quell'uomo non era uno dei suoi gorilla. «Scherzavo» disse.

«Mi sono pisciato sotto dalle risate.»

Amos annuì. «Il cinque.»

Jaime gli afferrò la mano e gli sputò sul palmo. Poi gliela strinse. «Affare fatto.»

«È così che si firmano i contratti dalle tue parti?» rise Amos.

«No» rispose Jaime alzandosi. «Mi andava solo di sputarti addosso.» Si voltò e mentre usciva dal Café Eden si pulì la mano sulla marsina di un avventore che si guardò bene dal protestare.

Amos rimase a testa bassa, respirando come un mantice mentre cercava di tenere a bada la rabbia. Senza i mercenari avrebbe perso la guerra. E se avesse perso la guerra, ammesso che sopravvivesse, la sua vita sarebbe comunque finita nella merda più totale. Doveva andare dal Barone e mettergli il pepe al culo per i soldi. Almeno un anticipo. Che se li facesse prestare da quella prugna secca della Principessa.

Quando si alzò di scatto, ancora furibondo, le pareti del séparé scricchiolarono. Ordinò un whisky al bancone, lo buttò giù d'un fiato, pagò e uscì in strada. Entrò in macchina e diede l'indirizzo della Principessa al suo autista.

Quando giunsero al *palacio* Amos vide dei poliziotti davanti all'ingresso. C'era un'atmosfera di agitazione. Fece fermare l'auto a una cinquantina di metri e rimase a osservare.

Dopo un po' arrivò una camionetta dell'ospedale. Un medico e tre infermieri saltarono giù con una barella.

Quel coglione del Barone si era fatto scoppiare il cuore con la cocaina, pensò Amos. Doveva sapere. Scese dall'auto e raggiunse la casa. «Sono un amico» disse al poliziotto all'ingresso.

«Di chi?» fece quello, scettico.

«Dell'Alcade e del capitano Augustin Ramirez.» Amos ebbe l'impressione che il nome del capitano Ramirez avesse colpito il giovane poliziotto più di quello del sindaco.

In ogni caso quello si fece da parte e lo lasciò passare.

Amos si diresse verso il salone. Il medico e gli infermieri erano accanto al Barone, disteso su una chaise longue, che si lamentava. Per terra un velo di polvere bianca imbrattava il tappeto.

«Cuore?» chiese Amos sottovoce a un infermiere.

Quello aggrottò le sopracciglia. «No. Mignolo.»

«Che cazzo dici?» sbottò Amos, a voce troppo alta.

Un poliziotto si voltò verso di lui. Anche il servo del Barone lo guardò. E la Principessa.

La nobildonna lo raggiunse. «Sta soffrendo molto» gli disse sottovoce. «Avete della cocaina?»

«Che cosa è successo?» chiese Amos.

«Vi prego. Sentite come soffre» fece la Principessa.

«Fate uscire tutti» le disse Amos.

«Fuori!» quasi urlò la Principessa.

Tutti i presenti la guardarono sorpresi.

«Fuori» ordinò la Principessa. E poi, in tono più morbido, aggiunse: «Solo un attimo».

Lentamente le persone abbandonarono il salotto.

La Principessa chiuse la porta.

Amos si avvicinò al Barone. Era pallido. Aveva il viso contratto da una smorfia di dolore che lo rendeva ancora più repellente. Amos vide che aveva una mano insanguinata. Guardando bene si rese conto che aveva un mignolo letteralmente maciullato. Non restava che un grumo di carne macinata.

«Che cosa è successo?» chiese Amos.

«Dategli la cocaina» lo pregò la Principessa.

«Gli faranno la morfina» rispose Amos.

«Cocaina...» disse il Barone con gli occhi sgranati.

Amos pensò che era uscito di senno. Gente di merda. Mosci come il velluto che indossavano. Infilò una mano in tasca. Aveva sempre un po' di droga con sé, per poter accontentare i clienti. La mostrò al Barone. «Cosa è successo?» chiese.

«Quel mafioso… Zappacosta… il nano…» farfugliò il Barone.

«Cosa?»

«Voleva sapere se avevo preso Rosetta Tricarico.»

«E…?»

Il Barone scoppiò a piangere, agitando la mano in aria. Il mignolo penzolava come una frangia rossa. «Gli ho detto che è al Chorizo! Che l'avete voi!»

Amos assorbì l'informazione. Ormai erano tante le cose che Tony sapeva sul suo conto. Troppe.

«Cocaina…» ripeté il Barone.

«Volete ancora la ragazza?» chiese Amos.

«Sì. Ora più che mai!»

Amos gli tirò la bustina. «Dovete cominciare a pagare. Subito» disse. Si voltò verso la Principessa. «Avete una cassaforte, ne sono certo. E sono certo che è piena di contanti. Andateli a prendere. Ve li restituirà lui.»

La Principessa esitava.

Amos si avvicinò al Barone. «Altrimenti faccio a pezzi la vostra bella ragazza.»

«No…»

«E poi faccio a pezzi voi.»

La Principessa uscì dalla stanza.

Mentre era via, il Barone provò a versare la cocaina sul vassoio ma tremava come una foglia. Allora Amos gliela levò di mano e fece due lunghe strisce bianche, perfettamente dritte. Il Barone ci si gettò sopra e la inalò con foga. Poi si ributtò sulla chaise longue e riprese a piagnucolare guardandosi il mignolo.

La Principessa tornò. Reggeva in mano la federa di un cuscino, come fosse un sacco. «Duecentomila» disse.

Amos afferrò la federa e raggiunse la porta.

«Non dovete toccarla» disse il Barone, con una voce più ferma, mentre la cocaina gli restituiva la sua tracotanza. «Lei è mia.»

Amos gli mostrò la federa. «Non ancora» rispose e uscì.
«Lei è mia!» urlò come impazzito il Barone.

59.

«Lo sai cos'è il tango?»
«Un ballo.»
Rocco e Tano si fronteggiavano all'interno del capannone.
Rocco, dal modo in cui Tony guardava il vecchio ciabattino, di poco più alto di lui, capiva che lo rispettava. E lui stesso, come tutti gli altri della squadra, da Raquel a Louis e la sua banda, da Javier a Mattia, da Ratón a Billar al Francés, ognuno di loro poteva percepirne la forza.
«Ti sembro così stronzo da meritare una risposta come questa?» disse Tano.
«D'accordo» abbassò la guardia Rocco, almeno per il momento, nonostante detestasse le lezioni. «Cos'è il tango?»
«In chisto mondo noi pezzenti siamo come dei pidocchi. Non valiamo una minchia» disse piano Tano, con una specie di melodia nella voce, come se cantasse a nome di tutti i disgraziati. «Il tango è un modo per andare lì e dirgli: "Guardami. Io ci sono. Non sugno nu pidocchio. Se voglio ti posso scopare. Ma posso anche piantarti un coltello nella pancia".»
«E allora?»
«E allora se non sai ballare il tango, non sai nemmeno giocare questa minchia di partita, ragazzo» fece Tano. «Ogni mossa, d'ora in avanti, deve essere studiata come un passo di danza.»
«Dove portano tutte queste cazzate?» chiese spazientito Rocco.
«A Rosetta, testa di minchia!» ruggì Tano. Gli mise una mano sulla spalla. Ma non per aggressività bensì per fargli

capire che erano dalla stessa parte. «Smettila di fare il presuntuoso. Tu credi di poter ballare da solo. Non è così. Il tango non si balla da soli.»

Rocco non provò fastidio per quella stretta. E si meravigliò, conoscendosi. «Va bene» disse. «Vi ascolto.»

«No.» Tano levò la mano e si voltò verso Tony. «Te l'ho già detto. Siamo noi che ascoltiamo il mafioso.»

«Quando si vuole fare un colpo per rubare qualcosa» iniziò Tony, «bisogna partire dal sopralluogo.» Indicò i suoi uomini, con le armi in mano. «Se vogliamo entrare e sparare a tutto quello che si muove uccideremo un sacco di gente innocente.» Si strinse nelle spalle. «Cosa che non mi toglierebbe certo il sonno. Però a voi sì, credo. Ma soprattutto ci sarebbe il rischio di compromettere quello che vogliamo rubare. Intendo dire la vostra ragazza.» Guardò la gente che gli stava intorno. A parte i suoi uomini, gli altri erano persone che aveva sfruttato, tradito, oppresso. Poteva percepire la loro sfiducia. E la capiva. «Se vi state domandando perché lo faccio, la risposta è semplice. Per due milioni di ragioni. Chi era lì ha sentito cosa ha detto il Barone. Amos ha bisogno di soldi. La ragazza rappresenta quei soldi. A me basterebbe farla fuori. Senonché ho dato la mia parola a Rocco. E ho l'abitudine di mantenerla.» Li guardò e sorrise. «A nessuno di voi avevo dato la mia parola di non mettervelo in culo, giusto?» Rise da solo. «In ogni caso per me significa colpire Amos al cuore. Sono convinto che la Sociedad di cui fa parte ne sappia poco o niente. In ogni caso sono certo che loro non sono entrati in guerra. Fatturano cinquanta milioni di dollari l'anno. Due milioni di pesos sono caccole per loro. No, Amos è in proprio.»

«E quindi cosa proponete?» fece Rocco.

«Un mio uomo è passato davanti al Chorizo» riprese Tony. «Ci sono più gorilla del solito. Alcuni con una faccia meno idiota di altri. Devono essere i mercenari di Montevideo. E ci sono molti poliziotti. Eppure il bordello rimane aperto ai clienti.»

«È assurdo» disse Tano.

«E questa è la conferma che la Sociedad non ne sa niente o quasi. Altrimenti, per essere più sicuro, Amos si sarebbe chiuso dentro. Questo ci permette di entrare, guardare, cercare, capire e poi studiare un buon piano. Ma tutti i miei uomini sono conosciuti. Entrano e non escono più.»

Scese il silenzio. Tutti aspettavano che Tony aggiungesse qualcosa.

E invece fu Louis a parlare: «Io posso entrare dappertutto».

Raquel, che se ne stava sempre in disparte, cercando di non entrare nel raggio visivo del Francés, si voltò verso Louis con uno sguardo pieno di ammirazione, a bocca spalancata.

Tutti gli altri, invece, avevano un'espressione scettica.

Tony era l'unico che non aveva mostrato esteriormente cosa pensava. Ma era anche l'unico che aveva pensato concretamente. «Credi che non riconoscano un ratto come te?» disse a Louis.

«Sono veloce» rispose orgogliosamente Louis.

«Più di una pallottola?» rise Tony.

«Io ti ho preso» aggiunse Rocco.

Louis si incassò nelle spalle, rabbuiandosi.

Tony si rivolse a Tano. «Tu sei l'unico con dei veri coglioni qui dentro, oltre a Rocco.» Poi indicò Louis. «E a questo ratto.»

«Essere apprezzato da un mafioso non è mai un complimento» rispose Tano. «Ma per Rosetta ti ascolto.»

Rocco lo guardò. Stava facendo la stessa cosa che aveva fatto lui. Era pronto a venire a patti con la propria coscienza senza esitare un secondo se poteva servire a salvare Rosetta.

«Suo padre è morto da poco» iniziò Tony indicando Louis. «E in famiglia gli avete detto: "Adesso sei tu l'uomo di casa". Ma nessuno può essere considerato un uomo se non ha mai scopato. Così tu, suo nonno» e indicò Tano, «gli paghi una puttana per farlo diventare uomo. E già che sei lì ti fai fare pure tu un pompino.»

Tano scosse il capo, sorridendo con una smorfia di disprezzo dipinta sul viso rugoso. «È così che fate voi mafiosi?»

«No» rispose serio Tony, scandendo le parole perché ognuno dei presenti visualizzasse l'immagine. «Noi per far diventare uomo un ragazzino gli insegniamo a tagliare la gola a qualcuno, non a sbottonarsi i pantaloni.»

Ci fu un silenzio teso. Improvvisamente tutti sembravano aver capito cos'era una guerra. E ora più che mai capivano perché Tony era diventato un capo.

«Va bene» disse infine Tano. Si voltò verso Louis. «Ti cachi sotto, nipotino?»

«Io sono pronto a sbottonarmi i pantaloni e a tagliare una gola, nonnino» rispose spavaldo Louis.

Ma quasi non aveva finito di parlare che Rocco lo aveva colpito con un violento manrovescio in faccia, facendogli sanguinare il naso. Poi gli diede un fazzoletto. «Asciugati» disse severamente. «Gli sbruffoni sono sempre i primi a morire. E a noi, invece, serve che tu torni con le informazioni che cerchiamo.»

Tony annuì soddisfatto. Guardò Louis, che si stava tamponando il naso. «Entri dall'ingresso principale con tuo nonno. Sporcati le mani come lui. Sei un apprendista ciabattino, non un ratto di fogna. Non te lo scordare.» Poi gli sorrise. «Questo è l'esame per il quale ti prepari da quando sei in strada. E io ti sto guardando.»

«No!» scattò Rocco. Afferrò Louis per il bavero. «Tu lo fai perché è giusto e perché sei coraggioso. Tu non sei un ratto di fogna. Tu sei un meccanico. Il *mio* meccanico.» Si voltò verso Tony con uno sguardo furioso. «E voi non provate a reclutarlo.»

Tony fissò Louis. «Ti va bene così?»

Louis, per la prima volta in vita sua, si sentì fiero di se stesso. «Io sono un meccanico» disse.

Tony annuì in direzione di Rocco. «Sei un talento sprecato, Bonfiglio. Se solo avessi un po' di disonestà nelle vene...

faresti strada, davvero. E tu, piccolo meccanico, sai scegliere un buon capo.» Estrasse un rotolo di soldi dalla tasca e porse a Tano alcune banconote. «State attenti. Saranno sospettosi. E ricordate che le puttane devono campare, non fanno beneficenza. Se gli serve per sopravvivere, vi denunceranno ad Amos.»

Tano prese i soldi. «Dov'è questo Chorizo?»

«Lo so io» disse istintivamente Raquel. E subito, sentendo lo sguardo del Francés su di sé, si voltò di spalle.

«Avenida Junín» intervenne Rocco. «Vi ci porto io.»

«Non farti vedere» gli raccomandò Tony.

«Andiamo» fece Rocco.

«No» disse Tano. «Io prima vado a salutare mia moglie.»

Tutti lo guardarono. E si resero conto, una volta di più, di cosa significasse la parola guerra. Il vecchio poteva anche non tornare. Lo sapeva. E voleva fare le cose per bene.

«Louis e io veniamo con voi» disse Rocco a Tano. «Aspettiamo fuori, non preoccupatevi.» Poi si voltò verso gli uomini della sua squadra. «Andate anche voi dalle vostre famiglie.»

Javier, guardando i due ragazzini della banda di Louis, capì che non avrebbero saputo dove andare. Probabilmente erano orfani. «Voi due stronzetti venite con me» gli disse. «Mi dovete aiutare a cuocere la carne.»

Sul volto dei ragazzini si accese una luce mentre lasciavano il capannone insieme a Javier, Mattia, Ratón e Billar.

Anche Tony fece segno ai suoi uomini di andare. Si tornava nella fortezza. Era già da troppo tempo che stava allo scoperto. «Alza il culo, *consigliori*!» disse al Francés. «Dobbiamo metterci a studiare una strategia.»

«Tu vai in libreria» disse allora Rocco a Raquel, mentre Tano e Louis si avviavano.

«No. Io voglio venire con te» fece Raquel. «Io conosco meglio di tutti il Chorizo e...»

Rocco la afferrò per il bavero del maglione. «Ti stavi per far scoprire dal pappone, te ne sei accorta... accorto?» Le batté con le nocche sulla fronte. «Ascolta, mezzasega. Fai come ti dico. Vai in libreria.» Poi uscì e raggiunse Tano e Louis.

Dopo nemmeno cinque minuti che camminavano però arrivò anche Raquel, di corsa.

Rocco la guardò furibondo.

Raquel gli fece segno di appartarsi con lei. Appena soli gli diede un foglio di carta. «È la mappa del Chorizo.»

Rocco scosse il capo. «Sei in gamba. Ora vattene.»

Tornò da Tano e Louis e gli diede la mappa. «Ángel dice che Tony ha mandato uno dei suoi uomini con la mappa del Chorizo.»

Nessuno parlò più fino a quando raggiunsero la casa di Tano.

«Ci metto poco» disse Tano.

Ma Rocco quasi non lo ascoltava. Fissava a occhi spalancati la casa azzurra dove era stata Rosetta fino a poco tempo prima. Si ricordò di esserci passato davanti, di averla notata per quelle finestre gialle. Sentì il cuore che batteva forte. Era stato a un passo da lei e non l'aveva *sentita*, si rimproverò. Avrebbe potuto salvarla. Sarebbe potuto essere tutto diverso.

Dopo poco vide uscire dalla casa una donna grassoccia, vestita di nero, con i capelli raccolti a crocchia. La donna camminava verso di lui. Aveva uno sguardo serio e preoccupato. Rocco poteva leggerci tutta l'apprensione per Rosetta. Ma quando la donna lo raggiunse, quei sentimenti che la maceravano erano scomparsi dal suo volto. Ora era solo sorridente.

«Le hai promesso di trovarla» disse la donna con una voce calda. «E lei non ha smesso un solo istante di crederci.» Gli fece una carezza sulla guancia, come una madre, con le sue dita morbide. «Vai e trovala.» Poi lo abbracciò, proprio come avrebbe fatto con un figlio, e senza farsi sentire dagli altri gli sussurrò nell'orecchio: «Prenditi cura anche di mio marito. Fallo tornare».

Quando la donna si staccò da lui, Rocco vide che aveva gli occhi velati di lacrime. «Come vi chiamate, signora?»

«Assunta.»

«Ve lo prometto, signora Assunta» disse Rocco.

«E io ti credo» fece Assunta. Poi si voltò verso Tano. «Non fare le tue solite minchiate, caprone» gli disse con un tono burbero, in fondo al quale si sentiva che la voce le si stava incrinando. Allora si allontanò, veloce quanto poteva.

E Rocco pensò che appena sola avrebbe pianto. E pregato.

«Sei pronto, nipote?» chiese Tano.

«Pronto, nonno» rispose Louis senza fare dell'ironia.

Tano gli circondò le spalle con un braccio. «*Vamos a bailar nuestro tango.*»

«*Vamos a bailar*» ripeté Louis, sentendosi importante.

60.

Rosetta era rannicchiata sul divano, con una coperta addosso, che nascondeva la sua umiliante nudità. Non riusciva a tenere gli occhi aperti. Ma quando li chiudeva le appariva il volto deforme del Barone che la guardava e la toccava e la violentava. Allora li riapriva ma le palpebre erano pesanti. E così li chiudeva di nuovo e di nuovo le immagini terrorizzanti le esplodevano dentro, in quel buio artificiale provocato dalla droga che le dava Adelina.

Non sapeva più da quanto tempo era lì. Due giorni? Un mese? Tutta la vita? Sapeva soltanto di essere un animale in gabbia. Né più né meno. La droga la annebbiava. Allontanava tutto. Ma non abbastanza da non essere immaginato, sofferto. Vissuto.

C'erano dei momenti in cui ricordava la sua vita. Ma sembrava una vita passata da chissà quanto. E forse nemmeno reale. Come se l'avesse sognata. Le immagini si facevano distorte. Il puzzo del sangue del Matadero si mischiava al profumo dolce di certi fiori di jacaranda disegnati su un vestito azzurro che forse era stato suo e forse no. Sentiva nel naso l'odore del lucido da scarpe di un ciabattino e poi vedeva Tano senza sovrapporre i due pensieri. E sentiva la pancia morbida di Assunta a volte, quando appoggiava la guancia sul bracciolo del divano. E poi vedeva le donne. Tante donne. Giovani, vecchie, allegre e tristi, belle oppure coperte di lividi, con gli occhi neri e le labbra spaccate dai pugni.

Ma nulla di tutto questo le si avvicinava abbastanza da diventare suo per davvero.

All'improvviso il mondo prese a traballare.

Aprì gli occhi. Davanti a lei c'era qualcuno. Era difficile metterlo a fuoco. Sentiva un ronzio, fatto di lettere e consonanti, ne era certa. Ma non riusciva a legarle fra loro. Parole. Dovevano essere parole. E una voce.

«Sono Libertad... ascoltami... ascoltami...»

«Ascoltami...» ripeté Rosetta, biascicando. Vide un movimento veloce che tagliava l'aria. Forse era una mano. Forse un braccio. E poi sentì un bruciore alla guancia. Ma lontano.

«Ascoltami!» sussurrò Libertad e le diede un altro schiaffo.

Il bruciore si fece più vicino. «Libertad...» ripeté Rosetta. E ricordò che cosa voleva dire quella parola. Era un nome. Il nome di una ragazzina. E ricordò che la conosceva. «Sì. Libertad.»

«Riesci a capire quello che dico?» le chiese lei.

Rosetta la guardò e la mise a fuoco. Sembrava un angelo. Un angelo con gli occhi bucati. Qualcuno le aveva bucato gli occhi. C'era un pozzo nero dove ci sarebbero dovuti essere gli occhi. «È il dolore. Il nero è il... dolore, vero?»

«Rosetta, ti prego, non abbiamo tempo» sussurrò Libertad e le mollò un altro ceffone.

Rosetta gemette. E le venne da ridere. Perché era bello sentire il dolore di quello schiaffo. Cioè, sentire che quel dolore era proprio suo, lì, vicino, dentro al suo corpo e non sospeso in un mondo che non esisteva. «Sì... ti sento...» rispose.

«Come ti chiami?»
«Rosetta... e basta.»
«Quanti anni hai?»
«Mille.»
Un altro schiaffo. «Quanti anni hai?»
«Venti... forse ventuno.»
«Chi sono io?»
«Un angelo con gli occhi bucati.»
Schiaffo. «Chi sono io?»
«Mi fai male.»
«Lo so. Mi dispiace. Chi sono io?»
«Libertad.» Rosetta sorrise e allungò una mano verso il volto della ragazzina. «Sei la piccola Libertad.»
«Brava, Rosetta. Tra poco verrà Adelina. Te la ricordi? Lo sai chi è Adelina, vero?»
«Sì... è il cane rabbioso... quello... a catena...»
«E viene per darti un'altra dose di droga» fece Libertad. «Apri gli occhi, ascolta, non chiuderli!» La scrollò per le spalle. «Hai capito? Adelina viene per darti un'altra dose di droga.»
«Adelina viene per... mordermi... sì...»
Libertad sospirò. Si inginocchiò davanti a Rosetta. Le accarezzò il volto. Nella sua voce risuonò una pena enorme. «Tu non mi capisci per davvero.» Le venne da piangere tanto era intenso il dolore che provava. «E io non so come aiutarti. Mi dispiace.»
E allora successe qualcosa di straordinario. Forse perché era nelle corde di Rosetta sentire il dolore degli altri più del proprio. O forse perché il dolore di Libertad era il dolore di tutte le donne. «Scusami, Libertad» disse, con la mente quasi snebbiata. «Scusa, non voglio farti del male.»
«Tu non mi fai del male.»
«Sì, io lo sento... il tuo dolore» fece Rosetta, passandole una mano tra i capelli biondi e fini. «Scusa.» Aggrottò le sopracciglia, fece una smorfia, contraendo i lineamenti del volto, come se stesse sollevando un peso immane. E poi

strinse i pugni. «Ora ti ascolto.» Le sorrise con dolcezza. «Ma sbrigati. Perché non so per quanto tempo ce la farò.»

Libertad sentì gli occhi che le si appannavano di lacrime. «Io non ho mai conosciuto una persona come te» disse.

«Sbrigati.»

«Adesso verrà Adelina.»

«Sì.»

«Ti darà un bicchiere con dentro la droga.»

«Sì.»

«Bevilo e poi, appena è uscita, ficcati due dita in gola e vomita lì dentro.» Libertad indicò un vaso con una pianta di aloe. «Dimmi se hai capito.»

«Ho capito.»

«Cosa?»

«Devo vomitare subito la droga… così non mi farà effetto.»

«Brava!» sorrise Libertad e la abbracciò. «Ma poi devi fingere di essere drogata.»

«Di essere stupida, sì.»

«Sì.»

«E invece dentro farà male… vero?»

«Senza la droga?» Libertad abbassò lo sguardo a terra. «Sì. Farà male. Tanto. Ma sarà vero. E se avrai un'occasione per scappare riuscirai a farlo. Pensa a questo.»

«Libertad.»

«Sì?»

«Non riesco più a seguirti.» La voce di Rosetta stava tornando nella grotta buia dalla quale era uscita per qualche momento. «Mi dispiace.»

«Ma ricorderai quello che ti ho detto di fare?»

«Forse sì.»

«Giura che lo ricorderai.»

Rosetta ansimava, spossata.

«Giura!»

Rosetta annuì, mentre le palpebre tornavano pesanti. «Giuro.»

In quel momento Adelina aprì la porta. Aveva un vassoio con del cibo e un bicchiere pieno di acqua e droga. «Ancora non hai svuotato il pitale?» chiese col suo solito tono aspro.

«Lo stavo facendo» rispose Libertad.

«Perché stai lì inginocchiata?» chiese Adelina.

«Era... caduta a terra. L'ho tirata su.»

«E a te che cazzo te ne frega se sta a terra?»

«Credevo che Amos ci tenesse a lei.»

«Ci tiene che nessuno se la scopi, non che si faccia un paio di lividi» rise Adelina, con quella risata che sembrava il rantolo di un moribondo o di una creatura infernale. Appoggiò il vassoio con il cibo accanto al divano e porse il bicchiere con la droga a Rosetta. «Bevi» le ordinò.

«Cos'è?» biascicò Rosetta, aprendo e chiudendo gli occhi.

«Bevi o te lo faccio ingoiare con l'imbuto.»

«Imbuto...» le fece eco Rosetta. Bevve tutto d'un fiato.

Libertad la guardava piena d'apprensione.

Adelina riprese il bicchiere e poi si avviò verso la porta. «Falla mangiare e vuota quel cazzo di pitale» disse a Libertad. «Io devo andare su, c'è un cliente che ha massacrato di botte Cristal.»

Appena Adelina si fu richiusa la porta alle spalle Rosetta si alzò, raggiunse carponi il vaso dell'aloe, si ficcò due dita in gola e vomitò un fiotto d'acqua. Poi, come se fosse stato uno sforzo disumano, si lasciò andare per terra.

Libertad esultò. «Brava, Rosetta!» le disse nell'orecchio mentre la aiutava ad alzarsi e a stendersi di nuovo sul divano. «Ora mangia» le disse. «Il cibo neutralizza un po' la droga.»

Rosetta si lasciò imboccare. Non aveva idea di quello che stava ingoiando. Non sentiva il sapore. Forse era carne, forse verdura. Forse era dolce, forse salato. Però non importava. Ascoltava solo se il dolore insopportabile che sarebbe arrivato già si stava affacciando nella sua anima. Ma era ancora presto.

Libertad le diede dell'acqua. «Bevi tanto. La droga esce dal corpo anche pisciando.»

«Libertad...» sussurrò Rosetta.

«Dimmi.»

«Non ce la faccio più ad ascoltarti. Stai zitta.»

«Scusami...» fece Libertad, mortificata.

«No, invece... grazie, piccolo angelo.» E poi, dopo aver bevuto diligentemente un intero bicchiere d'acqua, mentre Libertad lasciava la stanza, si raggomitolò sotto la coperta, tirandosela fin sopra la testa. Aspettava di sentire. E aveva paura.

Non aspettò a lungo. Piano piano riemerse da quella specie di acquitrino. Piano piano riprese a galleggiare nel presente. Nella vita. E poi, all'improvviso, il dolore fu come una fitta lancinante e continua, che toglieva il fiato e la speranza.

Non ebbe più bisogno di chiudere gli occhi per vedere il volto del Barone, il suo sorriso viscido. La sua voce non era più lontana e riverberata ma lì, ancora presente in quella stanza che odorava di brandy e di sigaro. «Lei è mia» diceva sbavando.

Non ebbe più bisogno di decifrare le immagini della sua recente vita passata. Sapeva chi era Tano. Chi era Assunta. Sapeva quanto faceva male non essere con loro e quanto sicuramente faceva male a loro averla persa. Sapeva che tutte le donne di Barracas ora erano senza di lei. E lei era senza di loro.

Sapeva che aveva aspettato troppo a lungo e inutilmente Rocco. Non si erano trovati. E forse ora si sarebbero persi per sempre.

E mentre il dolore si faceva aspro come carta vetrata su una ferita, si confessò qualcosa che aveva tenuto nascosto dentro di sé, in profondità, anche se era così evidente. E disse ad alta voce qualcosa che aveva fatto finta di non pensare nemmeno.

«Ti amo.»

Perché ora che non aveva più un briciolo di speranza,

ora che non aveva più un solo minuto di futuro, poteva accettare quello che altrimenti non avrebbe mai accettato. Per una ragione che non comprendeva, per una via che le era sconosciuta, per un disegno che non riusciva a decifrare, adesso Rosetta sapeva che lei era di Rocco, che lo era stata addirittura prima di incontrarlo. Anche se sembrava una cosa assurda. Anche se si erano dati un solo bacio, anche se avevano mangiato una sola fetta di torta insieme, anche se si erano detti semplicemente una decina di frasi. Ma le loro voci si erano intonate, le loro labbra si erano riconosciute, i loro occhi si erano specchiati in quelli dell'altro, le dita delle loro mani si erano perse intrecciandosi fra loro.

Per un attimo Rosetta provò un'emozione pura, esaltante, che poteva essere la felicità assoluta.

Poi l'effetto della droga scomparve del tutto.

Il dolore divenne insopportabile e la fece gridare.

Aveva vomitato già due volte la droga quando Adelina entrò nella stanza con Libertad. La ragazzina reggeva in mano il vestito azzurro con i fiori di jacaranda stampati che era stato di Ninnina. E nell'altra mano le sue scarpe, quelle fatte da Tano per Natale, con le nappine viola.

«Vestiti» disse Adelina.

Rosetta si accucciò sul divano, fingendo di avere le palpebre pesanti. «Vestiti...» ripeté con una intonazione ebete.

Adelina la colpì con un pugno sul muscolo della coscia.

Il dolore fu intenso. Ma Rosetta sapeva che doveva fingere che fosse lontano, remoto. Non fece un fiato né si mosse.

Adelina la afferrò per i capelli e la costrinse a mettersi seduta.

«Vestiti...» biascicò Rosetta.

«Pensaci tu, altrimenti la ammazzo di botte» disse Adelina a Libertad.

La ragazzina cominciò a infilare il vestito sulla testa di Rosetta. Poi le prese le braccia e le guidò all'interno delle maniche.

Rosetta era passiva come una bambola.

Libertad la abbracciò e la sollevò.
Rosetta fece finta di non reggersi in piedi.
«Brava» le sussurrò Libertad mentre le abbassava la gonna. Poi, china a terra per infilarle le scarpe, chiese ad Adelina, in modo che anche Rosetta ascoltasse: «Perché la vuoi vestire?».
«Che cazzo ti frega?»
«Che cazzo... ti... che cazzo ti...» farfugliò Rosetta.
«Niente» fece Libertad.
«Amos vuole portarla via di qua» disse Adelina.
«Quando?»
«Cosa vai cercando Libertad?» domandò Adelina, sospettosa. «Mi stavi più simpatica quando eri muta.»
«Se la porta via non devo più pulire il suo pitale» fece Libertad.
«Domani notte, credo» rispose Adelina. «O stanotte.»
«Meno male» borbottò Libertad.
Adelina porse a Rosetta il bicchiere di acqua drogata e lei bevve come un automa.
Adelina e Libertad uscirono.
Rosetta andò al vaso con l'aloe e vomitò.
Si accarezzò il vestito. Non sapeva quanti giorni era rimasta nuda sotto la coperta. Ma adesso, invece di darle sollievo, quel vestito la riportava ancora di più a terra, nella sua cruda realtà. Sembrava bruciarle addosso, come se lei fosse senza pelle e la stoffa intessuta di ortiche. Quel vestito diceva che tutto ciò che era stato, adesso era finito, scomparso.
E poi, fuori dalla porta, sentì una voce. E le parve di impazzire.
«Ma solo puttane ebree ci stanno qui?»
Una voce che sparava parole veloce come una mitraglia.
«Non c'è qualche italiana?»
«Levati dai coglioni, vecchio.»
Rosetta era pietrificata e nello stesso tempo tremava come una foglia. Il cuore martellava come un tamburo.
«Le donne italiane sono le più belle del mondo.»

Una voce che parlava come se avesse la bocca piena di chiodi.

E se Libertad non le avesse insegnato a vomitare la droga Rosetta non l'avrebbe sentita.

Si buttò come una furia contro la porta e la tempestò di pugni mentre urlava, felice e disperata insieme, con tutto il fiato che aveva in gola: «Tano! Sono qui! Tano!».

61.

«Non avete neanche una puttana come Dio comanda in questo bordello» disse Tano mentre cercava di nascondere lo strazio che gli provocava la voce di Rosetta al di là di quella porta. Si avviò verso l'uscita del Chorizo a passo rapido. «Louis, andiamocene!»

«Ehi, vecchio!» fece uno dei due gorilla di guardia a Rosetta.

Louis raggiunse Tano proprio mentre Libertad si aggrappava al braccio del ciabattino.

«Fermate quel vecchio!» gridò il gorilla.

«Ciao, nonnino. Vogliamo divertirci insieme?» fece Libertad.

«Non è il momento» disse Tano, guardandosi alle spalle. Uno dei gorilla lo stava raggiungendo.

«La portano via stanotte o domani notte» sussurrò Libertad, tutto d'un fiato, fingendo di volerlo baciare. «Ma non so dove.»

Tano si immobilizzò.

«Andiamo!» fece Louis.

«Dove vorresti andare, pidocchio?» disse un gorilla afferrandolo per la collottola, ormai sulla porta del Chorizo.

Tano scattò. Si vide solo un veloce lampo di luce. Niente di più.

Il gorilla urlò, lasciò la presa su Louis e si strinse l'avambraccio insanguinato.

«Corri!» disse Tano mettendo via il coltello. Mentre scendeva i gradini dell'ingresso lanciò un rapido sguardo a Libertad. Non sapeva chi fosse e non aveva tempo per ringraziarla.

Libertad intanto finse di barcollare ubriaca e intralciò la rincorsa dei gorilla, rallentandoli.

Tano si gettò in Avenida Junín e vide i poliziotti. «Correte dentro!» urlò. «C'è un pazzo che sta facendo una strage!»

Quelli, confusi, si affrettarono verso il Chorizo.

«Sei grande, nonno!» urlò Louis. Poi svoltò nel primo vicolo.

Intanto però i gorilla si erano lanciati al loro inseguimento.

«Corri più forte!» gridò preoccupato Louis.

Tano aveva i lineamenti contratti, la bocca spalancata e cominciava a portarsi una mano all'altezza della milza. Le gambe si muovevano sempre meno velocemente. Alla fine, svoltato un altro vicolo, si fermò, piegato in due, con le mani sulle ginocchia.

«Corri, nonno!» urlò Louis, una ventina di metri più avanti.

Tano aprì la bocca per parlare ma non riusciva a respirare. Fece un gesto con la mano. «Vattene!» urlò infine. «Vai! Vai!»

Louis rimase un attimo immobile. I gorilla sarebbero apparsi da un momento all'altro in fondo al vicolo. La vita di strada gli aveva insegnato a scappare. A lasciare indietro i più deboli. Perché era quello il modo di sopravvivere. Ma qualcosa gli inchiodava i piedi al selciato. «Merda!» ringhiò, mentre andava verso Tano.

In quel momento sentì un rumore alle sue spalle. Si voltò.

«È così che si fa!» urlò Raquel, correndo. «I Boca Juniors non lasciano indietro nessuno!»

Quando i due ragazzini raggiunsero Tano, i gorilla comparvero in fondo al vicolo.

«Andatevene, stronzi!» gridò Tano a Raquel e Louis.

Si sentì uno sparo. E una pallottola che fischiava nell'aria. Ma veniva dalla direzione sbagliata.

I gorilla si nascosero dietro l'angolo.

«Muovetevi!» urlò Rocco, con la pistola in mano. «Aiutatelo!» urlò a Raquel e Louis, indicando Tano. «Cammina, vecchio! Ho promesso a tua moglie che ti avrei riportato a casa!»

Tano intanto si era ripreso e cominciò ad allontanarsi aiutato dai due ragazzini mentre Rocco, dietro a un bidone dell'immondizia, sparava trattenendo i gorilla. Quando vide che Tano e i ragazzini avevano raggiunto la fine del vicolo, sparò altri due colpi e schizzò fuori dal suo nascondiglio.

In quel momento Jaime, il capo dei mercenari, uscì da dietro l'angolo, con un fucile in mano. Si mise in ginocchio, si piazzò il calcio del fucile sulla spalla, prese la mira e fece fuoco.

Tano e Raquel avevano svoltato l'angolo. Rocco aveva ormai raggiunto il fondo del vicolo. Louis si era fermato ad aspettarlo.

Quando risuonò lo sparo Rocco superò Louis, sapendo che lo avrebbe seguito. Ma quando si voltò non lo vide. Si fermò.

E anche Raquel e Tano si erano bloccati lì dov'erano.

Improvvisamente sembrò che il mondo avesse smesso di far rumore. Si sentì soltanto un lento scalpiccio. Poi comparve Louis. Era pallido. Muoveva i piedi scompostamente. Si fermò, guardò Raquel e poi abbassò lo sguardo al centro del petto. La maglietta del Boca Juniors era strappata, davanti, proprio sulla striscia gialla diagonale. C'era un buco. Louis ci infilò un dito e di nuovo guardò Raquel come se volesse dirle: "Lo vedi anche tu?". Poi le gambe cedettero. E il buco della maglietta si riempì di sangue.

«No!» gridò Raquel.

Rocco sollevò Louis e se lo caricò in spalla. «Via! Via!» urlò.

Jaime diede ordine ai suoi uomini di ritirarsi. Dovevano proteggere il Chorizo, non rischiare un agguato.

Mentre correva, Rocco sentì il corpo di Louis che si faceva più morbido e nello stesso tempo più pesante. «Resisti, ragazzino!»

«Al Santa Clara!» disse Tano. «Seguitemi!» E per salvare Louis sembrò ritrovare le forze che non aveva per sé.

L'ospedale Santa Clara era una costruzione quadrata, grigia e dall'aspetto triste. L'aria già all'esterno odorava di disinfettante.

L'atrio era grande ma soffocante. All'odore di disinfettante si univa un puzzo stantio di sudore, come di cipolla vecchia, della povera gente accalcata. C'era chi pregava sgranando un rosario, chi piangeva sommessamente in un angolo, chi bestemmiava rabbiosamente. Era un serraglio, non un ospedale.

Facendosi strada a spintoni Rocco raggiunse un bancone in fondo alla sala. «Un medico, presto!»

L'infermiera alzò gli occhi. Erano stanchi e arrossati. Ma quando vide Louis che sgocciolava sangue schizzò in piedi. «Venite» disse e fece strada in un corridoio. «Doctor! Doctor!»

Come dal nulla si materializzò un giovane medico, col camice spiegazzato e sporco. «Barella!» ordinò.

In un attimo comparve anche la barella.

Un infermiere grande e grosso aiutò Rocco a stendere Louis.

«È conciato male» sussurrò il medico.

Louis, ancora incosciente, tossì un grumo di sangue.

«È un proiettile, vero? Devo avvertire la Policía» disse il medico mentre la barella correva verso la sala operatoria.

Rocco lo afferrò per un braccio. Parlò a voce bassa, roca, dura. «C'è una guerra in città. Questo ragazzino è una vittima. I poliziotti sono corrotti. Se li avverti, allora tanto vale che non provi nemmeno a salvarlo. Ammazzalo tu, soffrirà di meno.»

Il medico lo guardò in silenzio. Poi, con una voce più adulta della sua età, annuì e disse: «Io la gente la salvo. Non chiamerò la Policía. Né io né nessun altro qui». Si voltò e corse via.

«Rosetta è nella stanza in fondo a sinistra» disse Tano. «Una puttana mi ha detto che la portano via stanotte o domani notte.»

«Va bene» fece Rocco con voce cupa. «Ci penso io. Andate a casa da vostra moglie.» Poi guardò Raquel.

Era pallida e aveva pianto. Le lacrime, asciugandosi, avevano lasciato delle strisce brillanti sulle guance.

«Non potete stare qui» disse un infermiere. «Se volete restare andate di là, c'è una saletta con delle sedie.»

Mentre Tano andava da Assunta, Rocco e Raquel entrarono nella saletta. Le pareti erano tinte di un verdino pallido, scrostate in corrispondenza degli schienali delle sedie accostate al muro.

«Buonasera» disse una donna sui cinquant'anni vedendoli.

«Buonasera» rispose meccanicamente Rocco.

Raquel gli si sedette accanto. E persero la cognizione del tempo.

Quando il dottore arrivò, con dei fogli e una penna, i due sobbalzarono.

«Devo compilare i documenti» disse il dottore. Aveva il camice sporco di sangue e il viso stanco. «Come si chiama il ragazzo?»

«Louis» rispose Rocco.

«Louis e poi?»

«Non lo so.» Rocco strinse gli occhi. «Non può dirvelo lui?»

Il medico scosse il capo.

Rocco sentì una morsa allo stomaco. «È...?»

«No» fece il dottore. «No. Ma...»

«Vargas» disse con una vocina sottile Raquel. «Louis Vargas.»

Il dottore scrisse. Poi fece: «Il ragazzo ora...».
«Louis. Si chiama Louis Vargas» disse Rocco.
«Louis, sì» annuì il dottore. «Vediamo come passa la notte.»
«Ce la farà?» chiese allora la donna, facendo la domanda che né Rocco né Raquel avevano l'animo di fare.
«È gravissimo. Più no che sì» sospirò il dottore e se ne andò.
Raquel scoppiò a piangere.
«È tuo figlio?» chiese la donna a Rocco.
«No.»
Raquel continuava a piangere.
«Hai voglia di parlare?» chiese la donna a Rocco.
«No.»
Allora quella si sedette accanto a Raquel. «E tu?»
Raquel scosse il capo e arricciò il naso. La donna non aveva un buon odore. Era un misto di fumo, sudore, alcol.
La donna tornò al suo posto. Frugò in una logora borsa di cuoio che teneva sotto la sedia, prese un mazzo di carte e si mise a mischiarle, con lentezza e pazienza, come fosse una cosa abituale.
Di sicuro anche lei aveva qualcuno che stava male in quell'ospedale, pensò Rocco. «E voi che ci fate qui?» le chiese.
La donna continuò a rimescolare le carte. «Quale versione vuoi?» disse. «Quella per polli o quella vera?»
Raquel alzò il capo e la guardò incuriosita.
La donna le sorrise.
«Chi è il cretino che sceglie la versione per polli?» fece Rocco.
«Non a tutti offro la scelta.»
Il tono della donna era calmo e sicuro, pensò Rocco. «Che ho di speciale per meritare questo favore?» le domandò con sarcasmo.
La donna lo guardò e sorrise amabilmente. «Tu non hai proprio nulla di speciale» gli rispose. «Mi stai solo simpatico.»

Rocco pensò che era stramba. «Dammi la versione per polli.»

«Io sono qui per aiutare la gente perché parlo con gli angeli.»

Rocco scosse il capo. «E l'altra versione, invece?»

«Quella vera?»

«Sì.»

«Io sono qui perché sono una barbona e non ho un posto dove stare» iniziò la donna, con quel suo sorriso tranquillo. «Ma già che sono qua, aiuto la gente perché parlo con gli angeli.»

Rocco pensò che era completamente pazza.

«Allora?» fece la donna. «Vuoi che ti aiuti con gli angeli?»

«Io non credo a queste stronzate» rispose Rocco.

«I miracoli succedono a chi ci crede» disse la donna.

«Be', io ti ho detto che non ci credo» fece Rocco.

«Ma io sì» disse la donna, sempre sorridente. Ripose le carte e disse: «Buonanotte, Arcangelo Michele».

Raquel la guardò.

La donna le fece l'occhiolino. «Mi piacciono tutti gli angeli ma Michele è il mio preferito» disse. E dopo un po' prese a russare.

«Cosa pensavi di fare?» mormorò allora Rocco.

Raquel quasi sobbalzò. Rocco non le aveva ancora rivolto la parola una sola volta. «Io...»

«Hai visto cosa fanno le pallottole?» la interruppe Rocco con una voce aspra. Le picchiò un dito al centro del petto, con forza, fino a farle male. «Hai visto che buco ha qui Louis?» Era rosso in viso e fremeva di rabbia. Ma teneva la voce bassa. «Morirà.»

«No... non morirà...» piagnucolò Raquel.

«Vuoi morire anche tu?» scandì Rocco, con una voce sibilante.

«Io volevo solo aiutarti.»

«Tu mi aiuti se hai una vita migliore di quella che potrò

mai avere io, testa di cazzo» ringhiò Rocco. «E di quella che avrebbe mai potuto avere Louis. Tu devi essere meglio di noi!»
Scese il silenzio.
«Adesso che farai?» chiese dopo un po' Raquel.
«Proverò a riprendermi Rosetta.»
«Da solo?»
Rocco non rispose.
«Il señor Tano ha detto che il tango...»
«Tano è un vecchio ciabattino. Che cazzo ne sa?»
«E Tony?»
«E Tony è un mafioso. Sai cosa vuol dire? Che Dio non gli ha dato un'anima. E se gliel'ha data lui se l'è venduta al diavolo.»
«Però ha molti uomini e ha detto...»
«Vedremo» chiuse la conversazione Rocco.
Raquel si tormentò le dita, intrecciandole tra loro. «Louis ha una madre. Io so dove sta... più o meno.»
«Vai a casa di Javier. I ragazzini della banda sono lì. È giusto che anche loro sappiano. Louis è il loro capo» disse Rocco. «E poi digli che ti accompagnino loro dalla madre e portatela qui.»
Raquel si alzò. «Quando torno ci sarai?»
«No.»
Raquel si ficcò la mano in tasca e pescò l'orologio che le aveva regalato Rocco. «Tienilo tu. Porta fortuna.»
Rocco la guardò e i suoi occhi persero un po' della loro durezza. Prese l'orologio. «Vattene» disse.
Passò una mezz'ora e comparve di nuovo il medico. «È entrato in coma» disse senza giri di parole.
«Che vuol dire?» chiese Rocco.
«È come se dormisse profondamente» spiegò il medico.
«E quando si sveglierà?»
«Ci sono poche speranze che succeda.» Il dottore abbassò lo sguardo a terra. «Mi spiace.» Si voltò e fece per andarsene.

«Posso vederlo?» domandò Rocco.
«No» rispose automaticamente il dottore. Poi ciondolò il capo. «Sarebbe vietato. Due minuti. Due minuti soltanto.»
Quando Rocco entrò nello stanzone dove era ricoverato Louis sentì il brivido della morte. Nella camerata c'erano dodici letti, tutti occupati. E in tutti e dodici i letti c'erano dei pazienti, uomini e donne, vecchi e giovani, distesi a occhi chiusi, immobili, con il torace che si alzava e abbassava impercettibilmente. Avanzò in punta di piedi, come se cercasse di adeguarsi a quel terribile e innaturale silenzio. Giunto accanto al letto di Louis lo guardò. Sembrava davvero che dormisse. Ma era pallido. Così pallido che forse non aveva più sangue in corpo.
Rimase a fissarlo senza sapere che fare. Immobile.
Poi si voltò e uscì dalla camerata.
«Dammi dieci uomini» disse a Tony quando lo raggiunse.
«Quale sarebbe il piano?» gli chiese il mafioso.
«Entriamo e spariamo fino all'ultima stanza a sinistra. È lì che tengono Rosetta.»
«Stronzate.»
«Allora ci appostiamo in strada. Quando portano fuori Rosetta li attacchiamo.»
«Non è così semplice» sospirò Tony.
«Non c'è più nulla di semplice» replicò Rocco, a muso duro.
«Rischi di far ammazzare i miei uomini.»
«Uno dei miei è praticamente già morto! Un ragazzino di tredici anni!» urlò Rocco. «E il piano era tuo!»
Tony lo guardò. «Fino a stamattina mi davi del voi.»
Rocco lo fissò. «Voglio dieci uomini.»
«Ti darò una camicia. Sei tutto sporco di sangue» disse Tony. «Ma di uomini te ne posso dare solo quattro.»
Quando fu sera Rocco e i quattro uomini di Tony si appostarono in una stradina dalla quale vedevano l'ingresso del Chorizo.
Poco dopo la macchina di Amos inchiodò davanti al bor-

dello. Una decina di uomini armati si misero a protezione dell'ingresso e dell'auto. Allora Amos uscì tenendo per un braccio Rosetta.

«Ora!» fece Rocco.

«Non ce la possiamo fare» disse uno degli uomini di Tony.

«Che cazzo dici?»

«Sono troppi e ci aspettano» rispose l'uomo. «È un suicidio.»

Rocco sentì il sangue che gli andava alla testa. Quando vide che Amos spingeva Rosetta verso la macchina perse definitivamente il controllo. «Rosetta!» urlò mentre si lanciava in strada.

Rosetta si voltò, lo vide e spalancò la bocca. «No!» urlò mentre detonavano i primi spari.

Amos la buttò nell'auto che partì facendo stridere le gomme. La macchina svoltò a sinistra in una stradina laterale e accelerò.

«Rosetta!» urlò ancora Rocco correndo a testa bassa dietro una fila di macchine e di carrozze. Intorno a lui esplodevano vetri e schegge di legno ma non si fermava. Appena nella stradina continuò a correre più forte che poteva. «Rosetta!»

Rosetta lo guardava dal lunotto posteriore della macchina, che lo distanziava sempre di più. Svoltarono ancora e dopo un po' Rocco ricomparve. Non voleva mollare anche se era impossibile che li raggiungesse. Altra svolta. E di nuovo, ma lontanissimo, ecco Rocco. Ora la strada era dritta. La macchina prese velocità. Rocco divenne un puntino che si agitava scompostamente.

Infine lo vide crollare a terra.

Rocco era caduto in ginocchio. La testa stava per esplodergli. I polmoni bruciavano. La vista gli si era annebbiata. Il respiro era così affannoso che copriva qualsiasi altro rumore. Si era arreso.

«Rosetta...» ansimò.

Ma sembrava che invece stesse dicendo addio.
Poi sentì la canna fredda di una pistola contro la nuca.
«E adesso muori, succhiacazzi.»

62.

L'uomo dietro di lui alzò il cane della pistola, con una lentezza sadica.
E quello fu il suo errore.
Nel momento in cui la pistola non poteva ancora sparare Rocco scansò di scatto la testa.
Il colpo partì con un attimo di ritardo e gli rimbombò nell'orecchio quasi assordandolo. Sentì un graffio bollente nel cuoio capelluto. Schizzò in piedi afferrando il polso dell'uomo e glielo torse, puntandogli la canna della pistola contro lo stomaco. Con l'altra mano lo attirò a sé, come se volesse baciarlo. Poi mise il proprio indice su quello dell'uomo, premette sul grilletto e sparò. Il primo colpo fece rinculare l'uomo di un passo. Ma Rocco non lo lasciò. Non pensava, non ragionava, non aveva un piano. Era solo un animale che viveva d'istinto. Sparò ancora. E ancora e ancora, mentre l'uomo a ogni sparo rinculava di un passo. Un colpo dopo l'altro gli scaricò la pistola in corpo. Quando lo lasciò l'uomo era già morto e aveva un'espressione idiota in viso e la bocca aperta, dalla quale colava un rivoletto di bava. Si accasciò come una marionetta alla quale avessero tranciato i fili. Con un tonfo sordo.
Rocco aveva la camicia intrisa del sangue dell'uomo. Però si sentiva bagnato anche sul collo. Si passò una mano. Sangue anche lì. Ma quello era suo. Il primo colpo l'aveva preso di striscio.
Risuonarono dei fischietti della polizia.
Rocco riprese a correre. Senza una meta. Solo per scappare.

Quando si fermò non sapeva dove si trovava. Era notte. Nessuno per le strade. I lampioni a gas disegnavano macchie giallastre di luce. Il resto era nero.

Rocco guardò in alto. In cerca delle stelle, forse. E invece gli venne in mente la barbona dell'ospedale. Quella che diceva di parlare con gli angeli. Scosse il capo. No, non poteva mettersi in cerca degli angeli. Né di Dio.

Ma guardando il cielo notò un palazzo altissimo. Moderno. In costruzione. Ne fu subito attratto.

Si avvicinò alle lamiere che delimitavano il cantiere. Trovò un varco. Ci si infilò. La luce dei lampioni non arrivava fin lì. Dovette rimanere fermo qualche minuto, finché gli occhi si abituarono al buio. Poi cominciò a distinguere le cose.

Oltrepassò due grandi cumuli di sabbia. Una pila di lunghe spranghe di ferro. Una montagna di mattoni. E poi si ritrovò davanti a quello che sarebbe divenuto l'ingresso del palazzo. Era spoglio, essenziale. Ma già se ne intuiva la grandiosità futura.

Entrò. Il buio era ancora più denso. Ma i suoi occhi ormai riuscivano a distinguere ogni minima variazione di luce. Vide degli scalini, ancora grezzi. Cominciò a salire. Arrivò al primo piano. Un unico, enorme ambiente nel quale erano disegnati solo i muri e le colonne portanti. Il resto era tutto aperto. L'aria entrava e usciva liberamente. Salì ancora. Secondo piano. Identico al primo. Terzo piano, quarto, quinto. Non aveva mai visto un palazzo così alto. Sesto piano, settimo, ottavo, nono. E oltre al nono un tetto piatto, come una enorme terrazza.

Il cemento grezzo gli scricchiolava sotto le scarpe.

Ma qui, in cima, niente era più buio. La luce della luna era quasi innaturale dopo tutti quegli antri scuri. Mentre avanzava vedeva ogni particolare. Addirittura le ombre proiettate dalla più minima asperità. Un mondo grigio. Totalmente grigio.

Quando giunse al bordo estremo del palazzo smise di guardare in terra e alzò gli occhi.

Lo spettacolo lo lasciò senza fiato.
Da lassù vedeva tutta Buenos Aires.
Immensa. Piena di luci. Fino all'orizzonte. Si voltò. Stesso spettacolo. Luci e ombre, palazzi, strade, fino a dove gli occhi arrivavano a vedere. Girò su se stesso. Solo a est, verso il Rio de la Plata, le luci si spegnevano e quel mondo sterminato sprofondava nel buio dell'acqua. Guardò ancora a sud, a ovest, a nord.
Luci. Case. Palazzi. Strade. Moli. Fabbriche. Mercati.
Era un mondo immensamente più grande di quanto lo avesse mai immaginato mentre girovagava per il suo barrio.
E all'improvviso, con un tuffo al cuore, seppe di aver perso per sempre Rosetta. Le era stato vicino due volte. E due volte non aveva corso abbastanza veloce. Ma adesso, guardando quanto era smisurata Buenos Aires ebbe la certezza che non sarebbe stato in grado di trovarla. Lì, in mezzo a due milioni di persone, l'aveva persa.
Per sempre.
Guardò ancora una volta quel mondo luccicante e infinito. E lo odiò con tutto il cuore. Avrebbe voluto urlare il nome di Rosetta, almeno per dar voce alla sua disperazione.
Ma era senza fiato. Senza speranza. E si sentì mancare le forze.
Ridiscese i dieci piani lentamente, aggrappandosi alle pareti, senza più far caso a nulla. Un gradino dopo l'altro, così tanti che ne perse il conto, fino a rimettere piede a terra. Nell'inferno.
Come un automa, quando riuscì a orientarsi, si diresse verso l'ospedale Santa Clara. Entrò nell'atrio. Annusò di nuovo l'odore di disinfettante che si sposava a quello stantio del sudore. Sentì risuonare i suoi passi mentre si avviava verso il corridoio, senza che l'infermiera al bancone alzasse lo sguardo su di lui. Raggiunse la saletta verdina, con le sedie una accanto all'altra.
C'era la barbona che russava a bocca aperta. In grembo aveva le sue carte. C'erano i due ragazzini della banda di

Louis, che dormivano raggomitolati uno accanto all'altro, come due cuccioli di cane. E poi Raquel, in un angolo, così sola che a Rocco si strinse il cuore. E infine una donna, di un'età indefinibile e dall'aspetto consunto, come un vecchio maglione. Era di certo la madre di Louis. Il vestito le si era arricciato e mostrava delle belle gambe. Aveva calze rosse e bucate, che terminavano appena sopra il ginocchio. Alla parigina. Come le puttane. Dormiva anche lei.

Ma nessuno così profondamente come Louis, pensò Rocco.

Sentì un rumore nel corridoio. Si affacciò. Vide un'infermiera che fumava e le si avvicinò. «C'è il dottore?» chiese.

L'infermiera gli guardò la camicia insanguinata. «Siete ferito?» domandò in tono professionale, senza spaventarsi del suo aspetto.

«No» rispose semplicemente Rocco.

«Quale dottore cercate?» fece allora l'infermiera.

«Quello giovane... non so il nome. Ha operato il ragazzino... Louis Vargas.»

«Ah» fece l'infermiera. «No. Ha staccato.»

«E il ragazzino come sta?»

L'infermiera aspirò con foga la sigaretta. Aveva gli occhi cerchiati di rosso. Si vedeva che aveva sentito quelle domande centinaia e migliaia di volte. Ma si vedeva anche che non si era mai abituata alla crudezza delle risposte che era costretta a dare. Buttò fuori il fumo quasi con rabbia. «Più tempo passa, minori sono le possibilità che si svegli» disse e subito tornò ad aspirare avidamente la sigaretta. «Dovete cominciare a...»

«Sì» la interruppe bruscamente Rocco. "A rassegnarvi", voleva dire l'infermiera. Ma lui non voleva sentirlo.

«Mi spiace» disse l'infermiera.

«Sì, certo.» Rocco si voltò per tornare nella saletta. Voleva sedersi accanto a Raquel. Almeno non sarebbe stata troppo sola. E neanche lui. Ma vide la barbona. «Chi è quella donna?» chiese.

«Carmen?» rispose l'infermiera. «Vi ha dato fastidio?»

«No, no.»

L'infermiera sorrise benevolmente. «Dorme qua da tre anni.»

«È pazza» disse Rocco. «Crede di parlare con gli angeli.»

L'infermiera scrollò le spalle. «Non dà fastidio a nessuno. Anzi. Dà conforto alla gente. Sa che intendo, no? Cose tipo speranza... li tranquillizza. E noi le diamo volentieri uno dei pasti della sera. Grazie a lei noi non dobbiamo quasi mai venire qui nella saletta a calmare i familiari.» Rise. «Ci pensa lei. Lavora per noi.»

«È assurdo.»

L'infermiera si strinse nelle spalle. «Funziona» disse. Spense la sigaretta per terra con la suola della scarpa. Poi se ne andò.

Rocco tornò nella saletta. Si sedette accanto a Raquel e fissò la barbona. Vide che le era caduta una delle sue carte in terra. Si alzò, la raccolse e gliela mise insieme alle altre.

La barbona aprì gli occhi. Lo vide. Tossì così forte che svegliò tutti. «Vuoi che parli agli angeli?» gli domandò.

«Ti ho già detto che non credo a queste stronzate» rispose Rocco sgarbatamente.

«Be', allora buonanotte» fece la barbona e dopo un attimo ricominciò a russare.

Rocco vide che Raquel fissava la camicia insanguinata. «Sto bene» disse. Guardò i ragazzini. «Dormite» fece. E poi si costrinse a incrociare lo sguardo della madre di Louis. «Salve, señora. Mi spiace per suo figlio, io...» Si bloccò. Stava per dirle che era colpa sua. Che si sentiva responsabile. Che Louis stava morendo perché lui non era stato capace di trovare Rosetta da solo. E si rese conto che se avesse cominciato a parlare non si sarebbe più fermato e le avrebbe detto che Louis stava morendo inutilmente, perché anche questa volta lui aveva fallito, non aveva salvato Rosetta e ora l'aveva persa per sempre.

La donna aveva uno sguardo profondo e comprensivo.

Era una donna che aveva ascoltato le confessioni più merdose degli uomini che se la scopavano per pochi spicci. «Avevo altri due figli, oltre a Louis. Il primo si chiamava Louis anche lui. È un nome che mi piace. Fu schiacciato da una carrozza mentre cercava di rubare una valigia. L'altro, il secondo, si chiamava Grillo. Il vero nome non me lo ricordo. È vissuto così poco pure lui. Lo chiamavo così perché era vivace e gracile come un grillo. È morto di un'infezione intestinale. Frugava sempre in cerca di cibo nell'immondezzaio municipale.» Sorrise con una specie di fierezza. «Un grillo che contendeva gli scarti ai ratti. Buffo, no? Ma non aveva lo stomaco forte come i ratti, si vede.» Fece una pausa. E poi, con una semplicità che faceva accapponare la pelle, disse: «E ora Louis».

Scese un silenzio spettrale. Poi la donna si sistemò la gonna, coprendosi le gambe, e riprese a dormire.

Raquel piangeva piano. Rocco la attirò a sé e la strinse. Le fece appoggiare la testa sulle sue gambe e le accarezzò piano i capelli dritti e duri come una spazzola.

«Hai trovato Rosetta?» chiese piano Raquel.

Rocco non rispose. Non ce n'era bisogno.

L'indomani rimase seduto nella saletta come un malato. Sentì qualcosa in tasca. Era l'orologio di Raquel. Guardò il tempo scorrere sul quadrante. Era di una lentezza esasperante. Eppure ci era voluto un solo attimo per perdere Rosetta, pensò. E ora quel tempo così lento, così noioso, così inutile, sarebbe trascorso senza di lei. La lancetta dei minuti, giro dopo giro, ora dopo ora, avrebbe ritmato e straziato la sua assenza. Fissò l'orologio. Non gli aveva portato fortuna come sperava Raquel. Lo rimise in tasca e prese il bottone di Rosetta. Non le restava altro di lei.

A sera tornarono tutti e lo trovarono lì, immobile, sconfitto, senza un solo pensiero in testa se non quello di aver perso Rosetta.

Arrivarono alla spicciolata. Raquel dalla libreria, con un panino per Rocco. I ragazzini con la madre di Louis, che aveva un nuovo buco nelle calze. E poi comparvero anche Tano e Assunta.

Assunta guardò Rocco e gli disse: «Grazie».

«Posso vedere il ragazzino?» chiese Tano.

«Non serve a niente» borbottò Rocco.

«A me sì» disse Tano. «Serve a me. È tornato indietro per me.»

Rocco si alzò e condusse Tano nella sala. Ormai gli infermieri lo conoscevano e non fecero storie.

Tano arrivò al letto di Louis e lo fissò. «Che bella minchiata hai fatto, stupido!» disse rabbiosamente e con amore insieme. Poi tornò nella saletta e si sedette accanto ad Assunta in silenzio.

Rocco si sentiva schiacciare dalla loro presenza. «Mi spiace» disse all'improvviso, serrando le mani. «Non ce l'ho fatta...»

Tano non lo guardò. Poi all'improvviso lo colpì con il dorso della mano in pieno petto, con forza. «Reagisci» gli disse. Prese il fazzoletto dalla tasca e si pulì la mano sporca di sangue. «Cambiati quella camicia. E reagisci.»

Nessuno parlò. E tennero tutti gli occhi bassi.

Poi arrivò la barbona. Aveva un forte alito di alcol. Sistemò il suo borsone sotto la sedia, prese le carte e le rimescolò.

Rocco se ne andò in corridoio. Quella donna lo innervosiva.

«Davvero voi credete ai miracoli?» sentì dire a Raquel.

«Che domande. È ovvio» fece la barbona.

«Potete parlare con gli angeli per Louis?» le chiese Raquel.

«Potrei, sì, tesoro» rispose la barbona. «Ma me lo deve chiedere lui, quello lì fuori.»

«Perché?»

«Perché è così che funziona» disse la barbona.

«E se ve lo chiedo io? Io sono sua madre...»

Rocco fu scosso dalla voce della donna. Non era la voce

lontana di una puttana che aveva visto così tanta merda da non sentirne più la puzza. Era la voce di una madre che pregava con il cuore in mano per suo figlio. L'ultimo che le era rimasto.

«No, señora. Mi dispiace» fece la barbona. «Io non so perché le cose funzionano in un certo modo. Ma è così che funzionano. Gli angeli vogliono che sia lui a chiederlo.»

«Ma perché?» Raquel non si rassegnava.

«Forse perché ne ha bisogno anche lui. Più di voi. O perché invece è più forte di tutti voi messi insieme e la sua voce si sente meglio lassù. Non chiedermi cose che non so.»

Scese il silenzio.

«Minchiate» disse dopo un po' Tano. «E tu rompiti il culo.»

Rocco andò nella camerata di Louis. Dopo un attimo di titubanza gli prese la mano nella sua e la strinse. Gli fece quasi impressione sentirla calda. Era sicuro che fosse fredda. «Avanti, ragazzino» disse. E poi rimase lì, con la mano di Louis nella sua.

Quando tornò nella saletta Tano e Assunta se ne erano andati. Raquel, i due ragazzini e la madre di Louis dormivano. La barbona invece era sveglia, stranamente. E Rocco ebbe l'impressione che lo stesse aspettando. «Ti chiami Carmen, giusto?» le disse.

«Sì.»

Rocco la guardò a lungo. «Parla con i tuoi angeli» disse infine.

Carmen annuì, seria, e riprese a rimescolare le carte.

«Tutto qua?» fece Rocco.

«Se gli angeli decideranno di occuparsene troverai un nodo da qualche parte» disse Carmen senza alzare gli occhi dalle carte.

«Un nodo?»

«Sì, un nodo.»

Rocco rimase in silenzio per un altro po'. «Va bene» borbottò.

Carmen ridacchiò.
«Che hai da ridere?»
«Tu» rispose Carmen. «Tu mi fai ridere.»
«Perché?»
Carmen rise di nuovo, poi mise via le carte nella borsa sotto la sedia, diede la buonanotte all'Arcangelo Michele e nel giro di pochi minuti si addormentò.
Rocco si agitò sulla sedia. Non riusciva a credere a quello che aveva fatto. Aveva detto bene Tano. Minchiate. Si alzò e uscì dall'ospedale. Ritornò all'edificio in costruzione. Salì fino in cima, al decimo piano, e guardò la città infinita pensando a Rosetta.
Aveva ucciso per lei. Con la stessa furia di suo padre.
«Dove sei?» mormorò. Ma sapeva che non c'era risposta.
Rimase lì fino all'alba. Vide sorgere il sole oltre il Rio de la Plata e tingerlo di rosso. Piano piano l'intera città passò dal nero ai suoi sgargianti colori, come se riprendesse vita. E alla luce del sole nascente gli sembrò meno immensa.
Quando rimise piede nell'ospedale Raquel gli corse incontro eccitata. «Ma dov'eri?» gli chiese con una nota di rimprovero.
«Che succede?» chiese Rocco, temendo il peggio.
«Si è svegliato!» esclamò Raquel.
«Si è svegliato?»
«Sì!» rise Raquel.
Corsero per il corridoio fino alla camerata.
«Non potete entrare tutti quanti» disse un infermiere.
«Ma levati dal cazzo» lo spintonò Rocco e avanzò veloce.
La madre di Louis, i due ragazzini, Tano e Assunta erano già là, intorno al letto.
Louis, vedendo Rocco, sorrise debolmente. «Sono... tornato.»
«Sì, sei ancora all'inferno» rise Rocco. «Non ti sei guadagnato il paradiso con la tua bravata, mezzasega.»
La madre di Louis piangeva silenziosamente.

«E lei?» disse a fatica Louis. «Ti sono stato… utile?»
«Sì» rispose Rocco. «La troverò.» E sentì che c'era forza nella sua voce. E si accorse di crederci di nuovo. Strinse l'orologio di Raquel. Forse portava davvero fortuna.
«Adesso dovete uscire» disse il medico dietro di loro. «Devo controllare la ferita e fare la medicazione, vi prego.»
Rocco fu l'ultimo a lasciare il letto. Guardando Louis pensò che c'era qualcosa di strano in lui, però non riuscì a capire cosa. Forse era semplicemente perché aveva gli occhi aperti. Ma non era così, pensò, avviandosi verso l'uscita della camerata.
«Chi è lo spiritoso che gli ha fatto questo?» disse il dottore.
Rocco si voltò e lo vide chino su Louis.
«Siamo in un ospedale, porca puttana!» urlò il dottore.
Rocco sentì un brivido corrergli lungo la schiena. Un'emozione violenta gli spezzò il fiato.
E in quel preciso istante, un attimo prima che il dottore parlasse di nuovo, capì cosa aveva notato di strano in Louis.
«Chi è il coglione che gli ha annodato i capelli?»
«Sì» ripeté Rocco, con convinzione. «Ti troverò, Rosetta.»

63.

Il Barone scalpitava. Sembrava un cavallo imbizzarrito. «Come hanno osato?» urlò. La cocaina che aveva in corpo gli tendeva tutti i muscoli. La faccia sembrava la maschera di un demone. O di un clown truccato male. Gesticolava con la mano alla quale avevano dovuto amputare il mignolo, fasciata. Per fermare l'emorragia gli avevano cauterizzato la ferita. Le garze erano giallognole di siero.
Di fronte a lui il viceconsole Maraini era imbarazzato. Per la notizia che aveva portato. E per lo stato in cui era il Barone.

«Come hanno osato?» ripeté il Barone, sempre urlando.

«Era una ragazzina...» farfugliò il viceconsole, rigido nel suo doppiopetto. «Voi l'avete...» Scosse il capo. Non riusciva a dirlo un'altra volta. Gli dava il voltastomaco immaginare quello che era stato fatto alla piccola Guadalupe Ortiz. Rapita, stuprata. E ora che i genitori avevano denunciato il fatto alla Policía le autorità, compresa quella italiana, lavoravano per seppellire la faccenda, per chiuderla in silenzio, senza che il potente nobiluomo pagasse un prezzo.

«E solo per questo dovrei lasciare Buenos Aires?» ringhiò il Barone, sommessamente, come se stesse enunciando un'assurdità inconcepibile. Teneva gli occhi sbarrati. E poi all'improvviso li sbatteva, due o tre volte, velocemente, per tornare subito a sbarrarli. Ai lati della bocca gli si era formata una schiuma bianca.

«Sarebbe più prudente» rispose il viceconsole. «È il parere sia dell'ambasciatore che del magistrato che si sta occupando...» Di nuovo si interruppe. Di nuovo fece fatica a ripetersi. Un magistrato si stava occupando di insabbiare un fatto così spregevole.

«Sarebbe più prudente per quella gente andarsi a nascondere dove io non possa trovarli» fece sempre più esaltato il Barone. «Altrimenti andrò lì e ammazzerò quella insulsa ragazzina davanti ai loro occhi. E poi gli riderò in faccia.» Puntò un dito contro il viceconsole. «Io ho degli impegni molto importanti qui a Buenos Aires. E tutto per colpa vostra che vi siete fatto scappare quella puttana di una contadina. Io non me ne andrò senza la sua testa. Soprattutto ora che ci sono a tanto così.» Fece un sorriso che sembrava il ghigno di un diavolo. «Io sono il Barone Rivalta di Neroli. Ricordatelo all'ambasciatore e a questo magistrato.»

Il viceconsole abbassò il capo. «Certo, eccellenza.»

Il Barone, in uno scatto isterico, lo colpì con uno schiaffo. «Andatevene!» urlò, con la sua voce acuta. «Mi date sui nervi!»

Il viceconsole accennò un veloce inchino alla Principessa, che aveva assistito alla scena con un sorriso da statua, fissato anche al suo volto rugoso da tutta la cocaina assunta, e che non si erano nemmeno premurati di nascondere, lasciandola lì, tra loro, su un vassoio lucido d'argento. Poi si voltò e raggiunse l'uscita a passetti corti e veloci, con le natiche strette.

Appena furono soli la Principessa scoppiò a ridere. «Sei stato meraviglioso, *mon cher*. Ho adorato!»

Il Barone non si pavoneggiò come suo solito. Non aveva finto nulla, come invece credeva la Principessa. La sua testa era un vulcano. Scottava per quanti pensieri gli si affollavano dentro, tutti insieme. E di ognuno il Barone era certo di avere il controllo totale. Come un musicista dall'orecchio assoluto sarebbe stato in grado di distinguere ogni singolo elemento di un'orchestra sinfonica. Amava la cocaina. Lo rendeva invincibile. Onnipotente. E gli gonfiava il pene. Glielo faceva diventare duro.

«Bernardo!» urlò mentre si sbottonava i pantaloni e mostrava la sua mezza erezione alla Principessa. «Porta qui Rosetta!»

La Principessa rise divertita e si fece un'altra striscia.

Anche il Barone si buttò sulla droga.

Bernardo arrivò trascinando la ragazza demente che si erano portati dietro dal loro viaggio in nave.

«Mettila di culo e scopala in piedi» disse il Barone.

Bernardo spinse senza riguardi la ragazza contro il piano a ribalta di un *trumeau* del XVIII secolo, in radica di noce, le alzò la gonna e le abbassò le mutande.

La Principessa non si divertiva molto a quella scena. La trovava piatta e scialba. E così si sedette sul divanetto.

Il Barone invece, si avvicinò a Bernardo, guardandolo muoversi dentro alla ragazza. Si toccò il pene sempre più duro e infine glielo appoggiò sulle natiche.

Bernardo si scansò di scatto, rosso in volto. «No» disse. «Questo non posso permettervelo.»

«Anche tu sei mio» disse il Barone, con una voce vibrante.

«Non così tanto, signoria» rispose Bernardo.

Il Barone avvampò di rabbia. La sua faccia si contrasse in una smorfia orribile. Andò al vassoio d'argento e inalò furiosamente un'altra striscia di cocaina. «Scopatela!» urlò, pulendosi il naso.

«Non venitemi troppo vicino, signoria» disse Bernardo.

«Scopatela!» urlò ancora il Barone, con una nota così acuta da sembrare un soprano.

Bernardo riprese a penetrare la ragazza, che non aveva mai staccato i gomiti dal piano del *trumeau*.

La Principessa rise. «Sporcaccione» disse al Barone.

Il Barone prese un tagliacarte d'argento con il manico d'avorio finemente lavorato, arrivò dietro a Bernardo e glielo conficcò nella schiena, con una furia da invasato.

Il servo gemette e si girò, con gli occhi sbarrati dal dolore e già annebbiati dalla morte. Tentò di levarsi il fermacarte dalla schiena, conficcato fino al manico, mentre le gambe non lo reggevano più in piedi e si accasciava a terra come un sacco di patate.

«Tu sei mio» fece il Barone, con ferocia, inginocchiandoglisi accanto. E lo guardò morire tenendogli in mano quel membro duro che aveva sempre desiderato.

La Principessa era pietrificata. Sembrava che avesse ancora sulle labbra la risata di poco prima. Ma era solo una smorfia.

«Ade-esso posso ave-ere un pasti-iccino?» disse con la sua voce gutturale e piatta la ragazza.

Il Barone sfilò il tagliacarte dalla schiena di Bernardo e colpì la ragazza al collo e poi al petto e poi all'addome.

E anche urlando di dolore e morendo la ragazza sembrò quello che era, una povera demente.

Alla fine il Barone si fermò. Ansimava. Era sporco di sangue. Dappertutto. Anche in volto. Anche sulla bocca. Come un animale feroce alla fine del pasto.

«Tu sei impazzito» disse la Principessa, con un tono gelido che sarebbe stato perfetto in un salotto normale ma non in quel teatro dell'orrore. «Te ne devi andare da casa mia. Subito.»

Il Barone si voltò a guardarla. Poi fece un passo verso di lei.

«Non ti avvicinare.» Il tono della Principessa si fece molto meno compassato.

Il Barone la raggiunse e la pugnalò al cuore, senza la minima emozione.

La guardò accasciarsi e imbrattare di rosso il divano verde brillante in velluto *corduroy*. Poi lasciò cadere il fermacarte sul tappeto Isfahan in seta. Si voltò verso il vassoio della cocaina, si asciugò le mani, stese un'altra striscia e la aspirò. Una goccia di sangue cadde sul mucchietto di polvere bianca. Il Barone travasò quel che restava sul vassoio in un sacchetto dove ce n'era ancora molta. Lo chiuse e se lo mise in tasca.

«Che nessuno entri lì dentro» ordinò ai domestici sbattendo la porta del salottino. Salì in camera sua, si lavò e si cambiò d'abiti. Ma le garze della mano con il mignolo amputato rimasero rosse. Poi andò nella camera da letto della Principessa e prelevò tutto il contante che c'era in cassaforte. Infine aprì la scatola portagioielli sulla toilette della nobildonna e afferrò collane, anelli, orecchini e bracciali come un volgare ladro, riempiendosi le tasche.

Per ultimo ridiscese le scale, dove si erano riuniti i domestici, indicò l'autista e disse: «Prendi la macchina».

L'uomo scappò a gambe levate. E in un attimo anche gli altri domestici erano scomparsi.

«Venite subito qua!» urlò il Barone.

Ma nessuno rispose. E nessuno si azzardò a tornare indietro.

Il Barone guardò la porta del salottino nel quale era avvenuta la strage. Vide un'impronta insanguinata vicino alla maniglia. Prese dal taschino la *pochette* di seta, con le sue iniziali ricamate, e pulì quella macchia che lo disturbava.

Poi si rimise la *pochette* nel taschino, uscì in strada, fermò una carrozza e ordinò al vetturino: «Al Chorizo, Avenida Junín».

Mentre la carrozza procedeva pensò a Rosetta. «E tu sei più mia di chiunque altro» mormorò. «Posso fare quello che voglio di te.»

Quando il vetturino gli aprì lo sportello il Barone lo pagò, entrò al Chorizo e ordinò a uno dei gorilla: «Chiama Amos».

«Non c'è» rispose il gorilla.

Il Barone indicò la porta in fondo al corridoio, dove ricordava che tenevano prigioniera Rosetta. «Allora fammela vedere tu.»

Il gorilla, che sapeva esattamente chi aveva davanti, e che come tutti gli altri aveva ricevuto precise istruzioni, rispose: «Non c'è nemmeno lei. Amos l'ha portata da un'altra parte».

«Dove? Come si è permesso?» alzò la sua voce stridula il Barone, alterandosi, mentre continuava a tirare su con il naso.

«Non agitatevi» disse il gorilla.

Il Barone lo colpì con uno schiaffo.

Il gorilla lo afferrò alla gola con una sola mano e strinse. «Non provarci mai più» disse. Gli lasciò il collo.

Il Barone tossì.

«Amos ha detto che se ti facevi vedere dovevo ricordarti di saldare il tuo debito, se vuoi avere la ragazza» fece il gorilla.

Il Barone si ficcò le mani in tasca. Tirò fuori banconote e gioielli e glieli tirò addosso. «Ecco, digli che ti ho pagato!»

Il gorilla lo fissò in silenzio. Poi si chinò a raccogliere le banconote e i gioielli. «Glielo dirò, stai tranquillo.»

64.

Rocco aveva chiesto ad Assunta e a Tano di ospitare Raquel a casa loro. Doveva cercare Rosetta e non sarebbe stato quasi mai al capannone. E ormai, in piena guerra, era un posto a rischio.

Raquel era certa che il Francés, prima o poi, l'avrebbe riconosciuta. Quando aveva saputo che però si era trasferito nella fortezza di Tony, si era sentita sollevata.

Perciò quel pomeriggio Tano si era presentato in libreria, all'ora di chiusura. Ma non era entrato. Raquel l'aveva visto dalla vetrina. Stava sul marciapiede, intimidito da tutti quei libri.

«Chi è? Tuo nonno?» chiese Delrio.

«Una specie» rispose Raquel. Guardò l'orologio che Rocco le aveva restituito il giorno prima, quando Louis si era svegliato. «Posso andarmene cinque minuti prima, oggi?»

Delrio fece segno di sì. «A lunedì.» L'indomani era domenica.

Raquel uscì e si avvicinò a Tano. Provava un'istintiva simpatia per quel piccolo uomo dagli occhi a spillo, luminosi come gocce di cristallo azzurro. Non sempre capiva quello che diceva. Parlava a una velocità impossibile e con una forte inflessione siciliana.

«Assunta è a casa a preparare la cena» le disse Tano.

Raquel sorrise.

Tano però rimaneva lì fermo, a fissare la vetrina piena di libri. «Rocco mi ha detto che sai leggere.» La guardò. «In pratica se tu prendi uno qualsiasi di quei libri... sai di che parla?»

A Raquel sembrava una domanda assurda. Ma annuì.

«Uno qualsiasi... minchia!» ripeté Tano.

C'erano volte che Raquel si vergognava di saper leggere. Era qualcosa che la rendeva troppo diversa dagli altri.

«Andiamo, sennò chi la sente Assunta se facciamo freddare la cena» disse Tano. Mise un braccio sulla spalla di Raquel.

«Com'è Rosetta?» chiese Raquel mentre si incamminavano.

«Mo' statti zitto» fece Tano, burberamente. «Imparati bene la strada che poi la dovrai fare al contrario per tornare qui.»

«Sì, signore» fece Raquel.

Tano ridacchiò. «Signore non lo sono stato manco un minuto in tutta la mia vita. Io sono ciabattino, non signore. E chitarrista.»

«E che suonate?»

«Rocco mi avvertì che non stavi mai zitto.» Tano le diede uno scappellotto. «Devi imparare la strada. Muto!» Fece qualche passo e poi aggiunse: «Comunque suono tango e milonga. Che altro vuoi suonare? È la musica più bella del mondo».

Raquel aprì la bocca per parlare.

«Muto!» E Tano le diede un altro scappellotto.

Dopo quindici minuti erano a Barracas. Tano le indicò la casa azzurra con la porta e le finestre gialle. «Ecco» disse.

«Che bella» mormorò Raquel.

Tano fece un lungo fischio.

Assunta si affacciò sulla porta. «È quasi pronto» disse.

«Vieni qua» fece Tano, con la mano sulla spalla di Raquel.

Assunta li raggiunse.

Raquel aveva già notato il suo sorriso. Sembrava un abbraccio.

«Qui... Ángel il chiacchierone... no, lo sai come ti chiamerò?» rise Tano. «Ángel Blabla!» Rise più forte, dandosi una pacca sulla gamba. Poi il suo volto si fece serio all'improvviso. «Ángel Blabla vuole sapere com'è Rosetta.» Nella voce gli risuonò il dolore.

Anche lo sguardo di Assunta divenne malinconico. E un velo d'angoscia le attraversò gli occhi, come una nuvola veloce. «Per sapere com'è Rosetta basta che chiedi a una qualsiasi delle donne che vedi passare di qua» disse con la sua voce calda.

«Sai come la chiamano?» fece Tano, con una fierezza paterna nella voce. «*La Alcadesa de las Mujeres.*»

«Sì, la Sindachessa delle Donne» gli fece eco Assunta.

Dopo cena Raquel sentì Tano suonare e cantare per strada. E capì perché era la musica più bella del mondo. Era una musica che aveva un'anima. E che parlava della vita e della gente come loro.

In strada i vicini ballavano. Ma c'era un'atmosfera triste e tesa. Nessuno chiedeva di Rosetta a Tano e Assunta per non dargli la pena di dover ripetere mille volte le stesse cose, eppure Raquel sentiva che tutti pensavano a lei. Era come se fosse un pensiero vivo, palpitante, che si poteva avvertire nell'aria. Il pensiero di un'intera comunità.

«Rosetta ha dato dignità a tutte le donne che vedi qui» le disse Assunta, come se avesse ascoltato i suoi ragionamenti. «Ha dato lavoro, speranza, forza. La libertà di provare a contare quanto un uomo. Di poter fare i loro lavori. E rispetto. Il rispetto… sì.»

Quando Raquel si infilò nel suo letto, nella cameretta fatta di lamiere, al piano di sopra, pensò che Rosetta aveva le sue stesse idee. Ma lei era concentrata solo su di sé e si fingeva maschio. Rosetta invece lottava per le altre donne, non solo per se stessa. E anche senza conoscerla sentì crescere l'ammirazione per la donna che Rocco amava con tutta quella passione.

Avrebbe voluto aiutarlo. Ma non sapeva come. Quello che era successo a Louis l'aveva terrorizzata. Continuava a sognare il buco nella maglietta del Boca Juniors. E tutto quel sangue. E poi l'odore dell'ospedale. E Louis lì, sdraiato nel letto, immobile come un cadavere. A un passo dalla morte.

«I Boca Juniors non lasciano indietro nessuno!» aveva gridato quel giorno a Louis. Ma ora non sarebbe più stata capace di farlo.

Si addormentò con un profondo senso di frustrazione.
L'indomani, per le strade polverose di Barracas, conobbe una ragazzina di nome Dolores, che le raccontò quello che aveva fatto Rosetta per lei. E chiacchierò con la señora Chichizola, la fornaia, che le regalò un dolce e poi la portò in giro presentandole tutte le donne che Rosetta aiutava, anche quelle del Mercado Central, che gestivano un'attività che tutti pensavano potesse essere solo per gli uomini. E infine, tornata a casa, si sedette nel retro, dove due vecchie sdentate si prendevano cura di dieci galline spelacchiate. E la più vecchia delle due le raccontò chi era Rosetta per lei. E cosa aveva detto la sera in cui le aveva regalato un uovo. «Non c'è bisogno di essere nemici. Siamo tutti dei morti di fame. Dovremmo aiutarci, non azzannarci come dei cani rabbiosi.» E poi le raccontò dell'applauso della gente.
«E ora...» gemette la vecchia, scuotendo il capo, «che ne sarà di noi se non torna?»
E Raquel capì che Rosetta le teneva insieme. Era la loro forza.
Rosetta era una donna come Alfonsina Storni. Speciale.
Ma Amos l'aveva rapita e l'avrebbe venduta al Barone. Amos. Sempre lui. Kailah si era suicidata per colpa sua. Tamar era morta per mano sua. Libertad si stava spegnendo. Ognuna delle ragazze del Chorizo era una vittima di quell'uomo.
E allora, all'improvviso, seppe come avrebbe aiutato Rocco, Tano, Assunta e le donne di Barracas a trovare Rosetta. Nell'unico modo che conosceva. E come sempre era stato Rocco a dirglielo. "Combatti per quello che vuoi. Scrivilo sui tuoi cazzo di articoli."
Salì nella stanza di Rosetta, si sedette per terra, aprì il quaderno, svitò il tappo della Waterman e riempì la cartuccia di inchiostro.
«Adesso sono cazzi tuoi, Amos Fein» mormorò.
Rimase a scrivere nella stanza, a testa bassa, fin quasi a sera.

L'indomani mise il suo articolo in una busta, ci scrisse sopra il nome di Alfonsina Storni, pregò che con la guerra in atto non ci fosse nessuno degli uomini di Amos a controllare la sede di "Caras y Caretas" e buttò la busta nel solito carrello per la redazione.

Poi scappò in libreria con il cuore in gola.

Ora si trattava di aspettare. L'avrebbero pubblicato la settimana dopo. La rivista usciva il martedì e non avrebbero mai fatto in tempo a pubblicarlo l'indomani.

Invece, con sua enorme sorpresa, il giorno dopo, entrando in libreria, il signor Delrio la accolse con un'espressione stupita.

«Non ho parole!» esclamò il vecchio libraio agitando in aria un foglio piegato in quattro. «Guarda qua! Un supplemento speciale!»

"La Alcadesa de las Mujeres" si leggeva in grassetto.

«Senti: "Pubblichiamo un supplemento speciale, e gratuito per i nostri lettori, per una causa che appassionerà tutti poiché, come dice la nostra ragazzina senza nome: Non è giusto!". Hai capito? È incredibile!» fece Delrio. «Hanno rapito una donna e la ragazzina sa chi è stato... dice nome e cognome. Dunque...» Scorse l'articolo. «Amos Fein, ecco! Possiede un bordello che si chiama...» Di nuovo guardò il foglio. «Chorizo! Avenida Junín.» Scosse il capo. «Ma la ragazzina non sa dove si nasconde. E invita tutte le persone oneste di Buenos Aires a cercarla e a salvarla!»

«E voi credete che la troveranno?» chiese sottovoce Raquel.

«Mi ci gioco il mio vecchio culo grinzoso, Ángel!»

«Speriamo...»

«Vuoi che ti dica una cosa?» continuò Delrio. «La Policía è corrotta. I politici sono corrotti. Buenos Aires è marcia.» Fece una pausa e alzò un dito in aria, spalancando gli occhi. «Ma questa ragazzina li ha messi con le spalle al muro!» rise. «Anche le persone più ipocrite chiederanno la testa di questo...»

«Amos Fein» disse Raquel.

«Bravo. Ottima memoria.» Delrio sorrise. «Gliel'ha messa in culo! Non potranno far finta di niente.» Sospirò. «Peccato che la ragazzina sia ebrea.»

«Perché?»

«Era meglio se il merito di questa faccenda se lo pigliava un cristiano come noi, ti pare?» Delrio si strinse nelle spalle. Rise. «Comunque fa fare una figura di merda anche agli ebrei. Sia a quelli che gestiscono la prostituzione sia alla comunità.»

Raquel annuì. Aveva attaccato Amos frontalmente. Ma non aveva lesinato pesanti bordate anche alla comunità. Perché mentre scriveva si era resa conto di non covare solo un odio sordo per Amos e le sue atrocità ma anche un profondo disprezzo per chi, di fatto, non faceva nulla. Per le loro sorelle, oltretutto.

«Dove sta quel passaggio...?» Delrio fece scorrere l'indice sul foglio. «Ah, ecco. "La comunità dice di non lavarsene le mani, come lessi in un'intervista alla 'Nación', che mi spinse a raccontare la storia dell'assassinio di Tamar Anielewicz, compiuto dallo stesso Amos Fein." Canaglia!» imprecò Delrio. «Anche assassino. Senti, però: "Affiggono piccoli manifesti nelle strade del barrio. Invitano le ragazze ad andare da loro, a farsi aiutare. Ma è ipocrisia. Quelle ragazze sono prigioniere nei bordelli, non escono mai. E nove ragazze su dieci, se non dieci su dieci, sono analfabete, non sanno leggere. E questo anche grazie alla nostra cultura, perché una donna non deve leggere, non deve pensare, non deve cantare, non deve fare nulla se non essere una buona moglie in un matrimonio combinato dalle famiglie". Cose pesanti, eh? Senti: "Io sono nata ebrea. E cresciuta ebrea. Il mio sangue è ebreo. Eppure nel mio cuore non sono più ebrea. Non voglio più essere ebrea o cristiana o musulmana. Voglio diventare un essere umano. Solo questo. Un essere umano che, come la *Alcadesa de las Mujeres*, lotta per la libertà, il rispetto e la dignità delle donne. Ho perso il libro delle preghiere che fu del mio amatissimo padre. Da allora non ho mai più pregato".» Delrio si interruppe. E poi recitò il finale, con enfasi: «"Io sono la ragazza senza nome. Io sono gli occhi di chi non li ha. Io guardo quello che gli altri fanno finta di non vedere"».

Il campanello sopra la porta della libreria suonò.

Un cliente avanzò, sventolando il supplemento speciale. «Avete letto? Bisogna trovare questo criminale e salvare la donna!»

«Lo troveremo» gli fece eco Delrio. «Quant'è vero Iddio!»

Quella sera, seduta con Tano e Assunta, per strada, Raquel lesse il supplemento a tutti i vicini. E poiché ne arrivavano sempre di nuovi lo rilesse più di una volta. E a mano a mano che rileggeva, quelli che lo avevano già ascoltato ripetevano insieme a lei i pezzi che più li avevano colpiti. Fino a quando, l'ultima volta che lesse, sembrò che la gente intonasse un coro. O una canzone. O un grido di protesta che da Barracas si diffondeva per tutta Buenos Aires.

L'indomani, nella libreria deserta, verso l'ora di pranzo, quando ormai Delrio si apprestava a chiudere, entrò una coppia.

«Ebrei» mormorò a bassa voce Delrio a Raquel. «Meglio che non lo vedano.» E infilò il supplemento sotto un libro.

«Non c'è bisogno che lo nascondiate, señor Delrio» disse l'uomo, inarcando un sopracciglio. «Non si parla d'altro.»

«Non volevo offendere la vostra sensibilità, señor Pontecorvo» si giustificò il libraio.

«Noi della comunità siamo i primi a desiderare che quell'essere spregevole che infanga il nome degli ebrei venga catturato» fece il signor Pontecorvo. «Il problema, semmai, è che anche quella ragazzina infanga gratuitamente il nome degli ebrei.»

«Ma non è una vera ebrea» disse con sussiego la moglie.

«Sono d'accordo, cara. Non sa niente di cosa significa

essere veri ebrei» fece il signor Pontecorvo, allisciandosi il pizzetto.

«O forse il comportamento della comunità le ha fatto cambiare idea su cosa debba significare essere ebreo» intervenne Raquel, senza riuscire a controllarsi. Improvvisamente le sembrava di non riuscire più a trattenere dentro la rabbia per le ingiustizie del mondo. La rabbia per le morti ingiuste, la rabbia per quell'ingiusta miseria che attanagliava i *barrios* poveri. L'ingiustizia di quelle ragazze come lei o Tamar o la piccola Kailah o Libertad, strappate alle loro famiglie con l'inganno. L'ingiustizia delle violenze che dovevano subire quotidianamente. E anche l'ingiustizia di quella coppia che parlava di tutto quel dolore con sussiego, con distanza, con arroganza. Con ipocrisia. «Magari ha incontrato gente come voi che non fa nulla per quelle ragazze e le è passata la voglia di sedersi vicino a voi in sinagoga.»

«Ángel!» esclamò Delrio. «Scusate, signori.»

«Come ti permetti, ragazzino?» fece il signor Pontecorvo. «Che ne sai tu di cosa facciamo noi?»

«Io so che negate una degna sepoltura a quelle ragazze!»

«Ángel, ora basta!» fece Delrio.

«Sono prostitute» disse a bassa voce la signora Pontecorvo, come se solo pronunciare quella parola la sporcasse.

«Sono schiave!» si infiammò Raquel, che ormai non riusciva più a tacere. Era come se la pressione avesse fatto esplodere il tappo. Lei stessa non si riconosceva mentre parlava. Ma non riusciva a fermarsi. «Perché non le prendete a casa vostra a fare le serve? Era quello che credevano venendo qui. Perché non le portate via da quei bordelli schifosi e gli date da mangiare e dormire e quattro spiccioli per comprarsi un nastro colorato da annodarsi tra i capelli, come qualsiasi ragazzina, e gli levate dalle gambe cinquanta uomini al giorno?»

Delrio era a bocca aperta, ammutolito. Non riusciva a credere a quello che stava succedendo.

«Tu non sai cosa dici, piccolo maleducato» fece piena di fiele la signora Pontecorvo.

Raquel strinse le mani a pugno. Ormai non si sarebbe più fermata. Non era la sua sola voce a parlare, ma la voce di tutte quelle ragazze che aveva visto, la voce di tutto il loro dolore. «Signora, come vivreste voi se vostro marito volesse possedervi cinquanta volte al giorno? Ogni giorno. Sette giorni su sette. Eh?» Serrò le labbra, furiosa. «E ho detto vostro marito, non cinquanta sconosciuti ubriachi, sporchi, violenti...»

«Non parlare così...» fece la signora Pontecorvo.

«Cinquanta volte al giorno!» le urlò in faccia Raquel.

«Non permetterti di parlare così a mia moglie!»

«Cinquanta volte al giorno!» urlò ancora più forte Raquel. Ed era pronta a urlarlo di nuovo ma si fermò.

La signora Pontecorvo aveva messo una mano tremante sul braccio del marito. Era pallida e una lacrima le rigava la guancia.

«Señor Delrio, questo teppista non può parlare così a mia moglie» fece il signor Pontecorvo. «Pretendo che lo licenziate!»

«Stai zitto» disse la signora Pontecorvo, con un filo di voce. «Hai ascoltato cosa ha detto?»

«Oscenità!» esclamò il marito.

Ora la signora Pontecorvo aveva le guance bagnate di lacrime. «Sì, oscenità» ripeté con una voce grave, piena di pena, guardando Raquel. «Oscenità... che noi permettiamo.»

Ci fu un silenzio irreale.

Delrio e il signor Pontecorvo non sapevano che fare.

E poi Raquel, guardando la donna, le disse: «Grazie, señora».

La signora Pontecorvo annuì e poi prese il marito sottobraccio. «Andiamo in sinagoga. Dobbiamo parlare al rabbino.»

Quando furono usciti Raquel rimase un attimo a testa bassa e poi disse: «Lo so. Sono licenziato».

Delrio si sedette sulla sua poltrona di legno dietro alla scrivania.

«Mi è piaciuto lavorare per voi» disse Raquel e si avviò verso l'uscita. Aprì la porta.

«Chiudila» la fermò Delrio. «E vieni qua.»

Raquel chiuse la porta e tornò alla scrivania.

«Come ti chiami?» le chiese Delrio.

«Ángel...»

«Né tu né io ci chiamiamo come abbiamo fatto credere a tutti...» Delrio fece uno strano sorriso. «Io, per esempio, ho appena scoperto il mio vero nome. Vuoi sapere qual è?»

Raquel lo guardò senza parlare.

«Io mi chiamo "gran coglione"» rise Delrio. Poi si sporse verso di lei, senza aggressività. Anzi, con una tenerezza che non aveva mai mostrato prima. E la sua voce era morbida, rotonda. Forse addirittura commossa. «E tu come ti chiami... ragazza senza nome... che sei gli occhi di chi non li ha e guardi quello che noialtri facciamo finta di non vedere?»

65.

«Rocco...» mormorò Rosetta.

Era già la seconda volta che lo vedeva a terra mentre lei si allontanava in macchina. La prima volta era successo quando l'aveva fatta scappare, appena arrivati a Buenos Aires, e lei era montata in macchina col Francés. E poi, il giorno prima, lo aveva visto crollare esausto, mentre Amos la portava via. Ma quello che la terrorizzava di più era che aveva visto un uomo armato che lo raggiungeva e gli puntava la pistola alla testa.

«Rocco...» mormorò ancora.

Adesso non la drogavano. La tenevano legata a dei tubi. E non era più nuda. Era seduta per terra, con le mani dietro la schiena. Ma aveva il vestito bagnato. E puzzava.

Aveva dovuto pisciare in un pitale, davanti ad Amos e ai suoi uomini che la guardavano. Le avevano abbassato le mutande e alzato la gonna. Poi l'avevano spinta sul pitale. Le avevano detto di sbrigarsi. E poi le avevano tirato su le mutande e abbassato la gonna. Ma un po' del contenuto del pitale si era rovesciato per terra, dove era stata costretta a sedersi di nuovo. Aveva sentito il vestito che si impregnava. E per questo adesso puzzava. Era come se si fosse pisciata addosso.

«Rocco...» ripeté.

Abbastanza piano perché non la sentissero ma abbastanza forte da sentirsi lei. Non stava facendo altro da ore. Solo quello. Ripetere il nome di Rocco. L'aveva visto sfidare i proiettili per lei. Aveva mantenuto la promessa che le aveva fatto. L'aveva cercata per tutto quel tempo. E alla fine l'aveva trovata. Ora di nuovo l'aveva persa. Ma adesso Rosetta sapeva che non si sarebbe arreso.

«Rocco...» continuò a dire.

Perché pronunciare il suo nome, e ascoltarsi pronunciarlo, le dava forza. E speranza. Anzi no, la certezza che l'avrebbe salvata.

Ancora una volta.

«Rocco.»

Amos e i suoi uomini erano qualche metro più in là. Giocavano a carte. Fumavano. Erano tesi. Guardinghi. Ogni tanto risuonava una risata. Ma lugubre. Una risata che serviva a scacciare la tensione. Che non lasciava allegria. Per un nonnulla si alzavano dalle sedie sgangherate, andavano alle finestre sporche e spiavano fuori, preoccupati. Per un nonnulla litigavano, nervosi. Le loro voci risuonavano nello spazio grande, lercio e abbandonato. Era una vecchia fabbrica. O un magazzino. C'erano casse di bottiglie ammonticchiate un po' ovunque. E cocci di vetro che luccicavano quando la luce li accarezzava.

Si sentì una macchina che si avvicinava e si fermava.

Tutti gli uomini misero mano alle pistole.

Bussarono al portellone metallico scorrevole. Due colpi. Pausa. Due colpi. Pausa. Tre colpi. Poi il portellone cominciò ad aprirsi.

Gli uomini misero via le pistole mentre entrava un uomo che reggeva in mano un sacco. Lo mise sul tavolo di fronte ad Amos.

«Il viscido ha portato questo» disse.

Amos guardò nel sacco. Estrasse delle banconote.

«Centocinquantamila» disse l'uomo di fronte a lui.

Amos tirò fuori dei gioielli. Diamanti, rubini, topazi, smeraldi, perle, oro. «E che cazzo ci dovrei fare con questi, Esteban?» chiese.

«Varranno una montagna di soldi» disse Esteban.

Amos aveva due giornali sul tavolo. Uno era un grosso foglio ripiegato in quattro. Quando lo aveva letto, Rosetta aveva visto che diventava paonazzo e bestemmiava. L'altro era un quotidiano. Lo prese e indicò un articolo con una foto. «Sai cosa c'è scritto?»

Esteban guardò la foto. «È la casa della Principessa.»

«L'ha fatta fuori» disse Amos. «Lei, una ragazza e il servo. Sai cosa significa? Che adesso il Barone è ricercato per questa cazzo di strage. Su questi soldi non c'è scritto il nome della Principessa. Ma su questi gioielli sì. Tu vorresti che te li trovassero addosso?»

«No» fece Esteban.

«No, esatto.»

«Merda» disse Esteban, con un'espressione preoccupata.

«Cosa?»

«Il Barone è al Chorizo.»

«Che cazzo dici?» Amos scattò in piedi.

«È venuto a portarmi tutta questa roba e ha detto... ha detto che ti avrebbe aspettato lì... è fuori di testa» spiegò Esteban.

Amos rimase in piedi, immobile. Pensava.

«Lo butto in strada a calci in culo» disse Esteban.

«No, idiota» fece Amos. «Se la Policía lo trova lo sbatte

in galera e addio soldi. E se anche non lo trova la Policía, come lo troviamo noi? Che cazzo avete in testa tutti quanti, la merda? Torna là, prendilo e mettilo in un posto sicuro.»

«Ma… dove?»

Amos lo fissò. «A casa tua.»

Esteban sorrise.

«Non scherzo.» La voce di Amos era tagliente come un bisturi.

Il sorriso sul volto di Esteban si spense. «C'è mia moglie.»

«Non mi frega un cazzo di tua moglie» lo interruppe Amos. «Mandala via. Ma il Barone mettilo a casa tua, resta con lui e portati un bel po' di cocaina, almeno lo distrai.»

Esteban abbassò la testa e annuì.

«E la carne tagliagliela tu, non lasciargli il coltello» rise Amos.

Mentre Esteban usciva, Rosetta cominciò a tremare e a piangere, senza riuscire a trattenersi.

Amos la guardò. «Sei bella. Una vera bellezza. Ma io di certo non spenderei tutti quei soldi per ammazzarti.» Si voltò verso uno degli uomini e gli fece segno di correre fuori. «Di' a Esteban di aspettare. Deve portare un regalino al Barone.» Poi si sfilò il serramanico dalla cintola, lo fece scattare e si avvicinò a Rosetta.

Rosetta si rincantucciò più che poté. Era terrorizzata.

Amos le passò la punta del coltello sul viso. «Un occhio?» disse con il suo ghigno cattivo. «O un orecchio» rise, infilando la lama tra i capelli. Poi le afferrò una ciocca e la tranciò.

Rosetta urlò.

«Non fa male, bugiarda» rise Amos. Le prese una mano e gliela incise appena. «Questo un pochino sì» fece. Aspettò che uscisse del sangue e ci bagnò la base della ciocca di capelli.

Intanto Esteban era tornato dentro.

Amos gli allungò la ciocca. «Dalla al Barone. Digli che questo è solo l'inizio. Se non trova il resto dei soldi in fretta gliela mando a casa tua un pezzettino alla volta. E fai in modo che ci creda.»

Rosetta, nel suo angolo, piangeva terrorizzata. E non riusciva più a pronunciare il nome di Rocco.

«Andate a chiamare Jaime» ordinò Amos.

Uno degli uomini scomparve rapidamente.

Amos tornò a sedersi al tavolo. Prese in mano il grosso foglio ripiegato in quattro, lo guardò per l'ennesima volta e bestemmiò.

Dopo meno di mezz'ora comparve Jaime, scortato da quattro ceffi armati fino ai denti. Non ci voleva uno sguardo esperto per capire che quegli uomini erano molto più pericolosi dei gorilla di Amos. Non si occupavano di tenere a bada delle puttane. E nemmeno di minacciare altri papponi. Quegli uomini erano soldati della peggior razza. Erano assassini addestrati.

«Che vuoi, pappone?» fece Jaime. «Hai trovato i soldi?»

«Ho di meglio» rispose Amos.

Jaime guardò Rosetta. «Spero per te che tu non mi stia offrendo una scopata.»

Amos scosse il capo. Aprì il sacco con i gioielli e lo rovesciò sul tavolo. Le banconote le aveva nascoste. «Che ne dici? Hai mai visto un ben di Dio come questo?»

Jaime si avvicinò. Guardò i gioielli. «E da dove vengono?»

«Ha importanza?»

«Se vengono da dove penso io...» fece battendo un dito sulla copia della "Nación", con la foto della casa nella quale era avvenuta la strage, «be', se venissero da lì, per esempio, scotterebbero più dei carboni ardenti, non credi?»

Amos si strinse nelle spalle. «Tu vivi a Montevideo, non a Buenos Aires. Chi vuoi che legga la "Nación" da quelle parti?»

«Se anche fosse come dici tu, bisogna arrivarci a Montevideo.»

«E tu hai difficoltà ad arrivarci?» rise Amos. «Ho visto i tuoi motoscafi. La Policía non ne ha di così veloci.»

Jaime rimase in silenzio, fissandolo.

Amos era crudele. Sadico. Jaime invece era privo di emozioni. Amos aveva un cuore nero come un buco di culo. Jaime semplicemente non aveva cuore. Né anima. Né niente di umano. E Amos aveva paura di lui. E così tutti i suoi uomini.

«Quanto varranno?» disse infine Jaime, giocherellando con i gioielli.

«Un milione!» esclamò Amos.

«Un milione dici?»

«Almeno.»

Jaime prese una collana di diamanti e smeraldi, con un pendente a goccia, un enorme rubino. Andò alle spalle di Amos, gliela mise sul petto e poi, con delicatezza, fece scattare la chiusura. Tornò davanti e lo guardò. «Ti sta benissimo» disse. Poi scelse un diadema, di brillanti e oro bianco, e glielo mise in fronte. Frugò ancora tra i gioielli, prese due orecchini lunghi e pesanti, con la chiusura a clip, e glieli mise uno per lobo.

Amos non si muoveva.

Gli uomini di Jaime avevano alzato le loro mitragliette senza che il loro capo glielo avesse ordinato. Erano addestrati.

Rosetta poteva sentire la paura saturare l'intero locale.

Jaime guardò Amos. «Con un po' di rossetto saresti perfetto...»

Amos era immobile. Non osava levarsi quei gioielli pur sapendo di essere ridicolo.

«Soldi» fece allora Jaime. «Io prendo solo soldi.» Si chinò su Amos. «E non mi piace forzare il motore dei miei motoscafi. Finiscono per consumare troppo quando vanno al massimo.» Si girò e si avviò verso l'uscita della fabbrica.

I mercenari lo seguirono senza mai voltare le spalle ai gorilla.

All'ingresso Jaime incontrò due uomini, brutti e tozzi, con dei vestiti che dovevano costare un capitale ma che addosso a loro sembravano stracci. Erano volgari, dentro e fuori.

I due uomini non lo degnarono di un'occhiata e si diressero verso Amos, a passi pesanti.

«Buonasera, Noah» disse Amos a uno dei due.

Rosetta sentì che aveva paura anche di lui. Ma una paura diversa. Come la si può avere di fronte al proprio superiore.

L'uomo di nome Noah, che aveva una faccia tonda e butterata e due baffi spioventi ai lati, fissò Amos mentre stava per levarsi i gioielli. «No. Ti stanno bene. Ti fanno sembrare il coglione che sei» fece. «Ma se fossi in te dopo che ce ne saremo andati, li metterei in un sacco con una pietra e li butterei nel Riachuelo.»

«Sì, Noah...» Amos si rivolse all'altro. «Buonasera, Simón.»

Quello rimase impassibile.

Noah prese il foglio ripiegato in quattro. Poi guardò Rosetta. «È lei la famosa *Alcadesa de las Mujeres*?»

Rosetta cercò di farsi più piccola che poté. Che c'entrava quel pezzo di carta con lei?

Amos annuì.

«E questa ragazzina che scrive di lei e di te» disse Noah, «come mai è ancora in giro? Non hai pensato che sapesse troppe cose?»

«Sì, ma non sono riuscito a...»

«Che tu non ci sia riuscito è fin troppo evidente» lo interruppe Noah, sprezzante, ma senza alzare la voce. «Come è evidente che ti avevamo sovrastimato. Sei un bravo reclutatore. Scegli ragazze di qualità, hai ormai dimestichezza con le pratiche ma...»

«Ma come già detto sei un coglione...» Simón parlò per la prima volta. Aveva una voce così bassa da sembrare una pura vibrazione.

Rosetta assisteva alla scena con un senso di irrealtà. Amos sembrava la caricatura di se stesso con quei gioielli addosso.

«Di chi è il Chorizo?» domandò Noah. «Ho le idee confuse.»

«Vostro.»
«Ah, allora ricordavo bene» annuì Noah. Riprese in mano il foglio piegato in quattro. «Amos Fein» lesse, «possiede il Chorizo, un bordello in Avenida Junín, ed era lì che nascondeva la donna rapita. Ma ora... bla bla... e continua.»
«Sai cosa sta succedendo in questo momento al Chorizo?» La voce di Simón fece vibrare l'aria. «Viene abbandonato.»
Amos provò ad aprire la bocca.
Ma Noah lo bloccò. «Non siamo venuti per ascoltarti» disse. «Siamo qui per parlare noi.»
Amos annuì. Il diadema che aveva in fronte gli scivolò un po' e si mise di traverso. Ma non lo sistemò.
«Le ragazze vengono trasferite» continuò Noah. «Le metteremo nelle altre case, in attesa di aprirne una nuova. La roba che c'è dentro, intendo tutta quella recuperabile e riutilizzabile, viene portata via. Del Chorizo resterà lo scheletro. In una sola notte. Perché da domani la Policía dovrà far finta di intervenire.»
«Tutto questo ha un costo» fece Simón. «Molto alto. E sai che a noi gli affari stanno a cuore, e perdere soldi non ci piace. Quel costo lo sosterrai tu. Con gli interessi. Perciò cerca di vincere la tua guerra, perché sennò ti metteremo a culo nudo in una stanza per finocchi e sperimenterai sulla tua carne cosa significa essere una puttana.»
«Abbiamo finito?» chiese Noah a Simón.
«No» rispose Simón. «È un coglione. Quindi dobbiamo dirgli tutto.»
«Ah, giusto» fece Noah, che ovviamente aveva solo finto di non sapere cos'altro aveva da dirgli. Guardò Rosetta. «Questa bella ragazza, naturalmente, non può restare viva.»
Rosetta per un attimo credette di non riuscire a non gridare.
«Quell'uomo, il Barone, è disposto a pagare due milioni per lei» parlò per la prima volta Amos. «E io... ne ho bisogno.»

«Ne hai bisogno, sì» rise Noah.

«E quindi, coglione, fatti pagare e poi liberati di entrambi» disse Simón. Si voltò e fece strada verso l'uscita a Noah, il gran capo della Sociedad Israelita de Socorros Mutuos Varsovia in persona.

Non avevano ancora varcato la soglia che Amos si strappò di dosso i gioielli con furia. Poi si voltò verso Rosetta.

Rosetta provò a muoversi ma le corde che la legavano ai tubi erano annodate strette.

Amos la raggiunse. Aveva così tanto odio negli occhi che sembrava che stessero per sanguinare. Teneva i denti serrati, facendoli scricchiolare. Infine cominciò a riempirla di calci.

«Non fa male... non fa male...» mormorava Rosetta mentre sentiva la carne e le ossa lacerarsi e incrinarsi, come quando il padre la prendeva a cinghiate, ad Alcamo. «Non fa male.»

66.

«I tuoi uomini sono dei vigliacchi.» Rocco era nella fortezza di Tony. Non si era seduto. Di fronte a lui, oltre a Tony, c'era il Francés. «Non potrai mai vincere la guerra con dei vigliacchi.»

«Vieni al punto» fece Tony. «Cosa vuoi?»

«Voglio fare io la guerra» rispose Rocco. «Come dico io.»

Tony scosse il capo e rise. «Scordatelo.»

Rocco si sedette. «Hai sentito cosa è successo stamattina?»

«Non è successo un cazzo» fece Tony.

Le donne di Barracas, infervorate dal pezzo di Raquel, avevano formato un corteo spontaneo che aveva cominciato a procedere lento e inesorabile per le strade del barrio, con un brontolio cupo, che dava l'idea di un fiume maestoso e pericoloso insieme. Senza urla. Stavano andando al Chorizo, in Avenida Junín.

Le autorità, avvisate della manifestazione spontanea, avevano immediatamente capito di non potersi permettere di essere assenti in quell'occasione. Erano stati inviati dei poliziotti che, invece di contenere il corteo – come avevano temuto le donne nel vederli comparire –, ci si erano messi in testa, quasi che fossero loro a guidarle e ad aver avuto l'idea.

Ma quando la Policía aveva sfondato il portone del palazzetto color senape in Avenida Junín, la delusione era stata cocente.

Il Chorizo era deserto. Come se non fosse mai esistito. Non solo le ragazze ma perfino i mobili, i letti, le lenzuola, i materassi, le stoviglie, ogni cosa era stata portata via in una notte.

E con esse la ragione che aveva animato quel corteo.

Era calato un silenzio irreale. E poi, una alla volta, tutte le donne se ne erano andate per la loro strada, disperdendosi.

«Non è successo un cazzo» ripeté Tony, con un sorriso cinico.

«Se tu avessi un esercito come quello vinceresti la guerra.»

«Che cazzo dici?» rise Tony. «Un esercito di donne?»

«Un esercito di cuori» rispose serio Rocco. «Sia i tuoi nemici che i tuoi uomini sono solo dei cani rabbiosi. Non dei lupi.»

«Anche i cani mordono.»

«Chi ha cuore glieli strappa come niente quei denti marci.»

Tony sembrava divertirsi a fare quei discorsi, notò il Francés. Era evidente che avesse un debole per Rocco. E poteva capirlo.

«Cuore o non cuore, il popolo è niente, Bonfiglio» fece Tony.

«Il popolo è il sangue di questa città» si infervorò Rocco. Più Tony faceva ironia, più lui sembrava perderne. «Altrimenti come potrebbero campare le sanguisughe come te e tutti gli altri ricconi? Voi vivete perché succhiate il sangue del popolo.»

«Dovevi fare il politico o il rivoluzionario» rise Tony.

«E voi dovreste imparare cosa significa la parola giustizia.»

«Adesso diventi melenso e non mi fai più divertire» disse Tony. «Secondo te anche i mercenari di Amos sono dei cani?»

«No. Quelli sono piraña» rispose Rocco. «Ma attaccano solo se c'è della carne da mangiare. E Amos deve stare attento, perché se non ce n'è altra in giro, anche lui diventa carne buona per i loro denti. Sei pieno di soldi. Fossi in te comprerei un bel pezzo di carne a quei mercenari e glielo getterei in bocca.»

«Ha ragione» intervenne per la prima volta il Francés.

Tony lo guardò.

«Amos è solo» riprese il Francés. «Sono giorni che nessuno attacca i tuoi uomini. Il suo esercito aspetta la paga... la carne.» Prese la "Nación" di quella mattina. Indicò un articolo che parlava ancora della strage nel *palacio* della Principessa de Altamura y Madreselva. C'era una foto che ritraeva il Barone a un ricevimento di qualche tempo prima. «È venuto fuori che ha violentato una bambina. Ci scommetto che stavano insabbiando tutto. Solo che adesso non si può più... Amos difficilmente avrà soldi dal Barone.»

Tony guardò Rocco. «Questo significa che la tua ragazza vale ogni giorno di meno» disse in tono serio.

Rocco serrò le mascelle. «Aiutami a trovarla!» quasi urlò.

Tony si voltò verso il Francés. «Ci stiamo già pensando.»

«Noi papponi facciamo fronte comune solo contro la polizia» spiegò il Francés. «Per il resto siamo sempre in competizione fra noi. E siamo dei vigliacchi. Tony li ha minacciati adeguatamente e loro troveranno Amos per lui. E se ne sbarazzeranno volentieri. Glielo verrà a dire un ragazzino. Non certo uno di loro. Ma a quel punto sapremo dov'è.»

«Quando?» fece Rocco.

Né Tony né il Francés risposero.

A Rocco sembrava di impazzire. E se l'avessero scoperto tardi?

In quel momento comparve Catalina, la figlia di Tony, bella come il sole. Un sole nero, ma pur sempre sole. Abbracciò il padre e lo baciò sulla guancia. «La macchina è aggiustata finalmente» disse radiosa. «Non ne potevo più di stare in casa.»

Tony la guardò e si illuminò. Le prese la mano e gliela baciò. Poi l'attirò di nuovo a sé e la costrinse a sedersi sulle sue gambe, come se fosse una bambina.

«Fammi uscire con i miei amici, papà» disse Catalina con un'intonazione lagnosa. «Mi stanno aspettando.»

«Resta qui ancora un attimo» sorrise Tony.

«Mi aspettano.»

Tony la abbracciò, poi le prese il viso tra le mani e la baciò in fronte. «Sei la ragazza più bella di Buenos Aires. Anzi no, sei la ragazza più bella del mondo.»

Catalina si alzò in piedi.

Tony la trattenne ancora un attimo per la mano, continuando a sorriderle, incantato. «E sei anche la ragazzina più viziata del mondo.»

Catalina rise.

Tony guardò uno dei suoi uomini. «Pedro, sta con lei.»

«Uffa...» brontolò Catalina.

Tony la attirò abbracciandola di nuovo e la baciò. «Piantala di fare i capricci.»

Catalina rise. Poi riconobbe Rocco. «L'uomo cattivo!»

Rocco le fece un cenno col capo.

«Faccia-da-cane ha messo a posto la macchina ma ha detto che doveva chiudere l'officina» disse Pedro. «La moglie sta male.»

Tony annuì distrattamente.

Pedro guardò Rocco. «Bel soprannome Faccia-da-cane» rise.

Pedro era uno degli uomini che erano con lui al Chorizo e si erano rifiutati di entrare in azione. E per colpa loro non era riuscito a salvare Rosetta. «Ce ne ho uno anche per te» gli disse. «Cuore-di-coniglio.»

Pedro fece per aggredirlo.

«Vieni, ti prego» fece Rocco alzandosi in piedi e facendo cadere la sedia. Aveva così tanta rabbia e frustrazione in corpo che sperava con tutto il cuore che quello stronzo vigliacco si facesse prendere a pugni. Gli avrebbe fatto rendere l'anima a Dio.

«Fermo, idiota!» intervenne Tony, fulminando Pedro.

«Quando questa guerra sarà finita» ringhiò Pedro in direzione di Rocco, «ti giuro che te ne farò pentire.»

«Sì» gli rispose Rocco. «Se ti darò le spalle ne sono certo.»

Catalina sbuffò e corse verso il portone. Pedro la seguì.

Tony la guardò andare via continuando a sorridere. Come se non ci fosse nessun altro al mondo. Poi, quando Catalina scomparve oltre il portone, si voltò verso Rocco. «Non ho mai capito se sei più coraggioso o più coglione» gli disse.

«Né l'uno né l'altro» fece Rocco raccogliendo la sedia da terra. «Io ho una ragione, una ragione vera, per essere come sono. Io voglio salvare la donna che amo. Non come te e Amos che avete in testa solo il denaro.»

Tony lo fissò per un po', poi si rivolse al Francés. «Allora? Cosa farà Amos adesso?»

Il Francés indicò Rocco. «Quello che ha appena detto lui a Pedro. Ti colpirà alle spalle.»

«Che vuol dire?»

«Ti colpirà dove fa più male» disse il Francés. «Dove non pensi. Dove solo un vigliacco colpirebbe.»

Tony all'improvviso impallidì. «Faccia-da-cane non ha una moglie...» mormorò. Scattò in piedi. «Catalina!» urlò, gettandosi verso il portone che si era appena chiuso. «Fermate Catalina!»

Arrivò al portone mentre i suoi uomini lo stavano riaprendo.

La deflagrazione spalancò l'anta del portone come se fosse un foglio di compensato, con un calore così terrificante che lo smalto che ricopriva il legno si piagò immediatamente, riempiendosi di bolle come vesciche. Tony e i suoi uomini furono scaraventati a terra dall'onda d'urto, all'interno dell'androne.

Tony si rialzò subito. «Catalina!» urlò lanciandosi fuori.

Intanto anche Rocco e il Francés erano accorsi.

Fuori c'erano due cadaveri. Un gorilla era spiaccicato contro il muro della casa. Pedro invece era stato sbalzato sul marciapiede al di là della strada, in un lago di sangue.

«Catalina!» urlò Tony, con la voce rotta.

Rocco lo trattenne.

La macchina assomigliava a una enorme scatola di latta schiacciata. Le fiamme si alzavano verso il cielo creando una colonna di fumo nero e denso.

L'immagine più raccapricciante era la figura riconoscibile, quasi composta, di Catalina aggrappata al volante. Nera. Carbonizzata. Eppure apparentemente integra. Ma durò solo il tempo di vederla. Poi, come una scultura di sabbia, si disintegrò.

«Catalina!» risuonava la voce di Tony, più alta di ogni altro rumore, più cupa delle fiamme che divoravano quel che restava, più straziante dei gemiti delle lamiere che si contorcevano come se fossero l'unica cosa ancora in vita. «Catalina!»

Infine l'asfalto, attorno all'auto, cominciò a bollire.

Tony, all'improvviso, smise di gridare. Si voltò verso gli uomini che guardavano attoniti quell'atto vile. «Trovate Faccia-da-cane e ammazzatelo» ordinò. «Niente proiettili. Niente coltelli. Cospargetelo di benzina. Deve bruciare vivo.» Guardò un'ultima volta quello che restava del rogo dove era scomparsa sua figlia. Poi prese il suo coltello, quello con il manico di corno, fece scattare la lama e si incamminò lungo la strada. Dopo pochi passi si fermò e si girò, puntando il serramanico verso gli uomini. «Che nessuno provi a seguirmi!» urlò. Ne avevano sempre avuto tutti paura. Ma nessuno aveva mai sentito quella voce così feroce.

«Dove va?» chiese Rocco al Francés, accanto a lui.
«A restituire il dolore ad Amos.»
«Ma se non sa dov'è.»
«Sa dov'è l'unico posto nel quale il cuore di Amos si scalda.»
«E come fa a saperlo?» chiese Rocco.
«Perché gliel'ho detto io.»
«E tu come lo sapevi?»
«Perché io odio Amos più di chiunque altro» disse il Francés. «E perché come Amos sono un vigliacco.»
Tony, in fondo alla strada, era solo un puntino che avanzava deciso. E nessuno avrebbe potuto fermarlo.
Alla fine di Avenida Junín, Tony svoltò in una strada tranquilla ed entrò in un portone elegante e discreto.
Salì al secondo piano, a passi felpati.
Come aveva immaginato c'era un gorilla davanti alla porta.
Tony fece gli ultimi gradini con un balzo e, prima ancora che l'uomo potesse reagire, lanciò il coltello. La lama gli penetrò a fondo nel torace, all'altezza del cuore. Tony gli fu subito addosso, prese il coltello e glielo piantò nel collo, di lato. Ci fu uno schizzo di sangue mentre il gorilla apriva la bocca, muta.
Tony gli frugò in tasca. Trovò le chiavi.
Aprì la porta e trascinò dentro il cadavere.
«Chi siete?» domandò un vecchio con una lunga barba bianca, sottile come un nastro.
Tony accostò la porta con un piede. «Il boia» rispose.
Il vecchio indietreggiò fino al salotto. Anche se era basso come un nano quell'uomo emanava una forza che incuteva rispetto.
Tony notò una poltrona con una coperta.
«Che vi ho fatto?» chiese il vecchio.
«Niente» disse Tony. «Pagate per i peccati di vostro figlio. Poi toccherà anche a lui.»
Il vecchio si sedette sul bracciolo della poltrona. «E non potete accontentarvi di me?»

Tony lo guardò. Era assurdo che stessero lì a parlare. Ma era come se ne avesse bisogno. Perché per tutta la strada che aveva percorso fin lì non aveva mai pensato. «No» gli rispose. «Non posso accontentarmi di voi soltanto.»

Il vecchio annuì. La lunga barba immacolata frusciò nell'aria come un nastro di seta. Era straordinariamente calmo per essere un uomo che stava incontrando la morte. «So che mio figlio è un criminale» sospirò. «Ma è pur sempre mio figlio ed è naturale cercare di difenderlo. Lo capite questo, vero?»

«Sì.»

Il vecchio accennò un sorriso. «Questo vuol dire che anche voi avete un figlio.»

«No. Non più.» E in quel momento Tony sentì tutto il dolore che tornava a galla. «Mia figlia me l'ha ammazzata Amos.»

Il vecchio abbassò il capo e annuì, più volte. «In questo caso non vi fermerà nessuno.»

«No.»

«No.» Il vecchio alzò la testa e guardò Tony. «Ma dopo sarete come morto. Sapete anche questo?»

«Sono già come morto senza mia figlia» disse Tony. Perché era esattamente così che si sentiva senza Catalina. Lei era l'unica che lo faceva sentire vivo. Lei era la sua stessa vita. Tutto il resto erano solo stronzate.

«Sì, avete ragione» fece il vecchio. «Ho detto una sciocchezza.» Guardò Tony. «Cercate vendetta e l'avrete. Se può darvi conforto, mio figlio mi ama. Perciò se il vostro fine è farlo soffrire, avete scelto l'unica soluzione possibile.»

Tony pensò che gli sarebbe piaciuto incontrare quel vecchio in un'altra occasione. «Vi ammiro» gli disse con sincerità. «Voi non meritavate vostro figlio.»

Il vecchio sorrise. Con gli occhi più che con le labbra. Ed era il sorriso dei vecchi che hanno raggiunto la saggezza. «E vostra figlia... meritava voi?»

«No. Se fossi stato un altro uomo lei ora sarebbe viva.»

«Se voi foste stato un altro uomo lei non sarebbe mai nata, con tutta probabilità» sorrise ancora il vecchio. «Noi siamo ciò che siamo. E basta. E lo stesso, credetemi, vale anche per me.» Si alzò dal bracciolo. «Non mi capita spesso di avere conversazioni così profonde. Avete dato dignità ai miei ultimi istanti di vita e ve ne ringrazio. Volete farmi un ultimo regalo? Volete concedermi il tempo di una preghiera?»

«Certo.»

Il vecchio andò a un mobile a una decina di passi da Tony. Aprì un cassetto e prese un cappello da preghiera. «Per la maggior parte degli ebrei è una *kippah*» disse calcandoselo in testa. «Ma noi, in yiddish, lo chiamiamo *yarmulke*.» Infilò ancora la mano nel cassetto e si girò di scatto, con una pistola in mano.

Tony si rese conto che erano troppo distanti perché un coltello potesse averla vinta su un'arma da fuoco.

Il vecchio l'aveva fregato con tutte le sue chiacchiere.

Risuonò un colpo di pistola.

Il vecchio sbarrò gli occhi e cadde in ginocchio.

Rocco entrò e scalciò la pistola che il vecchio teneva ancora debolmente in mano.

L'ebreo guardò Tony. «Dovevo provarci...» gli disse con un filo di voce. «Non per me ma... come padre... per mio figlio... Lo capite... vero?»

«Lo capisco» rispose Tony e lo guardò cadere in terra, su un tappeto persiano.

«Potete rimettermi in testa... lo *yarmulke*...?» fece il vecchio.

«Cosa?»

«Il... cappellino...»

«Certo» Tony si inginocchiò ma il vecchio aveva già le pupille opache. Però gli mise comunque a posto la berretta. E rimase a guardarlo. «È un'abitudine dei Bonfiglio salvare la vita alla mia famiglia» disse dopo molto.

Rocco non rispose.

«Vuoi ancora fare la guerra al posto mio?» domandò Tony, senza staccare gli occhi dal vecchio.

«Sì» disse Rocco.

Tony si voltò verso di lui. Piangeva. Come un bambino. Quegli occhi gelidi, che non erano mai stati intiepiditi da un sentimento, ora, all'improvviso, avvampavano di dolore. Ed era un incendio che tutte le sue lacrime non avrebbero mai potuto spegnere.

«La guerra è tua, Bonfiglio» disse piano. «Io non ne ho più la forza.»

67.

«Louis come sta?»

«Migliora di giorno in giorno. Non riescono più a tenerlo a letto» disse la madre di Louis. «È forte.»

«È un ragazzino in gamba» annuì Rocco, serio. «Ascoltate, io e i miei uomini abbiamo bisogno di voi, señora.»

La donna lo guardò. Era una prostituta. Serviva agli uomini per una sola cosa. «Dite.»

«Sapete cucinare?»

«Se ho cibo sì» rispose la donna. Non disse che raramente le capitava di averne.

Ma questo Rocco lo sapeva. «Ci servirà qualcuno che cucini. Per tante persone. A ogni ora del giorno e della notte. Verrete pagata, naturalmente.»

La donna avrebbe voluto mettersi a piangere. Era così bello che qualcuno non le chiedesse di aprire le gambe e stare zitta. «Va bene» disse.

«Siamo in guerra» continuò Rocco. «Forse qualcuno si farà male. Sapete fare medicazioni?»

«Noi siamo sopravvissuti qui, señor, dove è guerra ogni giorno» fece la donna con uno sguardo fiero. «Noi sappiamo fare di tutto.»

Rocco le sorrise. «È quello che mi serve.» Prese una manciata di pesos che gli aveva dato Tony. Li allungò alla donna. «Fate la spesa. E prendete anche garze e disinfettanti.»

La donna guardò i soldi. Non ne aveva mai visti così tanti tutti insieme. «Vi fidate, señor?» le venne spontaneo chiedere.

«Mi fido.»

Di nuovo la donna sentì che avrebbe voluto piangere. Louis, in quei giorni in ospedale, mentre si riprendeva, le aveva parlato in continuazione di Rocco. Le aveva detto che lo aveva levato dalla strada. Che gli avrebbe insegnato un mestiere vero. Meccanico. Non ladro, non truffatore. «*Gracias*» disse semplicemente. Ma solo perché non era capace di dire di più. E poi si avviò verso il mercato per fare la spesa.

«Che devo fare?» chiese un gorilla. Aspettava ordini. Perché così gli aveva detto Tony. E a Tony non si rispondeva di no. Ma solo per quello.

Rocco lo guardò. Era un altro di quelli che si erano rifiutati di attaccare gli uomini di Amos al Chorizo la notte che portavano via Rosetta. Non sapeva che farsene di gente come quella. Mafiosi. Li conosceva sin da bambino. Capaci solo di fare i prepotenti con i deboli. Quella era tutta la loro forza. «Portami da Tony» gli disse.

Salirono in macchina e arrivarono alla fortezza di Tony.

Davanti al portone l'asfalto era sciolto, come una colata di lava nera. I rottami della macchina di Catalina erano stati portati via. Ma restavano le impronte a terra.

Gli uomini di guardia si scansarono per far entrare Rocco.

Tony era seduto all'aperto, al sole che si faceva meno forte, di giorno in giorno, man mano che l'autunno progrediva. Guardava nel nulla. Nei suoi occhi non c'era traccia delle lacrime del giorno prima. Erano tornati gelidi, a prima vista. Ma quando Rocco gli si sedette davanti vide che erano vuoti, invece. Non freddi.

«Non mi fido dei tuoi uomini» esordì Rocco.

«Ti capisco. Per loro non sei un cazzo.» Anche la sua voce era apparentemente gelida, come un tempo. Invece era solo distante.

«Se tu gli ordinerai qualcosa lo faranno?»

Tony lo mise a fuoco. «Hanno la certezza che altrimenti li ammazzerei. Ora più che mai. Loro non sanno quello che sai tu.»

«Perché? Cosa so io?»

«Hai visto che non ho più niente dentro.»

Rocco non resse lo sguardo. Abbassò gli occhi a terra. Si sentiva in imbarazzo per quello che stava provando. Lo aveva detestato come tutti i mafiosi. Era la melma dalla quale era voluto scappare per tutta la vita. Eppure ora non riusciva a sopportare di vederlo così. Anche se era un mafioso di merda. Adesso, per la prima volta da quando l'aveva incontrato, sembrava davvero piccolo come un nano.

«Non fare il sentimentale, Bonfiglio» rise Tony. Una risata che veniva da un altro mondo, in cui era stato un altro uomo.

«Loro dovranno occuparsi della prima macelleria» disse Rocco.

«È il loro mestiere.»

«Non li voglio tra i piedi» riprese Rocco. «Staranno qui e li comanderai tu.»

«E chi comanderà me?» fece Tony, con un sorriso lontano.

«Io.»

«Bene. È quello che volevo sentire. Accetto.»

«Se le cose stanno come ha detto il Francés» riprese Rocco, «il Barone non potrà mai pagare Amos. E i mercenari lo lasceranno andare a fondo.»

«È come dice il Francés.»

Rocco fremette. Era un gioco di incastri. E in entrambi i casi Rosetta aveva poco tempo da vivere. «Dov'è il Francés?»

Tony scosse il capo. «I preti sono convinti che è l'amore che fa camminare il mondo. Quelli come me sostengono che al contrario è l'odio. Invece la verità è che per smuoverlo ci vuole una combinazione di amore e odio. Il Francés non fa altro che dire di essere un vigliacco. Però odia così tanto Amos e prova una riconoscenza così grande verso la tua Rosetta che è diventato coraggioso.»

«Dov'è?» chiese Rocco, impaziente.

«Da un tizio di nome Jaime, il capo dei mercenari» rispose Tony. «Con una sacca piena di pesos. Gli sta chiedendo di mollare Amos e dirgli dove si nasconde. C'è l'altissima probabilità che questo Jaime gli tagli la gola e si tenga i soldi.» Scosse ancora il capo. «Lui lo sa. Eppure è andato lì quando ha capito che i suoi amici papponi ci avrebbero messo troppo tempo a scoprire dove si nasconde Amos.»

A Rocco non piaceva l'idea di essere nelle mani di un pappone. Ma era così e basta. «Quando tornerà?»

Tony si strinse nelle spalle.

«Fammi portare armi e munizioni al capannone» disse Rocco, cercando di concentrarsi sulla guerra per non pensare al fatto che ogni minuto che passava Rosetta rischiava di morire. «E poi i tuoi uomini devono attaccare in forze Ciccone. Un pugno allo stomaco. Ti dirò io quando. E poi possono levarsi dai coglioni.»

«Una cosa tipo Far West?» scoppiò a ridere Tony. «Cowboy contro indiani?» Guardò Rocco. «E chi sono i buoni?»

«Nessuno.»

«E tu che farai? Combatterai da solo? Il cavaliere solitario?»

«Tra poco avrò un esercito» rispose Rocco.

Tony rise. «Mi sei sempre piaciuto, Bonfiglio. Un po' buffone, un po' sognatore.»

Rocco si sporse in avanti. «Parliamo di affari» disse. «Dovrai pagare un prezzo altissimo se si farà a modo mio.»

«Sono pieno di soldi» rispose Tony. Gli occhi gli si velarono di tristezza. «E non ho più nessuno a cui lasciarli.»

«E allora te li porterai nella tomba» fece Rocco. «Perché non pagherai in pesos. Ma in giustizia.»

«Ti riempi sempre la bocca di queste parole che non significano un cazzo» fece Tony.

«Per te di sicuro...» Rocco si sporse ancora più in avanti. «Per far sì che il mio esercito vinca, devo dargli qualcosa per cui valga la pena di combattere. Guardami.»

Tony lo guardò.

«Quando questa guerra sarà finita gli scaricatori saranno liberi. Niente *pizzo*, niente *assicurazione*, niente *caporalato*. Potranno decidere loro le regole. Se ne avranno la forza creeranno un sindacato. E tu te ne starai fuori. Il porto non sarà più tuo.»

«È questo il prezzo?»

«Il prezzo è il porto, sì.»

«Se accettassi ti sembrerebbe di aver fatto un buon affare?»

«Sì.»

«Non mi frega più un cazzo di niente. Neanche di ammazzare Amos, pensa. Potevi chiedermi il culo e te l'avrei dato.»

«Non voglio il tuo culo. Voglio il porto.»

«Metti su il tuo esercito» disse Tony e tornò a fissare il nulla.

«Se il Francés torna mandalo da me» disse Rocco alzandosi.

«Agli ordini.» La voce di Tony era così lontana che se anche avesse urlato la si sarebbe sentita appena.

Rocco si fece portare alla taverna degli scaricatori. Aveva dato appuntamento lì a Javier, Billar e Ratón. Javier era con i due ragazzini della banda di Louis. Gli stavano appiccicati alle chiappe come due cuccioli. E sembrava che a Javier piacesse.

Quando lo videro entrare nella taverna si azzittirono tutti.

Rocco incontrò lo sguardo di Javier e fece un cenno.

«Sì?» mormorò Javier.

«Sì» disse Rocco.

Javier si voltò verso tutti gli altri scaricatori. «Sì.»
«Sì» ripeterono gli scaricatori.
«Niente *assicurazione*?» chiese uno.
«Niente *assicurazione*.»
«Chi decide...?»
«Mettete su un sindacato. Datevi delle regole. Fate sentire la vostra voce ai politici. Create delle cooperative. Delle società...» Rocco li guardò. Se ne stavano lì a bocca spalancata. Sembravano dei bambini. Enormi, giganteschi bambini. Ma presto, senza gente come Tony, sarebbero diventati quello che erano sempre stati. Degli uomini. «Sarete liberi di decidere il vostro destino. Ma non potremo avere niente di tutto questo se non combattiamo. Prima bisogna vincere la guerra.»
Uno scaricatore, più anziano degli altri, storto come un punto interrogativo, si sfilò dalla cintola l'uncino con cui arpionava le casse per spostarle. Non disse niente. Lo alzò solo in aria.
E così fecero gli altri.
In un silenzio irreale. Senza urla. Senza strepiti. Solo con forza. Una forza nuova che non avevano mai immaginato di poter avere.
Rocco li guardò. Aveva il suo esercito. Annuì e uscì dal locale.
Gli scaricatori lo seguirono fino al capannone del Gordo.
«Aiutate chi ha bisogno. Il principio è questo» disse ad alta voce affinché lo sentissero tutti. Indicò la madre di Louis che si era già messa a cucinare dopo aver stivato le cibarie. «La señora ci farà da mangiare. A qualsiasi ora.»
«E io la aiuterò» disse una voce.
Rocco si voltò e vide Assunta. Con lei c'erano Tano e Raquel.
E dietro di loro almeno una ventina di donne.
Raquel corse da Rocco.
«Non voglio che stai qua» le disse piano Rocco.
«Vaffanculo» rispose Raquel. «Io non ti lascio.»

Rocco capì che non avrebbe mai potuto convincerla. E non gli dispiacque.

«Loro sono donne di Barracas» disse Assunta. «Sono tutte qui per Rosetta.»

Rocco le guardò. Alcune giovani, altre più attempate. Una donna imbiancata di farina aveva una carriola piena di pane. Altre avevano portato dei coltelli.

«Le mettiamo tutte in cucina?» scherzò uno degli scaricatori.

«Se tu avessi la stessa rabbia e determinazione che c'è nei loro sguardi» gli rispose Rocco, «sarei sicuro di vincere la guerra.»

Lo scaricatore caracollò sul posto. «Era solo una battuta.»

«Non è il momento di fare battute» disse Rocco.

C'era anche un uomo. Mingherlino. Guardò Rocco e disse: «Io sono il padre di Guadalupe… la ragazzina… che avete salvato dalle mani di quel mostro». Serrò le labbra. «Se non l'aveste salvata… voi e il señor Tano… non so che cosa sarebbe successo. Io sono solo un tagliatore di stoffe… ma sono qui.»

Rocco lo fissò. Avrebbe dovuto mettergli una mano sulla spalla. Ma era certo che se l'avesse fatto l'uomo sarebbe scoppiato a piangere. E questo non era né il momento delle battute né quello delle lacrime. «Andate a casa da vostra figlia. Grazie.»

L'uomo scosse il capo, piano. «No.»

Era di una debolezza pericolosa per gli altri, pensò Rocco. «Andate a casa» disse in tono duro.

L'uomo annuì e se ne andò.

In quel momento un furgone si fermò davanti al capannone. Ne scesero quattro uomini di Tony. «Ecco quello che avevi chiesto.»

Gli scaricatori si irrigidirono vedendo i mafiosi.

«Credevamo di essere soli» disse uno.

«Loro faranno altro. Noi siamo noi e loro sono loro» rispose Rocco. «Hanno portato armi e munizioni. Se non l'hai capito è una guerra. Non pensavi davvero di combattere con un uncino, vero?»

Lo scaricatore lo guardò. «E chi ci dice che poi, alla fine, se ne andranno per davvero?»

«Io» fece Rocco. Lo fissò. «Te lo dico io.»

«E io gli credo, porca puttana!» urlò Javier. «Cazzo, guardate chi ha preso. Me, Ratón, Billar... condannati a morte, è così che ci chiamavamo prima che arrivasse lui. Guardate» fece indicando il montacarichi ormai funzionante. «Ha inventato il futuro. Per tutti noi, porca troia! Io, anche se sono zoppo, grazie a lui e a quella cazzo di macchina potrò lavorare al porto quando tutta questa merda sarà finita. Darò da mangiare alla mia famiglia.» Batté la sua grossa mano sul montacarichi dove era stato scritto anche il suo nome. Il metallo vibrò. «Questo non è un sogno. Questa è una cazzo di invenzione reale. L'ho saldata io. E tutti quelli che sono scritti qua hanno fatto qualcosa. Ma il nome più grosso, questo in cima, è l'unico che conta. E porca puttana, che possa essere dannato se io non credo alla parola di un uomo così!»

Gli scaricatori annuirono.

I gorilla, invece, ridacchiarono. E ammiccarono verso le donne.

«Pezzi di merda» fece Rocco. «Tornate nella vostra fogna e fate come vi dice Tony se ci tenete ai coglioni.»

«Prima scarichiamo. Dobbiamo riportare indietro il furgone» disse uno dei gorilla.

«Credi di essere capace di tirar giù le casse più in fretta di uno qualsiasi qui dentro?»

Gli scaricatori risero.

«Vattene» fece Rocco al gorilla. «Il furgone mi serve.»

I quattro gorilla se ne andarono, in silenzio.

E per la prima volta gli scaricatori li guardarono fare quello che avevano sempre fatto loro.

A quel punto anche Tano si avvicinò. «Io sono qua. Se ti serve arrotare coltelli, oliare pistole... spanare culi.»

«Spanare culi?» sorrise Rocco, aggrottando le sopracciglia.

«Se fai prigionieri e li devi interrogare» rispose senza scomporsi Tano. «Se tu non hai tempo, il culo glielo spano io.»

Ci fu una risata generale.

In quel momento, mentre gli scaricatori tiravano giù dal furgone le casse con le armi, il Francés entrò di corsa nel capannone.

Rocco lo guardò, teso.

E senza sapere perché, tutti compresero che quello che stava per dire era importante. Si fermarono. Perfino la madre di Louis smise di rimescolare il cibo nel pentolone.

«So dov'è» disse il Francés. «So dov'è Rosetta.»

«Rosetta» sussurrò Rocco. Sentì il sangue scorrergli nel corpo potente come un fiume in piena. Si sentì forte. Invincibile. Pronto a tutto. «Arrivo, Rosetta» disse mentre gli occhi gli si riempivano di lacrime.

68.

Esteban, al quale Amos aveva ordinato di nascondere a casa sua il Barone, era un uomo brutale.

Lo era sempre stato. Sin da ragazzo. Gli piaceva menare le mani. Su chiunque. Uomini e donne. Per quello si era ritrovato a fare il gorilla di Amos. Perché era perfetto per un bordello. Picchiava le puttane e picchiava i clienti, senza fare distinzioni.

E la sera prima Esteban aveva picchiato anche la moglie perché non se ne voleva andare via da casa. Invece di spiegarle che era pericoloso stare insieme a quel viscido ciccione pazzo, invece di dirle che lo faceva per lei, l'aveva riempita di botte.

Quando Esteban aveva un dubbio alzava le mani. E ogni dubbio spariva. La sua vita era semplice, si diceva.

«Sei un animale» gli disse il Barone.

Ed Esteban capì, con quel po' di cervello che aveva, che il ciccione gli stava facendo un complimento.

Il Barone rise. A tratti la cocaina lo faceva infuriare. A tratti lo faceva essere di buon umore. Come in quel momento.

«Sai che io sono un uomo ricchissimo?» disse il Barone.

«Amos ne è convinto» rispose Esteban. «Però mi pare che voi non abbiate i soldi che gli dovete. E allora forse non siete poi così ricco come dite.»

«Mi piaci, Esteban» fece il Barone. «Sei intelligente.»

Nessuno aveva mai detto a Esteban che era intelligente. Perciò fece una faccia stupita e nello stesso tempo compiaciuta.

Il Barone lo sapeva. Sapeva tutto, lui. La sua testa formulava pensieri più velocemente di un fulmine. E ogni colpo, anzi, ogni pensiero, andava a segno. Merito della cocaina.

«Visto che sei intelligente è inutile che ti spieghi perché ho difficoltà a procurarmi il denaro, no?»

Esteban fece segno di sì.

Ma il Barone sapeva che invece doveva spiegarglielo. «I soldi arrivano dall'Italia, dall'altra parte dell'oceano. Io, come tutti i ricchi, tengo il mio denaro in una banca. E la mia banca deve trasmettere l'ordine di pagamento a un'altra banca qui a Buenos Aires. Ma essendo cifre enormi ci sono enormi precauzioni da prendere.»

«E in più voi adesso avete combinato quel gran casino» rise Esteban. «E non credo che possiate mettere piede tanto facilmente in una banca.»

«Vedi, se trattassi con te sarebbe tutto più semplice!» esclamò il Barone. «Amos non capisce, invece.» Si batté un dito sulla tempia. «Io sono potente. Una volta arrivato in Italia potrei smuovere le mie conoscenze e queste… stupidaggini verrebbero risolte in un attimo. Ma non siamo in Italia.»

«No» confermò Esteban.

«Tu sai quanto potresti essere ricco se io arrivassi in Italia?» disse il Barone.

Esteban aggrottò le sopracciglia. «Che state cercando di fare?»

«Io sto parlando. Non sto cercando di fare proprio nulla.»

«Voi pensate che io vi faccia scappare solo sulla promessa di farmi ricco?» Esteban scosse il capo. «Voi non pensate che io sia intelligente ma tutto scemo. Se voi scomparite io sopravvivo cinque minuti al massimo. Poi Amos mi taglia la gola personalmente. Con tutto il rispetto, andate affanculo, señor.»

«Non stavo dicendo questo» fece il Barone. «Proprio per niente. Chiudiamo qui il discorso.» Con un coltellino da burro, senza lama, tondo in punta, che Esteban gli permetteva di usare, creò una lunga e sottile striscia di cocaina. Arrotolò un foglietto di carta e la inalò.

«E che volevate dire, allora?»

«L'Italia è un paese meraviglioso» disse il Barone.

«Che c'entra?»

Il Barone sorrise. «Io e te. In Italia.»

«Io e voi? In che senso?»

«Scappiamo insieme in Italia» sussurrò il Barone. «Andiamo in uno dei miei palazzi e te lo regalo. E ti ricopro d'oro. Pensi che Amos possa trovarci? Io sono Dio in Italia. E lo saresti anche tu.»

Esteban lo fissò. Sgomento. Poi scosse categoricamente il capo. «No, no. Non ci pensate nemmeno.»

«Giusto» fece il Barone. «È giusto che tu decida liberamente.» Si guardò intorno. L'appartamentino puzzava di umido. Per terra una stuoia lercia al posto del tappeto. L'unico divano era bucato. Si sentivano le molle sotto alle chiappe. C'era un'altra stanza soltanto. La camera da letto. Piccola e buia. «L'ultimo dei miei servi non ha una casa così. Lo sai cos'è questa? Una topaia.»

«Señor, ci metto un attimo a rompervi il culo!»

«Sai che macchina ho io? Una Rolls-Royce Silver Ghost.»

Esteban la conosceva. Certi ricconi del centro ce l'avevano. Ma erano ricchissimi. Possedevano così tanta terra che non bastava una settimana per andare da un confine all'altro.

«Ti piacerebbe se fosse tua?»

Esteban si tappò le orecchie, come un bambino. «State zitto o vi metto le mani addosso!»

«Basterebbe che mi dicessi dove tiene quella puttana. Dimmelo e io ti regalo la mia Rolls-Royce Silver Ghost.»

«Adesso vi metto le mani addosso! Io vi ho avvertito!»

Il Barone stese un'altra striscia di cocaina. «Non è vero che sei intelligente. Mi sono sbagliato. Sei un coglione.»

Esteban si alzò, lo raggiunse e alzò un pugno.

Il Barone lo guardò. Poi si chinò sulla cocaina e la aspirò.

Esteban abbassò il pugno e fece per tornare al suo posto.

«Aspetta» disse il Barone. Mise mano al panciotto, aprì il gancio della catena d'oro, prese l'orologio e lo tese a Esteban. «Vedi, qua sulla cassa. Questo è un diamante. Da solo vale più di tutta la catena e di tutto l'orologio. Tieni, te lo regalo.»

«Perché?» chiese Esteban sospettoso.

«Perché per me non è niente. Una briciola.» Il Barone continuò a tendergli l'orologio. «Per me vale così poco che mi posso permettere di regalartelo senza una ragione. Solo per capriccio.»

Esteban non si decideva a prenderlo.

Il Barone lo buttò per terra e fece per calpestarlo con il tacco della scarpa. «Se non lo prendi tu lo distruggerò. Perché mi ha stufato. Solo per questo. Perché mi ha stufato.»

Esteban afferrò l'orologio. Era confuso. Tanto confuso. Avrebbe voluto prendere a pugni quel ciccione di merda. Poi era certo che si sarebbe sentito meglio. Si pigiò le mani sulle tempie.

«Chi è più forte tra te e me?» gli chiese il Barone.

Esteban rise. Questa domanda non lo confondeva. «Non vi faccio nemmeno alzare da lì che siete stecchito.»

Il Barone sorrise. «Lo penso anche io.»

Esteban annuì compiaciuto.
«Potrei riuscire a fuggire da qui?»
Esteban rise ancora più forte. «Non dite stronzate!»
Anche il Barone rise. «Impossibile, vero?»
«Sì, impossibilissimo» continuò a ridere Esteban.
«E allora che ti costa dirmi dove la tiene?» fece il Barone.
A Esteban andò di traverso la risata.
«Ti ho regalato un orologio preziosissimo» disse il Barone. «Senza chiederti niente. Non avrei la forza di darti nemmeno uno schiaffetto. Neanche il solletico ti potrei fare, forte come sei. Se provassi a scappare mi stenderesti in un attimo, senza contare che hai una pistola e...» Gli guardò i pantaloni, come se stesse cercando. «Avrai anche un coltello, ci giurerei. Bello grosso.»
Esteban rise e si infilò una mano in tasca. Ne estrasse un coltello a serramanico. Lo fece scattare. La lama brillò nella stanza miserabile. Lucida. Affilata.
«Che ti costa allora dirmi dove la tiene?» riprese il Barone. «Che cosa rischi?»
«Perché lo volete sapere?»
«Per la stessa ragione per cui ti ho regalato quell'orologio. Per farlo. Per capriccio. Mi piacerebbe... saperlo.»
Esteban lo fissava. In una mano aveva il coltello. Nell'altra l'orologio. Cercava di pensare. Era una richiesta assurda. Era un uomo assurdo. Non lo capiva.
«Sarebbe un gesto... da amico» disse il Barone.
«Io non sono vostro amico.»
«Peccato» fece il Barone e abbassò il capo, fingendosi triste. «Per uno come me... sarebbe bello pensare di avere un amico come te.» Rimase con il capo basso.
«In una fabbrica di birra abbandonata» mormorò allora Esteban. «Avenida Neuquén, vicino al Cricket Club a Caballito.»
Il Barone alzò il capo. «Grazie, amico.» Fece un cenno. «Che ore sono?»
Esteban fece scattare il coperchio dell'orologio. «Le...»

In quel momento il Barone afferrò il coltello dalla parte della lama. Glielo strappò di mano, insensibile al dolore, lo girò e glielo conficcò nell'addome.

Esteban era forte e reagì colpendolo con un pugno.

Ma la cocaina che il Barone aveva in corpo lo anestetizzava. Perciò arretrò solo per l'impatto e piantò di nuovo la lama nel corpo di Esteban. Una, due, tre volte, finché il gorilla cadde a terra. Allora il Barone gli si mise sopra e continuò ad accoltellarlo, senza più una ragione. Solo per farlo. Perché gli piaceva. E poi gli bucò gli occhi. E gli aprì le guance, dalle labbra fin quasi alle orecchie. E gli tagliò il naso. E poi gli aprì il vestito zuppo di sangue, gli incise l'addome, a fondo, infilò le mani nello squarcio e tirò fuori gli intestini, sparpagliandoli per la stanzetta miserabile.

«Ecco chi è più forte tra noi due!» urlò come una bestia feroce.

Infine andò in bagno e si lavò. Trovò dei vestiti di Esteban e li indossò. In alcuni punti, come sulla pancia, gli stavano stretti. In altri, come le spalle, larghi. In altri ancora, come le maniche e le gambe, gli stavano lunghi. Ma quando si guardò allo specchio si piacque. Sembrava un gangster.

Tornò in salotto e si riprese l'orologio che Esteban stringeva ancora in mano. Gli frugò in tasca e trovò dei soldi. Poi gli prese anche la pistola e il serramanico con cui lo aveva scannato come un porco.

Fece un altro tiro di cocaina e la rimise nel sacchetto.

Infine uscì e si fece portare in Avenida Neuquén, a Caballito, alla fabbrica di birra abbandonata vicina al Cricket Club.

Fece il giro dell'edificio in mattoni rossi spiando dalle finestre opache di sporcizia. Doveva capire prima di agire.

Ma dentro di sé rideva. Era invincibile.

Poi, d'un tratto, si accorse di alcuni movimenti furtivi. C'era qualcun altro attorno alla fabbrica. Si acquattò dietro un bidone.

Dopo poco vide degli uomini. Molti. Grandi e grossi.

E infine, tra quelli, riconobbe l'uomo che gli aveva spappolato il mignolo. Anche lui cercava Rosetta.

Ma non gli avrebbe permesso di portargliela via.

Non viva, perlomeno.

69.

Rosetta aveva male dappertutto.

Le sembrava di essere risprofondata nell'incubo della sua vita passata, quando suo padre la riempiva di botte e cinghiate.

Solo che Amos era più forte di suo padre.

E lei non aveva potuto proteggersi perché aveva le braccia legate dietro la schiena, trattenute da un tubo di metallo.

Amos aveva sfogato tutta la sua frustrazione su di lei.

Rosetta ormai aveva capito come stavano le cose. Non sarebbe rimasta viva. Era la fine.

Faceva fatica a respirare. Amos doveva averle rotto un paio di costole. Aveva anche sputato sangue. Non sapeva se era solo sangue che veniva dalle labbra spaccate o da più dentro.

Era la fine, si ripeté.

«Tony ha attaccato Ciccone!» fece uno dei gorilla di Amos, entrando nella fabbrica, trafelato.

«E Jaime?» chiese Amos scattando in piedi.

«Non c'è traccia né di lui né dei suoi uomini.»

Amos strinse i pugni. «Puttana...» mormorò. «Alla fine l'ha fatto davvero il pompino a Tony.»

«Come?» chiese uno dei suoi uomini.

«La guerra è finita» disse Amos, con un filo di voce. Quel traditore di Faccia-da-cane aveva fatto saltare la macchina di Catalina, come gli aveva chiesto. E questa era la risposta di Tony. Ed era esattamente quello che si era aspettato e voleva Amos. Che Tony si scoprisse per colpirlo a fondo. Ma questo sarebbe potuto avvenire se lui avesse avuto l'esercito di Jaime. Ora era tutto cambiato. E c'era un solo epilogo possibile. Ciccone non poteva resistere all'impatto di Tony. E lui non aveva la minima intenzione di morire in una guerra che ormai era persa. Indicò Rosetta. «Sbarazziamoci di lei e cambiamo aria. In fretta.»

«Fammela prima scopare allora!» rise uno dei suoi uomini.

Amos lo colpì con un pugno. «Tony te lo farà a fette l'uccello, coglione!» Tirò fuori il serramanico, fece scattare la lama e si avviò verso Rosetta. «Preparatevi ad andare via di qua. In fretta!»

In quel momento il portellone venne sfondato. Un'onda d'urto impressionante. Una ventina di uomini grandi e grossi, armati, si riversarono nella fabbrica. In testa a loro Rocco.

Amos lo riconobbe immediatamente. Estrasse la pistola e sparò.

Gli scaricatori risposero al fuoco. I gorilla si nascosero dietro alle colonne in mattoni rossi. I proiettili le scheggiavano senza colpirli. Due scaricatori invece caddero a terra.

«Al riparo!» urlò Rocco. Non avevano idea di cosa significasse combattere. Si sarebbero fatti ammazzare come mosche.

Finalmente gli scaricatori si organizzarono e ci fu un momento di stallo, anche se nessuno smetteva di sparare.

Poi, secondo il piano di Rocco, le finestre sul retro esplosero. E comparvero altri scaricatori che cominciarono a far fuoco alle spalle dei gorilla. E poi anche le finestre laterali si ruppero e altri uomini ancora presero a sparare contro i gorilla.

Ormai erano accerchiati.

«Rocco!» urlò Rosetta. Non sentiva più il dolore, non sentiva niente, neanche gli spari. Guardava solo Rocco.

«Rosetta!» gridò anche Rocco. Ma era bersagliato dai gorilla e non riusciva a muoversi da dov'era.

E in quell'attimo Amos capì che non tutto era perso. Con il suo animo vigliacco da pappone fece l'unica mossa che gli restava. Raggiunse Rosetta e le puntò la canna della pistola alla testa. «La ammazzo!» gridò. «Digli di smettere di sparare o l'ammazzo!»

Molti degli uomini di Amos erano a terra. Morti o feriti. Mancavano attimi alla fine dell'azione.

«Fermi!» urlò Rocco con tutto il fiato che aveva. «Fermi! Smettete di sparare!»

Lentamente sia gli scaricatori che i gorilla fecero tacere le loro armi.

Il silenzio che seguì fu impressionante.

E poi Amos strillò: «Lasciaci uscire di qui, succhiacazzi!».

Rocco fremeva vedendo il viso tumefatto di Rosetta. E ben di più guardando la pistola di Amos appoggiata alla sua tempia.

«Quant'è vero Iddio le faccio saltare le cervella!» urlò Amos.

Rocco uscì da dietro la colonna. Avanzò, fino a fermarsi al centro dello stanzone. Respirava piano, ma emettendo un rantolo, come un ringhio sommesso. Teneva la pistola puntata contro Amos. Ma non staccava gli occhi da quelli di Rosetta.

E Rosetta lo guardava e piangeva. In silenzio. Non per la paura. Non per il dolore. Ma perché lui era lì. Per lei.

«E dopo che l'hai ammazzata che fai, stronzo?» risuonò bassa la voce di Rocco.

«Dopo guardo la tua faccia che si riga di lacrime» rispose Amos.

Rocco abbassò la pistola.

«Buttala in terra» fece Amos. «E di' ai tuoi di fare altrettanto.»

«Lasciala e andatevene. Nessuno vi farà niente» disse Rocco. «Hai la mia parola.»

Amos spinse la canna della pistola ancora più forte sulla tempia di Rosetta, fino a farla gemere. «Mi hai preso davvero per stronzo? Sai che ci devi fare con la tua parola? Te la devi ficcare nel culo. Lei viene con me. È la mia assicurazione.»

Rocco buttò la pistola per terra.

Amos gli puntò contro la sua. «Anche gli altri.»

Rocco guardò gli scaricatori. A terra c'erano solo i primi due. Non si muovevano. Erano morti. Gli altri erano tutti salvi. I gorilla a terra, tra morti e feriti, invece, erano più di dieci. Ne restavano cinque in piedi. Cinque contro quaranta.

«Mettete giù le armi» disse Rocco.

Gli scaricatori non sapevano che fare.

«Ci ammazzeranno» disse uno per tutti.

«Voi alle finestre» fece allora Rocco, «andate indietro e restate lì. Se sentite sparare fateli fuori come cani. Ma se non sparano e se ne vanno, lasciateli andare.»

Gli uomini alle finestre scomparvero nel buio.

«Ora prendi la tua decisione» disse Rocco ad Amos. «Lei la lasci.»

«Col cazzo.»

«La lasci e prendi me.»

Rosetta trattenne un singulto.

«Se la porti via la ammazzi di sicuro, la conosco la feccia come te» disse Rocco. «Allora tanto vale che la ammazzi qua, davanti a me, così poi ti posso uccidere come ho fatto con tuo padre.»

Amos trasalì. «Che cazzo dici?»

«Secondo piano, traversa di Avenida Junín, un tuo uomo alla porta, lui vecchio, barba lunga, bianca, sottile.» La voce di Rocco era fredda, metallica. «Nascondeva una pistola in un mobile nero. Morendo si è fatto mettere in testa quel cazzo di vostro berretto. Un uomo coraggioso, al contrario di suo figlio.»

Amos fissò Rocco. E vide che non stava mentendo. Sentì una fitta così dolorosa che dovette strillare. «No!» urlò. Alzò la pistola.

«Non farlo. Prendi me» ripeté senza la minima incertezza nella voce Rocco. «Se mi spari muori anche tu. E muoiono i tuoi uomini. Se invece fai come ti dico, se lasci la ragazza e te ne vai, portandomi con te... mi puoi ammazzare con calma. Ti puoi vendicare e rimanere vivo. È un affare, no?»

Amos non era preparato a provare quel dolore lancinante al centro del petto. Non riusciva a respirare. Non riusciva a ragionare. «*Tatínka*» disse. Ma era come se non significasse nulla. Intorno a lui era tutto nero. Guardava Rocco ma non lo vedeva.

«Vieni avanti» ansimò. «Vieni qua.»

Rocco avanzò, fino a metterglisi davanti.

Amos lo fissò negli occhi. Cercava qualcosa. Quegli occhi erano gli ultimi ad aver visto vivo suo padre. *Tatínka.*

Rosetta piangeva. Non era possibile che finisse così.

«Soffrirai come un maiale» disse Amos a Rocco. Ma era certo che non sarebbe riuscito a farlo soffrire quanto stava soffrendo lui in quel momento.

Rocco annuì. Serio. Senza più sfidarlo. Avevano stretto un patto. E lui era pronto a onorarlo. «Andiamo» fece.

«Girati» disse Amos. Gli mise la pistola nelle costole e lo spinse verso l'uscita.

«Fermi! Polizia!» si sentì gridare in un megafono.

L'attimo dopo una pattuglia di poliziotti irrompeva nella fabbrica, armi in mano.

«Amos Fein, metti giù quell'arma» disse il capitano Ramirez.

«No, capitano. Avete sbagliato i tempi» ringhiò Amos. «Io ora me ne vado e ammazzo questo bastardo.»

«Amos» fece il capitano Ramirez, avvicinandosi. «Tu sei in arresto. E ti prendo in consegna io, perché così mi è stato ordinato. Non c'è altro da discutere.»

Amos comprese che il capitano gli stava dicendo che ubbidiva a un ordine che non veniva dai suoi superiori ufficiali ma da Noah, dal capo della Sociedad Israelita de Socorros

Mutuos. E capì che il capitano gli stava dicendo che lo stava salvando. Che la Sociedad avrebbe trovato un sistema per parargli il culo.

Ma capì anche un'altra cosa. Il suo cervello aveva ripreso a funzionare perfettamente. Se erano in grado di salvarlo in quella situazione – ed erano perfettamente in grado –, sapendo che era accusato dell'omicidio di almeno una prostituta, l'avrebbero salvato anche da un altro morto che stava per lasciarsi alle spalle. E lui avrebbe avuto la sua vendetta. Avrebbe vendicato suo padre.

«Addio, merda» sussurrò nell'orecchio di Rocco. Spostò la pistola all'altezza del cuore, alle sue spalle, e premette il grilletto.

Clic.

Si sentì esattamente questo nel silenzio della fabbrica.

Clic.

Il rumore di una pistola scarica.

«No!» urlò Amos.

Rocco si girò di scatto e lo colpì con furia cieca.

I poliziotti lo immobilizzarono a fatica.

Il capitano Ramirez lo afferrò per la gola. «Basta» sibilò. Poi indicò Rosetta. «Quella donna è ricercata.»

Il quel momento anche Rocco capì chi aveva davanti. Un poliziotto corrotto. «Come fate a saperlo?» gli chiese.

«È ricercata» ripeté il capitano Ramirez.

«Se provate ad arrestarla non riuscirò a trattenere i miei uomini» lo minacciò Rocco.

Il capitano Ramirez non parve colpito. «Tornerò a prenderla, non preoccupatevi» disse con un ghigno, minacciandolo anche lui. «Dovrei arrestarvi tutti.» Lo fissò. Poi mise una mano sulla spalla di Amos. «Invece porterò via solo lui.»

Rocco avrebbe voluto chiedergli quanto lo pagavano. Ma riuscì a trattenersi. Tacque. Pensò che il bene non sempre era il meglio. Pensò che era arrivato il momento di scendere a patti con la vita. Pensò che era arrivato il momento di ringraziare la sua sorte, invece di maledirla sempre. Era vivo.

Per un miracolo. Per un attimo pensò di cercare dei nodi, i nodi degli angeli di Carmen, la barbona dell'ospedale, come quelli che avevano trovato tra i capelli di Louis quando si era svegliato. Ma erano stronzate. Erano solo casi fortuiti. Una pistola aveva sei proiettili. E Amos li aveva sparati tutti e sei. Non c'erano angeli. Non c'erano nodi.

«Rocco!» disse alle sue spalle Rosetta.

Tano stava sciogliendo le corde che la legavano al tubo. Stava sciogliendo i nodi.

No, non era solo fortunato, pensò Rocco. Era anche uno sciocco.

I nodi c'erano.

«Rosetta!» fece correndo da lei.

70.

Rocco e Rosetta si guardavano.

Agli altri poteva sembrare che stessero in silenzio. Ma in realtà i loro occhi erano pieni di tutte le parole che non sarebbero mai stati capaci di dire. E lo stavano dicendo senza pudore, senza trattenere niente dentro, senza nascondere nulla all'altro. Sfacciatamente.

Rocco allungò la mano, senza distogliere lo sguardo, e cercò la mano di Rosetta. E lei gliela cedette senza resistere. E anzi gliela strinse, più forte di quanto stesse facendo lui.

Furono sul punto di piangere. Ma poi invece risero. E mentre ridevano cominciarono a piangere. E scuotevano la testa, increduli, felici, incapaci di misurare la loro fortuna. Erano lì, uno davanti all'altra finalmente. Dopo essersi cercati inutilmente. Dopo essersi persi. Dopo aver temuto che tutto stesse per finire nel peggiore dei modi. Erano lì, uno di fronte all'altra. Vivi. Salvi.

Tano, che era accanto a loro, si voltò, imbarazzato.

Rocco si chinò verso Rosetta. «Vorrei baciarti» le sussurrò.

«Vorrei baciarti» disse lei, perché erano le sue stesse parole.
Rocco si avvicinò ancora di più.

«Ma fai piano» sorrise Rosetta.

Rocco appoggiò le labbra a quelle di Rosetta con delicatezza. Le sentì calde, spaccate, ferrose di sangue. Un attimo poi si staccò.

Rosetta abbassò lo sguardo e arrossì.

«Ti ho trovata» disse Rocco.

«Ti avevo trovato prima io, sbruffone» fece Rosetta.

«Non sei cambiata» rise Rocco.

Rosetta lo guardò. Era seria anche se continuava a sorridere. «Sono cambiata, invece. Tanto.»

Rocco annuì. «Le donne di Barracas sono scese per le strade di Buenos Aires per te. Sono arrivate fino al Chorizo per liberarti. E se non sono venute qui ma sono rimaste nel mio capannone ad aspettarti è solo perché gli ho proibito di farsi ammazzare da queste merde.»

«Davvero?» fece Rosetta.

«Mo' l'hai capito chi minchia sei?» intervenne Tano. «E che minchia sei riuscita a fare?»

Rocco e Rosetta lo guardarono, quasi sorpresi di vederlo e di non essere da soli, perché si erano dimenticati del resto del mondo.

E tanto bastò perché tornassero alla realtà.

C'era un uomo di Amos che gemeva per terra.

Uno scaricatore gli diede un calcio in faccia.

«No!» disse Rocco. «Non diventare come loro.»

Lo scaricatore si trattenne. Ma non sembrava convinto che fosse giusto. Non veramente. «È gente così che ha ucciso mio padre.»

«E tu oggi ti sei ripreso la ragione per cui è stato ucciso» fece Rocco. «Il porto. Se diventi come loro non sarà servito a niente.»

Rosetta lo guardava e rivedeva se stessa quando aveva parlato alla gente di Barracas. E capiva sempre di più che era il suo uomo.

Rocco sembrò sentirla. Si voltò verso di lei. «Adesso dobbiamo andarcene. E...» si interruppe. «Lo so che ci siamo appena trovati ma... ma io devo finire questa cosa. Per loro e... per noi due.»

«Sì» disse Rosetta. Ed era fiera.

«Torniamo al capannone» ordinò Rocco agli scaricatori. «Prendete i nostri due caduti. Li restituiremo alle loro famiglie.»

«E questo?» domandò lo scaricatore che aveva dato un calcio all'uomo di Amos, indicandolo.

«Ho detto che non voglio diventare come loro. Non che ho deciso di farmi prete» rispose Rocco.

Lo lasciarono lì e si avviarono per le strade buie.

E nessuno si accorse del Barone che usciva dall'ombra e li seguiva, tenendosi a distanza, stringendo il coltello e la pistola di Esteban. E tirando su con il naso, come se avesse il raffreddore.

Quando le donne sentirono gli uomini arrivare al capannone corsero fuori. Videro Rosetta, urlarono di gioia e la circondarono. La señora Chichizola, Dolores, Encarnacion, la ragazzina che lavorava dal sarto di Tres Esquinas, le donne del Mercado Central.

Assunta scoppiò a piangere e rimase in disparte finché Rosetta la trovò e la abbracciò.

Raquel, lì accanto, riconobbe subito Rosetta. Era la ragazza bella che stava in mezzo alle guardie il giorno del loro arrivo all'Hotel de Inmigrantes. E si mise a ridere da sola. Poi raggiunse Rocco. «E Amos? L'hai ammazzato?»

Rocco scosse il capo. «Temo che quella merda la farà franca.»

Raquel si rabbuiò.

«La vita non sempre è giusta» le disse Rocco.

«No.»

«Ma a te non darà più fastidio, ne sono certo.»

«Doveva pagare!»

Rocco la guardò e non disse niente. Che avrebbe potuto dirle? Aveva perfettamente ragione. Le mise una mano sulla spalla. «A un certo punto potevo ammazzarlo, sì...» le disse. «Ma dovevo scegliere tra lui e Rosetta.»

Raquel annuì. «Allora hai fatto bene.»

Si guardarono per un attimo, in silenzio.

«Ascoltate!» urlò subito dopo Rocco. «Siamo tutti stanchi. Ma è il momento di chiudere la partita. Tra poco è l'alba. Gli uomini di Tony hanno colpito duramente la gente di Ciccone mentre noi ci riprendevamo Rosetta. Grazie, amici! Adesso però andiamo a dire a Ciccone che deve fare le valigie e lasciarci il porto. La guerra non è ancora finita. Ma manca poco. Però dovete metterci ancora tutto il vostro cuore. È di questo che ho bisogno.»

Ci fu un coro di evviva. La battaglia vinta aveva dato fiducia a tutti. Alcuni, feriti superficialmente, non vollero nemmeno farsi medicare, tanta era la loro smania di andare fino in fondo.

Tano si avvicinò a Rocco. «Io non vengo» gli disse. «Devo portare Rosetta a casa.» Indicò Raquel. «Il ragazzino può dormire per terra a bottega.»

«No» rispose Rocco. «Ora verrò con voi e poi tornerò qui. Ma Rosetta è meglio se non dorme da voi. Non so se quel capitano sa dove stava. E non sappiamo che fine ha fatto il Barone.»

«E dove la vuoi far dormire?» chiese Tano.

«Sapete dove vive il padre della ragazzina che...?»

«Guadalupe?»

«Il tagliatore di stoffe, sì» annuì Rocco.

«Certo che lo so» rispose Tano.

«L'ho cacciato malamente» disse Rocco. «Ma voleva rendersi utile. La ospiterà lui.»

Tano fece segno che approvava. «Andiamo, allora.»

«Mangiate» disse Rocco ai suoi uomini. «E caricate le armi.»

La madre di Louis cominciò a riempire i piatti.

Le donne di Barracas tornarono indietro con Rosetta. Erano lì per lei e con lei tornavano a casa.

Rocco e Rosetta si misero in coda, un po' defilati.
Rocco le circondò la vita con un braccio.
Rosetta gemette.
«Scusa.»
Rosetta sorrise.
«Non so come toccarti senza farti male» sorrise anche Rocco.
«Mani in tasca, giovanotto!» ringhiò Tano, che aveva sentito.
«Mi spiace, signore» rispose Rocco. «Su questo non posso proprio darvi retta.»
Tano gli mostrò il pugno, a muso duro, e poi scoppiò a ridere. «Così si risponde, per la miseria!» disse. E mentre riprendeva a camminare toccò furtivamente il sedere di Assunta.
Rosetta indicò Tano e Assunta. «Loro sono la mia famiglia.»
«Vieni qua» disse allora Rocco a Raquel.
A Raquel, che caracollava da sola, in disparte, imbarazzata, non sembrò vero. Li raggiunse correndo.
«Questo...» iniziò Rocco imbarazzato. «Questo... sgorbio piantagrane invece... be', ecco, invece lui... insomma, la mia famiglia è lui» disse Rocco. «Ángel, saluta.»
Raquel sentendo Rocco dire che loro due erano una famiglia divenne rossa come un peperone. Si ingobbì. «Buonasera... señora...» balbettò.
«Ma quale señora? Dammi del tu» rise Rosetta. «E poi, in caso, señorita» aggiunse guardando Rocco.
«Mi stai già chiedendo di sposarti?» rise Rocco.
«Non preoccuparti» fece Rosetta. «Lo so che tu sei quello che non vuole palle al piede.»
Rocco ricordava benissimo quando le aveva detto quella frase, in nave, dopo averla difesa. A ripensarci sembrava un'altra vita. «Sono cambiato anch'io» disse. «E anch'io tanto.»
Rosetta arrossì. «Fino a un'ora fa credevo che la mia vita

fosse il colmo della sfortuna» rifletté ad alta voce. «E ora mi sembra di essere la donna più fortunata del mondo.»

Nessuno parlò più. Ma Raquel si aggrappò con una mano al lembo della camicia di Rocco.

Cinque minuti più tardi erano a Barracas. Tano li guidò verso una casupola dipinta di arancione, con le imposte e la porta verde pisello. Bussò alla porta in lamiera.

Le donne del barrio aspettavano di vedere sistemata Rosetta per andarsene anche loro a letto.

Dopo un po' la porta si aprì e comparve una donna smunta.

Rosetta, guardando la donna sulla porta, pensò che forse era la luce della candela che reggeva a darle quel pallore da morta. Gli occhi avevano un'espressione vacua. Era appena stata svegliata.

«Abbiamo bisogno di aiuto» le disse Tano, senza preamboli.

La donna si voltò verso l'interno della casa e chiamò: «Fermin».

Si sentì un cigolio di molle. E poi uno scalpiccio. L'uomo mingherlino apparve sulla porta e subito, vedendo Rocco e Tano, si inchinò, sorridendo.

«Hanno bisogno di aiuto» ripeté la moglie. Gli occhi, anche adesso che era più sveglia, non avevano perso quella patina di vacuità.

Era dolore tenuto alla larga, pensò Rosetta guardandola.

«Dite, signori» fece il tagliatore di stoffe, illuminandosi tutto.

«Dovete ospitare Rosetta per qualche giorno» disse Tano.

«È un onore!» fece l'uomo.

«Per una questione di prudenza.»

«È un onore!» ripeté l'uomo.

In quel momento sulla porta comparve anche una bambinetta. Aveva una decina d'anni. Si stropicciava gli occhi con la manina chiusa a pugno. Nell'altra stringeva una bambola di pezza rattoppata così tante volte che non si capiva quale potesse essere stato il colore del vestitino originale.

«Saluta, Guadalupe» disse la madre.

La ragazzina guardò le persone che aveva davanti. Poi, quando riconobbe Tano, si aggrappò alla vestaglia della madre e gli occhi le si riempirono di lacrime. Tano l'aveva salvata. Ma le ricordava anche cosa le avevano fatto.

La madre le accarezzò la testolina e poi disse a Rosetta: «Vieni dentro». Annuì, come se volesse dire qualcosa. Come se volesse dirle che sapeva cosa provava, quanto male faceva. Ma non disse niente e come alla figlia, anche a lei si riempirono gli occhi di lacrime guardandole il viso tumefatto.

«Qui sarà al sicuro» disse il tagliatore di stoffe.

Tano gli fece un cenno di ringraziamento.

Rocco intrecciò le sue dita a quelle di Rosetta. Si sorrisero. Volevano baciarsi ma non si poteva farlo lì davanti a tutti.

«Aspettami» disse Rocco.

«E tu non metterci troppo» rispose Rosetta e fece per entrare.

Rocco la fermò. Sorrise. Si infilò la mano in tasca e tirò fuori il bottone che lo aveva tenuto legato a lei per tutto quel tempo. Che aveva tenuto viva la speranza. Glielo mise nel palmo della mano. «L'avevi perso» le disse.

Rosetta guardò il bottone mentre la vista le si sfocava per le lacrime. «È proprio da stupida piangere per un bottone» fece. Poi entrò nella baracca e la porta color verde pisello si chiuse.

Tano, Assunta e Raquel si avviarono verso casa.

E le donne si dispersero per le strade deserte del barrio. La vita riprendeva. *La Alcadesa de las Mujeres* era tornata.

Rocco rimase a fissare la casa del tagliatore di stoffe per un attimo. Poi, a passi spediti, si avviò verso il capannone.

Dietro una baracca lì accanto una figura minacciosa si mosse e uscì dall'ombra.

Il Barone intinse la punta del coltello con il quale aveva ucciso Esteban nel sacchetto dove teneva la cocaina e si portò una pizzicata di droga a una narice. Aspirò avidamente. Intinse ancora e ancora inalò la cocaina. Si portò una mano alla cintola e strinse il calcio della pistola di Esteban. Poi ridacchiò.

Aveva trovato anche quella schifosa, inutile bambina che era stata la causa di tutti i suoi guai lì a Buenos Aires. E Rosetta, che era stata la causa di tutto fin dal principio, ad Alcamo.

Ed erano insieme. In quella miserabile baracca.

A sua completa disposizione.

Farsi giustizia, adesso, era la cosa più semplice del mondo.

«Cosa potevo chiederti di più, Dio?» bestemmiò.

71.

Raquel sgattaiolò fuori di casa senza che Tano e Assunta se ne accorgessero. Non era potuta andare con Rocco a salvare Rosetta. Ma non si sarebbe persa la fine di quella guerra, così eroica, così speciale.

Le sue gambette magre corsero per le strade di Barracas. Superò il confine dove iniziava LaBoca e poco prima del capannone del Gordo rallentò. Non doveva assolutamente farsi vedere. Altrimenti Rocco l'avrebbe rimandata a casa a calci nel sedere.

Si avvicinò, girò dietro al capannone e sbirciò da una finestrella.

«Che ci fai qui, mezzasega?» disse una voce alle sue spalle.

Raquel sobbalzò e si girò di scatto.

Davanti a lei c'era Louis.

«Tu che ci fai qui?» esclamò Raquel a occhi spalancati, cercando di tenere bassa la voce.

«Mi sembrava di stare al *collegio* in quell'ospedale» fece Louis.

«Che collegio?»

«Mi scordo sempre che non sai un cazzo di come si parla per strada» ridacchiò Louis. «Collegio vuol dire carcere minorile.»

«Ah...» Raquel lo guardò. Era ingrassato un pochino. Si vedeva che gli davano da mangiare regolarmente. Ma aveva un colorito spento. E due occhiaie scure sotto gli occhi. E alla fine di ogni frase faceva un paio di respiri affannosi. «Non dovresti essere qui. Lo sai, vero? È una cazzata bella e buona.»

«Non dovresti essere qui nemmeno tu» sorrise Louis. «Però ci sei.»

«Per me è diverso, cretino» si arrabbiò Raquel. Ancora vedeva quel buco in mezzo al petto che si riempiva di sangue. «A me... non hanno sparato!»

«Parla piano, mezzasega» le disse Louis e le diede uno spintone.

Raquel si accorse che tratteneva una smorfia di dolore. E la spinta era stata leggera. Era ancora molto debole.

«Quella lì dentro che dà da mangiare a tutti è mia madre» disse Louis, facendo segno verso la finestrella.

Raquel annuì. Immaginò quanto fosse fiero Louis.

E invece Louis disse: «Pensa come sarà fiera».

Allora Raquel si rese conto di una cosa alla quale non aveva mai pensato. Louis era fiero comunque di sua madre. Perché sapeva chi era davvero. Non una puttana.

«Escono!» sussurrò Louis. Prese Raquel per un braccio e la portò dietro un cumulo di travi.

Mentre si accucciavano per non farsi scoprire Raquel sentì quanto ansimava Louis. «Torno indietro anche io» disse. «Stiamo facendo una cazzata.»

«Sì» rise Louis. «E non dirmi che non è divertente.»

In quel momento videro Rocco uscire dal capannone alla testa di quaranta scaricatori. Erano armati.

«In ospedale c'era un tizio» mormorò Louis, «un mezzo mafioso mi sa... stava lì perché avevano sparato anche a lui.» Sorrise. «Mi ha detto che suo padre gli ripeteva sempre una frase: "Quando iniziano gli spari, ricordati di trovarti dalla parte giusta della pistola".» Ridacchiò. «Io la lezione l'ho imparata. Tienila a mente anche tu, mezzasega.» Poi la prese per mano e la trascinò dietro all'esercito di Rocco.

E Raquel scoprì che le piaceva che le tenesse la mano. Allora la levò subito. Come se scottasse.

La base di Ciccone non era distante.

Quando arrivarono videro i segni dell'incursione degli uomini di Tony. Muri crivellati di colpi. Finestre spaccate. Vetri esplosi. Una parte dell'edificio squarciata da una bomba. Focolai di incendi dappertutto. Feriti. Corpi a terra.

La Policía non era ancora intervenuta.

Era incredibile, ma avrebbero aspettato che tutto fosse finito. Sarebbero andati a ripulire. Nient'altro.

Raquel e Louis si nascosero dietro la recinzione in lamiera di una baracca poco distante, dalla quale avevano un'ottima visuale.

«Ciccone!» urlò Rocco, portandosi le mani ai lati della bocca.

Dall'edificio partì un colpo che alzò della polvere in terra, a pochi metri da Rocco.

Rocco non si mosse di un passo. «Se vuoi che entriamo, noi entriamo!» gridò. «Ma se entriamo stirate tutti le zampe.»

Louis ridacchiò. «Lo senti come parla uno di strada?»

«Se invece uscite con le mani in alto» continuò Rocco, «è capace che ci intendiamo a parole.»

Silenzio nell'edificio.

«Ormai siete degli scarafaggi in una scatola!» gridò Rocco. «Devo chiedere a Tony di finire la disinfestazione?»

«Parla da Dio!» esclamò Louis.

Raquel lo guardò. Era pallido ma aveva l'aria felice.

«Conto fino a tre!» urlò Rocco.

Non aveva nemmeno iniziato a contare che i primi uomini uscirono, a braccia alzate. Avevano i vestiti da gangster sporchi di calcinacci. Alcuni erano feriti. Avevano espressioni da finti duri. Dietro quelle maschere si leggeva la sconfitta che dentro di loro avevano già ammesso da tempo. Erano meno di venti.

Gli scaricatori li fecero allineare e li tennero sotto mira.

Per ultimo uscì don Lionello Ciccone.

Raquel ricordava perfettamente la volta che l'aveva incontrato, al capannone. Aveva un'aria tracotante ed era azzimato come un pappone, con i capelli impomatati. Ora era spettinato. Sembrava che avesse dieci anni di più dei suoi trenta. Camminava incerto. Era un giovane boss che aveva tentato il colpo e gli era andata male. Ora poteva solo sperare di salvarsi il culo.

Ciccone arrivò davanti a Rocco. Lo guardò e lo riconobbe. E ricordò il giorno che era andato a minacciarlo.

Rocco indicò gli uomini dietro di lui. «Mi hai detto che dovevo aprire un circo con questa banda di merda, te lo ricordi?»

Ciccone non rispose. Anche lui, come i suoi uomini, cercava di darsi un contegno.

«Io il circo l'ho aperto» fece Rocco. «Però ci manca il clown.»

Ciccone strinse i pugni ma non disse niente.

Rocco fece cenno a due scaricatori di avvicinarsi. «Sollevatelo. Tu prendilo per le braccia» disse a uno. «E tu per le gambe» fece all'altro. Poi si voltò verso gli altri scaricatori. «Se uno di questi scimmioni si gratta il naso, sparategli.»

I due scaricatori intanto avevano preso Ciccone per le mani e i piedi e lo tenevano sollevato da terra.

«Venite.» Rocco raggiunse la banchina.

Tutti guardavano. Il silenzio era assoluto.

Si sentivano soltanto le acque maleodoranti del Riachuelo che sciacquettavano pigramente contro il molo.

«Un bel lancio» disse Rocco. «Vediamo se è un bravo clown.»

I due scaricatori cominciarono a dondolare Ciccone avanti e indietro.

«Uno... due... e tre!»

Lo lanciarono con tutta la forza che avevano.

Ciccone si ritrovò proiettato in aria, con le gambe e le braccia che mulinavano inutilmente. Raggiunse un'altezza di quasi due metri e poi cominciò a precipitare. Quando atterrò sull'acqua si sentì un rumore come di uno schiaffo, un gigantesco schiaffo, e sollevò uno spruzzo che arrivò fino alla banchina.

«Non so nuotare! Affogo!» annaspò Ciccone, agitandosi e sollevando ancora più spruzzi mentre la testa continuava a finire sott'acqua. «Affogo!» urlò sputando un fiotto di acqua putrida.

«Guarda che lì si tocca!» urlò uno scaricatore.

Un attimo di silenzio e poi ci fu una risata fragorosa. Anche alcuni uomini di Ciccone, nonostante la tensione, risero.

Ciccone smise di annaspare e mise i piedi sul fondo melmoso. Si tirò su. I capelli impomatati, bagnati, gli scendevano ancora più appiccicati alla fronte. L'acqua gli arrivava poco sopra la cintola.

«Sì, sei un ottimo clown!» fece Rocco e applaudì.

Di nuovo risero tutti.

Ciccone uscì dall'acqua a fatica. Nessuno lo aiutò a issarsi. Il boss, umiliato, quasi dovette strisciare sulla banchina.

«Il porto adesso è nostro. Della gente perbene» disse Rocco.

Gli scaricatori provarono un'emozione violenta. Ad alcuni, nonostante fossero degli omoni grandi e grossi, si inumidirono gli occhi. Ognuno di loro pensava alle angherie subite, anche dai genitori. Alle morti. Alla violenza. Alla paura.

«Roc-co... Roc-co...»

Qualcuno aveva iniziato a scandire il nome. Ritmandolo.

«Roc-co… Roc-co… Roc-co…»

In un attimo la voce solista si era trasformata in un coro.

«Roc-co… Roc-co… Roc-co… Roc-co…»

Un coro che faceva vibrare l'aria mentre l'alba cominciava a schiarire la notte. Come un presagio.

«Roc-co… Roc-co…» scandivano piano anche Raquel e Louis dal loro nascondiglio, emozionati. «Roc-co… Roc-co…»

«Vattene, Ciccone!» gridò al di sopra delle voci Rocco. «E non farti vedere mai più da queste parti.» Si voltò verso gli altri gangster. «E anche voi. Sparite!»

Mentre quell'esercito di vigliacchi prepotenti se ne andava, a testa bassa, Raquel guardò Louis. E vide che aveva le guance rigate di lacrime.

Louis incontrò il suo sguardo e, con i moccoli che gli colavano dal naso e si mischiavano alle lacrime, ridendo, disse: «E tu volevi perderti questo! Cazzo, sei proprio una mezzasega!».

72.

Il Barone aveva rimuginato tutta la notte

A tratti rideva. A tratti digrignava i denti. A tratti ringhiava addirittura. Oppure fremeva. O veniva pietrificato dalla tensione. E in alcuni momenti dimenticava addirittura chi era, come se fosse semplicemente un animale acquattato in attesa della preda.

I pensieri si erano fatti di ora in ora meno limpidi, nonostante avesse assunto ancora cocaina. O forse proprio per quello. E insieme ai pensieri si mischiavano emozioni, ma scollate. Pensava che avrebbe dovuto uccidere la madre quando era piccolo. Perché la morte le avrebbe tolto in un attimo tutta la sua bellezza. E poi pensava al clitoride della Principessa, grande come un piccolo pene, e si vedeva stringerglielo in mano mentre moriva, quando invece l'aveva fatto con Bernardo, che nella sua testa era suo padre. Suo padre con la livrea. E gli alamari d'oro.

Quando la luce del sole si alzò sulle stradine miserabili di Barracas gli ferì gli occhi. Cercò l'ombra. Ma sembrava che non ce ne fosse da nessuna parte.

Le mani gli tremavano mentre rovistava nel sacchetto della cocaina. Era praticamente finita.

«È tempo di agire» disse ad alta voce.

Fece un tiro. Pizzicandola tra le dita. Come aveva visto fare a suo padre con la scatolina d'osso, quando aspirava il tabacco aromatizzato alla menta. O come se fosse polvere. Sì, forse era polvere. Perché gli faceva prudere il naso. Si grattò le narici, infilò le unghie dentro. Non sentiva niente. Solo il prurito della polvere. Quando estrasse le dita, vide che erano insanguinate.

«È tempo di agire» ripeté.

Guardò verso la casa arancione, con le imposte e la porta verde pisello. Doveva cercare di tenere a bada i pensieri. Su sua madre, soprattutto. Perché lo disturbavano. Lo rendevano debole. Ma non riusciva a scrollarseli di dosso, come fossero una malattia.

Vide che l'uomo mingherlino, il padre della maledetta bambina, usciva di casa. Andava al lavoro. Bene, sorrise il Barone, avrebbe avuto una bella sorpresa al suo rientro.

E poi vide che anche la donna pallida, la madre della bambina puttana, se ne andava. Forse a fare la spesa. Sarebbe tornata presto, si disse. Lei avrebbe avuto la sorpresa prima di suo marito. Gli sembrò una bellissima battuta. Rise.

Adesso, in casa, c'erano le due che avrebbe ucciso.

Sole. Indifese. In attesa di avere la loro giusta punizione.

«È tempo di agire» ripeté.

Infilò la mano nel sacchetto della cocaina. Era vuoto. In uno scatto di rabbia lo rivoltò. C'erano delle tracce bianche sulla stoffa. Spinse il naso, che ancora sanguinava, sulla stoffa. Inalò con forza. Poi passò la lingua sugli ultimi granelli, leccando il fondo del sacchetto. Sapevano di sangue. Rise ancora.

Coltello o pistola? Non ci aveva pensato.

In quel momento la bambina uscì in strada.

Il Barone si tese. Non aveva previsto neanche questo.

La bambina aveva indosso il vestitino bianco. Salterellava, infilandosi in un vicolo stretto. Giocava da sola. Canticchiava.

Eccolo, era tutto lì quel gran dolore che raccontavano i giornali?

La bambina andò avanti nel vicoletto e poi scomparve.

Al Barone s'arrestò il fiato in gola. Non poteva perderla. Scattò, attraversò la strada, si infilò nel vicolo.

Seguì la vocina della bambina. Cantava una filastrocca.

«Rosso è il colore del fuoco... e delle guance del cuoco...»

Era poco più avanti, appena dietro l'angolo.

«Rossa è la mela sul ramo... ora la colgo con la mano...»

Il Barone svoltò l'angolo. Ed eccola lì. «Rosso è del sangue il colore...» cantò, «della bella bambina che muore!»

Guadalupe lo vide e si immobilizzò. Le gambe non si mossero. La bocca si spalancò ma non ne uscì un solo fiato.

Il Barone le fu addosso. Lasciò cadere il coltello in terra. Aveva deciso. Né coltello né pistola. Mani.

«Mamma...» riuscì finalmente a dire Guadalupe.

Ma le mani del Barone le si erano già strette al collo.

Guadalupe urlò. Una volta. Una sola volta. Acutissima.

Il Barone continuò a stringere quel collo sottile e fragile, da passerotto, finché sentì che si spezzava.

Ma poi risuonò un altro grido.

Il Barone si voltò.

Una vecchia lo aveva visto. «Assassino!» gridò ancora.

Il Barone fu colto dal panico. Tornò indietro di corsa. Appena uscì dal vicolo vide altra gente che si affacciava.

«Assassino!» risuonò la voce della vecchia. «Assassino! Ha ucciso Guadalupe!»

Il Barone si buttò in strada.
«Assassino!» urlò un'altra voce. Una voce familiare.
Il Barone si voltò. Era Rosetta. Che non scappava. Anzi, gli si stava avventando addosso. Estrasse la pistola. Mirò. Sparò.
La corsa di Rosetta si interruppe all'istante. Roteò su se stessa. Una piroetta mentre le gambe perdevano la presa sul terreno. Fu sbalzata all'indietro dalla sua stessa rotazione e cadde con la faccia nella polvere.
«Bottana!» urlò il Barone. Alzò ancora la pistola.
Ma un uomo si frappose tra lui e Rosetta. E poi un altro. E altri dieci. E poi venti, trenta. Avanzavano. In silenzio.
Il Barone gli puntò contro la pistola.
«Siamo dieci volte tanti i tuoi proiettili» disse un uomo.
Il Barone esitò.
E in quel momento, alle sue spalle, un giovane gli diede una bastonata violenta sul polso. Partì un colpo. La pistola cadde in terra. Gli uomini erano tutti intorno a lui, ormai. Era accerchiato.
«Non potete toccarmi, pezzenti! Io sono il Barone Rivalta di Neroli!» gridò agli uomini, sprezzante.
Gli uomini lo guardavano senza parlare.
Poi, a mano a mano, si fecero di lato, aprendosi.
E allora comparve la madre di Guadalupe. Fissava il Barone con gli occhi che sembravano bruciare.
Reggeva in braccio la sua bambina. Abbandonata come uno straccio. Come una bambola di pezza. Il viso violaceo. La lingua spessa che usciva dalle labbra. Il vestitino bianco era sporco di terra e aveva una macchia che non era andata via del tutto, nonostante i ripetuti lavaggi. Tra le gambe. Un alone rosa pallido che avrebbe notato solo chi sapeva che c'era stata una macchia ben più appariscente, rosso sangue.
«Che volete farmi?» disse il Barone. Adesso il suo tono non era più sprezzante. Adesso la sua voce tremava.
Gli uomini si fecero da parte, senza bisogno che nessuno desse l'ordine. Era qualcosa che sentivano intorno a

loro, dietro di loro, che riempiva quella polverosa strada di Barracas.

Il Barone indietreggiò. Era uno spettacolo pauroso.

Le donne erano scese in strada. Alcune avevano dei coltelli da cucina in mano, altre degli spiedi, altre delle forbici, altre delle falci.

«Che volete farmi?» disse il Barone, di nuovo.

Le donne, dopo averlo circondato, rimasero immobili. Sembrava che stessero intonando i loro respiri per farli diventare uno solo.

La madre era la più immobile di tutte, dietro di loro, con Guadalupe in braccio. Faceva paura.

E poi le donne, all'improvviso, tutte insieme, gli furono sopra.

Il Barone urlò, alzò le braccia e poi scomparve, ingoiato da quell'unico organismo feroce.

Quando le donne si aprirono erano intrise di sangue. Sangue sui vestiti, sulle mani, sotto le unghie. Grumi di sangue tra i capelli. Ma nessuna di loro sembrava sporca.

Il corpo del Barone, o ciò che ne restava, era sparpagliato a terra. Come un burattino pronto per la discarica. Fatto a pezzi. Pezzi senza senso che nessun becchino sarebbe mai stato capace di rimettere insieme. Gli occhi spalancati sembravano ancora gridare l'orrore che aveva patito. E per la prima volta, in quello sguardo che tardava a farsi di vetro, si poteva leggere la stessa pena delle sue troppe vittime.

Allora le donne, come delle sacerdotesse, come delle Baccanti alla fine del rito feroce, si ritirarono in silenzio, come ombre, lasciando che la fine della tragedia venisse scritta dal sangue del Barone che scioglieva in fango rosso la polvere di Barracas.

A quel punto la madre si voltò, con la sua bambina sempre in braccio, e, come se l'avesse sentita, o come se la chiamasse, poco distante da lì, suonò la campana della chiesetta di Nuestra Señora de Guadalupe. Era a lei che la donna aveva consacrato sua figlia, quando era nata. E adesso, senza che nessuno avesse bisogno di spiegazioni, cominciò a camminare verso la chiesetta. Perché a lei, alla Madonna di Guadalupe, l'avrebbe restituita, affidandogliela.

Le donne formarono un corteo funebre e si coprirono il capo con i veli e gli scialli.

Rosetta si alzò, gemendo, aiutata da Dolores e dalla señora Chichizola. Era ferita a una spalla. Il vestito azzurro con i fiori di jacaranda era insanguinato.

Tano e Assunta la raggiunsero.

«Devi andare in ospedale» disse lui.

«Dopo» rispose Rosetta in un tono che non ammetteva repliche. Poi si unì al corteo.

Dietro seguivano gli uomini, a testa bassa e con i cappelli in mano, in segno di lutto.

Anche Tano e Assunta si erano accodati. Lei l'ultima delle donne. Lui il primo degli uomini.

Tano, pensando a quello che erano riuscite a fare in quei pochi mesi le donne di Barracas, disse: «Sugno fiero di chiste fimmine. Anche se sono un uomo».

«Anche se sei… *solo* un uomo» lo corresse Assunta.

Tano annuì, serio. «Sì. Anche se sono *solo* un uomo» ripeté.

Quando arrivarono davanti a Nuestra Señora de Guadalupe, Tano sospirò e disse: «È finita».

Assunta non parlò. Era stato pagato un prezzo troppo alto per provare sollievo.

In cima ai gradini del sagrato Tano si voltò.

Nessuno si stava prendendo cura dei resti del Barone. E nessuno l'avrebbe fatto. Nemmeno i cani randagi.

Come se fosse carne avvelenata.

73.

Il capannone era pieno di scaricatori che non facevano altro che parlare di quello che era successo.

La madre di Louis sfornava piatti uno dietro l'altro. Era radiosa. Non le pareva vero di stare in mezzo a tutti quegli uomini come una donna e non come una puttana. Era una sensazione che quasi non ricordava di aver mai provato. Continuava a lanciare sguardi a Louis e a sorridergli.

Louis era seduto lì vicino. Era stanco, si vedeva. Ma anche lui era felice. La prima cosa che aveva fatto, dopo essere stato rimproverato da tutti per essere scappato dall'ospedale – e aver chiarito che non ci sarebbe tornato nemmeno ammazzato –, era stato mostrare alla madre il montacarichi, ormai funzionante.

«L'ho costruito io» le aveva detto. E poi le aveva indicato una scritta. «E questo è il mio nome. L-o-u-i-s» aveva scandito.

Raquel ora gli stava seduta accanto e guardava Rocco con occhi pieni di ammirazione. L'aveva visto trasformarsi in quei giorni. E aveva capito qualcosa che non sapeva. L'amore era in grado di far cambiare le persone. Profondamente. Le faceva diventare più forti. E più belle. Più nobili. E per la prima volta in vita sua pensò che forse un giorno si sarebbe innamorata anche lei. Ma appena formulò questo pensiero si spaventò e si allontanò un pochino da Louis.

«Dove sono quei due stronzi?» chiese Louis, riferendosi ai suoi compagni di scorribande. «Li hai visti?»

«No» rispose Raquel, senza guardarlo in faccia.

«Si saranno infrattati da qualche parte» fece Louis. «Cacasotto.» Ma nella sua voce si sentiva che era dispiaciuto che non fossero lì.

«Eccoli!» esclamò Raquel, vedendoli entrare nel capannone.

I due ragazzini caracollarono verso di loro.

«Ciao, capo» disse il rosso, quello più mingherlino.

«Che cazzo hai lì sotto?» fece Louis vedendo un rigonfiamento sotto la maglia del ragazzino.

Il rosso si guardò intorno con circospezione.

«E dài!» fece l'altro. «Dagliela!»

Allora il rosso prese quello che nascondeva sotto i vestiti. Era una maglia nuova della squadra del Boca Juniors. «Quasi ci beccavano mentre la fregavamo» rise. «Ma non potevamo lasciarti senza.»

Louis rimase a bocca aperta.

«Che vi avevo detto, cretini?» fece Javier comparendo alle loro spalle. Diede uno scappellotto al rosso.

«Avanti, l'hanno fatto… a fin di bene…» li difese Louis.

«Certo che l'hanno fatto a fin di bene» disse Javier. «L'hanno comprata con i soldi che hanno guadagnato. Non l'hanno rubata.»

Louis guardò i due ragazzini, che erano arrossiti.

«Non c'è un cazzo da vergognarsi a non rubare» disse Javier e gli diede un altro scappellotto. «Vi ho avvertito. Cambiate regime se volete vivere con me e mia moglie. Non dovete dare il cattivo esempio a mia figlia, sia chiaro!»

Louis scoppiò a ridere. «Stanno da te?»

«Cos'è… capo?» fece Javier. «Non ti sta bene?»

Louis guardò i suoi amici. Non riuscivano a mostrare tutta la loro gioia, ma lui la immaginava. Non erano più due randagi. «Basta che non vi infrocite troppo» disse per fare il duro.

«Qui mi pare che l'unico finocchio con una maglietta nuova di zecca sei tu» disse Javier. «Mettitela almeno, che cazzo.»

Louis si levò la camiciola dell'ospedale. Appena fu a torace nudo gli occhi di tutti andarono al grosso buco che aveva al centro del petto e che cominciava a rimarginarsi. Louis si girò di spalle, imbarazzato. Ma anche dietro aveva lo stesso buco, rosso e nero, rattoppato come un calzino. Si infilò in fretta la maglietta. Poi si voltò, fiero. Si guardò il gagliardetto sul cuore.

«Hai un culo grosso così a essere vivo» gli disse Javier. «Più grosso di una balena, lo sai vero?»

«Solamente quelli che hanno culo arrivano in fondo alla gara» intervenne Rocco.

Raquel pensò che Louis era proprio carino con quella maglietta. E appena si rese conto di cosa poteva implicare quel pensiero si allontanò di un altro passo.

Rocco intanto era salito su una cassa. «Ascoltate!» gridò, oltre il frastuono festoso. Batté le mani. «Ascoltate!»

Piano piano gli scaricatori si azzittirono.

«La guerra che conta inizia ora. Lo sapete, vero?» disse Rocco. Guardò quegli uomini che avevano in mano il loro destino. «È adesso che capiremo di che pasta siamo fatti. È a partire da ora che dobbiamo difendere centimetro per centimetro il pezzo di vita che abbiamo conquistato.» Fece una lunga pausa. «È in questo momento che dobbiamo dimostrare che siamo migliori di quelli che c'erano prima.» Annuì e sorrise. «Ma io ho fiducia in voi. In noi. Io so per cosa lottare.» Indicò il prototipo del montacarichi. «Ne costruirò un altro, migliore. E poi un altro ancora. Ne costruirò così tanti che non potete neanche immaginare che cazzo di traffico ci sarà qui al porto e che puzza di benzina.»

«Meglio della puzza della merda dei buoi!» gridò Javier.

Tutti quanti risero.

Rocco tornò a indicare il montacarichi. «Questo aggeggio non vi leverà lavoro. Voi non siete sostituibili. Ma lavorerete meglio, più in fretta. Scaricherete più navi, potrete avere prezzi più competitivi e guadagnerete più soldi.»

«Tu invece hai intenzione di restare povero?» chiese scherzando uno scaricatore.

«No, bello» rise Rocco. «Io voglio diventare ricco. Ricco e onesto. Perché prima di arrivare qui ho promesso che non sarei mai stato un mafioso. L'ho promesso a mio padre. Mafioso. Gliel'ho promesso sulla sua tomba. E io non so se lui mi ha sentito, ma io la promessa l'ho fatta e quant'è vero Iddio ora posso mantenerla.»

Gli scaricatori rimasero in silenzio. Avrebbero potuto gridare la loro gioia, applaudire, cantare magari. Ma non era un gioco. Non sarebbe stato facile. Presto sarebbe venuto un altro Ciccone e avrebbe provato a levargli quello che avevano conquistato. O forse non sarebbe stato un mafioso ma un politico. O magari uno del sindacato che dovevano creare, che si sarebbe lasciato corrompere. No, non c'era né da applaudire né da festeggiare. Rocco aveva ragione: la guerra che contava davvero iniziava ora.

«Io sto andando da Tony» riprese Rocco. «Ci ha fatto una promessa e vado a riscuotere.» Indicò Javier, Billar, Ratón, Mattia e Louis. «E voi da domani al lavoro. Mi avete sentito? Che cazzo ce ne facciamo di un solo montacarichi? Dobbiamo scaricare navi, non barchette!»

Finalmente gli scaricatori applaudirono.

Rocco scese dalla cassa. Fece segno a Raquel. «Avanti. Passo da Tony e poi andiamo a Barracas a vedere come sta Rosetta.»

«Posso venire anch'io?» fece Louis.

«Sei una piattola» disse Rocco. «Ce la fai a camminare o ti devo portare in braccio, mezzasega?»

«Ce la faccio benissimo» rispose Louis.

«Non fare lo sbruffone» gli disse piano Raquel.

Rocco camminò lentamente, fingendo di doversi continuamente fermare a vedere qualcosa, per evitare che Louis si stancasse troppo. Infine raggiunsero la fortezza di Tony.

C'erano due uomini armati di guardia al portone, anche se ormai la guerra era finita.

«Aspettate qui» disse Rocco a Raquel e Louis. Poi entrò.

Tony era seduto sotto al gazebo nel chiostro. Aveva una coperta addosso. «Non riesco a stare al chiuso» sorrise. «Mi manca l'aria. E ho sempre freddo.»

Rocco lo guardò. All'improvviso non era più la sua statura da nano la prima cosa che saltava agli occhi, ma il colore grigio della sua pelle. Come se si fosse spento. E di nuovo, come pochi giorni prima, provò una pena che assomigliava ad affetto. E come pochi giorni prima si vergognò di provare un tale sentimento per un mafioso. Ma Tony aveva qualcosa di speciale.

«Sono venuto a riscuotere la tua promessa» disse però

in tono duro. «Il porto è nostro, adesso. È della gente perbene.»
Tony lo guardò senza parlare. Annuì semplicemente.
«Il montacarichi sarà una rivoluzione per il modo di lavorare al porto» riprese Rocco.
«Sì, l'ho pensato appena ho visto i disegni appesi nell'ufficio di Faccia-da-cane, quella mattina.»
«Ti chiesi se volevi entrare in società» continuò Rocco in tono burbero. «Per essere sincero non avrei mai potuto costruirlo senza di te. Siamo al cinquanta percento, se a te va bene. Ma si lavora onestamente.»
Tony sorrise. Un sorriso semplice, puro, nel quale si leggeva tutto il piacere per quello che aveva appena ascoltato. «Ti manca proprio il minimo istinto criminale. Sei un coglione nato. Ma mi stai simpatico.» Scosse il capo. «L'affare dei montacarichi è tutto tuo. Te lo lascio.» Si tirò più su la coperta. Ogni gioia scomparve dal suo sguardo. «Io sono morto. Vai per la tua strada, Bonfiglio.»
Rocco non sapeva che dire e che fare.
«Ma stai attento» continuò Tony. «Hai rotto i coglioni anche a quei tizi ebrei. Ricorda sempre che sono più forti della legge. Hanno tentacoli che nessuna spada può tagliare. Ci scommetti che Amos scomparirà, chissà come?»
«Sì, ne sono certo» disse cupo Rocco.
«Perciò fai attenzione. La gente che si mette contro di loro e riesce a invecchiare è rara come un buco di culo profumato.»
«E tu?» Rocco non riuscì a tacere. «Che farai?»
«Non ti preoccupare per me, non fare sempre il sentimentale» sbuffò Tony. «Io sono morto con Catalina.» Il suo sguardo si spense. Come se davvero fosse già morto. Sembrò perdersi in un labirinto di pensieri e dolore dal quale non sarebbe mai tornato indietro. Invece si scosse e guardò Rocco, con gli occhi di nuovo vigili. Perché aveva un debole per quel ragazzo. Tenendosi stretta al corpo la coperta si sporse verso Rocco. «Ogni animale, nella giungla, vive perché *vuole*

sopravvivere.» Un sottile velo di tristezza gli attraversò gli occhi un tempo gelidi. «Il giorno che smette di volerlo... è condannato. Dopo un minuto, un'ora, un giorno... il tempo è solo un'illusione... quell'animale, che sia il re o il pidocchio, morirà. E morirebbe anche senza nemici. Perché è qui dentro che si annida il suo predatore.» Si batté un dito sul cuore. «È lui stesso la sua morte.»

Rocco pensò al destino, alle strade che si sceglievano o che si era costretti a percorrere. E pensò che nessuno, probabilmente, aveva mai visto Tony come lo stava vedendo lui. Nessuno aveva mai potuto toccare quella profonda, inaspettata umanità. E allora, solo apparentemente senza un nesso, gli venne alle labbra la domanda che lo tormentava da quando era scoppiata quella guerra. «Io sono davvero un assassino come mio padre?»

Tony lo guardò. Poi scosse piano il capo. «No. Io sono un assassino. Tu sei un guerriero. Io avrei ammazzato Ciccone come un cane. Tu invece l'hai sconfitto.»

Rocco sentì qualcosa di violento dentro di sé. Un nodo vecchio quanto lui che all'improvviso si scioglieva. E la cosa assurda era che avveniva grazie a un mafioso. Non aveva senso, apparentemente. O forse sì, invece. Perché solo un assassino poteva dirti che non eri un assassino. Perché solo un mafioso poteva dirti che non eri un mafioso.

«Vai per la tua strada e non voltarti» ripeté Tony. «Un giorno troveranno un nano nel Riachuelo, con la gola tagliata, e tu saprai che sono io. Ma non sprecare una preghiera.»

Rocco fece per parlare.

Tony gli fece segno di tacere. «Perché vuoi rovinare questo momento dicendo una stronzata qualsiasi, ragazzo?»

Rocco abbassò lo sguardo a terra.

«Ora vattene, Bonfiglio» disse Tony, piano, a bassa voce, quasi che stesse esaurendo le energie. Respirava a fatica. Era affannato. Si sporse verso di lui. La coperta scivolò a terra. «Mi hai rotto i coglioni.» E poi gli diede uno schiaffetto.

Abbastanza forte da arrossargli la guancia. Abbastanza forte da fargli sentire tutto il suo affetto.

Rocco rimase un attimo immobile. Poi raccolse la coperta e gliela mise addosso. E per la prima volta in vita sua disse con sincerità una frase che aveva sempre odiato: «Baciamo le mani».

Ma Tony non lo ascoltava. Si era già ritirato nel suo dolore.

Rocco uscì dalla fortezza. Fece cenno ai due ragazzini di muoversi e si diressero verso Barracas.

Mentre camminavano, a un angolo della strada, Rocco vide una ragazzina che non aveva più di quindici anni, diafana, con lunghi capelli biondi, sottili e setosi. Un uomo la teneva per mano e la stava trascinando dietro a una palizzata. Lei non opponeva resistenza. Poco più in là una donna con una guancia sfregiata e un orecchio mozzato nella parte superiore teneva in mano un biglietto da cinque pesos.

«Libertad» mormorò Rocco.

«Libertad!» esclamò Raquel. E poi, con voce cupa: «Adelina».

Rocco raggiunse Libertad e la strappò di mano all'uomo.

«Ehi!» protestò l'uomo. «Ho pagato per scoparmela!»

Rocco afferrò la banconota che Adelina stava mettendosi nella scollatura, la accartocciò e la lanciò all'uomo. «Vattene!» gli urlò.

L'uomo raccolse la banconota e si allontanò in fretta.

Adelina non sapeva cosa stava succedendo e non lo riconobbe. «Chi cazzo sei tu?»

Rocco non le rispose. «Libertad, vieni via con noi.»

Libertad aveva uno sguardo remoto.

«L'hai drogata, vero?» fece Raquel, rabbiosamente.

«Lei è mia!» disse Adelina. «Lei è mia...»

Aveva uno sguardo disperato, notò Raquel.

«Libertad, ascoltami...» fece Rocco.

Raquel si avvicinò. «Lascia» disse a Rocco. «Libertad... non è vero che c'è una sola occasione» le disse.

Libertad fu scossa da quella frase.

«Adesso hai una nuova occasione...»

Libertad lottava contro l'effetto della droga.

«Mi hai detto che dovevo nuotare per te...»

Libertad fece un sorriso meraviglioso. Da angelo. «Sei tu» disse in un sussurro.

«Io ho nuotato...» continuò Raquel. «E ora puoi farlo anche tu.»

«Lo so chi sei!» urlò Adelina. «Lo so anch'io chi sei!»

«Stai zitta, troia!» le ringhiò in faccia Raquel, mentre tutto l'odio che aveva covato in quei mesi le esplodeva dentro.

«È colpa tua! Lo so chi sei!» gridò Adelina. «È tutta colpa tua!» Fece per scagliarsi contro Raquel ma Rocco la fermò.

Louis non capiva nulla.

Raquel vide la pistola infilata nella cintola di Rocco. Per un attimo pensò di prenderla e sparare in faccia ad Adelina. Per Tamar e tutte le altre ragazze che aveva torturato.

Adelina sembrò intuirlo. Adesso era lei quella più debole. Si fece piccola. «Ero costretta da Amos. E adesso per colpa sua mi hanno cacciato. Non mi vogliono più...» piagnucolò. «Lei mi serve» disse indicando Libertad. «Mi serve per fare un po' di soldi. Mi serve per mangiare...»

«Mi fai schifo» disse Raquel, con la voce che tremava. E in quel momento si rese conto che non avrebbe mai preso la pistola a Rocco. Perché non sarebbe stata capace di uccidere Adelina. Perché non era come lei. «Vaffanculo» le disse. Poi si voltò verso Libertad e la prese per mano. «Vieni con noi.»

«E io?» fece Adelina. Era disperata. Aveva paura. «Morirò!»

«C'è di peggio che morire» le rispose Raquel. La guardò con disprezzo. «Te la ricordi la prima cosa che mi dicesti, appena arrivata? *Este es el infierno*. Avevi ragione. Per te sarà un inferno. Sarà Buenos Aires a punirti. Non io.» Le sputò sul vestito. «Fottiti.»

Mentre si allontanavano Raquel stringeva la mano di Libertad. Guardò Rocco. «Ormai lo sanno tutti chi sono.»

«Ormai non conta più» le disse Rocco sorridendole.

«Ma perché?» chiese Louis, frastornato e confuso. «Chi sei?»

«Sono una femmina, tonto!»

74.

Il capitano Ramirez fece fermare la camionetta della Policía che doveva trasferire Amos dal commissariato di Avenida de la Plata al carcere militare a nord della città in una zona poco trafficata, nel barrio residenziale di Nuñez.

Ramirez scese dalla camionetta, aprì il portellone posteriore e ordinò alla guardia carceraria di liberare il prigioniero dalle manette. Poi fece segno ad Amos di scendere.

Si allontanarono di qualche passo dalla camionetta, per non farsi sentire.

«Arriva al Rio de la Plata» disse il capitano. «Poi dirigiti a nord. Vedrai una palafitta di quelle che usano i pescatori. È dipinta di giallo e c'è una grande rete sospesa. La barca ti aspetta lì.»

Amos aveva un'aria distrutta. Si era salvato, era vero. Ma avrebbe dovuto ricominciare tutto daccapo. E da solo.

«Che ne è stato di mio padre?» chiese con una nota angosciata.

«È stato seppellito secondo il vostro rito» rispose il capitano Ramirez. «Ha provveduto a tutto la Sociedad.»

Amos pensò a quello che ripeteva sempre il padre, che non voleva finire sottoterra in quel cimitero. Che non lo considerava un vero cimitero ebraico. Amos non glielo aveva mai detto ma aveva già pianificato tutto. Quando fosse morto lo avrebbe portato a Praga e sepolto lì, in quel cimitero antico che gli piaceva tanto. E andandosene, dopo la ceri-

monia, dopo aver messo la pietra sulla sua tomba, si sarebbe lavato le mani a quel piccolo lavandino del quale raccontava sempre suo padre. E così avrebbe scoperto se davvero ci si poteva sentire puliti.

Ma ora nulla di tutto questo sarebbe stato possibile.

«Adesso vai» fece il capitano Ramirez.

Amos pensò che aveva un tono diverso dal solito. Un tempo, quando era lui a pagarlo, quando gli faceva scopare ogni sera una puttana al Chorizo, quando chiudeva un occhio sul fatto che alzava le mani sulle ragazze, aveva un tono amichevole. E insieme rispettoso. Ora, invece, gli parlava per conto di qualcun altro. Ora gli parlava come se non valesse più un cazzo. E infatti era così.

«Non ho soldi» disse al capitano.

«Perché? Devi prendere la carrozza?» rispose Ramirez.

«Un poliziotto corrotto è corrotto e basta» gli aveva detto Jaime. E aveva ragione. Ramirez era marcio dentro. Ma chi non lo era? Poteva dire di se stesso che non era marcio? No, non poteva. Aveva lanciato i dadi ed era uscito il numero sbagliato. Tutto qui. La vita era meno complicata di quello che si immaginava di solito.

«Dovevo dirti di andare alla palafitta» ripeté Ramirez. «Vai a questa cazzo di palafitta.» Poi si voltò, chiuse il portellone della camionetta e salì a bordo accanto al guidatore.

In un attimo la camionetta si allontanò. E Amos fu solo.

Si voltò verso est. Alle sue spalle stava tramontando il sole. Sentì nell'aria l'odore salmastro delle acque del Rio de la Plata. Attraversò un giardino ben tenuto e proseguì dritto. Dopo meno di dieci minuti era sulla sponda argentina del grande fiume fangoso.

Si fermò. Dove lo avrebbe portato la barca? Probabilmente a Montevideo, come prima tappa. Poi da lì o a Rio de Janeiro, in Brasile, oppure a New York, negli Stati Uniti d'America. In entrambe le città la Sociedad aveva affari. I soliti affari. Puttane.

Cosa gli avrebbero fatto fare? Di sicuro non gestire un bordello. Se lo poteva scordare. Avrebbe ricominciato dal basso. Gorilla. E comunque, si ripeté, era stato fortunato.

Forse la sua maggior fortuna, rifletté, era conoscere così a fondo gli affari della Sociedad. Non era uno di quelli che si lasciavano marcire in galera. O lo si faceva fuori o lo si faceva scomparire.

Scoppiò a ridere.

«Vaffanculo!» gridò. «Vi saluto! Io me ne vado!»

Ce l'avrebbe fatta. Non sarebbe stato facile ricominciare alla sua età. Ma lui era un ebreo. Più duro del tendine di una vacca, come diceva il rabbino di Praga. Non aveva rimpianti. Aveva giocato la sua mano e l'aveva persa.

No, si disse. Un rimpianto ce l'aveva, eccome. Quella ragazzina del cazzo. Portava sfortuna. Avrebbe dovuto lasciarla morire assiderata quando erano ancora in Russia. Era cominciato tutto con lei, che potesse essere maledetta. Prima la fuga. Poi quei cazzo di articoli. Quegli articoli gli avevano messo addosso gli occhi di tutta la città. E avevano costretto Noah e la Sociedad a non intervenire direttamente, per non essere compromessi. Quella ragazzina lo aveva reso un appestato. La sfortuna era iniziata con lei. Se avesse avuto la possibilità di sapere dov'era, prima di partire e scomparire le avrebbe fatto volentieri una visita.

L'avrebbe aperta come un pesce, pensò rabbiosamente.

Ma era ora di voltare pagina, si disse accelerando il passo lungo l'argine del Rio de la Plata. In lontananza vide una palafitta gialla e una grossa rete quadrata sospesa sull'acqua.

Quando la raggiunse non notò nessuna barca ormeggiata.

Dietro alla palafitta vide del fumo. E sentì un odore di sigaro.

Salì sul pontile e andò fino all'argano della rete da pesca. Le assi erano secche e scricchiolavano sotto i suoi passi.

«Sei puntuale» disse una voce.

Amos non lo riconobbe subito. Aveva i lineamenti del viso stravolti dalle ustioni.

«Ciao, Amos» disse il Francés, buttando il sigaro nell'acqua.

Amos si guardò alle spalle.

«Pensi di essere più veloce di questa?» sorrise il Francés agitando la pistola.

«Come sei sopravvissuto?» chiese Amos. Era una domanda del cazzo ma non gli venne altro da dire.

«Siediti» gli fece il Francés, indicandogli una panca.

Amos si sedette.

«Mi piace far salotto con te» disse il Francés. «Sei sempre stato un fine conversatore.»

«Va bene. Facciamola finita» disse Amos. «Cosa vuoi? Tra poco arriverà una barca. Avranno dei soldi.»

«Secondo te arriverà davvero una barca?» sorrise il Francés.

Il volto di Amos si irrigidì.

«Eh, già» sospirò il Francés. «Il capitano Ramirez è un uomo così avido. E così vile. A Tony è bastato mandargli uno dei suoi uomini. Non è nemmeno dovuto andarci lui personalmente. Ti rendi conto di quanto poco vali?»

Amos serrò i pugni. Aveva una sola speranza. Doveva saltargli addosso appena abbassava la guardia.

«Per me invece vali tantissimo» continuò il Francés. «Sono rimasto qui per te, invece di scappare, dopo essere sopravvissuto. Ho detto io a Tony che c'eri tu dietro a Ciccone.»

Amos fremette. «Come l'hai saputo?»

«Fortuna» si strinse nelle spalle il Francés. «E dopo Catalina gli ho detto io dove trovare tuo padre.»

Amos sentì il sangue andargli alla testa.

«Gli ho detto io che se lo avesse ammazzato ti avrebbe fatto soffrire come un cane.»

Amos gridò e scattò in avanti.

Ma il Francés lo aspettava. Gli sparò nella pancia. Poi si fece di lato, con grazia, come un torero.

La corsa di Amos proseguì ma sempre più scompostamente. Riuscì a fermarsi. Si girò. Si teneva una mano premuta sulla grossa pancia ma senza riuscire a trattenere il sangue che gli insudiciava il panciotto. Si lanciò di nuovo.

Il Francés gli sparò a un ginocchio.

Amos gemette e cadde a terra.

Il Francés gli andò sopra. Gli puntò la pistola in fronte. «Questo è da parte di Lepke.» Poi sparò.

La fronte di Amos esplose e si annerì. Amos cominciò a muovere la testa, a scatti velocissimi, come una marionetta a molla impazzita, a occhi sbarrati e denti serrati. E infine si fermò. Senza chiudere gli occhi.

«Hai avuto quello che volevi, sembra» disse una voce cavernosa.

Il Francés si voltò di scatto.

Di fronte a sé due uomini grossi e tarchiati, volgari seppur vestiti elegantemente.

Il Francés li conosceva. Tutti quanti a Buenos Aires li conoscevano. Dal governatore al più piccolo topo di fogna del mercato delle puttane. Uno si chiamava Noah, ed era il capo della Sociedad Israelita de Socorros Mutuos Varsovia. L'altro, quello che aveva parlato, con la voce cavernosa, era il suo braccio destro, Simón.

Il Francés gli puntò contro la pistola. «Siete arrivati tardi.»

Noah rise. «No, siamo arrivati esattamente quando dovevamo arrivare.» Allargò le braccia. «Il capitano Ramirez ha avuto la gentilezza di tenerci informati, passo dopo passo.»

Il Francés non capiva. «Perché me l'avete lasciato ammazzare?»

«La domanda è un'altra, giovanotto» rispose Noah. «Perché mai non te l'avremmo dovuto far ammazzare?»

Il Francés finalmente capì. Amos era spacciato comunque.

E in quel momento capì anche come sarebbe continuata quella storia. C'era un solo epilogo possibile. Inutile opporsi. E si stupì di non avere paura.

Abbassò la pistola.

Uno sparo risuonò nell'aria calma.

Il Francés sentì un gran calore al petto. La vista gli si annebbiò. Si accorse che le gambe non lo reggevano più. Ma provava una strana sensazione. Come se non gli importasse. O come se sentisse che finalmente, prima di morire, si era comportato come un uomo.

Infine cadde accanto ad Amos e in un attimo la vita lo abbandonò.

«Be', anche questa è fatta» disse allora Simón.

«Sì» annuì Noah. «Possiamo andarcene. Ci penseranno i ragazzi a dare una pulita. E nessuno saprà cosa è successo.»

«Ma tutti penseranno che siamo così potenti da far evadere e fuggire uno dei nostri» rise con la sua voce cavernosa Simón. «E quelli che adesso puliscono invece penseranno che noi ci prendiamo cura dei nostri, fino in fondo. E che Amos è stato vendicato.»

«E tutti penseranno che è sempre meglio stare dalla nostra parte, amico mio» rise anche Noah. «Perché noi siamo la Sociedad, non dei papponi da quattro soldi.»

«Che bella trama» disse Simón con un'espressione soddisfatta. «Avremmo dovuto fare i commediografi.»

«Dici che i commediografi guadagnano bene come noi mercanti di carne?» chiese Noah.

«No. Forse no, hai ragione» rispose Simón.

Risero ancora e mentre se ne andavano le assi del pontile scricchiolarono sotto le loro eleganti e rigide scarpe americane, fatte a mano in una fabbrica del New England.

75.

«Io l'avevo capito subito» disse Tano, indicando Raquel.

La gente riunita nel retro della casa azzurra rise.

«Minchia» proseguì Tano, imperterrito, «parlava troppo per essere un maschio. La chiamavo Ángel Blabla. E lasciamo perdere le minchiate di grattarsi i cabbasisi. Volete sapere da che si capisce che non è maschio? Primo: non si mette mai le dita nel naso! Secondo: non gioca con le caccole. E poi non si gratta il culo.»

Di nuovo la gente rise.

«È questo che devo aspettarmi da te?» chiese ad alta voce Rosetta a Rocco.

Ancora una volta tutti quanti risero.

Era una festa. C'erano le donne di Barracas con i loro mariti e i loro figli. E gli scaricatori di LaBoca con le mogli e i figli. C'era Javier con la moglie, la figlioletta neonata e i due ragazzini della banda di Louis. E poi Mattia, Billar, Ratón. C'era Louis con sua madre. C'era Dolores con la señora Chichizola, Encarnacion e la madre, la sartina, le donne del Mercado Central. E c'era Libertad, con un vestitino accollato, che la faceva sembrare quello che era, una ragazzina. La madre di Louis, che ormai era la cuoca ufficiale del gruppo di lavoro di Rocco, aveva preso Libertad con sé, come aiutante. «Perché io lo so cosa significa essere una puttana» aveva detto a Rocco. E poi c'erano le due vecchie sdentate che cercavano di tenere lontani i ragazzini dalle dieci galline di cui si prendevano cura.

C'erano tutti.

Tano, due giorni prima – dopo che il viceconsole Maraini aveva ufficialmente comunicato, a nome dell'ambasciata e del Regno d'Italia, che il "caso Tricarico Rosetta" era stato chiuso, che ogni accusa era caduta e che non ci sarebbe stato nessun processo –, aveva preso di petto Rocco e gli aveva detto: «Che intenzioni hai con la mia Rosetta? Serie? Se provi a fare minchiate ti rompo u' culu».

E per questo adesso c'erano tutti alla festa di fidanzamento di Rocco e Rosetta.

C'era perfino il señor Delrio. Dal giorno in cui aveva capito chi era Raquel, ogni volta che parlava di sé diceva: «Io sono il Gran Coglione. È la mia unica certezza dopo che mi sono tenuto una femmina in negozio». Il vecchio libraio si avvicinò a Raquel. Le si sedette accanto. Aveva in mano un pacchetto. Glielo diede.

Raquel lo scartò. Era il primo libro che aveva letto. *Pinocchio*.

«C'è un'altra cosa che devo dirti» fece allora Delrio. «Ormai mi conosci. Sono un uomo solo. Arido. Che si ciba di carta e respira la polvere che ci si deposita sopra.» Il suo sguardo assunse una coloritura solenne. «Un giorno morirò.»

Raquel fece per intervenire.

Delrio l'azzittì con un'occhiataccia. «Il più tardi possibile, ma succederà» continuò. «E quel giorno la mia libreria… sarà tua.»

Raquel si sentì mancare le forze e fu contenta di essere seduta. Inspirò troppa aria e poi non riuscì a espellerla perché aveva paura di mettersi a piangere.

«Ma devi farmi una solenne promessa» disse Delrio.

Raquel annuì, ancora incapace di parlare.

«Assumerai solo donne!» Il libraio rise soddisfatto.

«No, señor Delrio» rispose Raquel, d'istinto. «Questo non posso prometterglielo.»

«Come sarebbe?»

«Se la libreria un giorno sarà mia» disse Raquel, «assumerò qualcuno che sia intelligente e che ami i libri. E se sarà un uomo o una donna non mi importerà.»

Delrio sospirò. «Sei irritante, ragazzina» disse. «O semplicemente vecchia dentro, non lo so. Ma continui ad avere ragione.»

Mancava solo una persona perché la festa fosse perfetta. Rosetta aveva domandato a tutti se l'avessero visto. Ma nessuno ne sapeva niente. Allora Rocco era tornato da Tony e l'aveva chiesto a lui.

«Aveva un appuntamento con Amos» gli aveva detto Tony. «Non è tornato?»

Rocco l'aveva raccontato a Rosetta.

"Si sarebbe divertito" pensò Rosetta guardando tutta

quella gente che schiamazzava. "È un vero bordello!" E poi rise da sola. Con un po' di tristezza dentro. Perché, come diceva Tano, il Francés, per essere un pappone, non era male.

«State zitti tutti!» urlò Tano.

Nessuno gli diede retta.

«Porca puttana, state zitti!» gridò di nuovo Tano, fin quasi a farsi scoppiare le vene del collo.

Finalmente gli diedero retta. Guardarono verso di lui.

Tano fece segno a Rocco e Rosetta di avvicinarsi.

Rosetta indossava il vestito di Ninnina. Assunta le aveva cucito una mantellina dello stesso colore dei fiori di jacaranda stampati sulla stoffa. Serviva a coprire il buco sulla spalla fatto dalla pallottola del Barone. E il rosso del sangue, anche se era stata solo una ferita superficiale. Assunta aveva anche provato a pettinarle i capelli, raccogliendoli in uno chignon nel quale voleva intrecciare dei fiori. Ma Rosetta si era rifiutata categoricamente. I capelli li voleva sciolti. E infatti era bellissima.

Rocco non aveva un vestito buono. Così per l'occasione uno scaricatore che aveva le sue stesse misure gli aveva prestato il suo. Forse non era un granché come vestito, ma la camicia bianca, candeggiata, stirata e inamidata, gli dava una luce smagliante che si rifletteva sui denti, bianchissimi anche quelli, che Rocco teneva costantemente scoperti perché non riusciva a smettere di sorridere. Il ciuffo biondo gli si spettinava sulla fronte e gli dava quell'aria da spaccone che tanto piaceva a Rosetta.

«Come sono belli!» esclamò una delle due vecchie sdentate.

«Zitta due secondi, comare!» la rimproverò Tano. Poi si piazzò in mezzo a Rosetta e Rocco. Prese una moneta da un peso, la mostrò alla gente e la mise in mano a Rosetta. Prese un'altra moneta da un peso, mostrò anche quella a tutti e la mise in mano a Rocco. Infine strinse tra le sue le due mani e le congiunse. Le alzò verso la gente e disse: «E da questo momento siete due, ma indivisibili».

Rocco e Rosetta aprirono le mani e le mostrarono alla gente.

Non c'erano più le due monete da un peso, ma una sola moneta da due pesos.

La gente applaudì entusiasta.

«Mo' la puoi baciare» fece Tano a Rocco.

Rosetta aveva ancora le labbra spaccate dai calci di Amos. Ma si sporse comunque verso Rocco e lasciò che la baciasse.

Tutti i presenti applaudirono.

«E adesso mangiate, bevete e ballate!» annunciò Tano.

Assunta era seduta all'ombra, su una lunga panca, e gli fece segno di avvicinarsi. «Vieni qua, mettiti giù un attimo, sarai stanco» gli disse.

Tano si stese sulla panca e le appoggiò la testa sulla pancia. Sospirò di piacere. «Non so se rifarei tutto quello che ho fatto nella mia vita» mormorò. «Ma una cosa di certo la rifarei senza pensarci un attimo.»

«Cosa?» domandò Assunta.

«Farti la corte e sposarti» rispose Tano.

Assunta arrossì di piacere.

«Perché non c'è una pancia così comoda sulla quale dormire» rise Tano.

Assunta gli diede una botta in testa. «Non riesci mai a dire una cosa carina senza dover poi fare lo spiritoso, vero?»

Tano sorrise.

«E comunque anche io accetterei la tua corte e ti sposerei di nuovo» fece Assunta. «Anche se dovessi tornare indietro cento volte.»

Tano fece un'espressione compiaciuta.

«Perché non troverei mai una testa così vuota e leggera da mettermi sulla pancia» concluse Assunta.

Tano scoppiò a ridere.

«Sei solo un brutto, antipatico caprone» disse allora Assunta, passandogli una mano tra i capelli.

«E tu sei… il mio amore» sussurrò Tano.

Assunta si irrigidì e sentì gli occhi riempirsi di lacrime. «Non me l'avevi mai detto prima» mormorò commossa.

«Be', non sperare che te lo ripeta» disse Tano.

«No, non ti preoccupare» sorrise Assunta, felice, accarezzandogli il viso duro e rugoso come cuoio conciato.

«Bevete e mangiate!» ripeté ad alta voce Rocco.

«Un momento solo, se mi permettete» disse una voce di donna.

Tutti si voltarono e videro una sconosciuta che aveva superato da poco la ventina. Non era alta. Indossava un vestito di cotone, bianco perla, e scarpe coi lacci a polacchina. I capelli castani erano leggermente crespi e pettinati con un'onda sulla fronte. Aveva un volto quadrato, non bello ma espressivo, pieno di carattere.

Nessuno sapeva chi fosse.

«Alfonsina Storni!» urlò Raquel, rossa in viso.

«Il señor Delrio mi ha invitato» disse Alfonsina Storni. Le sorrise, scoprendo gli incisivi superiori leggermente distanziati fra loro. «Volevo portare un regalo per questa festa speciale.»

Raquel sentiva il cuore batterle all'impazzata. Fremeva. Non sapeva che fare. Avrebbe voluto correrle incontro, abbracciarla.

Alfonsina Storni la raggiunse e la guardò. C'era ancora quella specie di malinconia in fondo ai suoi occhi. Poi si girò verso la gente. «Serve sempre qualcuno che sappia raccontare una storia diversa» disse. «Solo così le persone scoprono che si può davvero cambiare. Il futuro ha bisogno di storie.» Sorrise e si strinse nelle spalle. «Noi esseri umani non abbiamo fantasia, altrimenti.» Tornò a guardare Raquel. Prese dalla borsetta una rivista arrotolata. «Questo è il numero di "Caras y Caretas" che uscirà domani. È fresco di stampa. Ma c'è scritto qualcosa che non può aspettare domani.» Rise in quella sua maniera un po' triste. «Perché la festa è oggi, no?» Diede la rivista a Raquel. «Racconta, ragazzina che ha occhi per tutti noi.»

Raquel si ingobbì, quasi accartocciandosi su se stessa. Le sembrava di non riuscire più a respirare. La guardavano tutti. Ma ora era diverso. Ora sapevano che era lei ad aver scritto quelle parole. Ora sapevano chi era.

«Avanti, non mi fare girare i cugghioni!» quasi gridò Tano.

Assunta gli diede una gomitata nelle costole.

«Leggi! Leggi!» urlarono in coro tutti quanti.

Rocco prese Raquel, la sollevò e le sussurrò nell'orecchio. «Il bruco non può tirarsi indietro. È destinato a diventare farfalla.»

«Ma io...» cominciò Raquel.

«Perché non stai mai zitta quando è il momento?» la interruppe Rocco. «Io non sono bravo come te a parlare. Ma ascoltami: io... insomma, ancora non l'hai capito? Io... sono fiero di te. Non puoi immaginare neanche quanto e io... porca miseria, io non so spiegartelo... però... però è così, cazzo!» Poi la depositò sul tavolo, in modo che tutti la vedessero.

Raquel sentiva le lacrime che pigiavano per uscire. Guardò Rocco. Le aveva detto quello che avrebbe voluto sentire da suo padre, che non era lì, a vederla. O forse sì, pensò.

Rocco la guardava e sorrideva. Le strinse con la mano una caviglia. «Sono qui. Leggi» le disse con la sua voce calda.

Raquel tirò su col naso e aprì "Caras y Caretas".

«Perché si chiama Nuovo Mondo?» cominciò, con voce insicura. «Perché è un mondo che ci dà una seconda possibilità. Un mondo dove io posso farcela. Dove Rosetta diventa la sindaca delle donne. Dove si può immaginare che una donna difenda le donne. Dove Rocco può rivoluzionare il porto e far sì che i condannati a morte possano scaricare una nave anche se non hanno un braccio o una gamba.» La sua voce perse incertezza, a mano a mano che leggeva. «Nel Nuovo Mondo sono possibili cose che non avremmo mai immaginato. Le prostitute ritornano a essere donne e non cose. E i loro figli, anche se può sembrare solo una battuta, non sono dei figli di puttana.»

Qualcuno rise. Ma piano. Con rispetto. Perché tanti di loro erano figli di una puttana.

«Un mondo è nuovo se certe vecchie regole non contano più» riprese Raquel. «Se si può immaginare di crearne di nuove. Perché è questo che conta veramente: avere la libertà di immaginare e sognare la libertà. Ecco, è questo il Nuovo Mondo. Un mondo che scioglie i nodi con il passato. Se poi se ne formeranno altri non possiamo saperlo. Ma almeno anche quelli saranno nodi... nuovi!»

Tutti ascoltavano in silenzio. Erano parole istruite ma non difficili. Perché parlavano di loro. Di come erano. O di come sarebbero voluti essere. E di quello che sognavano.

«Per arrivare in questo Nuovo Mondo abbiamo attraversato un oceano. Un oceano di sangue. Noi non potremo dimenticarlo mai. Siamo tutti schiacciati da questo peso enorme. Io ho visto cose terribili. E così ognuno di voi. È qualcosa che ci resterà addosso per tutta la vita. In fondo ai nostri sorrisi ci sarà per sempre un po' di tristezza. Per quello che abbiamo passato. Per quelli che abbiamo perso per strada. E i nostri figli ricorderanno tutto questo semplicemente guardandoci. Ma forse i nostri nipoti se lo scrolleranno di dosso questo peso. Sapranno solo che il sangue che gli scorre nelle vene è arrivato su una nave. *Descendemos de los barcos*, diranno. Come se si trattasse di una leggenda. E per fortuna non avranno nel naso l'odore di quelle navi. Di quei carri bestiame.»

Tutti, lì, sapevano di cosa parlava Raquel. Loro, quell'odore, lo respiravano ancora. Ci si svegliavano la notte.

«I nostri nipoti saranno... una sola nazione. Un solo popolo. E allora i nostri lunghi viaggi per arrivare fin qui, il nostro ribellarci al destino che ci aspettava nei nostri Paesi, finalmente avrà un senso.» La voce di Raquel si fece severa. «Chi non deve dimenticare mai è chi ha guardato facendo finta di non vedere.» Fissò la gente intorno a lei. Le sembrò che fossero tanti specchi che riflettevano la stessa immagine. Che fossero uno solo. Che fossero tutti fratelli. Suoi fratelli. Tutti uguali. E le sembrò di poterli ascoltare. «Io non so se Dio sente tutto il nostro dolore» disse piano. «Ma se ci sente, mi domando come faccia a sopportarlo senza impazzire.»

Una vecchia si fece il segno della croce.

«Io sono solo una ragazzina» concluse Raquel. «E sono felice di esserlo. Perché avrò molto tempo per vedere se ce la faremo. Insieme.»

Sul viso di molti scendevano delle lacrime. Calde, appassionate. Di dolore e sollievo insieme. Perché finalmente avevano una voce.

«Mi sono sempre chiesta se le parole potessero avere le ali» disse Alfonsina Storni, commossa come tutti. «E tu, Raquel, mi hai fatto capire che sì, è possibile.»

Rocco, che non le aveva mai lasciato la caviglia, prese Raquel in braccio e la tirò giù dal tavolo. Non le disse nulla. Perché le aveva già detto tutto con quell'abbraccio.

Raquel si mise a sedere su una sedia in disparte, sperando che nessuno la guardasse più.

Louis, caracollando imbarazzato, goffamente, le si sedette accanto. «Forte» borbottò soltanto. «Sì, davvero. Forte quello che hai detto.»

«Adesso mangiate, bevete, ballate e cantate!» annunciò Tano, impugnando la sua chitarra.

Rosetta lo raggiunse e gli sussurrò qualcosa nell'orecchio.

Tano fece un'espressione buffa, come sempre quando si commuoveva, e guardò verso la pianta di rose che aveva piantato la sua Ninnina prima di morire e che ormai cresceva rigogliosa. Poi attaccò con la prima nota.

«*Il mio dolore si confonde con le mie risate*» cominciò a cantare insieme a Rosetta.

«*Sono un fiore di fango... Vendo tristezza e vendo amori...*» intonarono tutti quanti.

Rosetta raggiunse Rocco e si appartarono, tenendosi per mano. Guardarono la moneta da due pesos del gioco di prestigio di Tano.

«Due e indivisibili» dissero insieme.

Louis e Raquel erano lì vicini e avevano sentito.

«Sembrano stupidi, eh?» ridacchiò Louis.

«Tutti gli innamorati lo sono» fece Raquel.

Louis cincischiò con il gagliardetto del Boca Juniors sulla sua maglietta. «Magari un giorno anche io e te diremo le stesse stronzate» fece.

Raquel avvampò, come se avesse preso fuoco. «Se provi a mettermi una mano addosso ti spacco il muso!» esclamò.

Louis sorrise, contento di averla fatta arrossire. «Intanto pensa a farti ricrescere i capelli come una vera ragazza, mezzasega» disse.

Rocco e Rosetta scoppiarono a ridere. Poi, sempre tenendosi per mano, trovarono un posto dove nessuno potesse vederli e sentirli.

Allora Rocco attirò a sé Rosetta e la baciò.

E Rosetta gli restituì il bacio con ardore.

«Nessuno ci separerà mai più» le sussurrò Rocco in un orecchio, mentre le baciava il lobo. «Te lo prometto.»

«E io lo prometto a te» rispose Rosetta, piegando il collo in preda ai brividi di piacere che le davano i baci di Rocco.

«Ti amo» disse Rocco.

«Ti amo» ripeté Rosetta, arrossendo.

«Sei mia?» chiese Rocco, mentre le accarezzava la schiena.

Rosetta si staccò, lo guardò negli occhi, seriamente, e gli puntò un dito in faccia. «No. Io non sono e non sarò mai... *tua*» disse. «Non sono una mucca.»

Rocco sorrise. «Sarà un matrimonio d'inferno, lo so» disse e fece per baciarla di nuovo.

Rosetta rise. «Però sii delicato con me» sussurrò. «Sono meno forte di quello che sembro. E ho un po' di paura.»

All'improvviso, inaspettato, si udì un cupo brontolio. E poi un bagliore. E poi ancora un tuono che fece vibrare l'aria e spaventò gli animali e i bambini. Il cielo, in un attimo, divenne nero. E poi rovesciò sulla gente secchiate e secchiate d'acqua.

Tutti corsero sotto al portico e in casa, già fradici.

La pioggia violenta staccò gli ultimi petali dei fiori che ancora rimanevano attaccati ai rami degli alberi di jacaranda. Il vento era così forte che i petali non cadevano a terra ma vorticavano nell'aria, colorando di viola il fondale del cielo grigio antracite.

Poi, così com'era cominciata, all'improvviso la pioggia cessò e in fondo all'orizzonte le nuvole si squarciarono, lasciando filtrare i raggi caldi del sole al tramonto.

E allora, con stupore quasi, o forse per la prima volta con consapevolezza, la gente di Barracas e LaBoca riunita a casa di Tano uscì fuori e si guardò intorno. L'acqua aveva lavato dalla polvere le loro case di lamiere e ne faceva luccicare i colori, come fossero smaltati di fresco. E ognuno di loro, guardando quei gialli sgargianti e gli azzurri, gli arancio, i viola, i verde, i blu, i lilla, i turchese, tutti ripensarono all'articolo di Raquel e capirono che un nuovo mondo era davvero possibile.

Nel silenzio stupefatto una donna accese un piccolo lumino, lo mise su un pezzo di legno piatto e lo fece galleggiare sul Riachuelo. E allora anche un'altra e un'altra ancora e poi, una dopo l'altra, tutte quante accesero un lumino, mentre il cielo cedeva il passo alla sera, e ognuna di loro improvvisò una piccola imbarcazione per la sua luce.

In un attimo il Riachuelo si riempì di luci galleggianti, come un gigantesco specchio in lento movimento che rifletteva il cielo stellato. Come se il cielo stesso avesse deciso di scendere tra quella gente, per merito delle donne.

Come una speranza. E insieme una promessa.

«È bellissimo» sussurrò Rosetta stringendosi a Rocco.

«Sì» rispose piano lui e in quel momento sentì l'immensa forza che si sprigionava da quel fiero popolo di straccioni che avrebbe contribuito col proprio sangue a creare una nazione. Annuì ancora, strinse più forte la mano di Rosetta e le disse: «Non devi aver paura. Ce la faremo».

Rosetta lo guardò e pensò che era irresistibile. «Credi che se salissimo in camera mia qualcuno se ne accorgerebbe?»

«Io credo... credo che... chissenefrega.»

«Ti sembro troppo sfacciata?» fece Rosetta, arrossendo. «È una frase che dovrebbe dire un maschio.»

«Sì» rispose Rocco. «Ed è anche per questo che ti ho amato da subito.»

Rimasero a guardarsi in silenzio, perdendosi negli occhi dell'altro, per così tanto tempo che non avrebbero saputo dire quanto.

Poi le loro mani si cercarono. Le loro dita si intrecciarono.

E il desiderio li portò fin su, nella piccola stanza con le pareti di lamiera.

Allora, con una lentezza che era dettata solo dalla volontà di non dimenticare il minimo dettaglio, cominciarono a spogliarsi.

Rocco aprì a uno a uno i bottoni del vestito con i fiori di jacaranda.

Rosetta a uno a uno i bottoni della camicia bianca.

Infine furono nudi, uno di fronte all'altra.

I loro respiri accelerarono. Le loro bocche si schiusero. I loro occhi si persero in quelli dell'altro.

Quando non riuscirono più a resistere a quel momento magico, si abbracciarono e caddero sul lettino, stringendosi forte.

E poi i loro corpi si fusero in uno solo.

Nota dell'autore

La Sociedad Israelita de Socorros Mutuos Varsovia è realmente esistita e ha operato dal 1860 al 1939. L'ambasciata polacca, nel 1929, avviò un'azione ufficiale perché venisse ritirato il nome Varsovia, cioè Varsavia. Questo dimostra come tutti sapessero e che la Polonia non volesse essere specificamente infangata da ciò che di fatto infangava tutti indistintamente. Ma non risulta che ci furono proteste andate a buon fine per quello che, al di là del nome e delle indicazioni geografiche, succedeva in quei 2.000 bordelli e a quelle 30.000 ragazze che dovevano essere costantemente sostituite da forze fresche a causa di morte, malattie, gravidanze, aborti andati male, suicidi. All'associazione criminale bastò quindi semplicemente cambiare il nome in Zwi Migdal, in onore del suo lungimirante fondatore che aveva garantito introiti fino a 50 milioni di dollari all'anno e una longevità di ben 79 anni nel campo del mercato della carne. Nessuno decise di porvi fine se non quando la popolazione e le autorità si ritrovarono con le spalle al muro per le pubbliche dichiarazioni di Raquel Liberman, una ex prostituta, e non poterono più far finta di non guardare. I capi della Zwi Migdal furono arrestati e processati. Ma non si sa come, riuscirono a evadere o furono graziati o semplicemente scomparvero, di fatto facendola franca e continuando i loro traffici in Brasile e negli Stati Uniti.

A tutt'oggi rimane un'indelebile macchia sulla coscienza di tutti gli esseri umani che vissero quell'epoca. E a tutt'oggi rimane qualcosa di cui è bene non parlare, ovunque nel mondo. Altrimenti, qui in Italia come altrove, dovremmo accorgerci che il mercato della carne continua immutato. Non potremmo voltarci dall'altra parte incontrando schiave africane e schiave dell'Europa dell'Est esposte come mercanzia sul ciglio della strada dalla loro stessa gente per il nostro piacere di un attimo.

Io, come uomo, oltre a vergognarmi, riesco a immaginare lo strazio dell'anima di quelle ragazze di Buenos Aires che si dovevano concedere a 600 estranei alla settimana.

Ma credo che solamente una donna possa sapere che cosa è stato lo strazio della loro carne.

La storia in gran parte di fantasia di questo libro racconta una speranza. La speranza che uomini e donne imparino semplicemente a dire, insieme e ad alta voce: «Non è giusto».

Finito di stampare nell'agosto 2022 presso
Stampa Rotomail Italia S.p.A., Vignate (MI)
Printed in Italy